LE PAIN DE LA MER

**

L'Honneur des goémoniers

Paru dans Le Livre de Poche :

LE PAIN DE LA MER

JOËL RAGUÉNÈS

Le Pain de la mer

**

L'Honneur des goémoniers

ROMAN

LATTÈS

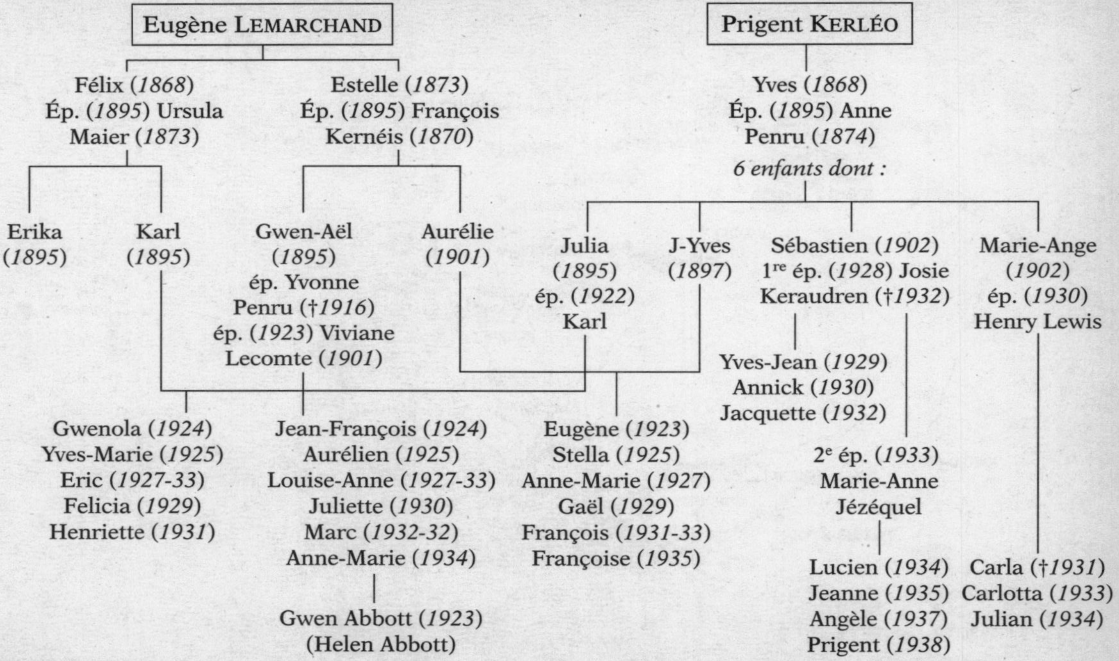

Eugène LEMARCHAND
Félix (*1868*) Ép. (*1895*) Ursula Maier (*1873*)
Estelle (*1873*) Ép. (*1895*) François Kernéis (*1870*)
Erika (*1895*)
Karl (*1895*)
Gwen-Aël (*1895*) ép. Yvonne Penru (†*1916*) ép. (*1923*) Viviane Lecomte (*1901*)
Aurélie (*1901*)
Gwenola (*1924*)
Yves-Marie (*1925*)
Eric (*1927-33*)
Felicia (*1929*)
Henriette (*1931*)
Jean-François (*1924*)
Aurélien (*1925*)
Louise-Anne (*1927-33*)
Juliette (*1930*)
Marc (*1932-32*)
Anne-Marie (*1934*)
Gwen Abbott (*1923*)
(Helen Abbott)
Prigent KERLÉO
Yves (*1868*) Ép. (*1895*) Anne Penru (*1874*)
6 enfants dont :
Julia (*1895*) ép. (*1922*) Karl
J-Yves (*1897*)
Sébastien (*1902*) 1re ép. (*1928*) Josie Keraudren (†*1932*)
Marie-Ange (*1902*) ép. (*1930*) Henry Lewis
Eugène (*1923*)
Stella (*1925*)
Anne-Marie (*1927*)
Gaël (*1929*)
François (*1931-33*)
Françoise (*1935*)
Yves-Jean (*1929*)
Annick (*1930*)
Jacquette (*1932*)
2e ép. (*1933*) Marie-Anne Jézéquel
Lucien (*1934*)
Jeanne (*1935*)
Angèle (*1937*)
Prigent (*1938*)
Carla (†*1931*)
Carlotta (*1933*)
Julian (*1934*)

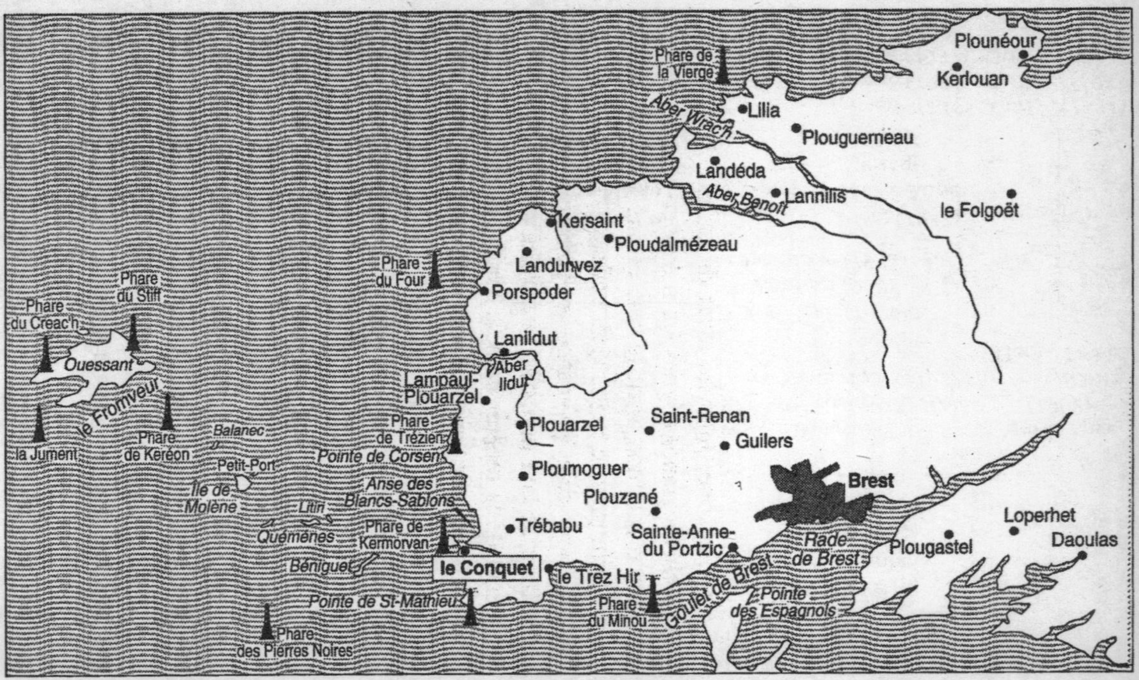
Plounéour
Kerlouan
Phare de la Vierge
Aber Wrac'h
Lilia
Plouguerneau
Landéda
Aber Benoît
Lannilis
le Folgoët
Kersaint
Ploudalmézeau
Landunvez
Phare du Four
Porspoder
Phare du Stiff
Phare du Creac'h
Ouessant
Lanildut
Aber Ildut
Lampaul-Plouarzel
le Fromveur
Phare de Kéréon
la Jument
Balanec
Phare de Trézien
Plouarzel
Saint-Renan
Guilers
Pointe de Corsen
Petit-Port
Ploumoguer
Brest
Île de Molène
Anse des Blancs-Sablons
Plouzané
Litiri
Phare de Kermorvan
Trébabu
Quéménes
Sainte-Anne-du Portzic
Rade de Brest
Loperhet
Plougastel
Daoulas
Béniguet
le Conquet
le Trez Hir
Goulet de Brest
Pointe de St-Mathieu
Phare du Minou
Pointe des Espagnols
Phare des Pierres Noires

1

1923

Au téléphone, Julia lui avait dit qu'elle l'attendrait au guichet « grandes lignes » s'il était en retard, ce qui, comme d'habitude, était le cas, et une fois encore, il avait failli rater le train. Mais enfin, il était là, et qu'il ait dû, pour cela, promettre un pourboire princier au chauffeur de taxi importait peu, Julia n'en saurait rien. Il venait de la repérer dans la foule : le chapeau dont était affublée son amie ce jour-là était, il est vrai, plus extravagant encore que d'habitude. Toujours aussi apparemment distraite en raison d'une myopie qui faisait partie de son charme, elle le cherchait du mauvais côté et elle sursauta quand il lui toucha l'épaule.

— Gwen-Aël ! Te voilà enfin ! J'ai ton billet. Comment vas-tu ? Et ton Anglaise préférée ? Toujours parisienne ?

— Helen va bien, merci. Moi aussi, d'ailleurs.

— Rejoignons tout de suite notre wagon, dit Julia. Ils en sont déjà au second appel. C'est tout ce que tu as, comme bagage ?

— J'ai tout ce qu'il me faut à Bellevue ; j'apporte juste quelques cours. Tu me vois rater mes examens ?

Cela ferait jaser, à l'usine ; le patron, collé ! Et ton mari, mon cher cousin et partenaire, quand planche-t-il ?

— La semaine prochaine, mais tu connais Karl : depuis quinze jours, il se ronge les sangs. Il est toujours aussi anxieux. Voici notre wagon. Au fait, nos compartiments ne sont pas contigus. Tu as le 4 et moi le 8.

— Dommage !

— Oui, d'autant que j'aurais pu permuter avec ta voisine du 2, si cette péronnelle l'avait accepté. Mais Mademoiselle était déjà installée.

— Cela ne fait rien ; nous pourrons discuter au wagon-restaurant.

— Oui, j'ai retenu une table.

— Bon, je t'y attends dans une demi-heure. À quel nom la réservation ? Kernéis ou Lemarchand ?

— Kernéis, bien entendu ! répondit Julia en riant. N'es-tu pas supposé m'inviter ?

Confortablement installé à sa table, Gwen-Aël appréciait la Suze glacée que venait de lui apporter le serveur. Il avait parcouru *Le Figaro* et *Le Temps* avant de se plonger dans *L'Auto* qui revenait sur la victoire de l'équipe Lagache-Léonard aux premières 24 Heures du Mans où sa mère, toujours aussi passionnée d'automobiles, avait réussi à traîner son père. Comme il regrettait de n'avoir pu les accompagner ! La veille, il avait croisé son père, qu'il ne voyait plus que de loin en loin depuis l'occupation de la Ruhr par les troupes françaises. Pauvre Papa ! Son rappel au ministère en février et ses multiples va-et-vient entre Paris et l'Allemagne ne lui laissaient que peu de chances de suivre le Tour de France, dont il avait été plusieurs années de suite commissaire dans sa jeunesse, et qui, selon lui, tendait cette année les bras à Henri Pélissier.

Il était plongé dans *L'Auto* depuis de longues minutes quand il releva soudain la tête : une odeur familière venait de lui chatouiller agréablement les narines. Ce n'était pas le Guerlain d'Helen, mais le nouveau parfum de sa mère, le N° 5 de cette incroyable Gabrielle Chanel. Il leva les yeux : la jeune femme qui le portait, une jolie brune de vingt-deux, vingt-trois ans, lui rendit son sourire en s'asseyant à la table voisine. Son vis-à-vis, un homme dans la cinquantaine, se retourna brusquement pour voir à qui elle souriait ainsi. Son père ? Non, plutôt un protecteur. Pourtant, un visage si pur... Il lui sembla, soudain, reconnaître un homme politique célèbre dans le malotru qui venait de le dévisager. Gwen-Aël fit mine de se replonger dans sa lecture. Qui était-ce donc ? Sans doute, Julia le saurait-elle ; elle était beaucoup plus physionomiste que lui, et, surtout, elle avait des fréquentations plus mondaines depuis qu'elle assistait aux réceptions qu'organisait régulièrement sa belle-mère à Paris. Cette évocation de sa tante Ursula suffit à orienter le cours de ses pensées dans une tout autre direction.

Si la mère de Karl voyait ses affaires prospérer, elle restait une exception, car ces années d'immédiat après-guerre étaient dures pour tous. Il n'y avait pas cinq ans que l'armistice avait été signé et l'on s'apercevait déjà que tous les belligérants européens, vainqueurs ou vaincus, sortaient ruinés du conflit dont, à l'exception des États-Unis, les seuls bénéficiaires étaient, en définitive, les pays neutres : la Suisse et les pays d'Amérique du Sud. Installé à Bâle, le groupe chimique d'Ursula en avait profité, pour asseoir ses positions en Europe au détriment de ses concurrents allemands et français, et venait de s'allier à deux conglomérats de la Ruhr occupée. Son oncle Félix, qui avait, si longtemps, mené la vie dure à ses parents, en avait repris la direction, après qu'Ursula et lui se furent réconciliés et remariés sous la pression de leur fils Karl. Félix avait toujours aussi peu d'états d'âme en affaires, et rachetait à tour de bras, pour quelques bouchées de pain, des entreprises allemandes au bord de la faillite. Les vendeurs avaient perdu confiance dans leur pays comme dans leur monnaie et préféraient quelques milliers de dollars leur permettant de tenter l'aventure américaine à des valises de marks dont la valeur s'effondrait de jour en jour.

Le slogan « l'Allemagne paiera » abusait, certes, toujours le Français moyen, mais il faisait sourire les gens avertis qui touchaient du doigt la réalité quotidienne allemande et jugeaient inopportune l'occupation de la Ruhr. Selon François Kernéis, le retard de l'Allemagne dans le paiement des dommages de guerre provenait plus de l'incapacité réelle d'un pays ruiné que de la mauvaise volonté de ses dirigeants. Il assistait, navré, à cette saignée qui ne pouvait que révolter tous les Allemands, patriotes ou non, et soutenait que l'humiliation supplémentaire que leur infligeait Poincaré ne ferait qu'exacerber leur désir de revanche et conduire les plus désespérés aux pires extrémités. Le mouvement spartakiste avait, certes, été décapité en 1919, mais de nouveaux trublions surgissaient chaque année, tel ce sous-officier autrichien dont lui avait parlé son père, un Alfred ou Adolf quelque chose, qui devait sans doute son succès plus à sa moustache ridicule qu'à la pauvreté de ses idées ! Pourtant, s'il avait échoué dans sa tentative de coup d'État, quatre mois plus tôt, l'homme n'abdiquait pas et, à peine sorti de prison, venait de créer un parti ultranationaliste.

François avait également averti Ursula que les autorités françaises voyaient d'un très mauvais œil son groupe chimique prendre une coloration de plus en plus germanique et lui avait soufflé qu'il serait opportun que ses prochains investissements se fassent sur la rive gauche du Rhin, en Alsace, par exemple. Karl tenait les mêmes propos chaque fois qu'il voyait sa mère, et ne manquait pas de lui remettre en mémoire les promesses qu'elle lui avait faites pendant la guerre, tout comme il rappelait sans cesse à Félix, son père, ses origines françaises.

Ça y est, j'y suis ! se dit soudain Gwen-Aël en sortant de sa rêverie. C'est Briand ! L'homme politique qui accompagne ma belle inconnue n'est autre qu'Aristide Briand ! Pour une fois qu'il n'est pas ministre, il en profite pour voyager. D'ailleurs, il me semble bien que sa maîtresse possède une propriété près de Tréguier ou de Lannion... Bon sang ! Ce vieillard ventripotent avec une pareille jeunesse ! Quelle tristesse !

La jeunesse en question sembla sentir sur elle le poids de ce regard, car elle leva les yeux et lui sourit à nouveau. Il se sentit pris en faute et rougit de façon inattendue. Que lui arrivait-il ? Il perdait contenance et remercia le ciel qui lui envoya Julia au moment même où il cherchait à reprendre pied. Son amie crut un instant que c'était à elle que Gwen-Aël souriait, avant de s'apercevoir, en s'asseyant face à lui, qu'il fixait quelqu'un dans son dos. C'était cette jeune fille, bien sûr !

— Te voilà bien songeur, Gwen, lui dit-elle. Est-ce ta voisine du numéro 2 qui te fait pareil effet ?

— C'est moins elle qui m'intrigue, mentit Gwen-Aël, que l'homme qui l'accompagne. C'est Aristide Briand, le ministre, lui répondit-il.

Julia éclata d'un rire clair qui rompit brutalement le ronronnement poli des conversations, avant de chuchoter à son vis-à-vis :

— Gwen-Aël ! On voit que la politique n'est pas ton fort ! Briand a bien dix ans de plus que notre voisin ! Si tu t'intéressais autant aux chroniques et caricatures politiques qu'aux rubriques sportives, tu saurais que notre Aristide national fait bien ses soixante ans et qu'à part les moustaches, il n'a rien de commun avec ce monsieur. Sans compter qu'il fume sans arrêt ; c'est une vraie cheminée...

— Tu es sûre ?

— Tout à fait ! Il n'empêche ! Tu fais un très mauvais menteur. Si tu voyais ton air niais quand tu regardes cette jeune fille !

— Veux-tu te taire, Julia ! Elle va t'entendre, tellement tu parles fort, lui souffla-t-il, confus de se voir ainsi percé à jour.

Mais Julia n'était pas décidée à le laisser tranquille et continua à le taquiner un moment avant de changer de sujet. Ils avaient ensuite dîné tranquillement, passant en revue leurs familles respectives, et c'est Gwen-Aël qui avait le plus de choses à raconter. Patron des « Nouveaux Établissements Lemarchand », il venait régulièrement au Conquet, alors que Julia n'y retournait plus que de loin en loin.

— Vois-tu, expliquait-il, je ne regrette pas d'avoir repris l'usine familiale, parce que, même si je sais qu'un jour ou l'autre, nous n'y produirons plus d'iode et que je devrai sans doute la fermer, je me suis fixé comme objectif de ne le faire que le plus tard possible. Et dans l'intervalle, nous gagnons de l'argent. Beaucoup d'argent, même.

— Ce plus tard, tu le vois quand ? demanda Julia.

— Comment veux-tu que je le sache ? Pour le moment les choses se passent très bien, bien mieux, en tout cas, que ne le prévoyaient ton père et le mien.

Gwen-Aël sourit à son amie et ils évoquèrent ensuite leurs mères respectives, Anne Kerléo et Estelle Kernéis, née Lemarchand. Les jeunes gens s'émerveillaient de l'amitié qui unissait ces deux femmes, indépendamment des liens que les mariages des enfants avaient tissés entre les deux familles.

— Elles se voient aussi souvent que lorsque nous habitions tous Le Conquet, dit Julia. Peut-être même plus, car ton père est si souvent absent !

— C'est vrai, répondit Gwen-Aël. En haut lieu, on apprécie sa parfaite maîtrise de l'allemand, Père en a pris son parti et, en bon militaire, il accepte de servir aussi bien dans les bureaux et les salons que sur le pont d'un navire. Tu sais que les Allemands se sont engagés à céder 90 % de leur flotte commerciale, au titre des dommages de guerre. C'est ce que Père négocie. Et le tien ?

— Oh ! Papa est en semi-retraite, bien qu'il s'en défende. Son commerce de vins ne l'occupe guère, même s'il s'y intéresse toujours. En réalité, je crains qu'il ne s'ennuie. Il chasse avec son ami Andrieux, le notaire, et accompagne si souvent Augustin à la pêche que je me demande parfois si ce n'était pas là sa vraie vocation. Ce qui est sûr, c'est que le goémon et les îles lui manquent. La preuve, c'est qu'à chaque saison de brûlage, il va à Quéménès « donner un coup de main », comme il le dit. Tu devrais essayer de t'appuyer sur lui et sur l'oncle Yann, qui n'a plus rien à faire non plus.

— Ce n'est pas si simple, Julia. Le monde change ; eux, non ! répondit le jeune homme.

La voyant placer la main devant la bouche, il ajouta :

— Mais tu tombes de sommeil, ma parole !

— Oui, excuse-moi si je bâille, Gwen. Ce n'est pas que je m'ennuie en ta compagnie, mais je n'ai presque pas dormi la nuit dernière. J'étais de service à l'hôpital. C'est comme ça, la vie d'infirmière !

— Je vais te reconduire à ton compartiment, dit Gwen-Aël, et je reviendrai ensuite prendre un brandy. Je ne peux pas me coucher si tôt.

— Encore moins quand une jeune fille traîne dans les parages, n'est-ce pas ?

Après avoir raccompagné Julia, Gwen-Aël s'était installé dans le couloir et avait allumé un petit cigare, bien décidé à attendre sa voisine du numéro 2. Par la fenêtre, il regardait les derniers feux du soleil couchant embraser l'horizon. Il était près de neuf heures, et l'on en était presque au solstice d'été et à la Saint-Jean.

Cette fête celte du solstice, accommodée à la sauce chrétienne, était celle qu'il préférait, adolescent, quand à l'époque bénie de l'avant-guerre, autour de l'un de ces *tantadou*, ces immenses feux de joie qu'ils allumaient dans les champs, garçons et filles se lançaient dans une sarabande effrénée. D'un bond, les jeunes gens franchissaient la barrière de feu, prouvant à leurs amies à la fois leur vaillance et leur témérité, dans l'espoir de leur démontrer d'autres talents dans les prés ou les bosquets voisins. Ils ignoraient, à l'époque, que ces feux de la Saint-Jean n'étaient qu'un avatar de la fête de la déesse Terre, la déesse de la Fertilité. Bien des siècles auparavant, déliés par leurs prêtres de tous les interdits durant ce jour et cette nuit du solstice d'été, hommes et femmes d'Armorique et d'ailleurs s'accouplaient au petit bonheur, honorant, à leur manière, la déesse qui leur permettait tous les débordements. Yvonne et Gwen-Aël avaient eux aussi sacrifié au rite, dans une meule de foin, aux solstices de 1913 et 1914, renouant, sans le savoir, avec le culte ancestral.

Yvonne, son premier amour, sa femme.

Gwen-Aël commençait à s'impatienter. Allez, il se donnait encore cinq minutes, pas plus. Après tout, rien ne disait que cette jeune fille était aussi innocente qu'elle le paraissait ! Peut-être ne coucherait-elle pas seule ce soir, mais bien avec le quinquagénaire ventru qui l'accompagnait ? Dans ce cas, il se serait fait des idées, une fois de plus, et il aurait tout le loisir de se plonger dans le mémoire que son père lui avait remis la veille, avant de partir pour Berlin.

*

Deux jours plus tôt, le ministère des Armées avait signifié à François Kernéis que, comme prévu, sa mission « Iode » se terminait. Dans cinq mois, il refermerait définitivement une page de sa vie : dix ans, ce n'était pas rien ! Le 11 novembre 1923, cinq ans après l'armistice, son rôle prendrait fin, il ne serait plus le délégué de la France auprès de l'Entente et des Chiliens.

Il se souvenait de ce matin de 1913 où, convoqué au ministère en tant que président de l'Association française des Producteurs d'iode, il s'y était rendu, serein, l'esprit entièrement tourné vers la soirée à venir et la pièce de théâtre qui la meublerait agréablement. Alors qu'il pensait être seul, il s'était retrouvé dans une grande salle de conférence où s'entassaient déjà nombre de ses pairs, comme lui responsables d'associations professionnelles. La gravité du ton employé par le ministre dans son mot de bienvenue l'avait immédiatement alarmé. Peu après, abasourdis, ils avaient tous écouté un officier supérieur leur expliquer qu'ils devaient préparer leurs professions respectives à une guerre inéluctable.

Chacun d'eux avait reçu un dossier détaillant les exigences de l'État et de l'armée envers sa profession en cas de conflit. Puis, avec certains de ses collègues également officiers de réserve, on l'avait retenu à la fin de la réunion et il avait eu une première entrevue avec le directeur de cabinet et un chargé de mission. À l'issue d'entretiens plus approfondis qui avaient suivi cette prise de contact initiale, il avait été nommé délégué du gouvernement français auprès du gouvernement chilien et de l'Entente internationale des Producteurs d'iode, la *Combinacion de Yodo*. Son affectation militaire lui serait précisée ultérieurement. Il avait choisi de taire ses nouvelles fonctions à sa femme et ses enfants, mais pas à son beau-père, Eugène Lemarchand. À vrai dire, Eugène en avait déjà été avisé par son cousin amiral et ancien préfet maritime de Brest, qui avait pris une part active à cette nomination.

Pendant ces dix années, François avait brillamment rempli sa mission tout en assumant ses responsabilités de patron de l'entreprise Lemarchand d'abord, d'officier de la Marine française, ensuite. Cette existence répondait à ses vœux : il avait retrouvé la mer, sa passion de jeunesse, et continuait à s'occuper d'iode et à épauler les siens. Dès le début du conflit, François avait été affecté à l'escadre de l'Atlantique-Sud, ce qui favorisait des contacts réguliers avec ses homologues chiliens. L'augmentation des prix de l'Entente en début de conflit ne l'avait pas surpris ; c'était le cas de le dire, c'était de bonne guerre. En revanche, la chute du volume des récoltes de laminaires et de pains de soude, qu'il avait très largement sous-estimée, lui avait fait l'effet d'une douche froide d'autant plus désagréable qu'il était président des Producteurs d'iode et que son erreur de jugement avait rejailli sur toute la profession.

Une fois de plus, Yves Kerléo avait eu raison et Eugène Lemarchand et lui-même tort. Ils ne s'étaient pas préparés à la guerre comme ils auraient dû le faire et avaient laissé les familles des goémoniers et celles des industriels désarmées devant une situation qui les dépassait. Le recours aux bagnards, pour remplacer dans les îles les pigouillers partis dans les tranchées, n'avait été qu'un pis-aller, et, dès 1916, il avait plaidé pour le retour des plus âgés des goémoniers dans leurs foyers. Il n'avait obtenu satisfaction qu'à la fin du conflit, après l'entrée en guerre des Américains...

François Kernéis gardait la nostalgie de Buenos Aires, la plus européenne des capitales sud-américaines, de Rio et de son carnaval, de Valparaiso et des jolies Chiliennes. Il aurait aimé que Gwen-Aël découvre ces pays, cette civilisation, mais aussi celle des États-Unis, un pays peut-être plus fait pour son fils que pour lui. Oui, c'eût été très instructif pour Gwen. Dire qu'il serait probablement remplacé comme délégué français auprès de la *Combinacion* par un homme proche de la retraite, qui ne parlerait ni l'espagnol, ni l'anglais, qui détesterait voyager, et quoi encore...

Ce qu'il faudrait, c'était un homme jeune, dynamique, parlant des langues étrangères, quelqu'un comme son fils. Avec cinq ou dix ans de plus. Gwen-Aël ? Pourquoi pas, après tout ? Vingt-huit ans, c'était l'âge mûr aux États-Unis ! Mais oui, c'était jouable ! C'était la solution ! Il allait y réfléchir en dînant. Bien sûr, il faudrait savoir la présenter, la faire accepter, éviter toute apparence de népotisme...

Son dîner expédié, François s'était mis au travail. Il fallait qu'il puisse remettre à Gwen-Aël, dès le lendemain, un document complet sur ce qui l'attendait s'il acceptait sa proposition. Il travailla très tard, cette nuit-là, il ajouta à son mémoire quelques annexes qu'il préleva dans son coffre et termina par un mot personnel à son fils, un préambule de quatre pages, sans doute plus important que tout le reste.

2

Yves ne se lassait pas d'embrasser du regard ce paysage où le ciel et la mer offraient, à chaque heure de chaque jour, des variations, des nuances, des contrastes, des mariages de tons qu'on ne voyait nulle part ailleurs. À vrai dire, il connaissait si peu le monde qu'il était sans doute mauvais juge, mais il ne pouvait imaginer rien d'aussi beau...

Depuis trois jours, il naviguait dans l'archipel, avec son gendre Augustin, sautant d'une île à l'autre, passant de Béniguet à Quéménès, de Triélen à Molène et, dans ce décor somptueux, dominé par les falaises majestueuses et déchiquetées d'Ouessant qui se découpaient dans le lointain, Yves refaisait sa vie avec des « si ».

Il avait toujours aimé la mer. Enfant, il avait appris très tôt à pêcher, à nager, s'évadant dans les rochers, échappant à la surveillance de Jeannie, sa sœur aînée, qui l'avait élevé à la mort de ses parents. Ses années de gardien de phare n'avaient fait que renforcer cette passion, et, lorsqu'il avait décidé d'épouser Anne et de quitter les Phares et Balises, c'est encore l'amour de la mer qui l'avait incité à s'installer comme fermier, à Béniguet d'abord, à Quéménès, ensuite. Il avait consacré aux îles vingt-sept ans de sa vie, mais elles le lui avaient bien rendu : lui, l'orphelin, le petit paysan, était devenu à quarante ans le roi du goémon, le maître du pain de soude. Son aisance, il ne la devait pas au froment, mais au pain de mer.

Que serait sa vie, aujourd'hui si... si seulement il avait fait preuve d'un peu plus d'audace et de ténacité, deux ans plus tôt ? Bien sûr, il avait dû tenir compte de sa famille, de ses enfants, mais surtout de la promesse faite à Anne, sa femme, pendant la guerre. Quand il avait été mobilisé, c'était elle qui l'avait remplacé, elle qui avait passé les deux premières années du conflit, seule sur son île avec des bagnards pour employés, et pour toutes armes son fusil et son courage ! Cinq ans après l'armistice, il l'admirait toujours autant pour ce qu'elle avait fait alors. Mais ces deux années avaient physiquement usé Anne et, surtout, fait s'envoler à jamais tout l'agrément qu'elle avait trouvé à la vie à Quéménès. Elle lui avait fait promettre de quitter les îles ; il avait tenu parole.

Cette seule raison aurait-elle suffi à le faire renoncer à l'exploitation des laminaires ? Peut-être pas. Ce qui l'avait décidé, c'était l'idée même qu'il se faisait de son métier. Il était d'accord avec son ami et partenaire de toujours, François Kernéis, propriétaire de l'usine Lemarchand : la cession quasi simultanée et prématurée de leurs deux affaires avait été une erreur de leur part. François avait cinquante et un ans, lui cinquante-trois, quand ils avaient pris la décision d'arrêter, François l'iode, Yves, le pain de soude. Ils avaient perdu l'esprit d'aventure et l'audace qui leur avaient procuré tant de plaisir, tout en faisant leur fortune. Tous deux étaient repus, nantis ; ils avaient voulu se protéger, éviter tout risque. Ils s'étaient trompés, voilà tout. Car l'iode comme le pain de soude n'avaient jamais tant rapporté qu'aujourd'hui ! Certes, il fallait relativiser, prendre en compte la chute continue du franc qui ne valait plus, en cette année 1923, que le tiers du franc 1914 ; mais les cours de l'iode se maintenaient à plus de 44 F/or le kilo, ce qui permettait aux industriels de mieux rémunérer les goémoniers et à tout le monde de bien vivre.

Devait-il, pour autant, envier Hervé Le Bars qui l'avait remplacé ? Yves n'en était pas certain. Les conditions de travail avaient bien changé, et, si la ressource était toujours aussi abondante dans les îles de l'archipel, où les hauts fonds étaient la règle, il en allait différemment sur la côte léonarde où elle fondait comme neige au soleil. Par suite de sa surexploitation, les pigouillers de Lilia, Portsall, Lampaul, Landéda ou du Conquet étaient aujourd'hui contraints de faire la saison dans les îles et la disparition des laminaires entraînait celle de la faune qui y vivait : tous les pêcheurs s'en plaignaient. Les poissons, comme le tali, se faisaient rares sur la côte !

Une risée un peu plus forte que les précédentes, en faisant tanguer le bateau, ramena Yves à l'instant présent. Il observa Augustin, son gendre, aussi serein à la barre que l'était son père, Jean Menguy, son ami d'enfance, péri en mer une quinzaine d'années plus tôt. Qu'avait dû penser de lui Augustin, quand il l'avait vu, l'avant-veille, en proie au mal de mer ! Le mal de mer, à son âge, après toute une vie de labeur dans les îles, après des centaines de journées passées sur l'océan ! Heureusement, leur retour sur Le Conquet s'effectuait dans de bien meilleures conditions que l'aller.

Yves soupira. Dire que, dans deux jours, ils célébreraient le baptême d'Augustine, le premier enfant que sa fille Jacqueline venait de leur donner... Voilà qu'il était grand-père ! Pas de doute : cette fois, il vieillissait.

Ils revenaient de Molène, où Augustin l'avait conduit en « pèlerinage ». Il y avait rencontré son ami Mathieu Masson, perclus de rhumatismes, était passé au sémaphore, avait bu force chopines avec les uns et les autres. Beaucoup trop, en vérité, et il ne fallait pas que cela se renouvelle... La veille, ils s'étaient arrêtés à Quéménès, *son* île. Il s'y était entretenu avec Hervé Le Bars qui se félicitait de lui avoir repris, deux ans plus tôt, sa ferme et son affaire de goémon, à prix et crédit d'ami.

L'organisation du travail avait beaucoup changé depuis la fin de la guerre. Hervé n'employait plus directement qu'une douzaine d'hommes sur l'île ; il travaillait de plus en plus avec les goémoniers de Lampaul, Lanildut, Porspoder ou Lilia, qui utilisaient les dunes et les fours de Quéménès moyennant redevances. La moitié d'entre eux prenaient pension à l'île, où il leur fournissait le gîte et le couvert, contre rétribution en pains de mer.

Quand Yves et Yann, son beau-frère, lui avaient cédé leurs droits sur l'île, deux ans plus tôt, Hervé s'était engagé à leur reverser, pendant cinq ans, 50 % des profits que laissaient les pains de soude. Il respectait scrupuleusement sa promesse et vivait fort bien des 50 % restants. Tout le monde s'y retrouvait.

Yves était étonné de constater à quel point la guerre avait changé les mentalités : ceux qui en étaient revenus ne voulaient plus rêver, ils attendaient du concret pour eux et leurs familles, et tout de suite. Les goémoniers rencontrés dans les îles parlaient net : les jours meilleurs, ce n'était plus pour leurs enfants mais pour eux-mêmes qu'ils les réclamaient, et les plus impatients d'entre eux étaient partis à la ville, persuadés que c'était là qu'était leur avenir, dorénavant.

Les femmes, elles aussi, avaient changé et faisaient leur révolution. Anne avait montré l'exemple ; d'autres suivaient. Quel scandale cela avait été quand on avait appris, voici quelques jours, qu'une femme s'installait à Triélen ! Une femme dans les îles ! Une femme, patronne de ferme à Triélen ! Les Molénais ne s'en remettraient pas ; c'était le diable à leur porte ! Yves ne comprenait pas, lui-même, ce qui pouvait motiver cette veuve, car, enfin, il fallait être inconsciente pour prendre des risques pareils, ou alors, avoir le diable au corps ou le vice dans la peau ! Comment réagiraient des hommes qui ne voyaient pas un jupon pendant des mois devant une patronne que l'on disait accorte ? Les prenait-elle pour des eunuques ? Et puis, quel exemple pour les autres, à supposer qu'elle s'en sorte ! C'était déjà difficile d'être patronne de ferme sur le continent ! Il avait en mémoire ce qu'on lui avait raconté de son arrière-grand-père, Nicolas, qui, jeune et beau valet de ferme de dix-huit ans, avait séduit sa patronne qui en avait trente et un, et l'avait épousée !

Son arrière-grand-mère ! Il n'y avait jamais pensé, mais elle aussi avait fauté ! Elle aussi « avait cueilli le goémon avant la Saint-Jean », et son grand-père était bien au chaud dans son ventre quand elle était passée devant le maire et le curé ! Cela n'arriverait probablement pas à cette Mme Troadec ; il n'y avait pas de goémonier de dix-huit ans aux îles. Par contre, des gaillards de trente ou quarante ans, cela ne manquait pas ; et qui n'avaient pas froid aux yeux. Il y aurait même de la concurrence, si l'on n'y mettait le holà ! Oui, il devait aller lui parler avant qu'elle ne se lance dans cette folle aventure...

Augustin le fit brutalement redescendre sur terre :

— Parrain, lui dit-il, j'ai bien réfléchi à votre proposition d'hier, et je vous en remercie, mais mon bateau me suffit. Ne le prenez pas mal, mais, mettez-vous à ma place : je veux ne le devoir qu'à moi-même, ce langoustier ! De quoi aurais-je l'air vis-à-vis des autres pêcheurs ? Ils pourraient penser que j'ai épousé Jacqueline par intérêt ! Comme c'est déjà ce qui se dit...

— Tu feras ce que tu crois bon, répondit Yves. Je ne me suis jamais permis de donner à ton père un conseil qu'il n'avait pas sollicité, et ce sera pareil avec toi. Tu es assez grand garçon pour te passer des conseils de ton parrain et beau-père.

Augustin avait l'air soucieux. Il se racla la gorge et reprit :

— Il y a autre chose dont je voudrais vous parler. C'est Jacqueline...

Il hésita une seconde. Non, c'était trop dur à dire. Il ne voulait pas blesser cet homme qui avait toujours été si bon pour lui. Il ne pouvait pas lui dire : « Je veux divorcer, j'en ai marre de votre fille ! » Il choisit de biaiser.

— Jacqueline est habituée à une certaine aisance

que je ne suis pas du tout certain de pouvoir continuer à lui fournir. Elle prétend qu'elle vivrait avec moi dans une cabane de pêcheur, mais elle ne se rend pas compte de ce qu'est la pauvreté. Vous le savez, notre vie à nous, pêcheurs, est faite de beaucoup plus de bas que de hauts, et la naissance d'Augustine est un souci de plus pour moi. Tant que j'aurai la santé, je ferai face, mais s'il m'arrivait un accident, si je perdais mon bateau...

— N'aie aucune crainte à ce sujet, dit Yves. Tu es assuré. Si tu perds ton bateau, il te sera remboursé, et s'il t'arrive malheur, ta famille sera protégée.

— Vous m'avez assuré ? Sans me demander mon avis ?

— Tu aurais refusé ! Pourtant, je ne pouvais pas laisser mon filleul et ma fille sans protection... Je vais te dire pourquoi j'ai agi ainsi.

Et, patiemment, Yves entreprit d'expliquer à ce gendre, aussi têtu que fier, sa conception du rôle de parrain. Pour lui, comme tous ceux de sa génération, le parrain était le substitut du père et des grands-parents quand ceux-ci avaient disparu. C'est ce qu'il s'était efforcé d'être, aussi discrètement que possible, matériellement et moralement.

— Peut-être admettras-tu, conclut-il, que je préfère payer des assurances pour toi plutôt qu'une rente à vie à ma fille et mes petits-enfants. C'est beaucoup moins onéreux.

Augustin était acculé. Que pouvait-il opposer à pareille générosité ? Rien. C'était le ciel qui le voulait.

— Si tu avais accepté que je dote Jacqueline, il y a un an, poursuivit Yves, nous n'en serions pas là ! Tu sais que j'ai acheté une ferme à chacun de mes enfants. Aurélie n'a pas refusé celle de Jean-Yves, ni Karl celle de Julia, et pourtant, ils sont bien plus riches que toi et moi. Pour Karl, vu sa fortune, la dot de Julia n'a guère d'importance, mais il sait qu'il en va différemment pour sa femme qui voulait apporter son écot dans leur ménage. Comme Jacqueline l'aurait souhaité, très certainement. Et sa dot vous aurait aidés, tu ne peux prétendre le contraire.

— Bon, j'ai fait une boulette, c'est évident, dit Augustin. Mais où voulez-vous en venir ?

— Je voudrais que tu te montres raisonnable et, surtout, un peu moins orgueilleux. Bref, que tu acceptes cette dot, ou son équivalent, avec un an de retard. Elle couvrira largement plus de la moitié du prix de ton bateau. Ma banque t'avancera le reste. Avec ma caution. Tu rembourseras ton emprunt avec le produit de ta pêche. Ainsi, tu ne me devras rien, et ce langoustier te permettra d'apporter à ta femme l'aisance qui, selon toi, lui est indispensable. Ce en quoi tu te trompes, d'ailleurs.

— Que voulez-vous dire ?

— Ma fille t'a choisi avec ta seule chemise et ta belle gueule, et elle vivrait avec toi sur une île déserte. Alors, c'est d'accord ?

— Parrain ! Ce langoustier... j'en rêve, vous le savez !

— Oui, je le sais, et c'est pourquoi je ne comprenais pas. Je ne te proposais qu'une aide matérielle, rien d'autre. Tu es un bon pêcheur, j'ai pu m'en rendre compte, et notre port a besoin d'hommes jeunes et dynamiques comme toi, ton frère ou tes cousins. C'est l'intérêt de la commune, puisque, un jour ou l'autre, le pain de mer sera de l'histoire ancienne. Et puis, tu sais, moi aussi, on m'a aidé. Ma sœur, d'abord ; le grand-père de Gwen-Aël, Eugène Lemarchand, ensuite. Un homme remarquable, que tu aurais apprécié.

Augustin était aussi peu bavard que ne l'était son père. Pourtant, il se fit violence et répondit :

— Oui, je m'en souviens. Mais à force de parler, je me suis laissé surprendre. Dans dix minutes, nous serons noyés dans la brume. Regardez derrière vous. On ne peut pas continuer sur Le Conquet, c'est trop loin. Molène aussi. Le mieux, c'est Litiri.

Augustin avait changé de cap. Il n'y avait plus de temps à perdre, car si Litiri était le nouvel objectif, encore leur fallait-il l'atteindre avant que la brume ne recouvre les récifs qui protégeaient l'îlot. Ils y parvinrent juste à temps, montèrent le bateau sur la petite grève et se dirigèrent vers la bergerie, en ruines depuis la guerre. Yves portait les vivres, Augustin, la voile sous laquelle ils s'abriteraient s'ils étaient contraints de passer la nuit sur l'île.

— Cela me rajeunit, Augustin, fit Yves en riant. La dernière fois que je suis venu à Litiri, cela devait être en 1912 ou 13, pour une partie de pêche à pied. Nous exploitions encore l'île, à l'époque ; ou plutôt, nous y mettions quelques moutons, l'été. À l'automne, quand nous les vendions, nous en tirions un très bon prix, tu peux me croire. De vrais prés-salés ! Je ne sais si Hervé fait de même, aujourd'hui. C'est ton père qui les convoyait à Brest. Comme il me transportait mes pains de soude.

— Au fait, vous disiez que bientôt on ne ferait plus de pain de mer. Pourquoi ?

— À cause de la concurrence, Augustin. Pour le moment, on ne la voit pas beaucoup, sinon, peut-être, en Allemagne. En France, la production de pains de soude est encore loin d'avoir retrouvé ses niveaux d'avant-guerre et la demande est supérieure à l'offre. En vérité, ce n'est pas d'Europe que viendra le danger, mais d'Amérique du Sud. Il suffira que les Chiliens qui font la loi sur le marché veuillent une plus grande part du gâteau et baissent les prix pour que notre marché s'écroule. De nouvelles usines fleurissent partout, et je n'ose imaginer comment réagiront alors tous ces investisseurs qui pensent gagner de l'or avec l'iode.

— Que se passerait-il ?

— La chute des cours de l'iode entraînera inéluctablement celle du pain de soude. Ce sera la fin des usiniers, la fin des îles et des goémoniers. Hervé devra se reconvertir au froment. Pour lui, ce ne sera pas trop grave, mais pour les pigouillers de Lilia, de Portsall, Porspoder, Landéda, ou de Lampaul, ce sera la disparition de leur métier, la reconversion obligatoire, et pour les ouvriers des usines de soude et d'iode, le chômage.

— Ça mettra Le Conquet à genoux ! s'exclama Augustin. Sans ses deux usines, la ville va mourir. C'est près de deux cents emplois ! Une trentaine dans les usines, plus les goémoniers !

— Oui. Tu vois cette bâtisse ? Je l'ai connue pimpante ; aujourd'hui, elle est en ruines, et dans vingt ans, on en verra à peine les vestiges ! Peut-être en sera-t-il de même pour l'usine de Gwen. Ainsi va la vie...

Après un bref silence, un coup d'œil au ciel et un autre à son gendre, Yves reprit :

— J'espère que la brume va se lever rapidement. Je n'aimerais pas passer la nuit ici.

— Il faut pourtant nous y préparer, dès maintenant, dit Augustin. Nous partirons demain à l'aube, quand elle sera dissipée. Pourvu que Jacqueline ne s'inquiète pas de trop !

*

Lorsque les cinq minutes qu'il avait accordées à la demoiselle furent écoulées, Gwen-Aël décida de lui donner un nouveau sursis : il se coucherait quand il aurait fini son cigare. C'était fait, maintenant, et elle n'était toujours pas là. Tant pis ; cette jeune fille resterait au rayon des occasions manquées. Il allait se coucher, entamer la lecture de ce mémoire que son père lui avait remis, juste avant son départ. Son père lui avait, certes, recommandé de ne le lire qu'au Conquet, mais il y était presque puisque dans le train qui l'y menait.

La porte claqua, et la belle inconnue pénétra enfin dans le wagon. Il tourna lentement la tête vers elle. Ils étaient seuls, tous les deux, dans ce couloir étroit dont toute la longueur les séparait, et il ne la quitta pas un instant des yeux tandis qu'elle s'avançait vers lui. Il s'attendait à la voir hésiter, mais ce fut lui qui dut s'effacer pour la laisser entrer dans son compartiment en bredouillant une excuse.

Il avait été incapable de trouver le moindre prétexte pour la retenir. Aussi fut-il soulagé quand il vit la poignée de la porte remuer et la jeune femme reparaître, puis se placer à un mètre de lui, dans le couloir.

— Puis-je vous tenir compagnie, mademoiselle ? se hasarda-t-il.

— Pourquoi pas ? lui répondit-elle, en lui souriant.

— La fumée ne vous dérange pas ? demanda-t-il un peu gauchement.

— Non, pas du tout. Il m'est même déjà arrivé de fumer. Une seule fois, et je n'ai pas aimé. Mais tant de choses sont encore interdites aux femmes en société que, par défi...

— Pourtant, les mœurs évoluent si vite que vous n'aurez bientôt plus à vous en plaindre ! répondit Gwen-Aël, qui se sentait déjà plus à l'aise. Puis-je vous inviter à prendre un rafraîchissement ou un thé, au wagon-bar ?

— Que vous disais-je ? répliqua la jeune fille. Vous ne m'avez pas proposé d'alcool... Si j'avais été un homme, vous l'eussiez fait...

— Vous avez raison. Je...

— Ne soyez pas désolé, le coupa-t-elle. Le monde est ainsi fait ; nous n'y pouvons rien, ni vous ni moi. Mais quoi qu'il en soit, c'est non. Je compte me coucher tôt et je n'ai pas le courage de retourner au wagon-restaurant.

— Dans ce cas, peut-être accepterez-vous de me tenir compagnie et de vous asseoir un instant dans mon compartiment ? Je laisserai la porte ouverte.

Il maudissait la balourdise qui lui faisait tenir pareils propos. Il n'intéressait les femmes que quand elles ne l'attiraient pas, et devenait maladroit dès qu'il voulait plaire. La jeune fille le fixa dans les yeux, et lui répondit, le plus sérieusement du monde :

— Je ne pense pas que cela soit nécessaire, n'est-ce pas ? Je voudrais m'excuser pour vous avoir tiré de vos rêveries, il y a un instant, quand vous m'avez cédé le passage. Vous y sembliez plongé si intensément !

— Ce coucher de soleil me rappelait les fêtes de la Saint-Jean d'avant-guerre et les amis avec qui je les passais, dans le Finistère, répondit Gwen-Aël.

— Vous êtes donc breton, vous aussi ? Moi, je suis morlaisienne.

— Je m'appelle Gwen-Aël Kernéis, dit-il, et avec un tel patronyme, j'aurais bien du mal à nier mes origines ! Je suis né au Conquet, que vous connaissez certainement, et j'habite actuellement Paris. Votre père n'est pas dans le même wagon-lit que vous ?

— Mon père ? Dieu merci ! Ce n'est pas mon père qui m'accompagnait au wagon-restaurant, mais l'une de ses relations d'affaires, rencontrée par hasard sur le quai de Montparnasse, répondit la jeune fille, en souriant. Je n'ai pas pu refuser son invitation à dîner, Père ne l'aurait pas compris. Pourtant, je n'apprécie que fort peu ce monsieur. Je le trouve... Enfin, vous me comprenez... conclut-elle, rouge de confusion.

— Tout à fait ; et pour être franc, je m'étonnais qu'une jeune fille comme vous pût être avec un homme pareil. Vous faisiez un drôle d'équipage !

— Je suppose que c'est pour cela que vous me dévisagiez ainsi ! Mon père, lui, est armateur. Enfin, quand je dis « est »... Il va vendre son affaire, si ce n'est déjà fait...

— Je ne voulais pas être indiscret, s'excusa Gwen-Aël.

Mais déjà la jeune fille reprenait :

— Pour répondre à votre curiosité, je puis vous dire encore que je me prénomme Viviane. Voilà. Satisfait ? À mon tour, maintenant, de poser les questions. Par où vais-je commencer ? Je vais être plus banale que vous, encore ! Êtes-vous un habitué de cette ligne ?

Gwen-Aël était conquis : la jeune fille était plus fine qu'il ne l'aurait cru, et elle ne manquait pas d'humour.

— Effectivement, répondit-il en souriant. Je fais le trajet toutes les six semaines, environ. Je termine actuellement mes études dans une école de commerce parisienne, tout en dirigeant une usine chimique au Conquet. Encore qu'en l'occurrence, diriger ne soit sûrement pas le terme approprié : je suis trop rarement sur place pour le faire. Disons que j'ai hérité, par choix familial, de la responsabilité d'une usine que j'essaie de gérer au mieux. Ou mieux encore, que j'apprends à le faire, avec l'aide de mon père et de deux ingénieurs. Je passe l'été et toutes mes vacances au Conquet. Le reste du temps, je vis à Paris, dans un petit deux-pièces, rue de Vaugirard, en face du Luxembourg.

— Vos parents habitent Le Conquet ?

— Non, plus maintenant. Ils sont à Paris, à Passy. Mon père est officier de marine et partage son temps entre ses embarquements à Cherbourg, son ministère à Paris, et ses missions en Allemagne. Quant à ma mère, c'est surtout entre Paris et la Bretagne qu'elle navigue. Elle aussi est une habituée de la ligne. J'ai une sœur, Aurélie, qui vit à Rennes ; elle a épousé l'un de mes amis d'enfance, Jean-Yves Kerléo, qui se destine au métier de notaire.

Elle lui jeta un regard en coin.

— Et la jeune femme avec qui vous dîniez ? demanda-t-elle.

— Julia est une amie d'enfance et la sœur de mon beau-frère, Jean-Yves, répondit-il. Elle est aussi l'épouse de mon cousin Karl, et donc ma cousine, alors qu'auparavant elle était déjà ma belle-sœur. Comme vous le voyez, c'est on ne peut plus simple ! Je doute que vous vous y retrouviez, car, même pour nous, ce n'est pas toujours évident ! Les Lemarchand-Kernéis et les Kerléo ont tant de liens !

— Lemarchand... N'est-ce pas le nom d'un homme politique ?

— Mon grand-père était conseiller général, mais son dernier mandat a pris fin en 1915... Vous êtes bien trop jeune pour pouvoir vous en souvenir !

— Sans doute est-ce Papa qui m'en aura parlé. Ou l'un de ses amis. Dites-moi : que fabriquez-vous dans votre usine ?

Gwen-Aël eut un soupir imperceptible : décidément, il n'échapperait jamais à ces algues. Mais la jeune fille paraissait vraiment curieuse de savoir, et il aurait fait n'importe quoi pour l'empêcher d'aller se coucher.

— Nous produisons de l'iode et différents engrais, expliqua-t-il. Nous extrayons l'iode, par traitement chimique, des pains de soude que les goémoniers obtiennent en brûlant des algues séchées, les laminaires, dans des fours de pierre creusés dans les dunes. Venez me rendre visite et je vous ferai visiter nos installations !

— Bien volontiers, si j'en ai un jour l'occasion.

Mais cette vie d'étudiant-industriel n'est sûrement simple ni pour vous ni pour votre épouse, qui doit être lasse de ne vous voir qu'entre deux trains !

— Je suis célibataire, répondit Gwen-Aël, en passant son veuvage sous silence.

— Passer de la bohème de la vie estudiantine au sérieux de celle d'industriel et au conformisme des affaires, n'est-ce pas trop difficile ?

— Non, pas du tout. Il est vrai que je ne suis pas un étudiant classique. À cause de mon âge, sans doute, comme de ma vie passée.

— Le regrettez-vous ? sourit la jeune fille. Par exemple, aimeriez-vous me tutoyer ?

— Cela me semble prématuré, ne croyez-vous pas ? Mais nous appeler par nos prénoms, oui, pourquoi pas ? Puis-je me le permettre... Viviane ?

— Tout à fait, Gwen-Aël. Eh bien ! Gwen-Aël, je suis ravie d'avoir fait votre connaissance ! Je vais regagner mon compartiment et me coucher. Mais dites-moi : il m'a semblé que je vous rappelais quelqu'un, si j'en crois, du moins, la façon dont vous me dévisagiez, au restaurant.

— Non, Viviane. J'avais tout simplement plaisir à admirer une jolie femme.

— Pas femme, Gwen-Aël, fille, je n'ai pas encore vingt-trois ans ! Mais ce n'est pas très gentil de me faire rougir ainsi, même si je vous remercie pour le compliment !

— C'était sincère. Nous reverrons-nous demain ? J'aimerais beaucoup...

— Pourquoi pas, si votre amie accepte ma présence à sa table ? Elle a toutes les raisons de m'en vouloir :

je lui ai stupidement refusé un changement de compartiment.

— Si vous connaissiez Julia et Karl, vous sauriez à quel point vos craintes sont vaines : elle est infirmière et était de service la nuit dernière, ce qui explique qu'elle soit déjà couchée. C'est un couple extraordinaire.

— Et lui ? Que fait-il ?

— Il finit ses études de médecine.

— Vous me semblez faire partie d'une famille étonnante, Gwen-Aël, et je serais ravie de faire la connaissance de votre amie Julia. Peut-être aurai-je ainsi l'occasion de mieux comprendre ces liens croisés entre vous.

À plusieurs reprises, elle fit, ainsi, mine de le quitter, mais, chaque fois, soit qu'elle n'y tînt pas réellement, soit qu'il se montrât particulièrement persuasif, il réussit à la retenir. Ils bavardèrent plus d'une heure encore, de tout, de rien, de Morlaix, de la Bretagne. De Paris, surtout. Ils évoquèrent Sarah Bernhardt, disparue deux mois plus tôt, les spectacles auxquels ils venaient d'assister, les derniers films projetés, *La Roue*, d'Abel Gance, *Le Kid* de Chaplin, *Paris qui dort*, de René Clair... Il y avait bien longtemps que, Julia exceptée, Gwen-Aël n'avait senti pareille proximité avec une jeune fille. Quant à Viviane, elle était tout simplement hors du temps et vivait un rêve éveillé. Trois sifflements stridents l'en sortirent soudain. Le train s'arrêtait. Elle jeta un coup d'œil sur la montre qu'elle portait en pendentif et s'exclama :

— Cette fois, je vais devoir vous laisser, Gwen-Aël ! Il est si tard ! Bonne nuit, et à demain, peut-être ?

Elle se leva et sortit si rapidement qu'il resta sans réaction. Lorsqu'il se ressaisit, elle avait déjà refermé la porte de son compartiment. Et il n'avait même pas de rendez-vous ! Il était vraiment en dessous de tout !

3

Jusque-là, Anne était parvenue à maîtriser, tant bien que mal, l'inquiétude qu'elle sentait sourdre en elle, mais à présent cette inquiétude se transformait en angoisse. Au fur et à mesure que les heures passaient, elle avait reculé l'échéance. Elle fixait l'horloge et suivit du regard l'aiguille des minutes quand elle passa sur le chiffre XII. Elle avait assez patienté. Maintenant, elle voulait savoir. Il y avait déjà deux jours et demi qu'au petit matin, Yves avait subitement décidé d'accompagner son gendre Augustin à la pêche et, lorsqu'ils avaient quitté le port, le jour pointait à peine.

Cinq minutes plus tard, elle sonnait chez sa fille Jacqueline qu'elle trouva endormie. Jeanne-Yvonne, qui assistait la jeune maman, tenta bien de la rassurer mais n'y réussit pas. Sans perdre une seconde, Anne descendit au port, où les pêcheurs surent se montrer plus convaincants. Ils lui affirmèrent qu'Augustin et Yves avaient certainement choisi de rester sagement passer la nuit à Quéménès, Molène ou Béniguet, comme tous ceux qui s'étaient laissé surprendre par la brume, beaucoup plus dense en mer que sur le continent. Elle le savait bien, elle qui avait vécu si longtemps aux îles ! Par acquit de conscience, elle passa cependant rue

Saint-Christophe, chez Marguerite-Marie, la mère d'Augustin, qui insista pour lui offrir le café, avant de retourner chez Jacqueline. Elle trouva sa fille en pleurs, réussit tant bien que mal à la calmer, et la quitta, excédée, après avoir demandé à Jeanne-Yvonne de passer la nuit avec elle.

Comme Jacqueline avait changé depuis son mariage ! À croire qu'au contact d'Augustin, elle avait abdiqué toute personnalité. Elle, qui en avait déjà si peu avant, ne vivait plus qu'en fonction de ce mari qu'elle idolâtrait. Une telle dépendance était malsaine et dangereuse : Augustin n'était certainement pas le genre d'homme à supporter longtemps une épouse geignarde, d'autant que c'était un bel homme, et Anne avait noté qu'elles étaient plusieurs, veuves ou non, à s'y intéresser de près. Si Jacqueline n'y prenait garde... Et même si elle le faisait, d'ailleurs, c'était perdu d'avance : elle n'était pas de taille à se défendre... Comment sa fille pouvait-elle être si empotée ? Cette maladresse, quand elle donnait le sein au bébé ou le prenait dans ses bras ! Elle semblait aussi décontenancée devant son enfant qu'un chien devant un hérisson. Heureusement, Julia serait là le lendemain et saurait conseiller sa cadette. Que leur enseignaient donc prêtres et religieuses, aujourd'hui, dans leurs écoles ? Garçons et filles devenaient de moins en moins dégourdis, de plus en plus timorés.

Quand elle poussa la porte de Roz-Avel, sa maison, Anne se heurta à Estelle qui en sortait. Son amie l'embrassa et lui dit :

— Bonsoir, Anne. Il paraît qu'Augustin et Yves ne

sont pas encore rentrés. Tu n'es pas trop inquiète, j'espère ?

— Non, ils ont dû rester dormir à Quéménès. Il y a de la brume et mon gendre est prudent.

— Plus qu'Yves ? Cela m'étonnerait !

— En réalité, j'aurais eu des raisons de m'inquiéter s'ils avaient été seuls dans leur cas ; mais un pêcheur sur deux a fait comme eux. Reste dîner avec nous, veux-tu ? Tu me feras plaisir...

Cette invitation tombait d'autant mieux pour Estelle que sa fille Aurélie et Jean-Yves, son mari, recevaient à dîner deux couples d'amis brestois, étudiants à Rennes comme eux, qui resteraient dormir à Ker-Héol. Estelle détestait s'imposer et préférait laisser les jeunes gens entre eux.

— Ces enfants ! soupira Anne.

Et, revenant à ce qui faisait son souci, elle ajouta :

— Je trouve que ta fille et la mienne ont beaucoup de points communs dans la façon possessive dont elles aiment leurs maris, et je crains qu'elles n'aillent toutes les deux au-devant de déconvenues. Espérons que leurs maternités les feront mûrir.

— Oh ! pour ce qui est d'Aurélie, il ne s'agit pas de manque de maturité, mais d'un caractère trop entier, répondit Estelle. Elle est de plus en plus dure, cassante même. Avec moi du moins, et je me demande bien pourquoi ! Tu devrais en parler à Jean-Yves, qui ne semble pas s'en apercevoir. Il est vrai qu'avec lui, elle est tout miel. Elle l'a tellement dans la peau qu'il lui arrive même de manquer de pudeur...

— Estelle ! la coupa Anne en éclatant de rire. C'est

toi qui dis ça ! Je ne sais pas pour ta fille, mais Marie-Ange, par exemple, est au contraire prude à l'excès.

— Cela t'étonne ? C'est une conséquence directe de la multiplication des Missions dont nous inonde l'Église depuis trente ans et de l'éducation étriquée que l'on donne à nos enfants dans nos écoles libres ! François a coutume de dire que, paradoxalement, le Petit Père Combes a indirectement servi les intérêts des puritains en renforçant l'autorité de l'Église sur ses ouailles. Aujourd'hui, ce n'est plus l'amour de Dieu et du prochain que prêchent les prêtres ; ils voient le mal partout et passent leur temps à jeter des anathèmes et promettre le feu de l'Enfer aux pauvres pécheurs que nous sommes tous devenus, selon eux... Mais je te barbe, Anne, pardonne-moi. En tout cas, merci de m'éviter un dîner solitaire à Bellevue.

Le repas terminé, Marie-Ange était montée dans sa chambre, et les deux amies, pour une fois seules, prolongeaient leur soirée, heureuses de se retrouver après une séparation de deux mois. Elles avaient parlé de leurs filles, de Jacqueline et de son bébé, d'Aurélie qui attendait le sien, de Marie-Ange, enfin, qu'Anne comprenait si peu. Une fille à part, comme le souligna Estelle, grande, mince, nerveuse, aux superbes cheveux blonds et qui ne tenait, semble-t-il, ni des Kerléo ni des Penru, la famille d'Anne. Au caractère particulier, même difficile, ajouta sa mère, et qui changeait de jour en jour :

— Elle, qui était si paresseuse, elle lit, elle coud, fait de la photo, se passionne pour la radio, les postes à galène, toutes les nouvelles techniques... Elle s'est acheté un phonographe avec l'argent qu'elle gagne en travaillant au bureau.

— Marie-Ange travaille ?

— Oui, tu ne le savais pas ? Je croyais te l'avoir dit. Elle touche même un salaire. Yves y tient ! Il a toujours des initiatives surprenantes. T'imagines-tu cela ? Des parents payant leurs enfants ?

— Tu as de la chance ! répondit Estelle. Un mari qui te surprend encore à cinquante-cinq ans passés !

Anne ne releva pas le désenchantement qu'il y avait dans cette phrase, et enchaîna :

— Bref, Marie-Ange s'occupe de la facturation et des comptes. Le problème, c'est qu'elle n'a aucun sens des responsabilités : quand l'envie lui prend d'aller à la pêche à pied, elle part sans crier gare, en plantant tout le monde et son travail, même quand il y a urgence.

— J'imagine qu'en s'occupant du commerce, elle cherche à maintenir le contact avec Sébastien son jumeau, qui en héritera quand il rentrera du service militaire ? Au fait, quand est-ce qu'il revient ?

— Dans trois mois, dit Anne. Tu as peut-être raison, je n'y avais pas pensé. Mais assez avec ces enfants ; donne-moi plutôt des nouvelles de tes hommes.

— François est en Allemagne pour un mois. Son travail devient délicat ; les officiers allemands avec lesquels il négocie sont de plus en plus agressifs. Gwen, lui, sera là demain.

— Oui, je le sais. Jean-Yves les prend à la gare, demain matin, Julia et lui.

— Et Yves ? demanda Estelle. Il s'ennuie toujours autant ? Que Yann, ton frère, avec sa jambe perdue au front, ait voulu arrêter la soude, c'est compréhensible, mais Yves...

— Il prétend que son commerce de vins le passionne, il potasse les ouvrages que lui a laissés François sur le métier et s'est même abonné à *La Journée vinicole*. Mais à part cela... Heureusement qu'en dehors de la chasse et la pêche, il dispose de la bibliothèque de Bellevue. J'espère le convaincre d'aller à Paris en octobre... Tu y seras ?

— Probablement. J'aimerais accompagner François, lors de sa prochaine mission. Cela dépendra aussi de ce que va faire Gwen-Aël, une fois qu'il aura terminé ses études.

— Il reprend l'usine, non ?

— Il ne peut pas faire que ça, Anne ! L'iode n'offre aucun avenir ! Il peut être contraint de fermer d'un mois à l'autre, si le marché plonge.

— Crois-tu ? Yves me disait, il y a peu, qu'il se redressait, au contraire, et qu'il y aurait encore de bonnes années pour la soude.

— Je l'espère, mais je n'y crois pas.

Anne raccompagna son amie à la porte et monta se coucher presque aussitôt. Elle ne lui avait pas soufflé mot de la mauvaise nouvelle du jour : Sébastien leur avait annoncé par lettre son intention de s'engager dans la marine, dès la fin de son service. Qu'en dirait Yves, quand il rentrerait ? Et Marie-Ange ?

4

De retour au wagon-restaurant, Gwen-Aël commanda un cognac et alluma un nouveau cigarillo. Viviane... La fée Viviane... Il pressentait cette rencontre depuis des mois ; il l'attendait ; il était prêt. Certes, il y avait Helen, mais Helen ne serait jamais qu'une aventure, même si, parfois, elle laissait entendre qu'une fois son divorce prononcé, elle quitterait définitivement Londres pour Paris. Peut-être attendait-elle une réaction de sa part ? Si c'était le cas, elle se trompait, car il n'avait jamais envisagé de construire quelque chose de durable avec elle, bien qu'il l'appréciât beaucoup.

Mais Viviane... Il revoyait l'ovale parfait de son visage, ses yeux noisette si lumineux, son sourire ensorceleur, ses cheveux auburn plutôt que franchement bruns. Ses cheveux, son teint... C'était curieux ; elle avait quelque chose de sa mère. Il se surprit à sourire. Que lui arrivait-il ? Il était en train de tomber amoureux ! Non, il *était* amoureux ! Comme cela, d'un coup ! C'était stupide. Comment se pouvait-il qu'un homme de son âge, veuf de surcroît, s'éprenne ainsi, brutalement, d'une gamine de vingt-deux ans à peine entrevue ? C'était complètement fou, et pourtant, il était sûr que l'heure qu'il venait de passer était l'une des plus importantes de sa vie. Il tournait le pied de son verre si distraitement qu'il en renversa le contenu sur la table. Confus, il appela le garçon, s'excusa pour sa maladresse, le régla et se leva comme un automate.

Il rejoignit le wagon-lit et s'adossa un instant à la porte de son compartiment. Il allait se coucher dans cinq minutes, le temps de terminer son cigarillo. Dire qu'elle dormait là, à deux mètres de lui, si près... Il devait la revoir, lui demander son adresse, son téléphone. Quel idiot il était : elle s'arrêtait à Morlaix ! D'un geste rageur, il écrasa le cigarillo dans le cendrier. Bien sûr ! C'est ce qu'il fallait faire ! Il n'avait pas d'autre choix. Sans doute était-ce de la dernière incorrection, mais qu'importe ! Il était amoureux ? Il devait le lui dire. Maintenant. Tout de suite ! Il se retourna et frappa à la porte du compartiment numéro 2.

— Viviane, dit-il, c'est Gwen-Aël. J'ai quelque chose à vous dire...

La réponse lui parvint aussitôt.

— Gwen-Aël ? Qu'y a-t-il ? Un instant, s'il vous plaît...

Elle mit quelques interminables secondes à apparaître. « Oui ? Que puis-je pour vous, Gwen-Aël ? » lui demanda-t-elle, en s'inscrivant dans l'encadrement de la porte. Il resta un instant interdit, désarmé par la candeur de son regard. Elle avait passé un déshabillé bleu pâle qu'elle tenait fermé d'une main, et avait ramassé ses cheveux dans un ravissant petit bonnet de dentelle blanche qui lui dégageait la nuque. Dieu, qu'elle avait le cou gracile !

— Je suis navré, Viviane, je suis un rustre de vous réveiller ainsi, mais puisque vous me demandez ce que vous pouvez pour moi, je vais vous répondre : tout, vous pouvez tout pour moi. Ce que j'ai à vous dire n'est pas facile... J'avais tant envie de vous revoir... C'est incorrect et ridicule, je le sais. Pardonnez-moi.

— Vous êtes tout excusé, Gwen-Aël, d'autant plus que je ne dormais pas. Ne vous faites donc aucun reproche et dites-moi ce qui ne peut attendre demain.

C'était étrange ; comme si leurs rôles, leurs âges étaient inversés. L'enfant, tout d'un coup, c'était lui. Il bredouilla :

— Viviane, je ne vous connais pas, et pourtant, j'avais si peur de ne pas vous revoir que je n'aurais pas fermé l'œil de la nuit si vous ne m'aviez pas ouvert...

— C'est peut-être moi qui vais rester éveillée, maintenant, Gwen-Aël, mais entrez vite, je vous en prie ! Que quelqu'un nous surprenne, ma porte entrouverte, et c'en est fini de ma réputation !

Il murmura une excuse en se glissant dans le single dont elle referma aussitôt la porte.

Ils se faisaient face, si proches l'un de l'autre qu'ils se touchaient par moments. Il y eut un virage plus prononcé, et ils se trouvèrent tous deux projetés contre la cloison, Gwen-Aël saisit Viviane à bras-le-corps pour la protéger et lui éviter de se cogner. Elle se cramponnait à lui, les bras agrippés à sa veste. Il la tenait dans les siens, sentait ses cuisses contre les siennes, son ventre collé à lui, ses seins sur sa poitrine, et lui souriait. Lorsqu'elle leva les yeux sur lui et lui murmura : « Merci, Gwen-Aël », il sut ce qu'il était venu chercher. Il y avait tant de confiance, tant d'abandon dans ce regard qu'elle s'y donnait tout entière sans en avoir conscience. Jamais elle ne s'était sentie pareillement protégée, pas même par son père. Cet homme qu'elle ne connaissait pas était un roc auquel elle pourrait s'accrocher sa vie durant, un havre où elle aimerait s'abriter. Elle le sentait, le savait, c'était lui. Il lui était destiné.

— Je suis bien dans vos bras, Gwen-Aël, si bien, mais croyez-vous que cela soit sérieux ?

— Pardonnez-moi, Viviane.

Elle n'était plus serrée contre lui, mais elle restait dans ses bras. Le cœur de Gwen-Aël s'affolait.

— Viviane, demanda-t-il d'une voix qui tremblait un peu, je désire savoir si notre rencontre a pour vous la moitié de l'importance qu'elle a pour moi...

— Tout à l'heure, Gwen-Aël, je l'ignorais encore, répondit-elle. Maintenant, je crois que oui. Mais n'allez pas trop vite. Que voulez-vous de plus ? Que je vous dise que je vous trouve très attirant, qu'être dans vos bras, comme je le suis, est tout ce que je désire à cet instant ? Que j'aimerais être déraisonnable et que vous restiez avec moi toute la nuit ?

— Je ne vous en demande pas tant, lui répondit-il, un peu effrayé, en la libérant... Seulement la promesse d'un petit déjeuner, demain matin.

— À six heures et demie, alors. N'oubliez pas ! je descends à Morlaix.

— Bonne nuit, Viviane. Pour moi, je ne dormirai pas, de peur de vous rater.

— Vous partez comme cela, comme un voleur, sans même m'embrasser ? Pourtant, dans les moins osés des romans que l'on m'autorise à lire, le jeune prince embrasse toujours sa bergère. Évidemment, il lui a déjà avoué son amour, et nous n'en sommes pas encore là, mais vous m'avez fait passer une si bonne soirée que ce serait cruel de ma part de vous refuser un baiser, n'est-ce pas ? Et encore plus à vous de ne pas me le donner, maintenant que je vous l'ai demandé !

Il sourit, mais se contenta de poser ses lèvres sur les siennes.

— À demain, ma fée, lui souffla-t-il en refermant la porte.

Durant le petit déjeuner, Julia, contrairement à son habitude, se contenta d'écouter en silence Viviane babiller comme un oiseau. Gwen l'agaçait. Comment pouvait-il rester ainsi béat d'admiration devant cette péronnelle ! Dieu, qu'un homme amoureux pouvait être ridicule ! Car c'était évident, il était tombé amoureux, ce nigaud ! Même avec Yvonne, sa sœur qu'il avait tant aimée, il ne s'était jamais comporté ainsi ! Elle leva la tête ; Viviane s'adressait à elle.

— Madame, Gwen-Aël m'a dit, hier, que vous étiez son amie, mais aussi sa belle-sœur. Pouvez-vous me l'expliquer ?

— Je le puis, en effet, répondit Julia. Mais il serait plus simple que Gwen-Aël le fasse lui-même. Plus simple et plus honnête.

Après un bref coup d'œil à Julia, Gwen-Aël posa sur la table le toast qu'il beurrait consciencieusement, prit une gorgée de café, et s'éclaircit la voix. Bien que persuadé de jouer gros, il décida d'être direct :

— J'ai vingt-sept ans passés, Viviane, commença-t-il, et, pendant la guerre, en 1916, j'ai épousé la sœur de Julia, Yvonne, qui, malheureusement, est morte en accouchant de notre petite fille. Nous avions vingt ans, tous les deux, et nous nous aimions depuis l'enfance.

— Oh !... Je... Je suis désolée, Gwen-Aël, vraiment désolée, dit Viviane. Toujours cette fichue curiosité... Morte à vingt ans... Mon Dieu ! C'est horrible... Quel malheur... Pardonnez-moi.

— Il n'y a rien à pardonner, Viviane, puisqu'il n'y a pas d'offense. J'aurais dû vous le dire au lieu de vous laisser poser la question. Enfants, Julia, Yvonne et Jean-Yves, leur frère, mon cousin Karl et moi-même étions unis comme les cinq doigts de la main. Inséparables. Nous avons passé une enfance merveilleuse, n'est-ce pas, Julia ?

— Merveilleuse, oui, répondit Julia, en lui souriant avec chaleur.

L'affection que reflétait ce sourire était telle que Viviane en fut émue, mais Gwen poursuivait :

— Ensuite, adolescents, nos sentiments ont évolué. Nous nous sommes aimés, et cela a débouché sur trois unions : Julia et Karl, Yvonne et moi, Jean-Yves et ma sœur Aurélie. Vous savez, maintenant, comment cela s'est terminé pour moi.

— Gwen-Aël a très bien dit cela, Viviane, intervint Julia. Nous avons tous les cinq eu vingt ans pendant la guerre ; comme tant d'autres, nous avons subi des épreuves, et Gwen-Aël, plus que nous tous. Mais il s'en est remis, et, aujourd'hui, il est prêt pour un nouveau départ ; j'en suis heureuse pour lui. Mais je parle sans doute trop, n'est-ce pas, Gwen ? Je vais vous laisser en tête à tête, nous approchons de Plouaret. Ne manquez pas l'arrêt de Morlaix, Viviane, et, à bientôt, sans doute.

— Je l'espère, Julia, répondit Viviane avec un grand sourire.

Ils n'avaient, ni l'un ni l'autre, jugé utile de rien rajouter à ce que venait de dire Julia. Gwen-Aël savait que Viviane aurait besoin de temps pour digérer ce qu'elle venait d'apprendre : il avait eu une vie avant elle, un premier mariage, une autre femme, un enfant. Ça faisait beaucoup à la fois. Ils finirent leur petit déjeuner en silence. Viviane semblait avoir perdu sa gaieté.

— Je vous raccompagne, lui dit-il enfin, en posant sa main sur celle de la jeune fille, prenant possession d'elle inconsciemment. Nous n'allons pas tarder à arriver à Morlaix. Je vous appellerai demain, et puis j'aimerais... Quand puis-je vous revoir ? Je remonte à Paris dans trois jours, et...

— Si tôt ? Si vite ?

— Oui, je ne suis là que pour un baptême, mais peut-être... Écoutez, je vais tâcher de m'arranger et rester quelques jours de plus. Je suis désolé, mais j'ai des examens. Dans un mois, j'en aurai fini.

— Soyons raisonnables, Gwen-Aël, j'ai patienté près de vingt-trois ans ; vous, plus de vingt-sept. Nous pouvons le faire un mois de plus, ne croyez-vous pas ?

Elle était rentrée se préparer dans son compartiment et n'en était sortie que vingt minutes plus tard, alors qu'ils arrivaient à Morlaix. À peine eut-il le temps de descendre ses bagages sur le quai qu'elle le quitta précipitamment : ses parents étaient là, qui l'attendaient.

Gwen-Aël la regarda s'éloigner, attendit un instant, puis, au second appel du contrôleur, remonta dans son wagon. Quel idiot ! Il ne lui avait pas demandé son numéro de téléphone ! Le train démarrait quand elle revint en courant vers lui. Trop tard ; ils ne purent que se saluer de la main.

— Cela devait arriver, Gwen, lui dit Julia, quelques minutes plus tard, et j'en suis heureuse. Tu ne pouvais pas vivre dans le souvenir d'Yvonne toute ta vie. Il y a sept ans déjà !

— Je suis heureux, Julia, et j'ai envie de le crier au monde entier. Je suis amoureux, je renais à la vie !

Julia bouillait intérieurement, tant l'égoïsme de Gwen-Aël était insupportable, mais n'en montra rien et poursuivit :

— Je ne sais pas si Viviane sera l'élue, Gwen-Aël, mais ce que je sais, c'est que tu es mûr pour le mariage. Si c'est elle, laisse-lui le temps. C'est une jeune fille. Ne la brusque pas comme tu pourrais être tenté de le faire. Vous avez toute la vie devant vous. Alors, attends.

— Je te le promets, Julia, je l'attendrai le temps qu'il faudra.

— Et Helen ?

— Helen ? Entre elle et moi, il n'y a jamais eu que de l'amitié amoureuse, et encore ! Nous sommes beaucoup plus des copains qu'autre chose, et je vais clore notre relation dès mon retour à Paris. Ça ne nous empêchera sûrement pas de rester en bons termes.

— Tu es bien un homme ! soupira Julia. Que sais-tu des sentiments d'Helen à ton égard ? Tu lui prêtes les tiens parce que cela t'arrange. Es-tu sûr qu'elle ne voit en toi qu'un copain, comme tu le dis ? Fais bien attention à elle quand tu rompras, et respecte-la, si tu ne l'aimes pas.

Tout en parlant, Julia avait observé Gwen-Aël. C'est à peine s'il l'avait écoutée, et d'ailleurs il n'avait rien compris : il ne s'était jamais aperçu qu'Helen cachait ses sentiments sous une apparente désinvolture doublée d'une liberté de mœurs qu'elle n'avait adoptée que pour se l'attacher. Le lui dire ne servirait à rien, aujourd'hui ; c'était trop tard. Seule comptait Viviane, dorénavant. Elle l'écouta lui répondre :

— Merci pour Helen, Julia, et merci aussi pour la leçon. Que ne suis-je comme toi ou Karl ! Vous êtes si bons, si parfaits, et moi, si égoïste !

— Oh ! non ! nous ne sommes ni bons ni parfaits ! Nous essayons seulement de faire le moins de mal possible autour de nous, à ceux que nous aimons comme aux autres.

Et, une fois de plus, Julia l'abreuva de conseils. Il ne fallait pas qu'il change quoi que ce soit à son programme initial. À peine concédait-elle qu'il puisse s'arrêter quelques heures à Morlaix, à son retour. Il devait rentrer à Paris préparer ses examens, et les passer. Après, seulement, il serait temps de songer à ses amours. Il avait des devoirs envers lui-même autant qu'envers les siens, et des responsabilités vis-à-vis de ses employés, des goémoniers. Ce n'était pas parce qu'il avait de l'argent qu'il pouvait ne faire les choses qu'à moitié. Au contraire.

— Et puis, conclut-elle, il faut toujours prévoir le pire. Suppose que tu échoues à tes examens ; un jour ou l'autre, dans dix ou vingt ans, tu pourras être tenté de le reprocher à Viviane, si tu l'épouses. L'homme est ainsi fait qu'il fait souvent porter à autrui la responsabilité de ses propres échecs.

— Tu as raison, comme toujours, dit Gwen-Aël. Que ferais-je sans toi, ma Julia ? Viens dans mes bras que je t'embrasse.

— Regagne plutôt ton compartiment et prépare tes bagages, répliqua-t-elle en lui tendant la joue. Nous arrivons dans une demi-heure. Mais pourquoi ris-tu ainsi ? Qu'ai-je dit de si drôle ?

— Rien. Sinon que tu tolères que je m'arrête quelques heures à Morlaix pour voir Viviane, alors que je n'ai ni son adresse, ni le numéro de téléphone de ses parents, et que je ne sais même pas son nom ! Heureusement, Morlaix n'est pas Paris. Je réussirai bien à la dénicher.

5

Ils dormirent mal, car la nuit était fraîche et humide, mais, dès les premières lueurs du jour, la brume se dissipa et le soleil apparaissait sur le continent quand ils firent voile vers Le Conquet. Yves était frigorifié lorsqu'ils s'amarrèrent au corps-mort et ce n'est pas le café que lui offrit Jacqueline qui parvint à le réchauffer. Il se sentait même si mal, qu'il ne jeta qu'un coup d'œil distrait à sa petite-fille, qui lui parut étrangement calme, et il avait toujours aussi froid quand il arriva chez lui, à Roz-Avel, où il se glissa aussitôt dans son lit. C'était la première fois qu'une nuit à la belle étoile le laissait dans un état pareil.

Trois heures plus tard, il fut réveillé par des éclats de rire en provenance du rez-de-chaussée. Le merveilleux rire de sa petite Julia ! Julia était là et Jean-Yves aussi, qui était arrivé la veille, sans doute. Il se leva, s'aspergea d'eau fraîche et entreprit de se raser aussi vite que possible, ce qui lui valut de s'entailler l'épiderme à deux reprises. En examinant ses coupures, il fut surpris de constater à quel point les rides s'étaient multipliées autour de sa bouche. Il vieillissait, pas de doute. Soudain, il eut un choc : sa moustache ! Elle blanchissait bien plus vite que ses cheveux ! Il allait devoir la supprimer. Il soupira : c'était bien le moment de se poser pareilles questions ! Il vieillissait ? Oui, et alors ? C'était le lot commun ! Quelques minutes plus tard, il étreignait sa fille après avoir donné l'accolade à son garçon. Qu'ils étaient beaux, ses deux aînés !

— As-tu fait bon voyage ? demanda-t-il à sa fille.

— Très bon, merci Papa, répondit Julia. J'ai voyagé avec Gwen-Aël et une jeune fille dont vous entendrez bientôt parler. Elle s'appelle Viviane.

— Tu es vraiment une pie, Julia ! intervint Jean-Yves. Crois-tu que Gwen apprécierait que tu claironnes ainsi la nouvelle ?

— Laisse parler ta sœur ! le coupa Anne. Dis-moi tout, ma chérie. Les hommes ne comprennent rien à ces choses-là. Suis-moi là-haut, nous serons bien plus tranquilles.

Yves, amusé, observait sa femme, émoustillée à l'avance par les nouvelles qu'apportait Julia. Il posa la main sur l'épaule de son fils et lui dit :

— Laissons les femmes entre elles, Jean-Yves. Tu connais ta mère. Elle me dira tout, et même ce que Julia ne lui aura pas raconté.

Peu après, ils se désaltéraient tous deux d'une bolée de cidre, tandis que Jean-Yves confiait à son père son indécision : lui qui, sous la pression d'une épouse amoureuse, s'était orienté vers le notariat, n'avait que fort peu apprécié les stages qu'il venait d'effectuer et en revenait à son idée première : intégrer la magistrature.

— Ce n'est pas parce que j'aurai le diplôme que je vais faire le métier de tabellion. Je m'ennuierai et j'y perdrai mon temps et ma vie.

— Dans ce cas, n'hésite pas, dit son père. C'est à toi que ton métier doit plaire, pas à ta femme.

— Justement, Père. Aurélie ne veut pas entendre parler de la magistrature à cause des mutations, qui sont fréquentes en début de carrière. Mais si je ne puis être magistrat, je serai commissaire de police.

— Ce qui est tout aussi contraignant en matière de mutations, pour le peu que j'en sache, répondit Yves. Mais c'est une idée : laisse-lui croire que tu veux faire commissaire de police. Elle acceptera, car elle aura gagné. Gwen-Aël n'aura ensuite aucun mal à la convaincre que la magistrature est bien plus tranquille que la police.

— Papa, jamais je n'aurais cru que vous pouviez être aussi machiavélique ! Ce n'est pas de vous, cela.

— Mon fils, fit Yves, j'ignore quelle sera votre vie, les choses évoluent si vite ! Les femmes... Tu sais, je ne suis pas opposé à leur émancipation, mais quand même ! Trouves-tu normal que ton épouse interfère dans le choix de ta profession ? Excuse-moi de te le dire, mais jamais ta mère, qui tient pourtant toute sa place dans notre foyer, ne se serait permis la moindre pression sur moi ! Peut-être Aurélie est-elle influencée par le précédent d'Estelle, mais les choses étaient différentes pour sa mère. Il y avait l'usine, la pérennité de l'entreprise qui était en jeu...

À cet instant, Marie-Ange poussa la porte et vint embrasser son frère aîné.

— Jean-Yves, s'exclama-t-elle, tu m'avais promis de me conduire à Brest, ce matin !

— Je suis passé te prendre, répondit Jean-Yves. Je t'ai même attendue une demi-heure avant de partir chercher Gwen-Aël et Julia à Brest. Tu étais partie traquer la crevette je ne sais où...

Marie-Ange prit sa mine d'enfant boudeuse...

— Enfin, tant pis pour toi ! Te voilà condamné à m'y amener demain matin.

— Tu ne peux pas prendre le tramway ? demanda Yves.

— Père ! Vous me voyez, dans le tramway... avec mes énormes haveneaux ? Vous n'y pensez pas !

Yves lança un coup d'œil peu amène à sa fille qui le défiait du regard.

— Jeanne-Yvonne doit se rendre à l'hôpital de Brest demain, trancha-t-il. Tu l'accompagneras.

Jean-Yves se gardait bien d'intervenir. Visiblement, les relations entre père et fille ne s'étaient pas améliorées au cours de l'année écoulée. Comme tout le monde, il en connaissait les raisons : Marie-Ange n'avait jamais pardonné à ses parents, et surtout à son père, de les avoir « abandonnés » à Yvonne, leur aînée, pendant la guerre, alors qu'ils étaient cloués aux îles. Elle avait la rancune tenace et prétendait que son caractère difficile venait du manque d'affection qu'elle avait ressenti, enfant.

— Dites-moi, fit-il, si nous allions retrouver Julia et Maman ? Il va être l'heure de passer à table.

— Tu as raison, Jean-Yves, dit son père, mais avant cela, je vais te faire goûter un vin de Loire que je ne connaissais pas encore et que j'apprécie beaucoup. Un sancerre choisi par Job Courtès, le maître de chai.

— Vous ne connaissiez pas le sancerre, Père ? Vraiment ? Mon beau-père nous en a laissé une centaine de bouteilles dans la cave de Ker-Héol...

— Décidément, je fais un piètre marchand de vin, n'est-ce pas ? conclut Yves en souriant.

6

Ils n'avaient plus échangé une parole après l'annonce de l'arrêt à Morlaix, comme si l'imminence de la séparation les paralysait. Lorsque le train était entré en gare, Gwen-Aël lui avait souri tout en empoignant ses bagages qu'il avait placés près de la porte. Il l'avait aidée à descendre du wagon, avait déchargé ses valises et hélé un porteur vers lequel il s'était dirigé. Quelque peu désarçonnée de se trouver ainsi délaissée, elle hésitait sur la conduite à tenir quand, tournant légèrement la tête, elle aperçut ses parents : ils l'attendaient sur le quai et la cherchaient du regard ! Plus que l'amour filial, sans doute fut-ce le dépit inconscient suscité par l'attitude de Gwen-Aël qui incita Viviane à se précipiter vers eux, en agitant la main pour qu'ils puissent la reconnaître dans la foule. Aussitôt noyée sous l'avalanche de questions de sa mère à qui elle ne répondait que par monosyllabes, elle regretta sa réaction. Que faire, maintenant ? Les secondes s'écoulaient à une vitesse folle. Elle n'écoutait pas, elle n'entendait rien, habitée par un seul souci, une seule préoccupation : Gwen-Aël, Gwen-Aël qu'elle devait rejoindre à tout prix, Gwen-Aël qu'elle ne devait pas laisser partir sans le revoir, sans lui dire... Son nom ! Son adresse ! Il fallait que...

Trois coups de sifflet stridents la firent tressaillir. Non ; c'était impossible ! Les cinq minutes d'arrêt n'avaient pu passer si vite ! Elle planta là ses parents et se mit à courir vers le train qui, déjà, s'ébranlait et, lentement, inexorablement, quittait la gare. Tant pis si cela ne se faisait pas : elle savait que sa vie se jouait là, à cet instant ! Elle le vit enfin dans le couloir ; il lui sourit, désolé, et lui fit un signe de la main. Elle lui répondit par de grands gestes et c'est seulement alors qu'elle se rappela qu'il ne connaissait ni son nom, ni son adresse. Il ne la retrouverait jamais !

Cette pensée lui coupa les jambes. Elle s'arrêta brusquement et, le cœur gros, revint à pas lents vers ses parents. Viviane savait que sa mère mourait déjà d'envie de savoir qui était cet homme qu'elle avait salué aussi peu discrètement. Le flot de questions reprit aussitôt ; la jeune fille répondait machinalement. Oui, elle avait fait bon voyage, non, elle n'avait été incommodée ni par la chaleur ni par le bruit. Oui, elle avait bien mangé, bien dormi. Ce qu'elle avait fait à Paris ? Rien de spécial. Comme toujours, elle avait tenu compagnie à sa sœur aînée, Delphine, qu'elle avait accompagnée chez ses amies, à des thés, des réceptions où, comme d'habitude, aussi, elle s'était ennuyée. Si elle avait fait des rencontres ? Oui, elle leur en parlerait plus tard. Ils étaient montés dans la vieille Delahaye brinquebalante qui couinait encore plus que d'habitude, en cahotant dans la rue étroite et sinueuse qui, de la gare, descendait vers la rivière séparant le Trégor du Léon. C'était son père qui conduisait. Lucien, le chauffeur, avait-il été prié, à son tour, de chercher une nouvelle place ? Comme Louise, comme Anna ? Mieux valait ne pas poser la question qui risquait de jeter un froid. Elle le saurait bien assez tôt.

— Si je comprends bien, insista sa mère, Delphine t'a enfin fait rencontrer quelqu'un, ma chérie...

— Delphine ? Non, Mère, personne...

— Mais alors... Qui est-ce ?

— Laissez donc votre fille en paix, Emma ! coupa son père. Vous voyez bien que Viviane ne comprend rien à vos manigances ! Elle ne sait pas encore, la pauvre petite, que c'est uniquement pour lui trouver un mari que vous l'expédiez à Paris tous les six mois ! Sans doute n'est-il de bon gendre et de bon parti que de la capitale, pour la Parisienne que vous êtes restée !

— Parce que, selon vous, mon ami, un Morlaisien ferait sûrement mieux l'affaire ! répliqua sa femme d'un air pincé. Si c'était le cas, nous le saurions, ne croyez-vous pas ? Depuis le temps que vous cherchez à caser votre fille pour sauver votre commerce !

— Emma ! protesta Louis Lecomte.

Sans succès, car elle poursuivait :

— D'ailleurs, si j'en crois mon expérience, pour ce que valent les Morlaisiens...

— Maman, s'il vous plaît ! s'écria Viviane, abasourdie par ce qu'elle entendait.

— Vous devriez avoir honte de vous, ma chère ! Une scène pareille devant notre fille...

Mais sa scène, Emma Lecomte était bien décidée à la faire.

— Viviane, reprit-elle, il serait temps que tu cesses de te faire des illusions sur ton père, et qu'il t'apprenne qu'il est ruiné et à la merci de ses créanciers.

— Est-ce vrai, Père ? demanda la jeune fille, anxieuse.

— Des difficultés passagères, ma fille. Les affaires... Tu sais ce que c'est : un jour, on gagne, le lendemain...

— Sache, Viviane, intervint Emma Lecomte, qu'il est un homme qui joue toujours le mauvais jour, celui où l'on perd. Et cet homme c'est ton père.

— Mère ! Papa ? Dites-moi... ce n'est pas vrai !

— Non... Enfin... Si, Viviane. Ta mère exagère à peine. Je suis coincé.

— Par Dumartin, Père ?

— Oui ; comment le sais-tu ?

— Je l'ai rencontré à Montparnasse. Il m'a invitée à dîner, hier soir. Je n'ai pas pu refuser, sachant que vous êtes en affaires avec lui. Mais il a été... il est si... désagréable... Heureusement, j'ai réussi à m'en débarrasser.

— Il ne t'a pas fait d'avances, quand même ! gronda Louis Lecomte, en faisant bondir son véhicule d'un coup d'accélérateur si intempestif que, pour le maîtriser, il dut freiner brutalement et cala.

Dumartin, ce salaud ! Et à sa propre fille ! Il se croyait tout permis parce qu'il détenait 20 000 francs de billets à ordre, à une semaine d'échéance et parce qu'il avait une hypothèque de 70 000 francs sur son hôtel particulier du quai du Tréguier ? Ce porc s'imaginait qu'il allait pouvoir s'offrir sa fille pour 90 000 francs de créances !

L'armateur sentit soudain son cœur s'emballer, tandis qu'une sueur glacée perlait sur son front. Non, pas cela ! Pas sa fille ! Il gara lentement la voiture sur le côté droit de la chaussée, serra le frein avec violence, puis resta immobile et silencieux, les mains sur le volant. Il se sentait brutalement sans forces. Ce sentiment d'impuissance, cette sensation de vide et de froid qui le saisissaient, ce vertige soudain... Où avait-il conduit les siens ? Sa femme ? Sa fille ? Il respira profondément à plusieurs reprises et rouvrit les yeux. Il lui restait six jours pour trouver une solution. Peu à peu, il sentit son rythme cardiaque s'apaiser.

— Eh bien, Louis, que s'est-il passé ? demanda craintivement sa femme. Vous étiez si pâle, mon ami, que j'ai cru à une attaque. Vous n'avez pas idée de nous faire de telles peurs !

— Vraiment, ma chère ? Pareille planche pourrie ne serait pourtant pas une grosse perte...

— Papa, Maman, arrêtez de vous déchirer ainsi ! bredouilla Viviane avant d'éclater en sanglots. Rentrons à la maison ; nous y parlerons calmement.

*

Viviane avait fait un somme avant de se préparer pour le déjeuner auquel étaient conviés des cousins éloignés, de passage à Morlaix. Leur présence permit à la jeune fille de repousser de deux heures l'interrogatoire auquel sa mère ne manqua pas de la soumettre. Le feu roulant des questions reprit, en effet, dès leur départ, et cela, bien que son père eût fait remarquer qu'à son âge Viviane ne leur devait aucune explication. Mais la jeune fille, cette fois, n'avait nulle envie de se dérober.

— Merci, Papa, dit-elle, mais ce que je vais vous confier vous rendra aussi heureux que moi.

— Ah ! Ah ! Voilà une entrée en matière comme je les aime !

— Eh bien ! reprit-elle, j'ai rencontré un garçon, un jeune homme... Hier soir, dans le train... Je dînais avec Dumartin. Il était, lui, avec une amie à la table voisine... Il est... Gwen-Aël est merveilleux... Nous avons longuement parlé, hier, après le dîner, et, ce matin, nous avons pris le petit déjeuner ensemble, avec Julia, cette amie qui est aussi sa belle-sœur.

— Que fait ce garçon, Viviane ? Quel âge a-t-il ? interrogea son père.

— Il a vingt-sept ans. Il a fait toute la guerre, bien sûr, et termine actuellement des études de commerce à Paris, à ECH...

— HEC, ma fille, rectifia l'armateur, les Hautes Études commerciales, c'est une grande école... C'est sûrement un garçon intelligent, et, de plus, aisé, car cette école est très onéreuse, me suis-je laissé dire. Sans compter que n'y entre pas qui veut...

— Il dirige aussi une usine d'iode, au Conquet, reprit Viviane.

— Une usine d'iode au Conquet ? fit son père. Dans ce cas, ce ne peut être qu'un Devernois ou un Lemarchand.

— C'est un Lemarchand, en effet, mais il s'appelle, lui, Gwen-Aël Kernéis...

— Kernéis ? Bien sûr ! c'est le gendre d'Eugène Lemarchand. François Kernéis, un homme remarquable, officier de marine après avoir été industriel et négociant en vins. Souvenez-vous, Emma, je vous ai parlé des Lemarchand, naguère. J'ai rencontré ce Kernéis à Brest, avant guerre ; il nous avait tenus en haleine en nous parlant du Tour de France... C'était à une réception donnée par le consul de Grande-Bretagne. Rappelez-moi son nom... Ah ! Je ne connais que lui... Cet Anglais qui a une si belle femme, voyons... Robinson, Arthur Robinson.

— Je note, Louis, que votre mémoire n'est jamais défaillante en matière de jolies femmes. Vous vous rappelez même leurs maris !

Louis Lecomte haussa les épaules, et poursuivit :

— Enfin, mon amie, faites un effort ! L'affaire Devernois, il y a deux ou trois ans... Ce Félix Lemarchand qui avait repris l'usine du vieux Devernois et qui a été inquiété dans une affaire de contrebande d'iode... Il a été relaxé, mais a dû payer une amende de plus d'un million qu'il a réglé sans sourciller, a-t-on dit... Vous trouviez même cela scandaleux !

— Oui, j'y suis maintenant, répondit sa femme, mais vous savez bien, Louis, que ce monde des affaires ne m'intéresse pas !

— Ma fille, reprit l'armateur, tu as la main heureuse ! Les Lemarchand sont l'une des grandes fortunes du département... Comment est-il, ce Gwen-Aël ?

— Très bien élevé, très courtois, répondit Viviane avec un sourire amusé. Aisé, sans doute, puisque vous le dites, mais très simple, aussi. La preuve, c'est que Julia est la fille d'un goémonier qui était le meilleur ami de son grand-père.

— Eugène Lemarchand était un notable qui a longtemps été vice-président du Conseil général. J'ai du mal à croire à cette fable d'un goémonier meilleur ami d'un industriel richissime comme Lemarchand ! Ou tu te trompes, ou alors, on s'est moqué de toi.

— Pourtant, Père, c'est ce que m'a dit Gwen-Aël. D'ailleurs, la fille de ce goémonier, Julia Kerléo, a épousé le cousin de Gwen-Aël, Karl Lemarchand, dont la mère est suisse et, paraît-il, immensément riche.

Louis Lecomte paraissait au comble de l'excitation. Tout en parlant, il faisait les cent pas dans le salon.

— J'y suis, cette fois ! s'exclama-t-il. On a parlé de cette Suissesse lorsque Félix Lemarchand, son ex-mari, a été inculpé. Eh bien ! Viviane, tu pouvais plus mal tomber ! Et... de sa personne, comment est-il, ce jeune homme ? Parce qu'il t'a plu, je suppose, sans quoi, nous ne serions pas là à en parler !

La jeune fille rougit violemment. Son père manquait vraiment de délicatesse ! Mais elle n'éluda pas :

— Il est très brun, grand et plutôt mince... Il a un très beau sourire, une peau mate, de très beaux yeux noirs. Il est gai, aussi, et très sympathique.

— Évidemment ! intervint perfidement Emma Lecomte. Comment pourrait-il en être autrement ? Beau et riche ! Ce garçon, né avec une cuiller d'argent dans la bouche, a même été épargné par les épreuves de la vie, la guerre y compris ! Sans doute sa fortune lui a-t-elle valu de faire la guerre à l'arrière !

Viviane se tourna d'un bloc vers sa mère, et lâcha sèchement :

— Gwen-Aël est veuf ; il a perdu sa femme et son enfant, une petite fille, pendant la guerre, alors qu'il était au front. Accessoirement, il a la Croix de Guerre.

— Emma, remarqua Louis Lecomte, vous avez perdu une nouvelle occasion de vous taire. Un veuf, dis-tu, ma fille ? C'est embêtant, ça.

— Embêtant ? Pourquoi donc, Père ? Et d'ailleurs,

pour qui ? Le voudrait-il que Gwen-Aël ne pourrait pas me revoir : il ne connaît que mon prénom et n'a ni notre adresse, ni notre numéro de téléphone. Comment pourrait-il me retrouver ? Des Morlaisiennes prénommées Viviane, il doit y en avoir beaucoup !

La jeune fille avait les larmes aux yeux.

— Quelle sotte tu fais, glapit sa mère. Laisser passer une pareille chance !

— Taisez-vous, enfin, Emma, tonna l'armateur. Vous êtes odieuse !

— Admettez que c'est trop bête ! s'obstina-t-elle. Votre fille rencontre un prince charmant, un vrai : beau, riche, sympathique et instruit, ce qui, vous en conviendrez, est exceptionnel de nos jours, et elle est assez godiche pour le quitter sans lui laisser une chance de la retrouver. Il y a de quoi rager ! Nous ne méritions pas cela !

Il y eut un silence pénible, puis Louis Lecomte s'approcha de sa fille et lui posa doucement la main sur l'épaule.

— Rassure-toi, ma chérie, dit-il, et n'écoute pas ta mère. Je te garantis, moi, que, s'il tient un minimum à toi, ton Gwen-Aël te donnera de ses nouvelles avant demain soir. Peut-être, même, avant ce soir.

— Comment cela, Père ? Comment me retrouvera-t-il ? demanda Viviane.

— Il connaît ton prénom ? Ton âge ?

— Oui.

— Il sait que tu habites Morlaix ?

— Oui, Père.

— Alors, ce sera un jeu d'enfant pour lui de te retrouver ! Crois-moi : à HEC, on lui a certainement appris à résoudre des problèmes bien plus épineux que celui-là.

Viviane regarda son père avec gratitude. Il avait des défauts, bien sûr, il était dépensier, maladroit, peut-être pas toujours d'une honnêteté irréprochable non plus, mais, du moins, il l'aimait, et... il avait beaucoup d'excuses. Sa mère était si vindicative, si geignarde, si acariâtre.

— Au fond, reprit-il, c'est très habile de ta part de ne lui avoir donné que ton prénom, même si c'est involontaire.

— Et pourquoi donc, mon ami ? s'étonna sa femme. Vous êtes toujours aussi béatement optimiste ! J'aimerais bien savoir où vous voyez de l'habileté dans la maladresse de votre fille !

— Vous ne connaissez rien à la psychologie masculine, Emma. Si Viviane intéresse un tant soit peu ce garçon, il n'aura de cesse de la retrouver... Peut-être la chance tourne-t-elle dans le bon sens pour toi. Être libérée des serres d'un charognard comme Dumartin par un prince charmant, cela s'arrose. Appelle Herveline, qu'elle nous serve une liqueur au salon. Et puis, qui sait ? Si la chance tourne pour ma fille, pourquoi n'en irait-il pas de même pour moi ?

— Vous croyez toujours aux miracles, mon ami ? fit Emma. À votre âge ? Vous ne changerez donc jamais !

Ils furent interrompus par la sonnerie du téléphone.

— Ah ! que c'est agaçant ! soupira l'armateur. Il est trois heures à peine et mes créanciers me relancent déjà à la maison ! Les chiens sont lâchés, cette fois, c'est l'hallali ! Mais ils ne me tiennent pas encore...

— Décrochez, Louis, au lieu de discourir... Je ne supporte pas cette sonnerie...

— Je parie que c'est Dumartin, poursuivit l'armateur en décrochant le combiné... Allô ?

L'opératrice lui demanda de ne pas quitter : elle lui passait l'interurbain. Ce n'était donc pas Dumartin. Et si, par chance, c'était Barthélémy Spor, ce garagiste auquel il avait avancé 70 000 francs pour cette affaire de voitures américaines et qui s'était volatilisé depuis trois semaines ? Ce serait la fin de ses ennuis. Au bout de la ligne, il entendit un grésillement, des bruits confus, puis une nouvelle opératrice...

— Ne quittez pas, s'il vous plaît, on vous appelle du Conquet.

— Viviane ! chuchota-t-il. C'est pour toi, un appel du Conquet !

La jeune fille sentit son cœur s'emballer. Si vite, si tôt ! Son père avait vu juste : il n'avait pas fallu longtemps à Gwen-Aël pour la retrouver. Pourquoi s'était-elle inquiétée ?

C'était bien lui, et, ivre de bonheur, elle l'écoutait lui expliquer que, contrairement à ce qu'il espérait, il ne pourrait rester à Morlaix, en remontant sur Paris, deux jours plus tard. Mais il tâcherait de passer la saluer. Pouvait-elle lui consacrer une heure ? Elle l'attendrait chez elle ? C'était parfait. Oui, il avait l'adresse, quai de Tréguier. Il trouverait sans peine. Il avait une envie folle de la revoir, et ces deux jours allaient lui sembler longs... Quand elle raccrocha, Viviane resta un instant immobile et sans voix ; puis se reprenant, elle courut vers son père et lui sauta au cou. Elle riait et pleurait, tout à la fois.

— Papa ! Vous aviez vu juste ! Il a fait ce que vous aviez prévu. C'est... c'est...

— Merveilleux, ma fille. J'en suis, nous en sommes, ta mère et moi, très heureux pour toi. Mais ne t'emballe pas.

— Pourquoi, Père ? Que craignez-vous ?

— Moi ? Rien, mais il va te falloir apprendre la patience, ma chérie... Ton Gwen-Aël vit à Paris, toi à Morlaix. Ce n'est pas la porte à côté...

— Qu'importe, Père ! Je l'attendrai six mois, un an, dix ans, s'il le faut, mais c'est lui, j'en suis sûre...

— De quoi es-tu sûre ? demanda sa mère qui s'était absentée une seconde.

— Je suis sûre que Gwen-Aël m'est destiné, Maman.

Louis Lecomte regarda Viviane et sentit sa gorge se nouer. Sûr, il l'était beaucoup moins que sa fille. La pauvre petite... Bien évidemment, ce garçon la trouvait attirante. Sans doute, même, l'aimait-il, car pouvait-on ne pas l'aimer ? Mais quand ils sauraient, lui ou son père, car ils sauraient... Ces Lemarchand avaient le bras long, le père, surtout, ce François Kernéis, conseiller ou chargé de mission auprès du ministre de la Marine, depuis trois ans. Jamais il n'accepterait que son fils conclue une mésalliance, et ce serait le cas s'il épousait Viviane. Dans quelques semaines, quelques mois, tout au plus, il ne serait plus, lui, Louis Lecomte, qu'un « failli » qui aurait déshonoré son nom et sa famille, lui qui, vingt ans plus tôt, avait hérité de son père une entreprise prospère...

Pourtant, presque aussitôt, l'armateur se reprit à espérer. Une bonne nouvelle ne venait jamais seule, disait le proverbe ; la chance était peut-être en train de tourner. Il se leva et se choisit, dans un coffret en acajou de Cuba, un long cigare dont il fit craquer la robe sous ses doigts. Il le respira, le palpa, avant de l'entailler et de le placer entre ses lèvres qu'il humidifia juste comme il le fallait. Enfin, il l'alluma soigneusement, puis se cala dans un fauteuil et se laissa aller, enfin, au plaisir du tabac. Allons ! il n'avait pas perdu tout appétit pour la vie, et elle lui réserverait encore bien des plaisirs, bien des instants de bonheur. La semaine à venir serait un mauvais moment à passer, bien sûr, mais il franchirait ce cap, ce n'était pas le premier. Il lui fallait retrouver sa pugnacité, continuer à se battre, ne serait-ce que pour sa fille. Et qui sait ? Ce jeune millionnaire dont elle s'était éprise arrivait au bon moment. Après tout, en lui présentant les choses habilement... Un armateur valait bien un goémonier...

7

Avant de partir pour l'Allemagne, deux jours plus tôt, François Kernéis avait remis à son fils un épais dossier.

— Il est temps que tu saches tout sur le marché de l'iode, lui avait-il dit, mais garde bien pour toi ce qui figure dans ces notes. Et attends, pour les lire, d'être au Conquet. On comprend toujours mieux les choses quand on est sur place.

Lorsque Gwen-Aël avait entamé sa lecture, Viviane l'habitait encore ; il venait de l'avoir au téléphone et était rempli de son image, de sa voix. À présent, totalement absorbé par le mémoire paternel, il était revenu en pleine guerre, naviguait entre Buenos Aires, Valparaiso, Londres, Paris, découvrait un monde que nul ne connaissait mieux que son père. Il savait, depuis des années, que la carrière de l'officier de marine François Kernéis sortait des sentiers battus et du cadre classique des anciens de Navale. Mais, à ce point-là, comment aurait-il pu l'imaginer ? Ce que son père lui révélait du marché de l'iode, de la place et du rôle qu'il y avait joué avant et pendant la guerre, laissait Gwen-Aël pantois d'admiration pour cet homme que, finalement, ils connaissaient tous assez mal. Même Maman... pensa

Gwen-Aël. Depuis dix ans, au moins, son père travaillait pour le gouvernement, de mission spéciale en mission spéciale, et aucun des siens ne s'en était jamais douté !

Le mémoire commençait par un long préambule, qui disait :

Avant tout, Gwen-Aël, je tiens à rendre hommage à ton grand-père, un homme remarquable qui était au courant de tout ce que je faisais et aurait pu t'apporter beaucoup. Malheureusement, l'âge et la maladie ne lui ont pas permis d'être ton mentor, comme il l'aurait souhaité. J'ai beaucoup réfléchi avant de te laisser cette longue note. J'ai hésité, parce qu'elle peut déboucher sur ce qui risque de devenir un jour un fardeau pour toi. Pourtant, j'aimerais que tu puisses prendre mon relais, du moins tant que l'iode restera un produit stratégique. Cette note te permettra, aussi, de mieux comprendre mon action et ma vie. J'ai toujours estimé que j'étais sur cette terre pour mettre, au service de tous, les talents que mes parents, la nature et Dieu, s'il existe, m'ont donnés à la naissance et que la chance et les hasards de la vie m'ont permis de faire fructifier. Qu'il en soit de même pour toi, c'est le vœu que je formule.

En Europe, on extrait l'iode des cendres de varech. Ces pains de soude que les goémoniers du Léon appellent, eux, « le pain de mer ». Les sels qui constituent la partie soluble de la soude sont mis en solution. Après les concentrations et décantations successives qui te sont familières, on sépare les engrais — chlorure et chlorosulfate de potassium — de la liqueur. Traitée au chlorate ou au nitrate de soude, puis à l'acide sulfurique, celle-ci donne de l'iode à 70 %. Ensuite, par sublimation, on arrive au produit fini, l'iode à 98,5 %.

Tel est, très schématiquement, le procédé mis au point au Conquet, en 1829, par de Launay et Villedieu, dans la première usine d'iode de France, la nôtre, la tienne. Désolé de ce préambule technique, d'autant que tu connais parfaitement ce procédé, que notre famille a peu à peu amélioré, un siècle durant.

Mais ce sont les Chiliens, tu le sais, qui dominent le marché mondial de l'iode qu'ils produisent, eux, d'une façon toute différente, en utilisant les brevets et procédés du groupe Guggenheim. C'est en traitant le nitrate de soude brut — le caliche — pour en extraire les nitrates de sodium, engrais qu'ils vendent à l'agriculture, qu'ils obtiennent de l'iode à un prix de revient très bas. Pour eux, l'iode n'est qu'un produit accessoire des nitrates de soude dont ils sont les premiers exportateurs mondiaux. Les quantités considérables d'iode produites au Chili n'ont donc rien à voir avec la demande mondiale, car elles ne sont fonction que de la demande d'engrais nitratés. Il en résulte que, depuis cinquante ans, les Chiliens disposent d'énormes stocks d'iode et peuvent ruiner, du jour au lendemain, selon leur bon vouloir, tous les industriels du monde. Telle est la réalité du marché.

C'est donc très logiquement que, depuis la victoire du Chili dans le conflit armé qui l'opposa au Pérou pour le contrôle des nitrates du désert de l'Atacama, durant les années 1879 à 1883, le marché s'est organisé autour du Chili, pays vainqueur.

Une petite digression historique pour souligner le rôle qu'a joué ton grand-père sur la scène internationale, comme dans cette affaire, au siècle dernier, et dont je n'ai, d'ailleurs, saisi l'importance que pendant la guerre, en Amérique du Sud. Le Pérou et le Chili se partageaient le marché mondial des nitrates au début de la seconde moitié du XIX*e siècle, jusqu'à ce qu'un conflit frontalier les oppose et débouche sur ce que l'on a appelé « la guerre du Pacifique » ou encore « la guerre des nitrates ». À court de devises pour financer son effort de guerre, le Pérou en chercha à l'exportation, mais de façon malhabile. En 1877, en effet, la Société nitratière de Tarapaca envahit le marché européen en cassant les prix, tant des nitrates que de l'iode, allant jusqu'à diviser le cours de ce dernier par 2,5 d'un mois sur l'autre en juillet 1880.*

Plus diplomates, sans doute parce que mieux informés et plus proches des Européens, les Chiliens tirèrent immédiatement parti de ce pas de clerc des Péruviens, et proposèrent un accord commercial aux Britanniques et aux Français. Ils y parvinrent en 1879, et ton grand-père, premier industriel européen de l'iode à l'époque, en fut un artisan très actif. Pour le Chili, cet accord fut décisif, puisqu'il lui permit de recevoir l'appui des nations européennes, de vaincre le Pérou, et de devenir ainsi le maître incontesté du marché mondial des nitrates et de l'iode, ce qu'il est encore aujourd'hui, quarante-cinq ans plus tard.

Ton grand-père a été très marqué par ces années de crise qui ont failli le briser. Mandaté par ses confrères, il réagit immédiatement, obtenant du gouvernement la mise en place de barrières douanières. Mais que faire d'autre ? Aviser les goémoniers de la fragilité du marché, c'était risquer de les décourager ; aussi les industriels choisirent-ils de ne rien leur dire, et la petite histoire de l'iode leur a donné raison. C'est, cependant, cette expérience difficile qui, des années plus tard, a incité ton grand-père à organiser l'activité goémonière sur la côte, avec l'appui d'Yves Kerléo.

Bref, autour du Chili se mit en place, en 1879, une organisation de producteurs, une entente internationale, la Combinacion de Yodo *qui a son siège au Chili. Nous en sommes membres, depuis sa création, tu le sais, comme la plupart des producteurs français et européens. Cette Entente est une sorte de syndicat qui, en fonction de la consommation mondiale, répartit les quotas de production par pays. Et cela marche, sinon parfaitement, du moins assez bien depuis près de cinquante ans. Cela marche d'autant mieux, d'ailleurs, que, au même moment, parallèlement à ce syndicat de producteurs, les utilisateurs se sont organisés, eux aussi, en créant, à Londres, la Convention des Transformateurs d'iode qui regroupe les Européens (Italiens, Allemands, Anglais et Français) et les États-Unis d'Amérique. Pour que le système fonctionne, les Chiliens se sont engagés, lors de la création de cette Convention, à ne fournir que ses membres, parachevant ainsi une organisation commerciale satisfaisante pour tous. Tout devrait donc aller pour le mieux dans le meilleur des mondes, entre d'un côté, une association de producteurs, de l'autre, un syndicat d'utilisateurs.*

Les choses ne sont pas aussi simples, cependant, parce qu'elles ne sont pas figées et que, même si cela marche, aujourd'hui, les nuages s'amoncellent qui risquent de tout bouleverser, d'ici peu. Je ne t'en citerai que trois — les principaux, selon moi.

Le marché mondial de l'iode est très étroit. Personnellement, j'estime à 1 100, peut-être 1 200 tonnes, une demande qui n'est, officiellement, que de 800 à 1 000 tonnes. La différence provient, tu t'en doutes, des chiffres tenus secrets et qui tiennent au marché militaire, à la fabrication de gaz de combat, ceux que l'on a utilisés pendant la guerre et qu'aucun gouvernement, le nôtre y compris, ne tient à rendre publics. Quand on sait que les Chiliens disposent, à Londres, d'un stock de « sécurité » de 20 000 tonnes au moins, et que des stocks tampons de ce type, il en existe en quatre endroits différents, tu imagines le poids de l'épée de Damoclès suspendue au-dessus de nos têtes. Qu'arrive au pouvoir, au Chili, un fou, un mégalomane quelconque ou un ultra-nationaliste qui renouvelle les erreurs du passé, et, du jour au lendemain, ce seront vingt mille personnes en France qui perdront leur emploi. C'est conscient de ce risque que j'ai conseillé à ta mère de vendre, en 1920. Ton cousin et toi avez voulu conserver l'unité du Conquet. Bravo, tu m'as fait grand plaisir.

Pourtant, et même si les cours de l'iode sont aujourd'hui à un niveau très élevé, je persiste à penser que je n'avais pas tort. J'espère simplement qu'à ton tour tu parviendras, sinon à éviter, du moins, à retarder le pire, c'est-à-dire la ruine de notre métier, de nos usines, et la disparition de la profession de goémonier.

Le deuxième risque tient à ce que le marché n'est pas figé, mais qu'il évolue constamment. Ainsi, en dehors de la Combinacion de Yodo, *on recense un grand nombre de petits producteurs hors Entente, des « outsiders », dont les premiers ont été des Chiliens. Cela, c'était bien avant que leur gouvernement ne mette la main sur le commerce des nitrates et de l'iode. Après eux, sont venus les Japonais, qui avaient déjà commencé à exporter, avant la guerre, et, qui représentaient, pour moi, des concurrents de plus en plus sérieux sur mes marchés export avant 1914.*

Leur ont emboîté le pas les Javanais de Batavia, à partir de leurs eaux iodifères, puis les Rou-

mains, par traitement de leurs résidus de pétrole. En France même, l'État a encouragé la création de nombreuses petites usines pendant et au sortir de la guerre, dont celles de Kérity, Loctudy, Porspoder, et Plouescat qui vient de rentrer dans l'Entente, tandis que celle de Ploudalmézeau a considérablement accru ses capacités de production. Je m'y suis opposé. Sans succès. Il en a été de même en Grande-Bretagne, en Allemagne. Aujourd'hui que se développe l'exploitation du pétrole, on peut craindre que bien d'autres pays n'imitent la Roumanie et les États-Unis et ne copient leurs procédés.

Enfin, j'ai une dernière crainte, la plus sérieuse, sans doute. Tu sais que les stocks d'iode de Londres servent de caution à des emprunts qui permettent aux Chiliens de financer leurs exportations de nitrates. Qu'ils soient défaillants et ces cautions deviendront propriété des banques. Imagine-toi cela : dix ou quinze fois la production mondiale annuelle d'iode aux mains de banquiers qui ne connaîtraient rien au marché ! Car le risque est grand de voir ces nitrates chiliens concurrencés dans quelques années par les engrais chimiques de synthèse auxquels Américains et Allemands croient de plus en plus ! Le consortium de ta tante Ursula est, d'ailleurs, l'un des groupes les plus en pointe en matière de chimie de synthèse, laquelle représente incontestablement le plus grand risque pour notre industrie. Ton cousin Karl en est, lui aussi, convaincu pour en avoir discuté avec son père qui n'a rien d'un philanthrope, comme tu le sais. Ton oncle Félix ruinerait l'activité goémonière sans le moindre remords, sans la moindre hésitation. Pour lui, ce sont les affaires, et, en affaires, il ne fait pas de sentiment.

Pour en revenir à ton grand-père, il avait, lui, poussé la logique de l'organisation du marché un peu plus loin que d'autres. Selon lui, dans le système mis en place par les producteurs et utilisateurs d'iode, les États jouaient correctement leur rôle, le Chili par des taxes à l'exportation, la France par des droits de douane variant au gré des circonstances et des besoins du marché.

Il restait à associer les goémoniers à ce système, pour les protéger, le mieux possible, des aléas de leur profession. Il tenta, tout d'abord, de susciter la création d'une association corporative de goémoniers. Il n'y parvint pas, mais, des années plus tard, suggéra à Yves Kerléo de tenter de les regrouper au sein d'une sorte de coopérative ouvrière. Goémonier lui-même, Yves choisit de créer une communauté de moyens qui a parfaitement fonctionné jusqu'à la guerre, grâce, surtout, au pragmatisme de son responsable, Pol Le Rû. Peut-être te souviens-tu de ce garçon de Lilia, un homme remarquable, exceptionnel même, malheureusement tombé au Chemin des Dames. Si ton grand-père et moi avions été un peu plus clairvoyants en 1913, si nous avions écouté Yves Kerléo et demandé que soient mobilisés sur place, comme d'autres l'ont fait, l'ensemble du personnel de nos usines et la moitié des goémoniers, nous aurions évité bien des problèmes d'approvisionnements en iode à notre pays, pendant la guerre, et ma vie en aurait été changée.

Fin 1913, en effet, à la demande du gouvernement, je suis devenu le délégué officiel de notre pays pour toutes les questions d'iode. J'ai commencé par un voyage à Londres où se tenait une Conférence extraordinaire de l'Entente et j'ai alors noué les premiers contacts avec les Chiliens, pour le cas où le pire surviendrait... Ce pire est arrivé huit mois plus tard, et comme nous l'avait annoncé Yves Kerléo, bien que nous nous y attendions, nous n'étions pas prêts. La production d'iode a chuté de moitié d'un mois à l'autre et il a bien fallu faire appel aux Chiliens : ceux-ci ont immédiatement profité de la pénurie pour augmenter leurs taxes à l'exportation et donc le prix de l'iode, le faisant passer de 33 F/or le kilo à 39 puis 44, 48, en 1919. Cette politique de prix élevés mène inévitablement à la catastrophe, à terme. Mais qu'y pouvons-nous ? Strictement rien !

Depuis 1919, nous sommes toujours sur ces bases élevées, et nous y restons d'autant plus que la récolte de nos goémoniers ne couvre qu'à peine les deux tiers de nos besoins actuels. Mais la production augmente vite et il en est de même chez nos voisins... Conscients d'être en position de force, aujourd'hui, les Chiliens savent, aussi, que, du jour au lendemain, tout peut basculer brutalement. Mais ils ont appris, depuis le temps, à être fatalistes.

Pendant toute la guerre, mettant à profit mes missions de convoyage sur l'Amérique du Sud (tu comprends mieux le pourquoi de cette affectation, aujourd'hui), j'ai négocié avec les Chiliens, pour les ministères de la Guerre et de la Santé, tant à Rio qu'à Buenos Aires, ou à Valparaiso. À la différence de celles que je mène en Allemagne, ces négociations avec les Chiliens ne sont pas désagréables, loin de là, et si je t'en parle, c'est que j'aimerais que tu me succèdes. Conflit oblige, c'est le gouvernement qui, jusqu'à présent, désignait le délégué de la profession auprès des Chiliens. À partir de novembre, cinquième anniversaire de l'armistice, ce seront, à nouveau, les producteurs d'iode, et ils souhaitent que ce soit l'un d'entre eux qui me remplace. Comme tu en fais partie et que je dois donner mon avis, j'aimerais que tu sois celui-là, désigné par tes pairs. Tu as, sur beaucoup, l'avantage d'être, par ta formation, préparé à ce genre de négociations et, de plus, tu parles l'anglais et l'espagnol. Cela fait déjà de toi, naturellement, mon successeur désigné. Mais c'est aussi ton intérêt : cela t'ouvrira, en effet, des fenêtres sur le commerce mondial vers lequel tu souhaites t'orienter. C'est pourquoi, je te demande d'étudier soigneusement l'ensemble des notes jointes. Tu en auras besoin pour sortir du cadre de ton usine du Conquet, tant en technique qu'en matière économique. Ce que je te propose te passionnera, et tu le feras mieux que moi ! Ne te fais aucun souci pour ta désignation. Outre tes aptitudes qui plaident pour toi, tu auras l'appui des propriétaires des usines de l'Aber Wrac'h, Ploudalmézeau, Pont-Croix, comme de ceux de Loctudy et de Quiberon qui, tous, voteront pour toi, de même, bien entendu, que nos amis parisiens, propriétaires de l'usine d'Audierne. Tout récemment, lors d'un déjeuner à Paris, ces amis m'ont rappelé deux choses : Marie-Céline, leur fille de vingt-cinq ans, est toujours célibataire, et ensuite, ils souhaitent créer un bureau de vente d'iode avec plusieurs autres producteurs. Ils comptent visiblement sur toi pour l'une et l'autre affaires. Marie-Céline est mignonne et gentille et ce bureau de vente parisien te donnerait la mainmise sur le marché français de l'iode. Penses-y, mais surtout, ne considère pas les deux « affaires » comme liées.

Voilà, Gwen-Aël, je t'entrouvre une porte. À toi de l'ouvrir toute grande sur l'avenir, mais garde à l'esprit que la chimie de synthèse progresse à pas de géant et que, dans dix, dans vingt ans, c'en sera fini de l'iode, d'une façon ou d'une autre. Tu devras faire autre chose que ce produit qui ne peut être, pour toi, qu'un tremplin. Mais quelle formation il te donnera ! Voilà. J'en ai fini avec mes recommandations de père.

Quand je pense que tu as bientôt vingt-huit ans, et que je te parle comme si tu étais encore un enfant, alors que tu as fait la guerre ! Pas de doute, je vieillis, et mal !

Tu trouveras, ci-joint, des cahiers sur :

** Les différents procédés chimiques de production de l'iode dans le monde, avec les prix de* *revient pour chacun d'entre eux. Tu seras effaré de constater que le prix de revient de l'iode chilien n'est que de 30 % du nôtre.*

** Le parallèle offre/demande, l'offre étant scindée en deux : sociétés de l'Entente, d'une part, outsiders de l'autre.*

** La consommation en Europe ainsi que les prix et taxes, pays par pays.*

** La production française et son évolution, depuis 1870, avec une projection sur l'avenir. Tu noteras, depuis 1918, la prolifération des petites unités de production, beaucoup moins viables que les grandes. Tu remarqueras, aussi, que notre usine est loin d'avoir retrouvé ses niveaux de production d'avant-guerre. À toi d'y remédier, mon fils. Peut-être devrais-tu voir avec Yves Kerléo, ce qu'il penserait de la création éventuelle d'un syndicat indépendant de goémoniers. Cela ne devrait pas le laisser indifférent. Communique-lui, aussi, les notes techniques. Yves est de très bon conseil.*

Gwen-Aël en avait assez appris pour cette première journée. Il alluma un cigarillo et en tira une bouffée, tout en réfléchissant.

Redresser la production d'iode de leur usine ; il devait s'y atteler d'urgence, faire le point des investissements à réaliser, du personnel à embaucher. Le marché était demandeur, à l'exportation, surtout, qui bénéficiait de la faiblesse du franc. Il fallait en profiter. Demain, il verrait Paul et Maurice, ses deux adjoints : ils devaient mettre d'urgence sur pied un plan de développement, et s'assurer la matière première, ces fameux pains de soude. Pour cela, voir Yves Kerléo et Yann, son beau-frère...

Il consulta sa montre. Il était déjà en retard à son rendez-vous chez Aurélie et Jean-Yves. Il se leva et rangea précautionneusement les documents dans son coffre. Il se dirigea vers le mur, vers la photo où François figurait, au milieu de ses employés. Il lui sourit, et dit, à voix haute :

— Désolé de vous décevoir, Père. Ce ne sera pas Marie-Céline, mais Viviane. Pour le reste, votre programme me va comme un gant.

8

Augustin était d'une humeur massacrante. Une heure plus tôt, cela lui avait même valu une altercation avec un pêcheur, à son arrivée à Camaret où il venait, pourtant, concrétiser l'achat de son langoustier. Les jours précédents, se démenant comme un beau diable, Yves avait remué banquiers et notaires pour que son gendre puisse enfin acquérir ce bateau dont il rêvait depuis des mois. Peu versé dans ces affaires d'argent, de prêts cautionnés, d'hypothèques et d'assurances, Augustin l'avait laissé faire. Mais plus les choses avançaient, plus il se sentait mal à l'aise vis-à-vis de ce beau-père qui était aussi son parrain et le meilleur ami de son père... Il se souvenait de ce jour où, au sortir de la guerre, Yves l'avait invité au mariage de sa fille Julia avec Karl Lemarchand. Voulait-il simplement lui faire plaisir, ou avait-il quelque chose en tête en lui donnant sa seconde fille comme cavalière ? Toujours est-il que, dès le repas de fiançailles, Jacqueline lui avait clairement fait comprendre qu'il lui plaisait. Il s'était fait désirer, elle s'était jetée à son cou. Il en avait été flatté, car il la savait aisée et, sans être belle, elle n'était quand même pas laide à faire peur... À franchement parler, elle était même plutôt jolie, mais passait, par contre, pour peu futée. Et puis, tout le monde s'y était mis : sa famille d'abord, à commencer par sa mère, puis ses amis qui l'avaient convaincu de sa bonne fortune. Leur mariage ferait plaisir à tous : il s'était laissé épouser. Depuis, il s'en mordait les doigts chaque matin. Cette sottise, la pire de sa vie, ne datait que de dix-huit mois, et pourtant, cela lui semblait si loin ! Ah ! Il donnerait tout et même plus pour revenir deux ans en arrière, pour faire l'autre choix. À l'époque, il était heureux ! Heureux, oui, mais il ne le savait pas ! Il avait une promise, la jolie Josie Keraudren, la sœur de Paul, matelot sur le même langoustier camarétois que lui. Josie et lui s'étaient fréquentés plus d'un an. Quand il l'avait quittée, sans un mot d'explication, elle ne s'était pas révoltée. Pourquoi l'aurait-elle fait ? Il ne lui avait rien promis. Ce n'est que quand elle avait appris son mariage, six mois plus tard, qu'elle avait compris. Peu après, elle s'était, elle aussi, mariée ; elle avait épousé un marin de commerce qui embarquait pour des voyages de six mois ou plus. Un an avait passé ; Josie avait quitté Camaret, était venue vivre à Brest. Seule à vingt-deux ans...

Évidemment, ils s'étaient revus. Bien sûr aussi, ils avaient repris leur liaison et elle serait là, tout à l'heure ; elle était chez elle, à Camaret ! Ah ! non, il n'avait pas fini de regretter son mariage ! L'optimiste, comme Josie appelait son bosco d'époux, ignorant tout, n'avait, lui, rien à regretter ni à envier.

Finalement, se demandait Augustin, n'était-ce pas lui, le cocu, qui avait la meilleure part ? Il ne connaissait pas son infortune et n'était donc pas malheureux, alors qu'il pouvait, lui, à chaque instant, mettre en balance ce qu'il avait perdu et ce qu'il avait choisi... Il soupira en posant son sac sur la table de la petite chambre et entreprit de bourrer sa pipe.

Jacqueline... Quelle différence entre la jeune fille vive et enjouée qu'elle avait été et la mégère qu'elle devenait au fil des jours, geignarde, maladive, se plaignant de tout et de rien, toujours à l'affût de ses moindres mouvements, de ses moindres désirs, de son moindre souhait. Elle l'aimait, oh ! pour cela, oui, elle l'aimait ! Mais, mal. Elle l'envahissait, l'empêchait de vivre. C'était un chancre qui le rongeait, une sangsue qui lui suçait le sang ; elle ne respirait que par et pour lui, lui prenait son oxygène, l'étouffait à chaque heure de chaque jour, et cela devenait insupportable. Leur mariage était une erreur, leur couple un leurre, leur maison une prison où il s'était laissé enfermer. Il avait espéré que la naissance d'Augustine changerait les choses, mais il semblait qu'au contraire, cela ne faisait que les rendre pires !

Si l'achat de son langoustier le mettait mal à l'aise, c'est qu'il s'apprêtait à utiliser pour cela la dot de sa femme, alors qu'il l'aurait peut-être déjà quittée, six mois plus tôt, si elle n'avait été enceinte d'Augustine, et surtout, si elle n'avait été la fille d'Yves Kerléo. Car il ne pouvait rien reprocher à son parrain, et ne voulait pas lui faire de peine. À plusieurs reprises, il avait bien tenté de le lui faire comprendre — et encore tout récemment, quand ils étaient rentrés ensemble de Molène, la semaine précédente — mais sans succès.

Jamais il ne pourrait lui dire qu'il voulait divorcer, quitter sa fille ! Yves ne s'en remettrait pas ! Combien de fois ne l'avait-il pas entendu dire que l'homme ne pouvait défaire une union bénie par Dieu ! C'était bien joli, Dieu, mais il ne pouvait pourtant pas passer le reste de sa vie avec une femme qui ne savait même pas s'occuper d'un bébé ! D'ailleurs, l'enfant lui-même était un problème. Il avait remarqué l'air soucieux de Julia, après qu'elle eut examiné la petite, mais il n'avait pas osé lui poser de questions. Il demanderait à son beau-père ce qu'il en était. Il soupira : il ne manquerait plus que cela, que Jacqueline lui ait fait un enfant de santé fragile... Elle en était bien capable !

Augustin consulta sa montre. Six heures moins dix. Il pouvait descendre ; il avait rendez-vous, à six heures, avec Youenn Guilcher, un ami de son parrain, un Sénan qui s'y connaissait comme personne en matière d'achat de bateau. « Presque aussi bien que ton père lui-même », avait dit Yves, ce qui, dans sa bouche, était un grand compliment. Car, de cela, au moins, Augustin était sûr : l'affection que son parrain avait pour lui était sincère et tenait à l'amitié profonde qui l'avait lié à son père, Jean. Il avait transféré sur le fils l'affection qu'il avait portée au père. Il s'occupait bien, aussi, des affaires de Marguerite-Marie, sa mère ; elle avait été la femme de son ami Jean, et ils se connaissaient depuis l'enfance. Mais, s'il la respectait, il ne l'aimait pas. Yves Kerléo avait cette qualité et ce défaut : il ne simulait pas, il ne savait pas feindre.

— Nom de nom ! dit soudain Augustin, à voix haute. Quel con je suis ! Comment me sortir de ce mariage ? Pire imbécile que moi, ça n'existe pas ! Et en plus, je suis en retard !

Youenn Guilcher était attablé dans un coin de la salle commune, face à un vieux pêcheur qui lui tenait compagnie. Augustin le reconnut à la description que lui en avait faite Yves.

— Augustin Menguy, se présenta-t-il. Vous êtes M. Guilcher, n'est-ce pas ?

— Oui, Augustin, je suis Youenn, en effet, et je t'attendais. Assieds-toi. Sais-tu que j'ai bien connu ton père, Jean ? Un fameux pêcheur. Nous nous entendions bien lorsque nous faisions le transport de soude, ensemble. Dommage qu'il soit parti si tôt !

Il désigna l'homme qui était assis à sa table, et ajouta :

— Tu peux saluer Fanch Kermarrec, un grand marin, en son temps, lui aussi, et à qui tu vas avoir l'honneur d'offrir un verre. Que prends-tu, Augustin ?

— La même chose que vous.

— Jean-Marie ! Trois blancs-cassis, sur le compte du jeune homme ! Alors, matelot, comment cela va-t-il au Conquet ?

— Ça va bien, merci !

— Tu as baptisé ta fille dimanche, m'a dit Yves ? Il n'en est pas peu fier, le bougre ! Comme s'il y était pour quelque chose ! Dis-moi, comment va la pêche ? Le crabe, le homard...

— Youenn, intervint le vieux pêcheur, vous avez peut-être à parler affaires, et c'est l'heure de ma « coinchée ». Merci pour le verre, jeune Menguy !

— À demain, Fanch, lança Youenn. Je suis là pour deux jours, au moins. À nous deux, Augustin. Explique-moi tout. Ce que tu veux faire, avec qui, où, le type de bateau que tu souhaites : tonnage, âge...

Tout, Yves m'a dit que tu as déjà fait la langouste à Camaret. Sur quel bateau ?

Augustin appréciait le Sénan : direct, précis, sans fioritures, un homme net, comme il les aimait, un homme qui savait ce qu'il voulait comme ce qu'il valait, et il fut définitivement rassuré quand Youenn lui précisa que, compte tenu de l'importance de l'achat, il se ferait assister d'un ancien contremaître de chantier naval à la retraite. Derrière toutes ces précautions, il sentait le sérieux du pêcheur, mais aussi le poids des présences conjuguées de son parrain et de son père. C'était là une double assurance, car, si Youenn ne se permettrait jamais de donner un conseil approximatif au filleul d'Yves Kerléo, il ne le ferait pas, non plus, au fils de Jean Menguy. Ils parlèrent longtemps, jusqu'à ce que le Sénan annonce, après avoir jeté un coup d'œil à l'horloge, perchée au-dessus du comptoir :

— Sept heures dix, l'heure de la soupe ! As-tu quelque chose de prévu, garçon ? Si tu le veux, nous pouvons manger un morceau ici. C'est pas cher et c'est bon. J'ai apporté deux caisses de rougets au patron, ce matin ; il doit lui en rester. Avec une soupe de poisson pour commencer...

— Va pour la soupe et les rougets, Youenn, répondit Augustin.

Josie l'attendrait bien un quart d'heure, elle avait l'habitude... Le repas fut gai et bien arrosé. Le Sénan était un bon vivant, très populaire, et Augustin fut surpris de constater que, parmi les pêcheurs qui venaient les saluer et partager le verre de l'amitié, figuraient outre les Camarétois, nombre de Douarnenistes, de gars d'Audierne, de Penmarc'h, comme de Molène et de

Sein. Il y avait même deux matelots du Conquet. Il faudrait que Josie et lui se montrent prudents, ce soir ; ils pourraient faire de fâcheuses rencontres. Qu'un seul Conquétois le voie en galante compagnie et c'en serait fini de sa réputation !

Youenn ne traîna pas ; dès le dessert, il montra des signes d'impatience. Soudain, n'y tenant plus, il confia à Augustin :

— Tu m'excuseras, garçon, mais je suis pressé. Une veuve de trente-six ans, une jeunesse, autant dire... À mon âge, c'est inespéré, alors, pas question de rater ça ! Retrouvons-nous demain matin à six heures, ici même. Bonne nuit. Repose-toi bien : nous aurons du travail !

Et il s'éclipsa aussitôt. Augustin, de son côté, alla retrouver Josie. Pour abriter leurs amours, la jeune femme eut recours, ce soir-là, à la complicité d'une amie d'enfance qui leur prêta complaisamment une chambre, chez elle. C'était, il est vrai, à charge de revanche, Josie lui rendant le même service dans son appartement de Recouvrance. Marins de commerce, maris cocus, se dit Augustin, tout heureux de profiter de l'aubaine... Mais quelle idée, aussi, de laisser ainsi en jachère pendant six mois des femmes de vingt ans !

Le lendemain matin, c'est un Youenn tout guilleret qu'Augustin salua dans la salle commune du petit hôtel du port qu'il avait réintégré à l'aube.

— Bien dormi, moussaillon ? lui demanda Youenn.

— Très bien. Et vous ?

— Pour moi, tu sais, le but n'était pas tellement de dormir, la nuit dernière ! Tout s'est bien passé, et, ma foi, tout vieux célibataire que je sois, j'en remontrerais encore à beaucoup ! Je sens que la journée sera bonne, Augustin !

— Moi aussi, je le crois. Je ne sais pas pourquoi, mais j'ai confiance. Sans doute est-ce le beau temps ?

— Qui sait ? Allez, cale-toi l'estomac ! Un bon bol de bouillie d'avoine te fera du bien, pour commencer. Ensuite, je te recommande les galettes de sarrasin au lait ribot. Mieux vaut prendre tes précautions car il n'est pas sûr que nous ayons le temps de manger autre chose avant ce soir.

À la fin de la journée, ils étaient passés dans les quatre chantiers du port. Sur les cinq langoustiers qu'ils avaient visités, ils en avaient écarté deux et reverraient les trois autres le lendemain, en compagnie du contremaître dont avait parlé Youenn et qu'ils attendaient dans un bistrot du port, en sirotant une bolée de cidre. Ils étaient éreintés ; il est vrai qu'il avait fait très chaud toute la journée. Youenn observait Augustin, plongé dans ses pensées. Le jeune marin-pêcheur semblait insatisfait, et c'était également son cas. Les bateaux qu'on leur avait montrés n'étaient pas mal, mais sans plus, et il n'y avait pas de quoi s'emballer, d'autant que leurs propriétaires en demandaient gros. Ce n'était cependant pas ce qui inquiétait Youenn ; les prix, il savait très bien qu'il les ferait baisser. Non, ce qui l'embêtait, c'était le manque de choix.

— Ah ! fit-il enfin, voici M. Taniou, Augustin ! Debout !

Augustin imita Youenn qui se leva pour saluer respectueusement le nouvel arrivant, un homme de soixante-cinq ans passés, autant dire un vieillard pour Augustin, qui se mit à douter de Youenn. Les présentations faites, on se rassit et on parla de la pluie et du beau temps, du cours de la langouste et de celui du homard, des nouvelles zones de pêche, des côtes africaines, avant que Youenn ne propose au vieux contremaître, qui accepta sans façon, de partager leur dîner. Le père Taniou parlait peu mais posait beaucoup de questions, et Augustin commença à apprécier la méthode quand il leur démontra, en quelques minutes, qu'aucun des bateaux qu'ils avaient visités, et qu'il connaissait parfaitement, ne pouvait répondre à leur attente. Visiblement contrarié, Youenn jeta un bref coup d'œil à Augustin avant de reporter son regard sur le retraité, qui poursuivait :

— Ce n'est pas compliqué ; sur Camaret, il n'y a que deux bateaux qui pourraient vous convenir. L'un est à vendre, même si peu de gens en sont informés ; l'autre le sera d'ici peu. Tout dépend de vous, jeune homme. Si vous pouvez attendre jusqu'à après-demain, le *Regina Caeli* sera sans doute de retour.

— Le *Regina* est en vente, monsieur Taniou ? demanda Youenn, dubitatif. Vous êtes sûr que Jeannot vend ?

— Oui, malheureusement ! Jeannot Mallégol fait sa dernière marée. La précédente, il a craché le sang et failli y rester. Il se sait condamné depuis des mois. Peut-être voulait-il mourir en mer ? Il y en a qui trouvent que c'est une belle mort. Ce n'est pas mon avis. En tout cas, l'équipage a bien tenu sa langue, c'est rare ! Mais, sans doute l'un ou l'autre aura-t-il trop parlé sur l'oreiller. En tout cas, Pierrette Mallégol sait tout et Jeannot ne repartira plus. Le *Regina Caeli* est un beau bateau, et bien armé. De plus, l'équipage est de qualité. Si vous pouvez payer comptant... Et puis, vous retirerez une sacrée épine du pied au Jeannot, qui voudra certainement laisser une situation nette à sa femme et ses enfants, avant de partir.

— Ça alors ! fit Youenn, Jeannot Mallégol ! Si l'on m'avait dit ! Je l'ai vu il n'y a pas deux semaines ! Il m'avait paru en pleine santé !

— Tu ne l'avais pas bien regardé, Youenn.

— Le *Regina Caeli*... Évidemment... Mais il a trop de tirant d'eau, remarqua Augustin.

— Bien sûr, répondit le père Taniou, avec ce bateau, vous ne pouvez pas envisager de rentrer dans l'arrière-port du Conquet, jeune homme. Vous êtes obligé de rester dans l'avant-port, et encore, dans le chenal !

— Oh ! Je n'ai pas l'intention de me baser au Conquet, répondit Augustin, un peu trop rapidement. Le port n'est pas assez protégé des vents d'ouest/sud-ouest. Et je ne parle pas des tempêtes ! Un coup de vent comme celui de 1902, et je retrouve mon bateau en pièces au Moulin d'En-Bas ! Vous vous souvenez de ce cyclone qui a pulvérisé la digue !

À sa première série de questions techniques, le vieux contremaître répondit avec une parfaite franchise, soulignant successivement les points forts du bateau — son état et sa construction — comme son point faible, le vivier, suffisant pour la pêche côtière, mais pas pour la grande pêche. Jeannot Mallégol le savait, qui avait obtenu une remise sensible sur le prix, quand il l'avait lui-même acheté, quatre ans plus tôt. À l'époque, il avait envisagé des travaux d'agrandissement, mais n'avait jamais trouvé le temps ou l'argent pour les faire. À moins, tout simplement, que ce ne fût impossible. Le prix, justement, dans quelles eaux se situerait-il ? demanda Youenn. Le père Taniou avait certainement sa petite idée... Oui, pour un paiement comptant... Soixante-cinq mille francs, lança-t-il. C'était un tiers trop cher, selon Youenn. D'accord, le franc perdait chaque jour de sa valeur, mais quand même, soixante-cinq mille ! C'était déraisonnable... Au demeurant, il était inutile de parler sans voir le bateau. S'il arrivait le surlendemain matin, ils pourraient le visiter dès qu'il serait déchargé. Jeannot Mallégol travaillait exclusivement avec les Grands Viviers de Camaret. Le propriétaire en était son beau-frère, qui avait été son matelot avant de s'installer comme mareyeur... Le déchargement serait donc rapide et l'affaire pouvait être rondement menée.

— En attendant, nous pourrions voir les autres bateaux demain, si vous êtes libres, conclut l'ancien contremaître. Cela permettra à Augustin de mieux percevoir les qualités et les défauts d'un langoustier.

— Augustin a déjà travaillé à Camaret et connaît le métier, souligna Youenn.

— Il me semblait, aussi, connaître ton visage, remarqua Taniou. N'as-tu pas été matelot sur le bateau d'Iffick Le Stang ? Avec Paul Keraudren ?

— C'est exact, monsieur, répondit Augustin.

L'essentiel avait été dit, car le second bateau qu'envisageait le père Taniou, *L'Espoir de Morgat*, en pêche au large du Maroc, ne serait pas de retour avant un mois. Ils prirent donc rendez-vous pour le lendemain matin, histoire d'occuper la journée et de s'instruire, puisque les choses sérieuses ne commenceraient qu'avec l'arrivée du *Regina Caeli*.

9

Ce mardi 30 mai 1923, le soleil écrasait de chaleur le petit port du Conquet, et, dans son usine de Poul-Conq, Paul Delmotte transpirait. Il avait beau faire et refaire ses calculs, il n'en sortait pas : il lui manquerait 400 tonnes, cette année. 400 tonnes de pain de mer ! Où les trouverait-il ? C'était stupide ! Le marché était si porteur, les marges si fortes ! Il savait très bien que ses difficultés venaient de ce qu'il n'était pas du Léon, ne parlait pas un mot de breton et n'arrivait pas à établir le contact avec les goémoniers des Abers et du pays Pagan qui l'avaient tous délaissé au profit de ses confrères de Lampaul-Plouarzel, Portsall, Porspoder ou Plouguerneau. Même si c'était logique, puisqu'ils livraient sur place, c'était dur à admettre. Il ne pouvait compter que sur Hervé Le Bars à Quéménès, et sur Julien Tromeur aussi, bien sûr. Les Bigoudens de Julien étaient les fidèles parmi les fidèles, mais le transport grevait tellement le prix des pains de soude du Sud-Finistère qu'ils étaient devenus beaucoup moins intéressants qu'auparavant. Sans compter que depuis la fin de la guerre, leurs confrères du Sud s'étaient quelque peu réveillés.

Hervé et Julien : deux anciens de la bande d'Yves

Kerléo... Il allait demander à Gwen-Aël de prendre ce dernier comme conseiller technique. Kerléo, l'ex-roi du pain de mer, saurait faire revenir les goémoniers à l'usine Lemarchand. Après tout, il était allié de famille aux industriels et, en défendant leurs intérêts, il défendrait aussi ceux de sa belle-fille Aurélie et de Karl, le mari de sa fille Julia, tous deux actionnaires de la société.

Décision indispensable, mais amère puisqu'elle allait lui enlever une bonne partie de ses prérogatives, et qui le laissait pensif. Il ne sortit de sa réflexion que quand sa secrétaire lui annonça sa femme. Que venait faire Corinne à l'usine, et à cette heure surtout ? Une nouvelle scène de ménage ? « Faites-la entrer », dit-il, contrarié, car, s'il savait que leur mésentente était un secret de polichinelle dans le village, il n'admettrait pas qu'elle vienne lui faire une scène jusque dans son usine.

Ils s'entendaient bien, pourtant, plus jeunes, à Paris, à l'époque où il était encore élève-ingénieur, et même après la guerre, du temps de son premier emploi. La proposition que lui avaient faite les Lemarchand-Kernéis avait représenté pour lui une chance professionnelle inouïe d'autant que son meilleur ami, Maurice Tiercelin, l'accompagnait dans sa migration. Corinne l'avait suivi en traînant les pieds et n'avait même pas essayé de se faire à leur nouvelle vie en Bretagne. Elle comptait pour rien leur changement de niveau de vie et de statut social et devenait acariâtre, ne retenant que le mauvais côté des choses : elle s'ennuyait au Conquet et avait la nostalgie de Paris. Comme si leur petit deux-pièces inconfortable de Bois-Colombes avait pu se comparer à la villa qu'ils occupaient ici ! Le résultat ne s'était pas fait attendre : depuis un peu plus d'un an, elle avait un amant. Et comme deux jours plus tôt, elle lui avait annoncé être enceinte de dix semaines, il allait se trouver bientôt père d'un enfant qui ne serait très vraisemblablement pas le sien. Ce qui ne lui faisait d'ailleurs ni chaud ni froid.

— Que veux-tu, Corinne, lança-t-il quand elle entra, et qu'y a-t-il de si urgent qui ne puisse attendre ce soir ?

— Il y a que j'ai décidé de te quitter, répondit-elle, et d'aller vivre avec l'homme que j'aime.

— Tu as demandé son avis à Maurice ? Cela m'étonnerait qu'il quitte l'usine et la Bretagne pour Paris.

— Tu... Tu sais ? Depuis quand ?

— Tu es incroyable, Corinne ! Tu connais Maurice depuis plus de dix ans. Tu sais l'amitié qui nous unit depuis l'enfance, et que tu as, en vain, essayé de détruire, à plusieurs reprises, par jalousie stupide. Le premier jour où vous avez couché ensemble, Maurice est venu me l'avouer. Je l'ai autorisé à continuer. Plutôt lui qu'un autre, n'est-ce pas ?

— Salaud ! le coupa-t-elle. Tu es... Vous êtes...

Un coup de tonnerre assourdissant l'interrompit. Les vitres du bureau volèrent en éclats et le souffle de l'explosion projeta une multitude d'objets à terre. Les murs du bâtiment tremblèrent et Paul crut, un dixième de seconde, qu'ils allaient les ensevelir. Terrorisée, Corinne se précipita vers son mari pour chercher un abri dans ses bras. Paul resta pétrifié une seconde. Bon Dieu ! C'était chez eux ! Les nitrates !

Maurice avait suivi Corinne des yeux, lorsqu'elle avait monté les marches et pénétré dans le bureau de Paul. Il avait admiré le balancement des hanches, devinant, sous la jupe, les cuisses fuselées dont il connaissait la vigueur lorsqu'elle les nouait autour de lui, et senti aussitôt le désir monter en lui, en repensant à ce corps, à cette bouche dont il était esclave malgré lui. La salope ! Elle allait, encore, torturer Paul ! Qu'allait-elle inventer, cette fois ?

Il pénétra dans l'usine, salua brièvement les ouvriers qui nettoyaient la broyeuse où étaient concassés les pains de soude, s'arrêta quelques secondes pour parler aux chauffeurs qui remplissaient de charbon les grosses chaudières tubulaires dans lesquelles vrombissait un feu gigantesque. Comme les mécaniciens et tout le personnel technique, les chauffeurs étaient d'anciens marins qui connaissaient très bien leurs machines.

Il les quitta sur une plaisanterie et se dirigea vers les ouvriers chargés de la manutention des cendres et engrais noirs — sels de potasse et chlorure de sodium —, sous-produits de ces premiers traitements et qu'ils vendaient comme engrais. Les jus très concentrés en iode, qui en étaient le produit principal, donneraient, après traitement au nitrate de soude, les précipités dont, après pressage et distillation, sortirait le produit fini, l'iode quasiment pure.

Il crut un bref instant à un tremblement de terre quand les murs bougèrent et qu'il sentit l'onde de choc avant que ne lui parvienne le tonnerre de l'explosion, accompagné du bruit de verres brisés, et des hurlements de terreur. Il se précipita vers la porte en s'écriant « Les nitrates ! ». Il savait déjà que la catastrophe avait touché l'entrepôt principal.

Il y arrivait quand Paul réagit enfin : il jaillit de son fauteuil, repoussa violemment sa femme du bras et se précipita vers la porte. Il l'ouvrit si violemment que la poignée lui resta dans la main et qu'il faillit l'arracher de ses gonds. L'entrepôt ! Une épaisse fumée noire en sortait. Il franchit d'un bond les six marches de l'escalier du perron, se tordit la cheville sur un caillou, ce qui ne l'empêcha pas de courir comme un dératé vers le bâtiment. La seconde explosion, plus assourdissante encore, le surprit à mi-parcours et faillit le faire tomber avant de le figer sur place. Se ressaisissant, il reprit sa course au moment où retentissaient trois nouvelles explosions, beaucoup plus faibles. Lorsqu'il pénétra dans l'entrepôt, la fumée y était si épaisse qu'il ne vit rien, tout d'abord. Puis, il entendit un grondement sourd, étouffé. C'était le feu, il le vit surgir, soudain, devant lui, se dresser, bondir de droite et de gauche, et, telle une pieuvre, brandir de tous côtés ses tentacules pour dévorer tout ce qui était à sa portée.

— Ce sont les nitrates, Paul ! Les nitrates ont explosé. Non ! Par ici ! lui cria Maurice Tiercelin. Les inflammables, d'abord ! Il faut les sortir ! Par ici ! Sur ta gauche ! Non, Paul ! Fais pas le con ! N'y va pas ! Attends-moi !

Maurice, son ami de toujours, l'amant de Corinne. Si Maurice ! Je vais y aller, mon vieux ! Et si j'y reste, tant pis. Une mort de héros ? Pourquoi pas, après tout ? se dit-il en pénétrant dans les restes du bâtiment en flammes. Les stocks, oui, mais il s'en occuperait plus tard. D'abord les hommes. Paul continua à avancer vers le feu. Il voulait s'assurer qu'aucun de ses employés n'en était prisonnier. Il buta dans une poutre métallique et s'étala de tout son long. En se redressant, il aperçut une paire de chaussures, deux jambes. Il ne voyait pas le corps qui prolongeait ces jambes ; il disparaissait sous une caisse que le souffle de l'explosion avait renversée.

— Tenez bon, dit-il, je vais vous sortir de là !

Il tenta de soulever la caisse mais n'y parvint pas. Il fallait, pourtant, qu'il réussisse. Embrassant le bâtiment du regard, il crut distinguer une échelle à travers le rideau de fumée de plus en plus dense.

— Le chlore, Paul ! Il faut sortir le chlore ! Aide-moi, nom de Dieu ! Paul !

Il entendit la voix de Maurice qui criait : Fais pas le con ! Reviens, l'entrepôt brûle, le toit va tomber !

Mais il avait quelque chose à faire. Il se saisit de l'échelle et revint sur ses pas. L'utilisant comme levier, il l'inséra sous la caisse qu'il parvint à soulever puis à faire glisser, libérant le corps dont il s'approcha. C'est alors qu'il reçut la première poutre sur le dos. Il tomba à terre, se redressa comme il le put. Son épaule droite lui faisait un mal de chien. Il retourna l'homme à terre. Il avait les yeux grands ouverts et ne respirait plus. La colonne vertébrale, sans doute, se dit-il en sentant les larmes lui monter aux yeux. Ce n'était pas un des siens. Que faisait là cet inconnu ? Il y avait un mort dans son usine, et c'était de sa faute puisque l'explosion provenait des nitrates qui avaient dû chauffer, et c'est lui qui les avait fait rentrer pour redresser leurs ventes ! Il en connaissait les dangers, pourtant ! Jamais il n'aurait dû les stocker à cet endroit ! Oui, c'était de sa faute !

Il se dirigea de nouveau vers le feu, puis obliqua quand il entendit quelqu'un appeler à l'aide. L'appel semblait provenir du coin droit du bâtiment. Mais il ne put aller plus loin. Tout un ensemble de charpentes de bois incandescentes venait de s'écrouler et lui barrait la route. Il était en train de contourner ce mur, et escaladait un enchevêtrement de poutres quand une masse s'abattit sur lui. Il eut le temps de lever les bras, mais pas de se jeter sur le côté comme son cerveau lui commandait de le faire. Il s'effondra, mais trouva l'énergie de ramper pour échapper aux flammes qui lui léchaient presque le visage. Quand Maurice le retrouva vingt minutes plus tard, sous un amas de poutrelles tordues, le bassin fracturé en deux endroits, la jambe droite écrasée, peut-être perdue, il était cassé de partout, mais il respirait.

*

Yves faisait voile sur Quéménès. Il venait faire part à Hervé Le Bars de son entretien avec Mme Troadec, sa future voisine, celle qui reprenait Triélen. Une femme de caractère, il n'y avait pas de doute, une veuve qui connaissait la vie et saurait diriger son île et ses hommes. Yves ne se faisait plus de soucis pour elle, mais plutôt pour Hervé qui allait se trouver en concurrence avec une maîtresse-femme qui menait son monde à la baguette et en qui il trouverait à qui parler. Les goémoniers, aussi, d'ailleurs, qui croyaient pouvoir en tirer ce qu'ils voudraient et qui allaient devoir déchanter. Il fallait à tout prix qu'Hervé et elle se mettent d'accord sur les conditions qu'ils accorderaient aux pigouillers. S'ils se concurrençaient, ils mangeraient, lui sa culotte, elle, son cotillon.

Mais cette femme n'était pas son seul souci. Julia les avait inquiétés, la veille, Anne et lui, quand elle leur avait conseillé de faire examiner au plus tôt la petite Augustine par un spécialiste de l'ouïe. Elle craignait, en effet, que l'enfant ne fût sourde, ce qui pouvait expliquer son calme anormal. Un bébé, avait-elle expliqué, ne disposait que des cris ou des pleurs pour manifester son existence et ses besoins, son silence n'était donc jamais de bon augure. Anne en était restée stupéfaite et Yves avait mis un moment à réaliser ce que cette surdité signifierait pour l'enfant.

Fallait-il en parler à Jacqueline ? C'était la crise de larmes assurée et cela ne servirait à rien. Mieux valait attendre le retour d'Augustin, qui avait fait savoir qu'il resterait encore au moins quarante-huit heures à Camaret. Youenn avait confirmé à Yves qu'ils attendaient un bateau sur lequel il fondait beaucoup d'espoirs.

Yves se demandait s'il n'avait pas eu tort de pousser son filleul dans les bras de sa fille, car ces deux-là, il devait l'admettre, n'étaient pas du tout assortis. Il commençait, d'ailleurs, à douter que Jacqueline pût convenir à qui que ce soit et s'en voulait d'avoir favorisé ce mariage. S'il l'avait fait, c'est qu'il avait remarqué, depuis longtemps, que sa fille avait plus qu'un penchant pour Augustin et qu'il avait voulu l'aider. Comment aurait-il pu deviner qu'elle était si peu mariable ?

Et puis, il y avait Sébastien que venait de prendre la folie de naviguer ! Oh ! Yves n'était pas contre, non, il aimait suffisamment la mer pour comprendre son fils, mais alors, son commerce de vins, à qui allait-il le laisser ? Décidément, les enfants n'en faisaient qu'à leur tête. Il ne servait à rien de tirer à leur place des plans sur la comète.

L'explosion le surprit, alors qu'il en était là de ses réflexions. Ce fut un coup de tonnerre, ou plutôt, une série de coups de tonnerre très rapprochés, cinq ou six, il n'aurait pas su dire. Que s'était-il passé ? La presqu'île de Kermorvan lui cachait le port du Conquet, mais le doute n'était pas permis : la violence des explosions avait été telle qu'elles ne pouvaient provenir que de l'une des deux usines de Poul-Conq, et, en plein jour ouvré, comme ce mardi, cela signifiait sans doute beaucoup de dégâts, de blessés, peut-être de morts. Il empanna machinalement et fit demi-tour, les yeux fixés sur le continent dont il n'était pas éloigné de plus de trois milles.

Sa première pensée fut pour Gwen-Aël auquel il ne songeait plus comme à son fils que de loin en loin. Son histoire d'amour avec Estelle était bien ancienne maintenant, elle appartenait à un passé à jamais enfoui dans leurs mémoires à tous les deux, comme dans les tombes de Jeannie, sa sœur, d'Eugène, son ami, et de Brigitte, sa tante, décédée six mois plus tôt, les seuls à avoir tout su de leur « affaire ». Aujourd'hui, ils n'étaient plus que deux, Estelle et lui, à savoir que Gwen-Aël était un enfant adultérin, leur fils à tous deux. Pour tous, le père de Gwen, c'était François.

Gwen-Aël, au moins, n'était pas à l'usine. Il était parti le matin même. La veille, il avait choisi de laisser sa sœur Aurélie et Jean-Yves rentrer seuls sur Rennes :

il voulait passer à Morlaix voir cette jeune fille qui lui avait fait si forte impression.

Il était inutile de se triturer inutilement les méninges et de chercher à deviner quelles pouvaient être les victimes. Il repensa à cette séance agitée du conseil municipal, douze ans plus tôt, au cours de laquelle était intervenu un nouvel habitant de la commune. Originaire de Brest, mais contribuable au Conquet où il s'était fait construire une villa, cet olibrius s'était inquiété des dangers que pouvaient faire courir à la population du village des produits chimiques stockés plus ou moins bien, et, selon lui, plutôt mal que bien. Il avait, bien sûr, mentionné l'acide sulfurique, l'appelant par son nom usuel de vitriol. Un sacré pavé dans la mare conquétoise mais aussi dans celles du canton et du département. Eh quoi ! Les habitants du Conquet comme ceux de Lampaul, Portsall, Plouguerneau, et Ploudalmézeau, mais aussi de Penmarc'h ou de Pont-l'Abbé, étaient assis sur des barils de poudre ? Sur des fûts de vitriol ? Et on le leur cachait ! Décidément, les usiniers ne reculaient devant rien pour faire leurs profits !

Les industriels eurent beau jeu de faire valoir que, si danger il y avait, ils seraient les premiers exposés, eux-mêmes et leurs familles, et qu'ils n'étaient pas suicidaires. Yves eut une pensée émue pour son ami Eugène qui, trente ans plus tôt, quand ils avaient fait connaissance, en avait plaisanté : « Le jour où nos administrés prendront conscience qu'acide sulfurique et vitriol, c'est la même chose, nous aurons du souci à nous faire : imaginez le nombre de personnes qui aimeraient vitrioler qui une femme, qui un mari, qui un voisin insupportable... » Yves avait souri, ce jour-là, comme il souriait encore, aujourd'hui : évoquer Eugène lui mettait toujours du baume au cœur. Jamais, à part peut-être Youenn, il n'avait rencontré un homme qui aimât tant la vie, un homme qui savait à ce point en goûter chaque minute, bonne ou mauvaise, parce qu'elle était unique et qu'il ne la revivrait plus, mais, aussi et surtout, parce que son exceptionnel sens de l'humour lui permettait de rire de tout, y compris de lui-même.

Une fumée noirâtre venait d'apparaître au-dessus des falaises de la presqu'île de Kermorvan. Elle provenait effectivement de Poul-Conq, et il n'allait pas tarder à savoir quelle était l'usine touchée. Dès qu'il doubla la pointe de la presqu'île, il put mesurer l'ampleur des dégâts : l'un des bâtiments de l'usine Lemarchand était en flammes.

La mer était basse, et, avec ce coefficient de 88, pas question d'accoster quai du Drellach. Il se dirigea vers le corps-mort du bateau d'Augustin et s'y amarra, après avoir affalé sa voile. Sautant aussitôt dans la plate, il aborda un quai Saint-Christophe complètement désert. Bien sûr, tout le port devait être à Poul-Conq ! Il ne put s'empêcher de courir sur le sentier qui, du port aux usines, longeait la ria. Il commença à croiser des pêcheurs puis des sauveteurs. L'affolement était général, et ce ne fut qu'en arrivant à proximité des usines qu'il put enfin prendre la mesure de la catastrophe. Nul ne savait encore ce qui s'était passé ; Tiercelin, le directeur technique, aboyait des ordres que personne ne semblait écouter, et pourtant on lui obéissait, puisqu'il avait réussi à organiser les secours. Tandis que des volontaires luttaient contre les flammes qui dévoraient un bâtiment, d'autres s'activaient autour de corps étendus sur le sol, dont il ne savait s'il s'agissait de blessés ou de morts. Yves entendit une voix qu'il reconnut aussitôt : c'était celle de Julia, sa fille.

— Transportez immédiatement ce blessé à Bellevue, disait-elle. Où est le docteur ? Placez-le là ! Oui, sur cette civière. Marie-Ange, montre-leur le chemin. Et demande à Mme Kernéis de téléphoner à l'hôpital de Brest. Qu'ils envoient une équipe pour grands brûlés. Dépêche-toi. Et reste aider Mme Kernéis et Maman. Tu seras plus utile là-bas qu'ici.

Et tandis que sa sœur s'éloignait, Julia reprenait :

— Robert, pouvez-vous m'aider à soulever celui-ci ? Allons-y ensemble. Là... Calmez-vous, jeune homme ; ce n'est rien ! Juste une petite brûlure. Une affaire de quinze jours, tout au plus. Doucement, Robert... La jambe ! Regardez l'angle ! Attention, bon sang !

Forte de son expérience du front, la jeune femme avait pris les choses en main, retrouvant naturellement les réflexes et l'esprit de décision indispensables dans ce genre de situation.

— Ah ! Papa ! s'exclama-t-elle en l'apercevant. Te voilà de retour ! Merci d'être là ! Peux-tu prévenir Gwen-Aël ? Il doit être à Morlaix, chez son amie Viviane. Le numéro, c'est le 129. Appelle-le de l'usine Devernois. Fais-le tout de suite, avant qu'il ne reparte pour Paris.

— Que s'est-il passé ? demanda Yves.

— On ne sait pas bien, encore... Pour le moment, nous avons trois morts, peut-être quatre, si le directeur ne survit pas. Essaye de savoir s'ils ont pu dégager le médecin qui soignait des brûlés quand le plafond s'est effondré... J'espère qu'il n'est pas blessé ; j'ai besoin de lui, ici. J'attends deux autres médecins de Saint-Renan. Mais qu'est-ce qu'ils fichent, bon sang ? Au fait, quand tu seras au téléphone, demande à l'opératrice de relancer les urgences de Brest et Saint-Renan, et viens me donner la réponse.

C'était la première fois que sa fille le tutoyait, la première fois aussi qu'elle lui donnait des ordres, mais il les recevait avec plaisir et fierté. Obéissant comme un soldat, Yves partit sur-le-champ remplir la mission dont elle l'avait chargé. Quelle femme sa Julia ! Il s'était, fut un temps, posé la question de sa vocation d'infirmière. Aujourd'hui, elle lui apportait la réponse.

Il pénétra dans l'usine Devernois et se rendit à la réception. Cinq minutes plus tard, il avait Gwen-Aël au téléphone. Yves n'eut aucun mal à être bref ; il ne savait rien de l'explosion, ce que Gwen-Aël ne pouvait concevoir. Devant son insistance, Yves lui conseilla d'appeler sa mère pour avoir des informations complémentaires mais il ne put s'empêcher de lui souligner la gravité des faits. Gwen-Aël s'obstinant à poser des questions, Yves haussa le ton.

— Gwen-Aël, Julia m'a demandé de te passer le message, je le fais. Mais je ne sais rien de plus. Je débarque de mon bateau. Comprends-le, enfin !

Au bout de la ligne, il crut entendre un soupir :

— Monsieur Kerléo, excusez-moi, mais, si j'insiste, c'est qu'il me faut impérativement avoir le directeur technique et savoir ce qui s'est passé. Les moyens matériels nécessaires aux secours différeront selon les produits chimiques qui ont causé l'explosion et ceux qui ont brûlé.

— D'accord, fit Yves. J'y retourne et je te rappelle.

— Je vous attends. Je vais devoir trouver une automobile, des médecins, des infirmiers... Rappelez-moi dès que vous aurez vu Tiercelin. S'il ne peut pas venir au téléphone, qu'il vous explique tout.

Yves s'était précipité vers le lieu de la catastrophe ; il y avait retrouvé l'ingénieur qui lui avait confirmé que le directeur de l'usine, Delmotte, était grièvement touché. Il y avait trois morts et cinq blessés, mais on fouillait toujours les décombres. Deux des morts étaient des personnes extérieures à l'usine ; on ignorait leur identité et ce qu'elles faisaient sur les lieux du drame. Le danger pouvait provenir des gaz toxiques inhalés, et, bien sûr, des chutes de poutres et poutrelles calcinées qui pouvaient tomber sur les sauveteurs. Pour l'instant, l'acide sulfurique n'avait provoqué aucun décès, et il avait fait mettre tous les produits soufrés en sécurité. Ce dont ils avaient besoin, c'était de pompiers, mais qui n'interviendraient que sur ses directives. Yves retransmit, fidèlement, ce qu'il avait appris. À l'autre bout du fil, il sentait Gwen-Aël attentif et tendu.

— Je vous remercie, monsieur Kerléo, dit-il, et pardonnez-moi ma nervosité. Mais certains de nos produits réagissent mal à l'eau et sont donc particulièrement dangereux. Le chlore, le soufre, l'acide sulfurique ne se traitent pas de la même façon. Quant aux nitrates... Je pense que l'explosion vient de là, comme la quasi-totalité des accidents dans nos usines. On a beau faire attention, multiplier les consignes de sécurité, rien n'y fait... Heureusement que nous n'en avions pas beaucoup. Remerciez Tiercelin pour moi et dites-lui de tenir bon. Prévenez

Julia que je lui amène deux infirmiers et un médecin. Ils partent de Morlaix dans une demi-heure.

— Ce n'est plus la peine, Gwen-Aël. Les équipes de l'hôpital de Brest devraient arriver d'une minute à l'autre. Et le médecin de Saint-Renan est déjà là, avec un infirmier. Les pompiers aussi.

— C'est une première bonne nouvelle ! Je pars à l'instant. M. Lecomte a accepté de me prêter sa Delahaye. Avertissez Tiercelin que j'arrive. Quant à Paul, j'espère qu'il s'en sortira ! Pouvez-vous aider Tiercelin ? Vous avez plus l'habitude du commandement et de ces situations difficiles que lui...

— Peut-être, mais certainement pas autant que Julia. Si tu la voyais ! Nous t'attendons, Gwen-Aël. Fais vite.

Lorsqu'il raccrocha, Gwen-Aël resta un moment pensif. C'était curieux. Yves Kerléo lui avait dit ces derniers mots comme à un proche, presque comme à un fils. C'était la première fois qu'il usait, à son égard, d'un ton aussi affectueux, et il en était surpris. Jamais auparavant, même quand Yvonne était morte, il ne l'avait senti si proche de lui. Ce « nous t'attendons » était si surprenant dans sa bouche... D'aussi loin qu'il s'en souvenait, il avait toujours pensé qu'Yves Kerléo le jalousait en raison de la différence de fortune entre leurs familles. Il était si froid, si indifférent envers lui... Et s'il s'était trompé, tout ce temps ? Il leva les yeux et sourit à Viviane qui le fixait, anxieuse. Louis Lecomte attendait, tandis que son épouse, apparemment imperméable à tout, continuait à servir alcools et liqueurs. Il semblait à Gwen que cette femme serait restée aussi imperturbable s'il y avait eu un tremblement de terre au pied de son immeuble. Son indifférence à autrui était sidérante. Pauvre Viviane, se dit-il...

La pauvre Viviane vivait la journée la plus riche en émotions de sa vie, la plus heureuse aussi. Gwen-Aël, qu'elle considérait déjà comme son fiancé, était arrivé à onze heures du matin, conduit par le chauffeur de l'usine Lemarchand, qui était reparti aussitôt. Il avait décliné l'invitation à déjeuner de Louis Lecomte, qui, à son tour, en avait fait de même de son invitation au restaurant, offrant ainsi un tête-à-tête aux deux jeunes gens. C'était extraordinairement inhabituel, avait lourdement souligné son épouse, Emma, mais le monde changeait ; il fallait vivre avec son temps, et Viviane n'avait pas besoin de chaperon. Gwen-Aël retint un sourire, en retrouvant soudain les sous-entendus et l'esprit étriqué de la petite bourgeoisie provinciale : la mère de Viviane lui vendait déjà sa fille ! Celle-ci, par bonheur, était toujours la même : plus jolie, encore, que dans le souvenir qu'il en avait, elle se mouvait, avec une aisance et une grâce incomparables dans cet intérieur bourgeois d'un goût très discutable — celui de Mme Lecomte, sans doute. À midi, Gwen-Aël lui avait avoué son amour ; à deux heures, il lui parlait de leur vie future, ils s'étaient déjà promis l'un à l'autre...

Viviane avait l'impression de vivre un rêve éveillé quand ils étaient rentrés quai du Trégor. Ils y prenaient un café et allaient se servir en liqueurs quand il y avait eu ce coup de téléphone. Son père avait décroché dans son bureau, avant d'appeler Gwen-Aël. Blanc comme un linge quand il avait regagné le salon, ce dernier fit preuve, aussitôt, d'un ressort étonnant. Après avoir, par politesse, fait à ses hôtes un bref compte rendu du peu qu'il avait appris de l'accident, il se mit immédiatement en quête d'une équipe de médecins et d'ambulanciers, que Louis Lecomte l'aida à trouver en moins de dix minutes, comme il accepta immédiatement de lui prêter sa voiture.

Un instant plus tard, le second appel rendait inutile le déplacement du médecin et des infirmiers morlaisiens. Par contre, Gwen-Aël mesurait mieux l'ampleur de la catastrophe. Il eut un bref aparté avec Louis Lecomte, qui lui proposa de l'accompagner. L'armateur était habitué à sa voiture ; Gwen-Aël, non. Si cela pouvait lui faire gagner du temps... Gwen-Aël accepta avec gratitude.

Louis Lecomte était monté se changer et sa femme l'avait accompagné. Gwen-Aël et Viviane s'étaient retrouvés seuls. Il l'avait embrassée et elle avait répondu avec toute la fougue et le désir de la novice qu'elle était à ce premier baiser. Maintenant qu'il était parti, elle sentait encore la brûlure de sa bouche sur ses lèvres, ses paupières, son cou, la caresse de sa main sur sa joue. Était-ce cela, que l'on appelait le grand frisson ? Était-ce cela, l'amour ?

10

Les deux hommes avaient choisi la route de Lesneven-Plabennec-Saint-Renan, celle du nord, en bien meilleur état que celle de Landivisiau-Landerneau-Brest, trop fréquentée par les charrettes qui l'encombraient et y creusaient des ornières souvent fatales aux pneumatiques. Après dix minutes de silence, Louis Lecomte avait engagé la conversation, essayant de distraire Gwen-Aël. C'est ce qui décida le jeune homme à brûler les étapes.

— Sachez, monsieur Lecomte, dit-il, que j'apprécie à sa mesure le service que vous me rendez aujourd'hui, comme votre disponibilité et votre sympathie. Je les apprécie d'autant plus que nous sommes, je l'espère, amenés à avoir des liens plus étroits. J'aimerais fréquenter Viviane, et, si je lui plais, comme je l'espère, l'épouser.

— N'avez-vous pas peur d'aller un peu vite en besogne, monsieur Kernéis ? Êtes-vous sûr de vous ? demanda l'armateur.

— J'ai vingt-huit ans et une vie assez pleine derrière moi, répondit Gwen-Aël. Je sais ce que je veux, et ce que je veux, c'est épouser Viviane. M'accorderez-vous sa main ?

— Je me vois mal vous la refuser, et je vais vous dire pourquoi : j'adore ma fille, et je veux son bonheur. Or, depuis soixante-douze heures, j'ai l'impression de la voir vivre enfin, elle qui, jusque-là, était comme en léthargie. J'aimerais, cependant, que vous lui laissiez un peu de temps. Elle est jeune et a besoin d'apprendre la vie. Ne la brusquez pas ! Je vous devine impatient. Et puis, pensez à moi aussi ; c'est ma seule enfant !

— Merci de m'accepter ainsi comme gendre ! s'exclama Gwen-Aël. Vous n'aurez pas à le regretter.

— Moi, non, mais vous, peut-être !

— Que voulez-vous dire ?

— Viviane ne vous apportera pas une dot très conséquente...

— Si j'épouse Viviane, ce ne sera pas pour son argent, vous le savez bien !

— Il y a, cependant, un autre risque...

— Cette fois, vous commencez à m'inquiéter. Viviane ?

— Non, il ne s'agit pas de Viviane, coupa l'armateur, mais de moi. Voilà : mes affaires vont mal, très mal, et il est possible que je sois assez rapidement déclaré en faillite. Ma réputation va en pâtir, et celle de ma fille sera, elle aussi, ternie...

Gwen-Aël hocha la tête.

— Je comprends ce que vous voulez dire, fit-il. Viviane pourrait en être marquée, effectivement, même si je la crois très capable de surmonter une telle épreuve. Vos affaires vont vraiment si mal ? Pardonnez-moi... Vous n'êtes pas obligé de me répondre...

— Au point où nous en sommes, je ne vois pas

pourquoi je vous cacherais la vérité. Et puis, sincèrement, j'ai besoin de parler à quelqu'un.

Louis Lecomte croyait à la chance, à sa bonne étoile, qui, une fois encore, se manifestait de façon inattendue, sous la forme d'une explosion dans une usine.

Naturellement serviable, c'était sans calcul qu'il rendait service à Gwen-Aël. Ce dernier ne s'y trompait pas ; il connaissait ce genre d'hommes — il s'en trouvait partout, même chez les étudiants —, optimistes, bons vivants, sympathiques ; ils s'accordaient quelquefois des libertés avec la loi, pouvaient aussi se mettre dans des situations difficiles, mais retombaient le plus souvent sur leurs pieds. Il souhaita en apprendre davantage. L'armateur ne se fit pas prier. Avant d'arriver à Saint-Renan, Louis Lecomte savait qu'il pourrait compter sur l'aide de son futur gendre.

Comme tout le monde, Gwen-Aël avait lu dans la presse un ou deux articles se rapportant à la disparition de Pierre Quéméneur, mais les confidences du père de Viviane apportaient un tout autre éclairage sur ce fait divers qui l'avait intrigué. Ce conseiller général qui se disait bien introduit dans certains milieux d'affaires parisiens, Louis Lecomte le connaissait très bien ; ils faisaient partie du même cercle morlaisien. Aussi, s'il resta de marbre quand Quéméneur lui dit de chercher des fonds pour une grosse opération d'achat et de revente de voitures américaines, des Cadillac, c'est bien parce qu'il considérait qu'il n'était pas le mieux placé pour la réaliser. Barthélémy Spor, le garagiste chez qui il avait acheté sa Delahaye, lui avait, le premier, parlé de l'affaire trois semaines plus tôt, et si Quéméneur passait pour sérieux et habile, Barthélémy, lui, l'était tout autant et, de plus, il connaissait les voitures et les surplus américains.

Ces deux atouts le décidèrent. Louis téléphona au garagiste qui cherchait 100 000 francs et lui promettait un retour très rapide des capitaux, un mois maximum. Il mit une semaine à trouver 70 000 francs qu'il emprunta pour un mois à Dumartin. Ces 70 000 francs qu'il devait rembourser dans six jours. Louis avait fait confiance à Spor qu'il connaissait, mais voilà, Spor avait disparu ! Volatilisé, sans laisser de traces, exactement comme Quéméneur. Plus curieux encore, ses filles en avaient fait autant, quinze jours plus tard, sans rien prendre dans leur appartement. Et son garage continuait à fonctionner !

Aujourd'hui, Louis Lecomte craignait d'avoir été victime d'une escroquerie à grande échelle mise sur pied par un groupe de margoulins dont Spor et Quéméneur faisaient partie. Si c'était le cas, les disparus avaient probablement fait miroiter à d'autres que lui-même cette juteuse affaire de Cadillac. Pourquoi, en effet, n'auraient-ils abusé que lui, quand ils connaissaient nombre de bailleurs de fonds bien plus fortunés ? Non, s'il y avait escroquerie, elle ferait de nombreuses autres victimes.

Dans cette affaire de voitures, Gwen-Aël, lui, était bien plus enclin à voir en Quéméneur et Spor des victimes rêvées d'escrocs parisiens ravis de tomber sur des gogos si faciles à plumer plutôt que les manipulateurs géniaux qu'imaginait Louis Lecomte. Il n'y avait rien de changé sous le ciel de Bretagne, et l'on y trouvait toujours des pigeons qu'il suffisait de caresser dans le sens de la plume pour qu'ils se prennent pour des aigles. Car enfin, fallait-il qu'ils soient aussi naïfs que vaniteux, ces Spor et Quéméneur, pour se croire, eux, simples provinciaux, indispensables au monde parisien des « affaires » ! Appâtés par une ou deux petites opérations évidemment couronnées de succès, ils s'étaient l'un et l'autre fait gruger sur une affaire à la mise beaucoup plus grosse. D'où leur disparition et, avec eux, celle de tout l'argent réuni pour l'achat de ces fameuses Cadillac et qui devait se trouver, aujourd'hui, sur un compte américain ou russe.

— Laissez-moi réfléchir à la meilleure façon de vous sortir de là, dit Gwen-Aël après avoir réfléchi un instant. Il doit y avoir une solution. La reprise de cette hypothèque sur votre maison pourrait être celle-là.

— Je vous remercie de vous préoccuper de mon sort, dit l'armateur, mais il y a plus urgent, ne croyez-vous pas ? Nous approchons du Conquet, me semble-t-il...

— Vous avez raison. Nous venons de passer Trébabu ; nous allons arriver dans quelques minutes.

Gwen-Aël commença à sentir l'odeur de brûlé dès que Louis Lecomte engagea la Delahaye dans les virages de Kerjan, et les premiers picotements lui vinrent aux yeux quand ils débouchèrent sur le petit pont de bois surplombant l'écluse qui séparait l'étang de la ria. Ce n'était ni aux odeurs de soufre déjà perceptibles ni à l'épaisse fumée noire qui recouvrait Poul-Conq qu'ils étaient dus, mais à l'émotion qui l'étreignait et lui nouait la gorge. Il ne chercha pas à retenir ses larmes devant l'œuvre de tant de vies qui partait en fumée.

Son arrière-grand-père avait créé cette usine, son grand-père l'avait développée, son père la lui avait transmise, intacte. Et maintenant, elle allait disparaître !... Tous trois l'avaient fait prospérer, avaient permis à des dizaines d'ouvriers, à des centaines, à des milliers de goémoniers d'en vivre, comme ils leur avaient, à leur tour, par leur travail, permis de la faire fructifier... Quelle désolation ! Quelle tristesse ! Heureusement qu'ils n'étaient là ni les uns ni les autres, pour voir ça !

En s'arrêtant devant la cour de l'usine, Louis Lecomte fit crisser les pneus de la Delahaye. Gwen-Aël s'en extirpa aussitôt, avant d'indiquer à l'armateur le chemin de Bellevue, où il le retrouverait dans la soirée.

En pénétrant dans son usine, Gwen-Aël se trouva face à Yves Kerléo, l'homme de granit ou de glace, comme l'appelait son grand-père quand il leur arrivait d'être en désaccord. Gwen-Aël se souvenait qu'enfant, il s'était demandé comment pouvait vivre un homme de glace. Mais justement, Yves Kerléo n'était pas un homme de glace. Gwen-Aël le sut quand, en l'accueillant, Yves lui prit la main dans les siennes avant de lui donner l'accolade, tout en le fixant intensément dans les yeux. La sympathie, l'affection qui transparaissaient dans cette accolade et dans ce regard, surtout, étaient telles, qu'en un instant elles réussirent à revigorer le jeune homme. C'est dans les épreuves que l'on reconnaît ses amis, disait son grand-père. Dans ce cas... Oui, il allait suivre les conseils de son père : il pouvait compter sur cet homme. Aujourd'hui qu'il avait besoin d'une épaule sur laquelle s'appuyer, il savait qu'Yves Kerléo lui offrait la sienne et qu'elle était solide.

Sans un mot, ils prirent ensemble la direction des ruines fumantes de l'entrepôt de stockage des produits finis et de l'amas de poutrelles tordues au milieu desquelles se dressaient des débris de toutes sortes : charpentes calcinées, monceaux de tuiles brisées, tas informes de gravats... Seuls dans ces ruines, deux pompiers vérifiaient que ne couvaient pas quelques derniers feux qui avaient échappé à leur vigilance. Gwen-Aël salua les deux hommes, puis parcourut lentement le bâtiment, soulevant une poutre, en déplaçant une autre, machinalement, sans même savoir ce qu'il faisait.

Yves, resté à l'entrée, le suivait des yeux, respectant la douleur muette du jeune homme, le laissant seul avec lui-même. Il lui fallait absorber le choc, assimiler ce qu'il voyait ; il aurait tout le temps de lui parler, plus tard.

Soudain, Gwen-Aël fit demi-tour, et, quittant l'entrepôt en ruines, prit Yves par le bras et l'entraîna vers les autres bâtiments. Il se reprenait à espérer. Si l'incendie s'était limité à cet entrepôt de stockage, et si l'unité de fabrication, le poumon de l'usine, le cœur de l'entreprise, n'avait pas souffert, ce ne serait qu'un moindre mal. Il craignait le pire, mais il devait savoir, il voulait savoir. Tout de suite. Il s'arrêta. Yves en fit autant et répondit, enfin, à l'interrogation angoissée qu'il lisait dans ses yeux.

— Ce bâtiment est le seul à avoir brûlé, Gwen-Aël. Ton directeur technique, Maurice Tiercelin, a fait un travail exceptionnel : négligeant cet entrepôt, sans doute, mais sauvant l'usine, il t'a aussi sauvé la mise.

Il a mis en sûreté les produits dangereux dès le début de l'incendie. On va sûrement le blâmer de ne pas s'être immédiatement occupé des blessés, mais il a paré au plus pressé, et si l'accident n'a pas tourné à la catastrophe, c'est grâce à lui. Il a su faire le bon choix, et ce n'était pas facile ! Je n'aurais probablement pas eu le même esprit de décision. Malheureusement Paul Delmotte a été blessé en voulant porter secours aux premiers brûlés, alors que Tiercelin lui criait de ne pas y aller mais de l'aider. Il ne l'a pas écouté.

— Où sont-ils ? demanda Gwen-Aël. Où est Paul ?

— À l'hôpital de Brest.

— Si je comprends bien, j'arrive trop tard...

— Non, Gwen-Aël, car il y a les survivants qu'il va falloir réconforter, les sauveteurs qu'il convient de remercier, les dégâts à recenser.

— Ils sont importants ?

— On le saura demain. Des vitres brisées, des chutes de corniches, de lustres et d'objets à l'intérieur des maisons. Deux blessés légers, des tympans crevés et des malaises divers, chez les employés et chez les voisins. L'usine Devernois, elle aussi, a souffert, mais pas trop. L'assureur aura de quoi faire !

— Sacrebleu ! Et je n'étais pas là !

— Qu'est-ce que cela aurait changé ?

— Rien, peut-être, mais quand même ! Où est Maurice Tiercelin ? J'aimerais le remercier.

— Sans doute à l'intérieur de l'usine. J'étais avec lui, un quart d'heure avant que tu n'arrives et que Julia ne parte. Elle doit être à Bellevue, à l'heure qu'il est, à s'occuper des blessés légers. Elle a fait un gros travail, ma fille m'a épaté. Elle a... elle a un tel naturel, une telle aisance dans ces situations... Tout le monde lui fait confiance...

— Cela vous étonne ? fit Gwen-Aël. Si vous l'aviez vue au front, vous auriez su, depuis longtemps, quelle infirmière et quelle femme elle est !

Ils trouvèrent enfin Tiercelin. Assis sur une caisse à claire-voie, une bouteille de cognac à la main, l'ingénieur avait les cheveux en bataille, la moustache couverte de poussière, les vêtements déchirés. Les yeux injectés de sang, l'alcool s'ajoutant à la fatigue, il les regarda s'approcher et s'écria :

— Voilà le patron ! Il arrive quand tout est fini, après la bataille, quand son usine a brûlé. Apprenez, jeune homme, qu'une usine ne se dirige pas par téléphone, d'un poste de commandement situé à six cents kilomètres ! Vous devriez laisser votre place à un autre ! Et si ma remarque vous déplaît, vous pouvez me virer. Je n'en ai rien à foutre. Paul est mort, ou ne vaut pas mieux, et c'est de ma faute ! Pas vrai, Kerléo ?

Cette fois encore, Yves Kerléo eut la réaction juste. Il sourit à Maurice Tiercelin, se dirigea vers lui, et ignorant sa question, lui dit :

— Pour une cuite, tu en tiens une bonne, Maurice ! Gwen-Aël, Maurice est épuisé. Il a organisé seul la lutte contre l'incendie qui a ravagé l'usine après l'explosion. Toute la journée, il s'est comporté en héros, et je suis fier de l'avoir assisté pendant ces dernières heures. Voilà tout ce que j'ai à dire.

Gwen-Aël s'approcha à son tour de Tiercelin, et lui dit :

— Merci, Maurice, tu me sauves la vie, et même plus ! Merci aussi pour Paul, puisqu'il ne peut le faire lui-même, pour tous les Conquétois qui te doivent une fière chandelle. Vous êtes tous mes invités à Bellevue, ce soir.

Dans l'entrée du bâtiment principal, ils n'étaient plus très nombreux à stationner autour des tréteaux encombrés de victuailles, de bouteilles de vin, de cruchons de cidre, là où, peu avant, gisaient les blessés. Les quelques applaudissements à son adresse qui suivirent cette déclaration suffirent à dégriser Maurice, qui se reprit quelque peu et tenta de minimiser sa précédente sortie. Gwen-Aël lui demanda d'oublier ça.

Il était plus de vingt heures, quand Gwen-Aël donna le signal de la dispersion. Flanqué de Tiercelin, il avait fait le tour de son usine et constaté que matières premières et produits finis, parfaitement isolés, ne présentaient plus le moindre danger. Finalement, s'il faisait abstraction des pertes en vies humaines, malheureusement irréparables, Gwen-Aël devait admettre qu'il s'en sortait bien, au plan matériel, et cela en grande partie grâce à Maurice. Il n'y avait pas de dégâts irrémédiables ; l'entrepôt de stockage dont le mur nord avait été soufflé par l'explosion serait reconstruit en moins de trois mois, le matériel et les produits finis détruits seraient remplacés, et le tout remboursé par l'assureur. L'usine continuerait à tourner ; il s'arrangerait avec ses confrères de l'usine Devernois.

Il lui restait cependant un certain nombre de tâches à accomplir, et d'abord, aller voir Paul Delmotte, à l'hôpital, le lendemain. Il était un peu rassuré : Julia lui avait dit que si les multiples fractures aux jambes et au bassin immobiliseraient Paul pendant des mois, la colonne vertébrale était intacte. Sa femme venait de leur téléphoner la bonne nouvelle. Les blessés légers étaient rentrés chez eux, mais Bellevue gardait encore des allures de dispensaire de campagne, si bien que c'est, finalement, à Roz-Avel, chez les Kerléo, qu'ils dînèrent tous sur le pouce.

Durant ce dîner impromptu, Gwen-Aël avait eu le temps de se reprendre et de rassurer Maurice Tiercelin, d'un côté, Louis Lecomte, de l'autre. Au premier, il avait fait part de sa décision de reconstruire au plus vite : Maurice n'aurait qu'à ressortir le projet qu'il lui avait présenté, deux ans plus tôt, et qu'ils avaient écarté, à l'époque. Au second, il confirma qu'il l'aiderait par une reprise d'hypothèque. Leurs notaires s'en occuperaient.

Louis Lecomte avait accepté l'invitation de Gwen-Aël à rester dormir à Bellevue. Devant une liqueur, il avait fait connaissance avec Estelle Lemarchand. Ils avaient tous deux parlé de leurs enfants, lui de Viviane, elle, de sa fille Aurélie, mais plus encore de ce fils qu'elle adorait visiblement. Viviane aurait sans doute fort à faire avec sa future belle-mère, se disait l'armateur.

Cette femme, qui avait dû être superbe en son temps, restait encore très belle. Rasséréné par son entretien avec Gwen-Aël, Louis s'était montré disert et avait fait la conquête d'Estelle. Puis il avait gagné sa chambre, après avoir discuté quelques minutes avec Yves Kerléo, cet improbable ami du grand-père de Gwen-Aël. Mais, là encore, il s'était trompé et le reconnaissait ; ce goémonier l'avait étonné.

Il se surprit à chantonner, en faisant ses ablutions,

et, quand il s'en aperçut, il resta une seconde interdit, avant de sourire à sa propre image dans la glace. Oui, la vie était vraiment chose surprenante, et il était bien présomptueux celui qui s'imaginait pouvoir la mener à sa guise ! Un fétu de paille et rien d'autre, voilà ce qu'était, dans son bateau, le marin sur l'océan, lui avait dit ce Kerléo. Une image frappée au sceau du bon sens, car, enfin, depuis quelques semaines, lui-même, qu'était-il d'autre qu'une barque dans la tempête, un fétu de paille ballotté au gré des événements ? Il avait cru faire fortune, et s'était ruiné ; au moment où il coulait, surgissait, en la personne de son futur gendre, un sauveur providentiel ! Et tout cela, en moins de deux mois ! Il avait bigrement raison, ce goémonier.

Il était plus de vingt-deux heures quand Yves et Gwen-Aël sortirent de Bellevue pour une visite de condoléances au seul mort conquétois de cette dramatique journée, un employé communal qui, comble de malchance, ne se trouvait même pas à l'usine pour son travail mais était venu faire une commission à son frère, qui y était salarié. Ils avaient salué la dépouille, jeté de l'eau bénite sur le corps, et participé aux prières avant de présenter leurs condoléances à la famille.

En sortant de la maison mortuaire, Gwen-Aël se trouva face à une dizaine de Conquétois inquiets qui lui présentèrent leurs doléances. Il n'avait pensé qu'à son usine, jusqu'alors, pas du tout aux dégâts en ville. Et il y en avait ! Le souffle de l'explosion avait pulvérisé plus de la moitié des vitres du bourg, des lézardes striaient les murs de nombreuses maisons, on ne comptait pas les chutes de cheminées, et de corniches.

Gwen-Aël écouta patiemment les uns et les autres avant de demander à chacun de recenser les dégâts subis et de faire une déclaration à sa compagnie d'assurances, s'il était assuré, et la même déclaration à la mairie.

— Rassurez-vous, mes amis, leur dit-il, vous serez tous intégralement indemnisés, dussé-je y laisser tout ce que j'ai.

— Les vitres, monsieur Kernéis. Comment allons-nous faire ? ça coûte des sous ! souligna Louis Le Bris, un pêcheur de crabes.

— Je sais, Louis. Voici comment nous allons procéder. Demain matin, je vais faire venir un huissier de Brest. Il restera le temps qu'il faut et passera dans toutes les maisons endommagées constater les dégâts. Dès qu'il aura fait ses constats, tous ceux qui le souhaiteront pourront se procurer une avance sur travaux qui leur sera faite par mon comptable, à l'usine. Je ne peux faire mieux, pour l'instant. Mais, si vous êtes assurés, prenez contact avec vos assureurs ; les experts de ma compagnie seront là demain matin. Et si l'une de vos maisons est inhabitable, faites-le-moi savoir, je vous relogerai dès demain.

Ces décisions avaient rassuré les victimes dont le groupe s'était dispersé. Yves et Gwen-Aël avaient regagné Bellevue où ils étaient restés ensemble jusqu'à une heure du matin, devant une bouteille de Cointreau. Ils devaient évacuer la tension de la journée et n'avaient ni l'un ni l'autre envie de dormir. Yves appréciait cette intimité nouvelle avec ce fils qu'il découvrait et qui ne saurait jamais qu'il était son père. Dans un accès inhabituel de confiance, Gwen-Aël lui remit les quatre premières pages du mémoire que lui avait adressé François. Yves les lut en silence, puis les lui rendit sans un mot. Il prit sa pipe qu'il bourra lentement avant de livrer enfin ses commentaires, dans un sourire.

— Ton père, quand même ! Et ton grand-père ! Dire qu'ils m'ont caché cela pendant tout ce temps ! Comment ont-ils pu ?

— Ni Maman ni moi ne savions, non plus...

— Oh ! ne va pas croire que je sois vexé ! Que ton père ait travaillé officieusement pour le gouvernement pendant la guerre, je m'en doutais un peu, dès lors qu'il le fait aujourd'hui officiellement pour ces réparations allemandes. Mais depuis si longtemps, non, je ne l'imaginais pas. Tu sais que nous étions très liés...

— Oui, Père me l'a dit, en effet...

— Ce que je ne saisis pas, c'est pourquoi ils m'ont caché, tous deux, ces négociations avec le Chili... Bien entendu, je connais depuis longtemps l'existence de la *Combinacion de Yodo*. Ton grand-père m'avait transmis tout ce dont il disposait, à l'époque — c'était en 1894 — avant que je ne commence à faire de la soude, et que je ne rencontre ton père. Mais de là à m'imaginer qu'ils représentaient les intérêts français !... Tu as bien fait de me montrer ces documents. Il faut pousser à la roue, aider les syndicats naissants de goémoniers à se structurer. Plus ils seront forts, plus l'État en tiendra compte, et plus l'iode durera.

— Oui, c'est évident ; mon père le souligne...

— Oui. Que ne me l'a-t-il dit plus tôt ! J'aurais continué les pains de soude !

— Il n'est peut-être pas trop tard...

— Si, pour moi, du moins, ça l'est. Mais je peux inciter Hervé Le Bars à persévérer. Je dois justement retourner aux îles pour aider Hervé à y régler quelques problèmes. Certains goémoniers deviennent exigeants, et il voudrait que j'essaye d'arrondir les angles !

— Vous n'êtes pas vexé, n'est-ce pas ?

— Vexé ? Non, bien sûr, mais surpris, oui ! Car, enfin, ce secret... De ton père, je peux le comprendre : c'est un militaire dans l'âme... Mais de ton grand-père ! Quel cachottier ! Sacré Eugène, va !

— Vous l'aimiez beaucoup, Grand-Père ?

— Beaucoup, oui. Il a été, pour moi, à la fois le père que je n'ai pas eu, un ami et un mentor. Pour ton père aussi, d'ailleurs, il a été plus un ami qu'un beau-père... Mais je sens que je vais m'attendrir. Parlons d'autre chose. Tu ne me dis rien de Viviane ?

— Julia est toujours aussi bavarde, je vois ! avait répondu le jeune homme en souriant. Oui, je vais l'épouser. Très vite. Je l'aime.

— Fais-le, Gwen-Aël, fais-le. Il est temps et Yvonne ne t'en voudra pas. Au contraire. Et fais-nous des enfants, aussi !

Ils s'étaient quittés sur ces mots et Yves était rentré chez lui. Deux coups tintaient au clocher de l'église. Il s'était surpris à siffloter sur le chemin de Roz-Avel et s'en était étonné : depuis combien de temps cela ne lui était-il pas arrivé, hors de son bateau ? Il était tard et pourtant, il se sentait parfaitement éveillé, et surtout heureux comme il avait oublié de l'être depuis longtemps. Il avait enfin établi des rapports d'affection avec son fils. Et ce jour, noir pour beaucoup, serait pour lui à marquer d'une pierre blanche.

11

Quand il avait aperçu la fumée, Hervé Le Bars était resté deux bonnes minutes à se frotter le menton, geste qui dénotait, chez lui, une grande perplexité.

Pareille fumée au-dessus du Conquet ne pouvait provenir que d'une des deux usines. Un feu allumé par des enfants n'aurait pas eu cette teinte sombre, pas plus qu'un feu de goémon... Non, il y avait un incendie dans l'une des deux usines de soude de Poul-Conq, ce qui signifiait des ennuis en perspective, ces deux usines étant ses deux principaux clients.

C'est Michel Cuillandre qui lui apporta des nouvelles. Michel arriva en milieu d'après-midi. Il venait de Molène, et les gens de Molène savaient toujours tout grâce au sémaphore. Fidèle à lui-même, il fit lanterner Hervé. Il commença par se désaltérer et se sustenter avant de lui raconter tout ce qu'il savait, et même ce qu'il ne savait pas, car le Molénais détestait décevoir son auditoire et laissait, quand besoin était, son imagination suppléer son manque d'informations. Nul ne savait comment cela avait commencé. Il y avait eu une série d'explosions dans l'entrepôt et le feu avait pris partout. Il y avait des morts — six ou huit, on ne savait pas exactement — et de nombreux blessés, dont le directeur. Non, pas Gwen-Aël, Delmotte. Il avait été enseveli sous des poutrelles, et était cassé de partout, les membres, le bassin, le dos, la colonne vertébrale. Mieux valait mourir, dans ce cas, pas vrai ? Gwen-Aël, que tout le monde appelait par son prénom, était reparti pour Paris le matin même. Il n'avait donc pas vu brûler son usine ; car l'usine avait brûlé : un bâtiment entier, peut-être deux, et c'était Tiercelin, le directeur technique, qui avait dirigé les opérations de sauvetage. Celui qui donnait la teneur des échantillons en soude ? Oui, celui-là ! Un sauvage pour qui la vie humaine ne valait pas dix kilos d'iode ! Pour sauver ses produits, il aurait sacrifié tous les ouvriers qui étaient dans l'entrepôt en flammes, s'il y en avait eu. Heureusement, il n'y en avait pas ! Ils avaient tous réussi à se sauver à temps. On disait que l'accident avait été causé par l'imprudence de visiteurs, des étrangers à l'usine, qui auraient fumé dans une zone interdite. D'autres prétendaient que l'explosion était due à des nitrates mal stockés. Comment savoir ? Il ne restait rien du bâtiment. Pour sûr, il y aurait enquête, mais, comme d'habitude, elle n'aboutirait pas. C'était toujours pareil, on ne savait jamais la vérité. Qui étaient les morts ? Michel n'en savait rien. Bien sûr, si Yves avait été là ! Mais, non ! Il ne devait pas y être. On le lui aurait dit. Oui, il y avait eu des pompiers et des ambulances. Énormément ! Et qui faisaient marcher leurs sirènes sans arrêt ! Un vrai tintamarre ! Comment pouvait-il le savoir ? C'est vrai, il n'y était pas, mais on pouvait l'imaginer, non ? À l'heure de l'explosion, il pêchait du côté de Triélen.

Michel venait de se resservir un coup de tafia quand Hervé l'interrompit :

— C'est pas tout ça ! Pendant que tu causes et que tu vides ma bouteille, le travail n'avance pas. Job, remets les gars au boulot, et toi, Jules, veille au séchage. Je suis sûr qu'on n'a même pas retourné le tali, ce midi, et avec ce soleil, il va être cuit. Depuis cette explosion, il n'y a que les journaliers qui travaillent sur cette île ! Comme si la terre s'arrêtait de tourner pour les autres ! Tu restes dormir, Mich ? Il est six heures passées, c'est trop tard pour rentrer à Molène.

— J'aurais grandement le temps ! répondit Michel. Mais j'ai bien envie d'aller faire un tour à Poul-Conq, demain matin. Histoire de voir. Comme ça, je repasserai te donner des nouvelles, en rentrant. Et je finirai ta bouteille de tafia, radin ! Oui, je vais rester ; c'est l'avantage d'être célibataire ! Si, du moins, pour le souper, tu as autre chose que du poisson à me proposer. Un morceau de lard, par exemple. Ou mieux, du mouton.

— Patron, patron ! Venez vite ! le coupa le vieux Paul Roué qui arrivait, tout essoufflé d'avoir couru depuis la grève. Il y a deux goémoniers qui en viennent aux mains sur la dune, un Lampaulais et un gars de Guissény. Ils sont tellement remontés, qu'ils vont finir par se faire mal, à force de gesticuler avec leur fourche et leur pigouille ! Tout ça pour un bout de dune que chacun prétend à lui et qui n'est à aucun d'eux !

— Je prends le fusil et j'arrive, Paul !

— Le fusil, patron ?

— Rassure-toi, je ne vais pas m'en servir, mais la vue du fusil les calmera. Bon sang, ils deviennent intenables ces gaillards !

— Je te suis, Hervé, dit Michel. Je veux voir ça : pour une fois qu'il n'y a pas d'îlien dans le coup !

— Sais-tu qui c'est ? demanda Hervé au vieux Paul en introduisant une cartouche.

— Le Lampaulais, oui. Il s'appelle Salou ; c'est la troisième année qu'il vient à l'île. Un gars sans histoire. Quant à l'autre, c'est un nouveau. De Guissény. Il a dû arriver hier ou avant-hier. Je ne l'ai encore jamais vu.

— Alors, c'est sûrement lui qui a tort. Il aurait dû s'inscrire en arrivant.

Ils n'avaient guère couru plus de deux cents mètres quand ils virent venir à eux un homme qui avançait à cloche-pied en s'aidant de sa pigouille.

— Tiens ! Voilà Salou, dit Paul, rasséréné. Au moins, la bagarre est terminée !

Le coup de fourche qui avait déchiré le pantalon du goémonier lui avait aussi lacéré la jambe. Le tibia, bien que touché, ne semblait pas cassé. Par contre, la plaie au mollet n'était vraiment pas belle à voir et Hervé se demandait comment il allait pouvoir soigner des chairs pareillement déchiquetées. À part l'alcool... Pas de doute, il allait devoir ramener le blessé sur le continent le plus vite possible, et comme à l'hôpital, les médecins étaient de plus en plus curieux quand ils se trouvaient face à ce type de blessure, les ennuis se profilaient à l'horizon. Depuis la guerre, ils devenaient tatillons, sur le continent !

— Que s'est-il passé ? demanda-t-il au goémonier, en jetant un coup d'œil rapide sur la blessure.

Ce genre de spectacle lui retournait littéralement l'estomac. Il en avait trop vu au front...

— J'sais pas trop... répondit Salou. On s'engueulait avec ce sauvage, et voilà t'y pas qu'il me balance un coup de fourche. Comme si j'avais été une botte de foin, tout pareil ! Pour sûr, c'est un bouseux, avec de telles manières... Nom de nom, ça me lance, là-dedans... Il m'a bousillé la jambe, ce con !

— Ça va te lancer bien pire quand on va te nettoyer ça, bonhomme, tu peux me croire, intervint Paul. De l'alcool là-dessus, ça va tant piquer que tu vas sauter, mais y'a pas moyen de faire autrement ! Faut tuer les saletés. Les petites bestioles qui grouillaient sur cette fourche peuvent rentrer dans ta jambe et te bouffer tous les intérieurs.

— Des bestioles, Roué ? Sur la fourche ? Dis pas de conneries, y'en avait pas ! Aïe ! Gaffe, bon sang ! Si vous me mettez de l'alcool là-dessus, vous allez me faire crever ! Vous vous rendez pas compte de ce que c'est ?

— Le moyen de faire autrement ? répondit Hervé qui sentait la moutarde lui monter au nez. Paul, ramène cette fillette ! Michel, viens avec moi, on ne sait jamais... À quoi ressemble-t-il au fait, ce type ?

— Trapu, très brun, dans les trente-cinq ans, pas rasé, avec une moustache aussi, une chemise qu'a dû être grise un jour et un pantalon de pêcheur bleu. Il a une fourche à la main. Mais vous le trouverez sans peine, Patron, c'est le genre de gars à se vanter de son exploit !

Paul avait raison ; Hervé le trouva facilement. L'homme avait de l'eau jusqu'aux genoux mais s'il avait, effectivement, la fourche à la main, elle lui servait à maintenir à distance trois Lampaulais devant lesquels il reculait lentement dans l'océan. Armés de leurs pigouilles, ceux-ci s'apprêtaient, visiblement, à lui faire un sort, pour venger leur copain Salou. Jusqu'à présent, l'homme à la fourche avait réussi à les tenir en respect, mais il ne reculerait pas comme cela, jusqu'à New York, pas même jusqu'à Molène ; il se noierait bien avant ! Hervé leur cria d'arrêter. Sans succès. Aussi, quand il vit l'un d'eux brandir sa faux, réagit-il instinctivement. Il tira, non en l'air, comme il aurait dû le faire, mais vers le groupe d'hommes et la volée de plombs fit gicler l'eau à deux mètres d'eux. « Bon Dieu ! Un poil plus à droite et il les alignait tous les quatre ! » se dit Michel. La détonation surprit les assaillants plus encore que le bruissement des plombs sur la mer qui leur fit tourner la tête. Mais Hervé fut encore plus étonné qu'eux quand il les vit lever les bras en l'air avec un bel ensemble. Il avait crié « Haut les mains ! », sans s'en rendre compte, en même temps qu'il tirait ! Nom de nom ! Que lui arrivait-il pour qu'il perde ainsi son sang-froid ?

— Vous n'avez pas honte, bande de sauvages ? s'entendit-il hurler. Vous vous croyez où ? À Poulo Condor ou à Cayenne ? C'est là que vous finirez, si vous continuez ainsi. Posez ces pigouilles par terre, bande d'assassins ! Quant à toi, l'homme à la fourche, tu vas répondre de tes violences, pas plus tard que tout de suite ! Michel, ramasse-moi ces outils ! Tout le monde à la ferme ! Les Lampaulais, devant, avec Michel. Toi, Guissény, avec moi. Ici.

Il transpirait ; voilà qu'il avait des chaleurs comme les demoiselles ! Allez ! Il le savait bien, il ne lui servait à rien de se voiler la face : une fois encore, le passé le rattrapait. Jamais il n'oublierait cette foutue guerre ! Ces faux brandies sur un homme lui avaient rappelé les baïonnettes, et, en un éclair, il avait vu ce goémonier embroché, comme ce jeune Allemand dont, depuis des années, il n'arrivait pas à oublier le regard quand il l'avait tué ! Ses cauchemars allaient revenir, à cause de ces imbéciles...

La triple rasade de gnôle qu'on avait fait ingurgiter au blessé avant de le soigner n'avait pas encore eu le temps de faire son effet, quand ils avaient nettoyé la plaie, et il hurla tout son saoul, suscitant des commentaires peu flatteurs : ce comportement n'était pas digne d'un Lampaulais. L'alcool agit, peu après, quand, la jambe bandée, le blessé fut placé sur une civière et qu'il plongea aussitôt dans un sommeil profond dont témoignaient des ronflements à réveiller toute une chambrée de pigouillers après une journée de labeur, à la grande marée d'équinoxe.

Après le bénédicité, qu'il avait dit debout, comme il se devait, Hervé s'était assis le premier, suivi par l'ensemble de ses hommes. Dans un silence que seul interrompait parfois le bruit sourd des *botou koat*, les sabots de bois, sur le sol de terre battue, Mariannick leur servit à chacun trois pleines louchées de soupe fumante. Après avoir lancé un coup d'œil circulaire à sa tablée de goémoniers, Hervé empoigna l'énorme pain rond de dix livres. Il commença par y tracer un rapide signe de croix pour le bénir, puis découpa avec un soin religieux quatorze tranches d'égale épaisseur qu'il répartit autour de lui et, enfin, plongea sa cuiller dans son assiette. Chacun des convives riva son regard sur sa propre écuelle ; c'était le moment sacré du souper, et cet instant, ils l'avaient attendu assez longtemps. Bientôt, l'on n'entendit plus que le tintement des cuillers sur le métal, et des bruits de succion qui témoignaient du solide appétit des convives. Personne ne dit mot, jusqu'à ce qu'Hervé se décide à rompre le silence.

— Dis-moi, Michel, demanda-t-il au Molénais placé à sa droite, pourras-tu prendre Salou avec toi, demain matin ?

— Bien sûr, s'il est à la cale à sept heures et demie, répondit l'interpellé. La marée n'attend pas !

La suite de sa réponse fut couverte par le brouhaha des voix. Ils étaient tous restés muets pendant près de dix minutes et n'aspiraient qu'à se rattraper. Maintenant que le patron avait parlé, ils pouvaient le faire à leur tour. Ces hommes ne travaillaient que rarement ensemble et ne se voyaient guère de toute la journée ; il leur fallait attendre le soir pour pouvoir se raconter leur journée ; or, ce mardi était particulièrement fertile en événements. Il y avait cette explosion et cet incendie, au Conquet, bien sûr, mais aussi la blessure du Lampaulais...

Ainsi allait la vie à Quéménès, dans un ordre que les hommes avaient mis des siècles à amener à une telle perfection.

12

Pendant plus de deux ans, le jeune pigouiller avait prêché la bonne parole, allant de village en village, de hameau en hameau, de grève en grève, discutant avec l'un, donnant à l'autre toutes les explications nécessaires à son « instruction ». Peu à peu, il avait été accepté, bien qu'il ne fût ni de Lilia, ni de Porspoder, ni de Landéda, mais de la ville, de Brest, bien qu'il ne fût pas, non plus, fils de goémonier, mais celui d'un ouvrier de l'Arsenal, où il avait, lui-même, été apprenti. C'est là qu'il avait découvert le socialisme d'abord, puis le communisme et les idées généreuses que répandaient Lénine et Trotski. Mais ces idées n'emportaient pas l'adhésion des goémoniers, esprits frustes peu réceptifs au langage de progrès, et il lui avait fallu revoir en baisse ses objectifs et abandonner le domaine des idées pour celui des travaux pratiques, ces gens de la côte ne voulant entendre parler ni de bolcheviks, ni d'Internationale ni de Komintern. Pour le moment, il devait biaiser, mettre la théorie de côté, se contenter de défendre leurs intérêts... D'agitateur politique, il s'était transformé en délégué syndical.

Pierre Arsonner haranguait donc, sur la grève nord, une petite dizaine de goémoniers tous venus du continent faire la saison aux îles, le plus souvent seuls, parfois avec femme et enfants. Il y avait deux mois que, cantonné sur cette île de malheur où l'on ne voyait pas un jupon, sinon celui de la vieille Mariannick quand il séchait au vent, il incitait les pigouillers de Lampaul à s'unir à ceux de Portsall, demandait à ceux de Lilia de faire cause commune avec ceux d'Argenton. Et ce n'était pas chose aisée ! Ils avaient si longtemps été habitués à se considérer comme des concurrents, et même des rivaux, qu'il était difficile de les convaincre que leurs intérêts étaient les mêmes, que, de Guissény ou de Plounéour-Trez, un goémonier restait un goémonier et, pour l'industriel comme pour le fermier de l'île, une vache à lait qu'il convenait de traire jusqu'à épuisement.

Ils devaient, dorénavant, présenter un front uni, non seulement face aux usiniers, mais aussi, face à ces fermiers qui profitaient de leurs îles et de leurs puits pour leur imposer des conditions trop dures. Était-il normal qu'ils paient si cher à Hervé Le Bars le droit de sécher leurs laminaires sur ses dunes et d'utiliser ses fours, le droit de lui prendre un peu d'eau à ses puits, ou même, tout simplement, celui de dormir sur la grève ? Les gros fermiers, ces « koulaks bretons », étaient leurs ennemis, au même titre que les industriels, il fallait qu'ils s'en convainquent.

— Tu me fatigues, jeune Arsonner ! l'arrêta Fanch Guennec. Que connais-tu de la vie et des îles ? Tu as à peine trois poils au menton, tu n'as pas fait la guerre, et tu n'as même jamais rencontré ces communistes dont tu nous rebats les oreilles et, alors que tu n'es ici que depuis deux mois, tu voudrais que nous nous fâchions avec Hervé Le Bars qui peut nous mettre dehors, du jour au lendemain, si on le bassine un peu trop ? Un gars de chez nous, en plus, qui nous fait confiance ?

— Il ne vous fait pas confiance, Guennec, il vous exploite ! réplique Arsonner.

— Et toi, tu nous emmerdes ! Non mais ! Qu'est-ce que ce petit morveux qui sait à peine se torcher et qui vient nous dire ce qu'on doit penser et faire ? Nous avons femme et enfants, nous, et nous devons leur donner à manger. Sais-tu ce que c'est que de crever de faim, gamin ?

— Ne t'énerve pas, Fanch, il est jeune, intervint son frère Joseph.

— Justement, Job, ces petits jeunots m'agacent. Ils croient tout savoir quand le lait leur coule encore du nez. Que connais-tu au tali, garçon ? Crois-tu que nous serions ici, loin de chez nous, sur ce plateau de Molène, si nous pouvions faire autrement ? Si nous avions la ressource à Lilia ou à Porspoder ? Nous avons besoin d'Hervé Le Bars ; lui n'a pas besoin de nous. Alors, tais-toi ou on te balance à la baille.

— Tu peux penser ce que tu veux, Fanch, reprit le jeune homme. Mais, un jour, tu te rappelleras de ce que je te dis aujourd'hui : unissez-vous pour vous faire entendre. Si vous luttez séparément, vous n'aboutirez à rien ; tous ensemble, vous représenterez une force ; et on vous écoutera. Ce que je vous en dis, c'est pour votre bien, pas pour le mien.

Durant la pause de dix heures, Job Guennec revint sur ce que leur avait dit le gamin. Tout n'était pas faux dans les harangues du garçon. Ils se fichaient du tiers comme du quart de ce Lénine, qui n'avait certainement jamais entendu parler d'eux ; par contre, il était sûr que les conditions de vie et de travail à l'île n'étaient plus ce qu'elles avaient été. Il fallait qu'ils en parlent à Hervé Le Bars. D'année en année, la surface de dunes qu'il leur accordait pour le séchage et le stockage se réduisait, en raison du nombre croissant de goémoniers qui venaient travailler sur l'archipel ; et avec le franc qui baissait tous les jours, le prix qu'exigeait Hervé augmentait sans cesse. Après bien des hésitations, Job réussit à convaincre son aîné, qui jouissait du respect général, de parler au fermier, en leur nom à tous.

— Bon, d'accord, Job, mais ne venez pas vous en prendre à moi si Hervé me reçoit mal et nous fiche dehors.

— Il ne le fera pas, et puis, nous avons toujours la possibilité d'aller sur Triélen.

— Sur Triélen ? Tu te vois obéir à une femme ?

— Il n'est pas question d'obéir à qui que ce soit, Fanch. Nous ne serons pas plus les employés de cette dame que nous ne sommes ceux d'Hervé. En début de saison, nous avons passé un accord avec lui, rien d'autre. Ce que je veux dire, c'est que si tu parles au nom de dix ou quinze familles de pigouillers, il t'écoutera plus que si tu ne parles que pour toi. En cela, le jeune Arsonner a raison.

Fanch hocha la tête ; tout cela ne lui disait rien qui vaille.

— Je le verrai ce soir après la soupe, fit-il. N'oublie pas que, contrairement à d'autres, nous avons la chance d'être logés dans la grange et que ta femme peut faire les repas, presque comme à la maison, vu qu'elle s'entend bien avec Mariannick. Ça compte.

— C'est vrai, nous sommes mieux lotis que beaucoup et Marie-Louise ne resterait pas à l'île si Mariannick ne lui accordait pas ces facilités. Henriette, ta femme, n'a, d'ailleurs, tenu qu'un an...

Fanch ne répondit rien. Sa femme, c'est vrai, n'avait pas fait beaucoup d'efforts, et Job ne ratait pas une occasion de le lui rappeler.

Il était temps de reprendre le travail. Les deux frères se séparèrent ; ils allaient réfléchir chacun de leur côté et confronteraient leurs idées plus tard, dans la journée.

L'après-midi, ils reprirent leur discussion dans le bateau de Fanch, un pigouiller hors pair, réputé sur toute la côte. Avec une sûreté étonnante, il coupait les laminaires juste au-dessus des stipes, cisaillant la fronde principale d'un coup sec, à trois centimètres sous le point de ramification, de façon à permettre à l'algue de repousser. Un coup de faux donné un peu plus bas, il tranchait le stipe et l'algue mourait ; un peu plus haut, et c'est la récupération des thalles qu'il rendait plus difficile, sinon impossible. En effet, presque dans le même mouvement que son aîné, Job, son double au travail, harponnait les laminaires coupées et, de sa fourche aux quatre dents recourbées, les remontait à bord, d'un geste aussi sûr que le coup de pigouille de Yann. On eût dit une partition jouée à quatre mains tant leur entente était parfaite. De grands goémoniers l'un et l'autre, aurait dit Yves, car ils étaient rares ceux qui avaient la sûreté de main de Fanch, et tout aussi rares, ceux qui, comme Job, avaient les bras et les reins assez solides pour remonter ainsi, à longueur d'après-midi, des fourchées de trente ou quarante kilos de laminaires. La sûreté de l'aîné et la force du cadet leur assuraient un rythme deux fois supérieur à celui de tous leurs voisins et amis. Et ils étaient si rompus à ce travail en commun qu'ils poursuivaient leur conversation, comme si de rien n'était, entre deux pauses marquées de « han » sonores, dus à l'effort.

— J'ai bien réfléchi, depuis ce matin, dit Fanch. Il faut y aller prudemment avec Hervé. Nous sommes dix-sept... que Marie-Louise nourrit tous les jours. Ce n'est pas rien. Si je m'y prends mal avec lui, l'an prochain, ce sont d'autres que nous qui logeront dans la grange !

— Hervé t'aime bien, Fanch, ne t'en fais pas.

— Et qu'est-ce que je lui demande ?

— D'abord, de limiter le nombre de goémoniers. Tu as vu cette bagarre ; un inconnu qui n'hésite pas à donner un coup de fourche à Louis Salou pour s'emparer de sa dune ! Ce genre d'homme n'a rien à faire ici. C'est de la racaille. Sans compter que ce qui commence à terre peut se poursuivre en mer. Tu vois ça d'ici, Fanch ; des bateaux coulés, peut-être des noyés !

— J'y avais pensé, figure-toi, et je me suis dit que ce qui serait bien, c'est qu'on soit un groupe de vingt ou trente goémoniers sur l'île. Pas plus. Que l'on s'entende entre nous pour proposer à Hervé un certain tonnage de pains de soude, quel que soit le prix de l'iode et donc du *bara mor*, pour le séchage sur la dune, l'eau, la cuisine, et pourquoi pas le logement ? Ça pourrait être un pourcentage de notre récolte, comme dans l'ancien temps, une espèce de dîme. Mais il faudrait qu'on soit tous d'accord entre nous, avant que je voie Hervé.

— Tu as raison ; c'est comme ça qu'il faut qu'on s'arrange. On se choisit entre nous ; comme cela, pas d'histoires... Des gars de chez nous : de Lilia, de Porspoder, Argenton, Portsall, des gens habitués à l'île et de bon caractère. Et comme Hervé est de chez nous, lui aussi... Ceux du Conquet, de Ploumoguer ou de Plouarzel n'auront plus qu'à rester à Béniguet ; ils y seront plus près de chez eux.

La décision était prise, et, le soir même, après le souper, Fanch Guennec fit sa proposition à Hervé, qui y trouva beaucoup de bon sens et promit de l'examiner soigneusement. Mais il fallait qu'il y réfléchisse et en parle à ses associés, dont Yves Kerléo à qui il avait, justement, demandé de venir à l'île. Il n'aimait pas beaucoup des bagarres comme celle de la veille et Yves saurait y mettre bon ordre.

Michel Cuillandre était content d'arriver enfin au Conquet. Il avait traîné en route, fait un détour pour relever quelques casiers, et il était seulement en face de Portzmoguer quand le courant avait basculé. Sa distraction l'avait contraint à tirer de longs bords et lui avait coûté trois heures.

Salou, le blessé, supportait mal la traversée et gémissait sans arrêt. Michel prêtait assez peu attention à ses plaintes, mais quand il le vit tourner de l'œil, ce fut une autre chanson et l'inquiétude le gagna à son tour.

— Dis, Salou, fais pas le con, hein ! Passe pas de l'autre côté ! T'as pas le droit de me faire ça ! Attends au moins qu'on soit au Conquet ! Allez, réveille-toi, fainéant ! lui dit-il, en tentant de lui donner un soufflet destiné à lui faire reprendre conscience.

Mais il était trop loin du blessé et ne réussit pas à l'atteindre. Nom de nom, ce gars-là l'emmerderait jusqu'au bout ! Il ne lui avait pas dit un mot depuis leur départ, et maintenant il menaçait de lui claquer dans les mains ! Allez rendre service aux gens !

— Bon Dieu de bon Dieu ! Me v'là propre ! Qu'est-ce qu'il va me passer, le Yves ! J'aurais jamais dû pêcher ! J'pouvais pas savoir, non plus, que ce zèbre était si mal. J'vais lui en mettre une bonne ; p'têt' bien que ça le réveillera.

Michel bloqua son gouvernail et s'approcha du blessé qu'il assit plus confortablement au fond du bateau, en le calant contre un casier, de façon à l'empêcher de basculer. Puis, se penchant vers lui, il le prit par le col de chemise, et, posément, le gifla à deux reprises. Pas de réaction. Il remit cela, un peu plus fort : il fallait qu'il revienne à lui. Quand il le vit ouvrir un œil, puis l'autre, Michel poussa un soupir de soulagement, tandis que le blessé s'inquiétait :

— Qu'est-ce qui se passe ? Où sommes-nous ?

— Ah ! enfin ! On arrive au Conquet. Sais-tu que tu m'as fait peur, mon cochon ? Tiens bon ! Tu vas boire un bon coup de gnôle ! Ça te donnera des forces ! Et puis, plus de conneries, hein ! Ne va surtout pas retomber dans les pommes ! Accroche-toi jusqu'au port !

Deux heures plus tard, tandis que le médecin désinfectait la plaie du blessé qui, une fois encore, avait tourné de l'œil, Yves lisait le mot que lui avait fait passer Hervé. Les choses, comme les hommes, changeaient dans les îles. Il allait devoir y retourner, et qui sait, reprendre peut-être un peu de service.

Il replia la feuille de papier, et, s'adressant à Michel, remarqua :

— Dis-moi, Molénais, tu n'es pas très bavard, aujourd'hui ! J'espère que tu ne viens pas chez moi que pour bâfrer ! Je sais que l'on mange bien à Roz-Avel, mais quand même, tu pourrais faire un effort, me dire quelque chose !

Michel lui sourit, la bouche pleine, en lui faisant comprendre qu'il devrait attendre qu'il ait avalé sa bouchée. Les îliens, hommes sages, savaient qu'on ne fait pas deux choses à la fois, et manger était, pour eux, une activité à laquelle il fallait consacrer tout le temps et l'attention nécessaires, ce que les gens avaient tendance à oublier, sur le continent. Enfin, il déglutit et répondit à son ami :

— Tu pourrais me laisser manger en paix, quand même ! Pour une fois que j'ai du lard et de l'andouille à me mettre sous la dent !

— Ce n'est pas du lard, Michel, mais un rôti de porc. Tu devrais quand même sentir la différence ! Raconte-moi... pour Louis Salou... Hervé me dit que c'est un incident pour un bout de dune... Mais il a failli perdre la jambe !

— C'est le vieux Paul Roué qui nous a prévenus qu'il y avait une bagarre entre deux goémoniers. Le temps d'y aller, c'était fini. Nous avons croisé Salou qui revenait de la grève, blessé. Mais, sur la grève, trois Lampaulais essayaient d'embrocher l'autre assassin avec leurs pigouilles ! Hervé a réagi au quart de tour, en déchargeant son fusil à un mètre d'eux, et leur a crié « Haut les mains ! ». Tu aurais vu ça ! Ils ont tout laissé tomber. Tous leurs outils à l'eau, ou leurs armes, comme tu veux. Et Hervé qui braillait tout ce qu'il savait ! Il y avait de quoi rire !

— Hervé leur a tiré dessus ?

— Oh ! non, juste à côté, pour leur faire peur ! Mais à un mètre près, ça aurait pu être un vrai carnage ! Il aurait été noyé dans les emmerdements !

— Je crois qu'il est plus que temps, en effet, que j'aille faire un tour à l'île.

— Pour ça, approuva Michel, ce serait peut-être une bonne idée, vu que Hervé discute aussi avec les goémoniers de Lilia, tu sais, les frères Guennec.

— Fanch et Job ?

— Ouais ! Fanch parle au nom de tous les pigouillers. Il réclame je ne sais quoi...

— Je vois, dit Yves en hochant la tête. Il faut que j'y aille en effet. Tu dors ici, bien sûr. Jeanne-Yvonne va te préparer un lit. Mais fais pas l'andouille cette fois, hein ! Les domestiques sont des gens comme toi et moi, pas des filles de Recouvrance. Anne était furieuse, il y a deux mois, quand tu as lutiné sa filleule.

— Je ne savais pas que c'était la fille de Lucien, protesta Michel, sinon, tu penses bien, j'aurais jamais osé ! Paraît qu'elle va être institutrice... Écoute, je me suis excusé, hein ? Anne ne va pas m'en vouloir à vie pour ça ! Et puis, j'étais saoul !

— Pour ça, oui, t'étais saoul comme un Polonais. Mais, ce n'est pas une excuse. Enfin... Qu'est-ce que tu fais ce soir ? Une nouvelle virée ?

— Bien sûr ! À quoi ça servirait de venir sur le

continent si on ne s'amusait pas un peu ? Mais avant ça, j'aimerais que tu me fasses visiter Poul-Conq et que tu me racontes tout, la catastrophe, les morts, les blessés, ce salaud de Tiercelin, Delmotte, tout quoi, pour que je puisse raconter ce qui s'est passé à Molène et à Quéménès.

— Pourquoi dis-tu ce salaud de Tiercelin ? demanda Yves. Parce qu'il est sévère avec vous pour les taux d'iode ? Tiercelin n'est pas un salaud, Michel ; c'est même un héros, et je vais te lire ce que l'on écrit sur lui dans les journaux. Parce que tu ne sais toujours pas lire, je suppose ?

— Non, pas encore, répondit le Molénais, penaud. Mon frère Jules a appris, lui, mais c'est normal, il a des enfants. Pas moi.

Ils furent interrompus par Maryvonne, qui vint prévenir Yves que le médecin désirait le voir. Il ne voulait pas prendre de risques, et, comme l'os était touché, il préférait expédier Salou à l'hôpital. Simple précaution.

— Yves, ajouta-t-il, je dois préciser les circonstances de l'accident. C'est la règle. C'est bien arrivé au travail, n'est-ce pas ?

— Tout à fait, Jean. Un accident stupide comme tous les accidents. Ce fainéant dormait dans une meule de foin qu'un journalier a voulu retourner.

— Quel con ! fit le médecin. Il aurait pu se faire embrocher ! Se faire perforer le foie, les intestins ou les poumons...

— Tu ne crois pas si bien dire, Jean. Il aurait pu. C'était à deux doigts. Tu imagines un peu les emmerdements si c'était arrivé !

Michel avait dormi d'un sommeil de plomb. Des virées comme celle de la veille valaient la peine ! D'autant qu'il avait eu la chance de rencontrer, à la Taverne du Port, un de ses amis molénais, Jos Le Guen, venu, lui aussi, faire le curieux. Jos avait eu la bonne idée de relever une dizaine de casiers, avant de faire voile sur le continent ; il avait vendu ses homards, en arrivant, et avait donc quelques sous à dépenser. Ils ne s'en étaient pas privés et avaient « fait une vieille » à tout casser.

Michel commença par se rendre à Poul-Conq. Il voulait voir les « lieux du drame », comme c'était écrit dans les articles de l'*Ouest-Éclair* et de *La Dépêche* qu'Yves lui avait lus. Et il avait vu. Tout avait brûlé, et pourtant, la place était déjà propre et nette ; les gars de l'usine n'avaient pas perdu de temps pour déblayer, à croire qu'ils n'avaient rien d'autre à faire. Mais pas de doute, ç'avait dû être impressionnant comme feu, quand on voyait tous ces débris calcinés qui attendaient qu'on les enlève. Ce qui l'étonnait le plus, c'est que ce Tiercelin, finalement, soit un héros. Comme tout le monde le disait, c'était sûrement vrai. Il avait l'air fin de l'avoir traité de salaud ! Encore que des salauds qui devenaient des héros, c'était monnaie courante. L'inverse aussi, d'ailleurs, cela tenait à si peu de chose ! Le plus embêtant dans tout cela, c'est qu'il serait plus difficile, à l'avenir, de discuter des taux d'iode avec lui. Il était déjà dur avant ; alors, maintenant qu'il était un héros, ni lui ni les autres goémoniers n'oseraient plus ouvrir le bec.

Yves l'avait laissé quai du Drellach, en lui recommandant de ne pas faire trop de bruit quand il rentrerait. Tout ça, parce que la dernière fois qu'il avait dormi chez lui, il s'était un peu laissé aller. Yves vieillissait, pas de doute ! Mais Jos et lui aussi d'ailleurs ; dix ou quinze ans plus tôt, ils n'auraient pas été saouls aussi vite, et les deux jolies filles qu'ils avaient rencontrées, des Brestoises de Recouvrance, ne leur auraient pas ainsi ri au nez, une fois tous leurs sous dépensés, sans même les laisser un peu fourrager dans leurs corsages ! « Il faut payer pour ça, mon gars, et t'as plus d'argent », lui avait glissé celle qui s'appelait Lili, une jolie blonde toute frisottée, mignonne à croquer et à qui il aurait bien aimé montrer comment les coqs font « cocorico » à Molène. Finalement, ils s'étaient quand même bien amusés, même si, en rentrant, Jos faisait un peu la tête d'avoir tout dépensé : Perrine n'apprécierait guère de le voir revenir sans un centime, après deux jours d'absence.

Ce matin, Michel était là, allongé dans des draps frais aussi blancs que le manteau de la Sainte Vierge que sa sœur lui avait rapporté de Lourdes. Un vrai prince ! Il tenta de se lever, mais renonça vite : un étau lui serrait le crâne. Il attendit cinq minutes et fit une seconde tentative : ça ne s'améliorait pas ! Il se sentit, soudain, déprimé et « vieux comme la terre ». Il n'avait pourtant que cinquante-trois ans. Il est vrai que son père était mort bien avant d'atteindre cet âge, qui n'était sans doute plus celui qui convenait à la vie de célibataire qu'il continuait à mener. Peut-être devrait-il songer à se ranger, à prendre femme ? Mon Dieu, quelle gueule de bois ! Il ne bougeait plus, pour ne pas relancer la douleur. Mais, si lancinante qu'elle fût, celle-ci ne parvenait cependant pas à effacer cette idée d'un mariage qui venait de s'insinuer dans son cerveau.

Quand on frappa à la porte, Michel était dans un état second, il baignait dans une torpeur béate et, les yeux fermés, il voyait se dessiner, de plus en plus nettement, les formes prometteuses de la future Mme Cuillandre.

— Debout, fainéant ! lui cria Yves, joyeusement, en allant ouvrir fenêtre et volets. Il est déjà huit heures ! Ça va ?

— Pas très bien, Yves. Salut. J'ai la gueule de bois, pour tout te dire.

— « D'autant plus vieux, d'autant plus bête ! » lui répondit son hôte. Crois-tu que ce soit raisonnable, à ton âge, de te saouler comme ça ? Enfin, tu fais ce que tu veux, tu es célibataire après tout ! Je te réveille parce que je vais aux îles, aujourd'hui, et c'est toi qui vas m'y emmener.

— Bon, bon, on y va... grommela Michel, justement, célibataire... c'est à ça que je pensais. Je me demandais si je ne devrais pas me marier. Qu'en penses-tu ?

— Si une femme est assez folle pour vouloir de toi, pourquoi pas ? Mais, tu parles sérieusement, garçon ?

— Est-ce que je sais, moi, si j'ai assez réfléchi ? Je n'ai jamais été marié ! Mais je me fais vieux, et je me disais qu'il était peut-être temps... avant qu'il ne soit trop tard. J'ai déjà cinquante-trois ans...

— Pour le moment, tu vas te laver, manger un morceau et on y va. Je vais faire préparer un casse-croûte pour la route.

Profitant du flot, ils avaient fait voile sur Quéménès, où Michel avait déposé Yves avant de repartir aussitôt sur Molène. Après cinquante-trois ans de flânerie, voilà qu'il se pressait soudain sur le chemin du mariage. Fuir la solitude dans le mariage, c'était bien là, songeait Yves, l'idée d'un optimiste naïf comme Michel. En tout cas, celui-ci allait, sans plus attendre, demander à la veuve qu'il avait choisie si, oui ou non, elle acceptait de l'épouser. Yves lui avait lancé :

— Avant de partir, tu peux, quand même, me dire qui est ta future !

— Non, je ne te dirai rien tant que je ne serai pas sûr de sa réponse ; ça me porterait malheur. Mais si elle accepte, tu seras de la fête, hein ? Ce que je peux te dire, c'est que je l'ai très bien connue dans ma jeunesse et qu'elle habite une petite maison pas très loin de l'église, entre la plage de Penn an Ero et les Menhirs. Tu vois où ?

— Oui, très bien, et je crois même savoir qui c'est. Si je ne me trompe pas, tu ne vas pas t'embêter ! Bonne chance, matelot, et si c'est oui, je te promets d'être de la fête !

La veille au soir, après avoir laissé Michel quai du Drellach, au café du Port, Yves était passé à Bellevue. Il voulait voir Gwen-Aël, lui parler de cette ébauche d'entente entre goémoniers et lui demander son accord pour ne traiter qu'avec leur délégué, comme son grand-père, Eugène Lemarchand, traitait avec lui, vingt ans plus tôt. Il voulait aussi avoir carte blanche pour négocier, si besoin était, les prix pour le compte de l'usine, car la demande commençait à se faire bien plus forte qu'une offre pourtant en progression constante.

— Le marché est en train de basculer, Gwen-Aël ; ton père et moi nous sommes complètement fourvoyés, il y a deux ans. Tant mieux, d'ailleurs, car cela prouve qu'il y a encore un avenir pour le tali.

— Je le sais, monsieur Kerléo, je le sais, répondit Gwen-Aël qui laissa passer quelques secondes avant de reprendre : Je pensais justement aller vous voir aujourd'hui. J'ai longuement discuté hier avec Maurice Tiercelin. Maurice n'a pas la fibre commerciale et, de plus, il n'est pas du coin. J'ai aussi vu Paul un moment, à l'hôpital ; il ne reprendra pas le travail avant un an, peut-être plus. Moi-même, je rentre à Paris et ne serai de retour que dans trois semaines, au mieux. Vous voyez où je veux en venir ? J'ai besoin de vous et me préparais à passer à Roz-Avel vous demander votre aide.

— Tu vois, ce ne sera pas nécessaire. Tu souhaites que je remplace Paul Delmotte pour les achats de pains de soude ?

— Tout juste. Comme vous l'avez fait pendant des années, cela ne devrait pas vous poser de problèmes.

— Je venais justement te parler des îles, dit Yves. Les goémoniers semblent vouloir s'organiser.

— Nous avons de moins en moins de goémoniers fidèles, soupira Gwen-Aël. Vous comprenez, nous ne sommes plus les premiers des usiniers, loin s'en faut.

— Ne t'inquiète pas, Gwen-Aël, on s'en sortira. Je vais aller à Quéménès demain et je ferai un saut à Molène. C'est sur les îles qu'il faut nous battre, quitte à surpayer. Il faut s'appuyer sur le passé, sur nos relations. La concurrence est rude entre industriels : aujourd'hui, il y a trop d'usines sur la côte, même dans le Sud-Finistère. Et sur le Haut-Léon — Roscoff, Saint-Pol, Carantec —, l'agriculture nous prend presque tout. Même sur le marché aux enchères de l'île Callot, les agriculteurs paient le goémon plus cher que nous.

— Je suis heureux de vous entendre dire « nous »... sourit Gwen-Aël.

— Tu sais que je me suis toujours considéré comme un allié des Lemarchand. Ton grand-père et ton père le savaient ; ils en usaient et en abusaient, même, parfois. Aujourd'hui que des liens familiaux nous unissent, je me sens encore plus « Lemarchand ». Tu ne manqueras pas de *bara mor*, foi de Kerléo !

— Je compte sur vous, alors ? Vraiment, je peux ? Vous aurez accès au bureau de Paul. Je vais vous sortir tous les dossiers d'achats et prévenir Maurice, qui vous épaulera au besoin. Je dois partir demain à la première heure. Mes examens commencent dans quatre jours et j'ai encore beaucoup de révisions à faire. Croyez-moi, ce n'est pas facile d'être à la fois industriel et étudiant ! Je vais, aussi, vous remettre la totalité du mémoire de Papa ; je n'aurai pas le temps de le lire avant longtemps et cela vous permettra de mieux saisir le casse-tête des prix... Un petit porto ?

— Tu prends les habitudes de ton grand-père ? fit Yves.

— Non, c'est juste un clin d'œil !

— Va pour le clin d'œil ! Il serait heureux de te voir m'offrir un de ses portos préférés, et dans son bureau, en plus !

Yves avait quitté Bellevue, ravi. Cet incendie changeait sa vie. Il avait retrouvé son fils, il allait retrouver son ancien métier, ses îles, et Anne ne pourrait s'y opposer, car il ne ferait que rendre service provisoirement...

Devait-il prévenir Yann ? Oui, sans doute, mais pas tout de suite. Son beau-frère devenait si difficile de caractère ! Il était si aigri de se sentir diminué qu'il se laissait aller. Lui, qu'on appelait jadis « le Géant roux », le colosse, lui l'homme le plus fort du canton, il buvait, grossissait, devenait énorme. Il ne s'intéressait plus guère au goémon, se contentait d'encaisser, sans mot dire, les chèques annuels que lui faisait Hervé. Lise, sa femme, en avait pris son parti et s'occupait seule de l'éducation des enfants. Paul Roué, le bon Paul, le plus ancien de leurs goémoniers en activité, pour qui Yann restait un demi-dieu, s'était fait rabrouer de telle façon, la dernière fois qu'il était venu le voir, qu'il en avait pleuré.

Décidément, une infirmité, cela vous changeait un homme. Yves soupira : c'était ainsi, il fallait savoir faire la part des choses, et surtout, tirer profit du moindre instant de bonheur, l'emmagasiner dans sa mémoire pour les jours plus difficiles.

13

Hervé l'avait accueilli avec soulagement. Il ne savait trop quelle attitude adopter face à la proposition des frères Guennec. Accepter, c'était se mettre dans leurs mains ; mais refuser était encore plus risqué, car, à terme, c'était la certitude de heurts entre goémoniers et il n'avait ni l'âme ni les nerfs d'un policier, son coup de fusil de l'avant-veille l'avait démontré. Aussi fut-il heureux de voir Yves prendre les choses en main et les négociations à son compte. Fanch, Job et les deux pigouillers qui les accompagnaient commencèrent par énumérer leurs souhaits, qui n'étaient pas encore des revendications : ils voulaient pouvoir exercer leur métier sur l'île dans de meilleures conditions, que ce soit pour le logement et la nourriture, mais aussi pour le travail, lui-même : surfaces de dunes suffisantes, écuries pour les chevaux, fours en assez grand nombre et la sécurité dans l'exercice de ce travail. Pour le paiement, ils se mettraient toujours d'accord. Décidément, l'affaire Salou marquait les esprits, d'autant que tous devaient encore avoir en mémoire ce que leur racontaient leurs pères sur la rude vie des goémoniers des îles, trente ans plus tôt...

Hervé accepta le principe d'engager en priorité les

hommes choisis et présentés par Fanch et son frère Job. Restait à définir les conditions. Fanch et Yves se connaissaient de longue date et avaient déjà travaillé ensemble, bien des années plus tôt, mais c'était il y avait bien longtemps ! La guerre était passée par là et ils s'étaient perdus de vue depuis dix ans. Très vite, l'entretien prit un tour personnel. Ils évoquèrent les absents, et d'abord ceux de l'équipe d'Yves : Goulven Simon, décédé d'une attaque l'année précédente, Pol Le Rû, son gendre, le plus intelligent d'entre eux, et, bien sûr, Lucien Jézéquel, le légendaire Lucien, la fierté de la profession. Ils se remémorèrent le mariage de Yann Penru, le géant roux, avec Lise Causeur — la plus grande fête de goémoniers jamais organisée —, eurent une pensée pour tous les morts de la guerre et conclurent que l'époque de l'avant-guerre était bénie ; oui, c'était vraiment le bon temps.

Justement, si on essayait de le faire revivre ? Entre gens de bonne compagnie, cela devait être possible, suggéra Yves qui, d'une voix lente et posée, détailla point par point l'accord global qu'il leur proposait.

— Vous voulez la sécurité ? commença-t-il. Nous aussi. Tout ce qui peut arriver, à l'île, à l'un d'entre vous ou à un membre de votre famille nous touche aussi Hervé et moi. Hervé, parce que, au regard de la loi, il est responsable de votre sécurité sur l'île dont il est propriétaire, et moi parce que je suis son représentant sur le continent. Ainsi, Salou a été blessé par un fou ; si je n'avais pas pu donner une explication crédible de l'accident, il y aurait eu enquête, comprenez-vous ? Et qui aurait eu les ennuis ? Hervé. Nous sommes donc tous les deux d'accord pour que vous choisissiez vous-mêmes les goémoniers qui viendront sur l'île. Fanch et Job, vous en serez responsables. Hervé vous logera tous dans des granges que l'on aménagera et qu'on reconstruira s'il le faut. Il pourvoira aussi à la nourriture, mais vos femmes feront la cuisine. D'accord ?

Les quatre goémoniers opinèrent du chef, tandis qu'Yves poursuivait :

— Tout cela a un coût que vous discuterez ensemble. Mais il me semble qu'un tiers du tonnage en pains de soude devrait revenir à l'île. Un quart, c'est insuffisant, vous le savez... Si cela n'avait tenu qu'à moi, j'aurais été plus gourmand ; j'aurais demandé 40 %, au minimum. Réfléchissez : ici, vous allez faire douze tonnes par goémonier, facilement. Sur le continent, aujourd'hui, ce serait cinq tonnes, grand maximum. Deux tiers de douze, cela fait huit. Vous gagnerez donc 60 % de plus qu'à Lilia ou à Porspoder. Et vous le savez, aux îles, la teneur en iode est plus forte que sur le continent. Sans compter qu'Hervé vous nourrit et vous loge, ce qui n'est pas rien. Qu'en penses-tu, Fanch ?

— Faut voir, Yves, mais ça me semble honnête, en effet, même si tous les goémoniers ne font pas douze tonnes.

— Tu sais bien que si certains n'en font que huit ou dix, effectivement, il y en a d'autres qui en font le double, et c'est votre cas à Job et toi.

— Tu as bonne mémoire, fit Job qui se disait qu'Yves Kerléo méritait vraiment sa réputation, car il n'était pas facile de le prendre en défaut.

— Je n'oublie jamais les bons goémoniers, dit Yves

en souriant. Maintenant, j'en viens au deuxième volet. Vous savez que François Kernéis est mon ami, que son fils a été mon gendre, et que ma fille Julia a épousé Karl Lemarchand, le principal actionnaire de la société Lemarchand.

— Karl, c'est le fils de Félix et de la Suissesse ? demanda Fanch. Cette femme qu'on dit milliardaire et qui couchait avec Joseph Penru, avant la guerre ?

— Ursula, oui. Tu es même au courant de ça, Fanch ?

— Mon Dieu, oui ! J'en connais pas mal qui ont béni le jour où elle lui a mis le grappin dessus ! Et pas mal qui auraient aimé lui faire la peau au Joseph ! Cet homme, c'était une malédiction ! Elles étaient toutes folles de lui... Ah ! ça, il en a fait, des cocus !

— Paix à son âme ! répondit Yves, en se demandant si Fanch ne figurait pas dans le nombre. Mais revenons à ce qu'on disait. Compte tenu des liens qui m'unissent aux Lemarchand et du malheur qui les frappe, j'aimerais que vous vous engagiez à leur vendre toute votre production. En les aidant, c'est moi que vous aiderez. Vous savez que Delmotte est gravement blessé ; je le remplace provisoirement. Et comme, pour réussir, j'ai besoin de vous, vendez-moi vos pains de soude. Le prix de base sera le prix du marché, puisque, maintenant celui-ci est fixé d'un commun accord entre industriels et goémoniers. Vous serez tous du même côté de la barrière, moi, seul de l'autre. D'ailleurs, on peut déjà s'entendre : je vous propose de traiter aux meilleures des conditions, celles des Molénais. Qu'en pensez-vous ?

— Présentées comme cela, les choses sont claires,

et il n'est pas facile de te dire non, remarqua Fanch. Mais ce n'est pas pour cela que nous allons marcher avec toi, Yves : c'est parce que nous, les goémoniers de Lilia comme ceux de la côte des Abers et du pays Pagan, nous avons à la fois une bonne mémoire et la reconnaissance du ventre. J'étais encore gamin mais je me souviens, comme si c'était hier, de ton premier discours, dans la cour de l'école, à Plouguerneau. J'avais quinze ans et on ne vivait pas du tali, à l'époque ; on en crevait. Quand tu es venu, en amenant dans tes bagages le père Lemarchand, on t'a fait confiance, comme à lui, et on ne l'a jamais regretté. C'était en 1895.

— Non, 1894. Mais vraiment, tu te souviens de ce jour-là, Fanch ? fit Yves, étonné.

— Oui, mon gars, comme je me souviens aussi du cadeau que nous a fait le père Lemarchand, au mariage de Yann Penru, ton beau-frère. Cette bourse qu'il a mise en place pour les plus doués de nos enfants ! C'est dommage que vous n'ayez pas connu cette époque, vous autres, vous étiez trop jeunes, continua-t-il, en s'adressant à ses amis. Yves nous a fourni sur la côte les chevaux et charrettes que nous n'avions plus parce que nous avions été contraints de les vendre, lors de la grande crise. Pol Le Rû s'occupait des attelages qu'il nous cédait quand nous pouvions les racheter. Ensuite, ton représentant, Goulven Simon, un bon gars pourtant, a mal tourné et s'est mis à boire. Tu n'y étais pour rien et tu y as perdu plus que nous. Mais n'importe qui, même le meilleur, peut devenir un sac à vin, tout le monde le sait, quand le malheur et le désespoir le frappent. Et puis, il y a eu la guerre... Oui, on te doit quelque chose, Yves ; c'est pour tout cela que tu peux compter sur nous. Topons-là ! Nous allons travailler ensemble, et dès cette année !

Yves resta un moment silencieux ; il était ému de ces rappels du passé, c'était comme si tout se justifiait avec le temps.

— Il y a autre chose, reprit-il enfin. Tu sais que les meilleurs pigouillers font parfois de piètres brûleurs. Pourtant, le brûlage est aussi important que tout le reste, sinon plus. Crois-tu que Jakez Lastennet accepterait de venir avec vous ?

— Jakez Lastennet ? intervint Hervé. Il a trop mauvais caractère, et je ne tiens pas à l'avoir chez moi, à l'île. Depuis son retour du front et la mort de son frère, il est bizarre... Il s'en prendrait parfois à ses sabots.

— Moi, je l'aime bien, insista Yves, et c'est un brûleur hors pair. Et il faut lui redonner sa chance, d'autant qu'il peut nous rendre service. Qu'est-ce que tu en penses, Fanch ?

— Hervé a raison : Jakez n'est pas facile du tout. Il cherche noise à tout le monde pour des broutilles... Je veux bien essayer, mais je ne te garantis rien. Les autres risquent de ne pas être d'accord.

— Je verrai, mais Jakez est le meilleur brûleur que j'aie jamais vu. Meilleur même que Pol Le Rû, qui était une référence. Ici, il m'a déjà fait plus de 1,50 % de taux moyen d'iode dans toute une saison.

— Une moyenne de 1,50 % ? Ce n'est pas possible, c'est des salades ! railla Job. Je n'ai jamais entendu de chiffre pareil !

— C'est pourtant la vérité. Jakez, c'est le meilleur, et c'est pour cela que j'aimerais qu'il puisse venir à l'île. Tout le monde y gagnerait. Il vous suffira de l'imiter, vous améliorerez votre taux de 10 ou 15 %. Vous n'avez qu'à demander à Paul Roué. Il était là, il a vu.

— Pas de doute, fit Job, admiratif, tu es très fort, Yves. Tu ferais avaler des couleuvres à n'importe qui. Va pour un essai avec Jakez ! Après tout, on a rien à y perdre. S'il cherche la bagarre, on lui demandera de déguerpir !

Finalement, c'était un bon accord pour tous, même si l'aménagement des bâtiments pour loger tout ce monde allait coûter de l'argent. C'était un investissement dont ils ignoraient s'ils le faisaient pour un, cinq ou dix ans, mais ils devaient prendre ce pari, Hervé et lui, ne serait-ce que pour Gwen-Aël. Si les prix se maintenaient encore trois ans, tous deux y gagneraient. Au-delà, Hervé aurait fini de lui payer sa dette et ferait une très bonne affaire. Lui, par contre, n'en tirerait aucun bénéfice ; il n'aurait plus aucun droit sur Quéménès.

*

Le train entrait en gare de Morlaix. Gwen-Aël se leva, saisit son bagage et se dirigea vers la sortie. Il n'était pas vraiment tendu, mais cette affaire de reprise d'hypothèque sur l'hôtel particulier de Louis Lecomte l'agaçait. L'armateur avait, en effet, omis de lui signaler que sa banque en avait déjà une autre de 20 000 francs sur cet immeuble qui en valait, certes, plus de 100 000 francs, mais quand même ! Le père de Viviane aurait dû lui dire toute la vérité. C'est Jacques Andrieux qui lui avait annoncé la nouvelle le matin même, en ajoutant qu'il ne courrait cependant aucun risque.

Dès qu'il avait reçu le relevé d'hypothèques, Jacques avait en effet téléphoné à l'un de ses confrères morlaisiens qui lui avait confirmé que l'immeuble valait entre 120 et 150 000 francs. Après un instant d'hésitation, Gwen-Aël lui avait demandé de poursuivre et Jacques serait à Morlaix, le lendemain, pour finaliser l'opération.

Gwen-Aël prit un taxi et se fit conduire quai du Trégor, où l'attendait Louis Lecomte, rentré du Conquet depuis deux jours. L'armateur était seul, Viviane et sa mère faisant des courses en ville. Ils échangèrent quelques politesses ; Louis s'enquit des conséquences de l'accident, de la santé des blessés et de la façon dont Gwen-Aël allait pouvoir relancer l'usine.

Le jeune homme lui répondit aussi poliment que possible avant d'en venir à l'hypothèque.

— Mon notaire m'a appris, ce matin, que votre banque détenait sur votre immeuble une hypothèque de premier rang pour un montant de 20 000 francs, dit-il. J'aurais aimé le savoir avant lui.

— Comment ? s'exclama l'armateur. Je ne vous l'avais pas dit ? Je suis confus. J'étais persuadé de l'avoir mentionné. Mais cela importe peu ; l'hôtel particulier couvre largement le montant des deux hypothèques.

— C'est exact, mais il n'empêche que je me suis trouvé un peu ridicule devant Me Andrieux. Si vous n'étiez pas le père de Viviane, et en dépit de toute la sympathie que vous m'inspirez, nos relations s'arrêteraient là.

— Veuillez me pardonner, monsieur Kernéis, même si je suis, effectivement, impardonnable. J'aurais dû vous en parler ; je ne l'ai pas fait, par crainte de vous effaroucher. Deux hypothèques sur mon bien principal, c'était beaucoup et vous auriez pu prendre peur. Or, vous le savez, il me fallait une solution. Vous me l'apportiez... Mettez-vous à ma place : j'ai péché par omission.

— Vous aviez certainement mieux à faire ! lâcha Gwen-Aël. Vu ce fait nouveau, en complément de garantie, je vais vous demander un nantissement sur votre fonds de commerce. C'est à prendre ou à laisser.

— Je prends, je n'ai pas le choix, mais vous m'étranglez, répondit le père de Viviane, en se disant qu'il avait sous-estimé ce garçon.

— Je le sais, et comme je ne suis ni une brute ni un étrangleur et surtout, que je tiens à ce que nos relations restent bonnes, je ne vous le demanderai pas. Je voulais simplement vous montrer à quel point il peut être désagréable de se faire forcer la main.

— Merci pour la leçon. Décidément, vous êtes un drôle de pistolet !

Les deux hommes se turent un instant ; ils pesaient les poids respectifs de leur défiance et de leur confiance, de leur entente et de leur mésentente. Il y avait entre eux un terrain obligé.

— Savez-vous si Viviane en a pour longtemps ? demanda enfin Gwen-Aël. J'ai hâte de la revoir, d'autant que je ne dispose que de trois heures. Je dois absolument être à Paris demain matin.

— C'est court, fit Lecomte, Viviane sera déçue. Ma femme et moi devons nous rendre à l'hôpital pour y voir l'un de nos amis, qui a fait une chute de cheval. Nous partirons dès qu'elles seront rentrées. Je vous confie ma fille.

Viviane était dans un état second. Il était là, à nouveau avec elle, chez elle, et ils étaient seuls tous les deux. Elle avait perdu sa belle assurance et ne savait plus que faire ni que dire. Au restaurant, dans le train, c'était différent, mais ici, chez elle, plus question de badinage ; elle n'avait plus aucune défense.

— Voulez-vous prendre quelque chose, Gwen-Aël ? demanda-t-elle. Un café ? visiter la maison ?

— Non merci, ma chérie. Vous me permettez de vous appeler ainsi, n'est-ce pas ?

— Peut-être, je ne sais pas... Je me sens si gauche, si empruntée... Je voudrais tant...

— Viviane, coupa-t-il... Nous n'avons pas le temps de visiter toute la maison, mais j'aimerais voir votre chambre.

Voir sa chambre... C'était assez inhabituel comme requête, et même tout à fait déplacé au regard des critères maternels. Mais c'était Gwen-Aël, et elle l'aimait. Au diable sa mère et ses principes ! Elle n'hésita pas une seconde et le précéda dans l'escalier. Sur le palier, il lui enserra la taille des deux mains et l'embrassa dans le cou. Elle se retourna vers lui en lui souriant et poussa la porte. Son cœur battait la chamade. Quelles fantaisies pouvait-elle lui permettre ? Sa mère lui avait toujours dit qu'elle devait se comporter en jeune fille convenable ; mais que voulait-elle dire par là, exactement ? « Tu sauras bien », lui répondait-elle toujours quand elle lui posait la question. Eh non ! Elle ne savait pas ! Elle savait seulement que c'était agréable de se sentir ainsi désirée. Si agréable qu'elle décida de ne rien lui refuser.

Comme il s'y attendait, c'était une vraie chambre de jeune fille, assez semblable à la chambre d'enfant de sa sœur Aurélie, à Ker-Héol. La pièce, carrée, était meublée d'un sofa, de deux bergères où traînaient des poupées, et, dans une alcôve tendue de rose pâle, d'un lit Louis XV recouvert d'un tissu du même ton. Une coiffeuse, dans un angle, une petite bibliothèque anglaise dans un autre donnaient un peu de vie à cette chambre trop neutre au gré de Gwen-Aël qui s'approcha de la table de nuit où étaient empilés quelques romans. Nulle trace, ici, de nouveautés, du *Diable au corps* de Radiguet ou du *Blé en herbe* de Colette, qui venaient de paraître. Il nota *Le Lys dans la vallée*, *Anna Karénine* et, bien sûr, un Jean de la Brède, *Mon oncle et mon curé*. Des livres sages pour jeune fille sage. Il s'approcha du sofa et s'y laissa tomber.

— C'est à peu près ce à quoi je m'attendais, dit-il en hochant la tête. Votre chambre ressemble beaucoup à celle de ma sœur Aurélie. Venez, Viviane. Venez près de moi.

Elle s'approcha lentement, et, au moment où elle allait s'asseoir, il lui saisit les mains, l'attira à lui, puis changeant d'idée, il se redressa. Tout en lui souriant, il la fixait dans les yeux, la dominant de toute sa taille. Elle soutint son regard, attendant elle ne savait quoi, à la fois craintive et curieuse, un peu comme un enfant qui se rend pour la première fois à l'école.

Il lui prit le visage entre les mains et, d'un doigt, lui caressa d'abord la joue, puis les lèvres qui s'entrouvrirent, gonflées d'attente. Elle ferma les yeux quand il se pencha sur elle et se sentit frémir quand il lui couvrit le front, les yeux, le nez, le cou, les lèvres, de baisers rapides et légers. Quand elle les rouvrit, en poussant un petit soupir de satisfaction, il se sentit fondre devant la confiance qu'exprimait son regard, et, en retour, elle eut la joie de voir briller dans ses yeux à lui une incroyable tendresse. Il lui prit les lèvres et c'est avec ferveur qu'elle répondit à ce premier baiser.

Elle eut un frisson quand il s'attaqua au premier bouton de sa robe, et elle pensa curieusement qu'il ne saurait pas ôter l'agrafe qui la fermait. Mais il y parvint sans la moindre hésitation ; bien sûr, elle aurait dû se douter qu'elle n'était pas la première femme qu'il déshabillait ! À peine cette pointe de jalousie l'avait-elle effleurée qu'elle se sentit soulevée du sol ; il la prit dans ses bras et l'allongea sur le sofa avant de s'agenouiller devant elle. Il défit sa robe jusqu'à la taille, lui ôta sa brassière. Elle ne protesta pas. Pourquoi l'aurait-elle fait ? Ne lui appartenait-elle pas, déjà ?

— Viviane, Viviane, ma petite fée, lui murmura-t-il. Je t'aime et je te veux.

Elle était aux trois quarts dénudée, maintenant, et ne s'en offusquait pas, mais elle referma cependant les yeux quand elle sentit sa bouche s'attarder sur ses seins. Il leva la tête et quand leurs regards se croisèrent, elle fut surprise du trouble qu'elle lisait dans le sien. Il saisit doucement un téton entre ses lèvres, le titilla avant de le quitter ; sa langue s'attarda sur l'aréole puis revint au bourgeon. Elle sentait sa poitrine gonfler et durcir, les mamelons s'ériger sous la caresse. C'était à la fois bizarre et délicieux, tellement, même, qu'elle se surprit à se tendre vers cette bouche avide. Elle voulait se donner, s'abandonner à lui, lui faire partager tout ce qu'elle ressentait et d'abord, cet amour dont elle débordait pour lui, ce sentiment de plénitude qui l'envahissait et lui remuait les entrailles. Jamais elle n'avait senti son corps lui échapper ainsi. Il se redressa un instant, et, la regardant dans les yeux, lui demanda, d'une voix un peu rauque :

— Tu n'as pas peur, Viviane ?

— Non, Gwen-Aël. Pourquoi ?

— Parce que j'ai envie de toi, que je te désire plus que tout au monde, à cette minute, que je te veux, que je veux te faire l'amour.

— Je veux être votre femme, répondit-elle doucement et vite à la fois. Je veux vous appartenir, vous avoir à moi, aussi, pour la vie. Oh ! Gwen-Aël, je vous aime tant. Je ne pense qu'à vous, je ne rêve que de vous. C'est... c'est...

Et elle fondit en larmes. Désarçonné, craignant de l'avoir choquée, il se mit debout, se rajusta, et, après une seconde d'hésitation, prit son mouchoir et lui essuya les yeux, lentement, délicatement. Décidément, il ne savait pas s'y prendre avec les jeunes filles ! Il ne lui semblait pourtant pas lui avoir dit quoi que ce fût de méchant, et elle s'était laissé dévêtir sans résister. Il l'avait crue consentante quand il l'avait caressée...

— Là, là, ma chérie, je ne voulais pas vous choquer. Pardonnez-moi, dit-il en commençant à lui reboutonner sa robe.

Nue jusqu'à la taille, elle se mit à genoux sur le sofa, lui prit le mouchoir des mains, se moucha et retrouva peu à peu son calme. Mais elle reniflait encore quand, avec un sourire aussi mouillé que désolé, elle lui répondit :

— Vous vous méprenez totalement, Gwen-Aël. Vous ne me choquez pas. Je n'ai pas peur de vous, pas du tout. Bien au contraire ! Je vous trouve si doux, si prévenant...

Et elle entreprit de le lui démontrer en faisant glisser la robe à ses pieds. Puis, tandis que, toute rougissante, elle enlevait chemise et brassière, elle précisa :

— Je suis ce que l'on appelle une oie blanche, Gwen-Aël. Je ne sais rien de l'amour. Je ne sais pas ce qu'il convient de faire ni même de dire, mais j'attends que vous m'appreniez tout. N'ayez pas peur. Vous ne me blesserez pas. Rien ne peut me choquer venant de vous.

Elle était presque nue, n'ayant gardé que ses bas et une petite culotte à dentelles très sage, si différente des dessous auxquels il était accoutumé. Il lui sourit, lui caressa les seins qu'il emprisonna dans ses mains avant de les embrasser doucement. Puis, la soulevant dans ses bras, il la déposa sur le lit où il resta à la contempler, silencieux, immobile, indécis. Il la désirait tant, en effet, qu'il l'aurait prise, sans la moindre hésitation, si elle n'avait pas été si candide, d'abord, s'il n'avait pas voulu en faire sa femme ensuite, et surtout s'il ne se l'était pas promis, après l'avoir également promis à Julia.

Quelques heures plus tôt, dans le train, il s'était demandé un instant s'il ne se faisait pas piéger, si Louis Lecomte n'utilisait pas sa fille pour lui tendre un traquenard. Comment avait-il pu imaginer qu'elle se prêterait à un tel jeu ? La façon dont elle se livrait à lui, la confiance qu'elle lui témoignait étaient telles qu'il s'en voulut d'avoir pu imaginer pareille chose. Viviane venait de le convaincre définitivement. Il allait en faire sa femme avant qu'elle ne devienne sa maîtresse. Il l'admirait comme on détaille un tableau, s'attachant à la finesse des attaches, au grain de la peau, à la rondeur des seins et des hanches, quand elle le sortit, brutalement, de sa contemplation...

— Gwen-Aël, qu'attendez-vous ? Vous... vous ne vous... déshabillez pas ? Je dois vous le dire... Je n'ai jamais vu un homme nu...

Gwen-Aël ne put s'empêcher d'esquisser un sourire. Elle était d'une pureté incroyable. Il ne fallait surtout pas qu'il l'abîme le moins du monde. Ce serait un gâchis insupportable.

— Mon amour, lui dit-il, l'autre jour, dans le train, je me suis fait une promesse. C'est d'être patient avec toi, de faire les choses dans les règles, de ne pas abuser de la jeune fille que tu es encore. Et cette promesse, je la tiendrai. Alors, nous allons attendre. Tous les deux. Ne m'en veux pas. Je suis vraiment désolé, mais il te faudra patienter encore pour voir un homme nu.

— Mais je veux être votre femme, Gwen-Aël, protesta-t-elle. Comme Yvonne, et, d'après ce que j'ai cru comprendre, avec elle, vous n'avez pas attendu.

— C'est vrai, Viviane, mais à cette époque, j'étais jeune et c'était la guerre. Aujourd'hui, j'ai dix ans de plus, et c'est la paix.

— Je ne veux pas attendre, Gwen-Aël !

— Nous attendrons, Viviane, même si ça te coûte et

même si cela me coûte encore plus. Je te le dois, ma chérie, mais rassure-toi, ce ne sera pas très long.

Il entreprit de la rhabiller ; il y passa du temps, beaucoup de temps même, mais il fut si agréablement employé ! Viviane, qui n'avait plus aucune crainte, mettait beaucoup plus de zèle à s'instruire dans l'art des caresses et des baisers qu'à remettre ses vêtements. Elle était heureuse de se montrer à lui, heureuse de constater qu'elle lui plaisait, qu'elle le tentait, heureuse de le provoquer. Elle fit si bien traîner les choses en longueur, que, lorsque Gwen-Aël prit son taxi pour la gare, elle se croyait déjà une amoureuse accomplie. Et elle avait enfin réussi à le tutoyer, mince exploit.

Quand ses parents revinrent, elle irradiait de bonheur, et Louis Lecomte s'en aperçut sur-le-champ.

— Heureuse ? lui demanda-t-il, simplement.

Quand, tout aussi simplement, elle lui eut répondu « Oui, Papa », il se sentit soulagé : il avait mené sa fille à bon port. Elle ferait un très beau mariage, avec un homme qu'elle aimait et qui l'aimait. Il n'espérait plus un tel parti pour elle. Sa femme, qui n'avait pas la même délicatesse, voulut tout savoir ; mais Viviane la rabroua sèchement.

— Maman, il vous était très facile de m'expliquer ce qui est convenable de dire et de faire ou non avec un fiancé. Vous vous y êtes toujours refusée, et maintenant vous me demanderiez des comptes ? Comment pouvais-je deviner ? Si Gwen-Aël avait été moins correct, j'aurais sûrement fait l'amour avec lui, et vous en auriez été la seule responsable. J'en avais très envie, figurez-vous, mais il me respecte, lui, bien plus que vous.

14

Gwen-Aël ne se formalisa pas de ne se classer que 43e sur 120 à son examen de sortie, tant il avait craint de ne même pas pouvoir passer ses épreuves. Il avait, en effet, sous-estimé les problèmes administratifs qui découleraient de l'incendie et, surtout, de l'absence de Paul.

Si l'entrepôt était déjà en cours de reconstruction, la compagnie d'assurances traînait à le dédommager et ses enquêteurs prenaient tout leur temps. Curieusement, c'est son futur beau-père, Louis Lecomte, qui lui apporta la solution. « Laissez-moi faire, lui dit-il un jour, et je vous règle cela dans la journée. Il vous en coûtera, peut-être, deux ou trois billets de mille francs, ou mieux, un rouleau de napoléons. » Gwen-Aël n'avait pas hésité ; Louis Lecomte non plus, qui n'eut besoin que d'une demi-heure d'entretien autour d'un apéritif pour arriver à un accord avec le délégué de la compagnie. Quarante-huit heures plus tard, l'enquête était terminée et le dossier bouclé. « Il faut savoir se débrouiller quand les choses n'avancent pas comme on le voudrait », avait conclu l'armateur, qui, assurément, savait fort bien le faire et le prouvait une nouvelle fois.

Il faisait très chaud, et Gwen-Aël avait laissé la porte

de son bureau grande ouverte, si bien que, parvenu en haut des marches du perron, Yves eut tout le loisir de l'examiner. Un crayon à la main, le jeune directeur des Établissements Lemarchand étudiait un dossier qui semblait lui poser problème, à en juger par sa mine soucieuse.

Yves rentrait de Molène, où il avait passé trois jours entiers à convaincre des amis de longue date de lui rendre service et de reprendre le chemin de Poul-Conq et de l'usine Lemarchand. Cela n'avait pas été facile ; la concurrence des usines des Abers était sévère et les privés ne luttaient plus à armes égales contre ces groupes pharmaceutiques beaucoup plus puissants qu'eux. Il avait tout de même réussi à obtenir 370 tonnes qui, ajoutées aux 600 tonnes de Quéménès, permettraient à Gwen-Aël de dépasser largement les 10 tonnes d'iode, cette année. Mais les « conditions privilégiées », c'est-à-dire les sur-prix qui s'ajoutaient au tarif de base, se monteraient à 11,5 % de ce tarif. Il avait dû s'aligner, à 1 % près.

Il frappa à la porte ouverte, Gwen-Aël lui cria « Entrez » sans lever la tête. Il le vit enfin, se leva et vint à lui, un large sourire aux lèvres.

— Bonjour, monsieur Kerléo. Pas trop fatigué par votre périple dans les îles ?

— Non, même si cela a été plus long que prévu. Bonjour, Gwen-Aël. Tu le sais, j'aime beaucoup Molène où j'ai passé de nombreuses années, et ce n'est pas d'y aller qui me fatigue ; c'est d'y boire et d'y manger trop. Ça va, ici ?

— À peu près, oui. Paul se remet lentement, mais il en a pour plus d'un an. Les travaux avancent, l'assurance m'a promis de me régler d'ici à trois semaines. Et puis, j'ai une nouvelle qui va vous faire plaisir : Papa sera là dans une heure ou deux. Il reste deux semaines.

— C'est merveilleux ! Tu dois être content.

— Très. Cela fait si longtemps que nous ne nous sommes vus. Viviane pourra faire sa connaissance. Et vous ?

— 370 tonnes. Base + 11,5 %. C'est cher, mais c'était ça ou rien. J'ai pris.

— Et vous avez bien fait. Je commençais à me faire du souci...

— Figure-toi que j'ai rencontré Jakez Lastennet à l'île. Tu sais, le brûleur dont je t'ai parlé la semaine dernière et que j'avais cherché en vain sur la côte. Il est en piteux état, pêche pour manger et surtout pour boire, car il boit comme un trou, dès qu'il a gagné quatre sous. Il m'a promis de venir au Conquet. Je le recevrai à la maison, et nous verrons s'il peut faire la saison de brûlage. J'espère simplement que ce n'est pas une promesse d'ivrogne. J'aimerais qu'il s'en sorte. Un si bon brûleur ! Quel gâchis. Peut-être pourrais-tu l'aider ? Il ne s'est pas remis d'avoir perdu son jumeau à la guerre.

— Si je puis faire quelque chose, ce sera avec plaisir, dit Gwen-Aël. Je n'ai jamais oublié combien Yann m'a réconforté en 1916. Au fait, il ne nous rejoindrait pas, lui ?

— Si tu le lui demandes, toi, peut-être bougera-t-il. Moi... ce n'est plus la peine : j'ai déjà essayé si souvent ! Yann se suicide. Il sait que s'il continue, il sera mort avant ses soixante ans. Et c'est terrible de ne rien pouvoir y faire...

— J'irai le voir. Bon : 370 + 600, cela fait 970 tonnes. À 1 % de moyenne...

— Tu seras au-dessus. Si Lastennet ne vient pas, j'irai moi-même faire la saison de brûlage à Quéménès. Il n'y a pas d'inquiétude à avoir du côté des Molénais : ils seront à 1,10 %. Oui, compte 1,10 de moyenne. On peut faire confiance à Fanch et Job Guennec. Et puis, ce n'est pas fini. J'espère bien récupérer 100 ou 200 tonnes supplémentaires avant septembre.

— Vous me sauvez la mise ! s'exclama Gwen-Aël. Dépasser 11 tonnes, ce n'est pas arrivé depuis 1913 ! Et dire que j'ai hésité à vous demander de l'aide. Merci, monsieur Kerléo.

— C'est moi qui te remercie, Gwen-Aël. Vois-tu, le commerce de vins, ce n'est pas pour moi. Je le garderai parce que ce sont des rentes et qu'il tourne tout seul, Job Courtès y veille, mais, moi, mon plaisir, c'est le goémon, le pain de mer, les îles, le brûlage, et même, aujourd'hui, l'iode. J'étais fait pour cette vie et pour rien d'autre, à part la chasse ou la pêche...

— Monsieur Kerléo, je veux vous dire... ce n'est pas facile...

— Tu veux me parler de Viviane ?

— Oui, c'est cela. Je n'oublierai jamais Yvonne, vous savez, mais la vie continue. Papa vient faire la connaissance de Viviane, que vous n'avez encore jamais rencontrée. J'aimerais vous la présenter. Accepteriez-vous de venir dîner, samedi soir. Avec Mme Kerléo et votre famille, bien sûr.

— Je te remercie de ton invitation, Gwen-Aël, et tu peux compter sur nous tous.

— Voyez-vous, c'est très curieux. J'ai l'impression que le destin joue avec nous d'une manière bizarre et parfois cruelle. En un mois, tout aurait pu très mal tourner pour moi, et tout semble s'arranger, sans que j'y sois pour rien ou presque. Je rencontre Viviane, l'usine brûle, Paul est grièvement blessé, vous arrivez à la rescousse quand je ne m'y attendais pas, Papa me passe le relais... Et tout cela se fait sans moi. Je ne fais que subir...

Yves hocha gravement la tête.

— Nul n'est maître de son destin, Gwen-Aël, répondit-il. Non, personne... Tu le sais, toi qui as vécu la guerre, ton mariage, la mort d'Yvonne et de votre bébé. À cela non plus, tu ne pouvais rien. Souvent, l'homme subit les événements sans pouvoir y faire quoi que ce soit. Il prie Dieu, il l'implore pour qu'il change le cours des choses. Mais Dieu le fait-il ? C'est là toute la question : les uns croient que oui, et j'en suis ; d'autres, comme ton père, en doutent et pensent que, s'il existe, il a d'autres chats à fouetter.

— Je ne vous savais pas si croyant, sourit Gwen-Aël. Ni si philosophe, d'ailleurs. En tout cas, monsieur Kerléo, je vous attends samedi.

Gwen-Aël se préparait à épouser Viviane qu'il avait revue à Morlaix, à chacun de ses voyages dans le Finistère. La jeune fille venait, à sa demande, passer une semaine au Conquet. Si sa mère avait poussé des hauts cris, son père avait, lui, accepté, et dorénavant seul son avis comptait pour Viviane. Pour sauver les apparences

— il y avait encore certaines choses qui ne se faisaient pas — elle ne logerait évidemment pas à Bellevue, mais à Ker-Héol, chez Aurélie, qui était prête à accoucher. Il était entendu que, pour la population conquétoise, aussi bien que pour le personnel de maison, elle était la meilleure amie de pension de la future mère, et que celle-ci avait réclamé sa présence pour sa délivrance. Indifférente à tout ce qui ne concernait pas le bébé, Aurélie avait accédé à la requête de son frère. Pour sa part, Estelle était doublement ravie : d'une part, elle aurait quelqu'un pour la seconder, mais surtout, elle ferait, enfin, la connaissance de celle qui avait su si vite et si bien ensorceler son fils.

Elle ne fut pas déçue. Viviane non plus, à qui son père avait longuement parlé de « cette femme encore très belle » qui lui avait fait si forte impression. La jeune fille, à son tour, tomba immédiatement sous le charme de celle que les domestiques appelaient entre eux « la Belle Estelle ».

Comment aurait-elle pu ne pas apprécier celle qui avait si bien su cultiver sa générosité et sa gentillesse naturelles ? Elles aimaient toutes deux Gwen-Aël, chacune à sa façon, mais ne seraient jamais rivales, car, loin de les opposer, leur amour commun les rapprochait. Une chose, cependant, les différenciait : Estelle avait la qualité rare chez une femme d'ignorer absolument la jalousie — une vraie bénédiction pour une future belle-fille. Viviane, au contraire, ne niait pas qu'elle était jalouse, mais jalouse d'Yvonne, la morte, la première femme de Gwen, jalouse de cette rousse dont elle entendait parler trop souvent à son goût.

Elle en prit vraiment conscience un jour où, en

compagnie d'Estelle, elle prenait le thé dans la chambre d'Aurélie, à Ker-Héol. Estelle l'avait déjà étonnée plusieurs fois, tant par la verdeur de son langage que par son manque de pudeur. Pourtant, Aurélie dépassait encore sa mère sur ces deux points. Alors que la conversation roulait sur les rigueurs de la vie pendant la guerre, Aurélie utilisa, en évoquant sa belle-sœur défunte, le terme de « grande rousse ».

— Vous ne semblez pas avoir apprécié particulièrement Yvonne ? releva Viviane.

— Yvonne ? Ah, non, alors ! s'exclama Aurélie. Je n'ai jamais rien eu de commun avec cette jument ! Je me demande encore comment mon frère a pu en tomber amoureux.

— Tu n'es pas très gentille avec une morte, l'interrompit Estelle. Qui ne t'a jamais rien fait, au demeurant, et qui t'aimait beaucoup.

— Je n'ai jamais compris ce que lui trouvait Gwen. Ni les hommes en général, d'ailleurs.

— Tu es injuste, répondit Estelle. Yvonne était une beauté ! Une rousse, d'accord, mais une beauté. Quel corps elle avait ! Je l'ai vue nue, et je peux te dire que c'était un régal. Il suffisait d'observer certains regards d'hommes sur elle pour savoir ce qu'est le péché de concupiscence. Et il n'y avait pas que les hommes ! Toutes les femmes en étaient jalouses ! D'ailleurs, Gwen-Aël, lui-même, n'a pas eu la patience d'attendre !

Cette dernière phrase avait cruellement blessé Viviane. Bien sûr, c'était cela, l'explication ! Comment n'y avait-elle pas pensé plus tôt ? C'est parce qu'elle ne lui plaisait pas autant que la grande jument rousse que Gwen-Aël la respectait. En réalité, elle ne lui inspirait pas assez de désir, voilà tout ! Elle baissa la tête pour que les deux femmes ne remarquent pas les larmes qui perlaient à ses yeux, et cessa d'écouter Estelle qui continuait à pérorer et qui ne s'était même pas aperçue à quel point elle l'avait heurtée ! Elle réussit enfin à ravaler ses larmes, releva la tête et revint dans la discussion au moment où Aurélie s'opposait à nouveau à sa mère. Il était toujours question d'Yvonne.

— Peut-être était-elle belle, selon vos critères, Maman, mais je préfère, moi, les jeunes filles plus graciles. Viviane, par exemple.

— Vous me trouvez gracile, Aurélie ? demanda Viviane, interloquée de se voir ainsi directement mise sur la sellette.

— Cela n'a rien de péjoratif, Viviane. Gracile, c'est fin, délicat... intervint Estelle, désireuse de minimiser l'impair qu'elle et sa fille étaient en train de commettre, et dont elle prenait soudain conscience.

— Oui, renchérit Aurélie. Yvonne était massive, ossue, charpentée. Il est vrai que son père était un géant. Vous, Viviane, vous êtes gracile, comme je l'étais moi-même avant ma grossesse. Quoi qu'il en soit, et quoi qu'en pense ma mère, vous êtes bien plus jolie qu'Yvonne. Si j'étais un homme, je préférerais cent fois coucher avec vous plutôt qu'avec elle, d'autant que vous devez, j'en suis sûre, avoir bon tempérament.

Les deux futures belles-sœurs se sourirent. Elles étaient toutes les deux du même côté, contre la morte, et Viviane se sentit réconfortée.

— Ne faites pas trop attention à nos bavardages,

Viviane, s'excusa Estelle. J'espère seulement que nous ne vous choquons pas. Nous usons volontiers d'un vocabulaire et d'un ton inhabituels pour des femmes. Mais c'est ainsi, nous ne changerons ni l'une ni l'autre.

Viviane se tourna vers Aurélie.

— Qu'appelez-vous un bon tempérament ? demanda-t-elle.

— Un bon tempérament ? Mon Dieu, comment dire...

Estelle vint au secours de sa fille.

— Disons que l'on a un bon tempérament quand on aime beaucoup et bien. Si vous ne le savez déjà, Viviane, vous le saurez bientôt, quand vous serez mariée.

— Maman, intervint Aurélie, votre réponse n'est pas assez claire. On a un bon tempérament, Viviane, quand on aime l'amour. Ainsi, si vous aimez que Gwen-Aël vous fasse l'amour, si vous en redemandez, vous avez un bon tempérament. Dans le cas contraire, je ne puis vous dire qu'une chose, c'est dommage.

Estelle s'était levée, soudain très pâle, et les laissa seules, sous prétexte d'aller chercher quelque chose à la cuisine. Cette pâleur n'avait rien à voir avec l'impudeur d'Aurélie ; elle était provoquée par ces élancements qui, tels des coups de poignard, lui perçaient de plus en plus souvent le côté droit. La douleur était difficilement supportable et Estelle savait qu'elle devrait consulter un médecin à brève échéance.

Aurélie la suivit du regard, puis revint à Viviane. Ne s'était-elle pas montrée trop crue avec la jeune fille ? Sa mère lui avait appris à appeler un chat un chat, mais peut-être en faisait-elle trop parfois, à force de vouloir cultiver son personnage.

— Je crains de vous avoir blessée, Viviane. Si c'est le cas, je vous prie de me pardonner. Je croyais que Gwen-Aël et vous... Je me suis trompée ?

— Que voulez-vous, soupira Viviane, je n'inspire sans doute pas à Gwen-Aël autant de désir que sa jument rousse, comme vous l'appeliez.

— Gwen-Aël ? Il est fou de vous ! Vous ne vous en rendez pas compte ? Je ne l'ai jamais vu ainsi, même avec Yvonne ! Non, ce qui est nouveau, c'est qu'il vous respecte, et cela, c'est très beau, surtout de sa part. Croyez-en mon expérience ratée : les fiançailles constituent, ou devraient constituer, la plus belle période de la vie d'une femme. Je n'ai pas su attendre et aujourd'hui, je le regrette. Fiez-vous à moi, Viviane ; et suivez mon conseil : attendez le mariage.

Son mariage... Il approchait à grands pas et elle n'avait plus longtemps à attendre. Trois mois et demi... Dans trois mois et demi, elle saurait. Elle saurait si les fiançailles étaient vraiment la période rêvée que disait Aurélie. Dans trois mois et demi, elle serait l'épouse de Gwen-Aël ; ils avaient arrêté la date du mariage la veille.

15

François Kernéis s'apprêtait à prendre le train pour Brest. Il allait retrouver les siens, sa femme, ses enfants, faire connaissance de sa future belle-fille et assister au baptême du premier enfant de sa fille Aurélie. Ses négociations avec ses interlocuteurs allemands étaient dans une impasse et il avait écourté sa mission pour en référer à son ministre qui lui avait accordé deux semaines de permission auxquelles il espérait bien rajouter une autre, pour les fiançailles de son fils, et une quatrième pour son mariage. Cela ne lui était pas arrivé depuis si longtemps !

Il ajustait sa cravate en sifflotant quand la sonnerie du téléphone retentit. C'était son neveu Karl, qui venait de passer avec succès son dernier examen de médecine et allait, bientôt, soutenir sa thèse. François lui fit un compte rendu succinct des derniers événements et lui annonça son départ imminent pour la Bretagne.

— Moi aussi, j'ai des nouvelles, dit Karl. Ma sœur Erika épouse un Allemand, Kurt von Ackerberg. Maman vient de me l'apprendre, il y a cinq minutes à peine. Ce nom vous dit quelque chose ?

— Non, pourquoi ? Je devrais le connaître ?

— Je crois que oui. Son grand-père était général, à

l'époque du grand Bismarck. Son père aussi, sous le Kaiser, et lui-même était officier durant la guerre. Il est actuellement lieutenant-colonel. Jusque-là, rien de grave, mais si j'ajoute que sa famille a aussi de gros intérêts dans l'industrie chimique...

— Je commence à comprendre pourquoi tu m'appelles, dit François. Nous devrions avoir un dossier sur lui. Je vais me le faire communiquer et te rappellerai pour te dire ce qu'il en est.

— J'ai souligné à ma mère les dangers que peut, à terme, comporter un tel mariage si les choses évoluent mal, reprit Karl. Elle en est tout à fait consciente et m'a assuré qu'elle va y réfléchir. Il n'est pas question que je laisse Erika apporter à ce junker la moitié du groupe familial, et c'est ce qui risque d'arriver si l'on n'y prend garde dès maintenant. Les grandes familles allemandes ne s'embarrassent pas de scrupules quand il s'agit d'accroître leur patrimoine.

— Il n'y a pas que les grandes familles allemandes, Karl ! Je te remercie de m'avoir appelé. Je fais une note rapide au service concerné de façon à disposer de ces dossiers à mon retour... Et préviens ta mère que je souhaite la voir, lors de son prochain passage.

— Elle sera là dans quinze jours.

— Parfait. Invite-moi chez vous, à mon retour. Et renseigne-toi, si tu le peux, sur la façon dont ce Kurt von Machin a fait la connaissance d'Erika. D'ici à ce qu'il soit en service commandé...

François et Karl se comprenaient à demi-mot et, sans s'être jamais fait de confidences, savaient qu'ils travaillaient tous les deux dans le même sens. Suisse par Ursula, sa mère, et Français par Félix, son père, Karl avait, depuis longtemps, choisi la France. Bien que possédant la double nationalité, il avait fait toute la guerre comme brancardier dans l'armée française, et Gwen-Aël nourrissait pour son cousin une admiration sans borne. Karl était, il est vrai, un garçon aux qualités morales exceptionnelles, doublé d'un homme d'action, chose rare chez ce type d'individus plutôt passifs d'ordinaire. Au contraire de son père Félix, qui ne pensait qu'à faire de l'argent, il avait un sens aigu de ses responsabilités d'industriel tant vis-à-vis du monde économique que du monde politique. Ses parents ne s'encombrant pas de scrupules en affaires, il se voulait la conscience de sa famille et tentait, avec opiniâtreté, d'attirer sa mère dans le camp français. C'est pourquoi le mariage d'Erika avec ce militaire allemand était pour lui un souci en même temps qu'il représentait un danger pour le groupe familial chimique et pharmaceutique. Erika était une écervelée qui ne pensait qu'à s'amuser et à s'habiller. Elle était loin d'être germanophile, mais il suffisait à ce Kurt d'être beau garçon, riche et distrayant pour séduire sa sœur qui n'avait guère plus de morale qu'une palourde.

*

François avait dîné seul au wagon-restaurant, s'était couché immédiatement et était arrivé à Brest, frais comme un gardon.

Estelle l'attendait à la gare. Il ne l'avait pas vue depuis un mois, et la trouva fatiguée. Comme il s'étonnait des cernes inhabituels qu'elle avait sous les yeux, elle admit qu'elle ne se sentait pas très bien depuis trois jours ; peut-être était-ce dû à la tension qu'elle ressentait toujours, au contact d'Aurélie ? Puis, assez rapidement, elle lui avoua qu'elle avait quelques petits problèmes de santé. Rien de grave, mais cela la fatiguait. François la convainquit de rentrer avec lui à Paris début juillet, après l'accouchement d'Aurélie ; il l'accompagnerait chez le médecin. C'était la première fois que la maladie touchait Estelle et il était persuadé que les maux dont elle se plaignait étaient plus sérieux qu'elle ne voulait bien le lui dire.

Cela ne l'empêchait pas, au demeurant, de conduire la vieille Panhard-Levassor avec la même dextérité que, vingt ans plus tôt, sa première Renault. Quelle femme ! L'âge la marquait si peu ! Alors qu'Anne avait pris un coup de vieux pendant la guerre — ses deux années de solitude à l'île avaient laissé des traces — Estelle, qui fêterait ses cinquante ans le mois suivant, en paraissait à peine plus de quarante. Elle s'était légèrement empâtée, peut-être, mais si peu qu'elle restait toujours aussi belle, malgré la ménopause. Et lui, il en était encore plus amoureux qu'aux premiers jours.

— Arrête-toi, ma chérie, lui dit-il, soudain.

— Que je m'arrête ? Que t'arrive-t-il, François ? Une montée de sève ? Ce n'est guère raisonnable, à notre âge, de tels arrêts champêtres !

Elle gara la voiture sur la droite, à l'entrée d'un champ, et attendit.

— Je veux simplement te dire que je t'aime, Estelle, déclara François. Je t'aime plus que jamais, plus que tout au monde. Merci d'être celle que tu es et du bonheur que tu me donnes.

— Une telle déclaration mérite, pour le moins, un

baiser. Moi aussi, je t'aime, François, et te remercie de me rendre heureuse, même si nous sommes trop souvent séparés. J'aimerais tant être toujours près de toi, avec toi.

— C'est la vie, c'est notre vie, ma chérie. Peut-être ne serait-elle pas aussi belle si elle était différente. J'ai dit ce que je voulais te dire, tu peux repartir.

— Pas avant que tu m'aies donné ce baiser.

Il y avait deux ans que François n'était pas revenu en Bretagne et ce retour au pays natal l'émouvait plus qu'il ne s'y attendait. À la hauteur de l'étang de Kerjan, il demanda à Estelle de ralentir, puis de s'arrêter un moment. Il aurait aimé retrouver le passé, l'espace d'un instant, dans le déplacement dédaigneux d'un héron cherchant sa pitance dans la vase, dans l'envol furtif d'un courlis ou celui, syncopé, d'une bécasse levée par les chiens. Mais pour cela, il lui faudrait revenir ; l'étang était désert. Sans doute le soleil était-il déjà trop haut, à moins que le garde-pêche qu'il venait d'apercevoir n'ait fait fuir les oiseaux ?

Il fallait avoir un minimum la fibre bucolique et poétique, comme lui-même ce jour-là, pour apprécier le merveilleux spectacle du printemps triomphant qu'Estelle, toujours aussi pressée et terre à terre, regardait sans le voir. Elle s'impatientait et tambourinait de ses doigts sur le volant de la voiture à l'arrêt. François s'en aperçut. Tant pis ! Tant pis pour elle, surtout ! Il reviendrait, ce soir, profiter seul du spectacle, à marée haute, quand la mer recouvrirait la ria. À cette heure-là, le soleil couchant embraserait l'horizon et les silhouettes fantasmagoriques des bateaux de pêche se détacheraient, sur le ciel rougeoyant. Un peu plus tard la nuit tomberait, et il verrait alors s'allumer une à une les vigies de l'océan, ces phares qui avaient enchanté sa jeunesse : Saint-Mathieu, les Pierres-Noires, Kermorvan, Créac'h, An Ivinik, Kéréon, le Stiff, le Four et, dans le lointain, l'île Vierge. Comme le temps passait vite ! Cela, n'était-ce pas hier ? Pourtant, il avait cinquante-trois ans déjà !

— Gwen-Aël doit nous attendre, François, dit Estelle, avec un sourire crispé.

— Tu as raison. Je reviendrai. J'ai encore quinze jours pour rêver...

Il avait retrouvé son fils, puis, un peu plus tard, son ami Yves, qui s'était rasé la moustache et faisait presque son âge, aujourd'hui. Et puis Anne, son ancienne fiancée et la meilleure amie d'Estelle, l'épouse d'Yves, aussi, ce qu'il avait un jour oublié. C'était elle qui avait le plus changé. Elle avait beaucoup forci, et le gris et le blanc qui avaient envahi sa chevelure lui avaient fait prendre dix ans en deux années. Comment Yves ne s'en apercevait-il pas ? Et Estelle qui lui disait qu'Anne ne changeait pas, était-elle aveugle ?

Il dut attendre l'après-midi pour revoir Ker-Héol et sa fille Aurélie. Aurélie, son bébé. Mon Dieu ! Était-il possible d'être aussi enceinte qu'elle l'était, grosse de la tête aux pieds ? Elle lui présenta Viviane, de la pire des manières qui soit pour celle-ci en l'annonçant : « Votre future bru, Père. » La jeune fille le déçut, au premier abord, tant elle lui parut effacée et même fade, mais elle se reprit assez vite et, au bout d'une demi-heure, il révisa complètement son jugement. Sa timidité initiale n'était, en fait, qu'une réserve due à l'éducation austère du couvent. Dans la conversation, elle fit preuve de cet esprit et de cet humour étonnants qui avaient séduit Gwen-Aël, si bien que François était aussi enthousiaste en la quittant qu'il avait d'abord été inquiet une heure et demie plus tôt.

Ce dîner du samedi soir, extraordinairement gai, fut bien la fête qu'espérait Gwen-Aël. En dehors de Karl et Julia, les Parisiens, et de Sébastien qui voguait quelque part dans l'océan Indien, ne manquaient que Jacqueline, malade, et Augustin, toujours bloqué à Camaret par l'achat de son bateau, qui n'en finissait pas.

Marie-Ange était là aussi. François ne reconnut pas la gamine efflanquée dont il avait le souvenir dans la grande et jolie blonde qu'il rencontra inopinément dans le hall de Bellevue et qui se présenta à lui d'une façon naturelle et spontanée. Elle n'avait rien de la jeune fille bizarre et de caractère difficile que lui avait peinte Yves, et, bien que plus élancée, elle ressemblait beaucoup à Anne au même âge. Comment se faisait-il que personne n'ait remarqué cette ressemblance entre mère et fille ? « Jolie fille, et pas sotte, se dit François après lui avoir parlé quelques minutes. Si j'avais trente ans de moins... »

En entrant dans le salon, il surprit le regard de son fils sur sa « fiancée ». Gwen-Aël couvait des yeux sa dulcinée qui, de son côté, le dévorait du regard. En voilà au moins deux qui ne s'embêtaient sûrement pas ensemble et qui ne se mariaient pas par intérêt. Viviane, naturellement, était la reine de la soirée. Habillée d'une robe fourreau vert bouteille — un cadeau d'Estelle — qui mettait en valeur sa sveltesse, la jeune fille était resplendissante et faisait oublier sa mère, insupportable de prétention et son père, un personnage assez falot et bien trop porté sur l'alcool, lui sembla-t-il. Estelle avait tenu à inviter les parents de Viviane, ce que François jugeait, pour sa part, prématuré. Il aurait tant aimé qu'ils soient entre eux !

La guerre avait beaucoup éloigné François et Yves l'un de l'autre et, quand elle avait pris fin, ils n'avaient pas vraiment réussi à renouer les fils de leur amitié. Ce soir-là, ils se retrouvèrent enfin, et retrouvèrent aussi le ton libre et amical de leurs discussions d'avant-guerre. À la fin du repas, ils gagnèrent ensemble le fumoir, d'un accord tacite. Yves prit son ami par l'épaule et lui glissa :

— Comment va monsieur le délégué près la *Combinacion* ?

— Je suis heureux que Gwen-Aël t'ait montré ce mémoire, répondit François en souriant. Je comptais lui demander de le faire, mais c'est mieux qu'il l'ait fait de lui-même.

— Que veux-tu dire ? demanda Yves.

— Qu'il est normal qu'un fils fasse confiance à son père.

Yves se figea sur place. Il n'était pas sûr d'avoir bien entendu.

— Il est naturel, reprit François, que Gwen-Aël, ton fils naturel, ait de bons rapports avec toi, son père naturel.

Yves était pétrifié. Il sentait son cœur battre à grands coups dans sa poitrine.

— Tu le sais depuis quand ? réussit-il enfin à articuler.

— Depuis 1916, ça fait sept ans. C'est Estelle qui me l'a révélé sans le savoir, une nuit, dans son sommeil, pendant ma seule permission de la guerre. Elle avait de la fièvre et délirait. Je ne l'ai jamais dit à quiconque ; même elle ne sait pas que je sais, et personne d'autre ne doit le savoir. Tu me saisis ?

— Tout à fait. Et je t'approuve, car je n'ai pas élevé Gwen-Aël. Son vrai père, c'est toi. Il ne saura jamais rien. Pas par moi, en tout cas.

— C'est bien ainsi que je l'entends. Gwen-Aël est et restera mon fils.

Les deux amis restèrent un long moment silencieux, à tirer sur leurs cigares. Yves regardait la nuit par la croisée. Quand il se retourna, il dit simplement :

— Je te remercie de me pardonner, François, car tu m'as pardonné, n'est-ce pas ? Sinon nous ne serions pas là à en parler, ce soir ?

— Oui, Yves, je t'ai pardonné. Mais pas depuis très longtemps ! Cela n'a pas été facile ! Il y a deux ans, je l'admettais encore très mal. C'est en partie pour cela que j'ai quitté Le Conquet et l'usine.

— Et Estelle ? Tu ne lui as vraiment rien dit ?

— Bien sûr que non ! Pourquoi la persécuterais-je avec cette vieille histoire ? Je ne veux pas savoir comment c'est arrivé. Je me rends compte, aujourd'hui, qu'à l'époque j'étais encore bien jeune et que ma naïveté et mon inexpérience ont pu jeter Estelle dans tes bras. Elle est d'une nature généreuse et ardente, donc excusable.

Yves ne savait que répondre : où commençaient, où finissaient les arrangements avec la vérité ?

— C'est arrivé une fois, dit-il. Par accident ! J'étais venu voir Eugène qui était absent. Estelle était angoissée. Sa mère allait très mal. Elle a éclaté en sanglots ; je l'ai consolée et c'est arrivé. Voilà... Ce sont les portraits que ma sœur avait faits de moi, enfant, qui m'ont révélé que j'étais le père de Gwen-Aël. Il me ressemblait tant, à l'époque ! Heureusement, depuis, ce n'est plus le cas. Mais rassure-toi, hormis Estelle et moi, personne ne le sait.

— Au moins, cela c'est une bonne nouvelle. C'est fini, nous n'en reparlerons plus jamais. Je voulais seulement que tu saches que j'étais au courant. Pour qu'il n'y ait plus de gêne entre nous.

Yves se racla la gorge.

— Un jour, dit-il, au moment de l'Affaire Dreyfus, j'ai failli t'avouer qu'Estelle et moi... Je n'ai pas osé, à cause de Gwen-Aël, justement. Je venais de l'apprendre. Je te remercie, en tout cas, François. Je ne sais pas si j'aurais eu ta générosité.

— Mais si, tu l'as eue ! Je n'ai jamais oublié la leçon que tu m'as donnée, au moment du procès Zola. Ça marque, crois-moi. Et je suis heureux de pouvoir te rendre la pareille.

François leur servit à tous deux un nouveau cognac et reprit :

— Revenons à l'iode, si tu le veux bien. J'aimerais que tu apprennes à Gwen ce qu'est le tali, qu'il sache exactement de quoi il parle. S'il est délégué de la profession, il doit tout connaître, pouvoir débattre avec un pigouiller du pain de mer comme avec un Chilien de ses *caliches* ; avec un Américain des eaux résiduelles d'extraction pétrolière dont provient son iode, et des eaux de source iodées avec un Javanais.

— Le plus simple, c'est qu'il m'accompagne, l'un de ces jours, dans les îles, répondit Yves. Ce sera d'ailleurs une bonne chose qu'il fasse la connaissance des pigouillers de Quéménès. S'il sympathise avec eux, s'il les respecte, il aura de bonnes chances de les conserver comme fournisseurs. Mais, auprès des Molénais, tu seras, sans doute, un meilleur parrain que moi. Qu'en penses-tu ? Si on y allait à trois ? Ou à quatre, avec Jean-Yves ?

— Pourquoi pas ? Quand vois-tu cela ?

— Je suis libre comme l'air, moi ; bien plus que toi et Gwen-Aël. Mettez-vous d'accord, je vous suivrai.

Ils avaient mis à profit le temps superbe de ce début juin pour exécuter leur projet. Il y avait longtemps que Jean-Yves, François et Gwen-Aël n'avaient pas revu les îles, dix ans pour les garçons, deux ans de plus pour François. Quand ils accostèrent à Quéménès, c'est toute leur enfance qui leur revint en un instant, Gwen-Aël et Jean-Yves retrouvaient ce silence absolu que seuls troublaient les cris perçants des mouettes, la petite cale, le chemin, cette crique, où ils avaient accosté un jour après s'être perdus dans la brume... Gwen-Aël revoyait Jean-Yves et Karl, en pleurs dans le canot ! Plus nettement encore, il revoyait Yvonne, Yvonne et son merveilleux sourire, sa chevelure flamboyante. Se pouvait-il qu'elle fût déjà amoureuse de lui à cet âge ? Mais, bien sûr ! C'est un « Je t'aime » qu'elle lui avait chuchoté à l'oreille, ce jour-là, quand on les avait retrouvés ! Elle avait eu si peur qu'elle s'était trahie. Mais il n'avait rien compris.

— Qu'est-ce qui te fait sourire, Gwen-Aël ? lui demanda François.

— Rien, un souvenir d'enfance. Je vous raconterai cela tout à l'heure, Père.

— C'est de cette cale que je suis tombé à l'eau, se rappela Jean-Yves. J'avais quatre ans. Il y avait là deux goémoniers qui m'ont laissé me débrouiller. Ils avaient, paraît-il, parié, l'un sur ma survie, l'autre sur ma noyade, et attendaient le dénouement, comme au spectacle. Je me serais noyé tout aussi bien ! C'est drôle que ça ne me revienne qu'aujourd'hui...

Hervé Le Bars, dont François ne se souvenait que vaguement, vint à leur rencontre.

— Hervé, dit Yves, reconnais-tu François ? François Kernéis, l'ancien patron des Établissements Lemarchand.

— Oui, très bien. Bonjour, monsieur Kernéis.

— Bonjour, Hervé. Tu peux m'appeler François, comme auparavant. Et me tutoyer, aussi.

— Merci, monsieur, c'est très aimable à vous, mais je n'oserai pas. Un officier de la Royale, vous pensez...

— Comme tu le veux, sourit François. N'oublie pas, pourtant, que je suis un fils de paysan, comme toi, un Kernéis de Ploumoguer. Voici mon fils Gwen-Aël, qui m'a succédé à l'usine, depuis deux ans maintenant.

— Vous ne vous souvenez sûrement pas de moi, monsieur, dit Gwen-Aël, mais moi, je me souviens très bien de vous. Vous étiez le meilleur brûleur, au dire de M. Kerléo. Je viens aujourd'hui à l'île pour parfaire mes connaissances en matière de tali et de *bara mor*.

J'ai bien assisté à des récoltes, quand je venais aux îles, enfant et adolescent, mais cela fait si longtemps !

— Hervé ne maniera pas la pigouille, aujourd'hui, Gwen-Aël, dit Yves. Je pense que le mieux est que tu voies à l'œuvre les frères Job et Fanch Guennec. Où sont-ils, au fait ?

— Dans le nord de l'île, répondit Hervé. Je vais vous faire conduire, tout à l'heure. Mais d'abord, nous allons prendre un casse-croûte. Vous devez avoir faim, après cette traversée. De toute façon, vous avez le temps, la mer ne baisse que depuis une heure. Fanch et Job en sont encore à retourner le goémon.

— Va pour le casse-croûte ! acquiesça Yves, qui avait un petit creux.

Un peu plus tard, Yves les avait conduits sur une grève. Chemin faisant, il leur avait fait un résumé de l'histoire du goémon à travers les siècles. Il était bon pédagogue et avait affaire à des auditeurs attentifs. Depuis la nuit des temps, le goémon était utilisé comme amendement en agriculture. Séché, il servait aussi de combustible sur la côte et dans les îles, et même, parfois, d'aliment. Il était d'ailleurs dommage, releva Yves, que les Européens n'aient, en la matière, ni le savoir-faire ni la culture des Asiatiques, qui consommaient les algues par centaines de milliers de tonnes. Bien des famines auraient été évitées, en France, comme en Irlande, si l'on avait su les imiter ! C'est à partir du XVIIe siècle que, sous l'impulsion de Colbert, le varech, sous forme de « soude » — les cendres de goémons — commença à être utilisé dans l'industrie, et plus précisément dans les verreries de Normandie.

— Pour ta gouverne, Gwen, je te transmettrai l'ensemble des textes législatifs de l'époque. Et pour toi qui es juriste, Jean-Yves, c'est aussi instructif qu'amusant, car, il y a deux siècles, les querelles d'experts sur la réglementation à appliquer en matière de récolte de goémon, et surtout sur la détermination des bénéficiaires de cette manne, étaient déjà courantes. Ces textes réglementaires furent, bien entendu, modifiés sous la Constituante, puis sous le Consulat ; il y avait des principes d'égalité à faire respecter. À cette même époque, en 1791, Leblanc réussit à fabriquer du carbonate de soude à partir du sel marin. Sa découverte ruina une première fois les « soudiers », qui perdirent leurs débouchés industriels, avant de se reconvertir de la « soude » à la potasse, ce qui leur permit de survivre. Ils se virent récompensés de leur persévérance quand Courtois découvrit l'iode et quand la première application industrielle en fut faite au Conquet, en 1829, dans ton usine.

— Mais les laminaires dans tout cela ? demanda Gwen-Aël.

— J'y viens, répondit Yves. La teneur en iode des différents goémons a été étudiée dès 1815, et la supériorité des laminaires sur les autres types d'algues est ressortie très nettement. Autre constat tout aussi rapide, celui fait par les industriels sur la nécessité d'obtenir des cendres de varech « propres », c'est-à-dire exemptes de toute trace de sable. Le séchage sur la dune, mais surtout la récolte en mer devenaient indispensables. J'ai vécu cette évolution dans les îles, à Béniguet, d'abord, à Quéménès, ensuite.

Ils descendirent sur la grève pour observer les algues de plus près.

— Ça sent toujours aussi mauvais quand ça se décompose, observa Jean-Yves.

— Peut-être, dit Gwen-Aël, mais c'est une odeur que j'aime ; c'est l'odeur de l'iode, et j'en vis !

— Regardez, reprit Yves, en leur tendant une *laminaria flexicaulis*. Vous avez ici le crampon, par lequel l'algue se fixe à la roche. Les botanistes l'appellent haptère. Ceci, cette partie ronde, c'est le stipe, la tige ou le « tronc » de l'algue, si je puis dire. Les « feuilles », ces ramifications, ces thalles ou frondes, ont, vous le remarquerez, la forme de lames, d'où leur nom de laminaires. Entre le stipe et les frondes, il y a cette partie centrale, la partie vitale de l'algue. Vous verrez Fanch Guennec à l'œuvre. Il a un coup d'œil incroyable, une précision dans le coup de faux... Pas trop bas pour ne pas couper le stipe, mais pas trop haut non plus, sinon il trancherait les thalles, et Job, son frère, ne pourrait les remonter d'un seul coup de fourche. Il arrive très souvent qu'un pigouiller moyen ne coupe correctement qu'une algue sur deux, ou même moins ; dans ce cas, son acolyte a le double de travail et perd un tiers, quand ce n'est pas la moitié des algues coupées. Il ne peut tout ramener à bord.

— C'est donc du gâchis, nota François.

— Oui, mais ce qui est également du gâchis, c'est ceci, dit Yves en montrant un *laminaria cloustonii*. C'est du *bijinn ebrel*, très riche en iode, du goémon d'avril qui n'a pas été ramassé. Regardez ici, à la base... Cette partie se détache de l'algue, chaque année, en avril. C'est un renouvellement annuel. Cette algue, qui pousse à une profondeur qui peut aller jusqu'à trente mètres et qui vit douze ans, présente un stipe beaucoup plus long que le *laminaria flexicaulis*. Les thalles sont beaucoup plus nombreuses, aussi. Mais je parle... Quelle heure est-il, François ?

— Midi dix.

— Rentrons déjeuner. Nous verrons les frères Guennec, tout à l'heure. Nous devrons faire vite à cause de la marée.

— Tu as un moteur, Yves. Tu ne t'en sers pas ?

— Le moins possible. Il tombe en panne, et je ne sais pas le réparer. La voile, c'est plus sûr.

Ils avaient observé Fanch et Job à l'œuvre. C'était impressionnant, en effet, de les voir travailler comme des métronomes, et remplir leur barque à une vitesse étonnante, sans jamais se gêner.

Ils avaient quitté Quéménès bien avant l'étale de basse mer. Yves voulait profiter du jusant autant qu'il le pouvait ; ils auraient suffisamment de bords à tirer par la suite.

Anne les attendait quai Saint-Christophe. Aurélie avait perdu les eaux, trois heures plus tôt, et le travail avait commencé. Le docteur était déjà passé la voir ; il reviendrait vers vingt heures. Jean-Yves était parti en courant vers Ker-Héol.

— Que faisons-nous ? demanda Yves.

— Je ne pense pas que nous puissions servir à grand-chose, là-bas. Il y aura déjà tant de monde, répondit François.

— C'est exact, dit Anne. Allez plutôt à Roz-Avel,

ou à Bellevue tous les trois. Vous n'avez qu'à dîner sans nous.

À Ker-Héol, les femmes s'activaient dans la cuisine transformée en infirmerie, les unes à l'eau bouillante, d'autres aux compresses et aux linges. Autour de la parturiente s'affairaient les deux femmes d'expérience qu'Estelle avait appelées à la rescousse, deux « matrones » qui avaient déjà effectué des centaines d'accouchements. Elles n'avaient pas besoin de docteur, elles, elles connaissaient leur affaire ! Pourquoi faire appel à des hommes qui n'avaient jamais enfanté eux-mêmes ? Madame avait bien des sous à gaspiller... Estelle était trop tendue pour répondre ; elle souffrait de voir sa fille souffrir. Mais Aurélie l'étonnait une fois de plus. Elle avait vraiment un caractère en acier trempé. Elle s'était attaquée à cet accouchement avec détermination, comme à une épreuve sportive, concentrée sur ce qu'elle faisait. Elle ne poussait pas un cri, faisait à la lettre ce qu'on lui demandait, et cela avançait bien, à en croire les matrones. Effectivement, quand le docteur revint, Aurélie mit au monde un garçon de trois kilos qui porterait le prénom d'Eugène.

Estelle était penchée sur sa fille et lui essuyait le visage. Leurs regards se rencontrèrent. Aurélie lui sourit, épuisée mais heureuse. Estelle eut un choc tant il y avait de tendresse et d'amour dans les yeux de son enfant sur elle. En une seconde, elle était payée de toutes les années difficiles que lui avait fait vivre Aurélie, adolescente. Mais elle fut encore plus bouleversée quand elle la vit sourire à son nouveau-né. Son regard débordait de douceur et d'amour maternel. Une fois de plus, Anne avait raison : tout venait en son temps, il suffisait d'attendre.

À Bellevue, les hommes en étaient déjà à leur troisième bouteille de champagne quand Estelle était venue leur annoncer la naissance. Elle avait bu elle-même deux coupes, sans répondre à leurs stupides allusions sur le coup de vieux qu'ils prenaient tous avec cette naissance. Elle se sentait en paix, heureuse. Le cycle de la vie reprenait. Une nouvelle génération arrivait, qui prendrait bientôt leur place.

Et quelle importance, si ce n'était pas un Lemarchand ? Il serait de son sang, le sang d'Eugène, son père, qui devait être fier, là-haut, de cet arrière-petit-fils qui se prénommerait comme lui.

*

L'usine tournait à plein. Yves Kerléo avait fait des prouesses et récupéré, en Bigoudénie, chez son ami Julien Tromeur, 180 tonnes de pains de soude venues s'ajouter aux 977 tonnes des îles et aux 258 des goémoniers de Ploumoguer, du Conquet ou de Plougonvelin. Le pain de mer titrait en moyenne à plus de 1,15 % d'iode. Ils allaient dépasser les 15 tonnes, et donc largement leur quota.

Gwen-Aël était désormais le nouveau délégué des producteurs français d'iode. Son voyage de noces, il le ferait à Venise, et il en profiterait pour visiter les sources de Salsomaggiore, près de Parme, où des industriels locaux espéraient extraire l'iode de leurs eaux salines. Mais il espérait surtout vendre une partie de sa production sur le marché italien, très prometteur depuis l'arrivée au pouvoir de Mussolini. Gwen-Aël comptait aussi trouver, dans quelques mois, le temps d'aller aux États-Unis où la demande était très forte. La prohibition avait des répercussions inattendues sur la demande d'iode dans ce pays, certains fraudeurs s'étant spécialisés dans l'extraction de l'alcool à partir de la teinture d'iode. Comme quoi, les lois du marché pouvaient être prises à contre-pied par des hommes aussi inventifs que peu respectueux des lois. En tout cas, souligna François, c'était là un débouché auquel personne n'avait pensé.

Gwen-Aël et Viviane se marièrent à l'Église Saint-Melaine de Morlaix, la veille de la Saint-Michel. Mariage pluvieux, mariage heureux ? Si le dicton ne mentait pas, ils étaient bénis, car leur union fut célébrée sous un véritable déluge. Ces dames n'apprécièrent que fort peu les trombes d'eau qui mirent à mal leurs robes, voilettes et chapeaux, en dépit des efforts de leurs conjoints pour les protéger. Par chance, l'Hôtel de l'Europe, où se déroulaient les agapes, jouxtait l'église, ou presque.

Viviane, elle, se fichait bien de la pluie ; elle venait d'épouser l'homme qu'elle aimait. Elle avait tant de mal à y croire que, de temps à autre, elle regardait briller à son doigt l'anneau d'or qui lui prouvait qu'elle ne rêvait pas. Elle avait assumé son rôle de jeune épouse toute la journée, répondu aux vœux des uns et des autres, dansé aux bras de son père, de Gwen-Aël, de Jean-Yves, de Karl et de tant d'autres ; elle avait répondu par l'ironie ou même le sourire aux piques de certaines de ses anciennes amies la félicitant sur le « beau parti » qu'elle avait choisi. Mais plus la journée avançait et plus elle avait hâte qu'elle se termine, que vienne le soir, la nuit, car, ce soir, cette nuit, elle saurait si Aurélie avait raison, si elle avait bien fait de patienter. Elle avait l'intention de la vivre pleinement, sa nuit de noces ; elle l'attendait depuis si longtemps !

16

1924

François retournait à Paris. Sa dernière mission en Allemagne était terminée. Il quittait Berlin d'autant plus heureux qu'il avait obtenu satisfaction et allait retrouver un nouveau commandement. La mer lui manquait tant ! Pourtant, il ne se berçait pas d'illusions ; il était certain qu'avant longtemps, on le rappellerait. Peut-être pas le prochain ministère, mais le suivant. Quoi qu'il en soit, il n'accepterait plus de nouvelle mission en Allemagne.

Que son ministre ait tenu parole était ce qui l'étonnait le plus. Juste avant de quitter son maroquin, c'était assez rare pour être souligné. Il se promit de l'en remercier dès le résultat des élections de la fin de semaine. Qu'allaient-elles donner ? François n'était pas très porté sur la politique, qui avait été l'une des passions de son beau-père. La politique locale, peut-être, oui, il aurait aimé s'en occuper, mais des débats stériles à l'Assemblée nationale, des invectives, des déballages de la vie privée sur la place publique, sans compter tous ces banquets, vins d'honneur et autres rubans à couper, il n'aurait jamais supporté cela.

Il estimait s'être bien débrouillé pour présenter sa demande, et le ministre avait apprécié sa franchise, quand il lui avait expliqué pourquoi il estimait ne plus pouvoir remplir correctement sa mission. Ses interlocuteurs et lui se connaissaient trop bien, maintenant, et il n'avait plus, avec beaucoup d'entre eux, la pugnacité dont il aurait dû faire preuve. Il ne se sentait plus d'humeur à présenter à des officiers qui n'avaient rien à offrir des demandes auxquelles ils étaient incapables de répondre. C'était les rabaisser inutilement, leur faire sentir à quel point ils étaient, comme leur pays, démunis, impuissants. Ces vexations inopportunes ne servaient qu'à attiser la haine, de plus en plus palpable, qu'il sentait monter dans l'ensemble de la population allemande contre les « vainqueurs » et, surtout, les occupants. L'année précédente, les communistes russes avaient renoncé aux dommages de guerre et le gouvernement de Weimar s'appuyait sur cet accord pour demander aux Français et à leurs alliés d'en faire autant. Il y avait d'ailleurs de plus en plus d'Allemands modérés à approuver tout bas ce que ce Hitler clamait si fort, lui qui affirmait que l'Allemagne n'était pas tenue par les accords signés au moment de la défaite. Quel était le patriote allemand qui ne l'approuvait pas, en son for intérieur ? En novembre 1923, Ludendorff lui-même l'avait suivi dans sa tentative de coup d'État, et ils avaient bien failli réussir. Le « Duce » italien, ce Benito Mussolini qui, sans coup férir, avait pris le pouvoir en Italie, deux ans plus tôt, après sa marche sur Rome, n'avait pas fini de faire des émules ! Il venait de remporter les élections dans son pays, et, pour asseoir son pouvoir, n'hésitait pas à recourir aux méthodes les plus brutales. Pour l'heure, Hitler croupissait en prison ; c'était déjà un souci de moins pour la jeune république allemande, qui n'en manquait pas. Dans son dernier rapport à son ministre, François avait clairement exprimé ce qu'il pensait : continuer à pressurer l'Allemagne comme on le faisait, c'était condamner à l'échec la République de Weimar, rejeter dans le parti des revanchards et des bellicistes tous les modérés actuels, et ouvrir avec certitude une voie royale au communisme ou à toute autre dictature. C'était préparer la prochaine guerre. Pas étonnant qu'avec de telles conclusions, il ne soit plus en odeur de sainteté ! Mais, bien que militaire, il ne voulait plus défendre ou cautionner une politique qu'il désapprouvait. Il préférait partir.

Allez ! Il n'allait pas refaire le monde ni se pourrir la vie avec des idées noires ! Il avait quinze jours de permission avant de retrouver sa nouvelle affectation, à Brest, où il prendrait le commandement d'un aviso. François était assez lucide pour se rendre compte que, en dépit de son grade qui l'y autorisait, il n'avait ni les qualifications ni la pratique suffisante pour commander un plus gros vaisseau, comme il savait, aussi, qu'il pouvait s'attendre à être versé dans l'administration ou au ministère, en fin de carrière.

Mais cela ne l'intéressait pas. Il démissionnerait et profiterait de sa famille quand il se retirerait. Pourquoi n'épaulerait-il pas Gwen-Aël ? Son fils était débordé. Il voyageait beaucoup depuis huit mois, beaucoup trop, pour un jeune marié, et la pauvre Viviane n'était pas gâtée ! Certes, elle l'avait accompagné à New York et Londres, après leur voyage de noces en Italie, mais depuis qu'elle était enceinte, les voyages, c'était terminé pour elle. Elle n'avait pas la santé de fer d'Aurélie, ni même celle de Julia, qui vivaient leurs grossesses sans y prêter attention et sans rien changer à leur vie. Et comme Gwen-Aël se révélait un bourreau de travail, elle se sentait délaissée, ce qui, au bout de huit mois de mariage, était plus que dommage ; c'était triste. Il fallait qu'il conseille à son fils de passer au moins deux semaines par mois avec elle, au lieu d'une, actuellement. S'il avait pensé que Gwen-Aël consacrerait autant de temps et d'énergie au consortium de ventes dont il avait pris la direction cinq mois plus tôt, jamais il ne l'aurait poussé dans cette voie ! Gwen était en train de se laisser dévorer par son travail.

Heureusement, Viviane pouvait compter sur Aurélie qu'elle voyait presque tous les jours et dont elle s'était fait une amie. Leurs situations étaient cependant différentes : Aurélie, déjà habituée à être souvent séparée de son mari, avait de l'occupation avec son petit garçon. Ce n'était pas le cas de Viviane, ou du moins, pas encore. Oui, il fallait que Gwen fasse un effort, qu'il mette encore un peu plus à contribution Yves qui ne demandait qu'à l'épauler.

Aurélie avait beaucoup changé. La maternité lui réussissait au-delà de tout ce qu'ils auraient pu imaginer, Estelle et lui, et il se réjouissait de voir enfin mère et fille prendre plaisir à être ensemble, elles qui s'étaient si longtemps affrontées. Sa femme, par contre, l'inquiétait. Elle avait consulté son médecin habituel à Paris, après avoir vu son ancien médecin de famille, à Brest ; mais ni l'un ni l'autre n'avaient établi de diagnostic définitif, et Estelle avait toujours ces élancements dans le côté.

Il la retrouverait le lendemain matin et ils dîneraient, le soir, chez Karl et Julia où ils verraient aussi Jean-Yves. Depuis qu'il avait intégré la police, ce dernier avait élu domicile dans l'ancien hôtel particulier d'Ursula, devenu la résidence de sa sœur et de son beau-frère. Il louait, aussi, dans le sud de Paris, un tout petit appartement où il restait dormir quand il n'avait pas le temps de rentrer à Neuilly. Jean-Yves avait, en effet, débuté comme commissaire, trois mois plus tôt, à Vitry-sur-Seine, après un passage à l'École de Police. Le métier lui plaisait beaucoup plus qu'il ne l'aurait cru et, lors de leur dernier dîner, un mois plus tôt, François avait trouvé son gendre très épanoui. Seuls lui manquaient Aurélie et son fils, bien qu'Aurélie eût déjà fait deux séjours à Paris.

Yann et Job Guennec avaient reconduit leurs accords tant avec Hervé qu'avec l'entreprise Lemarchand, et ils n'avaient qu'à se féliciter, même si, sur deux points, ils étaient en totale divergence avec Yves Kerléo : Jakez Lastennet, tout d'abord, et ce syndicat, ensuite. D'où le ton un peu vif de la discussion qu'Yves avait avec les deux frères, en cette matinée de mai 1924. Jakez avait fait des efforts méritoires pendant son séjour à Quéménès où il était resté de fin août à début octobre de l'année précédente, soit durant toute la période de brûlage. Tout le monde s'était félicité de sa présence, d'autant que chacun savait que c'était sa connaissance du métier et son exemple qui avaient permis aux brûleurs d'atteindre des taux d'iode dépassant les prévisions les plus optimistes.

Jakez s'était parfaitement tenu, à la seule exception du repas de fête clôturant le brûlage que leur avait offert Yves sur le continent et au cours duquel il s'était saoulé avec application et détermination. Depuis, il avait repris ses mauvaises habitudes d'hiver, s'imbibant beaucoup plus d'alcool que de pluie. Un jour que, de passage à Lilia, il s'était invité chez Job, il avait été jusqu'à serrer de trop près la femme de son hôte, pendant que celui-ci avait le dos tourné. Bien entendu, il s'était fait corriger comme il se devait : une côte et le nez cassés. Le châtiment était sévère, et c'est ce qu'Yves expliquait aux deux frères qui ne voulaient plus entendre parler du meilleur brûleur de la côte du Léon.

Leur second sujet de désaccord perturbait encore plus les deux frères, car il les divisait eux-mêmes. Après le jeune Arsonner qui les avait tannés tout l'hiver avec ce syndicat de goémoniers dont il réclamait la création, voilà que le gars Yves s'y mettait à son tour. La différence, c'est qu'il ne lui donnait pas le même nom que le jeune Arsonner. CFTC pour Yves, CGTU pour le jeune Pierre, que Job trouvait de plus en plus sympathique depuis que sa fille aînée s'intéressait au garçon. Elle n'avait encore que seize ans, la Rosalie, mais savait ce qu'elle voulait et c'était sur ce Pierre qu'elle avait jeté son dévolu. Il travaillait bien, parlait mieux encore, surtout aux filles, et, comme, de plus, il était joli garçon, il lui convenait parfaitement. Job adorait sa fille et il ferait tout pour qu'elle parvienne à ses fins. La première chose était donc de décider ce joli cœur à opter pour un métier plus sérieux que celui de syndicaliste. Car la création de ce syndicat était source de zizanie entre les deux frères comme entre leurs épouses. Quand il était passé voir Fanch et sa femme pour le denier du culte, le recteur avait pris le temps de leur expliquer que CGT, CGTU et communistes, c'était la même chose : tous des rouges, des athées qui brocardaient le clergé et « bouffaient » du curé à longueur de journée. Être membre d'un syndicat CGT, c'était l'enfer assuré à tout coup ! Alors, le créer ! Passe encore pour un syndicat CFTC. Confédération Française des Travailleurs Chrétiens : au moins, cela proclamait haut et fort ses convictions.

Au bout de vingt minutes de discussions, les deux frères étaient sur le point de se fâcher. Yves eut du mal à les calmer. Quel dommage, conclut-il, qu'ils en arrivent là simplement parce que la femme de Fanch, fille de fermiers, était plus pieuse que celle de Job, fille d'un pêcheur de Landéda et que la jeune Rosalie trouvait Pierre Arsonner à son goût. Si celui-ci n'avait pas déjà été fiancé, Yves aurait approuvé Job, mais tout le monde savait que ce garçon allait épouser une jeune fille de l'usine Paulet de Douarnenez, une déléguée syndicale comme lui ; la feuille de la section locale CGTU les avait déjà félicités tous les deux. Job s'était efforcé de rester imperturbable en apprenant la nouvelle, mais il n'avait pu s'empêcher de serrer les poings, et bientôt sa colère éclata. Il allait lui apprendre à vivre à ce petit con qui venait séduire sa fille mineure alors qu'il s'apprêtait à en épouser une autre ! Finalement, CFTC ou CGT, peu lui importait pourvu qu'il ne vît plus la face de rat de ce faux-jeton.

Ensuite, Fanch se fit expliquer encore une fois pourquoi il leur fallait créer ce syndicat et ce que cela signifiait pour eux, alors qu'ils défendaient déjà très bien leurs intérêts seuls, que ce soit face à Hervé ou aux usiniers. Et, une fois encore, Yves leur exposa que le syndicat défendrait leur profession, non seulement auprès des industriels mais aussi de l'État, qui les subventionnait indirectement au travers des droits de douane. Plus ils parleraient d'une seule voix, plus ils auraient de poids, conclut-il.

— Tu dis exactement la même chose que le jeune Pierre Arsonner, observa Fanch. Tu emploies presque les mêmes mots que lui.

— Je ne veux plus entendre le nom de ce voyou ! coupa Job. Jamais plus.

Yves le pria d'oublier un moment Arsonner et de l'écouter, lui.

— La différence, expliqua-t-il, est que je ne tiens pas, moi, à ce que votre syndicat soit une machine à faire de tous les goémoniers des révolutionnaires. Et vous non plus. Or, ce garçon est membre de la CGTU, et la CGTU est affiliée à l'Internationale ouvrière, une création des Soviets. Il aurait été de la CGT, c'était déjà différent.

— J'aurais dû me douter qu'il n'y avait rien de bon à attendre de cet anarchiste qui ne pensait qu'à tout bouleverser ! maugréa Job. Il y avait en lui un je-ne-sais-quoi qui me déplaisait profondément.

Fanch et Yves avaient échangé un regard incrédule. Comme il avait dit ça, Job ! « Un je-ne-sais-quoi qui me déplaisait profondément » ! Quel culot ! Lui qui, une heure plus tôt, ne jurait que par ce futur gendre ! Ils n'avaient pu s'empêcher d'éclater de rire, et maintenant se tenaient si bien les côtes, que Job, d'abord vexé, s'y mit à son tour. Le fou rire général avait bien duré cinq minutes avant de s'éteindre progressivement. Le sujet était clos, conclut Yves, qui se garda bien de leur parler du marché mondial de l'iode, des Chiliens et de l'Entente des producteurs, tant Job et Fanch étaient persuadés que ce n'était là qu'arguments d'usiniers pour les emberlificoter. Eux, les goémoniers, n'avaient rien à faire des difficultés que rencontraient les industriels sur les marchés étrangers ; ce n'était pas leur problème. Le jeune Pierre Arsonner avait bien fait son métier, se dit Yves ; il avait si bien réussi à les ancrer dans leur opposition aux industriels que, quand ils s'apercevraient de leur erreur et comprendraient enfin que leurs intérêts étaient les mêmes, il serait trop tard.

Gwen-Aël se frottait les mains. Il sortait du Ritz où il venait de conclure ses négociations avec une délégation de trois hommes d'affaires de Chicago qu'il avait accueillis au Havre, deux jours plus tôt. Ils achetaient à son groupement de 25 % à 30 % de la production française d'iode de l'année en cours. Le pactole ! Car le prix était de 12 % supérieur au cours officiel de 44,48 F/or le kilo fixé par l'Entente. Les Chiliens avaient avec le gouvernement américain des accords que les Français n'avaient plus, depuis que les Yankees s'étaient retirés de la *Combinacion de Yodo*. Certes, ces acheteurs manquaient terriblement d'éducation, ne savaient pas se tenir à table, mâchaient de la gomme, fumaient en mangeant, buvaient du rye et du bourbon à même le goulot, et allaient jusqu'à poser leurs pieds bottés sur des tables d'époque... Des rustres, certes, mais aux poches bourrées de dollars-or, c'est-à-dire ce qui manquait le plus à l'Europe de l'après-guerre.

L'année précédente, lors de son voyage à New York, Gwen-Aël leur avait déjà vendu 12 tonnes d'iode, livrées sous forme de teinture. Il s'était mis en rapport avec une usine pharmaceutique qui avait traité le marché à façon. Viviane et lui avaient parfaitement été reçus par ses acheteurs qui les avaient invités dans un restaurant de Manhattan, où ils avaient été servis comme si la prohibition n'existait pas. Vins italiens, alcools locaux et champagne français. Cette fois, c'était 25 tonnes qu'ils lui commandaient, et même plus s'il pouvait fournir. À peine rentré dans le petit deux-pièces qu'il avait conservé, face au Jardin du Luxembourg, il décida de fêter cela et passa un coup de fil à Karl, à Neuilly. Il les invitait au restaurant, Julia et lui. Et Jean-Yves, s'il était là. Quelle ne fut pas sa surprise d'apprendre que ses parents dînaient à Neuilly !

« J'arrive ! » lança-t-il à son cousin. Mais auparavant, il appela sa fée. Viviane n'était pas à Bellevue. Il la joignit chez Aurélie, à Ker-Héol. Elle tremblait d'émotion au téléphone et il la sentait au bord des larmes. Il l'apaisa en lui annonçant qu'il la retrouverait dans deux jours ; il prendrait le train du lendemain soir. Pouvait-elle venir le chercher à Brest ?

Il reposa le combiné, pensif. Est-ce qu'il ne trahissait pas Viviane en la laissant seule, les trois quarts du temps, livrée à elle-même dans une maison et une région nouvelles pour elle. Il se comportait de façon indigne pour un jeune marié. C'était d'autant plus impardonnable qu'elle était enceinte de six mois. Il devait se reprendre et s'occuper un peu plus d'elle. Ce contrat allait le libérer, lui donner les coudées franches, et il n'aurait plus d'excuse.

Il jeta un coup d'œil sur sa montre. Vingt minutes, déjà, qu'il avait eu Karl. Ernest, son chauffeur, était rentré chez lui, et il ne connaissait pas suffisamment la Rive Droite pour conduire lui-même la Panhard. Pourtant, si ; il allait le faire. Il était plus que temps qu'il se lance, qu'il apprenne à se diriger dans ces beaux quartiers. Il lui suffisait de prendre les avenues qu'il connaissait, de descendre le boulevard Saint-Michel, suivre le boulevard Saint-Germain sur toute sa longueur, rejoindre la Concorde. De là, il remonterait les Champs-Élysées, bifurquerait sur les Ternes avant de s'engager dans l'avenue du Roule. C'était simple.

À sa grande surprise, il ne mit qu'un quart d'heure pour accomplir son trajet, mais ces quinze minutes, il les occupa utilement : pour la première fois, depuis huit mois, il cessa de tricher. Il en avait assez. Il était plus que temps qu'il prenne à bras-le-corps ce problème qu'il avait éludé jusqu'à cet instant, et qu'il le résolve. C'était leur couple, leur vie à tous les deux qui était en jeu. Depuis leur mariage, il n'était honnête ni avec elle, ni avec lui-même. Il fallait bien qu'il l'admette enfin : cela ne marchait pas. Ce n'était pas une question d'amour ; de l'amour, ils en avaient l'un pour l'autre. C'est physiquement que cela ne « collait » pas, comme on le disait maintenant, et cette mésentente physique, ils la supportaient tous deux très mal. Viviane attendait tout de lui, trop sûrement, et il ne savait pas comment lui donner ce qu'elle attendait. Il ne pouvait rien lui reprocher : elle était vierge en l'épousant et il savait qu'elle ne connaissait rien à l'amour. Quand ils s'étaient retrouvés seuls, cette première nuit dont elle attendait tant, après qu'il l'eut dévêtue, elle lui avait murmuré : « Peux-tu laisser la lumière ? J'aimerais... te regarder. Je n'ai jamais vu d'homme nu. »

Ce n'est qu'à cet instant qu'il avait vraiment pris conscience que Viviane était vierge, qu'elle attendait de lui qu'il l'éveille à l'amour, qu'il lui apprenne à devenir femme. Il avait paniqué et en avait été incapable. Peut-être avait-il eu peur de blesser l'enfant qu'elle était encore ? Toujours est-il qu'il avait été maladroit et que cette première nuit avait été ratée. Si Viviane était déçue, elle l'était cependant moins que lui, qui avait très mal pris ce fiasco initial, qui le blessait dans son orgueil de mâle. Au lieu de considérer ce ratage comme ce qu'il était, un incident, il s'en était fait une montagne, s'était replié sur lui-même, s'était refusé à en parler à qui que ce soit, même à son cousin Karl, son ami et médecin qui l'aurait certainement aidé. Il avait refusé d'assumer cet échec, s'était cherché des excuses, s'était mis à faire des comparaisons : Yvonne aussi était vierge, et elle avait su, elle... Il avait commencé à en vouloir à Viviane, à fuir le lit conjugal, bref, à se comporter avec elle de manière odieuse. Il lui faisait l'amour le moins souvent possible, quand ils se voyaient ; il prétextait sa grossesse, comme il avait trouvé d'autres prétextes avant celle-ci. Depuis huit mois, il se comportait en salaud, il n'y avait pas d'autre terme. Il avait même envisagé de renouer avec Helen ! C'était bien plus facile de chercher un palliatif à sa propre carence que de chercher à se changer soi-même. Maintenant qu'il admettait enfin que tout était de sa faute, il devait résoudre son problème, et pour commencer, en parler à Karl. Il fallait que, le surlendemain, quand il la rejoindrait dans leur chambre, dans leur lit, tous les malentendus disparaissent et qu'elle prenne du plaisir à faire l'amour avec lui, comme lui avec elle. Cela prendrait le temps qu'il faudrait, mais ils réussiraient.

17

L'appel de Gwen-Aël était si surprenant qu'il prit Viviane totalement au dépourvu. D'habitude, lorsqu'il téléphonait, c'était toujours pour annoncer qu'il reportait son retour à Bellevue, sous prétexte d'un voyage quelconque. Et là... elle ne l'attendait pas avant quinze jours ! Quand il eut raccroché, elle resta un instant sans réaction. Elle posa le combiné et courut vers Aurélie qu'elle prit dans ses bras. Elle pleurait. De joie ? Aurélie n'en était pas sûre. Enceinte de six mois, Viviane avait des sautes d'humeur incompréhensibles. Elle était si fragile ! Aurélie la serra contre elle, et, tout en lui posant la main sur le ventre — elle adorait sentir l'enfant bouger —, elle tenta de la consoler.

— Là, là... ma belle, cela va passer. Pleure, ma chérie, si cela te fait du bien. Et dis-moi ce qui ne va pas.

Elle sortit son mouchoir et doucement, essuya les larmes qui ruisselaient sur les joues de la jeune femme.

— Vas-tu te décider enfin ? dit Aurélie. Il est temps que tu parles à quelqu'un, ma chérie. Je suis ton amie, tu le sais.

— Je suis malheureuse, Aurélie ! Si malheureuse... Gwen-Aël ne m'aime pas.

— Qu'est-ce que tu vas chercher là ? s'exclama Aurélie. Bien sûr qu'il t'aime !

— Non. Tu le crois, mais tu te trompes. Il ne m'aime plus. Je l'ai déçu. C'est pourtant vrai qu'il m'aimait ! Mon Dieu, si je savais...

Sa détresse était telle qu'Aurélie s'inquiéta : Viviane devait en avoir gros sur le cœur, et depuis longtemps. Il y avait plusieurs mois que Gwen ne venait plus qu'épisodiquement au Conquet. Et si par hasard... Ce n'était pas possible ! Tant pis ! Elle allait le lui demander carrément.

— Comment cela se passe-t-il entre vous ? Au lit, je veux dire...

— Pas bien. Très mal, même, je le crois. Il ne me désire pas... Je suis nulle... Je n'ai sûrement pas un « bon tempérament » comme tu le pensais.

— Je vais être crue, Viviane, mais je n'ai pas le choix. As-tu déjà joui en faisant l'amour ?

— Je ne sais pas. J'aime quand Gwen-Aël me caresse, quand il m'embrasse...

— Mais quand il te prend ? Quand il vient en toi ? As-tu déjà ressenti du plaisir à ce moment ?

Enfin, Viviane avait pu s'épancher, confier à une oreille amie sa déception de jeune mariée, ses frustrations aussi, car, si elle se référait aux « révélations » d'Aurélie, elle ignorait encore tout de ce plaisir dont sa belle-sœur faisait tant de cas. C'était de sa faute, bien sûr, elle n'y connaissait rien. Gwen-Aël devait attendre quelque chose, mais quoi ? Maintenant que c'était dit, elle se sentait soulagée. Aurélie saurait la conseiller utilement.

— Ma pauvre petite fée... Que tu as dû être malheureuse ! conclut Aurélie quand Viviane se tut. Ne t'en fais pas, je vais te sortir de là. Je ne sais pas encore comment, mais j'y arriverai. À condition que tu y mettes du tien.

Viviane avait beaucoup sangloté ; elle reniflait encore.

— Comment faire ? demanda-t-elle d'une petite voix.

— Quand je vois l'état dans lequel tu te trouves aujourd'hui, je me félicite d'avoir eu une mère moderne. La tienne, malheureusement, n'a pas été à la hauteur. Je ferai ce que je peux, à ma façon. Nous allons parler ; je vais te dire, crûment, ce que nous faisons, au lit et ailleurs, Jean-Yves et moi. Je te prêterai aussi quelques livres. Tu seras peut-être choquée ; dis-toi bien que c'est à usage d'information, d'instruction et qu'il n'y a là rien de mal... D'accord ?

Viviane avait opiné de la tête. La boule qu'elle avait dans la gorge était en train de disparaître. Elle adressa un sourire aussi confiant que reconnaissant à sa belle-sœur.

*

C'est sa mère qui était venue ouvrir à Gwen-Aël, quand il avait fait tinter la cloche de l'hôtel particulier de Neuilly. Il l'embrassa et donna l'accolade à son père. Tous deux semblaient en pleine forme. C'était toujours la même fête, il est vrai, quand ses parents se retrouvaient, et cela, depuis bientôt trente ans ! Il serra Julia et Karl dans ses bras. Jean-Yves n'était pas encore là ; on n'était pas sûr qu'il vienne. Le travail de policier, n'est-ce pas...

— Mon frère ne connaît que rarement son emploi

du temps, souligna Julia, Aurélie aurait été mieux inspirée de le laisser entrer dans la magistrature.

— Ne parlons pas des absents, dit Estelle. Mais toi, Gwen-Aël, qu'est-ce que tu fabriques ces temps-ci ? J'ai l'impression que tu n'es pas souvent au Conquet.

— C'est vrai, Mère, et je le regrette. Il y a eu ce consortium à lancer, et j'ai dû pré-vendre notre production 1924. C'est fait, maintenant ; je vais pouvoir me consacrer à ma famille et à l'usine.

— Où en es-tu avec tes Américains ? demanda François.

— C'est bouclé, Père. Ils me versent 50 % de la commande le 20 mai, dans deux semaines. Ils ont un crédit ouvert à Paris.

— Un gros marché ?

— Vingt-cinq tonnes. Trente si j'y arrive. Largement plus d'un million. De francs-or, bien sûr.

— Vingt-cinq tonnes pour un seul client ? C'est énorme ! Presque trop, non ?

— Peut-être, Père, mais je sais que le marché italien va se fermer l'an prochain. Ils ont abouti à Salsomaggiore. Ils ont réussi !

— Ah ! bon ? s'étonna François. Quel procédé utilisent-ils ?

— Celui du Dottore Padovacci. Oh ! ce n'est pas encore l'exploitation industrielle, pas avant deux ans, mais à terme, le marché italien est perdu pour nous.

— Il fallait s'y attendre, dit François.

À table, on avait continué à échanger des nouvelles. Karl raconta son internat auprès du professeur Lebret, un grand spécialiste des maladies pulmonaires. François l'écoutait distraitement. Interrompant soudain son neveu, il lui demanda :

— Et ta sœur, Karl ? Elle parle toujours d'épouser ce hobereau prussien ?

Il y avait, dans sa voix, une certaine tension qui n'échappa pas à Karl.

— Elle a vingt-huit ans et elle est libre de le faire, répondit-il, même si Papa et Maman s'y opposent plus que jamais ! Ils avaient déjà été échaudés d'apprendre, par votre intermédiaire, que cette famille subventionnait des extrémistes. Depuis, Maman a fait recouper vos informations et a découvert des choses encore plus inquiétantes. Ce sont eux et leurs amis qui auraient, semble-t-il, financé cette tentative de Ludendorff en Bavière, en novembre dernier.

— Ludendorff n'a pas fait grand-chose, sinon servir de paravent ou de porte-drapeau à ce Hitler, dit François.

— Je ne suis pas tout à fait d'accord avec vous, Père, intervint Gwen-Aël. Ludendorff est un ultranationaliste de la pire espèce, un belliciste, qui veut une revanche. Comme Hitler, il rejette la paix et la République de Weimar. C'est lui qui assure que l'Allemagne n'a perdu la guerre que parce qu'on lui a porté un coup de poignard dans le dos.

La situation en Allemagne les conduisit vite à la politique française et aux élections législatives qui devaient se dérouler le dimanche suivant.

— La droite passera, bien sûr, assura Estelle, mais de justesse. Briand et Poincaré sont trop vieux, trop usés ; il faut du sang neuf. À gauche, Herriot est brillant, mais inquiétant pour nous.

— Eh bien moi, intervint Julia, je ne suis pas du tout sûre que la gauche sera battue. Si j'en juge par ce que j'entends chez les infirmiers, elle passera, au contraire. Et je dois dire que je l'espère : j'aimerais bien pouvoir voter un jour !

— Tu penses vraiment ce que tu dis ? s'étonna Gwen-Aël.

— Bien sûr, Gwen, sinon je ne le dirais pas.

— Je suis d'accord avec Julia, fit Karl. La gauche a de bonnes chances. Il y a une telle misère dans le monde que les gens vont vers les partis qui ont le mot « social » dans leur nom.

François jugea préférable d'orienter la conversation dans une autre direction.

— Raconte-nous comment sont ces Américains, Gwen, demanda-t-il en se tournant vers son fils. De vrais cow-boys, avec chapeaux, bottes et pantalons de cuir ?

— Presque, oui, sourit Gwen-Aël. En tout cas, ils détonneraient dans les salons parisiens.

— Tu dois te douter que les bootleggers que tu rencontres ne constituent pas la crème de la société américaine ! souligna François. Que vont-ils faire de leurs résidus d'iode quand ils en auront extrait l'alcool ?

— À vrai dire, je ne me suis pas posé la question.

— J'espère qu'ils ne les réexporteront pas un jour !

— Moi aussi, ou alors ailleurs qu'en France !

Après le dîner, Gwen-Aël avait eu un entretien d'une heure avec Karl. Il en était ressorti rasséréné, mais il avait commencé par prendre une leçon d'humilité, puis une autre de morale, avant que Karl ne lui demande simplement d'être lui-même. Qu'il se contente d'aimer sa femme, qu'il la considère comme son égale et non son élève, sans penser à être son Pygmalion sexuel. Pourquoi s'ériger en maître ou en professeur ? Ils étaient mari et femme, il leur fallait se découvrir, réapprendre l'amour ensemble, comme deux débutants, comme Julia et lui l'avaient fait. Ce n'était pas à Viviane de se mettre à son niveau, mais à lui de se mettre au sien. S'il l'aimait, cela irait de soi. Il lui suffisait de faire comme si c'était la première fois — n'était-ce pas ainsi qu'il avait fait avec Yvonne ? — et il n'aurait plus cette peur de mal faire, puisque les erreurs lui seraient permises.

— Un jour, ton orgueil te jouera des tours, Gwen, avait conclu Karl. Méfie-toi.

— Je sais, Karl, c'est mon principal défaut. Il faut que j'arrive à me corriger.

— L'admettre, c'est déjà beaucoup. Mais fais attention à Viviane ! Te rends-tu compte qu'elle est seule ?

— Elle a quand même Aurélie.

— Ne recommence pas, Gwen ! Tu sais très bien qu'elle est coupée de sa famille, de ses amies, de Morlaix. Cela doit être très dur pour elle.

De retour dans la salle à manger, Gwen-Aël avait débattu de l'avenir de l'iode avec son père. Malgré l'embellie apparente dont son fils, comme les autres producteurs, tirait profit, François demeurait pessimiste pour les années à venir. Il ne comprenait pas les Chiliens. La politique de prix extraordinairement élevés qu'ils pratiquaient était suicidaire à terme ; elle permettait, en effet, à nombre de leurs concurrents de financer des recherches dont certaines aboutissaient. C'était le cas des Russes, à partir des eaux résiduelles de leurs gisements pétroliers : leur production allait bientôt satisfaire leurs besoins. C'était aussi celui des Italiens dont l'exploitation des eaux de la source de Salsomaggiore promettait beaucoup. Enfin, Javanais et Japonais développaient leurs productions respectives.

— Il y a encore une chose, Gwen, dit François. C'est que les Allemands ont commencé à fabriquer et à vendre des engrais nitratés de synthèse. Le *Chemiker Zeitung* en a longuement parlé ces derniers mois. Tu connais l'efficacité allemande : dans deux ou trois ans, leur marché des engrais nitratés sera entièrement converti aux engrais de synthèse et les Chiliens perdront un de leurs principaux marchés. Et dans cinq ans, ce n'est pas un marché qu'ils auront perdu, mais plusieurs ; les Allemands exporteront et vendront leurs licences. Mais, avant d'en arriver là, les Chiliens vont se défendre, faire du dumping, et alors, gare à la casse !

— Autrement dit, fit Gwen-Aël, nous n'en avons pas pour plus de cinq ans ?

— À l'export, sans doute pas. D'ailleurs, il m'étonnerait que les Américains continuent longtemps à t'acheter des tonnages pareils ! Il y aura bien un petit Japonais ou, pourquoi pas, un outsider chilien pour vouloir sa part du gâteau et leur faire des propositions plus intéressantes que les tiennes. Ceci dit, tu as fait un sacré boulot avec eux. Je te félicite.

— Merci. Et sur le marché intérieur ?

— C'est là qu'il te faut t'accrocher, Gwen, parce que l'État continuera, au moins un certain temps, à protéger l'emploi des goémoniers. L'armée a commencé à extraire l'iode des gaz de combat stockés. Il s'agit d'un essai, pour le moment, mais si c'est intéressant économiquement, tous les stocks à détruire seront traités. Et dans ce cas, les Économats les mettront sur le marché sans crier gare.

— Je ne comprends pas : ils continuent pourtant à fabriquer des gaz de combat...

— L'armée, tu sais... À vrai dire, les militaires se fichent éperdument de l'économie. Ils utilisent les crédits qu'on leur alloue, et comme on leur en alloue beaucoup, ils peuvent en gaspiller un peu.

Peu après, François leur annonça, à tous, qu'il était nommé commandant d'un aviso et qu'il rejoindrait Brest deux semaines plus tard, le temps de mettre ses affaires en ordre. Estelle feignit la surprise, mais il y avait déjà une semaine que son oncle, l'ancien préfet de la région maritime de Brest, lui avait appris la nouvelle. Pour François, c'était l'aboutissement rêvé d'une carrière militaire courte mais bien remplie.

18

Le sort paraissait s'acharner sur Jacqueline. Sa grossesse avait été difficile et elle avait dû s'aliter si souvent qu'Anne, sa mère, en était même venue à souhaiter qu'elle fasse une fausse couche. Cela eût mieux valu, en effet, car la petite Augustine était née sourde et muette. La jeune mère en fut très éprouvée : c'était trop injuste ! Pour sa fille, mais pour elle, aussi. Avoir enduré toutes ces souffrances pour un tel malheur ! Ses crises de larmes devinrent de plus en plus fréquentes ; elle pleurait pour un rien et son mari ne la supportait plus.

Quand, quelques mois plus tard, l'ophtalmologue lui annonça que sa petite fille était presque aveugle, elle s'effondra et eut une épouvantable crise de nerfs. Augustin y assistait ; il fut odieux. Au lieu de la consoler, il la traita de folle et l'accusa d'être la cause directe des infirmités de l'enfant. Anne qui, d'habitude, n'était pas tendre avec sa fille, prit, cette fois, fait et cause pour elle. Un homme qui traitait sa femme, la mère de son enfant, comme Augustin venait de le faire était méprisable et vil, indigne d'être père. Ce n'était pas un homme. Augustin avait rougi sous l'affront, mais n'avait rien répliqué à cette condamnation prononcée en public et devant sa propre mère. C'était la vérité, il ne le savait que trop ; il mettait ce malheur à profit pour rompre avec sa femme. Il se dégoûtait de le faire, mais l'occasion était trop belle et ne se représenterait pas de sitôt. Josie Keraudren valait bien cette lâcheté. Le choix de Camaret comme port d'attache pour son langoustier était logique, mais il avait amené Augustin à espacer ses visites au Conquet où il ne venait plus que de loin en loin, uniquement pour voir sa petite Augustine. Peu à peu, il s'écarta de Jacqueline, sans espoir de retour. Yves le savait bien, qui ne se pardonnait pas d'avoir incité son filleul à épouser sa fille, sans s'interroger sur leur entente éventuelle. Par ce mariage qu'il évoquait parfois en blaguant, des années plus tôt, avec Jean, le père d'Augustin, son ami disparu, il avait voulu se faire plaisir. Résultat : il avait causé le malheur des deux jeunes gens, aujourd'hui séparés de fait. Pour beaucoup, le divorce aurait été la solution logique à ce ratage, mais en Bretagne, plus encore qu'ailleurs, divorcer c'était s'exclure volontairement de l'Église, se mettre au ban de la société. En province, les divorcés étaient des parias que l'on montrait du doigt et le divorce une calamité. Yves ne voulait pas en entendre parler pour sa fille.

Mais il ne suffisait pas qu'Augustine soit infirme, Jacqueline malade et abandonnée par son mari. Non. Le malheur et la misère, cette « chienne du monde », sont frère et sœur ; il leur en faut toujours plus. Qu'un être faible passe à leur portée et ils se jettent sur lui comme un dogue sur un os et ils ne le lâchent plus : ils le broient, en sucent la moelle, n'en laissent rien... Jacqueline et son enfant étaient des proies rêvées. Le

28 avril, au matin, en rentrant du marché avec Marguerite-Marie, sa belle-mère, Jacqueline trouva sa petite fille sans vie. Incrédules, les deux femmes restèrent quelques secondes sans voix ni réaction, figées devant le petit corps, avant que, soudain, Jacqueline ne réagisse et pousse un hurlement d'agonie. Marguerite-Marie, qui avait déjà une peur panique de la mort, était maintenant terrifiée par sa belle-fille qui s'était saisie du bébé et le serrait convulsivement dans les bras. Sous le prétexte d'aller chercher du secours, elle quitta précipitamment la chambre mortuaire et s'enfuit vers la vie, en jetant un regard angoissé à Jacqueline qu'elle laissa seule avec le cadavre de son enfant. Elle courut à Roz-Avel et finit par y trouver Jeanne-Yvonne qui prévint, à son tour, Anne et le médecin. Quand ils arrivèrent dans sa chambre, la jeune mère n'avait pas supporté ce long moment de solitude avec sa fille morte qu'elle berçait dans les bras en essayant de lui donner le sein. Jacqueline avait trouvé refuge dans la folie. Le médecin fit preuve de beaucoup de douceur avec la jeune femme pour lui enlever le petit corps des mains et le remettre dans son berceau. Il n'eut pas besoin d'examiner l'enfant pour constater le décès, et le problème n'était plus là. Il savait que Jacqueline avait les nerfs fragiles et craignait que ce coup ne soit pour elle le choc qui la ferait basculer définitivement de l'autre côté. Il en avait parlé plusieurs fois à Yves et Anne qui ne se rendaient absolument pas compte de l'état nerveux réel de leur fille. Il lui conseilla de se reposer un peu, la fit s'allonger et, dans un bref aparté avec Anne, lui fit comprendre qu'il était très inquiet pour la santé mentale de sa fille. Il craignait que le décès de l'enfant

ne lui cause un nouveau choc qui la ferait sombrer totalement.

— Sombrer... Sombrer dans quoi, docteur ? demanda Anne. La folie ?

— Si vous voulez employer ce terme, oui, Anne.

— Vous craignez qu'elle ne soit bonne pour l'asile ?

— Je ne dis pas cela, mais il faut prendre des mesures. La première est de faire en sorte que Jacqueline ne s'aperçoive pas de la mort de sa petite fille. Du moins, pas tout de suite. Je vais lui donner un calmant ; il faut qu'elle dorme. Ensuite, vous allez l'emmener ailleurs. Chez vous, par exemple, ou dans une maison de repos.

Anne était assommée : la mort de sa petite-fille était sans doute un bien pour un mal, mais sa fille ! Sa fille à l'asile ! Elle fit, pourtant, ce qu'on lui avait commandé, alla murmurer quelques mots à l'oreille de Jacqueline qui lui sourit, se leva, et la suivit sans aucune difficulté. Anne lui avait simplement chuchoté : « On rentre à la maison, à Roz-Avel. Tu vas aller te reposer dans ta chambre. » Le médecin les fit monter toutes deux dans sa voiture, Anne coucha sa fille à qui le docteur fit une piqûre qui l'endormit presque aussitôt, puis ils repartirent chercher le petit corps. Quand la veillée funèbre débuta, Jacqueline dormait toujours.

Augustine fut enterrée dans le nouveau caveau dont Yves venait de faire l'acquisition, au cimetière de Lochrist. En l'absence des parents, et en tant que père de Jacqueline et parrain d'Augustin, la décision lui revenait. Marguerite-Marie estimait, d'ailleurs, inutile de prendre une concession Menguy-Kerléo, alors que le mariage de leurs enfants était promis à une dissolution anticipée.

Celle-ci ne tarda pas. Ils ne purent, en effet, garder Jacqueline à Roz-Avel que moins d'une semaine. S'était-elle aperçue de la disparition de sa petite fille ? Il était impossible de le savoir : elle ne parlait plus. En revanche, après deux jours de calme, elle se mit à pousser des hurlements effrayants et ils n'eurent d'autre choix que de s'en séparer. Julia avait été très marquée par le malheur qui frappait sa famille et avait écrit tous les jours à ses parents pendant une semaine, les lignes téléphoniques sur la Bretagne étant, temporairement, hors service. C'était la première fois que la panne durait si longtemps ; la première fois aussi, que les usagers prirent vraiment conscience qu'ils ne pourraient plus se passer de cette invention. Elle n'avait pas voulu se déplacer, en raison de sa grossesse, mais savait, par les lettres qu'elle recevait d'Aurélie comme de sa mère, à quel point ses parents supportaient mal le double malheur qui les avait frappés en une semaine. La mort de la petite Augustine avait certainement été un soulagement pour eux, mais l'internement définitif de Jacqueline était un prix bien lourd à payer. Et Jacqueline, elle, avait dû souffrir terriblement pour en arriver à choisir cette issue. En reviendrait-elle ?

Karl, à qui Julia avait posé la question, pensait que l'on parvenait aujourd'hui à résoudre ce genre de névrose, et il se renseignait sur les cliniques les plus adaptées aux soins à prodiguer à sa belle-sœur. Peu importait le coût ; il mettrait la main à la poche si besoin était. Il n'allait pas laisser sa jeune belle-sœur et tous les siens seuls dans l'épreuve pour une simple question de moyens. Cela, c'était tout Karl, songeait Julia, toujours attentif aux autres, prévenant et généreux. Partout où il passait, il s'attirait le respect et la sympathie générale, et c'était déjà vrai dans son nouveau métier.

Un jour que Julia l'attendait, deux infirmières, qui l'avaient prise pour l'une de leurs collègues et ignoraient qu'elle était sa femme, lui avaient parlé de « ce type étonnant de gentillesse avec les malades comme avec tout le personnel hospitalier ». Et cet homme était son mari, bientôt le père de son enfant ! Julia était enceinte de quatre mois et se portait comme un charme. Elle se sentait devenir mère de jour en jour, au fur et à mesure que son enfant grandissait en elle. Plus que cinq mois, encore cinq mois !

*

Yves ne se pardonnait pas plus qu'Anne de ne pas avoir vu venir la tragédie qui frappait sa fille, et, à travers elle, leur famille. Ils auraient dû, Anne et lui, voir à quel point Jacqueline allait mal. Au lieu de quoi, ils l'avaient prise pour une pleurnicheuse ! Quand il en parla à leur médecin de famille, son ami Jean, lui reprochant presque de ne pas les avoir prévenus, ce dernier lui rappela toutes les fois où il leur avait fait part de son inquiétude. Pendant sa grossesse, déjà, il aurait voulu voir Jacqueline dans une maison de repos ; ils n'avaient pas répondu à sa suggestion. Plus tard, il leur avait demandé de mettre la petite Augustine en nourrice, mais là encore, ils ne l'avaient pas écouté. Ils n'écoutaient que leur fille, qui ne voulait quitter ni son mari ni son bébé ; ils avaient suivi l'avis de la malade, au lieu de se fier à celui de son médecin. Lui-même ne pouvait être plus clair qu'il ne l'avait été. Qu'aurait-il pu leur dire ? « Votre fille est à moitié folle, bonne à interner ? » Il savait, d'expérience, que toute vérité n'est pas bonne à dire. Il y a certaines choses, que des parents ne veulent jamais voir, même quand elles crèvent les yeux. Si Jean avait parlé plus net, ils se seraient fâchés, voilà tout.

Ce dimanche matin, Yves tenait le bureau de vote de huit heures à midi avec deux autres conseillers et avait donc assisté à la messe de sept heures. Il y avait communié et prié pour que sa fille accepte de sortir de ce monde où elle s'était réfugiée. La veille au soir, Julia avait, enfin, réussi à les joindre au téléphone ; Karl cherchait toujours l'établissement idéal pour ce type de maladie. « Comment va Maman ? » avait demandé Julia. Anne n'allait pas bien, et beaucoup plus que lui, elle en voulait à Augustin qu'elle avait trouvé veule, et même pire : Yves ignorait qu'elle connaissait l'expression « manquer de couilles ».

Si Yves en voulait moins qu'Anne à son gendre, c'est qu'il savait qu'il lui avait plus ou moins forcé la main pour qu'il épouse sa fille. Il n'empêche ! Quand trois mois plus tôt, il avait demandé à Youenn de l'informer sur les fréquentations d'Augustin qu'il s'étonnait de voir de moins en moins souvent au Conquet, le refus du Sénan lui avait appris ce qu'il voulait savoir. Youenn n'était pas un délateur et Yves n'avait pas insisté. Peu après, il avait appris que son gendre vivait, discrètement, avec une femme mariée, une Camarétoise qu'il connaissait de longue date. Il avait choisi de n'en rien dire à personne, surtout pas à Anne qui aurait fait un esclandre. Par contre, il fit surprendre le couple en flagrant délit et dresser un constat d'adultère. Il détestait utiliser ce genre de procédé, mais sans vouloir venger sa fille, il ne pouvait pas la laisser juridiquement démunie, si, un jour, Augustin demandait le divorce.

Il était onze heures et demie quand Hervé se présenta au bureau de vote : Quéménès faisait partie de la commune du Conquet, au même titre que Béniguet. Le goémonier ne votait pas pour la droite, mais contre le Cartel des Gauches dont il avait entendu dire qu'il confisquerait toutes les propriétés privées. Il était propriétaire à Quéménès depuis trois ans, et il défendait son bien en apportant son suffrage à la droite. Il n'avait pas travaillé comme un forçat toutes ces années pour qu'on le spolie, et c'était bien ce que cherchait à faire ce jeune fou de Pierre Arsonner, qui le traitait de « capitaliste », de « koulak breton », et qui avait eu le culot de lui parler de liberté d'expression, de droits syndicaux ! Heureusement, il n'avait pas eu à s'en occuper lui-même ; d'autres s'en étaient chargés, qui en voulaient encore plus que lui au Pierre et avaient fini par le jeter à la baille pour le faire taire, deux mois plus tôt. Il n'avait pas bien saisi les motifs de Job Guennec, mais il en avait certainement de sérieux contre ce garçon, car, sans l'intervention de son frère Fanch, il aurait été capable de le noyer pour de bon. Il racontait la scène à Yves, quand ils virent arriver Gwen-Aël, qui venait lui aussi remplir son devoir électoral. Il semblait en pleine forme et annonça à Yves qu'il resterait au moins quinze jours au Conquet.

— Il est simple, le jeune Kernéis, et très poli, remarqua Hervé quand Gwen-Aël fut sorti. Des fils de famille aussi peu fiers que lui, il n'y en a pas beaucoup chez les usiniers, tu peux me croire ! Et en plus, c'est un beau gars, ce qui ne gâte rien.

— Il a de bons parents, répondit Yves sans y mettre de malice, et ceci explique cela. Mais tu as raison, il n'est pas fier.

Un peu plus tard, les deux hommes s'étaient retrouvés chez Yves, à Roz-Avel, Hervé devant un Dubonnet, son apéritif favori, Yves devant un vin doux du Roussillon qu'il venait de découvrir.

— Ce qu'il y a de bien, cette année, disait Hervé, c'est que je peux faire confiance à Fanch et Job. Ils répartissent les zones de collecte ; je n'ai plus à craindre de conflit entre les uns et les autres pour un bout de dune.

— Comment s'annonce la saison ? demanda Yves.

— Comme l'an dernier, à cinquante tonnes près, en plus ou en moins. Et les prix ?

— Inchangés en francs-or.

— Que veux-tu dire par là ?

— Que les prix monteront si le franc baisse, ce qui est probable si le Cartel l'emporte. La seule chose dont on est sûr, c'est que l'on changera de président. Ils l'ont promis.

— Ne parle pas de malheur ! En tout cas, ces collectivistes ne me prendront pas mon île. Je les ferai déguerpir à coups de fusil.

Yves se mit à rire doucement.

— Tu trouves qu'il y a de quoi rire ? s'étonna Hervé.

— Personne ne t'enlèvera ton île, Hervé. Personne. Les radicaux ne sont pas des communistes ! Les socialistes non plus, d'ailleurs ! Ce que je crains, c'est qu'ils nous collent de nouveaux impôts sur le dos. Pour le reste, je ne crois pas que nous aurons de grands changements.

À peine son bulletin déposé dans l'urne, Gwen-Aël était rentré chez lui, à Bellevue. Il avait hâte de retrouver Viviane.

Lorsqu'il avait pris le train, l'avant-veille au soir, il était bien décidé à suivre les conseils de Karl, à se montrer naturel, à être simplement lui-même, un homme amoureux de sa femme. Mais cette belle assurance l'abandonna vite, et plus il se rapprochait de Brest et de Viviane, moins il se sentait à l'aise.

Et pourtant... Quand ils se retrouvèrent, à la gare où elle était venue le chercher dans sa petite 5CV, et qu'après lui avoir effleuré les lèvres des siennes, il voulut lui faire des excuses, lui demander pardon de l'avoir tant négligée ces derniers mois, elle l'arrêta immédiatement en lui mettant un doigt sur la bouche. « Plus tard, Gwen-Aël, dit-elle. À la maison. Moi aussi, j'ai à te parler. »

Il prit le volant, et ils ne s'adressèrent quasiment pas la parole durant le trajet. Mais elle lui souriait sans gêne, et cela, c'était nouveau. Il remarqua la transformation de son corps, le ventre, déjà imposant, la poitrine plus volumineuse, et le visage, plus rond, plus lisse... Son regard, aussi, avait changé, moins craintif, plus assuré. À Bellevue, elle monta d'un pas décidé au premier et le précéda dans leur chambre. « Embrasse-moi », dit-elle seulement. Il avait obtempéré ; elle lui avait répondu fougueusement, comme si elle attendait cet instant depuis toujours ; ce qui était effectivement le cas, mais il ne le savait pas. Ils avaient basculé sur le lit, et il avait su, qu'entre eux, ce serait enfin ce qu'il avait espéré. Car ce n'était pas seulement son épouse qui se donnait à lui, mais une amante qui n'aspirait qu'à devenir une maîtresse à la fois exigeante et complaisante. Deux heures plus tard, elle sommeillait près de lui. Il était près d'une heure et, à l'office, on devait s'interroger. Il se pencha sur elle et écarta le drap. Elle était nue. Il laissa sa bouche courir sur ses lèvres, son visage, ses seins avant de lui embrasser le ventre. Puis, il y colla l'oreille et écouta : il percevait des bruits légers, rapides. Le cœur de l'enfant ? Ce n'était pas possible ! Il s'appuya sur son coude. Viviane lui caressait la tête.

— Si, Gwen-Aël, c'est notre enfant que tu entends. C'est son cœur qui bat, c'est lui, mon amour. Ton fils, j'en suis certaine.

— Merci, ma chérie, dit-il. Merci pour tout, pour ta générosité, pour...

— Tais-toi, Gwen-Aël. C'est fini ; c'était un malentendu ; il est dissipé, maintenant.

L'après-midi, ils avaient fait une promenade au Thevenn ; après quoi, Viviane était allée se reposer. Gwen-Aël en avait profité pour donner un peu d'exercice à son vieil Ouragan. Le bel étalon noir, cadeau de son grand-père, était toujours aussi véloce et fougueux, malgré ses treize ans. Il n'eut pas besoin de le guider : à peine arrivé au sommet de la dune qui domine la plage des Blancs-Sablons, le cheval poussa un hennissement et se rua vers la mer qu'il longea au grand galop, faisant jaillir des gerbes d'écume sous ses sabots. Il avait rongé son frein pendant trois semaines, et semblait aussi heureux que l'était son maître, enfin apaisé. Au retour, Gwen-Aël s'arrêta à l'usine pour saluer le gardien. Il retrouverait ses employés le lundi matin. Puis, il avala une bière à l'office avant de remonter dans leur chambre où Viviane, réveillée, l'attendait dans leur lit. Accoudée à ses oreillers, elle s'offrait d'une façon si impudique qu'il sentit immédiatement le désir monter en lui. Elle s'en aperçut, bien sûr, et, tandis qu'il se dévêtait, son regard sur lui était plus éloquent, encore, que l'invite de son rire de gorge.

Anne n'était pas très à l'aise avec ce couple de jeunes mariés : Viviane avait tout ce que sa fille n'avait pas trouvé dans le mariage, un mari aimant, un équilibre, une belle-famille accueillante. Certes, ni Yves ni elle, ni même Jacqueline ne pouvaient se plaindre ; après tout, c'était bien leur fille qui avait voulu épouser Augustin et non l'inverse. N'empêche, elle ne méritait pas ce qui lui était arrivé. Avoir un enfant handicapé, le voir mourir et en perdre la raison... non, on ne pouvait souhaiter cela à son pire ennemi.

Une visite de condoléances dans ces conditions n'était pas chose aisée, et Gwen-Aël en mesurait ce jour-là toute la difficulté. Comment Anne aurait-elle pu ne pas les envier, se disait-il, en les voyant, Viviane et lui, heureux, en pleine santé ? Yves était descendu au port accompagner Hervé Le Bars à qui il avait promis de faire porter les résultats des élections dès qu'il les connaîtrait. Ils l'attendaient tous devant une tasse de café et une tarte aux fraises. Dès qu'ils entendirent grincer la porte, chacun d'eux poussa un soupir de soulagement, Anne surtout qui, pour la première fois de sa vie, ressentait cruellement à quel point le bonheur d'autrui peut faire mal quand on le compare au malheur de son enfant. Yves dissipa la morosité ambiante en leur rapportant quelques anecdotes qu'Hervé venait de lui raconter sur les îles.

19

Job Guennec faisait sa tête des mauvais jours ; et Fanch ne pipait mot. Les deux frères avaient travaillé toute la journée sans échanger une parole ou presque, vérifiant et nettoyant leurs fours, l'un après l'autre, les réparant quand il le fallait. Quand, en début de matinée, Fanch avait vu son cadet prendre, deux par deux, les pierres traversières qu'il avait soigneusement sélectionnées les jours précédents, au risque de se donner un tour de reins, il s'était dit que le billet que Job avait reçu de sa femme le matin même ne devait rien annoncer de bon. Le porteur du message, Léon Guillerm, son voisin de Lilia, devait en connaître le contenu ; en tout cas, il avait pris la tangente, avant que Job ne lise le billet. Mais Fanch était patient. Et prudent. Mieux valait laisser Job user ses forces sur ces lourdes pierres plutôt que de le voir passer sa colère sur l'un des pigouillers de leur équipe. Ce n'est qu'en fin d'après-midi qu'il se décida enfin, s'approcha de son frère et lui posa la main sur l'épaule.

— Tu as l'air soucieux, Job. Quelque chose ne va pas ? Est-ce notre mère ?

— Non, c'est ma fille. J'aurais dû le tuer, ce petit con.

— Pierre Arsonner ? Tu serais bien avancé ! Tu serais en prison...

— Peut-être, mais Rosalie ne serait pas enceinte.

— Rosalie ? Enceinte ?

— Oui. Vois-tu, c'est drôle : c'est comme si j'avais senti le coup venir. Tu m'as empêché de le noyer. Pourtant, si je l'avais fait, Rosalie ne serait pas grosse à cette heure. Un drôle de musicien, cet Arsonner ! Il a peut-être joué à ma fille un air de sa flûte, mais ma musique à moi, il va l'entendre, lui aussi. À chacun son tour de danser ! Ce sera la grosse caisse, cette fois !

— Il a engrossé ta Rosalie ! Le petit salaud ! Comment est-ce arrivé ?

— Comme toujours, tiens ! Ma fille n'est pas différente des autres femmes ! Il l'a couverte, et hop ! À tous les coups l'on gagne ! Faire ça à Rosalie, une enfant si pure, si innocente ! Il l'a violée, pour sûr !

— Il l'a forcée ?

— Dame ! Tu ne penses quand même pas qu'elle aurait accepté ! Tu ne la connais pas, ta nièce ?

— Tu as raison, il a sans doute voulu se venger. Encore qu'avec les femmes, hein ! On ne sait jamais ce qui se passe dans leur tête ou sous leur cotillon !

— Crois-tu qu'il lui aurait jeté un sort ?

— Pourquoi donc ?

— Marie-Louise me dit que Rosalie est partie le rejoindre. Elle aurait eu peur de ma réaction, selon elle.

— Ta fille sait bien que tu ne la toucheras pas, Job. Non, ce qu'elle craint, c'est que tu t'en prennes à ce Pierre de malheur. Elle sera allée lui dire de s'enfuir ; elle n'a pas envie de te voir finir à Cayenne ou sur la guillotine.

— Tu crois que c'est pour ça qu'elle est partie le retrouver ?

— Sûrement ! Pour te protéger. Pour quoi d'autre, je te le demande...

— Oui, tu as raison, Fanch.

— Écoute, Job, laisse-moi parler sans m'interrompre. Tu as la tête trop près du bonnet, surtout quand il s'agit des tiens. Je te propose de te remplacer. On a fini la marée, hier. Tu peux sécher le goémon et vérifier les fours, seul. Moi, je vais aller trouver ce petit con et lui demander de réparer, d'épouser Rosalie. Il va être père, il ne refusera pas. Qui sait ? Peut-être même qu'il sera content ? Ta fille est jolie... De toute façon, je ne lui laisserai pas le choix.

— Ça, c'est vrai : il devrait être content d'épouser une jolie fille comme Rosalie, ce petit salaud !

— Donc, tu accepterais que Rosalie l'épouse ?

— Bien sûr ! Moi non plus, je n'ai pas le choix.

— Bon, alors je pars ce soir. Peu importe ce que ça coûte. Je vais au Conquet, je demande à Yves de m'accompagner. Nous le trouverons bien, ton gars. Je vais le chercher à Brest, d'abord, à Douarnenez et Concarneau ensuite. À Rosporden, enfin. Il passe son temps dans les conserveries, à ce qu'il paraît.

— Tu crois qu'Yves acceptera ?

— Bien sûr ! Il ne laissera pas des amis en plan ! Oui, je suis sûr qu'on peut compter sur lui !

Il n'était pas question pour Yves de refuser son aide à Fanch. Laisser les deux frères régler ce différend eux-mêmes, c'était mettre le jeune syndicaliste en danger et donner à Rosalie bien plus de chances de faire une veuve avant l'heure qu'une nouvelle mariée ! Il accepta donc de servir de pilote à Fanch, et ils partirent dès le lendemain matin. Par chance, Yves, l'année précédente, s'était montré aussi prudent qu'avisé, tant il craignait de voir un syndicat CGTU s'implanter chez les goémoniers : il disposait donc d'informations sur l'activité du jeune Pierre et savait qu'ils le trouveraient probablement à Douarnenez ou à Audierne. En ces temps difficiles, les oreilles des ouvrières des conserveries bigoudènes semblaient beaucoup plus réceptives aux exhortations syndicales que celles des goémoniers léonards.

Le garçon était effectivement à Douarnenez. Il resta pétrifié face aux deux arrivants, si bien que, par l'entrebâillement de la porte, Fanch eut tout le loisir d'observer Rosalie, allongée sur le lit : à la façon dont elle couvait le garçon du regard, sa nièce était certainement aussi éprise qu'enceinte. « C'est bien ce que je craignais, se dit-il. Il n'y a jamais eu de viol et Job se fourvoie. Sa fille est amoureuse du garçon. Ça ne sera pas facile. »

Fanch ne laissa pas le choix au jeune homme. Il allait rentrer immédiatement avec eux à Lilia et prendrait, au passage, ses papiers à Brest. Dans trois jours, ils publieraient les bans et avant un mois, il épouserait sa nièce : il n'y avait pas d'alternative. Pierre acquiesçait à tout ce que disait Fanch, sans discuter, acceptant aussitôt toutes ses exigences. Beaucoup trop vite, estima Yves, pour qu'il ne leur préparât un tour à sa façon. C'était trop beau pour être vrai ; et il gardait sûrement dans son chapeau un lapin qu'il ne sortirait qu'à la dernière minute. Le mieux était de l'amener à le faire tout de suite. Aussi Yves chercha-t-il à le désarçonner en lui demandant :

— Il y a une chose que j'aimerais comprendre, garçon : c'est pourquoi tu as choisi d'engrosser Rosalie pour te venger de Job. Ne me raconte pas la messe, cette grossesse, tu l'as voulue !

— Mais pas du tout ! protesta Pierre. Qu'est-ce que vous allez chercher là !

Fanch avait tout de suite saisi ce que sous-entendait Yves ; aussi demanda-t-il à sa nièce :

— Rosalie, depuis quand couchez-vous ensemble, Pierre et toi ? Il est important que je le sache.

— Depuis huit mois, répondit la jeune fille, candidement.

Yves et Fanch échangèrent un regard éloquent, Job se faisait bien des illusions sur « l'innocence » de sa petite Rosalie. Cela la démangeait tant apparemment qu'il fallait bien qu'elle se soit assise sur une fourmilière, ou alors, elle avait le diable sous le cotillon et cet anarchiste lui avait vraiment jeté un sort. Après tout, Job avait peut-être raison ! Cela expliquerait tout, et il faudrait alors l'exorciser !... Quoi qu'il en soit, Fanch se dit qu'il devrait surveiller de très près Françoise et Yvette, ses deux aînées de quatorze et douze ans, quand il voyait de quoi s'était montrée capable Rosalie, la « grande » cousine qu'elles admiraient tant, simplement parce qu'elle avait un joli minois et de gros nichons ! Il se ressaisit et reprit :

— Tu vois, bonhomme, huit mois. Et elle n'est enceinte que de trois. C'est arrivé, comme par hasard, juste après que nous t'avons jeté à la baille !

— Et alors ? ricana le jeune homme. Tu voulais

peut-être que je dise merci au fou qui te sert de frère, alors qu'il a tenté de me noyer ? Sa fille me voulait ? Eh bien, elle m'a eu ! Je lui ai même laissé un cadeau pour son père.

— Petit salaud ! s'écria Fanch, en levant la main. Tu mériterais...

Mais Rosalie avait réagi la première et, toutes griffes dehors, s'était jetée sur son amant. Elle venait de comprendre qu'elle avait été flouée, qu'il lui avait menti, et qu'il l'avait utilisée pour se venger de son père, et rien d'autre. Son bel amour ne l'avait jamais aimée ! Yves et Fanch la laissèrent faire un moment avant de lui attraper les bras. Il était temps ; un peu plus, et le jeune Pierre y laissait un œil.

— Je crains que tu ne puisses faire le joli cœur avant longtemps, garçon, dit Yves en examinant les griffures qui lui zébraient le visage. Pour le moment, tu vas venir avec nous. Nous rentrons à Brest. Rosalie et ses parents vont porter plainte contre toi. Ce n'est pas que je t'en veuille particulièrement, mais je suis persuadé qu'elle n'est pas la première pucelle à se faire prendre à tes belles paroles. Il est temps de mettre un terme à tes agissements.

Rosalie, qui, après sa virginité, venait de perdre ses illusions et son amour, n'avait plus le cœur à protéger un amant qui s'était moqué d'elle et songeait déjà à se venger. Aussi leur fit-elle part de ce qu'elle avait appris la veille.

— Monsieur, avoua-t-elle à Yves, j'ai rencontré Josette, son autre fiancée. Elle est enceinte, elle aussi, et m'a souhaité bien du plaisir. Je ne l'avais pas crue quand elle m'avait appris qu'il était marié à une femme de Lorient et qu'il avait deux enfants. Je sais aujourd'hui que c'est la vérité.

— Voilà qui n'arrange pas ton cas, mon garçon, lui dit Yves. Pas du tout. Ni le nôtre, d'ailleurs. J'avais envisagé que tu puisses réparer...

— Réparer ? coupa le séducteur. Moi, gendre de ce malade de Job ? Plutôt crever !

— Méfie-toi, mon bonhomme, lui répondit Fanch. Ça pourrait arriver bien plus vite que tu ne le penses.

— De toute façon, des réparations, il y en aura, tu n'y couperas pas, Arsonner, ajouta Yves. Inutile de faire le fanfaron. Je ne tiens pas à ce que Job se fasse justice lui-même et qu'il soit ensuite poursuivi pour t'avoir puni. Il y a des tribunaux pour défendre les jeunes filles, au cas où tu l'ignorerais.

— Elle était consentante.

— Oui, comme on peut l'être à quinze ans ! Il te faudra en convaincre le juge. Et si, comme c'est probable, il est père de famille et a des filles de l'âge de Rosalie ou de celles de Fanch, ton compte est bon, mon gaillard ! Tu iras, d'abord, en prison, et ensuite, au bagne où tu apprendras sans doute que le collectivisme, ça ne consiste pas à engrosser des pucelles en série. Ne va pas compter sur ton syndicat pour voler à ton secours. Je serais même étonné qu'ils te fournissent un avocat ; ils n'ont nul besoin de voyous comme toi, pour leur propagande.

Ils avaient roulé trois heures sans que le jeune suborneur ne desserre les dents, obnubilé par les menaces des deux hommes. Il s'était mis dans de beaux draps ! Quand, en vue de Brest, Yves reparla de le conduire à la police, il se dégonfla soudain comme un ballon de baudruche. La punition qui l'attendait des poings de Job Guennec serait certes sévère, mais plus douce, à tout prendre, que dix années de bagne. Et puis, Rosalie n'était pas une mauvaise affaire. Rien à voir avec Josette, en tout cas. Il décida de tenter sa chance.

— Je pense que nous pourrions nous arranger, dit-il, sortant soudain de son mutisme. En réalité, je ne suis pas marié. J'ai dit ça à Josette uniquement pour ne pas avoir à l'épouser, elle. Elle voulait que je vienne habiter Douarnenez et que je travaille avec elle. Cette histoire de Lorient, je l'ai inventée. J'ai raconté ça comme j'aurais dit autre chose.

— Ça, mon gars, il va falloir le prouver, fit Yves. Que proposes-tu ?

— Je suis d'accord pour épouser Rosalie, répondit le jeune homme.

— Voilà qui change tout, fit Fanch, ravi de voir poindre enfin une solution.

Après tout, même si c'était un coureur de jupons, le garçon pouvait faire un époux passable. Le plus important était bien de donner un mari à Rosalie et un père à l'enfant.

Yves gara la voiture sur le bord de la route. La situation méritait réflexion, et ce n'était pas à lui de trancher.

— Il y a deux personnes directement concernées, lâcha-t-il à l'adresse du garçon. Rosalie et toi. Comme tu l'as compris, tu n'as plus le droit à la parole. Reste Rosalie. Qu'en dis-tu, Rosalie ? Veux-tu épouser ce type, après tous les mensonges dont il t'a abreuvée ?

— Non, répondit crânement la jeune fille, je n'en veux plus. Il m'a menti et m'a trompée.

— Rosalie, sois raisonnable, conseilla Fanch. Pense à tes parents, et aussi à l'enfant. Pense à toi ! Que vas-tu devenir ? Une fille-mère, voilà ce que tu seras. Ta vie sera foutue, finie. Tout le monde te montrera du doigt. Et imagine un peu la honte de tes parents, la colère de ton père !

— Je ne pourrai plus jamais lui faire confiance, jeta Rosalie.

— Pour ça, je crains que tu n'aies raison, dit son oncle. N'empêche que tu es enceinte ! et de lui...

— Je crains que nous n'ayons pas d'autre solution que de retourner à l'île et d'en référer à Job, suggéra Yves. C'est à lui de décider, c'est lui le chef de famille. Mais je sais, moi, ce que je ferais à sa place.

— Quoi ?

— Je remettrais le garçon à la police, et j'élèverais le bébé. Quel âge a ton plus jeune frère, Rosalie ?

— Deux ans et demi. Pourquoi ?

— Tu me suis, Fanch ? reprit Yves sans répondre à la jeune fille.

— Oui, je te comprends. Je sais ce que tu vis depuis des semaines, avec ta fille.

— C'est justement pour cela que je crois qu'il ne faut pas forcer le destin.

— Qu'est-ce qu'on fait, alors ?

— On ramène notre gaillard à Quéménès ou à Plouguerneau. Là, on avisera. Mais il va falloir que tu nous prouves que tu n'es pas marié, garçon. Et pour cela, nous allons, tous ensemble, nous rendre à la mairie de Brest. J'espère, pour toi, que tu ne nous as pas menti une nouvelle fois.

— D'accord, répondit Pierre, qui se sentait déjà

l'otage sinon le prisonnier, de sa future femme. Allons-y. Je te le jure, Rosalie, on va se marier. D'ailleurs, je n'ai jamais dit que je ne t'aimais pas ; je te préfère cent fois à Josette.

— C'est vrai, Pierre ? interrogea la jeune fille, déjà prête à pardonner.

— Puisque je te le dis.

— Et tu veux vraiment m'épouser ?

— Bien sûr !

— N'en rajoute pas, veux-tu ! l'interrompit Yves. Tu nous prends vraiment pour des imbéciles ! Avant que je te fasse confiance, garçon, il faudra que tu rames, et longtemps !

Pierre Arsonner était effectivement célibataire et le mariage pouvait se faire. Un ami de la famille partit chercher Job à Quéménès et ils entamèrent, sur-le-champ, les démarches nécessaires. Tout fut prêt en trois jours à l'issue desquels ils rentrèrent à l'île. Pierre y débarqua sous les quolibets, encadré des deux frères Guennec qui ne le quittèrent pas de l'œil jusqu'à la veille du mariage. Il n'était pas en prison, c'est vrai, mais il se demandait souvent si cela n'eût pas mieux valu. Il fit de rapides progrès, dans le brûlage du goémon, sous la férule de son futur beau-père à qui il eut, plus d'une fois, l'envie de balancer un coup de pifon sur la tête. Mais il était loin de manier ce ringard d'acier comme le faisait Job et craignait de manquer son coup, Job, lui, n'aurait pas raté le sien. C'est ainsi que Pierre Arsonner passa les trois semaines précédant son mariage, en travaillant comme un forçat, avec son futur beau-père comme garde-chiourme, couchant dans une grange, à même le sol, les pieds et les mains entravés.

*

Viviane avait invité ses parents à passer deux jours à Bellevue. Elle était enceinte de huit mois, maintenant, et sa fin de grossesse se passait bien mieux que le tout début. On lui annonçait un garçon, car elle portait en avant. C'était aussi ce qu'elle souhaitait, alors que Gwen-Aël n'avait pas de préférence. Louis Lecomte, lui, voulait un petit-fils. Mais plus encore que ce petit-fils, ce qu'espérait Louis à l'heure présente, c'était un automobiliste compatissant qui le prendrait à son bord, de façon à lui permettre de rejoindre Le Conquet. Il était en effet en panne, quelque part entre Saint-Renan et Bellevue, où sa fille et son gendre commençaient certainement à s'inquiéter. Sa femme et lui étaient attendus pour le thé et il était près de dix-neuf heures ! Il avait bien plongé les mains dans le moteur jusqu'à ce qu'elles soient pleines de cambouis, mais sans succès, il désespérait pour de bon, quand, enfin, venant vers lui de la direction opposée, une Panhard ralentit avant de se ranger à sa hauteur. La probabilité d'une panne de la Delahaye devenant de plus en plus forte au fur et à mesure que défilaient les heures, Gwen-Aël avait, prudemment, dépêché son chauffeur, lequel se révéla suffisamment versé en mécanique pour remettre la Delahaye en marche. Louis et Emma Lecomte étaient donc parvenus à bon port avec trois heures de retard, mais mieux valait tard que jamais, n'est-ce pas ? disait Louis à son gendre, tout en dégustant un verre de bourbon. C'était la première fois qu'il goûtait cet alcool américain dont Gwen-Aël avait reçu deux caisses en cadeau. C'était surprenant, mais pas désagréable. Il en reprit un autre verre pendant qu'Emma découvrait Bellevue sous la conduite de Viviane qui en était la nouvelle maîtresse. Louis Lecomte observait attentivement son gendre, qui paraissait calme, reposé, heureux. L'incendie de son entrepôt, l'année précédente, était visiblement de l'histoire ancienne. Si la saison d'iode avait été bonne, sans doute serait-ce jouable. Avant l'accouchement ou après ? Avant serait sans doute plus opportun. Et pourquoi pas tout de suite ?

— Dites-moi, mon cher, commença Louis, à quelle occasion vous a-t-on offert ce bourbon ?

— Des clients américains m'en ont fait livrer deux caisses, à Paris.

— Ce sont les fournisseurs qui font les cadeaux, d'habitude. Vous avez de la chance d'avoir des clients si généreux !

— Quand la marchandise est rare — ce qui est le cas, aujourd'hui — et que le fournisseur peut choisir ses clients, ceux-ci peuvent lui être redevables...

— J'espère que vous en avez tiré un bon prix !

— Je suis assez content de moi, merci. Et vos affaires ? Votre garagiste, Spor, a-t-il refait surface ?

— Non, toujours aucune nouvelle. Je crains qu'il me faille mettre une croix sur ces 70 000 francs.

— Et l'affaire Quéméneur-Seznec ? J'ai lu dans la presse que Seznec sera jugé en octobre...

— Oui, le pauvre gars !

— Le pauvre gars ? s'étonna Gwen-Aël.

— Oh ! il est évident qu'il n'y est pour rien. Tous

ceux qui le connaissent sont de cet avis. C'est un coup monté ! Et je ne serais pas étonné qu'il l'ait été par le beau-frère de Quéméneur, ce fameux notaire, l'accusateur. Pendant ce temps, qui s'occupe des Spor ? Personne. Pourtant, c'est la même affaire, et je ne serais pas étonné qu'il y ait d'autres Spor à droite ou à gauche en France, disparus corps et biens, eux aussi.

— Voilà qui ne fait ni votre affaire, ni la mienne, observa Gwen-Aël.

— Croyez que je le déplore ! s'exclama Louis Lecomte. Justement, je pensais que, peut-être, pour vous régler, des participations dans mon armement... Cela vous intéresserait-il ?

— Ce n'est pas ma partie. C'est à la pêche que vous armez, n'est-ce pas ?

— Oui, j'ai des participations dans des morutiers, des sardiniers, des thoniers, des langoustiers. J'ai également une affaire de mareyage.

— Faites-moi un mémoire là-dessus. Les montants à investir, le rendement, affaire par affaire et même bateau par bateau, avec les zones de pêche, équipages, etc. Vous manquez de fonds ?

— Cruellement, pour ne rien vous cacher, répondit le père de Viviane. Depuis cette affaire Spor, je ne fais que parer au plus pressé ; je n'ai jamais pu me rétablir.

— Je vais vous proposer une solution qui vous agréera, je le pense. Viviane va donner naissance à notre premier enfant. En vous achetant votre hôtel particulier du quai du Trégor, j'ai la possibilité de lui faire plaisir à elle, tout en vous rendant service. Aussi longtemps que vous le souhaiterez, vous continuerez bien entendu à l'habiter, moyennant un loyer symbolique d'un franc au nouveau propriétaire qui sera soit Viviane, soit votre petit-fils. Qu'en dites-vous ? Cela vous permettra de vous refaire une trésorerie, sans changer quoi que ce soit à votre train de vie, et sans que quiconque puisse s'apercevoir du changement.

L'armateur ouvrit de grands yeux et resta un long moment sans voix, sous le regard amusé de son gendre.

— Gwen-Aël, balbutia-t-il enfin, jamais, on ne m'a fait un cadeau avec autant d'élégance, de tact, de classe, même. C'est si inattendu, si... C'est... j'en ai les larmes aux yeux.

— Je vous en prie.

— Non, vraiment... vous êtes chic. Oui, vous êtes un type bien.

— N'en parlons plus, voulez-vous ? fit négligemment Gwen-Aël. Et laissons nos notaires régler ce problème.

— De quoi remerciez-vous votre gendre, mon ami ? demanda Emma qui arrivait sur ces entrefaites.

— De m'avoir fait connaître le bourbon dont il venait de me resservir un verre, répondit Louis. J'adore cet alcool.

*

Les premières contractions surprirent Viviane en plein sommeil, trois jours après la visite de ses parents. Comme de juste, Gwen-Aël était absent. La veille, il avait décidé d'accompagner Yves Kerléo dans le Sud-Finistère et devait se trouver à Quimper ou Pont-l'Abbé. Elle ne s'affola pas et respira profondément, comme Aurélie lui avait conseillé de le faire. D'abord, évacuer toute angoisse, lui avait dit sa belle-sœur ; ensuite, si cela ne passe pas, me téléphoner. Il était trois heures et demie. Elle s'efforça de suivre scrupuleusement les conseils de respiration que lui avait donnés Aurélie et s'en trouva bien : les contractions s'espacèrent, et elle put attendre qu'il soit huit heures avant d'appeler sa belle-sœur. Elle joignit aussi Anne Kerléo à qui elle demanda d'avertir Gwen-Aël, par l'intermédiaire de son mari. Aurélie n'était pas encore arrivée quand Gwen réussit à l'avoir en ligne. Il serait au Conquet vers midi. « Courage, ma chérie », lui souffla-t-il avant de raccrocher. Dès son arrivée à Bellevue, Aurélie prit les choses en main. Qu'il était réconfortant de l'avoir avec soi, se dit Viviane.

— Il est temps pour toi de te concentrer sur le travail, lui glissa Aurélie. Les choses sérieuses vont commencer maintenant que tu as perdu les eaux. Tu ne souffres pas ?

— Non. Enfin, pas trop. C'est très supportable.

— Dis-toi, à chaque seconde, que tous les efforts que tu fais ne tendent qu'à expulser l'enfant. C'est ton seul but. Ne pense donc qu'à accoucher et à rien d'autre : tout deviendra plus facile.

Viviane poussait, criait, poussait encore, et l'enfant venait, mais si lentement ! Les bruits, les sons lui parvenaient assourdis, comme à travers un rideau de ouate. Le docteur était là ; elle l'entendait parler à Aurélie, qui venait de temps à autre l'encourager. En tout cas, tout devait bien se passer car on riait beaucoup dans la chambre. Compresses et bassines d'eau bouillante se succédaient, portées par des femmes qu'elle n'avait jamais vues. Et puis soudain, elle reconnut le craquement du cuir de ses chaussures anglaises sur le parquet.

— Gwen ? interrogea-t-elle.

— C'est moi, mon amour. Je suis là.

Elle était sauvée. Rien ne pouvait lui arriver, maintenant qu'il était avec elle, et elle accoucha, en milieu d'après-midi, d'un garçon qu'ils appelèrent Jean-François, en hommage à son grand-père Kernéis.

François et Estelle prirent le train pour la Bretagne, le soir même. Karl et Julia, accompagnés de Jean-Yves, les suivirent le lendemain. Tout le clan se retrouva donc au complet, à l'exception de Jacqueline, qui était toujours dans la maison de repos en Auvergne, où Anne était allée la conduire six mois plus tôt. Le traitement qu'elle y suivait semblait porter ses fruits. Marie-Ange, la dernière à lui avoir rendu visite, avait confirmé les courriers encourageants que ses parents recevaient chaque mois de son médecin traitant. Jacqueline s'en sortirait.

Le repas de baptême eut lieu dans le nouveau restaurant qui venait de s'ouvrir à la Pointe Sainte-Barbe. Il offrait une vue exceptionnelle et la réputation dont jouissait son propriétaire, M. Tresnos, s'avéra méritée. François quitta la fête quelques minutes avant les autres convives. Il avait une promesse à tenir, une promesse qu'il avait faite à son beau-père Eugène, pendant la guerre, lors de sa seule permission, un an avant sa mort : boire un verre de son porto préféré, à sa santé, devant son portrait, le jour du baptême de chacun de ses arrière-petits-fils.

— Et de deux, Père. Ça y est, c'est fait, lui dit-il. Je bois à notre santé à tous deux. À la vôtre, pour Eugène, le fils d'Aurélie ; à la mienne, pour Jean-François, celui de Gwen-Aël. Dommage que vous ne soyez pas là, vous auriez pu me retourner ce toast. Merci pour tout, encore une fois ; merci surtout de m'avoir donné Estelle. Et puis, peut-être à bientôt, qui sait ?

20

Ils étaient secoués comme des pruniers. Depuis leur départ de Camaret, une semaine plus tôt, la mer avait été agitée, mais pas franchement mauvaise. Le vent de sud-ouest était fort mais régulier, et ils avaient pu pêcher tous les jours, relever leurs casiers et les remouiller sans difficulté. Il est vrai qu'il avait un bon équipage : trois Camarétois, dont le frère de Josie, son ami Paul Keraudren, un Sénan, un Molénais et enfin, son jeune frère Marcel dont c'était le premier embarquement. Maintenant que le vent était remonté au nord-ouest en forcissant, le temps s'était mis au frais, et la mer devenait plus dure, à tel point qu'ils n'avaient pas pêché depuis douze heures. Augustin était fier de son bateau. Le *Regina Caeli* était bien le langoustier annoncé par le père Taniou, un an plus tôt. Il l'avait acheté avec l'aide de son beau-père, en avait légèrement modifié l'équipage, comme c'était souvent le cas lorsqu'un bateau changeait de capitaine. Il en avait profité pour retrouver son ami, Paul Keraudren, et pour prendre son plus jeune frère à son bord, comme mousse. Tout serait allé pour le mieux, s'il n'y avait eu le double drame de leur petite Augustine, d'abord, de Jacqueline, ensuite. Mais enfin, c'était la vie.

Aujourd'hui, il devait travailler pour rembourser son crédit. Son beau-père avait été généreux et lui avait laissé le temps. C'était d'autant plus surprenant qu'il le tenait : un huissier les avait surpris au lit, Josie et lui, un matin, à la première heure, en flagrant délit d'adultère. C'était la honte, bien sûr, mais aussi la menace d'un divorce qui allait lui coûter cher. Pourtant, il n'en voulait pas à Yves Kerléo, maintenant qu'il savait Jacqueline internée. Et même, il le comprenait. Il était père avant tout, et père d'une malade qu'il devait protéger.

Un coup de barre à droite, et il remit son bateau face à la lame qu'il franchit sans encombre. Il s'était attaché, par sécurité, une heure plus tôt. Dans cette mer formée, mieux valait être prudent : la moindre faute d'inattention pouvait se payer comptant. Attaché, il ne risquait pas d'être enlevé par un paquet de mer. Il était seul sur le pont dans cette nuit d'encre. Une nuit de nouvelle lune, un temps de chien : l'obscurité était presque totale. De loin en loin, il apercevait cependant quelques étoiles, entre deux grains, car ce vent de quarante-cinq nœuds chassait les nuages aussi vite qu'il en ramenait d'autres, et si les ondées se succédaient à une cadence rapprochée, elles ne duraient guère que quelques minutes. Le *Regina Caeli* était à la peine, vent debout, mais il était solide. Aveuglé par des paquets de mer que projetaient sans cesse les rafales de vent, il cherchait à maintenir son cap. Le grain qui venait de s'abattre sur eux était plus fort que les autres encore et, cette fois, il était noyé sous les trombes d'eau qui arrivaient de tous côtés, du ciel et de la mer. Il n'y voyait presque plus rien et ne put éviter une déferlante qui balaya le pont. Presque aussitôt, une lame brutale et inattendue le prit par traîtrise sur bâbord et coucha le bateau qu'il eut du mal à redresser. Il avait eu chaud, cette fois, et il s'apprêtait à souffler quand soudain, il hurla de terreur en voyant la masse d'acier foncer sur eux : il réalisa en un éclair qu'aucun d'eux ne s'en sortirait vivant ; ils allaient être écrasés, pulvérisés, réduits en bouillie, il ne resterait rien d'eux. Nul ne connaîtrait jamais la cause de leur disparition. Son cri fut couvert par le craquement sinistre de la coque, broyée comme fétu de paille par l'étrave en acier qui venait de les harponner. Il se retrouva sous l'eau, se débattant parmi des débris de toutes sortes, ballotté dans des remous invraisemblables. Combien de temps cela dura-t-il ? Trente secondes, une minute ? Lorsqu'il put mettre enfin la tête hors de l'eau, son beau langoustier avait disparu, rayé de la surface de l'océan, définitivement. Emportant dans ses flancs son équipage, ses amis à qui il servirait de dernière demeure, il s'était lentement enfoncé dans les profondeurs glacées où il dormirait à jamais. Et lui restait là, seul, oublié du Destin, de l'Océan, de la mort ; il flottait sur la mer, agrippé à une planche, dérisoire naufragé. À sa ceinture pendait toujours ce bout inutile qui lui avait servi à s'attacher. Sectionné net. Il sourit amèrement. Pour une fois qu'il voulait s'assurer !

Le cargo qui l'avait éperonné continuait sa route comme s'il ne s'était aperçu de rien. Augustin ne sentait plus le froid qui l'avait envahi dès la minute où il avait été précipité dans l'océan. De son bateau, pas une trace. De ses matelots et amis non plus. Ils étaient tous morts, noyés, surpris en plein sommeil. Il les avait tous tués. Il aurait dû voir ce cargo arriver sur lui. L'entendre au moins. Il se mit à pleurer. Il savait qu'il n'avait aucune chance de s'en tirer, mais cela lui importait peu.

Toute sa vie, il avait porté la poisse à ceux qu'il aimait et qui l'aimaient. À sa fille, à sa femme, quand il avait détruit leur couple, et maintenant à Josie et à sa mère. Qu'allait-elle devenir, sa pauvre mère ? Après son mari, c'était cette fois ses deux garçons qu'elle perdait le même jour, dans le même naufrage. Josie, elle, pleurerait son frère et son homme. Et aucune d'elles n'aurait de corps pour faire son deuil. Jamais elles ne sauraient ce qui s'était passé. Il n'était qu'un oiseau de malheur : autant partir. Il abandonna la planche, le regretta aussitôt, tenta de la reprendre sans y parvenir. Alors que son esprit avait choisi la mort, son instinct la refusait encore et le faisait lutter, malgré lui, pour sa survie. Et puis, peu à peu, le froid annihila ses dernières défenses et l'emporta. Il but une tasse, puis une seconde. Il était si engourdi qu'il cessa de nager, il ne sentit pas la mort l'envahir.

En cette fin septembre 1924, Yves était venu à l'île pour faire le bilan de la saison. Le brûlage n'était pas terminé, mais les résultats étaient encore meilleurs que l'année précédente, même si deux de ses amis molénais l'avaient lâché au profit de l'usine de l'Aberwrac'h. Il les comprenait, d'ailleurs, tant la concurrence était rude entre usiniers, en raison de la demande toujours aussi forte des industries de transformation. Pour le moment, ils ne souffraient pas encore du contrecoup de cette bagarre qui, selon Gwen-Aël, venait de débuter en

Allemagne entre nitrates de synthèse allemands et nitrates chiliens. Jakez Lastennet n'était plus là, mais son travail de l'année précédente portait encore ses fruits : les pains de soude des goémoniers de Lilia, Porspoder et Portsall avaient aujourd'hui une teneur en iode à faire pâlir de jalousie les Molénais qui avaient si longtemps été les meilleurs brûleurs. Pour sa part, Yves se contenta de mettre la main à la pâte une demi-journée, avant de jeter l'éponge. C'était uniquement pour se faire plaisir, pour voir s'il gardait le coup de main. Il l'avait toujours, mais il comprit aussi que cette demi-journée de brûlage serait sa dernière. Il y avait un temps pour tout, et, cette fois, son âge l'avait rattrapé.

Paul était dans le même cas. Yves avait été peiné de voir le vieux goémonier s'escrimer sur les fours de pierres avec un pifon devenu bien trop lourd pour lui. Il lui avait suggéré de prendre une retraite méritée, mais Paul n'avait pas compris. Le Patron le trouvait trop vieux pour travailler ? Il n'était plus bon à rien ? Il voulait le mettre à la porte ? Jamais monsieur Yann, son beau-frère, n'aurait fait une chose pareille ! Il fallut à Yves beaucoup de patience et de douceur pour expliquer à Paul que personne ne songeait à se débarrasser de lui, qu'il pourrait rester à l'île tant qu'il le voudrait, qu'il y travaille ou non. S'il souhaitait continuer, il le pouvait, bien sûr, mais certains travaux devenaient peut-être trop durs, compte tenu de son âge. Lui-même, Yves Kerléo, bien que beaucoup plus jeune, ne souhaitait plus faire le brûlage. D'un autre côté, tout le monde trouverait normal qu'il veuille rentrer chez lui sur le continent.

— Mais, Patron, protesta Paul, chez moi, c'est ici,

à l'île, et depuis longtemps ! Je ne connais plus personne dans mon village. J'ai soixante-sept ans. Cela fait plus de quarante ans que je suis aux îles. Ne m'obligez pas à retourner sur le continent, j'y suis perdu ! Tout a changé : il y a des vélos, des autos, et des machines qui remplacent l'homme dans les champs. Il y a des avions, des bateaux à moteur, des lampes qui marchent toutes seules, sans mèche, de l'électricité qu'ils appellent ça. J'ai même vu un téléphone, cette machine dans laquelle on parle. M'sieur Hervé m'a dit que vous en aviez un. Que voulez-vous que je fasse de tout ça, moi ? Non. Je veux mourir ici, et y être enterré. Le Bon Dieu ne m'en voudra pas de pas aller au cimetière.

— Mon bon Paul, ne t'en fais pas, l'avait rassuré Yves, tu pourras vivre et mourir à l'île. Tu seras toujours nourri, logé, blanchi et payé. Et, puisque tu ne veux pas partir d'ici, peut-être pourrais-tu t'acheter quelque chose avec ton argent ? Je ne sais pas, moi, un bateau, par exemple...

— Mais je n'ai besoin de rien, Patron, de rien. Que ferais-je d'un bateau, dites-moi ? D'abord, il y en a plein à l'île, et puis, pourquoi un bateau ? Vous voyez, monsieur Yves, je ne suis pas instruit, mais ça n'empêche pas de réfléchir, n'est-ce pas ? Eh bien, un jour, je me suis dit comme ça : « Paul, ce n'est pas la peine d'acheter des choses qui ne servent à rien. » J'avais remarqué que ceux qui ont quelque chose ont toujours peur de le perdre ou d'être volés ; ils ne sont jamais tranquilles. Moi, mes hardes me suffisent ; quand j'en ai besoin de neuves, je demande au patron de m'en donner. Il se débrouille et les paie. Et moi, je vis sans souci.

En quittant le vieux goémonier, un sourire aux lèvres, Yves se sentait en paix. Quelle différence entre un homme comme Paul et le jeune Pierre Arsonner ! Il était difficile de trouver deux êtres aussi opposés dans leur façon de vivre que d'accepter leur vie ! Entre un Pierre, plus révolutionnaire en paroles qu'en actes, et un Paul, trop passif, trop résigné à un sort tracé à la naissance, sans doute y avait-il un juste milieu. Il les comprenait, pourtant, l'un et l'autre. S'il était né, en milieu urbain, dans une famille ouvrière, probablement aurait-il été, lui aussi, un révolutionnaire à vingt ans ; il n'aurait sûrement jamais été aussi résigné que Paul. Des Paul qui ne contesteraient jamais l'ordre établi, la campagne bretonne en était pleine. L'aristocratie, le clergé avaient pesé et pesaient encore de tout leur poids sur le monde paysan. Cela durait depuis des siècles et les paysans gardaient encore en mémoire les répressions des jacqueries, les révoltes matées dans le sang et les pendaisons des Chaulnes, Aiguillon, Montesquiou, tous ducs et sanguinaires. Mais Yves savait aussi qu'il y avait en Paul bien plus que de la résignation, il y avait de la sagesse. C'était délibérément que le goémonier avait choisi de ne rien posséder, parce qu'il ne recherchait rien d'autre que la tranquillité d'esprit.

*

Gwen-Aël lisait dans le petit salon. C'était tout à fait inhabituel, mais cela lui permettait d'être avec Viviane qui, depuis la naissance de leur fils, ne sortait presque plus de la maison, à croire qu'elle craignait qu'il n'oublie de respirer si elle le quittait des yeux. Gwen aurait préféré voir Viviane nourrir elle-même l'enfant, mais ils avaient engagé une nourrice qui donnait en cet instant le sein au petit Jean-François. Certains médecins préconisaient aujourd'hui l'abandon de l'allaitement maternel. C'était le cas de celui d'Aurélie, et elle le tenait en si haute estime qu'elle l'avait recommandé à Viviane qui, à son tour, en vantait les mérites. Ce médecin, bel homme très à la mode à Brest, avait surtout pour lui de savoir tourner le compliment aux femmes. Elles n'y résistaient pas, et c'est ainsi qu'il avait convaincu Viviane, qui ne demandait qu'à le croire, qu'en dépit des sept kilos superflus qu'elle traînait encore, six semaines après son accouchement, elle avait déjà retrouvé son corps de jeune fille.

La semaine précédente, Gwen-Aël avait reçu les chiffres définitifs de ses confrères français, membres ou non de la *Combinacion de Yodo*. Ils étaient inquiétants. Le chiffre des 100 tonnes de production annuelle était déjà dépassé et il faudrait y ajouter les tonnages extraits des gaz de combat et vendus par l'armée, ainsi que 4 tonnes importées des États-Unis, qu'il avait dû racheter à ses clients américains. Que serait-il advenu de toute cette production sans l'export ? Ses Américains avaient reconduit leur contrat pour l'année suivante, mais en réduisant leurs achats à 18 tonnes. Il lui faudrait trouver de nouveaux débouchés, et ce ne serait pas facile. D'autres bootleggers ? C'était tentant, mais mieux valait diversifier sa clientèle. L'URSS ? Cela vaudrait la peine d'essayer... Il fallait aussi que l'Entente donne à la France un quota largement supérieur aux 60 tonnes de cette année 1924, faute de quoi les *outsiders* prendraient de plus en plus de poids, et alors...

L'autre point noir était la vente, de plus en plus difficile, des sous-produits et produits annexes, comme la potasse qui, jusqu'en 1918, avait été une source appréciable de recettes. Ce n'était plus le cas : en récupérant l'Alsace-Lorraine, la France avait retrouvé aussi un certain nombre de ses fleurons industriels. Les Potasses d'Alsace, l'un des plus éminents d'entre eux, régentaient aujourd'hui leur marché et avaient marginalisé tous les petits producteurs. Gwen-Aël, comme ses confrères, faisait contre mauvaise fortune bon cœur. Il n'empêche que, pour tous, c'étaient là des recettes qui s'évanouissaient sans qu'ils y puissent quoi que ce soit. Son père avait sûrement raison de dire que l'iode ne durerait pas éternellement ; mais les potasses, les nitrates avaient-ils plus d'avenir ? Nul ne le savait. Les progrès techniques, l'instabilité politique, les mutations de la société étaient tels en cet après-guerre qu'aucun politique, scientifique ou économiste ne pouvait prédire ce qui durerait encore dix, vingt, cinquante ans. Le ferait-il qu'il était sûr de se tromper, comme tous les autres, comme son grand-père, pourtant l'un des hommes les mieux informés de son époque en matière d'iode, qui, vingt ans plus tôt, en annonçait déjà la fin et l'avait confié au journaliste Charles Le Goffic, aujourd'hui écrivain reconnu. Il s'était fourvoyé. L'Entente internationale des Producteurs d'Iode avait survécu et approchait du cinquantième anniversaire de sa création. En dépit de ses erreurs et abus, la *Combina-*

cion continuait à régir le marché de l'iode. Le plus curieux était qu'Yves Kerléo, qui n'avait pourtant qu'une connaissance très partielle du marché, avait eu plus souvent raison que son grand-père, comme si, même dans le domaine économique, la sagesse populaire valait mieux que celle des experts.

Bref, Gwen-Aël ne pouvait préjuger de l'avenir du marché, et cependant il lui fallait agir. Mais que faire ? L'année précédente, au moment de l'incendie, il s'apprêtait à investir en matériels ; l'accident l'avait contraint à privilégier la manutention et le stockage plutôt que l'outil de production. Construire un four industriel ? Les îles d'où provenaient ses laminaires étaient bien trop éloignées de son usine pour que l'implantation d'un four présente pour lui un intérêt quelconque. Les pigouillers devraient continuer à brûler aux îles, sur le site même de la ressource, dans les traditionnels fours de pierre. À moins d'installer ce four industriel à Quéménès ? Pourquoi pas, après tout ? Il en parlerait à Yves ; c'était là une possibilité intéressante. Quoi qu'il en soit, ils devraient procéder à une augmentation de capital par incorporation de réserves, mais aussi par apport d'argent frais. Il devait en aviser Karl, car il leur faudrait des liquidités s'ils se lançaient dans le négoce comme il l'envisageait de plus en plus sérieusement. Il prenait, en effet, conscience qu'il convenait de dissocier production et négoce. Certes, il défendrait son usine autant qu'il le pourrait, mais il n'allait pas se ruiner pour cela. En fait, il n'y avait danger que dans la production. Que le niveau élevé des prix de l'iode autorise l'un des nouveaux *outsiders* à se sentir suffisamment puissant et, au moindre retournement du marché, celui-ci exploserait. Toute contestation de leur suprématie amènerait inévitablement les Chiliens à casser les prix, c'était leur seule défense. Que l'*outsider* soit Java, le Japon, la Russie, ou les États-Unis, le jour où cela se produirait, à moins d'une réaction ultra-rapide du gouvernement français sous forme d'augmentation immédiate des droits de douanes, toutes les usines fermeraient dans l'année et les goémoniers se trouveraient au chômage. Et nul doute qu'aujourd'hui, la politique laxiste de l'Entente conduisait inexorablement à cette crise.

Il devait aussi réfléchir au virage éventuel que lui proposait son beau-père et contrôler les chiffres qu'il lui avait transmis. Certes il ne pouvait s'empêcher d'éprouver une certaine sympathie pour Louis, mais cela ne l'empêchait pas de rester circonspect et de vérifier plutôt deux fois qu'une les éléments qu'il lui communiquait. L'armement à la pêche ? C'était tentant... La mer, la légende des terre-neuvas ! Et s'il en parlait à Augustin, le beau-frère de Julia et Karl ? Le pauvre n'avait vraiment pas de chance : épouser une hystérique et avoir une enfant infirme, c'était dur. Mais perdre cette petite fille et voir sa femme internée, ce l'était encore plus. Pauvre gars, vraiment. Le filleul d'Yves était pourtant un type solide à tous points de vue. Mais la chance ne s'obtenait pas sur commande... Il avait vécu le même drame ; il avait perdu sa femme et son bébé en 1916. Oui, il verrait Augustin lors de son prochain passage.

La chance qu'il avait, lui, Gwen-Aël, c'était de pouvoir s'appuyer sur Yves Kerléo ! Sans lui, l'usine Lemarchand n'aurait jamais retrouvé son lustre d'avant-guerre, elle ne serait jamais redevenue numéro deux, derrière celle de l'Aberwrac'h. Ils en étaient tous conscients, lui-même, Maurice Tiercelin ou Paul Delmotte. Paul avait repris son activité mais restait diminué : il boiterait à vie. À quoi tenait une existence ! Un mauvais réflexe et on se retrouvait estropié à jamais ! Depuis l'accident et à cause de la souffrance qui persistait, Paul éprouvait des difficultés croissantes pour communiquer avec autrui ; c'était un monologue perpétuel, difficilement supportable pour ceux qui travaillaient avec lui, et encore moins pour sa femme. Elle avait beaucoup changé et devenait hargneuse. Gwen-Aël soupira et recommença à annoter de chiffres et de commentaires les rapports qu'il lisait.

*

À Plouguerneau, Pierre Arsonner se faisait comme il le pouvait à sa nouvelle vie d'homme marié. Il n'était pas assez stupide pour prendre à la légère les mises en garde de son beau-père, mais, pour autant, il n'avait pas l'intention de moisir dans sa ferme et le lui avait dit. Celle-ci était si petite, il est vrai — un hectare et demi de cultures —, que Job savait bien qu'il ne pourrait pas nourrir longtemps le jeune couple. Sans compter qu'il n'y avait pas de travail pour deux sur un si petit espace. Pierre voulait retrouver la ville, l'arsenal de Brest. Après tout, puisqu'il avait son certificat d'études, il serait stupide de ne pas postuler à un emploi auquel son instruction lui donnait accès. S'il arrivait à « gommer » son passage à la CGTU, peut-être réussirait-il à y entrer, d'autant que son père y avait travaillé comme manœuvre. C'est ce qu'il avait plaidé près de Fanch, sur qui il comptait pour lui donner l'introduction, indispensable près du maire, du député, du conseiller général, qui lui ouvrirait les portes de l'Arsenal, où n'entrait pas qui voulait.

Pierre n'eut aucun mal à convaincre Rosalie que, pas plus que lui, elle n'était faite pour la vie à Plouguerneau. C'était prêcher une convertie. Si les jeunes mariés prenaient tous leurs repas à la table familiale, Rosalie avait obtenu de son père qu'elle puisse avoir un coin d'intimité avec son Pierre. Ils s'étaient aménagé une sorte de chambrette dans la vieille grange, où ils avaient posé leur paillasse au-dessus du cochon.

Dès la fin octobre, Fanch avait présenté Pierre au conseiller général du canton, qui avait promis d'intervenir auprès de son collègue brestois. Prudent, le goémonier n'avait rien caché du passé CGTU du garçon, qu'il avait présenté comme la victime d'une jeune et jolie déléguée syndicale d'une conserverie douarneniste. « Vous connaissez ces filles », avait soufflé Fanch au conseiller qui, justement, ne les connaissait pas, et avait acquiescé d'autant plus. Un mois plus tard, Pierre était convoqué à l'Arsenal de Brest, où il fut engagé comme employé aux écritures. Il tenait sa chance et ne la lâcherait pas. C'est ce qu'il assura à un Fanch fortement dubitatif, mais ravi d'être débarrassé de ce neveu encombrant. Job, lui, avait la larme à l'œil. Sa Rosalie quittait le foyer paternel ; c'était la fin des belles années...

*

Marguerite-Marie dut sonner trois fois avant que la jeune Françoise ne vienne lui ouvrir. Anne s'apprêtait à sortir, et la surprit dans le hall d'entrée, le mouchoir à la main, tamponnant ses yeux rougis par les larmes. Elle l'étreignit avec force, sans proférer le moindre mot. C'était inutile. Elle savait déjà que Jacqueline était veuve, que le *Regina Caeli* avait péri et Augustin avec lui.

— Je l'ai su ce matin, sanglota Marguerite-Marie. On m'a appelée de Camaret. Ils auraient dû rentrer il y a déjà neuf jours... Tu te rends compte, Anne, j'en ai deux ! Deux sur le *Regina Caeli*, Augustin et Marcel, son frère, mon petit dernier. Si cette garce de mer me les prend tous les deux, j'irai me jeter dedans, moi aussi. Jean, d'abord, Augustin et Marcel, maintenant, c'est trop ! C'est pas juste. Il ne me reste plus que mes filles, rends-toi compte ! Je ne veux plus entendre parler de Bon Dieu.

— Pourquoi dis-tu cela ?

— Parce qu'il n'a rien de bon, notre Dieu ! Pourquoi aurait-il noyé mes enfants s'il était bon ?

— Attends d'être sûre, dit pauvrement Anne.

— Où veux-tu qu'ils soient, à part au fond de l'eau ? Yves n'aurait jamais dû lui permettre d'acheter ce bateau ! Il aurait dû s'y opposer ; Augustin aurait été bien mieux au Conquet avec Jacqueline qu'à Camaret avec Josie.

— Bien sûr, Marguerite, mais c'est la vie, et Yves n'y est pour rien. Ce n'est quand même pas lui qui a poussé Augustin à coucher avec cette poule ! Une putain qui, non contente de cocufier son benêt de mari, vole celui des autres ! C'est elle qui t'a appelée ?

— Oui, et Dieu sait si elle pleurait, la pauvre ! Hier, elle m'a laissé un message au Restaurant du Port, me demandant d'y être, ce matin, à huit heures. J'y étais. Elle aussi est à plaindre, Anne, car il n'y a pas qu'Augustin : elle perd aussi son frère Paul, le second du *Regina*, un ami de mon fils.

— Elle, à plaindre ? s'emporta Anne. Ne compte pas sur moi pour cela. Elle nous a fait trop de mal. Dieu la punit.

— Dieu la punit ? Et moi, alors ? De quoi me punirait-il ?

— Toi, ce n'est pas pareil. Toi, c'est la malchance, rien que la malchance.

Marguerite-Marie hocha ; elle n'était pas convaincue par ces subtilités théologiques.

— Yves n'est pas là ? demanda-t-elle.

— Il sera de retour vers midi, je crois. Il est à l'usine. Je peux le faire chercher, si tu veux.

— J'aimerais bien, car il faut qu'il s'occupe de tout. Je ne sais pas ce qu'il y a lieu de faire, tu comprends. Disparus en mer... Mon Dieu, mes pauvres garçons ! On ne retrouvera jamais leurs corps !

Marguerite-Marie s'effondra une nouvelle fois, en larmes. Se sentant incapable de la consoler, Anne s'absenta quelques secondes et fit prévenir Yves. Dès qu'elle le vit, Marguerite-Marie se mit à gémir, comme si elle venait d'apprendre le malheur à l'instant même. Yves la connaissait suffisamment pour ne pas s'en formaliser. Il savait que ce dont elle avait le plus besoin, c'était d'une présence physique, aussi se contenta-t-il de la prendre dans les bras. Les bonnes paroles, le réconfort de l'au-delà, cela incombait au recteur qui serait reçu comme il se devait par une mère révoltée ; il en avait l'habitude.

Au bout d'une heure, la malheureuse mère s'était calmée et Yves put aborder les choses pratiques : il n'y avait pas de corps, donc pas de veillée funèbre à prévoir au domicile. Par contre, ils allaient tous deux se rendre immédiatement au presbytère pour demander au recteur d'assurer trois soirs de prières à l'église.

— Occupe-t'en seul, Yves, dit Marguerite-Marie, je ne m'en sens pas le courage. Ce curé va encore me parler de la clémence de Dieu, du Paradis, et de je ne sais pas quoi, et je vais l'insulter comme la dernière fois, pour l'enterrement de Jean. Tu préviens Jacqueline ?

— Non, répondit Yves, surtout pas. Elle a assez de mal à se remettre de son premier malheur, je ne vais pas lui en annoncer un second qui pourrait l'anéantir.

— Les gens vont jaser si Jacqueline n'est pas là !

— Qu'ils jasent, je m'en bats l'œil ! C'est de ma fille et de sa santé qu'il s'agit. Je me contrefiche de ce qu'en pensent Pierre, Paul ou Jacques !

Par précaution, Yves téléphona au port de Camaret où on lui confirma que le *Regina Caeli* était effectivement porté disparu corps et biens depuis la veille au soir. La presse annoncerait la nouvelle le lendemain. Toutes les familles avaient été prévenues officieusement, elles le seraient officiellement, par télégramme, dans la journée. Il n'y avait plus le moindre doute, la moindre chance : Jacqueline était veuve. Yves se changea, mit son chapeau, ses souliers, un crêpe noir à sa veste, et se rendit au presbytère.

En s'habillant ainsi, il avait l'impression de revenir des années en arrière, au temps maudit de la guerre, et d'aller annoncer un décès, comme l'avait fait, des dizaines de fois, son ami Adrien Devernois que bien des familles avaient dû vouer aux gémonies, en le voyant s'approcher de chez elles. Un jour, cela avait été son tour. Il se souvenait de ce matin du 8 novembre 1918, de cet éblouissement qu'il avait eu quand Adrien, sans même lui parler, lui avait fait comprendre qu'il avait perdu un fils. C'était Jean-François, mort de la grippe espagnole, une semaine avant l'Armistice ! Pauvre Adrien ! S'il avait su qu'en l'élisant maire, ses concitoyens le nommaient Messager de la Mort, représentant de l'Ankou sur la terre, il aurait sûrement renoncé à son mandat. Non, il aurait quand même accepté ; c'était un homme de devoir ; et le meilleur des amis.

La nef était pleine et il n'y avait plus une seule chaise de libre à l'intérieur de l'église. Toute la famille d'Augustin et de Marcel était là, oncles et tantes maternels et paternels, et, contre toute attente, ce deuil scella la réconciliation de Marguerite-Marie avec les siens. « Si Augustin voit ça de là-haut, il doit être content », se dit Yves, en se rappelant combien son filleul était meurtri de voir sa mère se fâcher avec tous les siens, pour un oui ou un non.

Le recteur fut aussi sobre qu'il l'avait promis à Yves. Imperturbable, Marguerite-Marie écoutait le prêtre sans montrer le moindre signe de nervosité ; on eût pu la prendre pour la plus pieuse des paroissiennes, elle qui ne mettait pas les pieds à l'église plus de six fois par an. Sans doute était-elle ailleurs, loin de la cérémonie, seule avec sa douleur de mère, seule avec ses garçons et son mari, quelque part où aucun des présents, et surtout pas le recteur, n'avait sa place.

Yves, lui, avait depuis longtemps passé l'âge de la révolte, sans doute depuis les décès de sa fille et de son fils. Il n'était pour rien dans leurs disparitions : Yvonne était morte en accouchant, Jean-François d'une épidémie, au front. Alors qu'Augustin... S'il ne l'avait pas aidé dans l'achat de son bateau, il serait toujours en vie. Pourquoi l'avait-il fait, en réalité ? N'était-ce pas avant tout pour faire d'Augustin son obligé ?

Il chassa ces pensées de son esprit et s'efforça de prier. Il n'y réussit pas, leva la tête et son regard rencontra celui d'Anne dont les lèvres dessinèrent un baiser. Anne, sa femme, son amour. Leurs yeux s'étaient pris, comme au premier jour, et il lui semblait que rien ne pourrait les déprendre. Sans la quitter du regard, il adressa au ciel une action de grâces muette. Les bonheurs qu'elle lui avait donnés tout au long de trente ans de vie commune pesaient bien plus que toutes les misères, tous les malheurs qui l'avaient éprouvé. Oui, il pouvait remercier le Ciel.

21

1927

Le señor Eduardo Segura se faisait attendre et Gwen-Aël regrettait de n'avoir pas suivi le conseil de son père : « Les Sud-Américains n'ont pas la même notion du temps que nous, Gwen, lui avait-il dit. Ne va pas chercher Eduardo trop tôt ou tu risques de perdre patience. » Il ne l'avait pas écouté et cela faisait déjà trois quarts d'heure qu'il se morfondait au bar du Lutetia quand le délégué de la *Combinacion* fit, enfin, son apparition. Petit, mince, mat de peau et noir de cheveux et de moustache, l'homme était impeccablement coiffé et rasé de frais, très élégant dans un costume trois pièces de grand faiseur. À le voir ainsi, Gwen-Aël comprit immédiatement les motifs de ce retard : la coquetterie du Chilien avait des exigences au regard desquelles la ponctualité était un détail secondaire. Eduardo jouait au dandy et ses retards étaient partie intégrante de son personnage. Pour se faire pardonner, le señor Segura insista pour qu'ils prennent, ensemble, une nouvelle coupe de champagne. « Tu verras, Eduardo est très sympathique », avait dit François. Gwen-Aël en fut convaincu, dès le premier quart d'heure, que le Chilien avait mis à profit pour le noyer sous un flot de paroles, d'où il ressortait qu'il avait fait son droit à Paris, vingt ans plus tôt, et qu'il gardait un souvenir inoubliable de sa vie estudiantine dans la plus belle ville du monde. Son diplôme d'avocat en poche, il n'avait pu se résoudre à quitter la capitale française et avait entamé une licence de philosophie avant que son père ne lui intime l'ordre de rentrer au pays. Il avait rejoint l'entreprise familiale de nitrates, en 1910. Il n'y avait fait qu'un bref passage et, après une dispute avec son frère aîné, l'avait quittée pour intégrer la *Combinacion*, l'Entente internationale des Producteurs d'Iode, où, en deux ans, ses compétences, autant que les relations paternelles, lui avaient permis de devenir l'interlocuteur privilégié des Européens. Après de nombreux voyages en Europe, il avait été nommé à Buenos Aires, devenue, dès 1914, l'une des plaques tournantes du commerce mondial pour tous les belligérants. Il y avait passé toute la guerre, et c'est là que François avait fait sa connaissance avant de devenir son ami. Gwen-Aël avait fini par décider son invité à quitter le bar de l'hôtel, pour rejoindre la rue de Passy et la résidence de ses parents, où ils étaient attendus pour le déjeuner. François était sorti accueillir son « ami Eduardo » et, malgré le froid très vif de ce second samedi de décembre, les deux hommes s'étaient étreints de longues secondes au pied du perron, avant de se décider à rentrer.

— *Como esta, Eduardo ?* Cela fait si longtemps !

— Huit ans, François. Huit ans ! Une vie.

— Comment se passe ton séjour à Paris ?

— Très bien, merci. D'ailleurs, mes séjours à Paris

se passent toujours très bien, même s'ils se font de plus en plus rares. Et puis, à Paris je suis chez moi. J'y ai passé six ans, et ma famille y a toujours un appartement. C'est mon neveu Pablito qui l'occupe actuellement. Le fils de Pablo, mon frère aîné, le patron de la société familiale de nitrates.

— Celui avec lequel tu t'étais fâché, releva François.

— Oui, mais nous sommes réconciliés depuis des années !

En écoutant son père et son ami évoquer le Chili, l'Argentine et l'Amérique du Sud, Gwen-Aël regretta de n'avoir jamais pris le temps de descendre jusqu'à Santiago. La traversée était si longue, il est vrai, que très peu d'hommes d'affaires lui sacrifiaient le temps nécessaire au voyage ; Buenos Aires ou Rio de Janeiro, plus accessibles, étaient beaucoup plus courus. Pourtant, Lima comme Santiago valaient le voyage, disait-on, même s'il fallait contourner ce terrible cap Horn, ou opter pour la solution du Canal de Panama, plus rapide mais plus risquée au point de vue sanitaire. Quelle que soit la route choisie, il fallait y consacrer un minimum de quatre à six mois, ce que Gwen-Aël n'avait encore pu se permettre.

François et Eduardo n'avaient pas tardé à retrouver le tutoiement familier des Sud-Américains, et le ton qu'ils employaient comme la vivacité des échanges et des gestes étonnaient autant Gwen-Aël que sa mère, qui découvrait un mari volubile et expansif lorsqu'il utilisait l'espagnol. Ils en étaient au dessert quand une voiture de l'ambassade du Chili vint livrer deux grandes corbeilles de fleurs destinées à Estelle, ainsi qu'une caisse de vin chilien, prix d'un pari perdu contre François en... 1915. Mais Eduardo était vexé. Ses cadeaux arrivaient bien tard et ses hôtes avaient pu supposer qu'il était venu les mains vides !

Ce n'est qu'une fois au fumoir, qu'ils passèrent aux choses sérieuses. Eduardo était en service commandé : il avait besoin de l'aide de ses amis Kernéis, et leur expliqua pourquoi. À la suite des travaux du docteur Jules Stoklasa, un chercheur allemand dont les résultats avaient été publiés en 1924, le Chili avait mené en Allemagne une campagne d'information dans de nombreux journaux sur l'intérêt de l'utilisation agricole de nitrates légèrement iodés, comme l'étaient les nitrates chiliens. Dans le même temps, il avait financé des études complémentaires près de deux laboratoires américain et français, dont celle menée par deux chercheurs français pour le compte de la société Poulenc Frères. Les résultats faisaient ressortir la supériorité des nitrates « naturels » iodés, sur les nitrates de synthèse. Le Chili qui dominait le marché des premiers venait d'engager le fer avec l'Allemagne, qui était en pointe dans les engrais chimiques.

Comme il fallait s'y attendre, les industriels allemands rejetaient les conclusions de ces études et, pour en démontrer le caractère erroné, l'*Interessen Gemeinschaft* mobilisait, sous la direction du docteur Ströbele, toute une brochette de scientifiques nationaux. L'enjeu était vital. Si la supériorité des engrais iodés était reconnue, l'iode avait encore de beaux jours à vivre — et les nitrates chiliens également. Dans le cas contraire, la baisse des ventes de ces nitrates iodés entraînerait des répercussions considérables sur les rentrées financières du Chili, avec de regrettables conséquences sur le marché mondial de l'iode. Ce qu'il convenait, bien évidemment, d'éviter, dans l'intérêt général — Allemands exceptés. « Cette fois, se dit Gwen-Aël, c'est la crise. »

— Tels que je les connais, les Allemands rejetteront, à juste titre, tous les résultats négatifs pour eux, dit François. N'importe quel pays ferait pareil. Ils ont autant besoin de limiter leurs importations que ton gouvernement de favoriser ses exportations.

— Tu penses donc que notre combat est perdu d'avance ? s'inquiéta Eduardo.

— J'en ai peur, oui. Mieux vaut être réaliste et ne pas se bercer d'illusions. Chaque pays défend ses intérêts. Ainsi Gwen-Aël, par exemple, vient d'intervenir auprès de notre gouvernement pour qu'on bloque d'une manière ou d'une autre les exportations américaines.

— Les Américains exportent sur la France ? s'étonna Eduardo.

— Sur l'Europe entière, intervint Gwen-Aël. Pour contourner la loi sur la prohibition, les *bootleggers* rivalisent d'imagination, et l'une de leurs trouvailles a de fâcheuses conséquences pour nous. Depuis un an, nos confrères américains se sont mis à fabriquer de la teinture d'iode en très grandes quantités. Solution alcoolique, mais produit légal. Ils en extraient ensuite l'alcool qu'ils recyclent en boissons interdites. Le problème, c'est l'usage qu'ils font de l'iode résiduel : comme ils ne font pas partie de l'Entente, ils l'exportent en Europe, frauduleusement ou non, sous forme d'iodures de potassium. Cela perturbe nos marchés.

— Mais c'est de la concurrence déloyale ! s'indigna Eduardo. Et illégale.

— À qui le dis-tu ! reprit François. Les premiers à en souffrir, ce sont les industriels européens, qui subissent aussi la concurrence des Japonais. Je te rappelle qu'ils ont atteint les 100 tonnes cette année.

— Je le sais. Ils ont une main-d'œuvre si bon marché qu'ils peuvent pratiquer des prix de dumping. Mais, pour en revenir à l'Allemagne, pouvez-vous m'aider ?

François réfléchit un moment, et répondit :

— Tu pourrais commencer par rencontrer Lafon et Quillard, qui ont fait cette étude pour Poulenc Frères. Il y a encore Maquenne, un grand spécialiste de l'iode, lui aussi. Mais tu auras du mal à contrer le *Stickstoff Syndikat*, Eduardo. L'Allemagne est très en pointe dans le domaine des engrais industriels et ses entreprises y sont très puissantes.

— Si nous ne réussissons pas à contrer ces fabricants d'engrais de synthèse, je crains que notre gouvernement n'en vienne à des solutions radicales !

— Que voulez-vous dire par là ? demanda Gwen-Aël.

— Oh ! c'est simple, dit Eduardo. Pour mon pays, l'exportation des nitrates est vitale : elle nous apporte l'essentiel des devises qui nous permettent de régler toutes nos importations. Si nous échouons en Allemagne, nos usines seront, tout simplement, nationalisées, et nous, ruinés.

— Dans ce cas, vous aurez vous-même creusé votre tombe, répliqua François. Tu sais ce que j'en pense, je te l'ai dit mille fois à Buenos Aires : les cours fixés par l'Entente sont trop élevés. Un shilling l'once, près de 45 F/or le kilo, 218 F d'aujourd'hui, c'est trop. Vous donnez la possibilité aux *outsiders* de faire suffisamment de bénéfices pour financer des recherches coûteuses. C'est ça, votre erreur.

— Peut-être, mais tu oublies que pour nous, l'important, ce sont les nitrates, dont l'iode n'est qu'un accessoire, répondit le Chilien.

— Alors que, pour nous, c'est notre métier, observa Gwen-Aël.

— Que me proposez-vous ? demanda Eduardo.

*

Cela faisait deux jours que Paul ne se sentait pas bien, et ce matin-là, quand il tenta de se mettre debout, il en fut incapable ; ses jambes ne le portaient plus. Il tituba, essaya sans succès de se retenir à sa paillasse qui glissa à terre et, en tombant, il s'ouvrit le front sur le châlit de bois. C'était curieux, il n'arrivait plus à bouger son bras gauche. Quand il appela à l'aide, seul un grognement sortit de sa bouche. Que lui arrivait-il ? Il n'avait pourtant rien bu la veille ; il n'avait pas la gueule de bois ! Il ne savait pas depuis combien de temps il gisait à terre, incapable de se remettre sur ses pieds. Il allait être en retard, ce qui ne lui arrivait jamais. En un sens, c'était une chance, car Hervé viendrait forcément voir ce qui se passait. Les autres étaient partis déjeuner sans s'apercevoir qu'il manquait à l'appel. Peut-être pensaient-ils qu'il s'était levé plus tôt encore que d'habitude ? Il se sentit vieux soudain, impuissant, inutile. Que lui arrivait-il pour qu'il soit ainsi incapable de faire le moindre mouvement ? Bon Dieu, bien sûr, c'était cela : il avait une attaque, comme Célestin trois ans plus tôt. Non, il ne voulait pas finir comme son ami, cloué sur sa paillasse, faisant ses besoins sous lui. Pas cela, pas cette honte ! Plutôt mourir. Après tout, il avait fait son temps et avait eu une bonne vie : le travail et le pain ne lui avaient jamais manqué. Il avait eu de bons patrons, Yves Kerléo, et Hervé Le Bars aujourd'hui, mais le meilleur, et de loin, avait été le Grand, Yann Penru, le géant roux. Pour sûr, s'il avait été à l'île, M'sieur Yann serait déjà près de lui, à le remettre debout, à le soigner. Il fut si ému, en songeant au géant aujourd'hui amputé de sa jambe perdue à la guerre, qu'il sentit des larmes lui couler sur les joues. Il tenta de lever la main pour les essuyer de sa manche ; en vain, naturellement.

« Saloperie de bras, saloperie de corps, je ne vous ai rien fait ! Remuez-vous, nom de nom ! » pensa-t-il.

Mais à quoi bon s'énerver ? Une attaque, on n'y pouvait rien. Le corps refusait d'obéir aux ordres du cerveau, c'était comme ça. Il se résigna à attendre. Ils avaient presque tous fini de déjeuner quand Mariannick demanda au Patron s'il avait vu le vieux Paul. Hervé posa la question à la cantonade, mais personne ne put lui répondre ; ce qui voulait dire qu'il était arrivé quelque chose au pauvre vieux.

— Je vais aller voir, Mariannick. Paul se lève toujours le premier. S'il n'est pas venu déjeuner, c'est que ses jambes ne le portent plus.

Quand il découvrit le vieux goémonier à terre, Hervé s'agenouilla près de lui. Il comprit tout de suite ce qui s'était passé. Trois ans plus tôt, Célestin avait déjà été la victime d'une paralysie presque totale. Il l'avait rapatrié immédiatement sur le continent, où le goémonier avait survécu près d'un an. « Plutôt mourir », lui disait Yves qui, chaque fois qu'il allait rendre visite à Célestin, en revenait bouleversé. Il ne pouvait plus parler ni même sourire ; il avait le visage déformé et son seul moyen d'expression était son regard — un regard qui ne riait plus jamais. À chaque visite d'Yves, il pleurait en écoutant « le Patron » lui raconter ce qui se passait aux îles, aussi Yves s'était-il senti soulagé lorsque Célestin avait fini par succomber à une pneumonie.

Hervé glissa un bras sous le dos de Paul et l'autre sous ses jambes. Il s'attendait à devoir fournir un effort violent et fut surpris de le soulever du sol, d'un seul mouvement. « Il ne doit guère peser plus de cinquante-cinq kilos, se dit-il. Comment peut-il encore manier le pifon des journées entières ? »

— Mon vieux Paul, assura-t-il, je vais te sortir de là. Tu as eu une attaque ; il faut que je te conduise sur le continent. On va y aller tout de suite.

Aller sur le continent ? N'importe quoi, mais pas ça. Tout ce que Paul désirait, c'était mourir à l'île. Tout de suite. Hervé n'avait qu'à lui mettre sa paillasse sur le visage et ce serait fini ; on ne parlerait plus de cette attaque, et lui, il irait retrouver les siens un peu plus tôt. C'était la supplique que de toutes ses forces, il essayait de faire passer dans son regard, lui qui ne parlait plus. Hervé ne comprit pas.

La traversée fut interminable pour Paul, qui était frigorifié quand ils accostèrent au Conquet ; la bise du nord l'avait glacé jusqu'aux os. Hervé laissa le goémonier dans sa barque et courut chercher Yves. Il n'était pas là, mais Anne n'hésita pas : elle prit la voiture et ils descendirent immédiatement chercher Paul.

Anne avait toujours eu une affection particulière pour le vieux goémonier sur lequel elle s'était appuyée, douze ans plus tôt. Durant les deux premières années de guerre, il avait été son second à l'île, modèle de dévouement, et il n'était pas question de perdre une seconde quand la vie de ce fidèle parmi les fidèles était peut-être en jeu. Paul était gelé quand elle se pencha sur lui. Elle le conduisit directement chez Jean, leur ami médecin, qui conseilla de le conduire sans délai à l'hôpital. Paul était bien victime d'une attaque de paralysie, mais c'était surtout son problème pulmonaire qui inquiétait le médecin. Hervé n'avait-il pas remarqué une toux anormale depuis quelques jours ? Pourquoi n'avait-il rien fait ? Il n'avait pas de médicaments et Paul était habitué à se soigner seul ? Les employés méritaient quelques égards, quand même ! Autant que les animaux, non ? Paul avait les poumons très chargés, et les médecins de l'hôpital, mieux équipés que lui, découvriraient rapidement de quoi il était atteint. Mais Jean ne se faisait guère d'illusions : la traversée, dans le froid glacial du matin, risquait fort d'avoir été fatale au goémonier.

Anne conduisait nerveusement. Elle était peu habituée à cette 5CV Citröen qu'Yves venait d'acheter d'occasion. Ils parvinrent cependant à Brest sans encombre et elle ne se sentit rassurée que quand elle eut laissé Paul entre les mains de deux spécialistes, l'un des poumons, l'autre du cerveau. À ce dernier, elle parla avec sa franchise habituelle.

— Docteur, si M. Roué doit rester entièrement paralysé, alors mieux vaut qu'il meure de la congestion que votre confrère vient de diagnostiquer. Des hommes de cette trempe, cela n'existe plus : il n'a jamais vu un médecin de sa vie et ne supporterait pas le moindre handicap. Je le connais depuis si longtemps !

— Madame, répondit le médecin, notre travail c'est de soigner les gens, pas de les laisser mourir. Nous le sauverons donc si nous pouvons le faire. Je puis vous dire, cependant, qu'il a de très fortes chances d'être emporté par sa congestion. Mon confrère se demandait, tout à l'heure, comment il était encore en vie.

Anne était rentrée immédiatement. Le lendemain, c'est Yves qui se rendit à l'hôpital où Paul agonisait. Il resta avec lui jusqu'à la fin qui intervint en fin d'après-midi.

La veille, Hervé s'était fait vertement tancer par Yves d'une façon qui lui restait sur l'estomac. Après tout, il n'était ni un gamin ni son employé, et Yves n'avait aucun droit sur lui pour se permettre de lui faire ainsi la leçon. À la fois peiné et vexé, il avait quitté Yves et Roz-Avel, en refusant le cabriolet qu'Anne lui avait aimablement proposé. Il en avait loué un pour quarante-huit heures et pris la route de Plouguerneau pour y prendre le conseil de Pierre, son frère aîné. D'accord, Yves était son aîné et il lui devait le respect. D'accord, il les avait tous aidés, Pierre comme lui, comme Goulven, Pol ou Julien. Mais, lui mis à part, tous avaient repris leur liberté, et lui, Hervé, il restait le seul à subir cette emprise qu'il avait toujours eue sur eux. Pourtant, dans sa voiture, le froid le faisait réfléchir, et plus il se rapprochait de la ferme de Pierre, plus il se disait que son frère risquait de donner raison à

Yves. « Nom de nom, s'écria-t-il soudain, comment ne me suis-je pas aperçu que Paul était en train de s'en aller ? Quel con, aussi ! Il devait bien avoir mal à la poitrine, quand même ! Et pour combien de temps est-il à l'hôpital ? Encore heureux qu'il ait de l'argent pour payer les frais ! Sans quoi, c'eût été à moi de sortir mes écus ! » N'empêche ! Mariannick lui avait dit, elle aussi, il y a peu, qu'elle avait des douleurs au ventre, des coups d'aiguille qui la réveillaient même quand elle dormait. C'étaient des maux de femme, bien sûr, mais peut-être devrait-il l'obliger à consulter ? Il allait le lui proposer. Quel âge avait-elle, Mariannick ? Elle était de 1872. Cela lui faisait... soixante-cinq ans ! Évidemment, soixante-cinq ans, ça commençait à compter... Mais non ! 1872... cela ne faisait que cinquante-cinq ! Seulement ? Bon sang ! Elle en faisait presque soixante-dix ! Les îles, pas de doute, ça vous usait un homme ou une femme en moins de deux. Était-ce l'air ? Ou alors le silence ? Peut-être ferait-il bien, lui aussi, d'aller voir un médecin pour vérifier que tout allait bien ?

Quand il pénétra dans la cour de la ferme, il faisait déjà nuit noire depuis une heure et seul un écart du cheval lui évita le tas de fumier. Pierre vint à sa rencontre une lampe à pétrole à la main :

— Hervé ! Pour une surprise ! Qu'est-ce qui t'amène à cette heure ? Rien de grave, j'espère ?

— Non, c'est Paul. Tu sais, Paul Roué. Il est à l'hôpital. Anne l'y a conduit, en début d'après-midi. J'en ai profité pour venir te voir.

— Tu as bien fait. Rentrons. Quel froid ! Ce vent du nord est terrible.

— À qui le dis-tu ! Je suis gelé : deux heures et demie de route...

— Pierrick va s'occuper de ton cheval et de ta voiture. Mais ce n'est pas celle d'Yves ? Je ne la reconnais pas.

— Non, j'ai préféré en louer une.

— Tu as les moyens ! fit Pierre en poussant la porte. Maria, regarde qui voilà ! Ton beau-frère préféré. Tu manges avec nous, bien sûr. On va se mettre à table dès que Pierrick en aura fini avec ton cheval. Une goutte de lambig... Ça va te réchauffer le sang, et tu en as besoin si je me fie à ta mine.

— Pierrick pensera à...

— Bien sûr qu'il pensera ! le coupa Pierre. Pour qui prends-tu mon fils ? Il va te le bouchonner, ton cheval ! Crois-tu qu'il le laisserait sans soins, avec ce froid ? Alors ? Qu'est-il arrivé au vieux Paul ?

— Je n'en ai aucune idée. Il a fait une attaque et il est aux trois quarts paralysé. Mais en plus, il a sans doute pris froid. Le médecin du Conquet parlait d'une congestion ou d'une pleurésie... Un moment, il m'a presque reproché de n'avoir rien vu !

— C'est pas pour ça que tu es là ! Qu'est-ce qui s'est passé ? Un problème avec Yves ? Attends... Il t'a passé une avoinée pour avoir laissé Paul attraper la crève. C'est ça, non ?

— C'est ça. Et il n'avait pas à le faire.

— Yves a eu raison, Hervé. J'en aurais fait autant.

— Comment cela ? Je n'y suis pour rien !

Pierre balaya l'objection d'un geste.

— Écoute, dit-il, Yves et moi sommes d'une autre école, c'est pour ça que je le comprends. Une plus vieille école. Il considère, à juste titre, que des gens comme Paul, qui ont donné leur vie pour nous, pour la ferme, pour l'île, ne savent pas protéger la leur. C'est donc à nous de le faire pour eux. Et ce qu'il te reproche, c'est de n'avoir pas compris que tu avais ce devoir envers des gens comme Paul ou Mariannick !

— Tu veux dire que c'est à moi de deviner s'ils ont besoin de ceci ou de cela ? S'ils sont malades ou non ?

— Oui, c'est ce que je veux dire. S'ils sont malades, s'ils ont besoin de repos, de vêtements, besoin d'aller voir leur famille sur le continent. Eux ne te le demanderont jamais.

— Eh bien ! Dans ce cas, il y a six ans que je passe à côté de tout. Moi, je considère que j'ai un contrat de travail avec mes employés, et rien d'autre.

Son frère le regarda un moment sans rien dire, puis reprit, avec un soupir :

— Hervé, je sais qu'il y a eu la guerre, et qu'elle a changé beaucoup de choses. Mais les vieux, eux, n'ont pas changé. Tu peux le comprendre, et tu dois l'admettre. Les patrons dans les îles ont toujours été des pères pour eux, tu me comprends ? La paie de Paul, où la verses-tu ?

— Je le paie par l'intermédiaire du notaire, Me Andrieux.

— Sais-tu qu'il ne touche pas à son salaire ?

— Comment cela ? D'où tiens-tu ça ?

— C'est Yves qui me l'a dit, il y a deux ou trois ans. Paul ne veut pas revenir sur le continent ; il veut mourir et être enterré sur l'île. Il a dû voir le notaire pour cela, d'ailleurs.

— Mais l'île n'est pas un cimetière ! Il ne peut pas y être enterré.

— Je sais...

Pierrick revint et l'on passa à table. Hervé se glissa à un bout, à la droite de Maria, Pierre trônait à l'autre bout. Il récita le bénédicité et, quand il eut fini, s'assit pesamment sur le banc de chêne, aussitôt imité par les autres. Selon un rituel immuable, pendant que Maria servait la soupe, Pierre découpa soigneusement des tranches de pain qu'on fit circuler. Puis, dans un silence absolu, la cadette de la famille se mit à lire les prières de l'Avent. Pour Hervé, c'était un brutal retour en arrière. Il se revit, des années plus tôt, dans la misérable fermette de leurs parents. Autour d'une pitance beaucoup plus maigre, c'était lui-même, le plus jeune des garçons, qui était chargé de la lecture. Il n'avait le droit de manger que quand les autres avaient quitté la table. Pour Pierre, rien n'avait changé. Et Maria qui lui souriait ! Pas de doute, son frère et lui n'étaient pas de la même école. Dire que Pierrick, son neveu, devait avoir vingt-quatre ou vingt-cinq ans et qu'il acceptait sans sourciller l'autorité paternelle ! Le repas terminé, assis de part et d'autre de l'âtre, les deux frères reprirent leur conversation, tandis que Maria et la plus jeune de ses filles cousaient. Pierrick était ressorti voir le cheval.

— Vois-tu, Hervé, dit Pierre, je vais me retirer. Maria et moi avons eu quatre garçons ; cette damnée guerre nous en a enlevé deux. Nous avons la chance d'avoir bien gagné notre vie aux îles et d'avoir pu aider François à s'installer. Maintenant, c'est au tour de son frère. Nous laissons la ferme à Pierrick et verrons le notaire pour ne léser personne.

— Tu as les moyens de t'arrêter de travailler ? demanda Hervé.

— Je l'espère bien ! fit Pierre, un peu vexé. Toutes ces années aux îles... À moins que ne survienne une catastrophe... Et même si c'était le cas, nos enfants pourraient nous donner de quoi manger, non ? Après tout, nous les aurons installés ! C'est peut-être parce que nous avons vécu dans les îles où tout est plus aléatoire que Maria et moi sommes les premiers à nous retirer si tôt, dans le canton ?... La vie est courte et il n'y a pas que le travail pour la meubler, même si c'est important. Mes garçons en veulent ? Tant mieux, car moi, j'en ai ma claque, je suis fatigué et je n'aspire plus qu'à me reposer, et voir grandir mes petits-enfants. Pourquoi freiner les jeunes plus longtemps ? Je vois trop de parents qui s'accrochent à leurs terres et gâchent la vie de leurs enfants, parce qu'ils n'acceptent ni de vieillir, ni de perdre la moindre parcelle de leur autorité.

— Tu te rends compte, Pierre ? Tu me dis ça à moi qui ne suis pas encore marié !

— Justement. Qu'attends-tu ? Il y a un moment que Maria me pose la question. Je suis tellement habitué à te voir célibataire, moi, que je ne me rends même plus compte que tu ne t'es jamais marié ! Tu as peur des femmes ?

Dans son lit clos, ce soir-là, Hervé avait un nouveau sujet de réflexion : jamais, jusqu'alors, il ne s'était posé la question du mariage mais à quarante-huit ans, il était sans doute temps qu'il y pense sérieusement ; bientôt, ce serait trop tard. Oui, il fallait qu'au printemps, ce soit une affaire réglée. Il lui fallait un héritier, maintenant qu'il gagnait bien sa vie. Et puis, cette dernière question de son frère l'avait blessé. Bien sûr que non, il n'avait pas peur des femmes ! Quand il allait sur le continent, il savait bien le leur prouver ! Mais il ne pouvait quand même pas dire à son frère aîné qu'à seize ans, il était tombé amoureux d'une femme, que cette femme c'était la sienne, Maria, et que cette maladie d'amour n'avait commencé à s'estomper que quand ils avaient quitté les îles !

22

Lorsqu'ils avaient reçu le télégramme de Sébastien, les avisant qu'il arriverait le surlendemain, Yves s'était perdu en conjectures. Cinq mois plus tôt, dans sa dernière lettre, leur fils leur annonçait qu'il s'apprêtait à quitter Diego Suarez pour Tamatave, puis l'île Maurice et Saïgon. Qu'est-ce qui pouvait bien motiver ce retour ? Anne avait insisté pour l'accompagner à la gare de Brest, ainsi que Marie-Ange, impatiente de voir son jumeau. Noyés dans la foule qui attendait les marins en provenance de Toulon, ils s'étaient placés au bout du quai d'arrivée, de manière à ne pas rater Sébastien. C'est Marie-Ange qui l'aperçut la première ; elle se précipita sur lui. Yves eut un choc devant le visage émacié de son garçon, et Anne fondit en larmes : son fils était maigre à faire peur ; lui, naguère plutôt enveloppé, il n'avait plus que la peau et les os. Ils se dirigèrent immédiatement vers la Citroën. Sébastien portait son sac sans difficulté, alors qu'Yves s'attendait à le voir ployer sous la charge tant il lui paraissait faible. Heureusement, Marie-Ange parlait pour eux quatre, ce qui leur permit, à Anne et lui, de se ressaisir. Devançant la question qu'ils n'osaient lui poser, le jeune homme leur expliqua que, peu après sa dernière lettre, il avait fait partie d'un détachement expédié en reconnaissance dans la région de Tamatave. Une opération de routine, mais toujours périlleuse : la mission, au moins, ne ferait pas d'orphelin, ils le comprirent trop tard, quand ils s'aperçurent qu'ils étaient tous célibataires.

Cette fois, le danger ce n'était pas les rebelles, mais les marais infestés de moustiques. Comme la quasi-totalité de ses compagnons, Sébastien y avait récolté la malaria. Huit d'entre eux en étaient morts, et, malgré la quinine administrée avec retard, il était lui-même resté pendant deux semaines entre la vie et la mort. Il avait perdu douze kilos pendant sa maladie, et encore cinq autres depuis, car la nourriture était infâme sur le bateau qui ramenait au pays les rapatriés sanitaires. Leur bateau avait accosté à Toulon huit jours plus tôt. Le temps de régulariser sa situation vis-à-vis de la Marine nationale, et, en compagnie de deux de ses amis, comme lui en congés de longue durée, Sébastien avait pris le train pour Brest. Voilà.

En écoutant son fils, Yves sentait la colère monter en lui. Comment se pouvait-il qu'un commandement inapte ou inconscient se permette de jouer ainsi avec la vie d'hommes en pleine force de l'âge ? Huit morts, et combien de malades à vie ? Il ne laisserait pas passer cela ; il allait en parler à François. L'officier qui avait décidé de cette mission l'avait fait en toute connaissance de cause. La preuve : le choix de célibataires. Il allait devoir payer pour ça. Car, si Sébastien l'ignorait, il savait lui que le paludisme était une maladie tenace dont les conséquences sur l'organisme étaient sérieuses et durables. Au moindre accès de fatigue, on pouvait être victime d'une nouvelle crise ; c'est ce qui était arrivé, durant la guerre, à l'un des forçats employés à l'île comme aide-goémonier. Le bagnard en était mort, car, à l'époque, Yves ignorait tout de la malaria. L'eût-il connue que cela n'aurait rien changé : il n'aurait pas eu de quinine pour le soigner. Par chance, l'hôpital militaire de Brest était spécialisé dans le traitement des maladies tropicales ; son fils y serait bien soigné.

Dès leur arrivée à Roz-Avel, Sébastien monta se coucher : il était épuisé par ces quarante-huit heures de voyage, pendant lesquelles il n'avait que très peu dormi. Il n'apparut que pour le déjeuner, où il fit preuve d'un bel appétit. Ils le laissèrent passer l'après-midi, et les jours suivants, à se refaire une santé en flânant sur le port, en allant à la pêche à pied avec sa jumelle, Marie-Ange, dont la présence eut, dès le premier jour, un effet bénéfique sur lui. La maison retentissait de leurs rires complices, comme quand ils avaient dix ou douze ans, alors qu'ils en avaient aujourd'hui vingt-cinq. Estelle avait toujours trouvé malsain, parce que trop exclusif, le lien affectif que les jumeaux renouaient entre eux. Elle en fit la remarque à Anne, qui la balaya d'un haussement d'épaules.

— Que veux-tu qu'elle lui fasse ? C'est sa sœur, quand même !

— Justement, c'est sa sœur, c'est bien ça qui me gêne !

— J'ai eu trois frères, Estelle, dit Anne, tous plus âgés que moi, dont des jumeaux. Parfois, c'est vrai, ils m'ont serrée de près, mais cela arrive dans toutes les familles nombreuses. C'est à cause de la promiscuité.

— Tu as eu de la chance, Anne, tout simplement.

— Que veux-tu dire par là ? Ton frère Félix aurait... commença Anne avant de s'interrompre brutalement.

Estelle ne lui répondit pas, et se promit de ne jamais revenir sur le sujet, cela lui coûtait trop. Si quelque chose advenait, elle aurait prévenu son amie ; que pouvait-elle faire d'autre ? Pourtant, il suffisait à Anne d'ouvrir *L'Ouest-Éclair* ou *La Dépêche* : des affaires de viols et d'incestes, on en voyait tous les jours. Mais tant qu'elles seraient punies de peines de quinze jours ou un mois de prison avec sursis alors que le moindre vol de poule valait au moins deux ans de prison ferme, leurs auteurs les considéreraient comme fautes vénielles et non comme des crimes.

Sébastien, lui, se laissait faire. Son seul souci était les visites médicales qu'il devait passer, toutes les semaines, à l'hôpital militaire. Il rentra un jour de Brest, spécialement abattu : un médecin-colonel venait de lui annoncer sa convocation devant la commission de réforme. Le paludisme étant une maladie récidivante, la Marine ne voulait pas prendre le risque de garder en son sein des hommes qui risquaient une rechute. Sébastien fut réformé avec une petite pension. Il s'agissait maintenant de lui trouver un travail, car il ne voulait pas entendre parler du commerce de vins. La seule chose qui l'intéressait, c'était la mer. Marie-Ange était ravie, Yves beaucoup moins, qui avait sur les bras un commerce qui n'intéressait aucun de ses enfants. Il se rappela soudain qu'au cours d'un de leurs entretiens, quelques mois plus tôt, Gwen-Aël lui avait annoncé qu'il avait repris, depuis peu, les affaires de son beau-père au nombre desquelles devaient figurer une ou deux affaires de mareyage.

Gwen-Aël lui confirma qu'effectivement il avait racheté à son beau-père deux affaires de viviers qui vivotaient, l'une à Camaret, la seconde à Saint-Guénolé, près de Penmarc'h. Souhaitait-il les reprendre ? C'était sans doute prématuré, répondit Yves, mais, si Sébastien s'y intéressait, peut-être pourrait-il l'envisager l'année suivante. Ils en discutèrent avec le jeune homme qui choisit de faire ses premières armes à Camaret, où il apprendrait le métier avec un certain Mathurin Bourhis, qui portait allègrement ses soixante ans et dont c'était le métier depuis toujours. Huit jours plus tard, Sébastien posait son sac dans le port langoustier, où Gwen-Aël avait également racheté à son beau-père ses parts dans trois bateaux. Il se mit au travail avec enthousiasme, et Mathurin ne tarissait pas d'éloges sur ce garçon si avide d'apprendre. Il l'amena avec lui en criée, d'abord, puis sur les langoustiers. Sébastien fit plusieurs marées sur différents bateaux, et six mois après son arrivée, il était définitivement adopté par les Camarétois, et d'autant mieux accepté qu'il avait une petite amie avec laquelle il s'était mis en ménage, Josie Keraudren, une jolie fille, d'un an son aînée, veuve, depuis peu, d'un homme dont elle avait divorcé quatre ans plus tôt. Son bosco d'ex-mari s'était malencontreusement trouvé sous une palanquée mal arrimée, et en était ressorti à l'état de cataplasme, faisant ainsi de son ex-femme, une veuve et non plus une divorcée aux yeux de l'Église. C'était là une nuance qui pouvait avoir son importance à l'avenir, se disait Sébastien qui connaissait les principes de ses parents.

Six mois plus tard, Yves, qui se rendait dans le Sud-Finistère, avait fait un crochet pour voir son fils. Il le trouva si épanoui dans son nouveau métier qu'il lui proposa de racheter, pour lui, l'affaire dans laquelle il travaillait. Sébastien était radieux. Tout lui souriait : son père qui allait au-devant de ses désirs, et puis Josie, surtout Josie. Il était si heureux qu'il voulut immédiatement faire partager à son père le bonheur de sa liaison avec la jeune femme.

Quand il comprit de qui son fils était amoureux, le cœur d'Yves se mit à battre à tout rompre. Ce n'était pas possible ! Le Seigneur ne pouvait leur infliger une épreuve si pénible ! Sébastien ne pouvait continuer à vivre avec sa maîtresse, et encore moins l'épouser. Il y aurait toujours entre eux le cadavre d'Augustin et la folie de Jacqueline ! Au prix d'un effort incroyable, Yves réussit à donner le change à son fils pendant tout le repas, en lui parlant de son vieil ami Joseph Tromeur à l'enterrement duquel il se rendait. Il lui raconta l'ouragan, l'invraisemblable tempête qui l'avait tenu isolé du monde pendant quarante jours, quand il était jeune gardien de phare, le délire de son ami Mathieu, l'autre gardien, grièvement blessé lors d'une chute dans l'escalier, la faim qui les avait tenaillés deux semaines durant, avant la relève assurée par Joseph dont il revoyait toujours le lumineux sourire.

Ces confidences l'avaient rapproché de son fils, à qui il n'en avait jamais tant dit. Il avait quitté Sébastien peu avant deux heures et roulait vers Pont-l'Abbé, où Joseph avait passé les dernières années de sa vie dans la maison neuve qu'avait fait construire son fils Julien. Yves souriait en se remémorant Joseph. Il le revoyait, racontant l'une de ses innombrables histoires, debout devant une table jonchée de flacons vides et des reliefs d'un banquet de gardiens pendus à ses lèvres.

Yves réfléchissait en conduisant : et s'il se taisait, tout simplement ? Après tout, Jacqueline n'en saurait rien. Depuis son rétablissement, elle était rentrée comme novice au Carmel de Notre-Dame-de-la-Salette, près de Morlaix, décidée à chercher dans la prière le réconfort au drame de sa vie. Ne valait-il pas mieux qu'il laisse, pour une fois, les choses se dérouler d'elles-mêmes ? Il avait été bien puni en voulant les plier à son gré et influer sur le cours des événements ! Ce n'était pas pour rien, sans doute, que la Providence mettait Josie sur la route de son fils, après lui avoir fait croiser celle de son gendre Augustin. Josie Keraudren était certainement appelée à jouer un grand rôle dans la vie de leur famille ; il n'allait pas s'y opposer.

*

Viviane était à nouveau sur le point d'accoucher. C'était sa quatrième grossesse et la troisième qu'elle menait à terme. Après ses deux garçons de trois et deux ans, Jean-François et Aurélien, elle espérait une fille. La jeune oie blanche qui, quatre ans plus tôt, avait épousé son prince charmant s'était muée en mère de famille épanouie. Elle respirait la santé et le bonheur. Tout lui souriait, en effet : elle avait un mari attentionné et aussi épris d'elle qu'aux premiers jours, deux bambins pleins de santé et ses parents avaient enfin trouvé la sérénité. Depuis que son gendre avait repris ses affaires, Louis Lecomte avait, en effet, acquis la tranquillité d'esprit qui lui avait toujours manqué jusqu'alors et depuis qu'il devait défendre des intérêts autres que les siens, il mettait un point d'honneur à ne pas décevoir et surveillait, semaine après semaine, dans le moindre détail, les comptes des langoustiers, et ceux des deux mareyeurs. De plus, ces déplacements lui convenaient parfaitement, et, de temps à autre, il s'octroyait un petit coup de canif au contrat, qui lui faisait le plus grand bien : Emma était si peu portée sur la chose ! Dans les différents ports, Louis trouvait des bras et des corps autrement accueillants ; il gagnait donc au change.

Il rentrait ce jour-là de Camaret où il avait eu la surprise de rencontrer, aux « Viviers de la Presqu'île », Sébastien Kerléo, le plus jeune fils d'Yves. Curieuse coïncidence, s'était-il dit, tout d'abord, avant de découvrir que la coïncidence n'en était pas une, quand le jeune homme lui avait lâché, tout à trac, devant un blanc-cassis, que son père allait racheter les Viviers et l'étal de Camaret à Gwen-Aël. La chose n'inquiétait pas Louis : il travaillerait pour les Kerléo au lieu de le faire pour les Kernéis, voilà tout. Ils auraient toujours besoin de lui, car l'on ne s'improvisait pas armateur du jour au lendemain. Pour en avoir le cœur net, il décida cependant d'aller rendre visite à sa fille. Si Gwen-Aël était là, il lui poserait directement la question.

— Bonjour, Papa, je ne vous attendais pas, lui dit Viviane en l'embrassant.

— J'arrive de Camaret et j'avais envie d'embrasser les petits avant de rentrer, dit-il. Mais si tu m'invites à rester dormir, je ne me ferai pas prier, ma chérie.

Une heure plus tard, Louis avait fait à Gwen-Aël le compte rendu de sa tournée et lui avait remis les comptes chiffrés de ses dernières visites à Lorient, Concarneau et Camaret. Il n'avait pas été à Saint-Guénolé et ne s'y rendrait que la semaine suivante, après son passage à Douarnenez.

— Rien de spécial durant votre périple ? demanda Gwen-Aël.

— Rien, sinon que j'ai fait la connaissance du plus jeune des fils de votre ami Kerléo, Sébastien, qui travaille à notre vivier de Camaret.

— Oui, Yves m'a demandé de lui apprendre le métier de mareyeur. Il semble d'ailleurs très bien s'y faire.

— Sébastien m'a confié que son père envisageait de vous reprendre le commerce, dit Louis qui avait trouvé son ouverture.

— C'est exact, répondit Gwen-Aël. Pour vous, cela ne changera rien, à ceci près que vous aurez un commerce de moins à contrôler. Mais si je leur vends aussi celui de Saint-Guénolé, il faudra que vous lui appreniez à les gérer.

Louis s'y engagea ; c'était tout naturel et ce serait toujours autant de déplacements d'assurés.

— Mais, dites-moi, demanda-t-il, ce garçon a bien été malade, je crois. Le paludisme ?

— Tout juste, c'est l'une des joyeusetés que nos colonies réservent à nos soldats, que ce soit en Afrique ou en Indochine. Sébastien a eu de la chance de s'en tirer.

Louis Lecomte marqua un temps d'hésitation avant de reprendre.

— En tout cas, il a fait son trou à Camaret. Il paraît même qu'il fréquente une très jolie fille, une certaine Josie, qu'il m'a présentée. Vraiment ravissante.

— Eh bien, nous serons peut-être bientôt de noce...

*

Cette réunion de famille était la première et, sans doute aussi, la dernière du genre, se disait Karl. Erika avait épousé trois ans plus tôt son officier teuton, ce Kurt von Ackerberg. Ne voulant pas blesser sa sœur, Karl avait assisté au mariage à Bâle, mais avait refusé d'être son témoin, ce qu'elle avait très bien admis. Le plus triste était que sa sœur s'était vite aperçue qu'elle avait fait une erreur et lui reprochait, aujourd'hui, de ne pas l'avoir suffisamment mise en garde ! Elle n'avait pas tardé, en effet, à constater que son mari était bel et bien en service commandé et que son seul objectif en l'épousant était de mettre la main sur la moitié du groupe Maier. Il ne le lui avait d'ailleurs pas envoyé dire le jour où ils s'étaient séparés, lui lançant à la figure : « Ma chère, pour qui vous prenez-vous ? Croyez-vous qu'un Ackerberg s'abaisserait à épouser une roturière si les intérêts supérieurs de sa famille n'étaient en jeu ? Qui pis est, la fille d'un Français dégénéré qui n'a même pas eu le courage de faire la guerre et d'une Suissesse à la cuisse légère ? Je n'ai jamais été amoureux de vous, et j'ai souvent eu du mal à vous donner le change. Mon seul regret, c'est que vous n'ayez même pas été capable de me donner un fils, un Ackerberg qui nous aurait apporté la moitié de l'empire Maier ; vous auriez ainsi contribué au financement du pangermanisme. » Par chance pour Erika, ses parents avaient été assez habiles pour éviter que le patrimoine industriel dont elle avait, sous forme d'actions, directement hérité de son grand-père ne tombe sous le contrôle de Kurt et de sa famille. Tous ses titres étaient serrés dans un coffre du Crédit Suisse, à Bâle. En revanche, ils n'avaient pu l'empêcher de transférer en Allemagne la majeure partie de ses liquidités, et c'est pourquoi ils tenaient aujourd'hui ce conseil de famille. Les Ackerberg étaient suffisamment puissants en Allemagne pour avoir fait bloquer le compte d'Erika, qui n'avait pu en retirer le moindre pfennig, depuis le jour où elle avait parlé de divorce. Quant à sa dot, inutile de se leurrer, elle n'en reverrait pas le moindre centime.

— Il n'a même pas voulu me rendre mes tableaux, gémit-elle en pleurs. Il ne m'a laissé que mes vêtements et mes bijoux ; et encore, pas tous !

— Remercie ton frère, au lieu de te plaindre ! la coupa Ursula. C'est lui qui nous a mis en garde. Sans lui, tu serais dépouillée de tout, aujourd'hui, alors que tes tableaux sont ici, figure-toi, dans notre coffre, ainsi que tes actions. Tu n'en avais que des copies, à Munich. C'est moi qui en ai eu l'idée, mais sans Karl et ton oncle François, ton père et moi n'aurions pas songé à te protéger malgré toi.

— Quoi qu'il en soit, remarqua Félix, son père, le problème n'est plus seulement celui d'Erika, mais celui de notre groupe. Comment pouvons-nous protéger nos usines allemandes ? Elles représentent 28 % de nos actifs !

Erika les regardait tour à tour, et il y avait de l'ahurissement dans son regard. De la panique aussi. Trompée par l'un, protégée par les autres, elle n'avait jamais été qu'un pion sur un échiquier, un enjeu dans une lettre de trusts. Elle se sentait humiliée.

— Ces hobereaux prussiens ne font pas encore la loi en Allemagne, que je sache ! s'indigna Karl. L'Allemagne est un régime démocratique.

— Oui, dit Félix, mais son président, Hindenburg, est un ancien militaire, ce qui prouve que, bien qu'ils aient perdu la guerre, les militaires allemands restent tout-puissants dans le pays.

— À mon avis, intervint Ursula, les Allemands ne pourront jamais nous exproprier. Nous sommes un pays neutre, et nul ne touche aux biens des neutres.

— Vous avez la mémoire courte, Maman, observa Karl. La Belgique aussi était neutre ; cela ne les a nullement empêchés de l'envahir en 1914.

— Que devons-nous faire, alors ? Que suggères-tu ?

— Que penseriez-vous d'un accord avec des Américains ? Vous pourriez créer une société commune dans le domaine de la chimie et apporter vos usines allemandes dans la corbeille de mariage. Ce n'est qu'une suggestion. Ce que je puis vous dire, c'est que les Allemands sont en train de reprendre du poil de la bête, et vite. Père, vous connaissez le problème des nitrates chiliens.

— Oui, pourquoi ?

— L'IG fourbit ses armes pour rompre les accords passés avec le Chili, dit Karl. Mon oncle François m'a appelé hier encore à ce sujet. Il venait de voir son ami Eduardo Segura, le délégué de l'Entente, mais aussi du gouvernement chilien. « Les Chiliens vont se faire manger tout crus », m'a-t-il dit. Ça va être la guerre. Les Allemands sont persuadés, et ils ont sans doute raison, que les nitrates de synthèse supplanteront rapidement les nitrates naturels chiliens, iodés ou non.

— C'est également mon avis, Karl. Malheureusement, nous ne serons pas partie prenante au festin, comme je l'escomptais, regretta Félix.

— Que voulez-vous dire ?

— À la suite du mariage de ta sœur, expliqua Félix, nous avions pris 50 % d'une usine qui fabrique ces engrais, le groupe Ackerberg détenant les 50 % restants. Je suis persuadé qu'aujourd'hui, nous ne sommes plus propriétaires de rien du tout. C'est de ma faute. C'était une société de droit allemand, avec un notaire allemand, une banque allemande. Ta mère était actionnaire ; Erika la représentait. Je suis persuadé que la cession des parts sociales est déjà enregistrée. Fausse identité, fausse signature. Classique, dans un pays étranger.

— Papa ! s'exclama Karl, vous m'aviez promis de me tenir informé...

— Je n'y ai pas pensé ! Et puis, je connais ton antigermanisme.

— L'usine de grand-père... J'en suis le principal actionnaire, quand même !

— Cessez de vous disputer pour ces broutilles, tous les deux ! dit Ursula. Ici on parle de dizaines de millions, Karl, pas de milliers de francs. Pense plutôt à Erika qui se trouve à moitié ruinée.

— L'argent a peu d'importance, Mère. Chiffrez ce qu'Erika a perdu dans ce mariage allemand, et faites-lui une cession correspondante en actions. Mais de grâce, que l'on en finisse avec ces mesquineries ! Encore heureux que les Ackerberg aient été assez stupides pour abattre leur jeu si tôt, les imbéciles !

— Karl a raison, Maman, intervint Erika. Il est le seul à avoir vu clair depuis le début dans le jeu de Kurt et de sa famille qui font bien partie de ce clan de revanchards, racistes, et xénophobes, prêts à suivre Ludendorff ou même Hitler. Vous n'imaginez pas à quel point, en Allemagne, ces gens infiltrent tous les rouages de la société, et surtout le monde économique.

— Comment cela ? demanda Félix.

— Le parti hitlérien joue sur du velours, expliqua Erika. La crise, la fibre patriotique, la défaite sont autant de cordes qu'il fait vibrer chez les Allemands. Je suis inscrite au parti, figurez-vous ! Il est presque impossible de ne pas l'être. Quand, avec un grand sourire, une « chemise brune » vous demande votre obole, dans un banquet, mieux vaut obtempérer et même se montrer généreux. Tout le monde a connu quelqu'un qui s'y est refusé. Le problème, c'est que cette personne a généralement eu un contretemps fâcheux peu après : accident, incendie, vol. Pour l'exemple. Bien entendu, pas une ligne dans la presse, bien que tout le monde en parle sous le manteau. Toute la famille de mon mari est au parti nazi, et je soupçonne même Kurt d'en être l'un des responsables militaires.

— Eh bien ! si je m'étais douté...

— Tout de même, vous avez lu *Mein Kampf*, n'est-ce pas ? Je vous en ai donné un exemplaire, quand c'est paru.

— J'avoue que ce type de lecture ne me passionne pas outre mesure, confessa Ursula.

— Ni moi, fit Félix en souriant. Je préfère les auteurs russes, ou même Jules Romains. Je ne pense pas que ce Hitler soit un grand écrivain.

— Vous avez tort de plaisanter, Père, intervint Karl. Moi, je l'ai lu, Erika, et je te comprends. Mais pourquoi ne m'en as-tu jamais parlé ? J'aurais pu t'aider.

— Il est toujours difficile d'admettre ses erreurs, Karl, soupira sa sœur.

Il se fit un silence que nul n'osait rompre. Erika, c'est sûr, payait au prix fort le simple fait d'être tombée amoureuse.

— Si nous passions à table ? suggéra enfin Ursula. Nous pourrons continuer à essayer d'y voir plus clair.

Karl voulait enfoncer le clou, une fois pour toutes, de façon à ce que ses parents comprennent que la neutralité était un luxe qu'ils ne pourraient se permettre éternellement. Il fallait qu'ils choisissent leur camp. Il fit circuler à table ce papier qu'avait remis à Yves Kerléo, quinze ans plus tôt, Cheun Penru, le frère d'Anne tué à Verdun et qu'il avait apporté exprès. Félix lut le premier.

— De qui sont ces citations, demanda-t-il. Et de quand datent-elles ?

— Toutes sont d'avant la guerre de 14, Père.

— Pas possible ! Et nous n'avons pas réagi ?

— C'est un militaire qui me les a communiquées, en 1912 ou 13. Vous voyez, nous n'avons pas été pris par surprise.

— Lisez ce papier, Ursula.

— Voyons cela, dit-elle. « Les Allemands sont cruels ; la civilisation les rendra féroces. » Cela c'est de Goethe, et c'est connu. « Ce n'est pas seulement l'Alsace et la Lorraine, mais la France, l'Europe, le monde même, tout entier, qui nous appartiendront. Le monde entier sera allemand. » Heinrich Heine ! Je ne l'aurais jamais cru !

— Oui, Mère, dans *Pratique et doctrine de la guerre*. Je vous passe Bismarck qui, traitant les Français de Cafres, se fixait comme « but impérieux » de les anéantir. Sautez Harden, Hase, Bley, Reimer. Venez-en à Klaus Wagner et Class.

— Voyons ce que dit ce Class... « Il s'agit de savoir si notre peuple veut faire triompher son droit légitime d'avoir une place au soleil... C'est la domination universelle qui nous revient, parce que nous sommes le peuple élu de Dieu... »

— Je croyais que c'étaient les juifs, le peuple élu ! ricana Félix.

— Quant à Wagner, reprit Karl, voici ce qu'il écrivait dans *Krieg*, toujours en 1911 : « Nous avons, nous, Germanoïdes, la force de briser et de fouler aux pieds l'avenir des autres races. Les races inférieures disparaîtront devant la race supérieure... La guerre est le seul jugement équitable : elle est la sélection naturelle dans laquelle les peuples germaniques parfaits triomphent des peuples de valeur médiocre... » Vous voyez, Hitler n'a rien inventé !

— Je ne connaissais pas tout cela, Karl, dit Erika. Tu aurais dû m'en faire part avant que... Jamais jc n'aurais épousé Kurt !

— Ma petite sœur, ce papier, je te l'ai donné ; tu as refusé de le lire ! Rappelle-toi... Je te parlais des militaires allemands.

— Excuse-moi, j'ai été stupide.

Karl n'avait pas fait le déplacement pour rien, cette fois. Ses parents étaient enfin convaincus qu'il leur fallait prendre leurs distances avec l'Allemagne, et revendre sans tarder leurs usines dans ce pays. Erika avait choisi de passer quelques jours à Paris chez son frère et sa belle-sœur, histoire de se changer de la rigidité de la famille Ackerberg dans laquelle elle s'était sentie prisonnière trois ans durant.

23

Hervé avait mis deux hommes à contribution : Pierre, son frère, et aussi Fanch Guennec, qu'il estimait un peu moins traditionnel que son aîné dans ses goûts comme dans l'idée qu'il se faisait de la pratique religieuse. Car Pierre et Maria lui semblaient devenus un peu trop calotins, comme il l'expliquait à Yves. Pour le moment, seul Pierre lui avait proposé une « candidate » qu'il avait immédiatement écartée. « Plutôt rester célibataire que d'épouser pareille vieille fille. Un vrai remède contre l'amour. » Il souhaitait une femme d'expérience, comme il le disait, quelqu'un qui ne débuterait pas dans la vie conjugale comme il s'apprêtait, lui, à le faire. Elle devrait avoir dans les trente-cinq-quarante ans. Deux débutants âgés faisant équipe, l'un vieux garçon, l'autre vieille fille, c'était l'échec assuré. « Deux vieux ronchons maniaques ensemble, cela ne marchera jamais », assurait Hervé.

— Une veuve ? questionna Yves.

— Une veuve, oui. C'est à cela que je pensais.

— Une veuve avec de grands enfants ?

— De grands enfants ? Tiens, pourquoi pas ? Je n'y ai jamais songé. Mais avec de grands enfants, elle sera déjà vieille. Tu penses à quelqu'un en particulier ?

— Oui, sourit Yves, et peut-être la connais-tu. Elle n'est pas aussi jeune que tu le souhaiterais, mais elle est courageuse. Cette femme a eu beaucoup de malchance dans sa vie, et mériterait un peu de bonheur. Elle a quarante-trois ou quarante-quatre ans.

— Trop vieille pour me faire des enfants, non ?

— Je n'en sais rien et, à vrai dire, je n'y avais pas pensé. Peut-être Anne pourra-t-elle nous renseigner sur ce point.

— Elle viendrait à l'île ?

— Je n'en sais rien non plus. Allez, je te le dis : c'est Jeannette, la veuve de Lucien Jézéquel.

— Jeannette ! Bien sûr que je la connais ! Comment n'y ai-je jamais pensé ? Bougre d'imbécile que je suis ! J'aurais dû le lui demander il y a déjà dix ans ! Crénom ! En plus, elle n'a été mariée que peu de temps à Lucien. Ses enfants sont grands, déjà. Sa fille est institutrice, je crois.

— Oui. C'est la filleule d'Anne. Attends-moi cinq minutes.

Yves revint presque immédiatement, accompagné d'Anne qui entreprit aussitôt Hervé.

— Yves me dit que vous avez des vues sur Jeannette ?

— Des vues... des vues... j'ai pas dit ça, Yves ! J'ai dit que je serais pas contre si elle était pour... Voilà ce que j'ai dit, rien d'autre.

— Mais, si elle n'est pas contre, vous êtes pour, c'est bien ça ? demanda Anne.

— Tout juste, Anne, tout juste, vous avez bien saisi. C'est exactement ça : si elle ne me refuse pas, eh bien, elle me convient.

— Jeannette a eu quarante-quatre ans en septembre, Hervé. Sans doute peut-elle encore avoir des enfants, mais c'est rare à son âge. J'ai bien été enceinte à quarante-cinq, mais ça ne veut rien dire. Il faut que vous sachiez qu'à cet âge, cela varie d'une femme à l'autre et que l'on ne peut être sûr de rien. Aussi, ne venez pas vous plaindre si, après quelques mois, Jeannette ne vous donne pas d'enfant. D'autant que ce n'est pas toujours de la faute des femmes !

— Comment cela ? s'étonna Hervé.

— En vieillissant, les hommes font moins d'enfants que quand ils sont jeunes. Ils sont moins féconds, eux aussi. Vous ne le saviez pas ?

Yves se sentit vexé. Est-ce qu'elle mettait en cause sa virilité, par hasard ? Mais il ne dit rien ; il avait besoin d'elle pour sonder Jeannette, car il était, évidemment, hors de question pour lui d'essuyer personnellement un refus. Ils convinrent donc, tous les trois, qu'Anne irait voir Jeannette sous un prétexte quelconque — une visite à sa filleule, par exemple —, et qu'ils se reverraient la semaine suivante.

Ragaillardi et la tête remplie de l'image de la Jeannette de vingt-trois ans dont il gardait le souvenir, Hervé s'embarqua en sifflotant sur le *Marie-Pierre*, qu'il lui faudrait bientôt rebaptiser la *Jeanne*. La semaine à venir serait longue, mais il aurait de quoi s'occuper : la remise en état de la ferme et de la maison de Quéménès devenait urgente ! À mi-chemin entre le continent et l'île, il ne se posait déjà plus de question, l'affaire était dans le sac. En accostant à l'île, il avait déjà tracé l'avenir de l'aîné de leurs enfants, car ils en auraient deux, deux garçons. Hervé avait été à l'école, mais le français n'avait jamais été son point fort, et il y avait longtemps qu'il avait effacé de sa mémoire les Fables incompréhensibles de ce maudit La Fontaine. Sinon, il se serait certainement souvenu du pot à lait de Perrette...

Le lendemain matin, les Kerléo prirent la route des abers. Yves laissa Anne à Landéda, tandis que lui-même continuait sur Plouguerneau pour y rencontrer Léone, la belle-sœur de Pierre et Maria, restée seule en 1916, quand Pol était tombé au Chemin des Dames. Léone s'était remariée en 1924, pour se trouver à nouveau veuve, huit mois plus tard. Comment Maria n'avait-elle pas pensé à sa belle-sœur ? Bien sûr qu'elle y avait pensé, comme ils y pensaient tous ! Et sans doute même Hervé et Léone, les premiers intéressés, mais c'était toujours la même chose : la timidité maladive des uns, la pudeur excessive des autres, quand ce n'était pas leur orgueil, comme chez Hervé, empêchaient nombre de Léonards d'aller au bout de leurs désirs ou même d'essayer de les réaliser pour la bonne et simple raison qu'ils n'osaient même pas les exprimer.

Yves et Anne étaient particulièrement volubiles, en rentrant tous les deux au Conquet, le lendemain. Yves avait commencé par raconter son entrevue avec Léone. Il était très à l'aise avec la fille de Goulven qu'il avait connue enfant, dans la misérable fermette où son père, veuf à l'époque, essayait tant bien que mal de les élever, elle et ses cinq frères et sœurs. Léone avait souri quand il lui avait posé la question. Elle connaissait Hervé, bien sûr, il était de Lilia, lui aussi.

— Monsieur Kerléo, sincèrement, après Pol, vous

me voyez avec Hervé ? C'est le jour et la nuit ! Ce n'est peut-être pas très gentil pour Hervé, mais quand même, il n'y a pas de comparaison !

— Tu t'es pourtant remariée, Léone, même si ça n'a pas duré.

— Justement ! Je me suis remariée ! Et c'est bien le tort que j'ai eu ! Le lendemain de mon second mariage, je m'en mordais déjà les doigts. Avec Pol, j'avais tiré le gros lot pour commencer, et je ne savais pas que les lots de consolation pouvaient être fades à ce point. Alors un seul remariage me suffit. Je n'ai pas envie d'en essayer un autre que j'aurais peut-être envie de rompre au bout d'une semaine. Paix à son âme, Mathieu, mon second mari, était un brave homme, mais n'était qu'un brave homme. Vous me comprenez, n'est-ce pas ?

Jeannette, elle, ne connaissait pas Hervé, mais, quand elle avait entendu Anne lui parler d'enfants, elle s'était immédiatement récriée. Elle n'en voulait surtout pas, alors qu'elle était en âge d'être grand-mère.

— Et un homme, ça ne te tente pas non plus ? avait questionné Anne.

— Un homme ? Pour quoi faire, Grand Dieu ? Pour le lit-clos ? Très peu pour moi. Je n'ai jamais aimé ça même si, avec mon mari, j'ai toujours rempli mon devoir conjugal. Le Lucien, il n'était pas tout jeune, mais il avait la santé ! Pour ça, oui ! Il en voulait le bougre ! Et s'il ne s'était pas noyé, pour sûr, il m'aurait collé une ribambelle de moutards !

— Vous ne vous entendiez pas ? s'enquit Anne, curieuse.

— On s'entendait très bien, au contraire, répondit

Jeannette. Sauf pour la culbute. Dame ! Faut aimer, hein ? Il savait que j'en raffolais pas, mon pauvre mari, loin de là, même, mais il ne m'en voulait pas. Pour lui, c'était n'importe où et n'importe quand ! Il me troussait en moins de deux, et hop ! Le pain au four ! Je ne comprends d'ailleurs pas toutes ces femmes qui en font tant de foin. Pour ce que c'est, hein ! J'en connais, qui ont des vapeurs, qui tombent sur le dos et écartent les cuisses rien que d'y penser ! Moi, je leur aurais bien cédé mon Lucien de temps à autre, si j'avais été sûre que ça le calmerait ! Mais allez savoir, peut-être ne me serait-il jamais revenu ? C'est qu'il aimait ça, le bougre !

Pauvre Lucien, pensait Anne, il n'avait pas dû s'amuser tous les jours ! Pas étonnant qu'elle ne se soit jamais remariée. Et quant à la laisser épouser Hervé, non, elle ne pouvait laisser le goémonier faire une erreur pareille, lui qui semblait, au contraire, ne penser qu'à ça !

— Bon, alors, c'est non, Jeannette ? demanda-t-elle.

— Je n'ai pas dit ça, non plus, répondit Jeannette. Faut voir... D'après ce que vous dites, Hervé Le Bars, c'est un brave homme. J'ai rencontré son frère Pierre et sa femme, une fois, il y a quelques années. Ils sont riches.

— Hervé, lui aussi, a de l'argent, ce qui ne veut pas dire qu'il soit généreux.

— Riche... Ça demande réflexion, n'est-ce pas ? Si j'accepte, ce ne sera pas pour moi, mais pour mes enfants. Il faudra qu'il dote ma fille, et pense aussi à mon fils... Ptêt' bien que dans ce cas-là...

Anne était outrée.

— Si ce n'est que pour cela, lâcha-t-elle, ne te marie pas avec lui. Je la doterai, moi, ma filleule ! Prendre un mari, ce n'est pas comme acheter son poisson. On ne peut pas le jeter à la mer s'il n'est pas bon et en choisir un autre. Si l'on a tiré un vilain congre tout pourri au lieu du saumon vif-argent que l'on espérait, il faut faire avec. Toute sa vie.

— Je ne sais que vous dire... Tenez ! Voilà votre filleule. Vous pouvez lui demander son avis. À moins qu'elle-même...

Depuis déjà deux ans, Marie-Anne était l'institutrice d'une classe de huitième à l'école primaire des Sœurs du Saint-Esprit, à Brest. Anne était fière de sa filleule qui lui faisait honneur. Elle avait pleinement mis à profit la possibilité qu'elle lui avait procurée de suivre des études jusqu'au BEPC. Aussi visait-elle pour elle un autre parti qu'Hervé, qui était loin de représenter l'idéal d'une jeune fille instruite. Elle avait déjà pu juger le caractère bourru du goémonier vingt ans plus tôt, quand Yves l'avait engagé à Quéménès, et sa vie de célibataire dans les îles ne l'avait sûrement pas rendu plus aimable. Marie-Anne, sans être belle, avait pour elle la fraîcheur et la joliesse naturelles des jeunes paysannes de bord de mer. Et surtout, elle était intelligente et ouverte, et son rire fusa franc et clair quand sa mère lui fit part de la proposition d'Hervé.

— Maman, qu'attendez-vous ? Vous me dites sans cesse que vous ne supportez pas la solitude et que vous vous ennuyez, seule ici ! Mon frère Lucien est dans la Royale, et pour longtemps. S'il la quitte, ce sera pour naviguer au commerce. Moi, je fais ma vie à Brest.

Vous êtes donc totalement libre. Pour vous, c'est une chance à ne pas laisser passer !

— Tu te débarrasserais comme cela de moi ? s'indigna Jeannette.

— Pas du tout, Maman, mais, enfin ! Rappelez-vous notre discussion d'avant-hier soir ! Vous me disiez que vous appréhendiez déjà mon retour sur Brest. Il faudrait savoir ce que vous voulez !

— C'est vrai. La solitude me pèse, et l'épaule d'un homme, cela a du bon. Mais, dans le mariage, il n'y a pas que l'épaule...

Anne en avait assez de ces simagrées paysannes.

— Jeannette, dit-elle, je ne peux me contenter de demi-réponses, et ton manque d'enthousiasme ne m'incite guère à pousser Hervé dans tes bras. Sans compter que tu ne lui conviendras peut-être pas, toi non plus : il veut des enfants, lui ! Dis-toi aussi que c'est un vieux garçon, et qu'il aura du mal à changer. Tu ne te rends pas compte qu'avec ton premier mari, Lucien, tu avais une crème d'homme.

— Que si, je le sais ! Mais n'oubliez pas que c'était un vieux garçon, lui aussi, et qu'il n'était pas toujours facile. Avec moi, du moins, parce qu'avec les autres... C'est bien simple, si j'en crois ce que j'entends depuis que je suis veuve, j'avais épousé un saint !

— Oui, et tu ne t'en es jamais rendu compte. Hervé, lui, est loin d'être un saint, et il vit sur une île.

— Il ne retournerait pas habiter Lilia ?

— Certainement pas.

— Dans ce cas, c'est non. À quoi bon être riche si c'est pour vivre sur ce caillou ? Non, c'est hors de question.

Anne et sa filleule avaient marché une bonne heure sur la dune, comme elles le faisaient au Conquet, quand la jeune fille y était invitée. Anne était déçue, non du refus de Jeannette, mais de son étroitesse d'esprit. Elle craignait que sa filleule ne puisse vivre normalement sa vie avec une mère aussi pesante et que la solitude et le veuvage avaient enfermée dans une vision du monde et des gens étriquée.

— Maman est ainsi, Marraine, dit Marie-Anne. Elle est et restera toujours insatisfaite. Elle est restée veuve très jeune et a, depuis, toujours fait ce qu'elle voulait, ce qui l'a rendue très exigeante vis-à-vis des autres.

— Et pas assez vis-à-vis d'elle-même ! ajouta Anne. C'est ce que tu veux dire ?

— Vous me faites rougir, Marraine, parce que je ne proteste même pas.

— Parce que ce n'est que la vérité, tout simplement. Et toi, où en es-tu avec les garçons ?

— Les garçons ? Comment cela ? bredouilla Marie-Anne, qui s'empourpra un peu plus.

— As-tu un amoureux ? À Brest ou ailleurs ? Un ami, un fiancé ? Un amant ?

— Marraine !

— C'est pour savoir...

Marie-Anne hésita un instant, avant de répondre, presque en chuchotant :

— Depuis des années, j'aime un jeune homme qui ne le sait pas, et ne le saura sans doute jamais. Et si je me marie un jour, ce sera probablement avec quelqu'un d'autre que lui.

— Pourquoi dis-tu cela ?

— Parce qu'il ne m'a jamais remarquée. Oh ! il a toujours été gentil avec moi, mais parce que c'est naturel chez lui, vous comprenez ? De la gentillesse, il en a pour tout le monde ; elle ne m'est pas réservée...

— Ma pauvre chérie ! Est-ce que tu souffres ?

— Souffrir ? Non, Marraine. J'espère toujours, sait-on jamais ?

— Je le connais ? demanda Anne, intriguée. Ce n'est pas un prêtre, au moins ?

Elle venait de se souvenir de l'étonnante assiduité de Marie-Anne à se confesser.

— Non, bien sûr, pourquoi serait-ce un prêtre ? répondit la jeune fille en riant.

Puis après une nouvelle hésitation, elle reprit :

— Vous le connaissez, en effet, mais je ne vous dirai pas qui c'est. Cela vous embarrasserait, et moi, encore plus.

— Dans ce cas, garde ton secret, ma chérie.

C'était bien l'intention de la jeune fille. Qu'aurait dit sa marraine si elle lui avait révélé que l'homme dont elle était amoureuse, c'était Sébastien, son fils ? Peut-être aurait-elle été tentée de l'aider, comme Yves l'avait fait pour son filleul, Augustin ? Peut-être, au contraire, en aurait-elle été gênée ? Dans tous les cas, les relations entre elles n'auraient jamais plus été les mêmes. Durant leur promenade sur la plage, Anne lui avait appris que Sébastien avait quitté la Marine et travaillait maintenant à Camaret. Y aller et le rencontrer par hasard ? Pourquoi pas ? Il fallait qu'elle y réfléchisse.

*

Josie était couchée. Depuis quarante-huit heures, elle avait des nausées et vomissait à intervalles réguliers. Qu'elle se trouvât enceinte n'avait rien d'étonnant et elle en était même plutôt contente, car, de temps à autre, l'idée l'avait effleurée qu'elle pût être stérile. Elle n'avait pris de précautions qu'avec son mari, jamais avec Augustin ou Sébastien.

Elle l'aimait bien, Sébastien ; c'était un bon compagnon. Quand elle l'avait rencontré, elle était au fond d'un gouffre dont elle n'arrivait pas à sortir, et personne ne lui tendait la main. Il était arrivé, lui avait souri et lui avait redonné à la fois confiance en elle et le goût à la vie. Après la mort de son frère Paul et d'Augustin, son grand, son seul amour, elle avait glissé sur une pente de plus en plus dangereuse. Pendant plus de deux ans, cela avait été la descente aux enfers, jusqu'à ce jour maudit où elle avait appris le décès de sa mère, morte d'alcoolisme et de phtisie à l'hôpital. Ce jour-là, elle avait pensé mettre fin à ses jours. Elle n'avait plus personne. Un peu auparavant, en effet, elle s'était fâchée avec sa sœur, sous un prétexte futile : elle ne pouvait quand même pas lui dire que son mari avait essayé de la culbuter parce qu'elle avait la réputation de coucher avec n'importe qui ! C'est vrai qu'elle avait eu des faiblesses avec trois hommes en une année de cafard noir ; et cela avait suffi : ils l'avaient fait passer pour une fille facile ! Et puis, la chance avait soudain tourné quand, peu après le décès de sa mère, elle avait rencontré Sébastien, par hasard. Il s'était montré courtois, et elle s'était tout de suite aperçue qu'elle lui plaisait. Il s'était installé chez elle presque aussitôt. Ce n'était pas la passion comme avec Augustin, ce ne serait plus jamais cela, mais elle avait de la tendresse pour lui. Quant à lui, il lui donnait son amour, et de se sentir aimée l'avait réconciliée avec elle-même. C'était beaucoup, et elle lui en savait gré.

De la main droite, elle se tâta les seins : oui, pas de doute, ils avaient légèrement grossi. Deux mois bientôt que l'enfant poussait dans son ventre que sa main caressa, avant de descendre plus bas. Elle se mit à haleter et jouit intensément. Elle recommença plusieurs fois avant de se lever. Auparavant, cela lui arrivait rarement de prendre son plaisir seule, mais, de ce côté, avec Sébastien, elle n'était pas gâtée. Car si, dans la vie de tous les jours, il était attentionné, sur ce plan, il se conduisait comme un sauvage, en novice égoïste ; en deux minutes, il avait fini son affaire et l'oubliait aussitôt. Jusqu'à présent, elle n'avait jamais osé lui en parler ; il semblait avoir reçu une éducation très stricte et considérait comme tabou tout ce qui se rapportait aux relations sexuelles.

« C'est aujourd'hui qu'il rentre de pêche », se dit-elle. De temps à autre, Sébastien voulait « apprendre le poisson » comme il disait, et il partait pour une marée, sur un bateau ou un autre. Cette fois, il rentrait de quinze jours de mer sur un « douarneniste », ce qui le changeait des pêches côtières. Elle lui annoncerait sa grossesse dès ce soir. Il en serait à la fois bouleversé et heureux, elle le connaissait. Elle en profiterait pour lui parler de son histoire avec Augustin, avant que quelqu'un de mal intentionné ne s'en charge. Ils allaient aussi devoir parler mariage ; il y avait gros à parier, en effet, que, sous la pression de sa famille, Sébastien exige de passer à l'église.

Sa famille ! Elle repensait à ce Yves Kerléo, le beau-père d'Augustin, le père de Sébastien, aussi. Elle allait retomber dans ses griffes... Il devait avoir gardé ce constat d'adultère. S'en servirait-il pour l'écarter de Sébastien ? Elle se souvenait encore de sa honte, quand l'huissier et les gendarmes l'avaient surprise au lit avec Augustin... Pourtant, cet homme ne devait pas être si méchant puisque, même après cela, Augustin n'arrivait pas à lui en vouloir. Quant à Sébastien, il ne semblait pas voir de grande différence entre son père et le Bon Dieu. Non, sans doute ne se servirait-il pas de ce constat.

*

Finalement, la semaine avait passé à toute vitesse. Hervé avait commencé par rebaptiser son bateau, et, sur le fond noir, il avait peint JEANNE en lettres blanches. Avant que Pierre et Maria ne s'aperçoivent que sa barque ne portait plus leurs prénoms respectifs, il serait marié. Cela fait, il était monté sur le toit de la ferme, dont il avait remplacé les ardoises manquantes. Il avait également recensé les travaux à effectuer sans retard : badigeonner la façade, repeindre l'intérieur du bâtiment et, surtout, retapisser sa chambre. Il allait aussi demander des conseils de décoration à Anne, qui devait connaître les goûts de Jeannette, car il n'était pas du tout certain qu'elle aimerait ses animaux empaillés. Peut-être faudrait-il aussi lessiver tout cela à grande eau ? Depuis le temps !

Le lendemain, il avait fait le tour de l'île. Il y avait des quantités énormes de *bijinn ton* à récupérer, les deux coups de vent des dix derniers jours ayant amené à la côte des masses de goémons de toutes sortes. Les gars en auraient pour un mois de travail pour tout récupérer. Il avait également observé que nombre de murets de pierres avaient souffert des tempêtes de début décembre. Il y mettrait les frères Guillerm, c'étaient les meilleurs pour ce type de travaux. Il lui fallait encore acheter deux chevaux ; il irait à Saint-Mathieu, voir Tanguy Mazé qui l'inviterait sûrement à manger un morceau. Le beau-frère d'Yves Kerléo, en dépit de son âge, restait le plus grand connaisseur de chevaux de tout le canton, en même temps que le plus honnête. Il vous prenait ses frais de déplacement et 100 francs par cheval, comme cinq ans plus tôt, alors que le franc avait perdu près de la moitié de sa valeur. À croire que Tanguy continuerait à faire son métier pour rien, simplement pour le plaisir.

La veille au soir, Hervé avait préparé une petite valise, dans laquelle il avait serré son costume du dimanche, un costume presque neuf, payé 55 francs en 1914, qu'il n'avait porté que cinq fois depuis, et qu'il n'avait pas remis depuis le mariage de son neveu Baptiste, trois ans auparavant. Le vêtement sentait un peu la naphtaline, mais il l'aérerait au Conquet, chez Yves. Ce matin-là, il s'était levé plus tôt encore que de coutume. Un détail l'agaçait : en se rasant, il s'était aperçu qu'un furoncle lui poussait sur le cou, juste sous l'oreille. C'était déplaisant pour commencer à faire sa cour à une femme. Tant qu'il y était, il avait également remarqué qu'il avait perdu beaucoup de cheveux ces derniers mois... D'ailleurs, avant de rencontrer Jeannette, il lui faudrait se refaire une beauté chez le coiffeur du Conquet ! Ce genre de détail était très important aux yeux des femmes, lui avait soufflé Mariannick. Les écorchures qu'il s'était faites au visage, à la suite de sa chute dans les rochers, en début de semaine, s'estompaient peu à peu et, dans quarante-huit heures, il n'y paraîtrait plus. Plus l'heure du départ approchait, et plus Hervé sentait monter l'excitation en lui. À six heures, il était prêt : la valise à la main, il attendait que se lève le jour pour quitter la ferme. Une demi-heure plus tard, il poussa un profond soupir et s'éloigna d'un pas décidé, sous une pluie fine. Il fit voile sur Molène avec le flot, et, pour mettre toutes les chances de son côté, assista à la messe à l'île ; puis il reprit immédiatement la *Jeanne* et fit route sur Le Conquet. Cette fois, il avait le jusant avec lui.

Quand le bateau passa Quéménès, Hervé avait la tête dans les étoiles. Il ne se posait plus de question, n'avait plus aucun doute : l'affaire était faite. Jeannette ! Il avait toujours en mémoire le visage en larmes de la jeune veuve, lors des funérailles de Lucien. C'était une jolie femme, qui lui ferait de beaux enfants. Yves et Anne l'avaient sûrement invitée chez eux.

En une semaine, Hervé avait eu le temps d'affiner ses plans, Jeannette lui donnerait donc deux garçons. Au delà, ce ne serait pas raisonnable ; passé cinquante ans, il serait trop vieux. L'aîné prendrait sa suite, bien sûr. Il garderait l'île, où il continuerait à faire du tali et du *bara mor*, mais, entre-temps, il lui aurait acheté aussi une grande ferme à Plouguerneau. Hervé voulait être le roi dans son village et que tout le monde sache qu'il avait réussi. Quant au second de ses fils, il ferait des études : il avait de quoi les payer. Serait-il médecin ou avocat ? À moins qu'il ne devienne officier, comme François Kernéis ? Mais il y avait mieux encore qu'officier : professeur, professeur de français. Ce serait sa revanche sur l'école républicaine, et sur ce français qui l'avait toujours rebuté. Car il n'était pas facile pour des petits paysans comme eux dont le breton était la langue maternelle d'apprendre par cœur, sans les comprendre, tous ces textes français. Victor Hugo, Chateaubriand ou La Fontaine, c'était du latin ou de l'hébreu pour lui et ses copains, qui, le plus souvent, ne saisissaient pas le sens de ce qu'ils récitaient. Il se souviendrait toujours de cet agneau qui se « désaltérait dans le courant d'une onde pure », alors qu'il ne faisait que boire l'eau du ruisseau. Quelle idée de compliquer ainsi les choses ? C'était cela, la poésie, lui avait expliqué l'instituteur.

Hervé était plongé dans ses pensées quand il vit soudain tomber la brume. Il en fut contrarié, mais choisit d'ignorer ce contretemps. Il y avait déjà près d'une heure qu'il avait laissé Quéménès à tribord et ce n'était pas un simple banc de brume qui allait perturber ses plans ! Pas un jour comme celui-là ! Peu après, cependant, la chape de plomb qui s'abattit sur lui noya la *Jeanne* dans une bulle cotonneuse ; en moins de cinq minutes, il perdit tout repère. Hervé ne s'était jamais retrouvé seul dans une pareille purée de poix. Cela lui était arrivé avec Yves, oui, mais jamais seul, et il se savait assez piètre marin. Jeter l'ancre était le premier commandement et c'est ce qu'il fit. Lorsqu'elle accrocha le fond, il poussa un soupir de soulagement. Il y eut une secousse avant que le bateau ne se stabilise, mais cela ne dura qu'un instant et il se remit à dériver.

Très vite, Hervé s'aperçut qu'il reprenait de la vitesse. L'ancre s'était décrochée ! Elle était restée au fond, et le bout traînait dans la mer, inutile. Cette fois, les choses se compliquaient. Depuis, il avait amené la voile et se laissait déporter par le courant, utilisant les avirons pour ralentir sa progression. De temps à autre, il se plaçait à la proue, la gaffe à la main, de façon à éviter un récif éventuel que la brume lui aurait caché. Il dériva longtemps comme cela. Quelle heure pouvait-il être ? Il se reprochait d'être aussi négligent : il avait une belle montre en argent, serrée dans sa valise, mais elle ne marchait plus depuis deux mois déjà, car il l'oubliait à l'île chaque fois qu'il venait sur le continent. Enfin, le courant faiblit avant de se renverser. Il y avait donc déjà six heures qu'il était parti de Molène, puisqu'il avait quitté l'île en début de jusant. Ce n'était pas étonnant qu'il n'y voie plus rien : la nuit était tombée. Que faire ? Il ne devait pas être bien loin des Pierres Noires, s'il ne les avait pas dépassées ; il avait dérivé si longtemps qu'il était peut-être même plus près de Sein que de Saint-Mathieu ! En principe, en faisant cap nord-est, avec le flot, il ferait route sur Le Conquet. Il n'avait ni boussole ni étoiles ou phares pour le guider, et dut, pour tenir ce cap, se fier au seul courant. Il ne reconnaissait pas les cornes de brume qu'il entendait, il devait être beaucoup plus au sud qu'il ne l'aurait souhaité. Une heure passa, puis une autre avant que la *Jeanne* ne heurte une roche. Pas violemment : à peine freina-t-elle le bateau. Il n'empêche, la voie d'eau était importante et, au bout d'une demi-heure, Hervé dut se rendre à l'évidence : l'eau pénétrait dans la barque plus vite qu'il n'arrivait à l'évacuer, il allait couler. Il résolut de tenter le tout pour le tout et de prendre ce qui lui semblait être la direction du continent, au risque de rencontrer un récif à pleine vitesse. Il mit toute la voile et coupa au plus court, du moins, tenta-t-il de le faire.

Moins d'un quart d'heure plus tard, la *Jeanne* percuta un second « caillou » de plein fouet. Il sauta à l'eau à l'instant même où son bateau se disloquait sur le récif. Hervé s'était mal reçu sur le rocher auquel, depuis, il s'agrippait. Il allait devoir trouver rapidement une solution sinon il se noierait quand la pleine mer recouvrirait son rocher. Il devait être à Béniguet. À Béniguet, ou à Kervouroc ? Dans ce cas, il était perdu. S'il était sur l'un des récifs de Béniguet, par contre, il avait une chance. Il tenta de déplacer sa jambe gauche ; elle ne répondait plus. Il s'assura une prise de la main droite avant de déplacer la gauche le long de sa jambe : Nom de nom ! Il se l'était sûrement fracturée en tombant : l'angle était bizarre. Ses chances se réduisaient considérablement ! La jambe droite, elle, n'avait rien et il s'y appuya pour se hisser aussi près que possible du sommet du rocher. Sa jambe cassée lui faisait un mal de chien, maintenant, mais s'il voulait s'en sortir, il devait oublier ces petites misères. Il ne voyait rien. Le brouillard, toujours aussi dense, lui ôtait toute possibilité de savoir où il était. Il appela au secours, et se demanda pourquoi. À moins d'un miracle, il allait mourir. Il était mauvais nageur, et, en plein hiver, dans cette mer, il n'avait aucune chance de tenir longtemps. Il appela encore et encore. Soudain, on lui répondit.

C'était lointain, mais net, cependant. Il regarda ses pieds. Ils baignaient dans l'eau. Elle montait centimètre par centimètre, sournoisement. Elle commença par lui recouvrir les pieds ; puis ce furent les mollets, les jambes, le bassin, et pourtant il s'était installé tout en haut du récif. Il appela encore, fit un geste de bras. Ce fut son tort. Il n'avait plus suffisamment d'appuis pour s'assurer ; une vague de rien du tout, à peine plus forte que les autres, le déséquilibra et le fit basculer en arrière. Il se noyait à moins de cinquante mètres de Béniguet, du salut. Eût-il évité ce récif isolé, il serait tranquillement allé s'échouer sur la grève.

C'est un pigouiller qui, le lendemain matin, découvrit son cadavre ainsi que l'épave de la *Jeanne*, dont le changement de nom provoqua un peu de confusion. Yves identifia sans peine le corps à la gendarmerie du Conquet car, mises à part de petites égratignures, le visage était intact. Il appela immédiatement Pierre qui ramena la dépouille de son frère à Plouguerneau, où Hervé fut enterré quarante-huit heures plus tard dans le caveau familial. Pierre héritait de l'île et des droits d'exploitation du goémon, mais il fallait remplacer Hervé immédiatement. Il n'y avait qu'une seule solution : Yann Penru. Le géant devait absolument accepter de les dépanner.

Ce n'est ni Pierre ni Yves qui obtinrent l'accord du frère d'Anne, mais Gwen-Aël, pour lequel le géant avait toujours nourri une affection particulière depuis la guerre. Ils étaient tous conscients — et Yann le premier — qu'il ne s'agissait plus pour lui d'utiliser sa force, comme il l'avait fait pendant des années à l'île, mais d'user de son autorité comme de son savoir-faire.

Pierre confia également à Yves qu'il ne garderait l'île que le temps de trouver un autre propriétaire, ou un autre locataire. Yves n'hésita pas une seconde. Il prit le bail à son nom, en se donnant la possibilité de la sous-louer. Il ne pouvait prendre le risque de laisser quelqu'un d'autre s'emparer de la seule ressource certaine sur laquelle pouvait s'appuyer Gwen-Aël !

*

De la main droite, Sébastien tenait fermement son *pen baz* au bout duquel pendait un baluchon de vêtements humides et sales. Le bras droit glissé sous celui de son homme, Josie tenait, à son bras gauche, un panier contenant une partie de la godaille de quinze jours de pêche. Sébastien reviendrait prendre le reste plus tard, dans la soirée. Pour le moment, ils avaient mieux à faire et se dirigeaient à pas pressés vers leur maisonnette au toit d'ardoises bleues et aux murs blanchis à la chaux. De temps à autre, d'une pression de la main, Julie manifestait sa présence et son affection à Sébastien, qui lui répondait d'une autre pression du bras. Elle sentait alors les muscles de l'homme durcir sous ses doigts, devinant que, plus bas, le sexe en faisait autant. Leurs yeux, que le désir troublait, se croisaient, se prenaient, se quittaient, se reprenaient, prélude à ce qui les attendait quelques minutes plus tard, faisant monter en eux peu à peu la tension. Sébastien n'était plus que désir à assouvir immédiatement et la main de Josie tremblait d'impatience quand elle tourna la clef dans la porte. Il la saisit par les hanches et l'attira à lui, se collant contre elle. Elle en fut émue, même si son manteau et ses vêtements l'empêchaient de sentir le membre de l'homme. Elle eut un rire nerveux.

Les yeux exorbités, Sébastien regardait Josie qui, lentement, enlevait sa robe après s'être débarrassée de son manteau. Qu'elle était belle ! « Continue, Josie », lui dit-il, tout en commençant, lui aussi, à se déshabiller. Jamais il n'aurait pensé qu'il pût être si excitant de regarder une femme se dévêtir. Il bandait comme jamais il ne l'avait fait, lui semblait-il.

— Tu me trouves jolie, Sébastien ? demanda-t-elle ingénument.

— Jolie ? Tu es beaucoup plus que ça, Josie, et tu le sais.

— Prends ton temps, Bastien, prends ton temps et pense à moi, lui souffla-t-elle, quand il enleva son pantalon.

À cause du froid, ils s'étaient immédiatement glissés dans le lit clos. À présent, blottis dans les bras l'un de l'autre, ils se cachaient sous l'édredon de plumes qu'Augustin avait offert à Josie, des années plus tôt, quand il était venu vivre avec elle.

— J'ai deux secrets à te confier, Bastien, murmura Josie, estimant le moment propice. Deux choses très importantes.

— Oui ?

— Le plus important, d'abord : j'attends un enfant.

— Un enfant ? Toi ?

— Je suis enceinte de deux mois.

— Mais c'est merveilleux !

— Tu le penses vraiment ?

— Mais oui, Josie ! Tu te rends compte ? Un enfant de toi ?

— Embrasse-moi, Bastien ! Fais-moi l'amour encore.

— Et... le bébé ? L'enfant ? hésita-t-il.

— Oh ! ne t'en fais pas pour lui ! Il ne compte pas encore, et puis, ça n'empêche rien, gros bêta !

— Je n'y connais rien, tu sais...

— Oui, je le sais, fit-elle en riant. Mais je vais t'apprendre, tu vas voir.

Il avait vu, appris, et quand ils se furent repus l'un de l'autre, Josie dit :

— Il y a le second secret. Avant de te connaître, Bastien, j'ai été mariée.

— Ce n'est pas un secret, répondit-il. Je le savais.

— J'ai également vécu avec Augustin, ton beau-frère.

— Ainsi, c'était vrai !

— Comment ? s'étonna la jeune femme. Ça aussi, tu le savais ?

— Oui. On me l'a dit dès la première semaine où je suis venu vivre avec toi. Mais je n'avais pas voulu le croire.

— C'est pourtant vrai, Sébastien. Augustin était le meilleur ami de mon frère Paul. Nous nous sommes aimés très jeunes puisque je n'avais que dix-huit ans. Et puis, il a épousé ta sœur, pour laquelle il m'a quittée. Il l'a aussitôt regretté. Je me suis mariée, à mon tour. Quand il est revenu vers moi, j'ai divorcé. Pour rien, puisque mon mari est mort et Augustin aussi. Et puis ta sœur...

— Oublie cela, dit Sébastien en la serrant contre lui. Jacqueline est religieuse aujourd'hui.

— Religieuse ? Je la croyais chez les fous !

— Elle a été soignée et elle est guérie, aujourd'hui. Écoute-moi, Josie. Peu importent les morts, Augustin, ton mari. Peu importe ma sœur. L'important, c'est nous, les vivants. C'est toi, moi, l'enfant que nous allons avoir ensemble. Nous allons nous marier pour que cet enfant, notre enfant, naisse dans une famille normale. Mon père sait que je t'aime, je le lui ai dit. Mais il ne faut pas qu'il apprenne un jour ce qui s'est passé entre Augustin et toi. Il en serait très malheureux.

— Ton père sait tout, dit Josie, qui ne voulait plus rien cacher.

— Alors, il n'acceptera jamais que je t'épouse.

— Je crois que tu te trompes, Bastien. Ton père me paraît être quelqu'un d'étonnant. Je crois qu'il l'admettra. Ne serait-ce que pour l'enfant, mais pour toi, aussi.

Josie avait raison. Yves était venu à la rencontre des amoureux. Sébastien l'avait d'abord rencontré seul, avant de lui présenter la jeune femme. Ils avaient dîné tous les trois, et Yves avait compris pourquoi Augustin d'abord et Sébastien ensuite avaient succombé au charme de la jeune femme. Il en aurait fait autant à leur âge, car elle avait énormément de points communs avec Anne, à qui elle ressemblait même un peu physiquement. Le mariage fut célébré dans l'intimité, à la demande de Josie qui n'avait personne à inviter. Du côté Kerléo, en revanche ils étaient tous là.

Seule Marie-Ange s'était arrangée pour ne pas avoir à assister au mariage de son jumeau.

24

1928

Le temps était vraiment superbe, ce deuxième dimanche de juin, et Karl avait choisi la mare aux canards du Bois de Boulogne pour initier son fils Yves-Marie aux joies du canotage. L'enfant était d'autant plus fier que sa sœur, Gwenola, son aînée d'un an pourtant, n'avait pas bénéficié de la même faveur. Julia, leur mère, s'y était opposée, se rappelant qu'à l'âge de sa fille, elle tremblait de peur à l'idée que son père ou son oncle puissent lui demander de les accompagner pour une partie de pêche à Béniguet ou Quéménès, les îles de son enfance. Faire partie du bord était un honneur et un plaisir pour son frère et ses amis, pour elle, c'était un cauchemar. Gwenola jouait donc au cerceau près de sa mère quand la balle d'un garçonnet la frappa violemment à l'œil. Elle se mit à hurler, et, avant même que Julia n'ait eu le temps de réagir, une jeune femme se précipita vers l'enfant pour la consoler. Elle se relevait déjà quand Julia les rejoignit. Les deux jeunes femmes restèrent une seconde interdites, avant de s'exclamer :

— Helen !

— Julia ! Que faites-vous ici ?

— Et vous-même ? Karl et moi sommes venus au Bois avec les enfants. Karl fait de l'aviron avec Yves-Marie. Le canotage et moi, vous savez, cela fait deux !... Et vous ? Ce petit garçon ?

— C'est... c'est le fils de mon...

— *Mummy ! Look !* s'écria le petit garçon, en brandissant un morceau de bois très sale.

— *Gwen ! Leave that, please ! It's dirty !*

— Gwen ?

— Oui, Julia, Gwen est mon fils.

— Mon Dieu ! Vous avez eu un enfant de Gwen-Aël ? Ma pauvre Helen ! Pourquoi n'en avoir rien dit ?

— Pourquoi l'aurais-je fait ? C'était trop tard. Au moment de notre rupture, Gwen-Aël m'a avoué qu'il n'avait jamais eu pour moi que de l'amitié. De l'amitié ! Alors que j'étais sa maîtresse depuis trois ans ! fit la jeune femme, amère. Qu'auriez-vous fait à ma place ? Lui dire que j'étais enceinte de deux mois ?

— Je n'en sais rien, Helen, répondit Julia. Je ne me suis jamais trouvée dans pareille situation. Non, je ne sais pas.

— Oh ! il m'aurait épousée, soupira Helen. Pour réparer. Mais ç'eût été du chantage. J'ai préféré m'éclipser en emportant mon secret et mon enfant. J'ai la chance d'avoir de la fortune. Mais je sais aussi que jamais je n'aimerai à nouveau comme j'ai aimé Gwen-Aël. Je me suis donc donné quelques années pour élever mon fils avant de songer à un mariage éventuel.

— Cela a dû être très dur ? s'enquit Julia.

— Ça l'a été, oui.

— Vous êtes retournée à Londres ?

— Oui, j'y suis restée deux ans, avant de revenir habiter définitivement la France. Je partage mon temps entre Nice et Paris.

— Quel âge a votre fils ?

— Quatre ans passés. Il est d'octobre 1923.

— Ah ! Voici Karl qui rentre avec Yves-Marie, fit Julia.

— Je m'éclipse, alors ; je ne me sens pas de taille à revoir votre mari aujourd'hui. Mais je viendrai vous rendre visite, je vous le promets.

Elles avaient échangé leurs numéros de téléphone avant de se quitter. N'ayant nullement promis le secret à Helen, Julia raconta tout à Karl, qui tomba des nues. Pour lui, de telles situations relevaient de l'hypothèse d'école ou du roman : ces choses-là n'arrivaient pas dans la réalité.

— Et pourtant, si, dit Julia. J'ai vu Helen, et j'ai vu l'enfant. Il est très beau, d'ailleurs, et ressemble beaucoup à sa mère.

— Tu comptes en parler à Gwen-Aël ?

— Certainement pas ! Du moins, pas tant qu'Helen ne m'autorisera pas à le faire. C'est d'abord son enfant à elle, et Gwen-Aël n'a aucun droit sur lui.

— Ma chérie, ne te fais pas plus féministe que tu ne l'es ! Il est évident que si Gwen-Aël veut être reconnu comme père de l'enfant, il le sera !

— Crois-tu ? Helen est anglaise, son fils l'est aussi. Il est né en Angleterre, de père inconnu. Helen est la seule qui puisse faire reconnaître Gwen-Aël comme père.

— Je n'y avais pas pensé, fit Karl. Effectivement, ce ne sera pas si simple. Nous voilà en plein mélodrame !

— C'est beaucoup dire, sourit Julia. Tant que Gwen-Aël n'en sait rien...

*

Yves s'apprêtait à retrouver son beau-frère, Yann Penru, le colosse boiteux qui, à la demande de Gwen, avait renoué avec cette île dont il avait été le maître au temps de sa splendeur. Aujourd'hui, il avait une jambe en moins, laissée à Verdun, pesait plus d'un quintal et demi et l'athlète, en lui, n'était plus qu'un souvenir. Lorsqu'il accosta, l'attendait Jean-François, le second de Yann, qui ne lui cacha pas son inquiétude : Yann et Mariannick étaient au plus mal, et très probablement victimes d'un empoisonnement.

Yves se précipita au chevet de Yann. Le géant avait une mine de déterré, et s'il s'était agi de quelqu'un d'autre que lui, Yves ne lui aurait pas donné vingt-quatre heures à vivre.

— C'est sûrement le reste de la bouillie d'avoine de la veille ; Mariannick et moi sommes les deux seuls à en avoir mangé, expliqua Yann. Personne d'autre n'a été malade. Heureusement, j'ai bu beaucoup de lait, en mangeant ma bouillie, et puis dès que je me suis senti mal, avant et après avoir vomi. Tu comprends, cela m'est déjà arrivé une fois...

Quand il arriva dans le réduit où dormait depuis des années la vieille cuisinière, Yves fut saisi par l'odeur épouvantable qui y régnait. Il ne s'était trouvé personne pour aider Mariannick à nettoyer sa chambre depuis qu'elle était malade ! Elle restait à croupir dans cette odeur pestilentielle, dans ces relents de vomissures.

Elle parlait en dormant — à moins qu'elle ne délirât. Il lui posa la main sur le front ; il était brûlant. Il lui fallait trouver une lampe à pétrole, éclairer ce qui lui semblait devenu un taudis. Sa belle ferme ! Qu'en avait fait Hervé ? Il aurait le temps d'y penser par la suite. Pour le moment, il devait s'occuper des deux malades. Qui pouvait soigner Mariannick ? Marie-Louise, la femme de Job Guennec, ne refuserait sûrement pas ; elle en avait vu d'autres depuis le temps qu'elle était à l'île. Yves alla frapper à la porte de la grange. Marie-Louise vint lui ouvrir et Yves lui expliqua en deux mots ce qu'il avait découvert. Elle prit une lampe et tous deux retournèrent à la ferme.

— Jésus, Marie, Joseph ! s'écria-t-elle, en ouvrant la porte de la pièce où était alitée la vieille cuisinière. Quelle odeur ! Ce n'est pas tenable ! Je vais vomir ! Ouvrez cette lucarne, monsieur Kerléo !

Elle sortit et revint aussitôt, armée de deux seaux d'eau et d'une serpillière. Cinq minutes plus tard, lavée à grande eau, la pièce était à nouveau propre et débarrassée de l'essentiel des vomissures qui en avaient empuanti l'atmosphère, mais cela ne disait pas ce qui avait provoqué l'empoisonnement.

— Ce qu'il faut savoir, dit Marie-Louise, c'est s'il s'agit d'un empoisonnement accidentel ou volontaire. Peut-être Fanch ou Job en sauront-ils plus ? Ils auront peut-être remarqué quelque chose.

— Volontaire ? fit Yves interloqué. Pour quelle raison, mon Dieu ?

— Dans les deux cas, ça doit être un raticide quelconque, poursuivit la femme de Job sans lui répondre. Savez-vous s'ils ont bu beaucoup de lait avec leur bouillie d'avoine ? Si oui, ils s'en sortiront. Dans le cas contraire...

C'était effectivement de la mort-aux-rats, ils en eurent confirmation peu après. Le géant se remettait très vite et devait ce rétablissement rapide à son amour immodéré pour le lait, qu'il buvait en grandes quantités à longueur de journées.

— Te rends-tu compte, Yves, que j'aurais pu laisser ma peau pour une connerie pareille ?

— Oui, et ce qui m'inquiète, c'est qu'on n'a toujours pas pu expliquer comment cette mort-aux-rats s'est retrouvée dans votre bouillie ?

— Qu'est-ce que tu veux dire ? s'étonna son beau-frère.

— Écoute, Yann, est-ce que quelqu'un t'en voudrait suffisamment pour chercher à te supprimer ?

Cette idée, visiblement, n'avait jamais effleuré le géant. Quelqu'un en voudrait à sa peau ? Oh ! bien sûr, c'était dans l'ordre des choses possibles. On n'arrivait pas à soixante ans sans s'être fait quelques solides inimitiés mais de là à tuer... Il allait devoir enquêter sur l'ensemble des salariés, mais aussi sur les goémoniers de la côte qui résidaient à l'île. Peut-être Fanch et Job abritaient-ils l'assassin dans leur grange sans le savoir ?

Mariannick, elle, mit plus de temps à se rétablir, et il fallut qu'Yves la ramène sur le continent, où Anne s'occupa d'elle comme d'une enfant malade. Jamais la vieille servante n'avait été tant choyée, et c'est les larmes aux yeux qu'elle quitta Roz-Avel pour retourner à l'île.

*

Viviane n'arrivait pas à dormir. Il faisait très chaud depuis une semaine, et, par la fenêtre ouverte, elle entendait le bruit léger du vent dans les arbres du parc et, au loin, celui, sourd et régulier, des rouleaux brisant sur la plage des Blancs-Sablons. Demain, Aurélie arrivait. Dans cette belle-sœur qui, depuis deux ans, vivait à Nantes où Jean-Yves avait été nommé, elle avait trouvé l'amie qu'elle n'avait jamais eue. Aurélie prendrait ses quartiers d'été à Ker-Héol, désormais inoccupée huit mois de l'année, avec ses trois enfants : deux filles, Stella et Anne-Marie, nées après Eugène, son seul garçon. Jean-François et Aurélien allaient retrouver avec plaisir leurs cousin et cousines. Gwen-Aël lui parlait souvent de l'enfance extraordinaire qu'ils avaient eue, Julia, Karl, Jean-Yves et lui, et souhaitait que leurs enfants eussent la même. Lorsqu'elle se réveillait ainsi la nuit, Viviane avait peur que ce bonheur dont elle appréciait chaque seconde ne soit balayé en un instant par quelque chose ou quelqu'un, un danger qu'elle ne verrait pas venir. En cinq ans, elle avait tout eu, l'amour, un mari, de beaux enfants, une belle maison, de l'argent. Dans sa corbeille de mariée, elle avait encore trouvé une famille et de vraies amies ; et ses parents eux-mêmes s'entendaient ou, du moins, se supportaient enfin. Elle soupira et se pencha sur Gwen-Aël qu'elle embrassa doucement sur la poitrine. Il dormait nu, l'été, se plaignant toujours de la chaleur de la nuit. Elle sourit quand, de la main, il tenta de chasser la mouche qui le dérangeait ainsi dans son sommeil. Elle évita sa main et, presque aussitôt, recommença. Il ouvrit les yeux.

— C'était toi, ma chérie !

— Dors, mon amour. Dors et repose-toi, lui dit-elle en espérant bien qu'il n'en ferait rien.

— Viens dans mes bras, chuchota-t-il.

*

Aurélie prit la route, très tôt le matin. En plus de son dimanche, Jean-Yves avait pris deux jours pour l'accompagner. Il la suivait dans la voiture que lui avait obligeamment prêtée son divisionnaire et voyageait avec Eugène et la petite Anne-Marie sur qui veillait Joséphine, sa nourrice. Pour sa part, Aurélie n'avait que Stella avec elle, mais sa voiture était surchargée de bagages. Ils espéraient gagner Le Conquet d'une traite, sans s'arrêter pour déjeuner. Ils étaient sortis de Nantes sans encombre, avaient passé La Roche-Bernard, Vannes, et allaient arriver à Hennebont quand la Panhard d'Aurélie creva de l'avant pour la première fois. Pendant que Jean-Yves changeait le pneu, ils laissèrent les portes de la voiture ouvertes pour donner de l'air à Stella qui dormait toujours. Calme et méthodique, il ne mit pas un quart d'heure à réparer, et ils s'apprêtaient à reprendre la route quand Stella fut prise d'une violente quinte de toux. Elle avait commencé à tousser la veille.

— Tu ne trouves pas que cela ressemble à la coqueluche ? s'inquiéta Jean-Yves.

— La coqueluche ? Mon Dieu ! s'écria Joséphine en se signant. Notre Dame de Rumengol, priez pour nous, saint Fiacre, saint Méen, priez pour nous ! Notre Dame de...

— Voulez-vous vous taire, Joséphine ! la coupa Aurélie. Occupez-vous donc d'Anne-Marie, et donnez-lui le sein au lieu de perdre votre temps en jérémiades.

— On ne rit pas de ces choses-là, madame ! protesta la nourrice. Ça porte malheur ! Pour guérir de la coqueluche, il faut boire du lait de jument frais et prier saint Fiacre et saint Méen. Croyez-vous que si je ne priais pas tous les jours sainte Azénor, la sainte patronne des nourrices, je pourrais donner un aussi bon lait à Anne-Marie ?

Haussant les épaules, Aurélie se tourna vers son mari.

— La coqueluche, tu crois ?

— Je n'en serais pas autrement étonné, répondit Jean-Yves. J'ai déjà entendu cette toux, il y a longtemps, quand Sébastien et Marie-Ange l'ont eue.

— Dans ce cas, il n'y a pas une minute à perdre. Nous ne nous arrêterons pas avant Le Conquet.

Aurélie avait repris le volant et conduisait aussi vite qu'elle le pouvait. Les quintes survenaient sans crier gare, déchirant les poumons de l'enfant, et s'arrêtaient tout aussi subitement. Seule dans la voiture avec sa fille, elle réfléchissait. Anne-Marie n'attraperait vraisemblablement pas la maladie. Elle était trop jeune. Par contre, Eugène avait toutes les chances de la couver, puisque la période d'incubation durait une dizaine de jours. Aurélie commença à respirer en passant Quimper, puis ce fut Châteaulin, Le Faou, Daoulas, Landerneau, et Brest enfin où elle prit la direction du Conquet. Une nouvelle quinte secouait Stella quand la voiture creva une nouvelle fois. Aurélie se retourna : aucun signe de Jean-Yves. Il y avait un moment qu'elle n'avait pas regardé derrière elle pour vérifier qu'il la suivait. Elle l'attendit cinq minutes, puis se décida à arrêter les voitures qui passaient ; elle venait de se rendre compte qu'elle n'avait plus de pneumatique de rechange. Par chance, elle n'eut pas à attendre longtemps : un fournisseur de son beau-père, représentant en vins, s'arrêta quand il l'aperçut sur le bord de la route. Il l'aida à ranger correctement sa voiture, puis transféra les bagages de la Panhard dans sa propre automobile, avant de conduire Aurélie au Conquet. Elle coucha aussitôt sa fille et téléphona au médecin qui arriva en même temps que Viviane. Le praticien diagnostiqua effectivement une coqueluche, et sa première préoccupation fut de prévenir la contagion. Il s'agissait d'isoler les sujets à risque, et donc, en premier lieu, les enfants de Gwen-Aël et de Viviane. Pour Eugène, il était sans doute trop tard.

Quand le médecin se retira, Aurélie éclata en sanglots. Elle, si forte, craquait. Si seulement elle avait pu insuffler à sa petite fille un peu de sa vigueur ! Mais l'enfant devrait se battre seule, vaincre seule la maladie, la fièvre, les quintes épuisantes, la souffrance. Viviane la prit dans les bras et lui murmura : « Ma chérie, on va se battre ensemble, et on la vaincra cette saloperie de coqueluche. » Aurélie lui sourit : dire que c'était Viviane qui lui remontait le moral et disait des grossièretés !

Son père avait eu raison, une fois encore, se dit Gwen-Aël. Les banques avaient mis en application leurs menaces de période électorale, et refusé de couvrir les emprunts d'État, lâchant le gouvernement Herriot dès l'arrivée au pouvoir du Cartel des Gauches ; et cette politique à courte vue avait entraîné la chute vertigineuse du franc que rien, jusqu'à présent, n'arrivait à freiner. Sa valeur s'effritait de jour en jour, et un franc 1914 équivalait à 5,50 francs de 1928. Gwen-Aël constatait que, durant ses études, on ne les avait pas préparés à l'inflation galopante qui bouleversait l'économie et toutes les habitudes commerciales. Le rentier était floué. Pour faire fortune, il fallait dépenser, emprunter, rembourser en « monnaie de singe », et surtout garder son or.

Peut-être allait-on, cependant, revenir à des pratiques économiques plus orthodoxes avec la réforme Poincaré et la stabilisation espérée du franc. « C'est à ce moment qu'il faudra faire les comptes », lui avait dit son père. Les Français étaient maintenant tellement habitués à jongler avec l'érosion monétaire qu'il leur faudrait du temps pour se réhabituer à un franc fort. Pour la première fois, les prix export resteraient stables, en francs courants, alors que le prix payé aux goémoniers avait augmenté de 25 % comme l'année précédente. Leur annoncer une diminution des cours du pain de soude ? C'était, sinon la révolution sur la côte, du moins, à coup sûr, la grève du « pain de mer », car les syndicats de goémoniers pesaient chaque année plus lourd dans les relations entre usiniers et pigouillers.

Une rencontre était d'ailleurs prévue entre les producteurs d'iode et l'ensemble de ces syndicats. Gwen-Aël et Yves Kerléo avaient déjà rencontré Fanch et Job Guennec, que conseillait cet ancien syndicaliste de la CGTU, devenu délégué CGT à l'arsenal de Brest,

Pierre Arsonner, le gendre de Job. Fanch restait modéré, mais Job subissait à nouveau l'emprise de ce gendre beau parleur et toujours aussi révolutionnaire qu'Yves gardait à l'œil.

Faute de mandat pour cela, Pierre n'assisterait cependant pas à cette réunion, contrairement au jeune Inizan, le nouveau député de la circonscription qui avait, d'emblée, appréhendé le problème dans son ensemble et compris que la défense des goémoniers passait par celle des industriels, et inversement. Il prenait à cœur les intérêts de tous les professionnels de l'iode et du goémon, considérant qu'ils œuvraient tous pour la même cause à des échelons différents. Ce constat réconfortait Gwen-Aël qui comptait d'autant plus sur ce nouveau venu sur la scène politique qu'il savait que la crise ne tarderait pas à éclater. Il allait prouver aux goémoniers qu'ils devraient revoir leurs prétentions à la baisse pour l'année suivante. En 1927, en dépit du cours élevé de l'iode, les profits des industriels avaient été beaucoup moins importants, en francs constants, qu'ils ne l'étaient avant la guerre, à une époque où son grand-père se plaignait déjà, il s'en souvenait, des faibles marges de la profession. Ce qui était sûr, c'est que le franc Poincaré allait entraîner pour eux, en cette année 1928, un manque à gagner très important : s'ils respectaient les accords passés avec les goémoniers en début de campagne, ils surpaieraient de 25 % les pains de soude qui entraient, aujourd'hui, pour 50 % dans leur prix de revient. Le calcul était simple : 25 % de 50 %, cela faisait 12,5 % du prix de revient : c'était énorme et ils seraient en déficit cette année. Ce serait la première fois depuis qu'il avait repris les rênes de l'entreprise, mais sûrement pas la dernière, songeait-il en se souvenant de la parabole des vaches grasses et des vaches maigres.

Heureusement, il disposait d'un atout de taille, ignoré de tous : il sous-louait Quéménès à Yves, qui n'avait pris l'île en location que pour lui. Il était évidemment hors de question qu'il apparaisse en nom propre, mais le vrai locataire de l'île, c'était lui, Gwen-Aël Kernéis — si bien que les 500 à 550 tonnes de pain de mer qu'il exploitait directement étaient loin de lui coûter ce que payaient ailleurs ses confrères, ou que le tarif syndical qu'il payait lui-même à Fanch et Job. Yves Kerléo et son père étaient du même avis : il y avait et il y aurait toujours sur la terre la même proportion de gens intelligents et de sombres crétins, la même proportion d'hommes d'affaires avisés et de chefs d'entreprises déraisonnables. Que ce soit dans ses discussions avec les Chiliens ou à l'intérieur même de la Fédération nationale des producteurs d'iode, il se trouvait toujours des individus qui s'imaginaient seuls au monde et ne tenaient aucun compte de leur environnement professionnel et de la concurrence. On avait beau les mettre en garde, ils allaient droit à la catastrophe. C'est ainsi que la guerre des nitrates était déclarée entre Chiliens et Allemands, et, comme l'avait annoncé son père à leur ami Eduardo Segura, les Chiliens la perdraient à coup sûr.

François avait cependant réussi à convaincre son ami Eduardo, qui conseilla à son frère de négocier aussi discrètement que possible la vente de l'entreprise familiale. Pablo refusa sèchement et, après un conseil de famille, exigea de son frère qu'il lui cède ses parts, apportant ainsi à François et Gwen-Aël une preuve supplémentaire de l'aveuglement des industriels chiliens sur la réalité de leur marché : ils se croyaient encore les maîtres du monde alors que le sol s'effondrait sous eux. Ravi, mais le cachant bien, Eduardo s'arrangea pour tirer le meilleur prix de ses parts, et la famille accepta toutes ses exigences, lui rétrocédant même, entre autres actifs, l'appartement parisien qu'occupait son neveu Pablito. Toujours délégué de la *Combinacion* — il tenait à un métier qu'il aimait comme à ce poste qui lui permettait de mener la vie dont il rêvait sans bourse délier —, Eduardo était redevenu l'un des piliers du cercle joyeux des noctambules sud-américains de Paris. Gwen-Aël l'accompagnait de temps à autre dans ses pérégrinations nocturnes, autant par plaisir que par obligation professionnelle ; François, lui, avait depuis longtemps compris qu'il n'avait plus l'âge de suivre le rythme épuisant d'Eduardo.

*

Fanch et Job étaient en grande discussion avec le coordinateur des différents syndicats de goémoniers. Fanch venait de répéter ce que lui avait exposé Gwen-Aël, et Job, ce que lui avait inculqué son gendre. Leur interlocuteur les avait écoutés attentivement avant de leur demander de préciser leurs souhaits.

— Si je vous ai bien compris, dit-il, toi, Job, tu veux une nouvelle augmentation l'an prochain ; et toi, Fanch, tu me dis que ton acheteur ne t'augmentera pas. Moi je vous demande autre chose : le fils Kernéis vous a-t-il certifié qu'il vous paierait ce qu'il vous avait promis, cette année ?

— Oui, bien sûr, répondirent les deux frères d'une même voix.

Le coordinateur eut une moue sceptique.

— Bien sûr... Sais-tu, Job, que, cette année, moins d'un industriel sur deux tiendra ses engagements ? Ils perdent de l'argent...

— Les usiniers ? Perdre de l'argent ? Où as-tu pêché cela ? s'insurgea Job.

— Tout le monde le sait. Sauf toi, peut-être.

— Ce n'est pas possible. Jamais ils n'accepteraient de perdre de l'argent !

— Il y en a qui le font, cependant, par respect pour la parole donnée à leurs goémoniers. C'est le cas des Lemarchand.

— C'est exactement ce que nous a dit Yves, tu vois, Job, intervint Fanch. Mais tu ne l'as pas cru.

— Yves Kerléo raconte ce qu'il veut, répliqua Job. Pour ma part, je ne le crois plus. Il est du côté des patrons, maintenant.

— Peut-être, dit Fanch, mais dis-moi quand il nous a menti. Tandis que ton gendre...

— Mon gendre, mon gendre... Il n'empêche que sans des gars comme lui, qui se battent pour nous, on en serait toujours au temps des rois, sous la botte des nobles et des curés.

— Ton gendre est un beau parleur, Job, c'est sûr, mais c'est aussi un anarchiste, intervint le syndicaliste. Et tu sais ce que c'est qu'un anarchiste ?

— Ben, un révolutionnaire, quoi !

— Non, Job, un anarchiste, c'est un destructeur, un

homme qui met la pagaille partout, casse tout, sans jamais rien reconstruire. Il est contre tout pouvoir, sauf celui de la rue, et la rue, au bout d'un certain temps, ça ne donne rien de bon. Ton Pierre, pendant la Révolution, aurait été de ceux qui guillotinaient ou jetaient les braves gens à l'eau. Sûrement pas de ces soldats qui se battaient pour sauver la République.

— Comment peux-tu dire ça ?

— Parce que ton gendre est un profiteur, Job. Il profite du système. Et des femmes aussi. Ça me fait peine de te le dire, mais il est temps que tu le saches. Ta fille porte des cornes qui devraient l'empêcher de rentrer chez elle. C'est un secret de polichinelle à Brest.

Job se dressa d'un bond ; il était rouge de colère.

— Nom de Dieu, s'écria-t-il, c'est pas vrai ! Il a changé, le Pierre. Dis-moi qui t'a raconté ces conneries, que je m'explique avec lui !

— Job, intervint Fanch, tu connais le proverbe : « Qui a bu, boira. » Ce que te dit Jean, c'est pour le bien de Rosalie, pas pour te faire de la peine.

— Des noms, alors ! fit Job. Dis-moi avec qui il court la gueuse, que je lui torde le cou une fois pour toutes, à ce salopiaud. Ainsi, il a recommencé ! Il va voir de quel bois je me chauffe ! Tant pis pour lui, je l'avais prévenu.

— Fais pas le con, Job, reprit le syndicaliste. Prends ton temps pour le coincer, et prévois l'avenir de ta fille, aussi. Mais revenons au tali. Ce que je disais, c'est que ce que voudrait ton gendre va contre vos intérêts. Il n'y aura pas d'augmentation l'an prochain pour le pain de mer. À cause du franc-Poincaré. Les prix n'augmentent plus, et le prix de l'iode baisse même. Alors, soyez raisonnables. Vous avez la chance d'avoir un bon acheteur. Gardez-le.

— Bon, grommela Job. On va réfléchir, avec Fanch. Parce que quand même, tout cela m'étonne. Pierre, les prix qui ne montent plus, ça fait beaucoup, le même jour.

— J'espère que nous pourrons maintenir les prix. Mais il faut savoir que les usiniers sont comme nous : ils subissent. On les a longtemps pris pour les chefs. On se trompait. Ils sont impuissants, comme nous. Ils dépendent de l'État, et des droits de douane.

— Tu nous conseilles donc de ne rien réclamer cette année ? demanda Fanch qui voulait toujours se faire confirmer ce qu'il avait parfaitement compris.

— Tout juste, Fanch. « Un tiens vaut mieux que deux tu l'auras », tu connais le proverbe. Gardez un bon acheteur. D'autant plus que vous avez Kerléo avec vous, non ?

— Kerléo, Kerléo... maugréa Job.

— Tu ne te rends pas compte de votre chance, Job. Propose ta place à ceux de Porsall, Ploudal ou Guisssény : tu seras surpris. Tout le monde vous envie : vous êtes sur le meilleur gisement de tali du monde.

— N'empêche qu'une augmentation, ça m'aurait bien arrangé. Et pour le Pierre, tu m'en donnes, des noms ?

— Pierre Arsonner, c'est ton affaire, Job, pas la mienne. C'est ton gendre, et si ce n'avait été pour ta fille, je ne t'aurais rien dit. Mais la pauvre... Quelle idée as-tu eue, aussi, de la laisser épouser ce garçon !

— C'est que je n'avais pas le choix, malheureux ! Elle était enceinte de trois mois !

Sur le chemin du retour, Job était pensif, et Fanch tout autant. Ils avaient repoussé à octobre le règlement de comptes avec Pierre Arsonner. D'abord, finir la saison ; le travail de l'été, c'est ce qui permettait de vivre le reste de l'année.

*

Jean-Yves était reparti quand son aîné, Eugène, eut sa première quinte. Aurélie était épuisée ; cela faisait cinq jours qu'elle veillait sa petite fille, quasiment jour et nuit. La nourrice montrait ses limites et ne lui était d'aucun secours ; sa peur de la maladie était telle qu'Aurélie se promit de s'en débarrasser dès que cette épreuve serait passée. Pourtant, elle savait qu'elle n'en ferait rien ; c'était une très bonne nourrice, et c'était déjà beaucoup ! Non, la solution n'était pas de renvoyer Joséphine, mais de prendre une infirmière à domicile, le temps qu'il faudrait. Deux malades, c'était presque une infirmerie ! Viviane, elle aussi, craignait pour ses enfants, et ne le lui avait pas caché. Aurélie la comprenait. Dans ce type de maladie contagieuse, chaque mère pensait d'abord à ses petits, ceux du clan venaient après, et ceux des amis encore après. Aurélie téléphonait chaque soir à Karl et Julia et savait que Viviane en faisait autant : quand on avait la chance d'avoir une infirmière et un médecin dans sa famille, pourquoi ne pas en profiter ? Ne serait-ce que pour se rassurer. Le régime était sévère : ventouses, cataplasmes, sinapismes ; sinapismes, cataplasmes, ventouses... Tous les jours, la même rengaine, et tous les jours aussi, elle comptait ces quintes qui épuisaient ses petits. La fièvre ne baissait pas.

Aurélie n'avait jamais autant regretté l'absence de sa mère. C'était une femme si positive, si confiante en la vie ! Mais ses parents étaient partis en Grèce, invités sur un yacht somptueux par un Sud-Américain ami d'Eduardo Segura. Elle sursauta. Elle s'était assoupie en veillant Eugène, et la quinte qui venait de s'emparer du petit garçon l'avait réveillée brutalement. Comment cela allait-il se terminer ? Elle se leva, posa la main sur le front de l'enfant : il était brûlant de fièvre. Elle attendit que la toux se calme pour lui donner un peu d'eau. Puis elle se dirigea vers Stella, qui semblait dormir presque calmement. Dès que la quinte d'Eugène serait terminée, Aurélie essaierait de dormir quelques heures, à son tour.

À deux cents mètres de là, Viviane, elle aussi, errait dans Bellevue assoupie. Elle venait d'aller voir successivement ses trois enfants. Les deux garçons, Jean-François et Aurélien, dormaient calmement, et Marie-Louise aussi, près de sa nourrice. Viviane était seule. Gwen-Aël était en Angleterre pour quelques jours. Il avait une nouvelle lubie : depuis la traversée de l'Atlantique en solitaire réussie par Lindbergh, il prenait des cours de pilotage. Comme si cela pouvait lui servir un jour à quelque chose ! Elle avait beau lui répéter qu'il était père de famille et ne pouvait mettre ainsi sa vie en danger, Gwen-Aël prétendait que le danger n'existait que dans son imagination. Elle soupira en se glissant dans son lit, éteignit la lumière et s'endormit bientôt.

25

Yann tenait son suspect. De tous les hommes qui travaillaient à l'île, il n'y en avait qu'un seul qui pût éveiller les soupçons, simplement parce que personne ne savait rien de lui. Jo Tranvouez, un goémonier connu de tous, était brusquement tombé malade, et ce Bellec prétendait s'être arrangé avec lui pour le remplacer, ce que personne ne pouvait confirmer ou infirmer, nul ne le connaissant vraiment. D'ailleurs, Bellec n'était peut-être pas son vrai nom. Yann était décidé à en avoir le cœur net ; il le convoqua.

— Tu t'appelles Bellec, m'a-t-on dit.

— Oui, Patron. François Bellec.

— Ce n'est pas moi ton patron, Bellec. D'où es-tu ?

— De Plouescat. Je remplace un de mes amis, Jo Tranvouez, de Plounéour. Je me suis arrangé avec lui. On partage les gains. C'est plus rentable pour moi de travailler ici et de partager avec Jo que de faire la saison sur le continent.

— C'est drôle, fit Yann, ta tête ne m'est pas inconnue.

— Possible que vous m'ayez déjà vu ailleurs, patron. J'ai quarante-neuf ans.

— Tu n'as jamais travaillé aux îles ?

— Ici ? Non. Sinon, vous pensez bien que je n'en serais pas parti !

— Tu n'as jamais vécu au Conquet ? Ou à Ploumoguer ?

— Non plus.

— Tu joues aux cartes ?

— Non. Enfin, rarement.

— Avec qui travailles-tu habituellement à Plounéour-Trez ?

— Je suis journalier, répondit Bellec, et, en plus, je fais le goémon d'épave, comme le goémon de rive. Il faut bien vivre. C'est pour cela que venir ici et remplacer Jo Tranvouez, c'était, pour moi, un coup de chance. Habituellement, je travaille à Guissény ou chez moi, à Plouescat.

— Bien, tu peux retourner au boulot. Une dernière chose : pourquoi m'as-tu appelé patron, il y a un instant ?

— Ben... Je travaille toujours pour quelqu'un, moi. Un patron.

— Tu peux y aller. C'est bon.

Pourtant, Yann en était sûr, cet homme mentait. C'était lui, ça ne pouvait être que lui. Tous les autres étaient clairs comme de l'eau de roche, et il les connaissait depuis longtemps. Bellec n'avait aucun référent, personne pour répondre de lui. Le géant se creusa la tête une bonne semaine, repassant en détail l'histoire de sa vie, les accidents, les affronts qu'il avait pu faire aux uns, les corrections qu'il lui était arrivé — rarement — de donner à d'autres. Il avait beau fouiller dans sa mémoire, rien ne lui revenait. Rien, jusqu'à ce que, soudain, jaillisse la lumière. Quand il était venu remplacer Pierre Le Bars, à Béniguet, il avait dû virer un goémonier, un petit cousin de Pierre, un contestataire qui avait mauvais esprit. Comment s'appelait-il, déjà ? Mais oui, il était de Plounéour-Trez ! Il avait un partenaire du même village... Quand était-ce ? Cheun, son jumeau, était là, cette année-là. Cela devait être en 1913. Oui, c'était bien la dernière fois que Cheun était revenu au pays. Ils avaient fait une virée à Béniguet ensemble. Pierre était tombé malade ; il l'avait remplacé. C'est alors qu'il l'avait rencontré. Bribe par bribe, la mémoire lui revenait. C'est pour un refus d'obéissance, une meule à monter, qu'il avait renvoyé ce goémonier de l'île. C'était Paul qui l'avait reconduit sur le continent ; mais Paul n'était plus là pour l'aider à se remémorer le passé. Yves l'avait vu, lui aussi, pour lui donner son dû. Peut-être le reconnaîtrait-il ? Il revoyait sa tête, maintenant. Cette fois il en était sûr. C'était lui ! Il avait vieilli, beaucoup même, mais c'était bien lui. Et il s'était coupé la moustache. Son nom, c'était... Lohézic ! Lohézic ? Non, ça c'était le nom d'un autre goémonier de Plounéour-Trez... Guillou ? Non, ce n'était pas cela non plus, mais il n'en était pas loin. C'était un nom d'oiseau. Golvan ? non, Guillemot ? Sparfel ?... Non, ce n'était pas Sparfel, non plus, mais il brûlait. Falc'hun ! Oui, un oiseau de proie, un faucon. Falc'hun, c'était cela ! Yann s'assit pesamment. Il avait trouvé. Et dire que ce Falc'hun avait attendu quinze ans pour se venger ! Il avait d'ailleurs failli réussir, le salaud, et tuer Mariannick, par la même occasion. Il fallait qu'il le coince, d'une façon ou d'une autre. Il y avait une solution très simple : mettre Fanch dans le coup, lui demander d'interpeller l'homme, en l'appelant par son vrai nom, Falc'hun, et non par son pseudonyme. S'il réagissait à son nom, Yann aurait la confirmation dont il avait besoin. Il lui suffisait d'attendre que Fanch rentre de Ploudalmézeau, où il avait un rendez-vous avec le délégué syndical et un autre avec le député. Des syndicats de goémoniers ! On voyait vraiment de tout, aujourd'hui ! La guerre avait tout bouleversé et, en constatant à quel point et à quelle vitesse les choses changeaient, Yann était heureux d'avoir cessé de travailler. Un de ses fils avait repris une de ses fermes, les autres étaient tous dans la Royale, et ses deux filles avaient épousé des instituteurs. Ses enfants avaient bien réussi. Il pouvait être fier d'eux, et de lui aussi. À sa mort et à celle de Lise, ils auraient de quoi. Il leur laisserait une moitié de ferme à chacun, sans parler du reste ! Il avait prévenu Gwen-Aël qu'à la fin de l'été, il arrêterait définitivement. Rendre service, oui, mais, à soixante ans, travailler aux îles, fût-ce à Quéménès, c'était déraisonnable. Il y avait un âge pour tout.

Fanch fut tout de suite d'accord, et, un soir, après le travail, il s'adressa à Bellec, alors qu'il se lavait, à un moment où il avait relâché son attention.

— Falc'hun ?

— Oui ? fit l'autre, tout naturellement.

— Dis-moi : pourquoi te fais-tu appeler Bellec plutôt que de ton vrai nom, Falc'hun ?

Le goémonier resta un moment interdit avant de lui répondre posément :

— Espèce de salaud ! Tu m'as piégé ! Tu marches avec ce grand con ! Tu n'es qu'une ordure, Guennec !

— Dis donc, mon gars, ici, l'ordure, c'est toi, répondit Fanch, tout aussi calmement. Jusqu'à preuve du contraire, c'est toi l'empoisonneur. Pas moi.

À cet instant, Yann sortit de la grange d'où il avait assisté à la scène.

— J'ai tout entendu, Falc'hun, fit-il. Tout ça parce que je t'ai viré, il y a quinze ans ! Alors que tu n'avais que ce que tu méritais !

L'homme tourna vers Yann un visage déformé par la haine.

— Tu m'as viré, oui, jeta-t-il, et tu as détruit ma vie, espèce de salaud ! J'étais à Béniguet pour gagner de quoi payer mon mariage. Quand tu m'as fichu dehors, j'ai tout perdu, y compris ma fiancée. Et tu voudrais que je te pardonne ça !

— Ne va pas chercher de mauvaises excuses, répliqua Yann. Je t'ai viré, pour un refus d'obéissance. Je n'ai jamais été injuste envers un salarié. Jamais. Et il fallait m'en faire voir pour que je vire quelqu'un ! Qu'est-ce que c'était exactement ?

— Une meule que je ne voulais pas monter ! Il y avait des gars à terre que tu payais pour ça. Ce n'était pas aux pigouillers de le faire.

— Non, mais tu faisais mal ton travail. D'ailleurs, Pierre Le Bars, ton cousin, ne t'a pas repris ; il te connaissait trop.

— Mon cousin ! ricana Falc'hun. Ce gros lard avait peur de toi et de Kerléo. Ce n'était qu'un froussard !

— Il ne t'est jamais venu à l'idée que c'est parce que vous étiez cousins, justement, qu'il s'abritait derrière nous ? dit Yann. Pierre n'a jamais été un trouillard, crois-moi ! Quoi qu'il en soit, tu as failli tuer cette pauvre Mariannick qui, elle, ne t'avait rien fait.

— On ne fait pas d'omelette sans casser des œufs.

— Ordure ! Je vais te corriger et te confier aux gendarmes !

— Gros tas ! lança Falc'hun. Tu crois que tu peux m'attraper avec ta jambe de bois ? Tu ne me tiens pas encore, boiteux !

Il avait raison. Yann ne le tenait pas, en effet, car, à peine avait-il lancé sa dernière insulte que le pigouiller prit les jambes à son cou et s'enfuit en direction de la grève, pour s'emparer d'une barque et rejoindre le continent. Le géant tenta de le suivre et pendant deux minutes, il ne perdit rien sur le fuyard. Malgré le double handicap de son quintal et demi et de son pilon, en s'aidant de sa béquille, il allait presque aussi vite qu'un homme de son âge, valide et ingambe. Aux premières loges dans la cour de la ferme, les goémoniers qui suivaient la poursuite des yeux n'en revenaient pas : jamais ils n'auraient cru qu'un homme aussi lourd pût aller aussi vite sur une seule jambe ! Une fois de plus, le Patron les étonnait, et, s'il réussissait à rattraper Falc'hun, il ajouterait une ligne supplémentaire à sa légende. Mais Yann ne put tenir très longtemps cette cadence. Soudain, Fanch, qui s'était élancé derrière eux et le suivait à distance, le vit s'arrêter, lâcher sa béquille, porter la main à la poitrine avant de s'effondrer sur le sol d'un bloc, comme une masse. Lorsqu'il arriva près de lui, Yann tenta de lui sourire mais il ne réussit qu'à esquisser une grimace, en soufflant :

— Il m'a quand même eu, ce salaud, tu vois...

Chope-le, Fanch. Le laisse pas... promets-moi de me venger, et...

Il ne put terminer sa phrase. Yann Penru, le géant roux, Yann, le colosse au cœur tendre mais fragile, venait de terminer son parcours sur la terre. L'Ankou avait choisi de le faucher dans cette île dont il avait été le maître pendant dix ans. Il y était mort subitement, comme il le souhaitait, même s'il aurait sans doute préféré d'autres circonstances. Lui, que personne n'avait jamais osé défier en face, et qui avait survécu plus de vingt ans à ses premières alertes cardiaques, allait mourir pour avoir réagi aux insultes d'une canaille qui avait voulu l'empoisonner. Fanch avait ôté sa casquette et s'était agenouillé devant le « Grand », comme ils l'appelaient, son frère et lui. Il avait récité un Pater et trois Ave avant que Job ne vienne lui prêter main-forte, avec quelques goémoniers qui avaient assisté à la scène. Cent cinquante kilos à remuer, ce n'était pas rien ! Ils durent se mettre à quatre pour le porter.

— Bon Dieu ! Au lieu de se contenter d'emporter l'âme du Grand, l'Ankou aurait pu nous laisser sa karriguel pour le ramener à la ferme ! s'écria Job, qui ahanait sous la charge.

Ils déposèrent le corps sur la table de la salle commune que Mariannick venait tout juste de lessiver.

— Job ! protesta-t-elle, tu n'as pas honte ! Cesse de blasphémer ainsi, ou il t'en cuira ! Tu sais que l'on ne plaisante jamais avec l'Ankou, sinon, il se venge !

— Mille excuses, Mariannick ! C'est vrai, je n'aurais pas dû. Je ne pensais pas à mal. Mais c'est qu'il est si lourd, le Grand !

— Envoie quelqu'un à Molène, au sémaphore, Job,

intervint Fanch. Que l'on prévienne la gendarmerie, pour qu'ils cueillent cette crapule, quand il accostera sur le continent.

— On va le rattraper, oui, et le jeter à la baille ! répondit son frère. La justice ? Nous allons la faire nous-mêmes, la justice ! Comment veux-tu prouver quoi que ce soit ? Nous savons, nous, que ce brigand a essayé de tuer Mariannick et le Géant, mais quelles preuves avons-nous ? Aucune. Sans compter que, si un procès peut lui permettre de s'en tirer, il déshonorera, à coup sûr, tous les goémoniers. On va encore nous traiter de sauvages !

Fanch réfléchit un instant, avant de répondre :

— Tu as peut-être raison, Job. Alors, voici ce que nous allons faire. Prends Martin avec toi, c'est le meilleur marin. Rattrapez-le et ramenez-le. Vivant, ce sera mieux. On l'obligera à passer aux aveux et à les signer avant de l'amener aux gendarmes. On doit cela à Yann, et c'est ce qu'il voulait faire. C'était sans doute une grande gueule, mais un sacré bonhomme aussi ! Ce sera notre façon à nous de lui rendre hommage.

Ils rattrapèrent le fuyard avant qu'il ait réussi à mettre un bateau à l'eau. Il fut ramené à coups de pied dans les fesses, et il avoua tout. Il aurait même avoué des crimes qu'il n'avait pas commis, tant il avait peur de rester dans les mains de Job qui lui promettait les supplices les plus raffinés s'il ne signait pas ses aveux. C'est ainsi qu'ils apprirent que, quelques mois plus tôt, il avait déjà tenté d'empoisonner le Géant, alors qu'il jouait aux cartes au bistrot. Par chance, Yann avait, d'un geste involontaire, renversé le verre dans lequel l'empoisonneur venait de verser de la mort-aux-rats. Ça ne l'avait pas empêché de persister dans son projet.

À la fin de la journée, l'individu était bouclé à la gendarmerie du Conquet, en attendant d'être transféré à Brest. Les gendarmes avaient félicité Fanch pour la méthode « douce » qui lui avait permis d'obtenir les aveux du coupable.

Yves et Anne furent très marqués par la disparition de Yann. Peut-être pas autant, cependant, qu'ils l'auraient été dix ans plus tôt, car, il fallait bien l'admettre, le Géant avait beaucoup changé, et pas en bien, depuis qu'il traînait son infirmité, et ni sa femme ni ses enfants ne paraissaient peinés outre mesure. Pour Gwen-Aël, au contraire, c'était le premier deuil marquant depuis la guerre. Il n'oublierait jamais que c'était cet homme qui l'avait aidé à sortir de la dépression dans laquelle il était plongé, en 1917, quand, au front, il pensait, de temps à autre, à se ruer seul sur les lignes ennemies pour en finir une bonne fois pour toutes. L'enterrement fut à la hauteur de ce qu'avait été l'homme ; ce n'est pas tous les jours que l'on enterrait une légende vivante ! Il y eut autant de goémoniers que pour les obsèques de Lucien Jézéquel, qui avaient pourtant mobilisé toute la profession, mais il vint aussi une nuée d'anciens combattants et de blessés de guerre, qui voulaient rendre hommage à l'un des leurs, mais aussi à cette famille Penru si cruellement frappée, pendant le conflit, puisque, outre sa jambe, Yann y avait perdu deux de ses frères, un beau-frère et deux neveux.

*

Gwen-Aël rentrait de Londres, où il avait eu plusieurs réunions de travail. La veille, il avait reçu un appel d'un Maurice Tiercelin en larmes qu'il n'avait pas vu depuis deux ans. Paul était mort. Il s'était suicidé à Paris, dans une sordide chambre d'hôtel. Ces quatre dernières années avaient été pour lui une lente descente aux enfers. De calmant, la morphine était peu à peu devenue une drogue et une compagne indispensable. Il y avait, bien sûr, longtemps qu'il ne travaillait plus et ne vivait que de ses indemnités d'assurances, longtemps aussi que sa femme l'avait quitté. Seul le voyait régulièrement Maurice, qui restait son seul point d'attache avec son passé.

La dernière victime de l'explosion de 1923 venait de succomber à ses blessures.

Gwen-Aël soupira. Il n'y pouvait rien. Cela devait arriver, tout aussi sûrement que son train arrivait à Saint-Lazare. En descendant sur le quai, il se crut, un instant, victime d'une hallucination ; sur le quai opposé, il avait cru reconnaître Helen, son ancienne maîtresse, tenant par la main un petit garçon. Il se précipita pour changer de quai : il ne s'était pas trompé, c'était bien Helen ! Quand il se trouva face à elle, Gwen-Aël regretta d'avoir cédé à son impulsion : Helen eut aussitôt les larmes aux yeux.

— Gwen-Aël ! s'exclama-t-elle. Tu n'as pas changé ! Tu es toujours aussi beau.

— Qui est cet enfant ? demanda-t-il.

— C'est mon neveu, répondit Helen. Je suis sa marraine. Je lui ai donné ton prénom. J'ai eu du mal à t'oublier, tu sais.

— Es-tu...

— Mariée ? Non, Gwen. Je n'y tiens pas. Du moins, pas pour le moment. J'ai vécu une cruelle expérience, il y a quelques années. Je ne pensais pas être la seule à m'en souvenir.

— Pardonne-moi. Je suis un...

— Ce n'est rien, Gwen. Tu n'en es plus à une goujaterie près, n'est-ce pas ? Je ne te demande pas si tu es heureux, car tu l'es visiblement.

— C'est vrai, je suis heureux, répliqua-t-il par défi, navré de la retrouver aussi agressive. J'ai trois enfants, deux garçons et une fille. J'habite toujours Bellevue et j'ai toujours le même petit appartement au Luxembourg.

Et après un silence, il ajouta :

— Tu ne me pardonneras jamais, Helen ?

— Te pardonner, quoi ? De ne pas m'avoir aimée ? Tu n'y es pour rien. On aime ou on n'aime pas. Moi, je t'aimais. C'est pour cela que j'ai accepté d'être ta maîtresse, en espérant qu'à ton tour tu m'aimerais un jour. Ça n'a pas été le cas ; tant pis pour moi.

— Cet enfant... dit Gwen-Aël. Il te ressemble énormément, et je trouve... j'ai l'impression qu'il me ressemble aussi un peu. Est-ce que...

Helen eut un rire bref et amer.

— Tu aimerais le savoir, n'est-ce pas ? Cet enfant, c'est mon fils, Gwen-Aël. Mon fils ! Et même s'il te ressemble — et il te ressemble, c'est vrai —, c'est mon fils, pas le tien. Il est né de père inconnu. Pas de Gwen-Aël Kernéis.

— Helen ! Tu n'avais pas le droit...

— Le droit ? fit Helen, scandalisée. Si, Gwen, j'en avais et j'en ai le droit. Je suis la mère et le père de mon fils, puisque toi, son géniteur, tu ne m'aimais pas et que tu m'as quittée. L'on ne peut gagner à tout coup, Gwen. Cette fois-là, tu as perdu. Tu as engendré un fils que tu ne verras pas grandir. Je te refuse cela.

— C'est... c'est indigne de toi, Helen ! Tu ne peux pas !

— Oh ! je le peux. Mais tu m'excuseras, conclut-elle en appelant le petit garçon qui n'avait cessé de jouer près d'eux. Gwen ? *Come with Mum ! Come on, Love...* Adieu, Gwen-Aël. Mon fils Gwen et moi souhaitons ne plus jamais te revoir.

Il restait là, pétrifié, à les regarder monter dans le train, disparaître de sa vie, sans doute pour toujours. Un fils... Elle était enceinte de lui quand il l'avait quittée et elle ne lui avait rien dit ! Mon Dieu, qu'elle devait le haïr pour en être arrivée là ! Il prit un taxi et rentra directement dans son deux-pièces du Luxembourg. Il téléphona à Julia et Karl pour les prévenir qu'il ne les verrait pas, puis il prit un dossier qu'il feuilleta sans réussir à fixer son attention, consulta sa montre. Il lui restait une heure avant le prochain rapide pour la Bretagne. Il allait le prendre. Il décrocha le téléphone pour en avertir Viviane.

Dans un autre train qui filait sur Le Havre, une jeune femme pleurait. Près d'elle, un enfant s'était endormi. Les yeux dans le vague, elle regardait, sans le voir, défiler le paysage bucolique et reposant de la campagne normande. Helen regrettait déjà son attitude crâne face à Gwen-Aël. Pourquoi avait-elle montré tant d'amour-propre, alors qu'elle n'aspirait qu'à une seule chose : qu'il la prenne dans ses bras ? Ah ! Ça, oui ! elle avait gagné. Elle l'avait écrasé, mais pourquoi, pour qui ? Pour Gwen, qui n'aurait jamais de père ? Pour elle, qui perdait à jamais son amant, l'amour de sa vie, alors qu'elle n'aspirait qu'à le reconquérir ? Et si... Peut-être, tout n'était-il pas perdu ! Gwen-Aël savait aujourd'hui qu'il avait un fils d'elle. Il voudrait sûrement le revoir. C'est alors qu'elle essaierait de le reprendre. Il était à elle autant qu'à cette autre femme qu'elle ne connaissait pas. Elle aussi l'avait rendu père ! Et, à trente-quatre ans, elle avait largement le temps de lui faire d'autres enfants !

*

Lorsqu'elle avait reçu l'appel de la police, Julia était restée quelques secondes sans réaction. C'était si incroyable ! Marie-Ange était en cellule de dégrisement au commissariat du IXe arrondissement ! Elle y avait été ramenée par une patrouille qui l'avait récupérée sur les boulevards, complètement ivre, sale et vociférant. Elle s'était laissé embarquer sans résistance et, depuis, elle dormait. En contrôlant ses papiers, le policier de service s'était aperçu qu'elle s'appelait Kerléo, comme le commissaire du même nom qu'il avait connu à Vitry, deux ans plus tôt, et qui était, lui aussi, du Conquet. Il n'avait pas voulu prendre de risque et avait appelé la famille, à tout hasard. Bonne pioche. La femme ivre était la sœur du commissaire. Restait à le faire savoir à celui-ci, à Nantes, ce dont il s'acquitta habilement. Il avait eu le nez creux ; peut-être tenait-il, enfin, sa mutation à

Toulouse ? Mme Julia Lemarchand était devant lui ; sa voiture et son chauffeur attendaient dehors. La jeune femme était pressée. Le fonctionnaire de police lui raccourcit les démarches autant qu'il le put. Elle était toujours là quand il reçut un appel de Nantes. Oui, monsieur le commissaire... Très bien, monsieur le commissaire... Ce sera fait, monsieur le commissaire... C'est la moindre des choses, monsieur le commissaire. Si je souhaite quelque chose ? C'est très gentil de votre part, monsieur le commissaire, mais vous savez, à part les mutations, on a tout ce qu'il nous faut, n'est-ce pas ?... Comment ? Vous allez vous en occuper personnellement ? Vous êtes trop aimable, monsieur le commissaire... Non, elle est encore là, mais plus pour très longtemps, Mme Lemarchand est venue la chercher. Que je vous la passe ? Tout de suite, monsieur le commissaire. Oui, certainement. À bientôt, monsieur le commissaire. Julia avait pris son frère au téléphone et l'avait écouté avec attention avant de reposer le combiné.

— Mon frère me demande de vous remercier pour votre obligeance, dit-elle au policier. Il vous promet d'intervenir pour votre mutation, mais, vous le savez, il ne peut rien vous garantir. Quoi qu'il en soit, il m'a chargée de vous dire qu'il vous revaudrait ça, d'une façon ou d'une autre.

— Merci, madame. Je vous conduis à votre sœur, ou je la fais chercher ?

— Faites-la venir, s'il vous plaît. Je n'ai jamais eu à entrer dans une cellule et ne souhaite pas commencer aujourd'hui.

L'instant d'après, Marie-Ange, encore ivre et à moitié endormie, se tenait devant elle.

— Qu'est-ce que tu fais là, Julia ? demanda-t-elle d'une voix empâtée, où passait une véritable surprise.

— C'est plutôt toi qui devrais me dire ce que tu fais ici, répliqua Julia. Si du moins, tu sais d'où tu sors.

— D'un bistrot, non ? Il y avait des policiers, d'ailleurs.

Julia haussa les épaules.

— Bien, fit-elle, rentrons. Nous reprendrons cette discussion quand tu auras cuvé ton alcool.

Mais Julia fut incapable d'attendre aussi longtemps, et dès qu'elles furent dans la voiture, elle demanda :

— Depuis combien de temps traînes-tu dans les rues ?

— Ça ne te regarde pas, répliqua la jeune femme, en la défiant du regard. Au fait, j'ai pris un amant, tu sais.

— Toi, un amant ? fit Julia, en dévisageant sa sœur.

Elle lui trouva tout d'un coup un air désespéré qu'elle n'avait pas remarqué, au premier abord.

— Pourquoi pas ? Sébastien m'a bien trahie en se mariant. Il n'avait pas le droit ; nous étions jumeaux. Et cette garce de Josie s'est fait engrosser en plus ! On n'a pas le droit de séparer des jumeaux ! Père et Mère sont toujours aussi nuls. Ils ne se sont jamais occupés de moi.

— Tais-toi, fit Julia excédée. Tu devrais avoir honte de sortir de telles choses sur tes parents.

— Julia, tu es bête, dit Marie-Ange en s'agrippant à elle. Tu ne comprends pas ? J'aime Sébastien. J'aime mon frère.

— Moi aussi, j'aime Sébastien. Sans doute pas autant que toi, mais je l'aime.

Marie-Ange se tourna vers sa sœur. Elle était bien réveillée, maintenant, et son haleine empestait l'alcool.

— Tu es vraiment une gourde, Julia ! Je te dis que j'aime Sébastien, que je l'aime d'amour, comme une femme aime un homme ! C'est comme ça depuis toujours. Je voudrais être sa femme, pas sa sœur ! Coucher avec lui, tu saisis ?

Julia en restait sans voix. Que répondre à un tel aveu ? Marie-Ange souffrait, sans aucun doute. Elle souffrait beaucoup. Julia était désarmée et tout ce qu'elle put faire fut de prendre sa sœur dans ses bras. Marie-Ange se mit à sangloter contre son épaule, laissant couler les torrents de larmes qui lui nouaient la gorge depuis des semaines.

Marie-Ange avait pris un bain, s'était parfumée et lavé les cheveux ; elle se sentait à nouveau présentable. Elle ne regrettait pas ce moment de faiblesse ni de s'être confiée à sa sœur aînée. Elle seule pouvait l'aider, la sortir de cette impasse où, depuis des années, elle s'était enfoncée seule. Longtemps, elle avait cru que Sébastien éprouvait pour elle la même attirance que celle qui la dévorait, mais depuis qu'il s'était engagé dans la Marine, elle savait qu'il n'en était rien. Elle n'avait plus d'espoir, sa vie n'avait plus aucun sens. Pour se venger de son jumeau, elle avait couché avec le premier venu, le soir de leur nuit de noces, à lui et cette Josie. Au petit matin, elle s'était trouvée stupide : Sébastien n'en saurait jamais rien. Elle n'avait puni qu'elle-même.

Elle était lucide, cependant, et savait que sa fuite à Paris était néanmoins salutaire ; c'était même ce qu'elle pouvait faire de mieux, car elle lui avait permis de crever l'abcès, ce qu'elle n'aurait jamais réussi à faire en Bretagne. Et maintenant que quelqu'un d'autre partageait son secret, elle se sentait libérée. Ce ne serait sûrement pas simple à résoudre, mais elle avait, désormais, quelqu'un à qui elle pourrait se confier, ce qu'elle n'avait jamais pu faire jusqu'à ce jour.

Julia avait appelé ses parents pour leur dire qu'elle avait récupéré sa sœur. Elle avait d'abord eu son père, qui s'était contenté de l'écouter. Comme tout le monde dans la famille, Julia connaissait le fossé qui, depuis dix ans, ne cessait de se creuser entre son père et sa sœur. Peut-être cette crise mettrait-elle un terme à cette incompréhension, c'est en tout cas ce qu'elle espérait. Elle avait ensuite eu sa mère, dont les questions l'avaient prise au dépourvu.

— Vois-tu, Julia, disait sa mère, je me reproche d'avoir pris à la légère l'affection exclusive que Marie-Ange nourrissait pour Sébastien. J'aurais dû être plus clairvoyante, me douter que cela pouvait déboucher sur un drame. Car c'est cela n'est-ce pas ? J'ai peur que Marie-Ange n'aime son frère, d'une certaine façon... Tu me comprends... D'une affection non fraternelle. Enfin, qu'elle en soit amoureuse. Voilà, je l'ai dit...

— Je n'en sais rien, Maman. Peut-être, en effet. Laissez-moi un peu de temps. Je vous rappellerai.

Julia avait raccroché, pensive. Ainsi, sa mère avait tout deviné, mais n'avait jamais voulu se l'avouer ! En réalité, elle avait eu peur de la vérité. Mais cette prise de conscience, même tardive, changeait tout, pour elle comme pour Marie-Ange. Leur mère pourrait les aider, d'autant qu'elle était pragmatique et ne s'embarrassait pas de fausse morale. Pour elle, il s'agissait simplement d'un problème sentimental particulièrement ardu à résoudre. Mais elle savait que tout le monde ne le prendrait pas ainsi, puisque, juste avant de raccrocher, elle lui avait chuchoté : « Pas un mot de tout ceci à ton père, Julia. Promets-le-moi. Il ne comprendrait pas. »

Elles étaient allées chercher Karl, ensemble, à la gare de l'Est. Marie-Ange était passée à son hôtel prendre ses affaires, et Julia, se doutant que sa jeune sœur ne roulait pas sur l'or, avait réglé la note. Marie-Ange n'avait plus rien de propre à se mettre, constata Julia, en se disant qu'il était plus que temps qu'elle la retrouve. Qui sait où elle aurait pu finir ! Elle l'accompagnerait dans les grands magasins et lui achèterait une garde-robe complète.

Depuis quelques mois, Karl mettait en place en Allemagne des structures particulières, pour le compte de la Croix-Rouge à laquelle il avait adhéré pendant la guerre, et dont il était, aujourd'hui, un membre très actif. Cette action, qu'il menait tant au niveau français qu'au niveau international, lui prenait beaucoup de temps, et aussi il fallait bien le dire, pas mal d'argent. Il était, depuis peu, entré en rapport avec des organisations sionistes dont Julia ne savait même pas ce qu'elles étaient ni qui elles représentaient. Mais depuis toujours, elle était habituée à faire confiance à son mari dont elle savait qu'il ne ferait jamais quelque chose qui fût mal, même s'il était capable d'enfreindre la loi pour atteindre des objectifs qu'il estimait justes. Karl, toutefois, n'était pas le Don Quichotte que Gwen-Aël voyait en lui, il avait les pieds sur terre, et, dans son combat contre la misère et l'injustice, il utilisait tous les moyens dont il disposait et en cherchait d'autres. C'est ainsi qu'il avait créé une société de négoce de produits chimiques que gérait Gwen-Aël, et dont l'objectif était de lui donner les moyens financiers nécessaires pour mener à bien ces différentes actions de bienfaisance.

Le train de Karl arrivait enfin. Sur le quai, gare de l'Est, Julia observait sa sœur. Elle n'avait encore jamais remarqué à quel point Marie-Ange était belle : ce chignon posé sur le sommet de la tête lui dégageait le cou et le visage de façon incroyable, et le manteau cintré qu'elle lui avait prêté lui allait beaucoup mieux qu'à elle-même, elle devait en convenir. Marie-Ange était une beauté ; elle, Julia, n'était que passable, et encore ! Mais, comme le lui disait Karl, elle avait une belle âme, ce qui était tout aussi bien, la beauté du cœur et de l'esprit éclipsant toujours celle du corps au bout de quelques années de vie commune. Et puis, son ami Gwen-Aël ne lui répétait-il pas à l'envi que ses beaux yeux de myope lui donnaient un regard et un charme irrésistibles ?

— Voilà Karl ! fit Marie-Ange. Tiens ! Il n'est pas seul.

Karl était, en effet, accompagné d'un homme de belle taille, de type méditerranéen prononcé, brun de peau et de cheveux, au visage incroyablement hâlé par le soleil. Il fit les présentations :

— Henry, je te présente Julia, mon épouse, et Marie-Ange, ma belle-sœur. Mon ami Henry Lewis est citoyen britannique et directeur commercial d'une société de textiles de Londres. Henry a de très nombreux autres talents : c'est un sportif émérite, excellent cavalier, boxeur, escrimeur, nageur...

— Karl, arrête, veux-tu ! dit le nouveau venu. Votre mari exagère, madame.

Il s'inclina devant Julia avant de se tourner vers Marie-Ange qu'il dévisagea avec une admiration non dissimulée :

— Madame...

— Madame est ma belle-sœur Marie-Ange, Henry, précisa de nouveau Karl. De passage à Paris, sans doute...

— Oui, pour quelques jours, répondit Marie-Ange en embrassant son beau-frère.

Puis, elle tendit la main au nouvel arrivant et lui dit :

— Bonjour, monsieur. Je suis enchantée de vous rencontrer.

Cette présentation peu orthodoxe sembla convenir tout à fait au Britannique, qui reprit :

— Laissez-moi deviner : vous êtes certainement mannequin, madame, n'est-ce pas ? questionna l'homme.

— Absolument pas, Henry, intervint Karl en riant. Non. Marie-Ange est bien plus passionnée de pêche à pied que de mode.

— Comme c'est dommage ! Écoutez... Cela vous intéresserait-il de présenter des collections ? Vous avez tout ce qu'il faut pour le faire, taille, élégance naturelle et... beauté.

— Tu es aussi dans la mode, Henry ? questionna Karl, étonné.

— Oui, je ne te dis pas tout, vois-tu ! Dans la mode et dans de nombreuses autres choses aussi.

Karl réussit à décider son ami à annuler sa réservation au Terminus-Est et à loger chez lui, à Neuilly. Julia avait senti l'homme partagé entre l'envie de refuser et celle d'accepter, et, elle le savait, c'est le désir de voir Marie-Ange qui l'avait emporté. Ils ne purent s'entasser tous les quatre dans la voiture de Julia, qui laissa sa sœur en tête à tête avec le bel Henry dans un taxi qui prit le chemin des écoliers pour aller à Neuilly : l'Anglais voulait revoir le Paris qu'il aimait, celui des monuments. Karl, lui, souhaitait retrouver au plus tôt ses enfants, et, tout en conduisant, il donna à Julia des précisions sur son invité. Henry Lewis est aux trois quarts juif, puisque de ses quatre grands-parents, seul son grand-père paternel était un Anglais pure souche. Bien que né à Londres et citoyen britannique, Henry se considérait, lui, comme juif à part entière, ce qui l'avait amené à travailler pour les juifs de Palestine. C'est pour eux qu'il voyageait en Allemagne, aujourd'hui, même si son commerce de textiles était bien réel.

— Et cette histoire de mode ? demanda Julia. Cette proposition qu'il a faite à Marie-Ange...

— Pourquoi pas ? Tu sais, Henry a les affaires dans le sang. S'il te dit que ta sœur devrait être mannequin, c'est qu'il y croit.

— Marie-Ange, mannequin ! Papa va sauter au plafond ! répondit Julia. Mais je dois dire que ça tomberait bien.

Et en quelques mots, Julia mit Karl au courant des aventures de sa sœur à Paris, comme de son amour sans espoir pour son frère jumeau.

— La pauvre enfant ! fit Karl.

— Enfant, enfant... Pas tant que cela ! La nuit de noces de son frère, elle s'est offerte au premier venu !

— C'est atroce ! Il faut la sortir de là ! Effectivement, travailler à Paris lui changera les idées. Je vais demander à Henry de s'en occuper.

— Oh ! ton ami est assez grand pour s'en occuper tout seul. Et je suis certaine qu'il a déjà commencé, d'ailleurs.

Julia ne se trompait pas. Henry, qui savait qu'il ne disposait que de peu de temps, avait immédiatement commencé à faire à Marie-Ange une cour aussi habile que discrète. Il se contentait, pour le moment, de lui servir de guide dans la capitale qu'un mois d'errances dans des rues plutôt mal famées n'avait guère permis à Marie-Ange d'apprécier. Ils flânèrent tant et si bien qu'ils mirent plus d'une heure et demie pour rejoindre Neuilly. Cet inconnu faisait preuve, vis-à-vis de Marie-Ange, la sauvageonne, d'une courtoisie, d'une prévenance qu'on ne lui avait encore jamais manifestées, et suscitait en elle un sentiment qu'elle avait toujours ignoré, le désir de plaire, l'envie d'être courtisée, le besoin de se sentir belle, aussi, pour quelqu'un qui ne soit pas Sébastien. La chenille devenait papillon, et le garçon manqué, une jolie femme qui en prenait enfin conscience. Quand il quitta la France, quelques jours plus tard, Henry Lewis était certainement un homme atteint. Il se l'avouait, il était tombé amoureux d'une sauvageonne qu'il avait commencé à apprivoiser, une fille de cette côte bretonne qu'il ne connaissait pas encore, mais qu'il devrait apprendre à connaître s'il voulait conquérir cette belle cavale qui, lorsqu'elle en parlait, s'animait de façon incroyable tant elle en était imprégnée.

26

1932

Pierre Arsonner ne s'était pas trompé en pensant qu'il trouverait à exploiter ses qualités à l'Arsenal de Brest. Sa faconde et sa pugnacité l'avaient rapidement fait remarquer, et le responsable du syndicat CGT avait décidé d'utiliser au mieux ces compétences, lorsqu'il avait été promu délégué départemental de son syndicat. De ce « fox-terrier » accrocheur, ainsi qu'il le nommait, il avait fait un permanent syndical combatif qu'il envoyait sur le terrain sonder les âmes, défendre, face à un patronat patriarcal, les intérêts d'employés aux revenus malmenés par une inflation endémique, dénoncer des conditions de travail éreintantes et parfois inhumaines des ouvriers, prêcher la révolte et semer la zizanie dans les entreprises, toutes activités dans lesquelles Pierre se montrait particulièrement efficace. Le délégué départemental n'avait plus, lui, qu'à conclure le travail ainsi mâché, à lancer un ordre de grève, ou, au contraire, arrondir les angles et négocier un accord avec les employeurs, n'hésitant pas, s'il le fallait, à désavouer son « fox-terrier », à qui il avait expliqué, dans le détail, toutes les subtilités de ce travail d'équipe.

Mais ce chef n'était pas un ingrat et avait l'art et la manière de récompenser comme il le devait un militant aussi dévoué et efficace. Connaissant le point faible de Pierre, il lui concoctait, de temps à autre, une surprise : un bon repas en galante compagnie, suivi d'une nuit dans les bras d'une jolie fille suffisaient à redonner au garçon optimisme et enthousiasme.

C'est cependant à contrecœur que Pierre effectuait ce retour sur la côte des Abers, sa précédente expérience avec la famille Guennec ayant été pour le moins malheureuse. En témoignaient quatre moutards qu'il n'avait jamais désirés et pour lesquels il versait une pension annuelle à leur mère.

Et pourtant, non, il ne s'était pas trompé en épousant Rosalie. Quatre ans après leur divorce, il lui suffisait de songer à elle cinq secondes pour ressentir, intact, ce besoin impérieux qu'il avait de son corps et il savait qu'il en était de même pour elle. Leur malheur à tous deux tenait à ce que, cela mis à part, ils n'avaient rien en commun : Rosalie était une femme « popote », et lui, toujours en mouvement, et, par essence, infidèle, ce que Rosalie n'avait jamais compris et encore moins admis. « Quel dommage », songeait-il en montant sur l'estrade. Il prit une profonde inspiration, puis son regard survola l'assemblée. Il adorait ce moment, où il se trouvait face à un auditoire qu'il lui fallait convaincre et conquérir. C'était un défi à relever, et cela lui procurait un plaisir presque aussi intense que l'amour.

— Mes amis, commença-t-il, je suis heureux d'être

de retour parmi vous, d'autant que l'heure est grave. Il n'est pas question que nous nous laissions dicter la loi par les usiniers, ces capitalistes de malheur qui veulent mettre à profit une prétendue baisse des cours de l'iode pour payer le *bara mor* une poignée de moules ou de berniques.

— T'as raison, Arsonner ! Ne nous laissons pas faire par ces exploiteurs ! cria au premier rang Fanch Le Moal, un sympathisant qui n'aurait pas dû intervenir si tôt, et à qui il fit signe de se taire.

— Depuis quatre ans, poursuivit Pierre, ils nous mènent en bateau. S'ils ne veulent plus payer, faisons la grève ! Dans un mois, c'est le *bijinn ebrel.* N'y allons pas ! C'est aussi simple que cela. Plus de tali, plus d'iode !

— La grève ? interrogea Jakez Quéré, lui aussi au premier rang. Mais si on fait grève du tali, on n'aura pas de pain de mer !

— Exactement, répondit le jeune syndicaliste. Pas de tali, pas de pain de mer et pas de pain de mer, pas d'iode !

— Mais alors, qu'est-ce qu'on va manger ? À moins que tu ne viennes nous donner du pain et du vin...

— Ne plaisante pas, Jakez, la grève est une chose sérieuse. Choisissons de la faire. Oui, refusons de vendre à bas prix aux usiniers des pains de soude qui nous demandent tant de peine. L'iode qu'ils en extraient, ils le revendent à prix d'or !

— Et on va vivre de quoi, joli cœur ? l'interpella, d'une voix tonitruante, un pigouiller sur sa droite. Tu nous dis : « Faisons grève », alors que, toi, tu ne la feras pas ; tu auras ta paie et ton pain. Nous, nous n'aurons rien du tout, ni froment, ni méteil, même pas de seigle, si nous ne livrons rien aux usiniers.

— Je demande la parole.

— De quel droit veux-tu parler, Job Guennec ? répliqua Pierre qui savait déjà la partie perdue contre son ex-beau-père, qu'il avait reconnu à sa voix, bien avant de le voir.

Tous les goémoniers de la côte attendaient cet affrontement entre les deux hommes depuis si longtemps qu'ils n'auraient raté cela pour rien au monde.

— Et toi, Arsonner, de quel droit viens-tu ici nous dicter ce que nous devons faire ? rétorqua Job en s'avançant vers celui qui avait été son gendre. Du droit du fainéant syndiqué qui se nourrit du labeur et des cotisations des adhérents ? Peux-tu me dire de quel syndicat de goémoniers tu fais partie et sur quelle grève tu travailles ?

En deux bonds, le cadet des frères Guennec était monté sur l'estrade. Tous connaissaient la haine qui depuis quatre ans dressait ces deux hommes l'un contre l'autre. Lorsque, fin 1928, Job avait surpris son gendre avec une jeune fille de dix-neuf ans alors que Rosalie, sa femme, était grosse de sept mois, il montra assez d'empire sur lui-même pour laisser l'huissier faire son travail et constater les faits. À la suite de quoi, il se fit plaisir en corrigeant le séducteur comme il se devait.

Cela lui valut, sur-le-champ, un constat pour coups et blessures dressé par le même huissier, mais cette fois à son encontre, et à la demande de son gendre. Rien de plus naturel que ce mouvement de colère paternelle, plaida Job, ce que le juge admit fort bien quand il apprit que la femme trompée en était à sa quatrième grossesse, alors qu'elle n'avait que vingt et un ans ! Job s'acquitta de l'amende symbolique que lui infligea le juge avec d'autant plus de plaisir que, pratiquement dans le même temps, son ex-gendre perdait son divorce et se voyait condamné à un an de prison ferme pour détournement de mineure, peine annulée le jour où il se résigna à épouser sa victime, enceinte elle aussi. Pierre qui semait à tout-va en terres fécondes récoltait très régulièrement ce qu'il souhaitait éviter à tout prix : des enfants et des ennuis.

Mais le jeune Arsonner était plus crâne que beaucoup ne l'imaginaient, et il refusa de quitter les tréteaux. Comme, de son côté, Job ne voulait pas se laisser aller à des gestes de violence envers lui, il appela son frère à la rescousse. Discrètement, Fanch et trois de ses amis s'approchèrent de l'estrade et encadrèrent le syndicaliste qu'ils firent descendre sans le toucher, en lui conseillant d'éviter, dorénavant, de prendre la parole en leur nom dans les cantons de Plouguerneau, Ploudalmézeau ou Saint-Renan, puisqu'il n'était ni goémonier, ni inscrit maritime. Il quitta l'estrade sous les quolibets qui ne s'arrêtèrent que quand Job prit la parole.

— Mes amis, commença-t-il, je n'ai pas l'habitude de parler, mais je sais, tout comme vous, que si nous faisons grève du *bara mor*, nous sommes certains de ne rien avoir dans nos écuelles, demain. Et ce n'est pas ce jeune et beau parleur qui viendra les remplir. Nous le savons tous, l'iode a baissé de 25 % en février. Ceci ne veut pas dire que c'est fichu pour nous. Notre député, Inizan, se bat comme un beau diable pour nous défendre.

— Il vaudrait mieux qu'il se batte comme le Bon Dieu, Job, il aurait plus de chances de gagner, fit Jakez, en éclatant de rire, tant il était fier de sa plaisanterie.

Mais il fut seul à rire et se tut aussitôt.

— Jakez, laisse Job parler au lieu de dire des bêtises ! lui cria Fanch.

— Je disais donc, reprit Job, qu'il fallait laisser notre député faire son travail. Il a demandé que les droits de douane soient relevés. S'il réussit, rien ne changera ni pour nous, ni pour les usiniers. S'il échoue, il sera temps d'aviser. Voilà, j'en ai fini.

— Moi j'y comprends rien à vos histoires de baisse de l'iode et de droits de douane, lança Pierrick Le Gallou. En quoi cela nous concerne-t-il ? Et que vient faire le député là-dedans ? Il n'y connaît rien au pain de soude !

— Pierrick a raison, appuya un autre pigouiller. La baisse de l'iode n'est pas notre affaire, c'est celle des usiniers.

— Je sais, répondit Job, que ce n'est pas facile à comprendre. Essayez quand même. En fait, les cours de l'iode dépendent du seul Chili, qui en produit davantage que tous les autres pays réunis. Si les Chiliens baissent leurs prix, ils vendront leur iode en France, comme dans le monde entier, sauf si notre gouvernement le taxe à l'entrée. Comment t'expliquer ça, Pierrick ? Suppose qu'un fabricant français produise de l'iode à 200 francs le kilo. Si les Chiliens vendent le leur à 100 francs le kilo, il faudrait que l'État mette au moins 100 francs de droits de douane pour que l'industriel français puisse vendre sans perdre d'argent. Or, aujourd'hui, ces droits ne sont que de 6 francs. Cela, tu le comprends, n'est-ce pas ?

— Oui, tout à fait.

— Le problème est là : il faut compenser cette baisse de 25 % des cours par une augmentation correspondante des droits de douane. Sans quoi... Sans quoi ces 25 % manquants, ce sera aux usiniers et à nous de les supporter.

Il n'est jamais gai d'entendre ce genre de vérité, et un silence pesant suivit cette déclaration.

Soudain, un homme qui s'était tenu jusque-là dans l'ombre, au fond de la salle, et que personne n'avait remarqué, se leva et demanda :

— Job, puis-je prendre la parole ?

— Bien sûr, Yves, cela fait plaisir de voir que tu te déplaces quand l'heure est grave.

Un murmure approbateur parcourut l'assemblée des goémoniers. Yves Kerléo... Yves Kerléo en personne était là ! Lui que l'on ne voyait plus depuis des années, revenait subitement pour leur donner un coup de main. La situation devait être bougrement sérieuse pour qu'il soit venu du Conquet ! Mais que pouvait-il, à son âge ? Il était trop vieux maintenant.

Pourtant, l'homme avait encore de l'allure. Certes, sa moustache était totalement blanche, et il avait plus de cheveux gris que de cheveux noirs, mais il avait toujours le regard aussi extraordinairement vif et profond, et il se tenait toujours droit comme un I. Et quand il souriait comme à l'instant, debout sur l'estrade, il était loin de faire son âge.

Yves marqua une courte pause et son regard parcourut l'assistance, s'arrêtant de temps à autre sur une vieille connaissance qu'il saluait d'un signe de tête.

Les pigouillers ainsi distingués en étaient fiers, et ils répondaient par le même signe de tête à celui qui, des années plus tôt, au sortir de la grande crise de l'iode, leur avait redonné l'espoir dans leur métier et dans la vie.

— Mes amis, commença Yves, Job vous a parfaitement résumé la situation actuelle et les perspectives à court terme, tant de l'iode que du pain de mer. Je ne veux pas me faire l'avocat de tel ou tel, mais je voudrais revenir un peu sur le passé. Quand j'ai commencé à faire de la soude, il y a quarante ans, la crise était tout aussi grave que celle qui s'annonce, et la part du pain de mer dans le prix de revient de l'iode ne représentait pas tout à fait 30 %. Aujourd'hui, elle pèse plus du double. Ceci vous prouve que les usiniers ne sont pas les méchants exploiteurs que d'aucuns prétendent. Cela signifie que vous, goémoniers d'aujourd'hui, vivez bien mieux que vos pères et grands-pères, et c'est heureux. C'est normal aussi, parce que c'est le cas de tous les Français, qu'ils soient ouvriers, employés ou patrons.

— Ouais, Yves, le coupa Fanch, mais cela ne nous dit pas combien de temps ça va durer.

— Je ne suis pas Dieu le Père, et je ne peux te répondre, Fanch. Ce dont je suis certain, c'est que nous entrons dans une période difficile. Cette baisse de 25 % du prix de l'iode, le 15 février, n'est que la première. Il y en aura d'autres. Mais si notre gouvernement nous suit, ce sera moindre mal. Il y a trois mois, le 27 décembre 1931, Inizan a déposé une proposition de loi. Encore faut-il que les députés laissent à un gouvernement de notre bord le temps de la voter, cette loi ! Or, nous en sommes au troisième gouvernement en quatre mois : Steeg, Laval, Tardieu... Et qui après ? Seule une action unissant goémoniers et usiniers peut faire pression sur le gouvernement. Ne vous laissez pas aveugler par des syndicalistes qui ne connaissent rien à votre affaire. Le temps des luttes contre les industriels est dépassé. Pour aboutir et vous sauver, vous devez faire cause commune, eux et vous. L'union fait la force. Les usiniers ont déjà un représentant. Nommez un délégué responsable de tous les syndicats de goémoniers, et le gouvernement aura en face de lui un interlocuteur qui vous représentera tous, c'est-à-dire, quand même, vingt mille personnes. Mais surtout, vous serez trois mille inscrits maritimes dont tous les gouvernements auront besoin en cas de guerre. Trois mille inscrits maritimes, cela compte pour la Marine, croyez-moi ! Vous représentez les troupes de réserve de la Royale. Cela pèse sûrement autant, et même plus, que l'iode pour tous les gouvernements actuels et à venir. Agissez ensemble, comme un seul corps, un seul métier. Ce n'est qu'ensemble que goémoniers et usiniers pourront gagner. J'ai dit ce que j'avais à dire. C'est tout.

C'était sans doute la dernière intervention d'Yves Kerléo en public, ils le savaient tous. Quand il descendit de l'estrade, Fanch commença à l'applaudir, bientôt suivi de toute l'assistance. Yves était ému. Il leur avait dit, avec ses mots et son cœur, ce qu'il aurait fait à leur place à tous. Il avait surtout voulu leur insuffler un peu d'espoir, après que Job leur eut expliqué la dure réalité des faits. Mais ce qu'il ne pouvait pas leur dire, c'est que, à moins d'un miracle, leur cause lui paraissait déjà perdue : avant même que le gouvernement ait pu intervenir, il y aurait eu une autre baisse, et les lois et droits de douane votés seraient insuffisants pour protéger industriels et goémoniers. L'État serait toujours en retard sur le marché d'une baisse ou deux.

En quittant la réunion, Yves passa voir son ami Pierre Le Bars. Il était venu dans son vieux cabriolet, ayant, pour une fois, laissé son automobile à Anne. Fanch, qui l'accompagnait, faisait grise mine, Yves venant de lui fait part de son pessimisme, qui tranchait avec les propos qu'il venait de tenir sur les planches pour les goémoniers. Lorsqu'il lui conseilla de se reconvertir soit en fermier, soit en pêcheur, Fanch lança avec humeur : « Cela te va bien de me donner ces conseils, Yves ! Ce ne sont pas les idées qui me manquent, mais les moyens ! »

Yves eut du mal à réprimer un sourire, tant il trouvait fondée la réplique de Fanch. « Excuse-moi, répondit-il, je ne pensais pas à mal. » En même temps, il lui vint une idée qui le plongea dans une profonde réflexion.

Ils trouvèrent Pierre cloué chez lui par une crise de goutte, devant son âtre éteint, alors que, sur le fourneau, chantait la cafetière de Maria. Il lisait *Le Chasseur français*, tuant le temps comme il le pouvait. Il avait les larmes aux yeux en étreignant son vieux complice.

— Tu te fais rare, Yves, tu oublies les amis !

— C'est toi qui me dis ça, garçon ! Toi qui n'as pas

mis les pieds chez moi depuis dix ans au moins ! À croire que tu me fais la tête.

— C'est l'âge, que veux-tu, bougonna Pierre. L'âge et cette saloperie de goutte.

— Mange et bois un peu moins, tu te porteras mieux.

— Plus facile à dire qu'à faire quand on a Maria comme cuisinière ! Quel bon vent vous amène ?

— Un vent mauvais, Pierre, répondit Fanch Guennec. Les temps vont devenir durs pour les goémoniers.

— Oui, on le dit, mais que faire ? Je ne suis pas savant, mais quand on voit ce qui se passe dans le monde : huit millions de chômeurs aux États-Unis, avec cette crise du Jeudi noir, à laquelle je ne comprends rien, ce frimeur italien, ces excités en Allemagne, qu'ils soient hitlériens ou communistes, et chez nous, ce défilé de ministères ! On peut se demander de quoi sera fait demain.

— Te souviens-tu, Pierre, intervint Yves, il y a peu, les gens se plaignaient que le franc baisse sans arrêt ? Aujourd'hui, qu'il remonte et retrouve sa valeur d'il y a cinq ou six ans, les mêmes se plaignent encore. Mais ce n'est pas pour cela que nous sommes là. Je t'ai dit au téléphone que je ne renouvelais pas le bail de Quéménès, et j'étais venu te le confirmer de vive voix. Mais j'ai changé d'avis.

— Tu as changé d'avis ?

— Oui. J'ai assisté à deux réunions de goémoniers, hier à Portsall, et aujourd'hui ici. Et vois-tu, en venant, tout à l'heure, je me disais que j'aurais du mal à continuer à me regarder dans la glace tous les matins, si je désertais le navire au moment où il risque de couler.

— Tu crois qu'il y a danger ? demanda Pierre.

— Pour le tali et l'iode, oui, répondit Yves. Et c'est justement pour cela que je vais rempiler pour trois ans.

— Très bien, Yves.

— On garde les conditions pour la ferme, on les revoit pour le pain de mer. Cela te va ?

— Si tu ne m'étrangles pas, oui, pourquoi pas ? De toute façon, je n'ai pas le choix : je ne trouverai personne pour prendre des risques sur l'île, aujourd'hui !

— Alors voilà ce que je te propose : je te signe le bail et, si Fanch et Job sont d'accord, je leur sous-loue la ferme dans les conditions exactes que tu m'accordes. Par contre, j'assume les risques pour le pain de mer. C'est-à-dire que c'est moi qui te garantis le minimum. Fanch et Job ont chacun une ribambelle d'enfants et cela peut être une chance pour eux. S'ils acceptent de s'installer toute l'année à l'île, bien sûr. Ça, c'est à Fanch de le dire.

— Ça t'intéresse vraiment, cette île, Fanch ? demanda Pierre.

— Bien sûr, que ça m'intéresse ! Mais je ne comprends pas très bien la proposition d'Yves. Si le pain de mer est invendable, à quoi bon en faire ?

Yves poussa un soupir. Une fois encore, Fanch voulait qu'on lui répète une explication qu'il avait très probablement comprise. Sans doute voulait-il se donner le temps de réfléchir ? Yves allait reprendre ses explications, mais Pierre le devança.

— Je comprends d'autant mieux ton hésitation, Fanch, que je n'ai jamais été goémonier dans l'âme, moi, à cause des risques, justement. La terre, elle, ne ment pas. Ce n'est pas comme cette saloperie d'océan.

Écoute, nous sommes de Lilia-Plouguerneau, tous les deux. Je ne vais quand même pas laisser à un Conquétois le monopole de la générosité ! Je vais te renouveler la proposition que mon frère Hervé avait acceptée quand Yves la lui avait faite, il y a une dizaine d'années. Je fournis l'île, toi, le travail. On partage les pains de mer. Disons un quart du net pour moi, les trois quarts pour vous. Je ne te demande pas de minimum. Nous signons le bail directement entre nous. Yves se trouve libéré de tout engagement. Qu'en penses-tu ?

— Ta proposition est honnête et généreuse, Pierre, répondit Fanch. Mais la ferme ? Je ne suis pas fermier, moi ! Tu crois que je m'en sortirai ?

— Il va falloir que tu t'y mettes, car la terre est bonne, et si le tali ne marche plus, au moins tu auras là quelque chose de sûr. Tu me donneras 20 % de ta récolte de froment. Tout le reste, avoine, seigle, pommes de terre, betteraves, je te le laisse. Tu en auras besoin pour nourrir ta famille et tes goémoniers. Tu verras, tu t'en sortiras très bien. Tu deviendras même riche, qui sait ?

— C'est bien ce que tu fais là, Pierre, souligna Yves. Ça me fait plaisir.

— Et moi, je te remercie, Pierre, ajouta Fanch. Pour Job et moi. Sincèrement, tu m'enlèves un sacré poids.

— Ne va pas croire que je me fiche des sous, hein, Fanch ! Mais quand je vois comment vous vous escrimez, ton frère et toi, avec votre marmaille ! Combien en as-tu, au fait ?

— Onze, et Job douze. Huit à lui, et les quatre de sa fille Rosalie. Yves avait raison. Au lieu de la marier, quand elle s'était fait engrosser, à dix-sept ans, Job aurait mieux fait d'élever le petit. Il n'en aurait eu qu'un, au lieu de quatre maintenant. Heureusement qu'Yves a trouvé à Rosalie un travail de vendeuse à Brest, aux « Nouveautés Parisiennes », chez sa nièce. Elle s'y plaît, semble-t-il.

— Tu vois, conclut Pierre, dans ce monde, quand on se tient un peu les coudes, il y a toujours une solution. Pas vrai, Yves ?

— Si, approuva Yves. Mais je voudrais me permettre un dernier conseil d'îlien, Fanch. Il y a une chose à laquelle tu devrais prêter attention. Comme beaucoup d'enfants de pigouillers, les tiens, garçons et filles, font la saison avec toi, ce qui est une bonne chose. Tout en vous aidant, ils apprennent les difficultés de la vie. Cependant...

— Cependant ?

— Le tali est un métier dangereux. Tous les ans, il y a un, deux, trois de vos fils ou filles qui se noient, en faisant le métier. Vous ne les encadrez pas assez. La moindre des choses, c'est qu'avant d'aller en mer, ils sachent tous nager. Déjà qu'on se noie, en le sachant, quand on ne le sait pas, les risques sont décuplés. Quand je travaillais aux îles, mes enfants nageaient tous à quatre ans, et j'obligeais aussi tous mes gars — domestiques comme pigouillers — à apprendre la brasse.

— Yves a raison, Fanch. Je l'ai oublié une fois. Un pigouiller l'a payé de sa vie. Je me le reproche encore.

*

Marie-Ange était aux cent coups ! Elle allait être en

retard au train ! Son taxi était immobilisé depuis dix minutes quand, enfin, le livreur qui bloquait la rue remonta dans sa voiture. Henry arrivait ! La dernière fois qu'elle l'avait eu au téléphone, il l'appelait de Marseille. Qu'y faisait-il ? Il ne le lui avait pas dit. D'où venait-il ? Elle avait cru comprendre Athènes. Ils se voyaient si rarement ! Une douzaine de semaines par an, pas plus. Elle serait pourtant allée au bout du monde pour le rejoindre, mais Henry était un tel courant d'air qu'elle se demandait souvent combien de jours il passait par an à son bureau de Londres. Elle l'y rejoignait de temps à autre, quand son emploi du temps de mannequin le lui permettait.

Elle n'ignorait plus rien de ses multiples activités, puisqu'elle y participait. Cela s'était fait très vite. C'est Karl qui, le premier, lui en avait parlé quand il s'était aperçu que sa jeune belle-sœur et son ami Henry filaient le parfait amour. À part Julia et lui, personne ne savait qu'ils s'étaient mariés civilement à la mairie du XVIIe arrondissement, où, deux ans plus tôt, Marie-Ange avait loué un appartement boulevard de Courcelles.

En dépit de son nom et de sa nationalité britanniques, Henry se disait juif et travaillait pour les organisations sionistes, ce qui, depuis trois ou quatre ans, consistait, pour l'essentiel, à convaincre les juifs allemands de quitter l'Allemagne. Depuis quelque temps, cela devenait moins ardu, mais plus dangereux aussi : l'irrésistible montée en puissance du parti nazi, qui comptait déjà cent sept députés au Bundesrat, le refus inquiétant d'Hitler d'occuper la Chancellerie, qui ne s'expliquait que par sa certitude d'accéder à la présidence, ses discours enflammés devant des foules enthousiastes, la peur croissante qu'inspiraient SA et SS, augmentaient chaque jour le nombre de juifs candidats au départ — pour l'Amérique, surtout, mais aussi la Palestine, et les pays européens.

Pour le moment, leur action se déroulait en plein jour, mais ni Karl ni Henry ne se berçaient d'illusions. Ils se préparaient déjà à la clandestinité à laquelle ils se verraient condamnés le jour où les juifs seraient pourchassés en toute légalité. Car, dès qu'ils seraient au pouvoir, les nazis accentueraient la pression et, au lieu d'être expulsés, les juifs se retrouveraient emprisonnés. Déjà se multipliaient les exactions, insultes et violences individuelles : incendies de synagogues et destructions d'objets sacrés, tandis que fleurissaient sur les maisons les inscriptions *JUDE*.

Pourtant, toutes ces brimades ne suffisaient pas à convaincre ces éternels agneaux qu'étaient les juifs allemands que l'heure du choix était venue pour eux, et qu'il était suicidaire de continuer à ignorer que le louveteau nazi devenait loup. Henry s'emportait souvent devant cette passivité, et ses coups de gueule contre leur mollesse étaient célèbres, chez les juifs de Berlin comme chez ceux de Dresde ou de Francfort, où on ne le connaissait que sous le nom de Moshe. « Peut-être le résultat des prochaines élections présidentielles leur ouvrira-t-il les yeux ; mais, si c'est Hitler, il sera trop tard », disait-il.

Pour l'heure, le rôle de Marie-Ange se limitait à l'information. Tout ce que lui demandaient Karl et Henry c'était d'ouvrir ses oreilles, lors des dîners et réceptions auxquels elle était régulièrement invitée, en France et à l'étranger. Sa sveltesse et ses cheveux blonds étaient particulièrement appréciés en Allemagne, où ce n'était pas la Celte que l'on goûtait, mais l'Aryenne. Karl lui faisait suivre des cours intensifs d'allemand, persuadé que cette connaissance leur serait utile dans un avenir proche. Lui-même s'efforçait de perdre son accent bâlois si caractéristique, et, encouragé par Marie-Ange, Henry s'y mit à son tour.

Elle le reconnut de loin, comme d'habitude. Son visage hâlé tranchait tellement sur ceux, blafards, des citadins qu'on pouvait croire qu'il arrivait des tropiques. Elle sentit son cœur s'emballer, son sang refluer en elle, se concentrer dans son ventre, le feu l'envahir. Dieu ! qu'elle l'aimait ! Et qu'elle s'était fourvoyée en s'imaginant qu'elle était amoureuse de Sébastien ! Cet homme, son mari, c'était sa vie, toute sa vie, elle en était folle ! Il était plus bronzé, encore, que d'habitude. D'où venait-il, cette fois ?

— De Palestine, Darling. De Palestine. Il y avait trois ans que je n'y avais pas mis les pieds et je voulais voir comment s'y étaient installées les dernières personnes que j'y ai envoyées. Ils ont effectué de très gros progrès en trois ans, c'est impressionnant. Un pays se construit là. Une nation nouvelle, la nation juive. Celle de mes ancêtres qui renaît !

— Je m'en fiche, de la nation juive, Henry ! dit Marie-Ange en se serrant contre lui. Dis-moi plutôt si tu vas bien. Pas de crise de malaria, cette fois ?

— Non. Rassure-toi, j'avais de la quinine. Et puis, il y a bien moins de moustiques qu'il y a trois ans ! Nous irons bientôt là-bas tous les deux. Je veux te montrer ce pays, te faire visiter Jérusalem, Jéricho, Bethléem, Nazareth, le lac de Tibériade, la mer Morte...

Marie-Ange ne lui répondit pas. Elle avait la tête ailleurs et savait qu'il la faisait marcher, qu'il en mourait d'envie, comme elle, mais qu'il ne lui montrerait rien. C'était un homme de feu sous une apparence de glace.

— Dépêche-toi, Henry, le pria-t-elle enfin. Rentrons vite à l'appartement. Je me suis dégagée de tout défilé cette semaine. Même pas d'essayage. Je suis libre pour toi, mon amour.

Deux heures plus tard, assis sur le canapé, enroulé dans une serviette de bains dans laquelle il venait de s'essuyer, Henry suivait sa femme des yeux. Marie-Ange se mouvait dans son intérieur dans la plus totale nudité, avec un naturel et une aisance qui lui auraient paru suspects si elle n'avait été mannequin.

— On te croirait faite pour vivre nue, ma chérie, lui dit-il. Ne crains-tu pas qu'un voisin puisse te voir ?

— Un voisin ? Nous n'avons pas de vis-à-vis !

— Mais, du parc Montceau...

— Oui, peut-être avec des jumelles quand je passe devant les fenêtres, répondit-elle, en faisant une moue dubitative. Et puis, quand bien même... quelle importance ? Serais-tu jaloux ?

— Oui, pour ne rien te cacher, admit-il, en riant. Je regrette, d'ailleurs, que ton métier de mannequin t'ait si vite fait oublier la pudeur dont tu faisais preuve, quand nous nous sommes connus. Je te voudrais pour moi seul.

— Mais je suis à toi seul, Henry ! Je le suis et je le serai toujours.

Ils sommeillaient tous deux quand retentit la sonnerie du téléphone. Marie-Ange se leva pour aller décrocher, héritant au passage d'une petite tape sur les fesses. Henry l'observait : elle s'était assise sur un tabouret de piano et, tout en répondant à son interlocuteur, pivotait sur celui-ci, offrant successivement à son regard tous les aspects de son corps ! Qu'elle était belle ! Combien de temps pourraient-ils vivre ensemble avant la catastrophe qui s'annonçait ? Et s'ils faisaient un enfant ?

Elle revint vers le lit, et, quand il lui ouvrit les bras, elle s'y précipita avant de s'asseoir sur lui à califourchon. Tout en lui faisant de courtes tresses des poils de sa poitrine, elle lui dit :

— C'était Julia. Mes parents sont à Paris, invités par ceux de Gwen-Aël qui est là, lui aussi, avec Viviane. Jean-Yves et Aurélie arrivent demain matin. C'est le moment, ne crois-tu pas ?

— Le moment de quoi ?

— Le moment, pour moi, de faire savoir au monde et à ma famille à quel point je suis heureuse, combien je suis comblée par l'homme de ma vie, mon mari, toi, mon amour.

— Tu ne crains pas leurs réactions ? s'inquiéta Henry. Je suis juif, et pour des celtes traditionnels comme semblent l'être tes parents...

— Mes parents seront très heureux de t'avoir comme gendre, j'en suis sûre. Tu sais, j'avais mal jugé mon père et j'ai été injuste avec lui pendant dix ans, mais c'est fini, maintenant. Nous nous sommes rabibochés, il y a trois ans.

— Et qui reçoit ?

— Julia ou Estelle, je ne sais pas. Tu adores Julia. Quant à Estelle Kernéis, je préfère ne pas te demander ce que tu en penses, parce que, si elle avait vingt ans de moins...

— Il est vrai qu'elle a dû être une très belle femme, mais c'est surtout quelqu'un d'extraordinairement ouvert. Comme son mari, d'ailleurs. François est un homme remarquable. Je suis sûr qu'il nous aidera, le jour où nous aurons besoin de lui.

— Je dois rappeler Karl. Je lui dis que tu viendras ?

— Oui, si tu veux. Moi aussi, j'ai hâte de connaître ta famille. Après tout, tu as vu mes parents et mon frère. Il n'y a que mes deux sœurs que tu n'as jamais rencontrées, mais ça ne presse pas parce que, quand elles te verront, elles voudront t'arracher les yeux de jalousie. Tu sais, ce sont des « Aussies », et les Australiens sont du genre sauvage.

— Bien, fit Marie-Ange, en se relevant, je leur réponds donc oui. Finalement, il n'y aura que Sébastien et Josie que tu ne verras pas. Josie est à nouveau enceinte. Sais-tu que j'ai onze neveux et nièces ? Il n'y a que moi qui suis nullipare.

— Justement, ma chérie, je me disais que... Pourquoi pas ?

— Vrai ? Tu le veux bien ?

— Bien sûr, que je le veux ! Je pensais que... ton métier...

— Mon métier ? Crois-tu que mon métier compte

quand il s'agit de te donner un enfant ? On le fait quand ce petit Lewis ? Tout de suite ? Dis-moi oui !

— Dès que tu auras téléphoné.

— Non. Le téléphone peut attendre ! Pas le bébé !

27

Fanch et Job Guennec avaient décidé de faire comme si rien ne s'était passé le mois précédent, comme si les prix du pain de mer et de l'iode n'allaient pas bouger. Ils n'allaient pas baisser les bras alors que, pour une fois, la vie leur donnait une vraie chance : celle d'avoir à exploiter une grande ferme qui pourrait tous les nourrir. Le tali, désormais ne serait qu'un plus.

Les deux frères avaient désigné le second fils de Fanch, Hervé, pour diriger la ferme. Hervé avait travaillé quatre ans comme domestique, puis comme valet, avant de servir dix-huit mois comme grand-valet, dans la ferme d'un cousin. Ce gaillard d'un mètre soixante-dix-huit pour quatre-vingt-seize kilos était d'une extrême douceur et d'une grande piété, au contraire de ses cousins, les enfants de Job, qui le surnommaient « l'abbé ». Pour lui, comme pour son père et son oncle, la ferme de Quéménès était une occasion à saisir, la chance de sa vie, et il n'allait pas la rater. Il pourrait compter sur son grand-oncle Jean-Joseph, aujourd'hui âgé de soixante-douze ans, qui acceptait de venir le conseiller. L'oncle avait été fermier toute sa vie et si, pour lui, le goémon n'avait jamais été qu'un amendement de qualité pour les champs, par contre, il connaissait la terre.

Pour eux tous, le travail dans cette île-ferme signifiait d'abord la sécurité alimentaire pour le clan entier, alors que, jusque-là, le souci premier des deux pères de famille avait toujours été de pouvoir nourrir leur marmaille. Cette fois, à moins de catastrophe, la taille même de la ferme comme la qualité du sol, la température extraordinairement tempérée des îles et la variété des cultures leur donnaient la certitude que cette préoccupation n'en serait plus une. La vente des excédents des récoltes de céréales et de pommes de terre sur le continent leur laisserait même largement de quoi payer les semences, le renouvellement de l'outillage de la ferme et tous les frais de la vie courante des enfants, y compris l'école. Le blé en abondance, le seigle, les légumes à satiété, le poisson qu'il suffisait de puiser dans la mer selon les besoins constitueraient la base de leur alimentation. Leurs quatre vaches fourniraient le lait et le beurre pour tous. Quant aux cochons, ils tâcheraient d'en élever autant que possible en utilisant tous les déchets habituels, mais aussi — Fanch voulait tenter l'expérience — en leur donnant à manger des algues cuites, coupées en morceaux.

Job et Fanch étaient parfaitement conscients qu'il leur faudrait mettre la main à la pâte. Ils devraient se muer en valets de ferme chaque fois qu'Hervé aurait besoin d'eux, à l'époque des semailles comme à celle de la moisson. L'ennui était que l'époque de la moisson était aussi celle du tali. En bref, ce qu'ils faisaient pour d'autres, les années précédentes, c'est pour eux qu'ils le feraient dorénavant.

Il avait, cependant, fallu faire le ménage à l'île, où l'afflux des membres de la famille avait contraint

Fanch à donner leur congé à plusieurs domestiques. C'était un travail particulièrement désagréable, les deux frères auraient aimé qu'Yves Kerléo le fasse à leur place. Après tout, le précédent locataire, c'était lui ! Mais, s'il avait déjà payé les salaires de tous les employés jusqu'à la fin mars, date à laquelle finissait son bail, Yves leur avait précisé qu'il n'aurait plus d'employés à l'île, le 1er avril, et que c'était donc à eux d'embaucher, parmi le personnel disponible, ceux qu'ils souhaitaient garder. Il s'était contenté de leur indiquer les qualités humaines des hommes qu'il appréciait particulièrement, car il y avait bien trop longtemps qu'Yves ne travaillait plus à l'île pour se permettre d'émettre un jugement sur leur valeur professionnelle. Il les laissait juges de celles-ci. Hervé s'était chargé de la sélection des domestiques de la ferme ; il n'en avait conservé que trois, alors que Fanch avait retenu, lui, quatre pigouillers. Tous les autres travailleurs de la ferme seraient des membres de la famille : enfants, neveux ou cousins. Il ne leur restait plus qu'à régler à Yves Kerléo tout ce qu'il leur laissait en matériels et semences.

Pour éviter tout problème d'argent, Fanch avait fait quelque chose dont il ne se serait jamais cru capable, quelques mois plus tôt : le lendemain du jour où il avait donné son accord à Pierre Le Bars, il avait accompagné Yves à l'usine Lemarchand, où ils avaient été reçus par le patron lui-même, Gwen-Aël Kernéis, avec qui il avait discuté affaires. Et ça s'était passé de façon si imprévue qu'il aurait bien aimé que Job y assiste.

Chose curieuse : ce n'est pas tant le jeune patron qui l'avait impressionné qu'Yves Kerléo, qui parlait au jeune homme au moins en égal sinon en supérieur. Yves tutoyait Gwen-Aël qui le vouvoyait, et même si ces habitudes remontaient sans doute à l'enfance du jeune homme, il n'en restait pas moins que, pour Fanch, voir un ancien goémonier à ce point respecté par un industriel était une chose renversante. En deux mots, Yves avait expliqué au jeune Kernéis que les frères Guennec reprenaient l'exploitation de sa ferme de Quéménès et qu'il souhaitait que la coopération qui existait entre lui-même et la société Lemarchand se poursuive avec ses successeurs. Il demandait donc à Gwen-Aël un geste de bonne volonté envers les nouveaux locataires de l'île sous forme d'une avance de 50 000 francs.

Près de 10 000 francs-or ! Si Fanch avait pu se mettre dans un trou de souris quand Yves avait réclamé cette somme, il l'aurait fait. 50 000 francs ! Yves était fou ! Fanch se sentait mal et avait les mains moites ! L'usinier allait leur rire au nez, les jeter dehors ! 50 000 francs !

Mais Yves Kerléo n'était pas fou, car Gwen-Aël demanda simplement, et du ton le plus naturel :

— Voulez-vous uniquement des espèces, monsieur Guennec, ou puis-je vous donner une partie en espèces et le reste par chèque ou transfert bancaire ?

Fanch était incapable de répondre tant il était abasourdi. 50 000 francs ! Il aurait aimé avoir cette somme en espèces, ne serait-ce que pour savoir ce que cela faisait comme tas de billets. Et puis, avoir cela sur soi, ça devait être grisant. Mais il sut se montrer raisonnable, et c'est dans un état second qu'il répondit sagement :

— Partie espèces, partie par chèque, si vous le voulez bien, monsieur Kernéis. Je n'ai pas encore de compte bancaire. Cela me permettra d'en ouvrir un.

Yves le regarda en souriant, visiblement satisfait de sa réponse.

— Tu es un homme sage, Fanch, dit-il. Je n'en ai jamais douté et tu nous en apportes la preuve.

— Je vais vous faire préparer un reçu, monsieur Guennec, reprit Gwen-Aël. Pour ma comptabilité, je suis obligé d'avoir des justificatifs, comprenez-vous ? L'administration... Je crains, d'ailleurs, que nous n'en soyons qu'au début.

Il appela sa secrétaire, à qui il demanda de préparer un chèque de 40 000 francs, 10 000 francs en espèces, ainsi qu'un reçu de 50 000 francs au nom de M. François Guennec.

— Voilà une bonne chose de faite, conclut Yves. Où nous invites-tu à déjeuner, Gwen-Aël ?

— À l'Hôtel de Bretagne, si cela vous convient. De l'arrière-salle, la vue sur le port, les Blancs-Sablons et les îles est superbe. Et puis, il fait beau ; nous pouvons y aller à pied.

— Je vous remercie, monsieur Kernéis, dit Fanch qui avait toujours l'impression de rêver.

— C'est la moindre des choses, monsieur Guennec. Et si j'avais su que vous veniez ce matin, j'aurais prévenu mon épouse et vous aurais invité à la maison. D'ailleurs, peut-être que... Vous permettez ?

Il passa un coup de fil à Viviane, et quelques instants plus tard, Fanch Guennec, émerveillé, découvrait Bellevue et rentrait dans le cercle restreint des fidèles fournisseurs des Établissements Lemarchand.

Fanch n'y avait pas résisté. Ce trésor était si inattendu qu'il avait fallu qu'il y fasse participer toute la famille. Yves, qui partait à Paris le surlendemain, accepta de lui prêter son cabriolet pendant quinze jours. Fanch se précipita à Saint-Renan, où il chargea sa voiture de victuailles de toutes sortes, mais surtout de vêtements et colifichets destinés à sa femme et ses filles. Les garçons attendraient la récolte du *bijinn ebrel*, qui n'allait pas tarder. Quant à Job, il pouvait compter sur sa fille Rosalie pour l'aider à dépenser les 1 000 francs qui représentaient la part de folie que s'octroyaient les deux frères.

*

Cela faisait dix-huit mois que Viviane n'était pas allée à Paris, et elle se réjouissait de cette réunion de famille, fin mars. C'était la promesse d'un moment de détente qui venait à point, au sortir d'un hiver long et rigoureux que les maladies infantiles avaient rendu plus difficile encore. Gwen et elle avaient, tous les deux, besoin de changer d'air et avaient laissé Juliette, leur petite dernière, à Bellevue avec sa nurse, ne prenant que les trois grands avec eux.

C'était la première fois que leurs aînés sortaient du Finistère et ils s'en faisaient une fête. Viviane leur avait parlé de la tour Eiffel, du muséum d'Histoire naturelle, du zoo de Vincennes. Ils avaient tous pris le train en famille, et cela, aussi, avait été une grande nouveauté. Elle aussi, au même âge, avait fait ce voyage, et elle voulait que ses enfants en gardent un meilleur souvenir qu'elle. La tour Eiffel, elle ne l'avait vue que d'en bas. Pas question de zoo, c'était trop fatigant. Peut-être était-ce de ce voyage que datait sa frustration d'enfant et le fossé qui s'était creusé entre sa mère et elle.

Gwen-Aël était un père idéal, qui comme bien des hommes, avait malheureusement un peu trop tendance à oublier qu'il était aussi un mari, dès qu'il s'occupait de ses enfants. Pourtant, Viviane, elle le savait, était bénie des dieux, et ces neuf dernières années lui avaient apporté tous les bonheurs qu'une femme pouvait attendre de la vie. Elle croisait les doigts dix fois par jour, en souhaitant que cela dure... Elle s'entendait même avec sa belle-mère qui aurait souhaité les avoir tous chez elle. Il lui avait donc fallu user de diplomatie envers Estelle qui avait exigé la garde de ses trois petits-enfants pendant tout leur séjour tandis que Gwen-Aël et elle-même seraient hébergés chez Karl et Julia, à Neuilly. Finalement, cette séparation leur ferait le plus grand bien : il y avait des mois que les enfants ne les quittaient pas.

Estelle était venue les accueillir à la gare. Elle avait les traits tirés, les yeux cernés, ce que Viviane lui fit remarquer.

— J'ai effectivement passé une mauvaise nuit, Viviane. Toujours ces calculs à la vésicule. Mais cela va mieux depuis ce matin. Et puis, maintenant que mes petits-enfants sont là, tout ira de nouveau très bien, vous verrez.

Gwen-Aël fumait l'un de ses éternels cigarillos, alors que son père testait depuis quelques jours une nouvelle pipe, cadeau de son ami Eduardo Segura.

C'est d'ailleurs le passage à Paris du Chilien qui avait incité François à provoquer cette réunion rendue indispensable en raison des mauvaises nouvelles qu'Eduardo lui avait transmises au téléphone. Aussi François entra-t-il dans le vif du sujet.

— Tu sais qui est Eduardo Segura, Yves, même si tu ne l'as encore jamais rencontré. Tu le verras bientôt, nous dînerons ensemble en fin de semaine. Mais, d'ores et déjà, je voudrais vous faire part de ce qu'il m'a dit. Nous connaissons tous les difficultés que rencontrent les Chiliens pour écouler leur production de nitrates. Leur situation a commencé à être vraiment sérieuse dès 1928, pour devenir critique en 1930, en raison d'une dramatique pénurie de devises. Cette année-là, la mévente a été telle que le gouvernement chilien du dictateur Ibáñez a dû intervenir pour contrôler la production et la vente des nitrates et de l'iode, ce qui était prévisible.

« Malheureusement pour son pays, il s'est acoquiné avec le groupe américain Guggenheim qui, par l'intermédiaire de ses filiales, contrôlait 60 % du marché chilien. Ensemble, ils ont créé la Compania Salitrera de Chili, société qui bénéficiait de la caution du gouvernement et reprenait les actifs des deux filiales chiliennes de la société américaine. Elle reprenait surtout leurs énormes stocks de nitrates à des prix, bien évidemment, trop élevés, et, ce faisant, se condamnait par avance, avant même que ne débute son activité. Les Américains s'y sont retrouvés, naturellement, au contraire des Chiliens.

« J'ignore comment cela a fonctionné, mais ce n'est pas difficile à imaginer : lorsque les banques se sont aperçues que les stocks qui servaient de garantie à la nouvelle compagnie étaient surévalués, ils ont cessé de la financer, et c'est la caution, c'est-à-dire le gouvernement, qui a dû prendre le relais de l'entreprise défaillante. Il en est résulté les troubles politiques et sociaux que vous savez, puis la faillite de l'entreprise dont les créanciers ne sont toujours pas payés. Dans la foulée de cette faillite, l'État chilien a créé deux nouvelles sociétés, l'une de production, l'autre de commercialisation, celle qui nous intéresse : la Corporacion de Ventas de Salitreras y Yodo de Chile.

« Vous connaissez les premières mesures de cette société : le 1er janvier, elle a dénoncé ses accords avec l'Entente internationale des Producteurs d'iode, créée à l'instigation des Chiliens eux-mêmes, en 1879, et le 15 février, elle a baissé ses prix de vente d'iode de 25 %. Selon les informations que m'a données, confidentiellement, Eduardo, les prix risquent d'être divisés par quatre, d'ici peu. Voilà les nouvelles. Ce marché artificiel devait exploser un jour. Ce jour est arrivé.

Les quatre hommes restèrent un moment silencieux. Ce fut Gwen-Aël qui reprit la parole le premier.

— Eduardo m'a appelé, moi aussi, dit-il. C'était il y a quatre mois, peu avant Noël. Nous nous sommes rencontrés à Londres. Il partait pour Berlin où il espérait parvenir à un accord avec les Allemands. En l'écoutant, j'ai pressenti ce qui allait se passer. J'ai consulté Karl, et, sans vous en parler, nous avons cédé 44 % des actions de la société Lemarchand à notre partenaire industriel. Chacun de nous ne détient plus aujourd'hui que 11 % des actions de la société que nous pouvons vendre à notre partenaire majoritaire, à tout moment de l'année, au même prix de cession. Il n'y a donc pas de casse pour nous et, comme je garde la direction de l'usine, rien n'est changé non plus dans les relations avec nos goémoniers, même si cela n'améliore pas leur avenir. Leur situation est grave, en effet.

— Eh bien, dit Yves, je ne m'attendais pas du tout à un dénouement aussi tragique et brutal.

— Tragique, pas encore, fit François.

— Comment ? répliqua Yves. Il y a quinze jours, j'ai participé à Plouguerneau et Portsall à deux réunions qui ont rassemblé plus de trois cents goémoniers. Je ne leur ai pas laissé entrevoir un avenir serein, mais noir à ce point, j'étais loin de l'imaginer ! S'ils savaient ce qui se prépare...

— Le gouvernement peut, d'un jour à l'autre, mettre en place des barrières douanières, hasarda Gwen-Aël. Le projet de loi du député Inizan...

— N'est qu'un projet, nous le savons tous, le coupa Yves. Et quand sera-t-il voté ? Inutile de nous bercer d'illusions. Cette fois, c'est la fin.

— Je vais chercher quelque chose à boire, proposa François.

— Laissez, Père, j'y vais, dit Gwen-Aël en se levant, après avoir éteint son cigarillo qu'il avait laissé se consumer.

— Il n'y a qu'une seule issue, François, conclut Yves. Les politiques. Il faut intervenir d'urgence au plus haut niveau, pour qu'ils instaurent immédiatement ces barrières ! De mon côté, dès mon retour en Bretagne, je vais organiser des manifestations de goémoniers. Même si ce n'est pas le moment, puisque c'est la saison du goémon d'avril !

Anne avait rongé son frein pendant tout le repas, qui avait été à la fois gai et long. Quand Yves l'avait laissée chez Marie-Ange, sa fille était seule, mais, très vite, elle avait reçu la visite d'un ami. Anne avait été aussi impressionnée par la stature de l'homme qu'étonnée par son type méditerranéen prononcé. Henry Lewis avait, en effet, beaucoup plus l'air d'un Italien ou d'un Espagnol que d'un Anglais. Anne ne connaissait, il est vrai, que très peu de Britanniques, et tous ceux qu'elle avait rencontrés étaient des relations d'Arthur Robinson, l'ami d'Yves qui avait été de longues années consul de Grande-Bretagne à Brest. « Henry n'est pas Anglais, mais Gallois, lui précisa sa fille. Et les Gallois sont souvent mats de peau et très bruns de cheveux, comme les Bigoudens chez nous. » Bref, Anne brûlait d'envie d'apprendre la nouvelle à son mari, qui serait heureux de conduire sa fille à l'autel, maintenant qu'ils étaient réconciliés. Mais elle dut attendre la fin du dîner pour lui lancer :

— Devine qui j'ai rencontré, aujourd'hui.

— Comment veux-tu que je le sache ?

— Henry, l'ami de Marie-Ange.

— L'ami de Marie-Ange ? s'étonna Yves.

— Oui, Henry Lewis. Un Anglais, ou plutôt, un Gallois.

— Un Gallois... Eh bien, ça alors !

— Oui. Surprenant, hein ? Mais si tu le voyais, tu serais encore plus étonné : on dirait un Italien ou un Espagnol.

Julia avait surpris leur conversation. C'était l'heure de dire les choses.

— Papa, Maman, intervint-elle, avant que vous ne rencontriez officiellement Henry, je dois vous informer qu'il n'est pas l'ami de Marie-Ange, mais son mari. Marie-Ange ne vous en a rien dit encore parce qu'ils ne sont mariés que civilement, Henry n'ayant pas la même religion que nous. Voilà. Marie-Ange souhaitait vous l'annoncer elle-même, mais j'ai préféré lui éviter de le faire.

« Et j'ai eu raison », se dit Julia, à en juger par le silence pesant qui suivit cette révélation. Tout le monde dans l'assemblée, et elle la première, savait à quel point cette nouvelle pouvait peiner ses parents : pas de mariage religieux ! Anne et Yves Kerléo ne s'attendaient certainement pas à pareille désillusion !

Yves était désemparé et n'arrivait pas à se ressaisir. Décidément, Marie-Ange leur en ferait voir de toutes les couleurs ! Un mariage civil ! Autant dire que leur gendre était, sans doute, l'un de ces athées, l'un de ces jeunes excités qui s'en prenaient à la religion, un révolutionnaire ! À moins que... Oui, bien sûr, un Anglais... Il devait être protestant ! Ce n'était pas très grave, au fond... Yves reprit espoir...

— Je me posais justement la question, Julia, dit-il à sa fille, en essayant de reprendre pied. Lewis. Il est protestant, bien sûr...

Autant enfoncer le clou immédiatement, se dit Julia. L'annonce du mariage civil était passée bien mieux qu'elle ne s'y attendait, il n'y avait eu ni crise de larmes ni explosion de colère. Elle devait continuer. Ensuite, ce serait fini.

— Lewis est un nom gallois, Père, dit-elle. C'est le

nom du grand-père paternel de Henry. Mais il a choisi, lui, d'être juif, comme sa grand-mère et sa mère.

— Juif ? s'écria Anne, ce n'est pas possible ! Ma fille n'a pas pu épouser un juif !

— Et pourquoi pas un juif ? réagit Karl, instantanément. Qu'ont-ils donc de particulier pour que vous soyez ainsi scandalisée ?

— Ce n'est rien, Karl, intervint Yves, à son tour. C'est la surprise, seulement...

— La surprise ? protesta Anne. Ce n'est pas du tout la surprise, c'est la honte ! J'aurais préféré n'importe quoi, même un musulman. Pour moi, les juifs seront toujours les meurtriers de Jésus !

— Et voilà ! s'écria Karl. Voilà le résultat de centaines d'années d'enseignement religieux mal compris ! Voilà l'enseignement de l'Église catholique du siècle dernier. Avez-vous déjà oublié l'affaire Dreyfus ? Écoutez-moi bien : Henry, qui aurait parfaitement pu être protestant comme son père et son grand-père, a choisi d'être juif à cause de l'affaire Dreyfus, quand il a vu les femmes de sa famille trembler parce qu'elles étaient juives, justement.

— Anne, tu ne peux pas avoir oublié cette période, intervint à son tour Estelle, à la fois surprise et attristée par la réaction de son amie.

— Non, se reprit Anne, je n'ai pas oublié, bien sûr ! Et je m'excuse de ma réaction, mais un juif, quand même ! C'est... Je suis si déçue !

Elle éclata en larmes, se leva de table et se précipita hors de la salle à manger avant de gravir en courant l'escalier qui menait à sa chambre. Un juif ! Pourquoi cette nouvelle épreuve ? Qu'avaient-ils fait, Yves et elle, pour la mériter ? Ne pouvaient-ils pas être traités comme les autres ? Tous les autres ? Pourquoi Dieu s'acharnait-il ainsi sur elle ? Elle avait perdu ses trois frères, deux enfants ; aujourd'hui, sa fille les reniait en épousant un juif ! C'était trop !

Julia, Estelle et Viviane l'avaient suivie. Alors que sa belle-sœur et sa belle-mère n'arrivaient pas à comprendre Anne, Viviane, pour une fois, l'approuvait. Elle non plus, elle n'aimerait pas avoir un gendre juif. Lorsqu'elle était élève aux Ursulines, se faire traiter de juive était considéré comme la pire insulte.

Karl était gêné. Jamais, il n'aurait imaginé que sa belle-mère pût avoir semblable réaction ! Il la pensait évoluée, généreuse, et s'apercevait soudain qu'elle était bêtement antisémite. Heureusement que Julia avait annoncé la nouvelle en l'absence de Marie-Ange et d'Henry ! Pour Henry, ce n'eût été sans doute que demi-mal ; il était habitué depuis longtemps à ce genre d'affront. Mais Marie-Ange ! La jeune femme n'aurait jamais pardonné à sa mère de rejeter ainsi l'amour de sa vie. Il s'excusa auprès d'Yves.

— Veuillez m'excuser et excuser Julia qui n'a fait que son devoir en vous annonçant la nouvelle. Mais, vous pouvez me croire, Henry Lewis est quelqu'un de tout à fait remarquable. C'est un homme d'un courage rare, et qui est mon ami. Pardonnez-moi la comparaison, mais il a choisi d'être avec les faibles, les opprimés, comme Jésus à son époque, et non avec les puissants, comme il aurait pu le faire. L'affaire Dreyfus a été son chemin de Damas comme elle l'a été pour d'autres. Ceci, Père, pour tenter de vous expliquer qui est votre gendre.

— Ce que te dit Karl est tout à fait exact, Yves, intervint François. Henry Lewis est un homme qui mérite le respect, pour ses choix comme pour son engagement. Il mène une vie très active, et, je le suppose, périlleuse. En tout cas, si elle ne l'est pas encore, elle va le devenir.

— Je n'ai aucunement à justifier le dépit ou plutôt la déception de ma femme, répondit Yves. Et elle n'a pas plus à le faire que moi. J'ai cependant deux remarques à vous faire, Karl, si vous me le permettez. Que vous défendiez votre ami, rien de plus normal et je vous en félicite, car, si j'ai bien saisi, c'est un honneur que d'être l'ami d'un pareil héros. Ma deuxième remarque concerne la façon dont vous vous êtes adressé à ma femme : j'entends que cela ne se renouvelle pas. Même si elle se trompe, même si elle a tort, vous lui devez le respect et je vous prierai donc de lui présenter vos excuses dès qu'elle sera de retour parmi nous.

Tous les regards fixés sur Yves se portèrent immédiatement sur Karl. Comment allait-il réagir à cet affront ? Gwen-Aël se leva mais avant qu'il n'intervienne, Karl esquissa un sourire. Il s'excuserait, bien entendu, si son beau-père estimait qu'il avait été blessant et irrespectueux. Mais telle n'avait jamais été son intention.

Anne avait pleuré tout son saoul jusqu'à ce qu'elle se ressaisisse et demandé à sa fille et sa belle-fille de la laisser seule avec Estelle. À peine les deux jeunes femmes étaient-elles sorties qu'Estelle prit son amie dans les bras pour la consoler.

— Sais-tu que je ne te comprends pas, Anne ? Tu

as vu cet homme ; il est magnifique, solide, il adore Marie-Ange. Que te faut-il d'autre ? Il est juif ? Et alors ? Il ne l'est que par défi, parce que les juifs sont persécutés aujourd'hui. Pendant les guerres de religion, il aurait été protestant en pays catholique ou catholique en pays protestant, il se serait toujours battu pour les opprimés. Il y a des hommes comme ça. Ce sont des Don Quichotte.

— Il n'empêche qu'il n'est pas comme nous, tu comprends ? Il est différent.

— Que vaut-il mieux, Anne ? soupira Estelle. Être juif et honnête ou catholique et malhonnête ?

— Être catholique et honnête, répondit Anne. Regarde ton fils ou les miens. Mais tu as raison, je n'aurais pas dû réagir comme ça. Après tout, si cet homme est bon et si ma fille est heureuse avec lui, n'est-ce pas l'essentiel ? Mais, quand même, pourquoi n'a-t-il pas voulu rester protestant ? Ou devenir catholique ? Il aurait aidé les juifs tout aussi bien !

— Karl t'expliquera cela mieux que moi, car, comme Henry, ou Marie-Ange, il est, lui aussi, engagé dans ce combat pour sauver les juifs allemands, menacés par Hitler et ses sbires.

— Hitler ?

— Le chef des nazis.

— Oui, Yves a dû m'en parler, mais tu sais, moi, la politique étrangère... De toute façon, les Allemands veulent prendre leur revanche, comme nous après 1870. Les hommes et la guerre... soupira Anne en se levant. Bon. Suis-je présentable ? J'ai tant pleuré !... Cela ne m'était pas arrivé depuis la mort de Yann.

— Avant de redescendre, viens à la salle de bains te refaire une beauté.

— Au fait, s'enquit Anne, ta vésicule ? Je ne t'ai même pas demandé comment tu allais !

— Par moments, cela devient insupportable. Ce n'est sans doute pas que des calculs. Quoi qu'il en soit, moins j'en sais, mieux je me porte. Et puis, à mon âge...

— C'est toi qui dis cela ? Cinquante-huit ans, tu n'en fais pas cinquante ! Que devrais-je dire, moi alors ?

— Tu as un an de moins !

— Et j'en parais quinze de plus ! Mais tant pis. Il y a longtemps que je me suis fait une raison. Je n'ai plus à plaire à personne, sinon à mon mari.

— Oh ! nos hommes vieillissent, eux aussi, dit tendrement Estelle.

Lorsqu'ils s'étaient retrouvés seuls, tous les quatre, ce soir-là, après le départ des enfants, Anne et Estelle, François et Yves s'étaient assis en silence dans le grand salon. Ils avaient besoin de calme, de repos. Ces jeunes gens avaient une vitalité qui leur faisait quelque peu défaut, aujourd'hui.

— Et pourtant, nous ne sommes pas encore des vieillards ! remarqua Yves.

— Crois-tu ? ironisa François.

— Moi, ce que je vois, fit Anne, c'est cette différence entre nos enfants. Gwen-Aël et Aurélie réussissent leurs couples. Les nôtres...

— Quoi, les vôtres ? s'étonna Estelle. Jean-Yves et Aurélie, Karl et Julia, Sébastien et...

— Estelle, la coupa Anne. Jacqueline est bonne

sœur, aujourd'hui. Son époux, Augustin, la trompait avec Josie, avant qu'il ne décède et qu'elle épouse Sébastien. Quelle réussite ! Quel merveilleux mariage !

— Mais oui, Anne, protesta Yves. Sébastien et Josie forment un beau couple. Ils s'aiment et ont de beaux enfants.

— Sans doute vas-tu me dire aussi que Marie-Ange et ce Henry, c'est un beau mariage ?

— Pour nous, ma chérie, sans doute pas, mais tu as vu ta fille et elle t'a semblé heureuse.

— C'est vrai, admit Anne. Je ne l'ai jamais vue aussi épanouie.

— Dans ce cas... Que pouvons-nous souhaiter d'autre que son bonheur ? Si cet homme était javanais ou chinois, indien ou eskimo, ce serait la même chose. Mais je préfère cependant qu'il soit britannique de religion juive.

Anne hocha douloureusement la tête ; il lui faudrait quand même du temps pour se faire à cette idée.

— Yves, intervint François, je crois qu'Anne et toi n'avez pas compris. Si Henry revendique aujourd'hui la judaïcité à laquelle il peut prétendre par sa mère, c'est uniquement parce que les juifs sont persécutés. Cela ne veut nullement dire qu'il est de confession israélite ; je le crois plutôt athée. Mais qu'est-ce que ça peut faire, si c'est un honnête homme ? Moi-même, je suis baptisé mais ne pratique pas. Cela ne m'empêche nullement d'être ton ami, non ?

— Belle démonstration, François, répondit Yves, en souriant. Tu vois, Anne, Estelle et François ont raison : nos enfants n'ont sans doute pas fait les mariages que nous souhaitions pour eux, mais s'ils sont heureux, quelle importance ? C'est leur bonheur réel qui compte, pas celui que nous avions rêvé pour eux.

Quand elle s'était retrouvée seule avec Yves dans leur chambre, Anne s'était réfugiée dans ses bras et ils étaient restés un long moment sans rien dire, perdus dans leurs pensées qui se croisaient et se comprenaient.

Un peu plus tard, Anne s'était souvenue de la remarque que lui avait faite Estelle sur sa santé. Le ton de son amie l'avait inquiétée : Estelle devait avoir quelque chose de bien plus grave que ces calculs biliaires dont elle les entretenait depuis des années. Comment avait-elle dit, déjà ? « Moins j'en sais, mieux je me porte. » Yves ne put cacher son émotion. Il connaissait suffisamment Estelle pour deviner que cette formule cachait sûrement une grave maladie, très probablement un cancer dont elle ne voulait rien savoir. Il en parlerait à François, dès demain matin. S'il savait quelque chose, son ami le lui dirait, mais il était fort possible qu'Estelle ne lui ait rien dit à lui non plus. Estelle était un monument de courage mais aussi de discrétion.

28

Lorsque, deux jours avant leur départ, Jean-Yves lui avait avoué qu'il ne pouvait absolument pas quitter son commissariat, Aurélie était devenue folle de rage, mais d'une rage froide, silencieuse, rentrée. Cette fois, c'en était trop. Elle avait épousé un homme, pas une profession ; or, depuis des années, c'est avec un commissaire de police qu'elle vivait, un homme qui n'était jamais là pour sa famille, pas même pour ses enfants.

S'il y avait eu une autre femme, Aurélie aurait su comment se battre et surtout contre qui, mais elle ne pouvait s'en prendre à des dossiers, à des affaires... Lorsqu'elle en parlait à Gwen-Aël, il en riait et lui disait que le travail était le lot commun des hommes, s'en plaindre celui des femmes. Viviane admettait, elle aussi, qu'elle vivait avec un courant d'air, elle réussissait cependant à préserver quelques plages de deux semaines consécutives pendant lesquelles elle pouvait profiter de son mari.

Quand Jean-Yves lui apprit qu'il ne pourrait l'accompagner à Paris, Aurélie résolut de partir seule, et d'y rester une semaine au moins. Il fallait qu'il comprenne ; elle ne pouvait continuer à sacrifier sa vie à son métier à lui. Joséphine s'occuperait bien des deux petits, les deux grands seraient à l'école toute la journée. Partir lui ferait le plus grand bien, et, si d'aventure, une occasion se présentait, eh bien ! tant pis pour lui.

Le mot qu'elle lui laissa sur son oreiller se contentait de détailler les mesures prises pour que la maison continue à fonctionner en son absence, et le laconique « À bientôt » qui le concluait n'était pas particulièrement chaleureux. C'est ce que remarqua Jean-Yves lorsqu'il rentra le soir. Les enfants étaient déjà couchés, ils n'avaient eu ni Papa ni Maman pour les embrasser et c'était la première fois de leur vie.

Il dîna sur le pouce et questionna Joséphine, mais il ne put en tirer grand-chose. Il s'y attendait d'ailleurs : elle était toute dévouée à Aurélie et ne lui avait pas caché qu'elle estimait que « Monsieur exagérait » à être toujours par monts et par vaux. Il se servit un cognac et appela Gwen-Aël à Paris. Lorsqu'il réussit à avoir la ligne, au bout d'une demi-heure, il terminait son second cognac et s'apprêtait à se mettre au lit.

— Salut, Jean-Yves ! fit Gwen-Aël. Tu as de la chance, nous ne sommes pas encore couchés. Tu n'es pas dans le train ?

— Comme tu le vois, non. Le boulot... J'ai une affaire embêtante sur les reins et ne puis m'absenter, mais Aurélie sera à Paris demain matin. Ce que je voulais te dire, c'est qu'Aurélie est furieuse. Je lui avais promis de l'accompagner, mais je ne peux vraiment pas, et elle ne l'admet pas.

— Tu aurais dû faire un effort, mon vieux ! Nul n'est irremplaçable, règle numéro un. Règle numéro deux : la famille d'abord, le boulot après.

— C'est toi qui me dis ça ?

— Oui, c'est moi. Bien, je tâcherai de la raisonner, mais essaie de faire au moins un aller-retour.

— J'essaierai. Mais pas demain, plutôt vendredi. Je te rappellerai.

Jean-Yves raccrocha pensivement. Le hold-up de la place Graslin devait être réalisé le samedi suivant, selon son informateur, et Leblanc, son adjoint, était trop nerveux pour mener l'affaire seul ; Jean-Yves ne voulait pas de dérapage, et avec Leblanc, c'était un risque réel. Transmettre l'affaire à Martin était tout aussi inenvisageable ; le travail serait parfaitement fait, mais son collègue tirerait toute la couverture à lui. Quant au divisionnaire, c'était hors de question : il serait obligé de lui révéler ses sources, et cela, c'était inenvisageable. Non, il fallait absolument qu'il soit présent, et donc de retour au commissariat au moins vingt-quatre heures avant l'heure fixée. Il n'avait donc d'autre alternative que de monter à Paris le lendemain soir pour vingt-quatre ou trente-six heures, tout au plus. À moins qu'il ne parte que le samedi matin, après le « flagrant délit » ? C'était peut-être la solution, car Aurélie ne lui laissait pas le choix : elle semblait vraiment très remontée.

Il se coucha en songeant à sa femme. Quel caractère ! Mais quelle femme aussi ! Une femme à 101 %, comme l'avait été sa mère, Estelle, s'il se fiait à ce qu'il en avait entendu dire de droite et de gauche. Épouse et maîtresse, mais maîtresse femme aussi. Il l'admirait et elle le comblait au-delà de ce qu'il avait jamais imaginé, d'autant qu'elle était, de plus, une très bonne mère.

— Je la comprends très bien Aurélie, commenta Viviane. Vous ne vous rendez absolument pas compte de ce que peut être la vie d'une femme au foyer qui n'a que peu d'occasions de s'évader. La déception est immense quand l'escapade promise tombe à l'eau. Et, dans le cas de Jean-Yves, ce n'est pas la première fois...

— Il viendra en fin de semaine.

— Oui, mais parce que tu le lui as demandé, mon chéri. Ce qui prouve qu'il pouvait venir.

— Peut-être. N'oublie pas, cependant, que Jean-Yves est loin d'être aussi libre que Karl ou moi. La vie d'un commissaire de police a ses contraintes... Je sais que tu aimes beaucoup Aurélie, mais ma sœur exagère en abandonnant ainsi son mari et ses enfants à Nantes. C'est de la désertion de foyer pure, et je me demande ce qu'en penseront nos parents.

Aurélie avait tort, Viviane le savait, mais la pauvre se retrouverait seule si elle ne la défendait pas.

*

Le soir où ils avaient fêté l'avance accordée par l'usine Lemarchand, Fanch et Job Guennec avaient décidé d'envoyer à l'île, dès le surlendemain, six de leurs enfants pour nettoyer la ferme et préparer leur installation. Flanquée du grand-oncle Jean-Joseph, la petite escouade prit donc possession de la ferme, sous la direction d'Hervé qui affirma immédiatement son autorité sur les domestiques. Les contrôles inopinés qu'il effectua, dès le premier jour, dans les champs comme sur les grèves où ils ramassaient le goémon d'épave apporté à la côte par la marée d'équinoxe, ne leur laissèrent aucun doute : ce patron les serrerait de près.

Depuis la mort de Yann, Yves ne s'était guère occupé de la ferme, ni même de l'entretien des bâtiments, et il y avait fort à faire comme l'avait prévu Fanch. Quand il découvrit les lieux, Hervé sut qu'ils n'auraient pas trop d'une semaine pour curer, lessiver et rendre habitable une maison et des dépendances qui ne l'étaient plus vraiment. Par chance, ils étaient nombreux : outre l'oncle, il avait avec lui deux de ses cousins, Iffick et Mathieu, son jeune frère Gaby, sa sœur Mariannick ainsi que sa cousine Francine. Ils étaient tous âgés de dix-huit à vingt-quatre ans, lui excepté qui en avait vingt-six.

Hervé monta lui-même sur le toit pour remplacer les ardoises manquantes. Il était allé, le matin même, en récupérer sur les dépendances abandonnées de l'îlot voisin de Litiri. La grange où sa tante Marie-Louise avait régné sans partage des années durant était, elle, en très bon état et ne nécessitait qu'un ménage de printemps. Hervé décida de passer les murs à la chaux, ce qui redonna un air de jeunesse à la vieille ferme. Il était ravi du résultat qu'il contemplait avec satisfaction quand il se vit apostropher par l'oncle qu'il appelait déjà « Grincheux ».

— Te v'là malin avec tout ce blanc partout ! Ça ressemble à quoi des maisons pareilles ? Tu crois que c'est carnaval ? Une maison de pierre doit avoir et garder la couleur de la pierre qui a servi à la construire. Ce blanc va s'en aller à la première tempête.

— Je remettrai de la chaux, mon oncle ! répondit

Hervé. Moi, ce blanc me plaît. Ça donne de la gaîté à cette vieille turne.

— Cette vieille turne, grommela l'oncle... Une vieille turne, qu'il appelle ça... Une si belle ferme !

La plus jeune des filles de Job, Francine, marmonna quelques mots indistincts que le vieillard ne comprit pas, mais Hervé crut entendre « vieux cochon » et se promit de questionner la jeune fille plus tard. Il attendit de la voir seule, dans la cour de la ferme, durant l'après-midi.

— Cousine, ce matin, tu as traité notre grand-oncle de « vieux cochon ». Peux-tu me dire pourquoi ?

— Cela ne vous regarde pas, Hervé. Ce ne sont pas des choses que l'on peut répéter.

— Si j'en parle, ce n'est pas en tant que cousin, mais en tant que patron de la ferme. Rien de ce qui s'y passe ne doit m'échapper.

— Dans ce cas, gardez-le pour vous, mais l'oncle est un mauvais. Il a essayé de me faire mon affaire d'abord dans la soue, puis dans l'étable. Il m'a troussée, mais j'ai réussi à lui échapper de justesse. Il s'en est fallu de peu ! D'après ce que j'en sais, c'est sans doute parce qu'après Mariannick, il a cru que moi aussi...

— Mariannick ? s'exclama Hervé.

— Oui, votre sœur.

— Il... il l'a violée ?

— Oui, enfin... en quelque sorte...

— Comment cela, en quelque sorte, si elle y est passée ?

— Demandez-le-lui. C'est votre sœur, après tout. Et

puis... Allez voir dans l'appentis, derrière la grange. Vous risquez d'être surpris.

Hervé était abasourdi et ne comprenait pas très bien ce que voulait dire sa cousine. Il suivit cependant le conseil. Allait-il surprendre le vieillard sur le fait ? Il se dirigea, d'un pas vif, vers l'appentis, mais bien avant d'y arriver, il ralentit et se fit discret en s'en approchant car il y avait effectivement du monde à l'intérieur de la cabane de bois, à en juger par les bruits qui en provenaient. Il risqua un œil à travers les planches disjointes et ce qu'il vit le paralysa : Mariannick était bien là, mais ce n'était pas le vieux qui la couvrait ; c'était Mathieu, et elle semblait y prendre peu de plaisir, à en croire les gémissements qu'elle laissait échapper sous les coups de boutoir de son cousin, qui ahanait comme un bûcheron. Mais après tout, qu'est-ce qu'il en savait, Hervé, « l'abbé » comme ils l'appelaient, du plaisir et de la douleur ?

Il hésita un instant sur la conduite à tenir : sa sœur et son cousin... Si elle faisait cela avec Mathieu, peut-être qu'avec l'oncle, aussi... Il résolut d'en avoir le cœur net et revint lentement vers Francine qui le dévisageait d'un air narquois.

— Alors, cousin, elle y est, n'est-ce pas ? Vous voilà édifié... Elle se fait couvrir par ce vieux salopiaud !

— Tu le savais ! Tu le savais qu'elle était avec Mathieu !

La fille devint très pâle.

— Mathieu ? Oh, non ! Pas lui ! Pas mon petit frère ! Iffick a...

La révélation était cruelle : sa sœur était une putain

qui s'envoyait en l'air avec tous les hommes de la famille, cousin, oncle, pourquoi pas ses frères tant qu'elle y était ? Il fallait qu'il la ramène immédiatement à ses parents. Sans quoi... Se ressaisissant, il retourna à l'appentis et s'apprêtait à ouvrir la porte quand il se ravisa. Il voulait en avoir le cœur net. Après tout, peut-être qu'elle n'était pas consentante, peut-être qu'ils l'obligeaient à faire ça.

Il regarda à nouveau. Cette fois, c'est Iffick qu'il aperçut, de profil, alors que, debout, il venait d'empoigner sa cousine par les cheveux, lui approchant le visage de son membre érigé. À genoux devant lui, la jeune fille implorait : « Non ! Iffick ! Non », et pour éviter le sexe, tourna la tête dans la direction d'Hervé qui reçut son regard désespéré comme une décharge de chevrotine en pleine poitrine ! Cette fois, il n'avait plus aucun doute. Tandis qu'Iffick affirmait : « Si, cousine, si ! Tu verras, tu en redemanderas ! », Hervé ouvrit brutalement la porte de l'appentis, l'arrachant presque de ses gonds. Des années plus tard, il avait encore des cauchemars en revivant cette scène : dans un recoin, Mathieu, le voyeur, plus stupide que sadique, raillait la détresse de Mariannick ; au centre, Iffick, le bourreau au regard sardonique, la culotte sur les genoux ; et, devant lui, sa sœur, le visage rouge, ébouriffée, les yeux noyés de larmes. Les immondes salauds !

D'un revers de main, Hervé balaya Iffick dont la tête alla heurter violemment le chambranle de la porte, avant qu'il ne tombe sur le dos, ridicule, le pantalon lui entravant les jambes. Mathieu tenta d'échapper à son cousin mais se fit cueillir d'un coup de poing à la tempe, qui l'envoya à terre pour le compte. Hervé s'approcha de sa sœur qu'il releva doucement, et lui murmura :

— Rhabille-toi, Mariannick, rhabille-toi, s'il te plaît.

La jeune fille restait immobile, anesthésiée.

— Rajuste-toi, Mariannick, ne reste pas comme ça ! la supplia-t-il.

— Hervé ! Oh ! Hervé ! fit-elle, en fondant en larmes. Un moment, j'ai cru que c'était l'oncle...

Iffick se relevait en se frottant l'occiput. Il savait Hervé robuste, mais à ce point !

— Hervé, qu'est-ce qui te prend ? fit-il, en regardant son frère, au sol.

— Nom de Dieu ! s'écria Hervé. Tu n'as pas honte, gibier de potence ?

— Tais-toi, Hervé, tais-toi ! Tu ne vas pas ameuter toute la famille pour ça, non ? lui répondit son cousin, en désignant Mariannick d'un geste de la main.

— Pour ça ? Non, mais... Fous-moi le camp, espèce de salaud, avant que je ne te tue ! Profiter ainsi de ma sœur ! De ta cousine ! Dieu te maudisse, démon !

— Profiter de ta sœur ? Mais je fais comme tout le monde, comme mes frères et les oncles ! Elle a le feu au cul, ta sœur ! Tu ne le savais pas ? Tu n'y as pas encore goûté ? Tu es peut-être bien le seul de la famille ! cracha Iffick en s'éloignant, tout en remorquant Mathieu qui reprenait peu à peu conscience.

Hervé ne réagit pas immédiatement, mais cette impudence était de trop. Il avait vu ses cousins, de ses yeux ! Il avait assisté au viol et cette brute prétendait... Il ne pouvait pas les laisser s'en sortir ainsi. Mais il ne pouvait pas les massacrer, non plus. Avisant un balai de genêts, il l'empoigna et se lança à leur poursuite, en criant : « Fuyez, démons ! Arrière, suppôts de Satan ! » S'il avait disposé d'une autre arme que de ce balai ridicule, nul doute qu'Hervé eût tué les deux frères en fuite. C'est en vain, en effet, que ceux-ci tentaient de se protéger de la grêle de coups qui pleuvait sur eux. Mathieu était même si terrorisé qu'à un moment il arrêta de courir et se jeta à genoux devant le colosse en le suppliant :

— Hervé... Pitié, s'il te plaît. Je suis ton cousin, pas un démon ! Je ne pensais pas que c'était si grave ! Et moi, c'était la première fois ! Tu peux vérifier !

La rage quitta Hervé aussi vite qu'elle lui était venue. Il s'arrêta devant Mathieu qu'il dévisagea un instant, la main levée comme un couperet. Il parvint à se maîtriser et lâcha :

— Ce soir, avant le souper, nous aurons une explication. File, maintenant, et que je ne trouve rien à redire à votre travail à toi et ton frère, ou il vous en cuira.

Mariannick était restée clouée devant l'apprentis. Son frère lui fit signe de venir le rejoindre. La bouche grande ouverte et les yeux ronds, Francine les regarda passer devant elle sans qu'il ne lui accorde le moindre regard. Quel homme ! pensait-elle. Jamais elle n'aurait imaginé que son benêt de cousin pût dégager tant de force, de puissance ! Elle avait vu son frère Mathieu, celui qu'elle admirait tant, à genoux devant lui, le supplier de l'épargner.

Dans la salle commune, Hervé fit asseoir sa sœur face à lui et lui dit : « Dis-moi tout, Mariannick. Vide ton sac. Il est plus que temps. »

Et elle lui dit tout : le premier viol, l'année de ses douze ans, par l'oncle Alfred, le Poilu, blessé de guerre que tout le monde croyait aussi inoffensif que gentil, parce qu'il offrait des friandises aux enfants. Il était mort lorsqu'elle avait quinze ans. S'en était-il vanté ? Les avait-on vus ? Toujours est-il que d'autres, bien vivants, ceux-là, avaient imité l'oncle. Aujourd'hui, beaucoup savaient qu'il leur suffisait de la menacer de tout révéler à son père pour qu'elle cesse de protester quand ils la culbutaient. Jean-Joseph, le grand-oncle, par exemple. Mais, il n'avait pas pu, le salopiaud ! Son outil ne fonctionnait plus, il était resté sur sa faim. Ce n'était pas le cas d'Iffick ou de Mathieu.

Hervé, tout en l'écoutant, se posait d'autres questions. L'oncle Alfred avait-il abusé aussi de ses autres sœurs ? Ou alors, les autres oncles ? Les cousins ? Mariannick avoua qu'elle ne s'en était jamais inquiétée, mais que, ma foi, elle avait souvent vu Perrine, son aînée de deux ans, avec l'oncle Alfred. Oui, probablement que Perrine y avait eu droit, elle aussi. Elle lui demanderait. Soudain, Mariannick sourit :

— Oui, Hervé, pour Perrine, c'est sûr. C'est l'oncle Alfred qui m'a donné mon premier soutien-gorge, il a tenu à me l'essayer lui-même. Lui était gentil, au moins. Je me souviens que Perrine en a eu un, elle aussi, à la même époque. C'était sans doute la même récompense...

— Tu n'as pas honte, Mariannick, de rire de ces choses ? T'es-tu, au moins, confessée ?

— Bien sûr, répondit la jeune fille. Et à chaque fois, je voyais bien que le prêtre cherchait à savoir avec qui j'avais fauté ! Je me souviens qu'un jour, quand je lui ai donné le nom d'un de nos oncles, il m'a dit que c'était de ma faute, que je l'avais sûrement provoqué, parce que c'était un bon chrétien, marié et bien pensant.

— Ma pauvre Mariannick ! Je ne sais que te dire, mais il faut que cela s'arrête. Je ne peux pas te garder à l'île. Tu me comprends, n'est-ce pas ?

— Tu ne peux pas faire ça, Hervé ! supplia-t-elle. Me renvoyer sur le continent, me laisser seule là-bas, c'est me condamner aux oncles, aux cousins ! Te rends-tu compte de ce qui peut m'arriver si Père et Mère ne sont plus là pour me protéger ?

— Bien sûr, tu as raison ; je ne pensais pas à ça. Ici au moins, tu es en sécurité. Dis-moi, Mariannick : l'oncle Job ?... Pas lui, quand même !

— L'oncle Job ? Tu rêves, Hervé ! L'oncle Job ? Jamais !

— Ouf ! Tu me soulages... Et mes frères ? Gabriel ?

— Non ! Ni mes frères ni mes sœurs...

— Ni tes sœurs ? Pourquoi, tes sœurs ? Y a eu des filles ?

— Oui, mais ça, ce n'est rien. C'est plus de la curiosité qu'autre chose. Et puis, elles ne peuvent pas me faire grand mal, n'est-ce pas ?

Hervé n'en croyait pas ses oreilles. Il n'avait pas imaginé dans quel monde il vivait.

— Francine ?

— Oui, ça lui est facile, nous dormons dans le même lit clos. Pourquoi me demandes-tu cela ?

— Comme ça, pour savoir. La curiosité. C'est elle qui m'a dit d'aller voir à l'appentis.

— La garce !

— Peut-être qu'elle te veut pour elle toute seule, hasarda Hervé. Bien, j'ai une idée : puisque tous les membres de la famille présents à l'île sont au courant, je vais leur parler, ce soir. Le moindre mot, la moindre allusion, le moindre geste suspect à ton égard et ce sera le retour immédiat à Lilia. Mais pour toi, cela veut dire aussi plus aucun écart de conduite.

— Je te le promets, si tu me protèges.

— Tu peux compter sur moi ! N'empêche que tu l'as échappé belle. Tu n'as jamais été enceinte, c'est un coup de chance !

Cette fois, Mariannick rougit jusqu'à devenir écarlate. Son frère était vraiment d'une naïveté ! Elle choisit de lui dire la vérité.

— Hervé... je dois te dire... J'ai été grosse. J'avais quatorze ans. J'ai été voir la Rose. On disait, à l'époque, que c'était la meilleure. J'avais entendu bien des femmes en parler. Parce que, tu sais, des femmes qui font passer les bébés, ce n'est pas ce qui manque ; le problème, c'est d'en trouver une bonne !

Hervé se demandait jusqu'où il allait devoir boire la coupe.

— Et les sous, Mariannick ? fit-il. Comment as-tu fait pour les sous ? D'après ce que j'en sais, ça coûte cher, cette chose-là.

— Oui, ça coûte cher. Mais j'ai trouvé l'argent. Je me suis débrouillée.

— Comment ?

— Hervé ! Tu ne peux pas cesser, dis, je t'en prie...

— Tu as fait la putain ? Tu t'es fait payer ! C'est ça ?

— Oui. Qu'est-ce que tu voulais que je fasse d'autre ? J'avais pas le choix ! J'ai fait ça au marché de Ploudalmézeau, où personne ne me connaissait. Deux jours ont suffi.

— Ma pauvre sœur ! Pourquoi ne nous as-tu rien dit ? Est-ce qu'une autre de nos sœurs a eu les mêmes problèmes ?

— Je n'en sais rien ; peut-être. Tu sais, on ne parle jamais pas de ces choses-là entre nous ; on ne s'en vante pas. C'est assez dur à vivre et à porter en soi ; alors, en parler, non.

Le soir même, il leur passa à tous un savon bien senti. Ils baissaient tous la tête, même son frère Gabriel qui, s'il n'y avait pas « goûté », était au courant, et c'était tout aussi grave. Tous l'implorèrent de se taire : il ne se passerait jamais plus rien, c'était promis. Le vieil oncle lui-même, si faraud au début de la soirée, se voyait très mal passer par les poings de Fanch et de Job qui ne tiendraient sûrement pas compte de son âge pour un crime pareil. Hervé leur rappela qu'ils étaient tous passibles des Assises, et pas seulement d'une simple amende. De nouveau, ils baissèrent la tête. Tous sauf un, Iffick, qui gardait dans le regard une lueur ironique. Il faudrait qu'Hervé l'ait à l'œil, celui-là, et s'il ne marchait pas droit, gare ! Il avait eu pitié une fois, c'était assez.

*

C'était le quatrième jour que Gwen-Aël venait à la sortie de l'école. Il se contentait d'observer son fils, jouant avec des camarades en attendant le chauffeur qui le prenait toujours à la même heure : midi cinq. Il s'était mêlé à la foule des parents quand il l'aperçut. Elle attendait, comme lui, mais elle, elle ne l'avait pas vu. Il se glissa derrière elle et murmura son prénom à son oreille.

Quand il chuchota « Helen », elle sut que c'était lui. Elle ne put s'empêcher de sursauter, mais elle réussit à se maîtriser. D'un coup d'œil circulaire, elle vérifia que personne ne les observait et se retourna vers lui, un sourire radieux aux lèvres. Elle n'allait pas refaire la même erreur que sur le quai de cette gare, alors qu'elle l'attendait depuis quatre ans !

Gwen-Aël fut surpris de la retrouver presque inchangée avant de remarquer quelques pattes d'oie, quelques rides à peine perceptibles sur son visage. Et pourtant, elle avait trente-neuf ans, calcula-t-il rapidement. Elle paraissait aussi jeune que Viviane, qui en avait huit de moins ! C'est curieux, se dit-il, la dernière fois que nous nous sommes vus, cela ne m'a rien fait ; aujourd'hui, j'ai l'impression que je la désire encore...

— Bonjour, Gwen-Aël, quelle surprise ! Tu attends quelqu'un ou...

— Bonjour, Helen. Je suis venu pour Gwen, bien sûr. De temps en temps, je viens le regarder, ici, à la sortie de l'école.

— J'ai peut-être été stupide, il y a quatre ans, dit-elle.

— Pas peut-être, Helen. Sûrement !

— Nous n'allons pas nous disputer, fit-elle à voix basse. Veux-tu que nous en parlions en déjeunant ? Que fais-tu ce midi ?

— Rien, sinon je ne serais pas ici.

— Alors, je t'invite chez moi. C'est tout près, je suis venue à pied.

— J'ai ma voiture, dit-il. Je vous raccompagnerai.

Helen avait présenté Gwen-Aël à son fils comme un ami de longue date qu'elle n'avait pas revu depuis des années, ce qui était presque la vérité, après tout. Son fils, en parfait écolier britannique, pratiquait deux sports, cet après-midi-là : football et équitation. Il déjeuna donc à l'office, pendant qu'Helen servait l'apéritif dans le salon. Ils s'échangèrent d'abord quelques banalités jusqu'à ce que Gwen-Aël demande :

— Toujours célibataire Helen ? Et parisienne ?

— Oui, toujours parisienne et plus que jamais célibataire. Tu sais pourquoi.

— Comment le saurais-je ?

— Il y a presque huit ans que tu m'as quittée, et pourtant, je t'aime toujours. Je n'ai pas réussi à t'oublier et je ne suis même pas sûre de le souhaiter.

— Pardonne-moi, Helen, je n'ai jamais voulu te faire souffrir. Je t'aime beaucoup, tu sais.

— Oui, mais c'est elle que tu aimes.

— Comment t'expliquer... Je l'aime, c'est vrai, mais je t'aime aussi.

— Oui, comme on aime toujours une ancienne maîtresse.

— Ce n'est pas ce que je veux dire, et tu le sais bien. Mieux vaut que je m'en aille, Helen, je ne veux pas...

— Reste, s'il te plaît. Je préfère avoir un peu de toi que rien du tout. J'ai besoin de toi, comprends-tu, mon amour ? Besoin ! Et maintenant que je t'ai vu, tu ne vas pas t'en aller, sans me laisser un peu de toi.

Elle s'était approchée en parlant, avait contourné son fauteuil avant de s'immobiliser devant lui. Elle l'avait troublé, mais peut-être pas assez. Il fallait qu'elle le fasse craquer, là, maintenant. Dans deux minutes, il se ressaisirait, ce serait perdu à jamais. Elle lui tendit la main en le regardant dans les yeux. Il la prit et l'attira à lui, enfouissant son visage dans sa robe, la serrant contre lui, avant de se lever et de lui prendre les lèvres.

Elle ne devait pas lui laisser le temps de réfléchir. Elle prit leurs deux verres et l'entraîna dans sa chambre.

*

Le train d'Aurélie arrivait à Paris. Elle avait passé une bonne nuit et se sentait fraîche et dispose, prête à profiter du théâtre, de l'opéra, à s'amuser, et, même, à prendre un amant. En réalité, ça ne la tentait pas beaucoup, malgré son désir de vengeance. Elle aimait son mari. Elle avait envie de le punir parce qu'il l'agaçait, parce qu'il se montrait trop égoïste, mais rien de plus. Elle n'avait nullement l'intention de mettre son ménage en péril. Sa famille, c'était sa vie.

Elle aperçut Viviane, sur le quai. Elle oublia aussitôt tous ses soucis. Viviane était là ; elle était venue l'accueillir, sans même savoir à quel train elle arriverait. Peut-être l'attendait-elle depuis des heures ? Au moins, elle avait une vraie amie, quelqu'un qui l'aimait sans réserve, pour elle-même. Sa belle-sœur... Sa meilleure amie...

Viviane la vit à son tour et lui adressa un signe de la main avant de lui tomber dans les bras. Elles s'embrassèrent et, dans leur étreinte, leurs lèvres s'effleurèrent accidentellement, ce qui provoqua un rire joyeux de Viviane. Dans le taxi, elles parlèrent de tout et de rien, et commentèrent l'accueil glacial que les Kerléo faisaient à Henry Lewis. Quand Viviane lui posa des questions sur Jean-Yves, Aurélie ne lui cacha rien, et surtout pas son désir de punir ce mari qu'elle aimait pourtant, mais qui ne faisait aucun effort pour elle. Elle lui avoua, même, qu'elle avait songé à le tromper. Viviane éclata de rire, mais d'un rire trop nerveux pour être naturel. Elle ne s'attendait pas du tout à se trouver confrontée à pareille déclaration et ne savait comment réagir. Devait-elle se scandaliser, rester neutre ? D'abord, tâcher d'en savoir plus ; sa curiosité l'emportait, comme toujours.

— Tu m'étonneras toujours, Aurélie, dit-elle. Tu m'annonces de l'air le plus détaché du monde : « Je vais prendre un amant », comme si tu me disais : « Je vais m'acheter une paire de chaussures neuves. »

— C'est à peu près ça, en effet, Viv, mais je n'ai jamais dit : « Je vais prendre un amant. » J'ai dit : « J'ai songé tromper mon mari. » La nuance est de taille, ne crois-tu pas ?

— Ah, bon ? Ce n'est pas la même chose ?

— Non, pas du tout. J'ai envie de le punir, mais prendre un amant ne me tente pas du tout.

— Je ne comprends pas.

— Je suis en colère contre Jean-Yves, rien de plus.

Le taxi s'arrêta. Viviane jeta un regard intrigué à sa belle-sœur.

— Oui, expliqua Aurélie, j'ai préféré réserver une chambre au Grand Hôtel du Louvre. Ça me rappellera ma jeunesse. Tu montes avec moi, ou tu rentres tout de suite ?

— Je monte, bien sûr, fit Viviane. Ne serait-ce que pour connaître le fin mot de l'histoire !

Aurélie finissait de ranger ses vêtements dans sa chambre quand elle déclara :

— Je vais prendre un bain ; cela me fera du bien. J'ai besoin de me détendre un peu après ces heures de train. Tu m'attends toujours ?

— Oui, répondit Viviane. Je devais déjeuner avec Marie-Ange, mais je vais me décommander. Je lui téléphone.

Viviane jeta un coup d'œil à sa montre. Ce n'était pas très gentil à l'égard de Marie-Ange, mais tant pis : entre son amitié pour Aurélie et la politesse qu'elle marquait à Marie-Ange, il y avait un monde, et elle ne balança pas.

Quand elle raccrocha le téléphone, Aurélie n'était plus là. Sans doute était-elle déjà dans la salle de bains, puisque ses vêtements traînaient par terre, éparpillés çà et là.

— Aurélie ? appela-t-elle.

— Oui ?

— Tes vêtements, je les mets sur ton lit ?

— Si tu veux ? Viens me retrouver quand tu auras fini.

Viviane ramassa bas, jupon, soutien-gorge, chemise, porte-jarretelles, appréciant, au toucher, la qualité et la finesse des bas de soie, comme la légèreté et la douceur du soutien-gorge et de la culotte. Aurélie dépensait une fortune en dessous ! Elle les posa sur le lit, poussa la porte de la salle de bains, et se trouva face à la baignoire, dans laquelle se prélassait sa belle-sœur. Aurélie était toujours aussi belle : taille et attaches très fines, seins lourds et fermes, comme l'avaient été ceux de sa mère. Aurélie était très cambrée et avait une chute de reins incroyable. Le cœur de Viviane s'emballa et elle se sentit soudain bizarre, comme si... Mais oui, c'était cela : Aurélie ! Elle la désirait ! Elle rougit instantanément et détourna la tête en disant :

— Je vais m'allonger un peu, je ne me sens pas très bien.

— C'est vrai, fit Aurélie, tu es toute rouge ! Que t'arrive-t-il ? Attends, poussin, je vais m'occuper de toi.

29

C'était déjà la deuxième semaine de septembre, et pourtant, le ciel était aussi bleu et la température aussi estivale qu'en plein mois de juillet. Ils faisaient route sur Quéménès. Pour une fois, et bien qu'il détestât ces odeurs de pétrole, Yves s'était résigné à utiliser le moteur du *Marie-Jeanne*, car le vent, quasiment nul, ne lui permettait guère de mettre à l'épreuve les nouvelles voiles lie-de-vin de son bateau. Gwen-Aël l'accompagnait. Il était rentré, la veille, de Paris où il avait rencontré Eduardo Segura. Comme il fallait s'y attendre, les nouvelles étaient mauvaises, Eduardo l'avait informé qu'une nouvelle baisse du prix de l'iode interviendrait en octobre ou novembre. Cette baisse de 25 % s'ajoutant à la précédente du même montant ramènerait, en fin d'année, le cours de l'iode à la moitié de ce qu'il était au 1er janvier 1932. Le gouvernement Tardieu n'avait pas tenu plus longtemps que les précédents, et celui que dirigeait Herriot depuis trois mois aurait lui aussi la vie brève. Tous les Français espéraient, sans trop y croire, que cette nouvelle Assemblée de gauche serait plus crédible que la précédente à majorité de droite. Depuis la guerre, la classe politique se déconsidérait chaque jour un peu plus, le passe-temps favori des députés étant de renverser les gouvernements, pour un oui ou un non : ces messieurs ne manquaient certes pas d'ambition, seulement de talent et de qualité. Ils se trouvaient tous des capacités d'homme d'État qu'ils n'avaient pas et ne rêvaient que d'endosser le costume de président du Conseil.

Résultat, aucun gouvernement n'avait encore eu le temps d'examiner le projet de loi déposé par le député Inizan ! Ce qui revenait à dire que, par indifférence et inconséquence, ces élus du peuple risquaient de mettre au chômage trois mille familles de goémoniers bretons, ce qui ne leur faisait certainement ni chaud ni froid.

Il fallait faire quelque chose, Yves en était conscient, et c'est pour cela qu'il se rendait à l'île. Il voulait proposer à Fanch et Job Guennec d'organiser une manifestation, non au ministère, à Paris — c'était trop loin et cela coûterait trop cher —, mais à la préfecture maritime de Brest. Gwen-Aël tenait, lui, à expliquer aux deux frères qu'il allait devoir modifier ses prix d'achat de pains de soude, dès qu'interviendrait la nouvelle baisse des cours. Il voulait surtout instaurer une nouvelle grille de prix qui prendrait en compte les droits de douane que ne manquerait pas de faire voter le premier gouvernement qui s'attaquerait au problème. En réalité, le marché international démontrait aux syndicats de goémoniers que leurs conflits avec les industriels n'étaient plus de mise : il leur fallait désormais faire cause commune contre l'indifférence des gouvernements et des hommes politiques : il y allait de leur survie à tous.

— Regardez, monsieur Kerléo, comme est belle, sur les îles, cette floraison de corolles blanches et grises qui s'élèvent des fours de pierre où nos goémoniers brûlent le tali séché, pour en faire des pains de soude ! s'enthousiasmait Gwen-Aël. C'est magique ! Par contre, sur la côte nord, il y a nettement moins de fumées qu'auparavant, n'est-ce pas ?

— Si tu avais meilleure mémoire, Gwen-Aël, répondit Yves, tu te souviendrais que, jadis, c'est à Molène qu'on en voyait le plus. Aujourd'hui, elles se comptent sur les doigts des deux mains. Les Molénais et les Sénans abandonnent le métier. Les hommes ne font plus que la pêche, et les femmes considèrent que le métier de goémonier est trop dur pour un gain minime. Quant aux pigouillers qui livrent les usines de Portsall, Plouguerneau ou Porspoder, ils ne font plus que la coupe. Partout, c'est l'usinier qui brûle les laminaires dans des fours industriels. Il n'y a plus que nos brûleurs à faire encore le pain de mer, dans le Léon. Ce sont les derniers.

Gwen-Aël hocha gravement la tête.

— Cela sent vraiment la fin, dit-il. Brûler le tali en usine, c'est perdre la poésie du métier.

— La poésie du métier, s'exclama Yves. Ne va surtout pas dire cela aux brûleurs, malheureux ! Seuls les touristes et les écrivains peuvent trouver de la poésie à ce travail de forçat ! Les goémoniers, eux, sont ravis de ne plus avoir à faire ce travail ingrat qui brûle les mains, casse les reins et leur fait suer sang et eau ! Ceci dit, c'est bien parce que l'on ne brûle plus ni sur la côte ni à Molène que Jakez Lastennet est de retour à Quéménès, aujourd'hui.

— Ce qui nous a permis de retrouver les teneurs en iode d'il y a cinq ans !

Un long silence avait suivi ces considérations sur ce métier qui se perdait avant qu'Yves ne se décide à aborder le sujet de sa fille.

— Dis-moi, Gwen, as-tu vu Marie-Ange à Paris ?

— Oui, et elle s'inquiète, car elle n'a aucune nouvelle d'Henry, qui est en Allemagne depuis quinze jours. D'habitude, il lui en donne tous les trois ou quatre jours.

— Et Karl ? Il n'a pas réussi à le joindre par leur réseau ?

— Non, mais il ne faut pas s'alarmer trop vite. Il n'empêche que depuis la défaite d'Hitler aux élections présidentielles et son refus de devenir chancelier, il y a une pression grandissante des nazis. Les SA multiplient leurs exactions un peu partout, ce qui donne malheureusement raison à Karl et Henry. Les juifs qui ne s'en vont pas maintenant se retrouveront bientôt en prison.

— Je ne comprends pas, dit Yves. De qui se moquent les Américains ? Nous avons quitté l'Allemagne sans avoir été remboursés et le plan Young donne aux Teutons cinquante-neuf ans pour le faire : on croit rêver ! On se comporte avec les Allemands comme s'ils avaient gagné la guerre ! Maintenant que Streseman est mort, rien ne s'opposera plus à Hitler : il a 234 sièges au parlement et ce nouveau chancelier, von Papen, travaille pour lui en sous-main. Tu verras, le moustachu prendra bientôt le pouvoir. Et en toute légalité ! C'est bien ça le plus répugnant. Ce qui veut dire qu'il a l'appui du peuple allemand.

— Vous craignez un nouveau conflit, n'est-ce pas ?

— Oui, Gwen, et je pense à vous et à vos enfants. Je dois avouer que, depuis mars dernier, j'ai beaucoup lu et appris. Karl et Henry m'ont ouvert les yeux : ils sont dans le vrai. Oui, Hitler est dangereux.

— Qu'y pouvons-nous ? soupira Gwen-Aël. Notre république est malade, et, ce qu'il nous faudrait, c'est une nouvelle constitution. La gauche est majoritaire aujourd'hui comme la droite l'était, hier. Pour quel changement ? Aucun, pour l'instant. Et puis cette crise économique qui touche aujourd'hui tous les grands pays et qu'on ne sait pas endiguer ! Tous ces chômeurs ! Si un jour ils prennent les armes pour réclamer du pain, il ne faudra pas s'étonner ! À leur place, c'est ce que je ferais.

— Il y en a qui parlent d'autre chose, observa Yves. D'un Duce français, par exemple. L'Action Française, les Croix-de-Feu du colonel de La Rocque...

— La dictature ? Non, merci !

— Qui sait, Gwen ? Au moins nous serions gouvernés !

Il valait mieux changer de sujet, revenir, une fois encore, à la famille.

— Au fait, Jean-Yves et Aurélie, ça s'arrange ? demanda Yves.

— Vous ne savez pas ? répondit Gwen-Aël. Ils partent en Italie en fin de mois. Seuls, en amoureux. Un second voyage de noces : Florence, Venise... Mes parents iront garder les enfants à Nantes.

— Pourquoi ne viendraient-ils pas au Conquet ? La rentrée n'est qu'à la fin du mois !

— Voilà une excellente idée ! Tous les cousins seraient réunis, puisque vous avez les enfants de Karl et Julia.

— Oui, et ma femme ramène ceux de Sébastien et Josie ce soir.

*

Josie était seule dans sa chambre d'hôpital. Sébastien était venu la voir, ce matin-là, avant que sa belle-mère, pour une fois de bonne humeur, ne lui amène ses trois petits ; Yves-Jean, son aîné, âgé de trois ans, Annick qui en avait un de moins, et Jacquette, son bébé de six mois. Ses enfants ! Josie était mère jusqu'au tréfonds d'elle-même, ce qu'elle n'aurait jamais imaginé quatre ans plus tôt, tant sa propre enfance avait été difficile, pour ne pas dire malheureuse. Mais sa rencontre avec Sébastien avait été comme un coup de baguette magique. Les enfants, l'aisance financière subite, grâce à ces viviers auxquels son mari avait insufflé le renouveau, la reconnaissance sociale et, surtout, son honneur retrouvé de femme lui avaient redonné le goût à la vie. Josie était heureuse. Aussi n'était-elle pas disposée à céder devant la maladie.

Son médecin y croyait encore, d'ailleurs. L'infection qu'elle avait faite après sa fausse couche, au sixième mois de sa nouvelle grossesse, semblait stabilisée ; mais ce qui l'inquiétait le plus, c'était tout le sang qu'elle avait perdu. Elle se sentait fatiguée, ce soir. Peut-être était-ce la conséquence de toutes ces visites ?

Josie crut sentir du liquide couler sur sa cuisse. Elle urinait sans même s'en rendre compte ! Elle y mit la main et la ramena sur le drap. C'était du sang ! Mon Dieu ! Une nouvelle hémorragie ! Elle appela, appela encore ; personne ne lui répondit. Qu'elle était sotte !

La poire ! Le signal s'alluma aussitôt à la porte de la chambre ; une infirmière fit irruption, ouvrit son lit et découvrit l'hémorragie. Le médecin arriva à son tour et on la transporta d'urgence vers la salle d'opération. Elle allait s'en sortir cette fois encore, se dit-elle. Elle avait vraiment de la chance : elle aurait pu s'endormir un peu plus tôt, et c'en aurait été fini. Elle se sentait très faible, et les voix qui lui parvenaient étaient assourdies.

— Elle a perdu trop de sang...

— Cette fois, c'est cuit...

— Taisez-vous ! Elle respire toujours... On peut encore gagner !

De qui parlaient-ils ? De sa voisine, sans doute... Elle se sentait bien. Fatiguée, mais calme. Elle allait dormir et se réveillerait demain matin, tout à fait reposée. Josie s'enfonçait peu à peu dans le sommeil.

*

Marie-Anne commença par se servir une tasse de café chaud qu'elle accompagna d'une tartine de pain et d'un peu de compote de pommes. Tout en mangeant, elle déchira l'enveloppe et lut.

Ma chère Marie-Anne,

Je n'ai pas l'habitude d'écrire des lettres. Mais peu importe. Ce que je veux te dire vient du fond du cœur, et c'est ce qui compte.

Depuis que je te connais, c'est-à-dire deux ans maintenant, j'ai pu apprécier ta gentillesse, ta réserve, la profondeur de ton amitié pour nous et de ton amour pour nos enfants. J'ai, aussi, mis un certain temps à comprendre que ton affection pour Sébastien était plus que de l'amitié, et que tu l'aimes, comme moi. Je ne pense pas que tu le saches toi-même, car autrement, tu te trahirais de temps à autre, j'imagine. Mais, pour ma part, j'en suis quasiment sûre et ne t'en veux absolument pas, pas plus que je ne suis jalouse, car, te connaissant, je sais que je n'ai rien à craindre ; tu es bien trop honnête pour faire le mal.

En réalité, ce que je veux te dire tient en deux mots : j'aimerais que, s'il m'arrive malheur, tu épouses Sébastien et deviennes la mère de mes petits. Pourquoi est-ce je te l'écris, alors même que je suis persuadée que je vais m'en sortir ? Parce qu'on ne sait jamais. J'apprécie mon bonheur actuel à sa juste mesure, car ces dernières années m'ont réconciliée avec la vie. Mais je suis réaliste et sais ce que le bonheur peut avoir de fragile et d'éphémère. Je peux mourir et dois penser à Bastien et aux enfants. Si cela arrive, promets-moi de veiller sur eux. Ils en auront tous besoin, Sébastien le premier, et tu es si forte ! Je compte sur toi. Ne trahis pas ma confiance. Je t'embrasse et je t'aime. Aime-moi. Aime-les.

Josie

Son café était froid. Elle avait lu et relu cette lettre une bonne dizaine de fois avant de la replier. Elle pleurait. Jamais on ne lui avait montré autant d'amitié, de confiance, de respect, de considération que ne venait de le faire Josie. C'était incroyable ! Elle lui donnait les siens : son mari, ses enfants ! Ainsi, Josie avait deviné son secret ; elle avait deviné qu'elle aimait Sébastien ! Heureusement, elle était la seule. Il n'empêche ! Qu'allaient-elles pouvoir se dire quand Josie rentrerait de l'hôpital ? Jamais plus les choses ne seraient comme avant ; jamais plus, elle ne pourrait passer les soirées chez eux, coucher les enfants, leur chanter des berceuses pour qu'ils s'endorment. Elle vivait sa vie de femme à travers eux, par procuration, en quelque sorte. Et cela allait devenir impossible, malgré toute la générosité de Josie !

Marie-Anne se leva. Elle vida le café dans l'évier et fit la vaisselle avant de nettoyer la table. Elle traîna ensuite de longues minutes avant de se décider à faire un peu de couture. Elle avait des tas de choses à repriser, et cela ne nécessitait pas trop d'attention. Il était presque dix-neuf heures quand elle entendit courir dehors, juste avant que l'on ne tambourine à sa porte. « Marie-Anne ! Marie-Anne ! cria Sébastien de l'extérieur. Josie est morte ! Morte ! Marie-Anne ! Elle est morte ! » Elle l'avait fait entrer et il marchait de long en large en criant et pleurant tout à la fois : « On vient de m'appeler de l'hôpital. Ils l'ont laissée mourir, ces salauds ! Une mère de trois enfants ! Ils n'avaient pas le droit ! Josie ! Josie ! » Il hurlait son désespoir et son amour, dans cet appel de détresse à sa jeune femme disparue. « Mon Dieu, qu'il l'aime ! », se dit Marie-Anne. Peu à peu il cessa de crier. Les larmes coulaient sur son visage, et il se contentait de les essuyer d'un revers de manche de temps à autre.

— Que vont devenir mes petits, Marie-Anne ? Que

vont-ils devenir sans leur mère pour s'occuper d'eux ? Je ne saurai pas le faire seul.

— Aie confiance en toi et en Josie, Sébastien, dit doucement Marie-Anne. De là-haut, elle t'aidera ; elle te conseillera, elle te suggérera ce qu'il faut faire.

Intérieurement, elle se traitait de tous les noms. Comment osait-elle lui dire cela, alors qu'il venait de la perdre ? Déjà, elle ne pensait plus à lui, à sa douleur, à son chagrin, à leur solitude, à lui et à ses enfants. Elle ne pensait qu'à la chance qui tournait enfin pour elle : la disparition de Josie lui donnait Sébastien. Et il était si faible et si bon qu'il lui suffirait de peu de chose, cette lettre, par exemple, pour qu'il l'épouse. Elle avait honte d'elle, honte de pouvoir penser à son bonheur, alors que Sébastien souffrait, alors que Josie... Quelle femme était-elle donc ? Elle se faisait horreur ! Elle n'avait pas écouté le début de sa réponse, elle n'entendit que la fin...

— ... Tu me le promets, n'est-ce pas ?

— Excuse-moi, Sébastien, je n'ai pas très bien compris.

— Je te demandais si tu pourrais continuer à t'occuper de mes enfants tous les jours, un peu plus encore que tu ne le faisais auparavant.

— Bien sûr, tu peux compter sur moi, et les enfants aussi. D'ailleurs, je l'ai promis à Josie, le jour où elle est entrée à l'hôpital.

Il eut une nouvelle crise de larmes ; elle se leva et vint vers lui pour le consoler. Il lui entoura la taille des deux bras et enfouit sa tête dans son tablier, les épaules secouées de sanglots. Le contact des cheveux courts et drus de Sébastien sous sa main provoqua en Marie-

Anne un émoi totalement inconnu. Elle se sentit fondre de tendresse pour cet homme qu'elle aimait, et qui souffrait. Si elle avait pu le faire entrer en son sein, elle l'aurait fait. Elle voulait lui arracher cette détresse du cœur, elle voulait le voir rire de nouveau. Elle se pencha sur lui et lui embrassa les cheveux. Elle l'aimait tant...

— Mon pauvre Sébastien, murmura-t-elle, mon pauvre Sébastien... Dis-moi ce qu'il faut que je fasse... Veux-tu rester souper ?

— Non. Pas aujourd'hui. J'ai des tas de choses à faire. D'abord, téléphoner à mes parents pour les prévenir. Viens plutôt avec moi, à la maison. Tu pourras m'aider.

— Il faut que tu ailles tout de suite à Brest. Ou du moins, que tu sois demain matin à l'hôpital. Allons-y, nous aviserons chez toi.

— Au fait, demanda Sébastien, qu'est-ce qu'elle disait Josie, dans sa lettre ?

— Oh ! rien d'important, répondit-elle trop vite, ce qui eut le don de l'intriguer.

— Tu peux me la montrer, dans ce cas, suggéra-t-il.

— J'aimerais mieux... tenta la jeune femme.

— Marie-Anne !

— Bien, mais tu risques de le regretter...

Il lut la lettre en entier, resta un long moment silencieux, et la lui rendit en disant :

— Excuse-moi, Marie-Anne, je ne voulais pas être indiscret. Je suis stupide. C'est vrai ?

— Qu'est-ce qui est vrai, Sébastien ? Que tu sois stupide ?

— Non. Que tu m'aimes...

— Oui, c'est vrai.

— Depuis longtemps ?

— Depuis toujours, je crois, depuis mes quatorze ans. Depuis les premières vacances que j'ai passées à Roz-Avel.

— C'est drôle, je ne m'en suis jamais aperçu. Et Josie...

— Josie, elle, avait deviné. Je la remercie pour cette lettre. Elle était...

— Merveilleuse, Marie-Anne. Merveilleuse, c'est vrai. Et elle le prouve dans cette lettre. C'est incroyable ! Elle aurait pu être jalouse... Je l'aime encore plus.

— Moi aussi.

— Tu veux bien ? Quand le temps aura passé, bien sûr...

— T'épouser ? Oui, Sébastien, puisque je t'aime. Mais te rends-tu compte de ce que nous sommes en train de dire, alors que Josie s'est éteinte il y a à peine une heure ? Nous devrions avoir honte.

— Ce n'est pas la trahir que de parler comme nous le faisons, Marie-Anne. Les convenances ne comptaient pas pour elle. À cette heure précise, si elle nous voit de là-haut, elle se préoccupe bien plus de savoir ce que deviendront ses petits que de toute autre chose. Et c'est bien des enfants dont nous nous occupons en parlant de l'avenir.

— Mon Dieu, Josie, pardonne-nous ! s'écria Marie-Anne quand Sébastien la prit dans ses bras.

*

Yves et Gwen-Aël avaient mouillé le bateau sans se poser de question en arrivant à l'île. Ils en étaient à mi-marée. Et la mer baissait. Dans six heures, tout au plus, le *Marie-Jeanne* serait à nouveau à flot, et en six heures de temps, ils auraient fini ce qu'ils étaient venus faire. Ils avaient bien l'intention de repartir le soir même et de rentrer au Conquet, à la nuit tombante ; Yves était prêt à utiliser le moteur, si nécessaire. À cette époque de l'année, comme au printemps, les bancs de brume n'étaient pas rares et Yves le savait, qui s'était souvent laissé surprendre depuis quarante ans qu'il hantait les îles.

Quarante ans. Comme le temps passait vite ! se dit-il en serrant la main de Jakez Lastennet.

— Bonjour, garçon, ça fait plaisir de te voir à l'île. Comment va ?

— Bien, Patron. Enfin, faut le dire vite, hein ? Parce que, peut-être que dans un mois, y aura plus de Jakez. C'est le coffre, dit le goémonier en se frappant sur la poitrine. L'est toute pourrie, cette saloperie. Déjà qu'y m'emmerde le jour, y me laisse plus tranquille la nuit, non plus. Alors, quand je me repose, moi ? J'vas crever, pour sûr ! Mais ça, y a pas à dire, c'est de ma faute ! J'aurais point fait l'con, j's'rais en bonne santé. J'ai fait l'andouille et trop fumé de gris. Tant pis pour moi. C'est la loi de la vie ; y en a pas d'autre.

— Bien dit, garçon. On a tous ce qu'on mérite, pas vrai ? Mais t'as eu une belle vie quand même, Jakez, on peut pas dire.

— C'est vrai, j'regrette rien. Ouais, j'aurai eu une bonne vie, même si elle aura été un peu courte, en fin de compte. Mais on peut pas tout avoir, hein, Patron ?

— Finis-moi quand même la saison, Jakez ! Me joue pas le tour de me claquer dans les mains, avant la fin, t'as pas le droit de me faire ça. Et puis, t'en fais pas, garçon. Tu peux compter sur moi pour te mettre toutes les prières qu'il faut pour le repos de ton âme.

— Merci, Patron, et quand viendra votre tour, vous me paierez un coup, là-haut !

— Oui, c'est dit ! Si le Bon Dieu y tient un bistrot. Parce qu'autrement, hein, on restera le gosier sec.

Jakez s'était esclaffé et Yves l'avait imité, avant que le brûleur ne manque de s'étouffer dans une quinte de toux qui l'avait plié en deux. Gwen-Aël était sidéré : il n'aurait jamais imaginé qu'il fût possible de parler ainsi de la mort, et surtout de la sienne. Ce pigouiller, le meilleur de tous les brûleurs, selon Yves Kerléo, était vraiment un drôle de pistolet, doublé d'un philosophe qui s'ignorait. Et Yves aussi l'étonnait une fois encore. Cette façon de répondre au goémonier, de se mettre tout de suite au diapason... Pas étonnant qu'il ramasse des tonnes de pains de mer ! Il était resté l'un des leurs et ils le savaient tous.

— Dis-moi, Jakez, reprit Yves, sais-tu où nous pouvons trouver Fanch et Job ?

— Ils brûlent par là-bas, répondit le pigouiller, en faisant un signe de la main. Sont plus très marrants depuis qu'y sont patrons ! Pourtant, j'm'saoule point ! Heureusement que je f'rai pas la saison prochaine !

Jakez avait repris son travail et Yves resta quelques minutes à le regarder. Le goémonier apportait toujours le même soin au brûlage ; son four était impeccablement protégé du vent par de petits tas de goémon. Il remuait la pâte de laminaires incandescents avec le même soin que dix ou vingt ans plus tôt, la malaxant lentement, sans en oublier la moindre part. Il ne semblait pas faire d'effort, et pourtant, Yves le savait par expérience, le lourd ringard d'acier pesait des tonnes au bout des bras, après la première heure de travail. Le brûleur ne sentait plus ses épaules, nouées par la répétition des gestes et les crampes. Les chiffons et les gants grossiers supposés protéger les mains de la chaleur de l'acier brûlant devenaient inopérants au bout d'un moment. Mais rien de tout cela ne semblait affecter Jakez que l'on ne voyait que rarement se redresser.

Yves lui adressa un signe de la main en le quittant.

— Quel homme ! fit-il. C'est la disparition de son frère pendant la guerre qui l'a détruit et rendu si bizarre. C'est dommage. Un si bon ouvrier.

— Il a une de ces façons de parler de la mort ! releva Gwen-Aël.

— La mort ? Il y est prêt depuis si longtemps, Gwen ! Si je te disais qu'il l'attend...

— C'est effectivement l'impression qu'il donne. En tout cas, elle ne lui fait pas peur !

— Pour ça, non, il n'en a pas peur. Il défie même souvent l'Ankou, au point que de nombreux goémoniers le fuient dans ces moments de crise.

En traversant l'île, ils rencontrèrent Hervé, le fils de Fanch et le patron de la ferme. Le jeune homme leur fit part de son bonheur de travailler à l'île.

— Si vous saviez, monsieur Kerléo, le plaisir que l'on prend, ici, à travailler la terre ! La moisson a été une vraie fête. Nos familles ont trouvé le bonheur ici. Il me reste à faire le sarrasin. Vous venez voir Père, je suppose ?

— Tu supposes juste, Hervé.

— Il est par là. Suivez ce chemin et vous le trouverez, à deux cents mètres, à main droite. Moi, leur tali, c'est pas mon affaire. Je m'y mettrai, mais pas avant l'an prochain. À moins que cet hiver, le goémon d'épave... Si on le fait toujours, du moins, parce qu'avec ce qui se dit, le pain de mer n'a, semble-t-il, plus beaucoup d'avenir.

Par bonheur, ce n'était l'avis ni de Fanch ni de Job qui n'interrompirent pas leur travail quand ils les trouvèrent enfin. Ils durent attendre une demi-heure pour que Job finisse son brûlage, et une heure de plus pour que Fanch en fasse autant. Puis, tous quatre pénétrèrent dans la salle commune de la ferme, et s'assirent autour de la grande table de chêne qu'Yves avait fait installer, trente-six ans plus tôt, quand il avait pris possession de l'île. Le lait caillé et le pichet de cidre rejoignirent sur la table le pain de dix livres et le lard fumé — un luxe que les frères Guennec se permettaient de plus en plus souvent — et tous commencèrent par se restaurer avant d'en venir aux choses sérieuses.

Ils se mirent rapidement d'accord pour envoyer une délégation à la préfecture maritime de Brest, début octobre, quand le brûlage serait complètement terminé à l'île. Ils iraient voir, aussi, le député Inizan, dont le mandat avait, bien entendu, été renouvelé. Ce serait peut-être plus difficile pour lui d'obtenir satisfaction avec un gouvernement de gauche, mais comme la droite ne leur avait rien apporté, ils ne risquaient rien.

Fanch et Job accordèrent la plus grande attention aux explications de Gwen-Aël qui leur parla à cœur ouvert. Il avait traité cinq tonnes d'iode à prix ferme, avec des transformateurs, et, pour le moment, perdait environ 100 000 francs. Mais il n'avait pas voulu s'engager sur le solde de sa production. Il espérait que les prix seraient revus à la hausse, c'est-à-dire que le gouvernement Herriot déciderait de droits de douane pour empêcher les produits chiliens de déferler sur le marché à prix bradés, comme c'était le cas actuellement. Ce que craignait Gwen, c'est que tous les transformateurs passent leurs commandes avant que ne soient érigées ces barrières douanières. Dans ce cas, il plongerait.

— Je sais que les députés bretons discutent avec le nouveau ministre du Commerce, dit-il, mais ce n'est pas facile : il semble ne rien comprendre, ou bien il ne veut rien comprendre. Quoi qu'il en soit, je vais retarder mes ventes le plus possible, même si une seconde diminution du prix de l'iode est prévue dans les deux mois.

Yves fut surpris de cette annonce qui, selon lui, était une erreur. Gwen-Aël donnait aux deux frères une information ultra-confidentielle. Que cherchait-il à prouver ?

— Nous ne sommes que quatre à connaître cette information en France, leur dit-il. Monsieur Kerléo, moi-même et vous, maintenant. Si je vous la confie, c'est que j'ai une confiance absolue en votre discrétion. Il est superflu que je vous recommande le silence. Le marché serait bloqué par la moindre fuite, et les prix du pain de soude chuteraient de moitié. Mais je me dois de vous en informer pour que vous compreniez que je ne puis vous garantir de prix pour la fin de saison.

— Nous le comprenons, monsieur Kernéis, répondit Fanch. Que proposez-vous ?

— Je vais vous donner une provision et je vous réglerai au mieux en fonction de mes prix de vente et surtout des subventions qui seront accordées par le gouvernement ou des droits de douane qu'il mettra en place. Car cela finira bien par arriver ! Ce qui est certain, c'est que je n'ai pas l'intention de vendre dans les conditions actuelles. Je préfère stocker et attendre que les prix du marché remontent. Je ne peux pas continuer à perdre vingt ou trente francs du kilo d'iode !

— Donc, nous toucherons une provision et le solde quand vous aurez vendu. C'est cela ?

— Si vous l'acceptez, oui, Fanch. C'est un pari que je vous propose, mais je crois sincèrement que nous avons tous à y gagner, vous comme moi.

— Moi, je vous fais confiance, monsieur Kernéis.

— Moi aussi, monsieur, fit Job en écho. Et je vais vous dire pourquoi : vous êtes un ami d'Yves Kerléo que je respecte et qui ne nous a jamais trompés. À la demande d'Yves, vous nous avez avancé 50 000 francs pour notre démarrage. Nous serions des moins que rien si nous ne vous accordions pas notre confiance, en retour.

— Je vous remercie tous les deux, dit Gwen-Aël. Si vous n'aviez pas accepté, peut-être aurais-je dû vendre toute ma production à perte. Maintenant, je pourrai attendre la remontée des cours. Bien entendu, pas un mot de ceci à qui que ce soit.

— Inutile de le rappeler, fit Yves. Job et Fanch t'ont promis leur discrétion ; ils tiendront parole.

— Pour sûr, Yves, approuva Fanch. Et merci de

votre confiance, monsieur Kernéis. C'est un honneur pour nous d'être informés d'un secret que si peu de gens connaissent.

— Gwen-Aël a longtemps été le délégué des industriels français de l'iode auprès de l'Entente internationale et a gardé des contacts amicaux avec des dirigeants chiliens, expliqua Yves. C'est ce qui explique pourquoi il est informé de tout ceci avant tous nos concurrents.

— Un petit coup de lambig avant de prendre le chemin du retour, monsieur Kernéis ? demanda Job.

— Bien volontiers, Job. Dites-moi, vous avez rafraîchi la ferme ?

— Oui, un coup de badigeon. C'est plus gai, n'est-ce pas ?

— Oui, beaucoup.

— Il faut dire que Le Bars ne s'en occupait pas tellement. Forcément, un vieux garçon... Et quand Yves l'a reprise, il n'y avait pas une femme à l'île... Aujourd'hui, nos épouses sont à la ferme tout l'été ; elles ne rentrent que fin octobre. L'hiver est dur ici, n'est-ce pas, Yves ?

— À qui le dis-tu, Job ! J'y ai passé des années ; cela ne s'oublie pas, crois-moi.

En rentrant à Roz-Avel, Yves apprit la nouvelle du décès de Josie qu'il reçut comme un coup au plexus : son fils était veuf et ses petits-enfants avaient perdu leur mère !

— La pauvre enfant ! soupira-t-il. Elle n'a eu que quatre ans de bonheur dans toute sa foutue vie. Et Sébastien ?

— Il pleurait au téléphone, dit Anne. Mais curieusement, il s'inquiétait beaucoup plus pour les enfants que pour lui-même. Il me surprend ; je ne le savais pas si courageux !

— J'aimais beaucoup Josie, vois-tu, Anne, dit Yves. Elle a rendu Sébastien heureux, et, avant lui, Augustin. Ne serait-ce que pour cela, elle mérite le Paradis.

— J'ai été injuste avec elle, c'est vrai, et je le reconnais. Je lui en voulais tellement d'avoir volé Augustin à Jacqueline.

— Non, Anne, c'est moi, et moi seul, qui lui avais enlevé Augustin. Je te l'ai déjà expliqué : ils vivaient ensemble quand j'ai demandé à Augustin d'épouser Jacqueline, ce qui était une erreur manifeste. Je suis le seul responsable de cette bêtise, Josie n'y était pour rien. Je m'en suis même excusé auprès d'elle.

— Tu n'avais pas à le faire.

— Si, parce que, sans le vouloir, je lui avais fait du mal. Et sais-tu ce qu'elle m'a dit en retour ? Qu'elle me remerciait pour lui avoir donné Sébastien parce que, après trois ans de mariage, elle l'aimait comme elle n'avait jamais aimé Augustin.

— Pourquoi ne m'as-tu jamais dit cela ? J'aurais été...

— Plus aimable ? Plus gentille ? Rien n'est moins sûr, ma chérie. Sais-tu que Josie te ressemblait ? Physiquement, je veux dire...

— Ah ! toi aussi ? François m'a dit la même chose quand il l'a vue pour la première fois. Je ne l'avais pas remarqué.

Ils s'étaient retrouvés à la morgue. Jamais Yves n'aurait imaginé que l'un des siens y reposerait un jour, et Josie faisait, à jamais, partie des siens, dorénavant. Sébastien n'était pas resté plus de dix secondes devant la dépouille de sa femme. C'est Yves qui s'occupa des démarches administratives. Puis, ils firent transférer le corps à Camaret, où les obsèques se déroulèrent quarante-huit heures plus tard. Sébastien y avait tenu. Josie y était née, y avait vécu, souffert, aimé et lui-même y avait sa vie. C'était là qu'elle devait avoir sa dernière demeure.

30

1934

La mort de Josie avait marqué le début d'une période difficile pour le clan Kerléo-Lemarchand-Kernéis. Le jour même de sa disparition, Karl et Marie-Ange apprirent l'arrestation d'Henry, dans le sud de la Bavière. Ils prirent aussitôt le train pour Munich.

Henry avait été arrêté par la police bavaroise à la frontière entre l'Allemagne et l'Autriche, le 10 septembre 1932, et aussitôt inculpé de complicité de trafic de faux documents. C'est pourtant le plus légalement du monde qu'il accompagnait un groupe d'émigrants en partance pour les États-Unis, via l'Autriche. Mais, juste avant que ses protégés ne passent la frontière, sa nature généreuse le trahit. Un candidat solitaire au départ, placé deux mètres devant lui dans la file d'attente, un juif russe, rescapé des pogroms de Staline et réfugié en Allemagne, avait présenté un passeport si mal contrefait que le premier policier qui contrôla son identité découvrit la supercherie. Henry, qui parlait un peu le russe, avait voulu s'interposer et aider le pauvre homme qui, fuyant la peste, trouvait le choléra. D'explication en protestations, le ton était monté, et les policiers avaient fini par embarquer les deux hommes, le Russe et Henry.

Ce n'est que le surlendemain que Karl en avait été informé par leur organisation. Marie-Ange et lui commencèrent à remuer ciel et terre pour faire libérer Henry. Il fallut d'abord le retrouver, ce qui ne fut pas une mince affaire. Munich n'était ni Cologne, ni Berlin, et la capitale de la Bavière, si agréable à vivre avant la guerre, était devenue une ville xénophobe, haïssable. Ce furent l'art et la mode qui sauvèrent Henry. À l'hôtel où ils étaient descendus, en feuilletant une revue, Marie-Ange apprit qu'une de ses amies, mannequin chez Elsa Schiaparelli, était de passage à Munich. Cette Allemande superbe, plus extravagante encore que la couturière dont elle présentait les modèles, drainait constamment une cour d'admirateurs parmi lesquels elle dénicherait forcément l'homme qu'il faudrait pour arriver jusqu'à Henry. Marie-Ange lui rendit une visite impromptue et plaida si bien sa cause que, le lendemain, elle rencontra, lors d'une réception, un magistrat et un policier sociaux-démocrates, à qui elle exposa le problème.

Après deux jours d'attente interminable, elle apprit enfin où Henry était incarcéré et fut même autorisée à le rencontrer. Encore fallait-il trouver celui qui aurait non seulement le pouvoir de le faire libérer, mais aussi le courage de s'opposer aux nazis ou de négocier avec eux. Et ce genre de courage se faisait de plus en plus rare, en cette année 1932.

Ce n'est d'ailleurs pas Marie-Ange qui parvint à récupérer son mari, mais Ursula, la mère de Karl, dont le groupe industriel, devenu gigantesque, était toujours actif en Allemagne, même si ce n'était plus directement. Ursula fit appel au *Prokurist* de la société allemande qu'elle détenait dorénavant en sous-main. Pour faire bonne mesure, elle fit également intervenir l'ambassadeur britannique à Berlin ; celui-ci donna des instructions très précises au consul de Grande-Bretagne dans la capitale de la Bavière, dont c'était, après tout, le travail.

L'affaire fut rondement menée. Les « avocats » d'Henry plaidèrent la bonne foi d'un homme généreux, citoyen britannique au-dessus de tout soupçon, qui n'avait volé au secours de ce Russe que parce qu'il parlait sa langue, à la fois pour rendre service, bien sûr, mais surtout pour gagner du temps, car il le suivait dans la file et était pressé. Homme d'affaires voyageant dans l'Europe entière, l'accusé n'avait bien évidemment pas de temps à perdre avec un pauvre émigrant. Il s'était trompé ? Cela arrivait à tout le monde.

Henry fut libéré, mais la leçon était salutaire. Ils ne pouvaient plus se permettre le moindre écart, d'autant qu'Henry était, dorénavant, connu et fiché par les nazis. L'efficacité dont fit preuve Ursula dans cette affaire, sa rapidité surtout, impressionnèrent Karl et le convainquirent qu'il était plus que temps que sa mère franchisse le pas. Sur le chemin du retour, il s'arrêta à Bâle, et, au terme d'une semaine de discussions passionnées, Ursula accepta de financer la création à Lausanne d'un « Bureau d'enquêtes commerciales » dont l'activité essentielle consisterait à épauler son fils dans ses activités. Bref, elle mettait à la disposition de Karl l'ensemble du tissu relationnel de son groupe.

*

Ce n'est qu'à leur retour à Paris qu'ils apprirent le décès et l'enterrement de Josie. Marie-Ange, qui n'avait pas pris le temps de prévenir ses employeurs quand elle s'était précipitée à la recherche de son mari, avait vu son contrat rompu et se retrouvait provisoirement sans emploi. Elle en profita pour préparer l'avenir, et c'est ainsi que fut conçue Carlotta Lewis, qui devait naître dans une maternité de Hyde Park Corner, à Londres, le 1er juillet 1933.

Carlotta était en réalité le deuxième enfant des Lewis, mais le premier n'avait pas vécu. En 1933, toutes les familles du clan avaient subi cette épreuve. Éric, le second des fils de Karl et Julia, disparut d'abord, victime d'une méningite foudroyante ; il allait avoir cinq ans. Et puis ce fut cette épidémie de coqueluche à complications qui, à deux jours d'intervalle, en plein mois de juillet 1933, enleva François, le benjamin d'Aurélie et de Jean-Yves, ainsi que Louise-Anne, le troisième des enfants de Gwen-Aël et Viviane, l'une à Ker-Héol, l'autre à Bellevue. Bien sûr, la mortalité infantile faisait partie de l'ordre des choses. Ce qui était anormal, c'était au contraire de voir pousser sans problèmes dix ou douze enfants. C'était le cas de Job et Fanch qui, sans en perdre un seul, en avaient eu dix-neuf, à eux deux, et en avaient élevé vingt-trois, en comptant ceux de Rosalie !

Si Anne acceptait ces coups du sort avec fatalité, alors qu'elle se révoltait devant le décès d'adultes, Yves, au contraire, était beaucoup plus sensible à la mort des enfants qu'à celles d'hommes mûrs dont il estimait qu'ils avaient eu la chance ou la malchance de connaître la vie. Au fil des ans, il notait, aussi, un changement très net dans la réaction des parents devant la mort de leurs enfants, et il en était d'ailleurs un exemple. Devant l'injustice de ces décès, ce n'était plus la résignation, le fatalisme voire l'indifférence qui prévalaient comme jadis, mais le chagrin et la révolte.

Mais s'il les comprenait, Yves n'approuvait pas Viviane et Aurélie, toutes deux anéanties et qui prenaient ces décès beaucoup trop à cœur. Du jour au lendemain, elles avaient cessé d'aller à la messe, révoltées contre la Providence invoquée par ce stupide recteur dans son homélie de la messe des anges. Et les visites répétées de leurs confesseurs respectifs à Roz-Avel et Ker-Héol, en cet été 1933, n'avaient pas arrangé les choses.

Sébastien, lui, avait trouvé le réconfort auprès de Marie-Anne qui devenait chaque jour un peu plus la mère de ses petits. Cela se fit naturellement, progressivement : les enfants étaient jeunes et déjà habitués à sa présence. Dès octobre 1932, Jacquette l'appelait « Maman » et son aîné l'imita aussitôt. Annick, elle, était encore un bébé. Moins d'un an après la mort de Josie, Marie-Anne avait, en tout point, respecté les souhaits de la disparue et l'avait remplacée en tant que mère. Restait à franchir le dernier pas : épouser Sébastien.

Au début de l'été, après avoir annoncé aux religieuses qu'elle ne serait plus institutrice à la rentrée suivante, elle quitta son petit deux-pièces pour s'installer chez Sébastien, comme gouvernante. Jusqu'alors, ils avaient tous deux préservé les apparences et respecté les convenances, ce qui n'avait pas empêché les bonnes âmes de jaser, les commères de commérer et tout ce beau monde de calomnier. Car si Marie-Anne avait apporté toute sa tendresse à Sébastien dès le décès de Josie, elle avait jusque-là refusé d'aller plus loin.

Devenir sa maîtresse ? Il ne fallait pas qu'il y songe ; c'était tout à fait contraire à ses principes, lui avait-elle dit. Pourtant, elle ne voulait pas faire souffrir inutilement cet homme qu'elle aimait, et elle était navrée de constater que la chair le tourmentait au point que c'en devenait une obsession. Quand elle s'aperçut que ce tourment le conduisait à des écarts de conduite, elle fut désemparée. Car si elle souhaitait se garder vierge jusqu'au mariage, elle s'alarma quand Sébastien, retrouvant ses habitudes de célibataire, se mit à hanter les bars plus ou moins louches de Camaret et de toute la presqu'île, où de jeunes femmes accortes aidaient les pêcheurs solitaires à tromper leur ennui et à meubler leur solitude. Marie-Anne en arrivait à s'interroger sur sa responsabilité dans le dévoiement de son futur mari.

Elle s'en ouvrit à son directeur de conscience, qui fit preuve de suffisamment de bon sens pour la convaincre de faire taire ses scrupules : qu'elle accepte de remplir son devoir conjugal de façon anticipée, et Dieu considérerait son « sacrifice » non comme une faute mais comme une bonne action, puisqu'elle ne le ferait que pour éviter à son futur époux des dérapages qui étaient, eux, de vrais péchés. D'ailleurs, s'ils n'avaient pas dû, Sébastien et elle, respecter la période normale de deuil qu'imposaient les convenances, ne seraient-ils pas déjà mari et femme ? Dans ces circonstances, il était inutile de se montrer plus royaliste que le roi et trop de pruderie pouvait s'avérer péché d'orgueil.

Ce soir-là, en rentrant de l'église, une fois sa pénitence accomplie, Marie-Anne s'empressa de coucher les enfants, après les avoir fait souper. Après quoi, elle se coiffa, se parfuma, se para, se prépara pour la nuit et attendit. Quand il rentra, Sébastien trouva une Marie-Anne particulièrement vive et enjouée, qui l'embrassa tendrement quand il franchit le seuil et lui chuchota à l'oreille : « Que veux-tu faire d'abord ? Prendre ton souper ou me prendre moi ? » Il n'hésita pas une seconde, l'enleva dans ses bras et la porta dans sa chambre.

Marie-Anne ne regrettait rien, ni l'attente, ni ses confidences au vicaire, qui lui permettaient de goûter, enfin, aux plaisirs de la chair et à celle de son Sébastien dont elle rêvait depuis si longtemps. Était-ce l'attrait de la nouveauté, l'attente qui décuplait le plaisir, l'âge qui le développait ou encore la crainte de voir le vicaire changer d'avis ? Marie-Anne fut insatiable cette nuit-là et les suivantes. Elle avait patienté si longtemps !

*

Gwen-Aël avait vu juste, même s'il avait fallu attendre avril 1933 et le gouvernement Daladier pour que soient, enfin, fixés des droits de douane suffisamment élevés pour protéger l'industrie française de l'iode. À partir de cette date, ce fut une véritable course qui s'instaura entre cours mondiaux de l'iode d'une part, droits de douane dans les pays européens de l'autre. À croire que les Chiliens jouaient au chat et à la souris avec les gouvernements. De 218 francs en janvier 1932, le kilo d'iode n'en valait plus que 59 le 1er septembre 1933 et Eduardo Segura, désenchanté, prévoyait une nouvelle baisse avant la fin 1934. Heureusement, les interventions des professionnels — goémoniers comme industriels —, ainsi que celles des députés et sénateurs concernés portaient enfin leurs fruits et les 150 francs de droits de douane qui frappaient aujourd'hui le kilo d'iode brut permettaient à tout le monde de vivre. On vivait même bien, mais pour combien de temps ? La production dépasserait cent tonnes en 1934, comme cela avait été le cas en 1933, alors que la dernière réunion des industriels avait laissé apparaître un nouveau danger. La mévente était réelle, cette année ; on ne savait pas précisément pourquoi, mais certains parlaient de fournitures à prix cassés qui ne pouvaient s'expliquer que par la présence sur le marché de produits importés hors droits.

Il n'y avait rien de changé sous le soleil : une nouvelle législation amenait immanquablement de nouvelles façons de la contourner. Depuis toujours, il s'était trouvé des citoyens pour considérer la contrebande comme un art et un sport, en même temps qu'une activité peu fatigante et d'autant plus lucrative que les droits de douane étaient élevés. Et si la gabelle était, sans conteste, le plus bel exemple que pouvait proposer l'histoire de France en la matière, l'iode était en train de devenir, en très peu de temps, un autre cas remarquable, après des décennies de marché libre ou presque. Les douanes n'étaient pas prêtes à affronter ces nouveaux contrebandiers, les organisations professionnelles non plus.

C'est lors de la réunion du syndicat patronal de février 1934, que Gwen-Aël leva ce lièvre. Si, depuis l'année précédente, il ne jouait plus aucun rôle au sein de son syndicat professionnel, il en restait cependant un membre influent, compte tenu du poids de son entreprise et de ses liens avec Eduardo Segura. « Lorsque les droits de douane sont trois fois plus importants que le prix du produit taxé, on peut s'attendre à de la contrebande à grande échelle », expliqua-t-il, avant de conclure : « Si nous ne sensibilisons pas le gouvernement et la Direction des Douanes dès aujourd'hui, demain, nous serons morts. »

Autant prêcher l'abstinence à un ivrogne, se dit-il en constatant le peu d'intérêt que suscitait son intervention. L'euphorie du moment et le retournement inespéré de la situation empêchaient la majorité de ses confrères de voir la fragilité de cette prospérité artificiellement retrouvée par la magie des droits de douane. Gwen-Aël se fit même traiter de Cassandre par un collègue jaloux de son succès de l'année précédente et des éloges que lui avait décernés son successeur, lors de sa démission de ses mandats de président de la Fédération française des producteurs d'iode et de délégué auprès de l'Entente internationale des producteurs. Il se souvint aussi des difficultés rencontrées, au début de l'année 1933, lorsqu'il s'était agi de liquider les stocks de 1932, après la mise en place des barrières douanières. La plupart de ses clients s'étaient couverts à bas prix et il avait dû garder en stock, bien plus longtemps que prévu, quatre tonnes d'iode qu'il n'avait finalement écoulées que fin 1933. Il ne voulait plus reprendre les mêmes risques et décida de réduire la toile avant la tempête qu'il semblait être le seul à voir poindre, dans un ciel que la majorité de ses confrères voulaient à tout prix sans nuages.

Ils étaient déjà nombreux, cependant, à se trouver confrontés au problème de stocks trop importants. Dix ans plus tôt, ils auraient réagi immédiatement devant leur gonflement. Mais voilà : ils vivaient en 1934, et en définitive, leur marché était à l'image de la France en cette année-là. Les politiques français étaient bien trop englués dans les scandales financiers et les suites de l'Affaire Stavisky, bien trop effrayés par les manifestations des Croix-de-Feu, Camelots et autres Jeunesses patriotes, pour s'occuper des problèmes du pays : ils avaient assez à faire à se protéger eux-mêmes des éclaboussures des scandales !

Et pourtant, le Diable était à la porte, de l'autre côté du Rhin où le réarmement allait grand train. Depuis janvier 1933, Hitler était chancelier et imposait sa loi à l'Allemagne. Dès le mois de mars, une Assemblée nazie, élue dans un climat de terreur, votait les pleins pouvoirs à son chef qui appliquait aussitôt son programme : autodafés de livres « décadents », lois antisémites, ouverture de camps de détention, comme celui de Dachau où l'on enfermait les opposants politiques et les communistes, quand on ne les exécutait pas, loi de stérilisation destinée à l'amélioration et à la purification de la race aryenne. En moins d'un an, le programme développé dans *Mein Kampf* était sur les rails.

Karl leur avait détaillé chacune de ces mesures, lors du Noël précédent, jetant un grand froid dans l'assemblée familiale, réunie pour l'occasion, rue de Passy. François avait voulu profiter de cette fête religieuse pour saluer le retour de sa femme dans le monde des vivants. Estelle avait failli mourir, en effet, après avoir été opérée de toute urgence, six mois plus tôt, de la vésicule biliaire. Ces calculs qu'elle traînait depuis des années avaient fini par lui rendre la vie impossible, et le chirurgien qui l'avait opérée lui avait avoué qu'il n'aurait certainement pas supporté les souffrances qu'elle avait dû endurer. Mais Estelle revivait et était décidée à mordre de nouveau la vie à pleines dents. Depuis dix ans, elle croyait avoir un cancer et venait d'apprendre qu'elle n'avait rien ! Qu'elle avait été stupide de ne pas vouloir connaître la vérité ! Ces dix dernières années, cette angoisse lui avait pourri la vie, et elle y renaissait à soixante et un ans ! Combien de temps lui faudrait-il pour retrouver le tonus qui était le sien avant son opération ?

Bien qu'il fût l'un des plus fervents supporters de Karl, dont il appréciait particulièrement les mérites et l'action, François en voulut un peu à son neveu. Sans s'en rendre compte, en effet, Karl était en train de devenir un monomaniaque, obsédé par Hitler et ses nazis. Et, comme il ne pouvait pas s'empêcher d'en parler, il finissait même par avoir l'art et la manière de casser l'ambiance d'une fête. François lui en fit la remarque en aparté, confirmant ainsi le reproche que lui adressaient déjà régulièrement Marie-Ange, Henry, et même Julia, qui commençait à estimer qu'il exagérait.

— Je suis désolé de devenir aussi insupportable en société, mon oncle, répondit Karl. Il faut que je me corrige, puisque tout le monde me le dit. Veuillez me pardonner.

— Ce n'est pas grave, Karl. C'est simplement que ta tante...

— Si, c'est grave, car, si je ne me contrôle plus, vous pouvez imaginer ce que cela donnera lorsqu'il me faudra retourner en Allemagne.

— Tu vas y retourner sous une fausse identité ?

— Non, sous ma véritable identité, mais avec un passeport suisse. J'ai la double nationalité et j'espère pouvoir m'y rendre très bientôt comme délégué de la Croix-Rouge.

— Henry et toi devriez vous montrer plus discrets, conseilla François. Vos noms ont déjà été trop souvent cités, l'an dernier, au moment de la création de ce Haut Commissariat des Réfugiés par la SDN à Genève. Si l'on parle maintenant de ton action pour faire condamner l'Allemagne par la Société des Nations pour sa politique d'extermination des minorités ethniques et des communistes, tu vas avoir de sérieux ennuis, crois-moi. Fais attention à toi, mon garçon. Ces gens sont dangereux.

— Je le sais très bien, mon oncle, mais...

— Tu as des enfants, Karl, penses-y !

— Je ne pense qu'à eux, justement, répondit Karl d'un ton grave.

*

Gwen-Aël avait tenu à faire part de ses intentions aux frères Guennec qui restaient ses principaux fournisseurs. Lorsqu'il leur annonça qu'il serait amené, dès la saison 1934, à diminuer ses achats à l'île, il s'aperçut avec étonnement que Job et Fanch avaient, eux aussi, leurs problèmes. Contrairement à ce qu'ils espéraient, leurs enfants les quittaient l'un après l'autre : il n'était pas facile de garder, sur une île où la vie sociale était réduite à sa plus simple expression, des jeunes gens qui aspiraient à rencontrer des personnes du sexe opposé et même à aller danser, comme les enfants de Job l'avaient confié à leur père qui en était resté bouche bée. Danser ! Quelle exigence incongrue ! Rosalie, l'aînée de ses filles, était venue passer trois jours à Quéménès en juillet 1933 et elle en était repartie en déclarant que « les îles étaient faites pour les moines et les nonnes et personne d'autre », donnant ainsi le signal de la débandade. Avant la Saint-Michel, les trois quarts des enfants de Fanch et Job en âge de se placer avaient quitté l'île.

Si Job ne disposait plus pour l'aider que de Mathieu qui, à dix-huit ans, voulait être goémonier, Fanch pouvait compter sur Hervé et ses deux derniers garçons, âgés de dix-sept et dix-huit ans, mais aussi sur Perrine et Mariannick. La chance avait tourné pour la jeune fille : l'année précédente, elle avait épousé un goémonier de Porspoder, Pierre Abiven, qui avait rejoint leur clan. Il était le seul, malheureusement, et ils avaient dû engager de nouveaux domestiques pour la ferme et de nouveaux pigouillers pour le tali, et ces recrues étaient loin de valoir leurs anciens employés, à tous égards. Lorsqu'ils s'étaient aperçus de la disparition de quelques objets, ils avaient ouvert l'œil et Hervé avait pris sur le fait un gaillard dont il apparut, quand ils le remirent à la gendarmerie du Conquet, qu'il était recherché pour des affaires bien plus graves que les quelques larcins commis à l'île. À leur retour, ils n'attendirent pas un jour de plus pour annoncer à leurs autres employés la visite prochaine à l'île de la maréchaussée, en ajoutant que ceux qui le souhaitaient seraient immédiatement reconduits sur le continent. Deux nouveaux employés, un domestique de la ferme et un goémonier, quittèrent Quéménès illico.

Malgré tout, les deux frères n'étaient pas mécontents d'être à l'île. Certes, la vie n'y était pas toujours drôle, mais les revenus qu'ils tiraient de la ferme leur permettaient de la trouver plus rose. Et quand s'y ajoutait le produit de la vente du pain de mer, la solitude et les intempéries leur paraissaient bien moins difficiles à supporter. Ils étaient en train de se constituer un capital qui leur permettrait un jour de se réinstaller très confortablement dans une des plus belles fermes de Plouguerneau. Ils voulaient mettre, à tout jamais, leurs fils et filles à l'abri de ces temps de disette qui les avaient, eux, marqués à jamais, quand ils étaient enfants.

Hervé, par contre, inquiétait son père. Il travaillait toujours autant, était toujours aussi exigeant avec lui-même comme avec ses domestiques, mais il devenait taciturne, se repliait toujours davantage sur lui-même. Fanch, qui n'avait pourtant pas l'habitude de se mêler de la vie de ses rejetons, s'en inquiéta un jour. Hervé avait vingt-huit ans ; peut-être était-il temps pour lui de prendre femme, de faire des enfants ? Peut-être, en effet, lui répondit son fils. Mais à part ses sœurs, il ne voyait pas très bien quelle femme il pourrait trouver à l'île. Il faudrait donc qu'il aille faire son marché sur le continent où il n'était pas du tout assuré de trouver une candidate. Fanch n'avait jamais pensé qu'à une chose : les économies que faisaient chaque mois leurs enfants, les gages qu'ils ne dépensaient pas et qu'ils trouveraient le jour où ils se marieraient. Mais pour leurs garçons et leurs filles, la question était tout autre, et Hervé l'avait formulée clairement : se marieraient-ils un jour ? Rien ne semblait moins sûr.

Après mûre réflexion, Fanch et Job estimèrent que le mieux était qu'ils en parlent tous ensemble. Cette décision révolutionnaire leur permit de crever l'abcès qui couvait depuis deux ans. Ils convinrent que, hors les périodes de semailles et de moisson, du *bijin ebrel* et de la pleine saison du tali, leurs enfants célibataires iraient, deux par deux, passer quinze jours sur le continent toutes les six semaines. Les jeunes gens qui ne s'attendaient pas à pareille ouverture d'esprit de la part de leurs parents acquiescèrent immédiatement et, dès le surlendemain de cette réunion, Hervé et Perrine étaient à Plouguerneau. Six mois plus tard, Hervé trouva chaussure à son pied, en la personne d'une jeune fille de Landéda, domestique dans une ferme et sa cavalière au mariage d'un de ses cousins. Si elle n'avait pas d'argent, Yvette était courageuse, et, pour Hervé et son père, ceci valait bien cela. Pour lui, la première rencontre avait été la bonne. Perrine, elle, mit six mois de plus pour convoler à son tour.

Si tous ces changements ne leur permettaient plus d'atteindre les tonnages énormes de pains de mer qu'ils livraient auparavant à l'usine Lemarchand de Poul-Conq, Fanch et Job restaient cependant les premiers fournisseurs de Gwen-Aël et continuaient à faire leur pelote, tout en gardant un œil sur les paroissiens, de moins en moins catholiques, qui venaient prendre leurs quartiers d'été à l'île quand débutait la saison, tous ces journaliers ou pigouillers de fortune ou d'infortune qui, arrivant d'on ne savait où, proposaient leurs services là où l'on manquait de bras et où l'on ne pouvait se montrer trop exigeant : aux îles.

*

Le train approchait de Brest. Estelle avait estimé que l'air du pays lui redonnerait la vitalité qui lui manquait encore et dont François se demandait si elle la retrouverait un jour. Lui-même était heureux de quitter ce Paris où manifestants d'extrême droite et d'extrême gauche se disputaient le pavé. Il avait d'abord regardé Croix-de-Feu et Briscards avec sympathie. Après tout, c'étaient des anciens combattants comme lui. Mais l'émeute du 6 février, ses dix-sept morts et deux mille blessés, et surtout l'attaque des policiers par les Jeunes Patriotes avaient montré les dangers d'une escalade de slogans où juifs et Allemands étaient mis dans le même sac, ce qui faisait bondir Henry et Karl. D'un autre côté, les communistes qui appliquaient à la lettre les consignes de Moscou étaient tout aussi dangereux. Comme si entre gens modérés de droite et de gauche, il n'y avait pas de terrain d'entente possible contre les extrémismes ! François soupira, posa sur la banquette la revue qu'il lisait, ôta ses lunettes et sourit à Estelle qui l'observait.

— J'ai hâte de revoir Anne et Yves, lui dit-il. J'espère que nous pourrons faire quelques sorties ensemble, même si Yves travaille toujours un peu, d'après ce qu'il m'a écrit. À soixante-six ans, quel besoin a-t-il encore de le faire ?

— Je ne savais pas qu'il t'avait écrit ! dit Estelle. Que raconte-t-il ? Parle-t-il de nos petits Nantais ? J'aimerais tant avoir tous mes petits-enfants ensemble au Conquet !

— Non, il ne dit rien des petits. Il parle du tali, de l'iode. Et aussi de la situation politique.

— Sincèrement, je ne vous comprends pas. Vous semblez croire que vos épanchements épistolaires peuvent changer la face du monde...

François éclata de rire.

— Pas du tout, ma chérie. Nous n'avons pas cette prétention. Nous échangeons nos points de vue, tout simplement. Entre amis, quoi de plus normal ?

— Je ne sais pas, moi. Vous pourriez parler de pêche, de chasse...

— Rassure-toi, il m'en parle aussi, comme il me parle de ses rhumatismes. Il vieillit comme nous tous, lui que nous avons toujours considéré comme un roc.

Viviane les attendait à la gare depuis près d'une heure, vérifiant, une fois encore, que les retards des trains tendaient à devenir monnaie courante. Depuis deux ans et ce que l'on appelait maintenant la crise ou la récession, les manifestations dans les gares ne cessaient de se multiplier. Parmi les nantis n'ayant pas le souci du pain quotidien, ils étaient nombreux à blâmer ces manifestants, souvent chômeurs, qui trouvaient là un moyen commode de faire parler d'eux. Et pourtant, l'économie allait mal, Viviane l'avait appris par son père et Sébastien, mais aussi par certains des invités de Gwen-Aël à Bellevue — ceux, du moins, qui ne la prenaient pas pour une potiche. C'était aussi l'avis d'une commerçante de Brest, avec laquelle elle avait échangé quelques propos, un peu plus tôt. Cette femme d'officier de marine, qui tenait « Les Nouveautés parisiennes » et qui était une cousine d'Yves Kerléo, lui avait expliqué que même le commerce de luxe pâtissait de cette crise. Ah ! ils étaient là, enfin ! Mon Dieu, que sa belle-mère était pâle !

— Vous voilà, Maman ! dit-ellc en serrant Estelle dans ses bras. Vous me semblez avoir bien besoin de l'air du Conquet ! Vous avez une petite mine !

— Comment vont les enfants ? Et vous-même, Viviane ? demanda à son tour Estelle, agacée, en se disant qu'il serait temps que sa belle-fille mette un bémol à ses réflexions sur sa mine ; c'était la même rengaine chaque fois qu'elle arrivait en Bretagne !

Quelques minutes plus tard, ils s'entassaient dans la Renault et mettaient cap sur Bellevue, qu'ils atteignirent en quarante minutes. Gwen-Aël était absent ; il participait à une réunion de producteurs d'iode, à Quimper.

— Une de plus, souligna Viviane. Je ne sais ce qui se passe, cette année, mais Gwen les multiplie. Il y aurait des problèmes de contrebande, me dit-il.

— De contrebande ? fit François.

— Oui, je n'en sais pas plus.

— C'est assez logique, après tout. Les droits sont si élevés ! Hé ! Regardez qui voilà !

— Oui, dit Viviane, je me suis permis d'inviter Mme et M. Kerléo à l'apéritif. J'ai pensé que cela vous ferait plaisir.

Anne avait beaucoup forci, et François fut navré de le constater ; il se souvint, soudain, et revit avec une acuité incroyable et une précision inouïe et presque douloureuse, le corps épanoui de la jeune femme qu'il avait connue, trente-cinq ans plus tôt, et un peu moins nettement celui de la jeune fille svelte dont il avait été amoureux. Mais il chassa, en un instant, ces images de son esprit, pour constater qu'Anne avait, par contre, conservé la vivacité d'esprit de sa jeunesse. Il s'en réjouit, car ce dynamisme d'Anne rejaillirait immanquablement sur Estelle, tant les deux amies étaient proches l'une de l'autre.

— Tu n'as pas changé, François, lui dit Yves.

— Non. Tu sais qu'après quarante ans, l'être humain ne vieillit plus ; il se patine simplement. Toi non plus, Yves, tu n'as pas changé.

— Comment vas-tu ? Où est Estelle ? Est-elle remise, enfin ?

— Je compte sur ta femme pour lui faire retrouver son appétit de vivre. Anne me paraît beaucoup mieux que l'an dernier.

— Tu l'as remarqué ? Oui, c'est vrai. Elle avait eu beaucoup de mal à supporter cette série de malheurs.

— Nous tous, mon pauvre !

— Enfin, il y a quand même une bonne nouvelle. Marie-Anne a donné un garçon à Sébastien : il s'appelle Lucien, comme son grand-père maternel, Lucien Jézéquel ! Tu te souviens de Lucien, n'est-ce pas ?

— Quelle question !

— Tu n'imagines pas à quel point cela me fait plaisir. Et Marie-Ange est enceinte à nouveau. Henry est vraiment un chic type : il a accepté que Marie-Ange fasse baptiser Carlotta.

Les retrouvailles d'Anne et d'Estelle furent beaucoup plus démonstratives, chacune y allant de sa larme. Anne, qui ne faisait plus d'effort de coquetterie inconsidéré, accepta de bonne grâce d'accompagner son amie dans les magasins brestois. Estelle avait encore le souci de plaire ; sans se l'avouer, c'était sa jeunesse qu'elle recherchait dans ces boutiques dont, des années durant, elle avait été l'une des principales clientes. Mais, pour ce premier après-midi de vacances, elles iraient ensemble promener les enfants sur la presqu'île de Kermorvan, et ensuite, Estelle se promettait un galop aux Blancs-Sablons sur la jument de sa belle-fille. « Continue comme cela, ma fille, songeait Anne, et tu ne tarderas pas à retrouver ton tonus passé. »

31

Cela devait arriver, depuis le temps qu'il jouait avec le feu ! Il prenait, pourtant, à chaque fois, de bonnes résolutions mais ne les tenait jamais plus de quelques semaines ; après quoi, il cédait et téléphonait à nouveau. Il était faible, c'est vrai, mais que pouvait-il faire ? Elle la tenait sa revanche : c'était Gwen, leur fils, ou plus exactement, son fils à elle, car la reconnaissance éventuelle qu'elle lui faisait miroiter depuis deux ans ne viendrait sans doute jamais. Il lui suffisait de le priver de visites à Gwen qu'il voulait voir grandir et il cédait. Et cet après-midi, elle lui avait annoncé qu'elle était enceinte ! Il avait bien envisagé cette éventualité, quand ils avaient renoué, et avait fait ce qu'il fallait. Et puis, un jour, elle avait mis un stérilet, et il n'avait plus pris de précautions, et n'imaginait plus que cela pût arriver, après deux ans de liaison. Elle non plus, d'ailleurs, il devait l'admettre, tant elle avait paru surprise. Mais, leur réaction à tous deux avait été fort différente : Helen était ravie ; lui, voyait ce bébé comme une nouvelle complication, et même comme une menace potentielle. Car si Gwen avait été conçu avant qu'il ne rencontre Viviane, cette fois-ci, il n'aurait absolument aucune excuse à présenter à sa femme si elle venait à apprendre la chose. Et avec Helen, il devait s'attendre à tout.

Un mois lui avait suffi, après leurs retrouvailles, pour savoir qu'il ne l'aimait plus. Il n'avait eu et n'aurait jamais que de l'amitié pour elle, alors qu'il aimait Viviane de toute son âme. Mais l'envie, le besoin même de maintenir le contact avec son fils étaient tels qu'ils lui auraient fait avaler bien des couleuvres. À commencer par Helen elle-même, qui avait, du serpent, cet art de la tentation, ce savoir-faire de séductrice, lorsqu'elle l'invitait à croquer le fruit qu'elle était pour lui, un fruit appétissant, lisse et rond, coloré, et juteux. Et puis...

— Je veux que tu divorces, lui avait-elle dit, quelques heures plus tôt.

— Tu plaisantes, j'espère, avait-il répondu, tout en se sentant devenir froid comme de la glace.

— J'en ai l'air ? avait répliqué Helen. Elle t'a eu dix ans ; c'est mon tour, maintenant. Je suis enceinte de trois mois...

— Viviane aussi. De quatre. Si c'est une rente que tu veux pour l'enfant à naître, dis-le-moi. Rien de plus naturel, encore que, jusqu'à présent, tu l'as toujours refusée pour Gwen. Et...

— Gwen-Aël, tu es un goujat !

— Et toi un maître-chanteur, Helen. Je ne pensais pas devoir en venir là un jour.

Elle était allée trop loin, elle s'en rendait compte, mais jamais elle n'aurait cru qu'il pouvait changer, ainsi, d'une minute à l'autre, devenir, en un instant, dur comme le diamant, tranchant comme une lame. Elle avait fait un pas de clerc ; il lui fallait faire marche arrière, avant qu'il ne soit trop tard.

— Voyons, mon chéri, nous n'allons pas nous fâcher pour ça !

— Je ne suis pas fâché, Helen, je suis déçu. L'an dernier, tu m'as dit que tu ne prenais plus de précautions parce que tu n'aurais plus d'enfant. Je t'ai crue sur parole !

— Tu sais bien que j'étais de bonne foi ! Moi aussi, je le croyais ! J'avais fait placer un stérilet.

— Dans ce cas, pourquoi en viens-tu à des menaces, aujourd'hui ?

— Je ne t'ai pas menacé ! Je t'ai demandé de divorcer...

— Non, Helen, tu ne me l'as pas demandé ; tu l'as exigé. Tu as dit...

— Oui, je sais ce que j'ai dit, et j'ai eu tort. Mais si je ne tentais pas ma chance de temps à autre, je trahirais mon fils qui voudrait, lui, te voir tous les jours.

— Ce n'est pas vrai. Gwen comprend parfaitement la situation. Il a des amis dont les parents sont divorcés, en Angleterre. C'est toi qui cherches à l'utiliser contre moi. Ne joue pas à cela. Tu pourrais le regretter.

— Gwen-Aël ! C'est toi qui me menaces, maintenant !

— Non. Je te mets simplement en garde.

Helen s'était calmée rapidement et n'y reviendrait certainement pas de sitôt, se dit-il. D'un côté, c'était un bien que cette dispute ait eu lieu maintenant, six mois avant l'accouchement. Il se connaissait : il aurait été bien moins ferme dans quatre ou cinq mois. Il craquait toujours devant les bébés à naître. Viviane l'avait bien compris.

Il n'empêche, cette grossesse était contrariante. Deux enfants de deux femmes différentes la même année, c'était beaucoup, c'était déraisonnable. Dans quelle galère était-il allé se fourrer ? Il aurait bientôt deux foyers, si cela continuait. Non, il fallait qu'il se décide à rompre une fois pour toutes avec Helen, même s'il devait ne plus voir Gwen. Il n'y avait pas d'autre solution. À moins de tout avouer à Viviane, mais cela, c'était hors de question. Il n'y aurait eu que Gwen, c'eût été envisageable, mais avec ce bébé supplémentaire, cette possibilité s'envolait.

En voulant revoir son fils, il s'était engagé dans un cul-de-sac ; il s'était fait prendre au piège comme le homard qui succombe à l'appât et qui, une fois dans son casier, ne peut plus en sortir. Oui, Gwen-Aël était piégé. À moins d'un imprévu...

Le malheur des uns fait décidément le bonheur des autres, se dit-il quand, deux semaines plus tard, Helen fit une chute malencontreuse dans son escalier. Elle s'y fractura le bras mais, surtout, y perdit l'enfant. Le danger s'éloignait pour Gwen-Aël, qui décida de révéler à Viviane non pas toute la vérité, mais l'existence de Gwen. Ce jour-là, aussi, Helen sut qu'elle avait perdu la partie. Elle décida de rentrer à Londres. Elle allait réfléchir encore quelques mois, mais, pour le bonheur de son fils, elle était prête à proposer à Gwen-Aël de le reconnaître.

*

Iffick était venu donner un coup de main à l'île. Du moins était-ce ce qu'il avait prétendu. En réalité, il n'avait pas le choix : son patron venait de le mettre à la porte pour avoir tenté de lutiner sa fille. C'était pourtant une belle ferme, et une jolie pouliche aussi, qui, de plus, n'était pas insensible à son charme. Mais voilà, il manquait de patience avec les filles qui devenaient, à son sens, de plus en plus compliquées : elles vous manifestaient de l'intérêt et, ensuite, pas question d'aller plus loin. Il n'y comprenait plus rien. Après lui avoir souri à plusieurs reprises, la fille de ce fermier avait poussé des cries d'orfraie et ameuté toute la ferme quand il avait voulu la trousser. Tant et si bien que, sans même avoir le temps de prendre ses hardes, il avait dû s'enfuir devant les fourches que brandissaient les valets du fermier.

Il faisait équipe, ce jour-là, avec Pierre Abiven, dont le partenaire habituel avait dû s'absenter pour cause d'enterrement. Il méprisait ce goémonier que Mariannick avait épousé l'année précédente. Encore une, celle-là ! Elle avait couché avec toute la famille, et voilà qu'elle se mettait tout d'un coup à faire des simagrées, quand il était en train de lui apprendre une nouveauté. Comble de malchance son abruti de frère avait pointé le nez juste à ce moment-là. Depuis, il se méfiait d'Hervé comme de l'huile sur le feu. À l'île, il tâchait de dormir chaque soir dans un endroit différent, pour que son cousin ne le retrouve pas. On n'est jamais trop prudent.

— On va aller derrière la pointe, décréta le mari de Mariannick. L'autre jour, j'ai repéré une zone où, avec cette marée, on devrait faire le plein.

— D'accord, c'est toi le chef, Pierre, et tu connais mieux que moi ce foutu métier de goémonier. Le plancher des vaches, c'est quand même autre chose que ces bateaux toujours en mouvement, tu ne crois pas ?

— Moi, j'aime la mer, répondit Pierre.

— Pas moi ! J'ai beau savoir nager, je ne me sens pas à l'aise sur l'eau. C'est ainsi. On ne se change pas, hein ?

— C'est vrai, admit le pigouiller. Il est aussi difficile de faire un marin d'un paysan qu'un honnête homme d'une crapule !

Iffick jeta un regard interrogatif à Pierre. Cela le visait-il ? Ou cet idiot avait-il dit cela, comme ça, juste pour parler ? Non, il n'était pas assez intelligent pour avoir deviné, et sa cousine n'avait sûrement rien dit.

L'année précédente, quand il avait épousé Mariannick, Pierre l'avait fait en toute connaissance de cause. Avant qu'il ne s'engage, la jeune fille lui avait tout raconté du calvaire qu'elle avait subi dans sa famille, tant de ses oncles que de ses cousins. Il ne l'en aima que davantage mais, dès ce jour, commença à mûrir sa vengeance. Ce qui lui avait paru le plus inconcevable, c'est que le père et l'oncle de sa femme ne se soient aperçus de rien. Un moment il les crut même complices, hypothèse qu'il écarta dès qu'il les connut un peu mieux. Le soir de leur mariage, il avait déclaré à sa femme : « Un jour, tu marcheras la tête haute, sans craindre quiconque. Je t'en fais le serment. » Mariannick n'avait pas demandé d'explication. Elle savait déjà qu'il ne parlait jamais pour ne rien dire.

Un jour de la fin octobre de cette même année 1933,

un passant avait retrouvé le vieux Jean-Joseph Guennec, dans un chemin, allongé sur le sol, raide mort. Il était déjà glacé, et le décès devait remonter à la veille. Tout le monde savait que l'oncle avait une faiblesse au cœur qui l'avait pris l'année précédente, quand il travaillait à Quéménès. Mais personne ne sut qu'il était mort en tentant de fuir. Il avait pris les jambes à son cou, en voulant échapper à cet homme qui, pour le punir et se venger, voulait lui imposer les atrocités qu'un an plus tôt, il avait, lui-même, tenté d'infliger à Mariannick. Son cœur n'avait pas supporté l'effort. Le vieillard avait cependant dû voir venir la mort, à en juger par l'expression d'épouvante qui se lisait dans ses yeux grands ouverts. « Il a dû voir l'Ankou en face, le pauvre vieux », avaient conclu ses neveux, Fanch et Job.

Ils avaient commencé à récolter les laminaires près d'une roche assez élevée, située à trois cents mètres de l'île, tout au plus, et ils en faisaient lentement le tour. Ils travaillaient depuis un peu plus d'une heure quand Pierre jugea le moment venu. Un dernier coup d'œil en direction de l'île le rassura : personne ne pouvait les voir. Il y avait quoi, deux mètres, trois mètres de fond ? C'était largement suffisant. D'un coup sec et précis, il trancha un laminaire juste en haut du stipe. Iffick allait encore trouver la charge lourde. C'était ce qu'il voulait.

— À toi, Iffick, lui dit-il.

Le fils de Job se pencha, la fourche à la main. Pierre attendit qu'il accroche sa charge et ait le corps engagé à l'extérieur de la barque. D'un coup de main précis, il lui saisit la jambe gauche, la souleva d'une secousse, et précipita à l'eau celui dont il venait de décider la fin. La mise à mort commençait. Il tenait toujours sa pigouille, alors qu'Iffick, qui ne comprenait pas ce qui se passait, avait lâché sa fourche.

Empêtré dans ses vêtements, Iffick venait de refaire surface et battait la mer des bras. Il jeta un coup d'œil à son partenaire, inquiet déjà, devant son indifférence et son manque de réaction.

— Aide-moi, Pierre. L'aviron. Passe-moi la godille.

— Je ne crois pas, Iffick, répondit Pierre. L'heure est venue pour toi de payer. Tu sais quoi.

— Fais pas le con !

— J'ai déjà eu le vieux Jean-Joseph. C'est ton tour maintenant. Mathieu, ensuite.

Ainsi, Iffick ne s'était pas trompé. C'était bien à lui que s'adressait ce fou, une heure plus tôt. Tout ça pour une traînée !

— T'as pas le droit, fumier ! cria-t-il, en buvant la tasse.

— Toi non plus, Iffick, tu n'avais pas le droit, et pourtant, tu l'as pris !

Le ballet mortel commença. Chaque fois que, dans l'eau, Iffick tentait de s'approcher de la roche, Pierre s'interposait, brandissant sa pigouille. Et pourtant, il n'allait certainement pas lui en porter le moindre coup, il n'était pas stupide. Il devait le noyer, rien d'autre, et c'était en bonne voie. Iffick avait pleuré, prié, supplié, crié, hurlé, tour à tour ; Pierre le regardait, impassible, se contentant de temps à autre de lui rappeler calmement : « Jamais, tu n'as eu pitié d'elle, jamais ! »

Peu à peu, ils s'écartaient du récif et se rapprochaient de l'endroit où Pierre voulait amener Iffick.

Quand il le vit se faire surprendre puis happer par le courant et s'éloigner à toute vitesse, Pierre posa sa pigouille et se mit à godiller comme un forcené. Il ne tenait pas à être emporté à son tour, et cela se jouait à cinq mètres près. Quelques minutes plus tard, il était à nouveau à l'abri. Iffick avait disparu depuis longtemps, et, s'il n'était pas encore noyé, ça n'allait pas tarder. Pierre attendit encore une bonne heure avant de revenir à l'île donner l'alerte. Mais d'abord, il vida sa barque du goémon récolté et, pour faire bonne mesure, la retourna dans l'eau.

C'est un bateau du Conquet qui, deux jours plus tard, récupéra le corps du noyé dans son filet. Cette découverte atténua quelque peu le chagrin de Job et des siens ; ils pourraient faire leur deuil et Iffick aurait une sépulture. Si seulement il avait été aussi bon nageur que Mathieu, il s'en serait sorti, songeait Job, mais voilà, Iffick avait toujours eu peur de l'eau, et travailler sur la mer quand on craignait l'eau, c'était risqué. La preuve.

Hervé s'était fait expliquer dans le détail par Pierre la façon dont s'était produit cet accident qu'il ne comprenait pas. Comment se pouvait-il que son cousin n'ait pu s'accrocher à la barque, comme l'avait fait Pierre ? Il l'avait vu nager et savait que Iffick se débrouillait beaucoup mieux que ne le pensait son père. Pierre avait beau dire qu'il ne l'avait même pas vu couler, qu'il avait dû être assommé par la barque quand elle s'était retournée, Hervé ne le croyait pas. Et puis... Pierre était sur le continent quand le vieil oncle était mort. Il questionna habilement Mariannick, qui n'avait pas bronché en apprenant le décès de son cousin, et acquit la certitude que Pierre avait eu au moins la possibilité de tuer l'oncle. Il attendit, cependant, la fin de la saison de brûlage pour lui glisser :

— Pierre, avant que tu ne rentres sur le continent avec Mariannick, je voudrais simplement te dire que, selon moi, deux ça suffit.

— Comment ça ? se raidit Pierre. Que veux-tu dire par là ?

— Ce que j'ai dit : deux, c'est assez. L'oncle, d'abord ; Iffick, maintenant. Ne continue pas. Je ne veux pas que Mathieu y passe à son tour. Ni personne d'autre. S'il y en a un troisième, je me verrai contraint de te dénoncer aux gendarmes ; or, je ne veux pas que ma sœur se retrouve veuve ni que tu finisses sur l'échafaud.

— Bon, c'est d'accord.

— Note bien que je te comprends. J'ai été bien près de les tuer, moi aussi, il y a deux ans, mais c'était sous le coup de la colère. Ce n'était pas, comme toi, pour venger ma femme.

— Iffick était une crapule, Hervé, tu le sais.

— Oui, je le sais. Mais Mathieu ne l'est pas. Il n'avait que seize ans et a été entraîné par son frère. Rien d'autre. Demande à Mariannick ce qu'elle en pense.

— Je te promets d'arrêter, mais laisse Mariannick en dehors de ça. Elle ne sait rien ! Elle n'a rien à y voir, et si elle se doutait que c'est moi... Elle croit à la punition divine.

— Tant mieux pour elle, si elle y voit la main de Dieu ! soupira Hervé. Ç'aurait, tout aussi bien, pu être celle du Diable !

Mais Mariannick était bien moins naïve que ne le supposaient son mari et son cousin. Elle n'avait surtout pas oublié ce que lui avait confié Pierre, cette première nuit. Ce qu'il avait promis, il l'avait tenu. Peu importait comment ; c'était son affaire, pas la sienne. Après la cérémonie funèbre à laquelle elle participa, comme il se devait entre cousins, elle se rendit au cimetière et assista à la mise en terre du plus détestable de ses persécuteurs. Et quand ce fut fini, quand la dernière pelletée eut été jetée et qu'elle présenta ses condoléances à la famille proche, si Job l'embrassa comme d'habitude, sans gêne aucune, Francine et Mathieu détournèrent les yeux, de peur peut-être, de honte sûrement. Elle la tenait, sa vengeance ! Elle l'estimait complète et en tirait même une certaine jouissance en contraignant ses abuseurs à fuir son regard quand ils la croisaient. Elle ne craignait plus personne. « Je te remercie, Pierre, dit-elle à son mari, le soir de l'enterrement. Je peux marcher à nouveau la tête haute. »

*

Chaque jour, Estelle se sentait rajeunir, et, dès la fin juin, elle projeta une grande fête familiale, qui les rassemblerait tous. Elle en parla à Anne, qui acquiesça avec enthousiasme. Peut-être était-ce la dernière fois qu'ils en auraient la possibilité ? Ils étaient tous disponibles et ce n'étaient pas les grossesses en cours qui pouvaient freiner des jeunes femmes en bonne santé. Elle obtint aussitôt l'accord de Karl et Julia, puis celui de Jean-Yves, qui viendrait rejoindre Aurélie et ses enfants, qui se trouvaient déjà à Ker-Héol. Marie-Ange et Henry, Sébastien et Marie-Anne seraient là aussi. Ils étaient convenus de la date : ce serait le 15 août.

Estelle chargea Viviane de l'organisation de la fête. Aurélie l'épaulerait. Anne et elle-même se contenteraient de dispenser les conseils qu'autorisait l'expérience, dit-elle à sa belle-fille en souriant. Viviane appréciait peu cet humour facile et surtout la charge de travail supplémentaire dont elle héritait, même si Aurélie devait l'aider. Elles étaient enceintes toutes les deux, de même que Marie-Ange, ce qui avait récemment conduit Estelle à conclure que, si la nature a vraiment horreur du vide, c'était aussi le cas de l'homme.

Ils avaient pris le chemin de la presqu'île. Depuis la construction d'une passerelle de bois au-dessus de la ria, le trajet pour atteindre Kermorvan était sensiblement raccourci, du moins à marée haute, et, même avec de jeunes enfants, l'aller-retour au phare et au fort de l'Ilette était devenu l'une des excursions favorites des Conquétois. Les seuls à ne pas apprécier particulièrement cet engouement étaient les agriculteurs — une famille Copy — qui, depuis des décennies, y exploitaient les terres d'une très belle ferme. Il était certes interdit d'utiliser le chemin de terre qui menait au phare, mais les fermiers connaissaient tant de monde qu'ils n'essayaient même plus de faire appliquer cette interdiction.

À peine eurent-ils franchi la passerelle que les trois garçons s'égaillèrent dans les dunes, comme leurs pères et leurs grands-pères l'avaient fait avant eux, comme le feraient aussi, plus tard, leurs enfants et petits-enfants. C'est que la presqu'île de Kermorvan, l'un des plus anciens sites religieux celtes d'Europe, était quasiment inhabitée, bien que très vaste. Et, pour des enfants de neuf à onze ans, elle recelait des tas de mystères, à commencer par ces menhirs, dolmens et cromlechs, et puis, bien entendu, ce fort énigmatique pour la conquête duquel Français et Anglais s'étaient entre-tués des siècles durant. Jean-François et Aurélien n'avaient pas souvent l'occasion d'y aller, et encore moins le droit, mais, imitant, sans le savoir, leur père et surtout son ami Jean-Yves, jadis grand spécialiste du braconnage, ils n'hésitaient pas, eux non plus, à poser des collets. Les deux frères connaissaient donc tous deux bien mieux les lieux que leur cousin Eugène, que sa prochaine entrée en sixième rendait, soudain, bien prétentieux. Ce en quoi il avait tort, car ils avaient tous pris leur tenue de bain pour aller, en fin de promenade, se rafraîchir dans les rouleaux de la grande plage des Blancs-Sablons, à moins qu'ils ne préfèrent les vagues de la grève de l'Ilette. Ce serait le moment pour les deux frères de faire revenir leur cousin à un peu plus de modestie. Une tasse resterait toujours une tasse, même pour un élève de sixième.

Stella et Anne-Marie, les deux filles de Jean-Yves et Aurélie, auraient préféré rester à Bellevue ou même à Ker-Héol, mais nul ne leur avait demandé leur avis et leurs parents voulaient se reposer, seuls. Comme si leur matinée les avait fatigués ! Elles cueillaient des fleurs qu'elles venaient confier à leurs grands-mères, et qui finiraient par faire un joli bouquet. Elles suivaient, de loin, leurs grands-pères qui avançaient d'un bon pas, avec force gestes, les deux amis discutant politique. Anne et Estelle suivaient à bonne distance, s'arrêtant de temps à autre pour admirer une fleur, une plante, pour observer un détail du paysage, une maison du Conquet, un bateau dans le port. Elles parlaient : d'elles, de leurs époux, de leurs enfants et petits-enfants.

— Je trouve Viviane plutôt triste, ces temps-ci, releva Anne. Surtout aujourd'hui. Pas toi ?

— Si, répondit Estelle. Je l'ai noté dès le jour de notre arrivée. Peut-être est-ce sa grossesse. C'est fréquent, ce cafard de la femme enceinte.

— À moins qu'il n'y ait un problème entre Gwen-Aël et elle.

— Il y a toujours des problèmes dans les couples, et cela va leur faire bientôt dix ans de mariage ! Nous sommes bien placées toutes les deux pour savoir que l'on n'y arrive pas sans crise !

— Oui, mais à cet âge, on n'est pas triste sans raison. C'est toujours un problème de cœur.

— Peut-être, mais je n'y mettrai pas le nez. Je suis la belle-mère, ne l'oublie pas ; pas la mère. Et autant Viviane est gentille avec François, autant elle ne cesse de m'envoyer des piques. Je vais demander à Aurélie de la questionner. Elles sont très proches.

— Très, très proches, même, je l'ai remarqué. Comme nous, à leur âge.

Viviane se reposait dans sa chambre. Gwen-Aël était sorti. Seul. Elle n'allait pas bien, en effet. La veille au soir, il lui avait avoué que cette femme, son ancienne maîtresse, l'Anglaise, lui avait donné un enfant. Elle était enceinte quand il l'avait quittée pour elle, et voilà que des années plus tard, il avait revu l'enfant. Un garçon. Il avait onze ans et s'appelait Gwen. Il l'avait assurée qu'il n'y avait plus rien entre cette Helen et lui, et qu'elle était retournée en Angleterre. Mais désormais, chaque fois qu'il irait à Paris, elle penserait qu'il lui mentait, et qu'il allait la retrouver. Dire qu'il avait eu le culot de lui demander de faire l'amour, après pareil aveu ! Elle l'avait repoussé, ulcérée. C'était trop beau, aussi. Neuf ans de bonheur sans nuage ou presque avant la perte de sa petite Louise-Anne, et puis, voilà, fini ! Elle allait demander conseil à Aurélie.

Aurélie était à demi recouverte d'un drap tout froissé quand Viviane pénétra dans sa chambre. Bien sûr, Jean-Yves et elle venaient de faire l'amour ! Elle était heureuse, elle ! Son mari était fidèle. Viviane ne put supporter l'image de ce bonheur et éclata en sanglots. Aurélie, étonnée, s'assit dans son lit : « Allons, Viv, dit-elle, qu'est-ce qui ne va pas ? Viens », lui dit-elle en lui ouvrant les bras. Viviane s'y précipita et se laissa aller, pleurant tout son saoul, s'accrochant à elle, comme à une bouée de sauvetage. Patiemment, Aurélie attendit qu'elle se calme, lui essuyant les yeux avec le drap. Soudain, Viviane renifla, redressa la tête, et lui sourit. Son regard se troubla quand elle approcha lentement son visage de cclui d'Aurélie, qui ne comprenait rien à ce qui se passait : ni aux sanglots qui, un instant plus tôt, avaient secoué son amie, ni aux raisons qui venaient de l'inciter à lui prendre la bouche. C'était surprenant, mais loin d'être désagréable, et elle laissa faire Viviane quand celle-ci lui releva le visage d'une main sous le menton et lui prit les lèvres doucement avant de les entrouvrir sous la caresse de sa langue.

Aurélie appréciait, et découvrit qu'elle y prenait plaisir, et répondit aux caresses de Viviane. Leurs langues firent lentement et amplement connaissance, avant de s'emparer l'une de l'autre, pour ne plus se lâcher.

— J'en avais envie depuis dix ans, dit Viviane quand tout fut consommé. Moi et mon chagrin ; toi, heureuse et nue sous ton drap... Je me suis dit : pourquoi pas ? Maintenant qu'il me trompe...

— Gwen te trompe ? s'étonna Aurélie. Tu en es sûre ? Avec qui ?

— Il voit toujours cette Anglaise, tu sais, Helen, son ancienne maîtresse. Elle a eu un enfant de lui. Il s'appelle Gwen ! Selon lui, il l'a rencontrée par hasard avec l'enfant, il y a deux ans.

— Pourquoi pas ? C'est tout à fait possible ! Même à Paris !

— Je sais, car, figure-toi que Julia, elle aussi, l'avait rencontrée au Bois avec son fils, il y a six ou sept ans, et n'en avait rien dit à Gwen-Aël... Officiellement l'enfant n'est pas le sien : sa mère l'a déclaré né de père inconnu, et comme il est né en Angleterre, Gwen-Aël n'arrivera pas à le faire reconnaître.

— C'est donc que cette liaison était bien terminée, dit Aurélie, et c'est seulement le hasard qui les a fait se revoir. Si tu veux mon avis, tu n'as pas à t'inquiéter. Le fait que Gwen-Aël t'en ait parlé est bon signe.

— Tu crois ?

— Oui, et les deux les plus à plaindre sont l'enfant et sa mère : l'enfant parce qu'il n'a théoriquement pas de père, et Helen, parce que Gwen-Aël l'a quittée pour toi, alors qu'elle était enceinte. Elle l'aimait sûrement, puisqu'elle n'a fait aucun chantage. Elle a choisi de se taire, de garder le bébé et de l'élever seule, ce qui est extraordinairement courageux et honnête. C'est quelqu'un qui mérite le respect. Je n'en aurais sûrement pas fait autant !

— Vu comme ça... dit Viviane. C'est vrai, moi non plus, je ne sais pas ce que j'aurais fait à sa place.

— Et nous deux, demanda Aurélie. Je pense qu'il vaut mieux en rester là, tu ne crois pas ? Une faiblesse en passant, oui, une habitude, non. Il y a nos maris, les enfants...

— Ce sera comme tu le voudras, s'entendit répondre Viviane, qui avait bien l'intention de renouveler l'expérience. Mais sache, ma chérie, que pour moi, ce n'est pas une faiblesse en passant. J'en avais envie depuis si longtemps ! Et si tu changes d'avis...

— J'en prends note, on ne sait jamais ! répondit Aurélie, avec un rire nerveux.

*

Le 15 août fut bien la grande fête familiale annoncée. Ils étaient tous venus, et il n'y eut pas trop de Bellevue, Ker-Héol et Roz-Avel pour les loger tous. C'était la première fois que le clan était réuni en totalité. À aucun des mariages ou baptêmes, cela n'avait été possible jusqu'alors. Tout fut parfait, et les compliments qui allèrent à Viviane au soir de sa réception étaient amplement mérités. Il est vrai que, quand il faisait beau, comme à cette époque de l'année, Bellevue se prêtait magnifiquement à ce type de fête : il y avait le parc pour les enfants, le potager et le jardin anglais pour les parents, la serre pour les siestes des célibataires ou des jeunes mariés, et, enfin, la terrasse pour les douces soirées d'été qu'agrémentaient, selon l'heure et les goûts, apéritifs, entremets ou digestifs. De là-haut, la vue était imprenable. Et quand tombait la nuit, le ballet lumineux des faisceaux des phares se substituant peu à peu aux rougeoiements du soleil couchant éclairait à intervalles réguliers, dans le lointain, les îles qui se détachaient sur l'horizon, tels des vaisseaux fantasmagoriques montant la garde.

Pendant tout leur séjour, du samedi au mardi midi, Karl et Henry se montrèrent enjoués. Ce n'est que le mardi soir, dans le fumoir, qu'à l'initiative de François, ils se laissèrent aller à parler de la situation politique en Allemagne. Hindenburg était mort le 2 août et avec lui disparaissait le dernier obstacle qui séparait Hitler du pouvoir absolu. Cela n'avait pas traîné : le référendum qui se déroulait deux jours plus tard, le 19 août, ne serait qu'une formalité. Il serait élu président du Reich et Führer, à une majorité écrasante. Chancelier et président, c'était le pouvoir absolu, d'autant que la « Nuit des longs couteaux », deux mois plus tôt, lui avait permis de mettre de l'ordre dans la maison. Sous le prétexte d'étouffer un complot, la Gestapo avait exécuté quelques rivaux éventuels comme Gregor Strasser et surtout Ernst Röhm, l'ancien chef des SA.

— Que penses-tu qu'il puisse se passer, Karl ? demanda François.

— Je ne suis pas devin, mais il n'est pas besoin d'être voyant pour affirmer que l'assassinat du chancelier autrichien Dollfuss par les nazis est un signe grave.

— Comment cela ?

— Vous savez que Hitler veut le rattachement à

l'Allemagne de toutes les régions germanophones. L'Autriche en est une. L'Autriche, la Bohême, les Sudètes, une partie de la Pologne, vous verrez : les revendications territoriales ne vont pas tarder. Le pangermanisme est en route.

— Nous ne laisserons pas faire les Allemands, affirma Yves, péremptoire.

— Croyez-vous, Père ?

— Voyons, Karl, ne me dis pas que tu penses que notre pays se couchera devant les nazis ! intervint François.

— Hitler fait peur à tout le monde. Aux Allemands, d'abord, mais aux Français aussi, aux Belges, aux Autrichiens, aux Polonais, aux Anglais et même à Staline.

— Tu dis qu'il fait peur aux Allemands. Comment cela, puisqu'ils votent pour lui ?

— Beaucoup votent pour lui par conviction, c'est vrai, monsieur, intervint Henry, mais ils sont encore plus nombreux à voter pour lui par peur, pour ne pas avoir d'ennuis. Jusqu'à ce qu'ils le fassent par fierté !

— Et le réarmement, Henry ?

— Voulez-vous vraiment connaître le fond de ma pensée, François ?

— Oui, allez-y, franchement. Tant pis si ça fait mal.

— C'est simple : les usines marchent à plein pour les canons. Dans huit ou dix ans, tout au plus, les Allemands écraseront l'Europe, et je vais vous dire pourquoi : parce qu'ils ont un chef, le Führer, le guide qui leur redonne l'orgueil qu'ils avaient perdu, qui leur redonne la foi dans leur pays, ce que nous n'avons plus, nous autres, Français ou Britanniques. Quand nous

nous noyons dans la crise et les scandales, Hitler va de l'avant, il construit l'avenir en s'appuyant sur une jeunesse qui a foi en lui, parce qu'il lui parle d'effort, d'espoir, de grandeur, de nation, et surtout d'honneur retrouvé après l'humiliation de 1919. Il est fou, oui, parce que son programme l'est, parce que ses idées le sont, mais c'est un fou organisé, méthodique. Et un grand politique qui a su utiliser les faiblesses de la démocratie pour conquérir le pouvoir comme il les utilisera pour conquérir l'Europe. Il a pris le pouvoir par la force et la terreur, mais légalement aussi, par les urnes. Son parti est majoritaire au Parlement. C'est là le paradoxe : c'est un dictateur légitime. Il a un pouvoir absolu et du temps devant lui. La France change de président du Conseil tous les trois mois. Voilà pourquoi l'Allemagne écrasera la France.

— La France a des alliés ; elle n'est pas seule, Henry, objecta François.

— Plus que vous ne le pensez, François.

— Comment cela ?

— Le Sénat des États-Unis n'a jamais entériné le Traité de Versailles.

— Qu'est-ce que cela change ?

— La clause qui prévoyait que les Américains volent au secours de la France en cas d'attaque allemande ne tient pas. Le Sénat américain ne l'a jamais votée.

— Il reste les Britanniques, vos compatriotes.

— Notre accord était lié à celui des Américains, et il m'étonnerait que mon pays prenne aujourd'hui ou demain les risques qu'il a pris en 1914. Quelle image croyez-vous sincèrement que donne la France à l'étranger aujourd'hui, François ?

— Rien de brillant, je l'admets.

— Regardez ces scandales, Hannau, Oustric, Stavisky. Et quelles sanctions ? Aucune ou presque. Des juges qui lavent les hommes politiques de tout soupçon. Pourquoi y-a-t-il des Croix-de-Feu ? Parce que ce pays ne croit plus en ses élus ! Parce que les « poilus » ont l'impression de s'être battus pour des prunes, voire pour des brigands ! Avouez qu'il est difficile de leur donner tort !

— Et maintenant, que va-t-il se passer, Henry ? demanda François.

— Mais, François, tout simplement la poursuite du programme de *Mein Kampf* ! Hitler a annoncé la couleur : il suit son programme à la lettre. Vous, vous êtes un démocrate ; vous vous dites que ce programme, il n'osera pas l'appliquer. Regardez. Il osera, croyez-moi, parce qu'il se fiche de la démocratie. Et il n'est pas le seul. Des régimes dictatoriaux fleurissent partout en Europe : Pologne, Italie, Hongrie, Autriche... Vous êtes encore sceptique ? Les trois quarts des Allemands, eux, ne se posent plus de questions et ont foi en Hitler justement parce qu'ils savent qu'il suivra son programme.

— C'est-à-dire ?

— Le Grand Reich allemand, maître de l'Europe, d'abord, du monde ensuite. Par la force, par la guerre. On y va, on y est. C'est demain. Ou après-demain.

— Vous devriez faire de la politique, Henry, intervint Yves. C'est d'hommes comme vous et Karl que notre pays a besoin.

— Je ne suis pas français, monsieur, répondit Henry

qui n'avait jamais réussi à appeler son beau-père autrement que « Monsieur ». Parfois, je le regrette, parfois je m'en félicite.

Gwen-Aël avait écouté sans dire un mot. L'analyse d'Henry faisait froid dans le dos, et pourtant, ils savaient tous qu'il avait raison. L'homme est ainsi fait qu'il veut toujours espérer, même quand il n'y a plus d'espoir. Mais le devenir de la France n'était pas le seul sujet d'inquiétude pour Gwen-Aël, qui voyait un ciel complètement noir et un horizon bouché au-dessus du marché de l'iode. Il en avait cinq tonnes sur les bras et la mévente était totale, car la contrebande atteignait des chiffres faramineux. On parlait de faillites, alors que la saison battait son plein. Comment allaient se comporter les industriels ? Beaucoup laisseraient tomber leurs goémoniers, tous n'ayant pas eu son flair, quand il avait diminué ses achats.

32

1935/1936

L'assemblée générale du Syndicat des Fabricants français d'iode de la fin 1934 avait été houleuse ; celle qui se tint à Quimper en février 1935 le fut plus encore. Certains usiniers faillirent même en venir aux mains. C'est que la situation avait considérablement empiré en un an. La contrebande avait pris une telle ampleur que la profession dans son ensemble s'en trouvait sinistrée. Beaucoup regrettaient la démission de Gwen-Aël, estimant qu'il avait été le plus clairvoyant d'entre eux, lui qui avait vu venir la crise et l'avait annoncée, début 1934. D'autres, au contraire, l'accusaient d'avoir quitté le navire quand il commençait à prendre l'eau et laissaient entendre qu'il lui avait été facile de jouer les Cassandre puisqu'il disposait des informations « chiliennes » de son ami Eduardo Segura.

Gwen-Aël demanda la parole. À ses détracteurs, il précisa que, s'il avait démissionné de l'ensemble de ses mandats, c'était, tout simplement, parce qu'il n'avait plus de directeur général dans son entreprise. Par mesure d'économie, il ne l'avait pas remplacé et assumait dorénavant lui-même cette fonction. Pour ce qui était d'Eduardo Segura, ses confrères oubliaient que son ami avait été appelé à d'autres fonctions et que, pour le moment, lui non plus n'avait pas été remplacé en Europe. Quoi qu'il en soit, s'ils se référaient à son dernier discours de 1934, ils constateraient qu'il y annonçait une nouvelle baisse de l'iode qui était effectivement intervenue en novembre 1934, et avait fait plonger le kilo de 59 à 33 francs. Ceci revenait à dire que, sur le marché libre mondial, l'iode ne valait plus, fin 1934, que le septième de son cours du 1er janvier 1932. Et encore ! s'y ajoutait, sur le marché français, une inflation de 9 % !

Il fit ensuite remarquer qu'il aurait préféré se tromper lorsqu'il avait parlé de fraudes, mais qu'il avait, malheureusement, eu raison. Si on l'avait écouté à l'époque, il y aurait un minimum de 30 tonnes de moins sur le marché. Selon ses estimations, la fraude atteignait et même dépassait annuellement ce chiffre, et, si tous les producteurs avaient le courage d'annoncer l'état réel de leurs stocks, il y aurait un grand pas de fait, parce qu'enfin, on saurait où l'on allait.

— Je vais vous dire ce qui nous manque, conclut Gwen-Aël : un peu de bon sens, sans doute, mais surtout beaucoup de courage. Nous sommes au bord de l'asphyxie collective et nous passons notre temps à nous mentir les uns aux autres. Aucun d'entre nous ne sera épargné parce que notre adversaire, c'est la fraude. Assez de cette hypocrisie qui nous mène droit à la faillite ! Battons-nous ensemble, ouvertement, contre les trafiquants et les contrebandiers. Il faut que nous puissions donner des éléments précis aux douanes et au gouvernement. Combien de tonnes avons-nous produites ? Combien en avons-nous vendues ? Combien en avons-nous en stock ? Combien les fraudeurs en ont-ils passé ? C'est ce qu'il nous faut savoir. Pour ma part, j'ai réduit mes achats de 30 % en 1934, prévoyant cette contrebande que nous savions déjà active. J'en ferai autant cette année. Et pourtant, j'ai encore sur les bras 6 tonnes que je n'arrive pas à écouler. Si je n'avais pas réduit ma production, j'en aurais 4 de plus. C'est tout ce que j'ai à dire, sinon que je ne veux pas laisser mourir mon usine sans réagir, je ne veux pas que mes salariés soient chômeurs ni que mes goémoniers crèvent de faim. Nous avons des responsabilités vis-à-vis des nôtres. Agissons.

Ils n'étaient pas plus de vingt, mais ils applaudirent comme cinquante. Tout le monde venait taper sur l'épaule de Gwen-Aël. Le doyen des usiniers lui déclara : « Jeune homme, votre grand-père, mon ami Eugène, peut être fier de vous, là-haut, et François, votre père également, que vous saluerez bien de ma part. » Jeune homme à quarante ans, c'était peut-être cela le plus beau compliment qu'on pouvait lui faire, finalement.

Enfin, on crevait l'abcès. Dans la minute qui suivit le discours de Gwen-Aël, quatre producteurs vinrent donner leurs chiffres : ils n'avaient écoulé respectivement que 42, 54, 48 et 56 % de leur production de 1934. Si l'on y ajoutait les invendus des années précédentes, cela faisait déjà plus de 32 tonnes de stocks, en tout ! La salle bruissait de conciliabules, d'apartés, de chuchotements. Certains se limitaient à des considérations générales quand d'autres voulaient du concret. Ces cinq dernières années, la production avait augmenté beaucoup plus vite que les ventes. Il convenait de la réduire d'urgence, et donc, avant que ne débute la saison, d'informer le syndicat des goémoniers qu'on leur achèterait 30 % de pains de soude en moins, cette année. « Non, 30 % c'est trop peu, mon cher : 50 %. On ne va pas se ruiner pour ces gens-là, quand même ! » confiait à son voisin un industriel réputé pour ses relations conflictuelles avec ses pigouillers. Édifiant ! se dit Gwen-Aël, qui saisit ce dialogue au vol. Cela nous promet bien du plaisir !

Un de ses sympathisants prit alors la parole pour lui demander ce qu'il ferait s'il était encore à la tête de leur syndicat. Gwen savait que son avis pèserait très lourd dans les décisions qui seraient prises. Il fallait qu'il soit franc et net.

— Notre président, commença-t-il, a envisagé, en début de séance, d'intervenir auprès de la Direction des Douanes et du gouvernement. C'est, effectivement, la première démarche à entreprendre. Mais pour cela, il lui faut des données chiffrées. C'est pourquoi je vous demande à tous de communiquer à notre bureau l'état réel de vos stocks. Maintenant, ici. Et que personne ne vienne me dire qu'il lui faut consulter ses livres : à dix kilos près, nous savons tous où nous en sommes ! Ces stocks nous empêchent de dormir depuis des mois !

Ils s'exécutèrent, et l'abattement fut général quand il apparut que la profession avait plus d'une année de production en stock ! Et la campagne 1935 n'était pas encore commencée... ! Le sol se dérobait sous leurs pieds ! Ils se dévisageaient, incrédules, chacun d'eux se demandant combien, parmi eux, réussiraient à s'en sortir et s'il serait de ceux-là. Gwen-Aël, lui aussi, fut très secoué, car s'il s'attendait à une catastrophe, il ne l'imaginait pas de telle ampleur. Finalement, avec ses six mois de stocks sur les bras, il avait l'une des situations les plus saines. Une réduction drastique des achats s'imposait d'urgence, tout comme des rencontres avec les délégués des syndicats de goémoniers ainsi que ceux des transformateurs industriels et des groupes pharmaceutiques ! Et s'il fallait en arriver aux mesures extrêmes, pourquoi ne pas autoriser les Douanes à vérifier la comptabilité des utilisateurs ? Après tout, c'étaient eux les clients des fraudeurs !

Ce fut un beau tollé ! Depuis des années, ces groupes qui disposaient de capitaux énormes avaient avancé leurs pions, mettant un pied dans la production d'iode, y prenant des participations de plus en plus importantes, jusqu'à contrôler près de la moitié des usines. Ils avaient cependant été assez habiles pour n'en rien laisser paraître, en maintenant leurs dirigeants à la tête des sociétés qu'ils reprenaient. C'est pourquoi les industriels se contentèrent, en définitive, de deux motions, adoptées à l'unanimité : le président fut chargé d'intervenir immédiatement auprès des Douanes, du ministère du Commerce et des transformateurs, alors que Gwen-Aël se vit mandaté pour rencontrer les syndicats de goémoniers.

Il le fit une semaine plus tard. Venus pour discuter d'augmentations de prix, les délégués tombèrent de haut et leur réaction fut unanime : ce n'était pas aux goémoniers de payer les carences des services des Douanes. S'il fallait arrêter ces trafiquants, les industriels devaient, pour leur part, assumer leurs erreurs et l'imprévoyance qui les avait conduits à accumuler de tels stocks sans réagir. Il était hors de question pour eux, goémoniers, de réduire leur production de moitié d'une année sur l'autre, trop d'entre eux n'ayant que le pain de mer pour vivre. Cinq heures de discussions n'ayant abouti à rien, ils convinrent de se retrouver quinze jours plus tard, quand les différents syndicats auraient consulté leurs adhérents.

La nouvelle se répandit comme une traînée de poudre. Trois jours plus tard, on eût dit que le silence morne et triste qui, telle une chape de plomb, s'était abattu sur toutes les criques et les grèves de la côte, annonçait une épidémie mortelle, et c'était bien le cas, en un sens, car ce qu'il promettait, c'était la réapparition de cette maladie honteuse et contagieuse qu'ils avaient cru disparue à jamais : la misère, cette « chienne du monde ». C'était le retour de la disette, des jours sans pain, des mendiants sur les chemins...

Cette fois, la crise était bien là. Les trois années précédentes, le cours élevé du pain de soude et une production d'iode atteignant les sommets avaient fait illusion et masqué la réalité en assurant aux goémoniers des revenus décents, tout en ramenant sur la côte nombre d'entre eux, partis chercher fortune ailleurs quelques années plus tôt. La récession économique et le chômage qui provoquaient ce retour au bercail, ils allaient les retrouver au pays.

Les pigouillers avaient trop récolté ; les industriels, trop acheté et trop produit compte tenu de leurs ventes, uniquement pour éviter tout conflit, en se disant que demain serait un autre jour et qu'ils finiraient bien par écouler les stocks qui s'accumulaient. Ils n'avaient rien fait pour prévoir l'avenir. Aujourd'hui, le réveil était difficile : ils avaient tous la gueule de bois et allaient devoir se serrer la ceinture. Pour longtemps, sans doute, et en espérant que cette diète ne les conduise pas au tombeau.

Yves Kerléo fut vite mis à contribution, aussi bien par les goémoniers que par les industriels. Mais ces derniers demandèrent également à François Kernéis, leur ancien président, de leur apporter son concours. François était flatté que, quatorze ans après son départ, certains de ses anciens collègues estiment qu'il pouvait encore leur être utile, mais il n'était pas naïf et se doutait bien que c'était surtout son expérience des cabinets ministériels qui les intéressait.

Pour éviter des affrontements stériles entre industriels et goémoniers, on convint de mettre en place une sorte de comité de sages composé d'hommes de bonne volonté venant de tous les horizons, et parmi eux, François et Yves. Mais ce comité fut incapable d'apporter une solution miracle, pour la bonne raison qu'il n'y en avait pas. De toute façon, souligna François à son fils, les industriels qui ne voudraient pas appliquer les décisions que prendrait leur fédération pourraient s'en retirer et faire ce que bon leur semblait. Il y aurait simplement un peu plus d'outsiders, et ce serait chacun pour soi.

De solution, il ne pouvait y en avoir tant que les contrôles douaniers ne seraient pas plus efficaces. François s'y employa et ses interventions officieuses s'ajoutant aux démarches officielles du président du syndicat aboutirent au droit de suite accordé aux

Douanes par un décret dont la publication n'intervint que le 15 octobre 1935. Durant ces six mois, des contrôles douaniers sérieusement renforcés permirent une réduction considérable de la fraude. Deux gros poissons tombèrent, d'ailleurs, dans la seconde quinzaine d'octobre 1935, redonnant un peu d'espoir à des industriels qui en avaient bien besoin.

Job et Fanch Guennec étaient doublement privilégiés et ils en avaient parfaitement conscience. Alors que la plupart des goémoniers qui n'avaient que le tali pour vivre se demandaient comment ils passeraient l'hiver, les deux frères voyaient leur fidélité récompensée et restaient les premiers fournisseurs de l'usine Lemarchand. Leur avenir ne les inquiétait d'ailleurs pas outre mesure, la ferme de Quéménès qu'Hervé dirigeait toujours avec la même efficacité leur assurant le nécessaire.

Ils constituaient cependant une exception, car si la production ne chuta finalement, en cette année 1935, que de 25 %, cette baisse entraîna pour la majorité des goémoniers une diminution bien plus importante de leurs revenus. Ce que craignait François Kernéis n'avait pas manqué de se produire, certains industriels d'iode étaient si près de la faillite qu'ils ne respectèrent pas les prix d'achat recommandés par leur syndicat. Et comme ce dernier n'était pas habilité à les imposer à ses adhérents, ceux-ci purent, en toute impunité, faire jouer la « loi d'airain » et la concurrence entre goémoniers. Les prix du pain de soude et du tali connurent donc des variations très importantes d'une usine à l'autre, et d'un canton à l'autre. Il en résulta une ambiance morose, un climat délétère : chaque goémonier songeait d'abord aux siens, aux notes qui s'allongeaient chez les commerçants et qu'il risquait de ne pas pouvoir honorer. Fin 1935, la peur avait saisi toute la côte : la peur du lendemain, la peur de manquer de pain comme de fagots pour passer l'hiver au chaud.

Gwen-Aël lui-même avait perdu l'espoir de voir le marché se retourner. Début 1935, il en fut réduit à diminuer de moitié ses émoluments de président-directeur général des Établissements Lemarchand, avant d'y renoncer complètement dès le mois de juin. Il se préparait au pire et en parla à Karl qui réinjecta 200 000 francs dans la société quand il apprit à quelles extrémités en était arrivé son cousin. Le déficit cumulé des années 1934 et 1935 excéderait de beaucoup ce montant mais cela leur donnait le temps de trouver une solution, la trésorerie étant temporairement renflouée. Après réflexion, les deux cousins demandèrent à leur principal actionnaire de souscrire à une augmentation de capital. Son refus déboucha sur des négociations qui aboutirent à son désengagement de la société pour le franc symbolique. Karl fit reprendre la totalité du capital par le groupe de sa mère, que Gwen intégra. En devenant l'un des directeurs de la filiale française de la branche chimique du groupe Maier, dont Karl était le patron pour la France, Gwen-Aël assurait l'avenir des siens tout en restant, de titre et de fait, président de la société Lemarchand dont il ne détenait plus que 1 % des actions.

Lorsqu'il fit part de cette nouvelle donne à son père, celui-ci lui répondit :

— Tu as tenu bien plus longtemps que je ne le pensais. Et pourtant...

— Pourtant quoi, Père ?

— Va jusqu'au bout. Tu le leur dois, nous le leur devons.

— À qui ?

— À nos goémoniers et nos employés. Tu n'as pas trop perdu d'argent, j'espère ?

— Rassurez-vous, Père. Je n'y ai jamais remis que ce que j'y avais gagné.

— Vrai ? Parce que, si tu as des problèmes, dis-le-moi. J'ai un peu d'argent dont je ne fais rien ; de l'or, pour l'essentiel, car, comme je ne connais pas grand-chose aux affaires financières, je suis sûr, ainsi, de ne pas me faire gruger !

— Gardez votre argent, Père. Qui sait si, bientôt, nous n'en aurons pas plus besoin qu'aujourd'hui ? Avec ce qui se profile à l'horizon... Je me suis arrangé avec Karl et tante Ursula. Ils ont mis au pot et reprennent la société. Pour eux, ce n'est qu'un investissement à risque, mais ils ont les moyens de le prendre et d'attendre, plusieurs années, un retour à la rentabilité.

— C'est bien ainsi ; c'est même une très bonne sortie pour tout le monde.

— Il me reste à réussir ma reconversion.

— Je ne me fais pas de souci pour cela. J'ai confiance en toi, mon fils. Comme ta mère, comme Yves Kerléo.

— Je vais avoir besoin de lui. Pour nos goémoniers.

— Tu peux compter sur Yves.

— Oui, je le sais. Comme sur un oncle ou presque même parfois, un deuxième père.

— C'est un peu ça, en effet, dit François avec un sourire, et il serait heureux de te l'entendre dire.

*

Gwen avait veillé très tard, cette nuit-là. Il n'était monté se coucher que vers minuit et avait réveillé Viviane en rejoignant le lit dans lequel il ne cessait de se tourner et se retourner.

— Pourquoi né te confies-tu pas à moi, Gwen ? demanda Viviane. Je sais que tu as des soucis. Tu ne me trouves pas digne de ta confiance ?

— Si, bien sûr que si, Viviane.

— Alors, dis-moi ce qui ne va pas, mon chéri. Peut-être que cela te fera du bien.

— À moi, peut-être, mais à toi...

— C'est l'iode, n'est-ce pas ?

— Oui.

Ils étaient allongés côte à côte ; et il avait glissé le bras autour de ses épaules et l'avait attirée contre lui. Blottie contre sa poitrine, elle se sentait en sécurité, prête à tout entendre.

— Ce n'est pas brillant, reprit-il, en soupirant, mais cela pourrait être pire... Karl et moi mettons au point une solution pour résoudre ces difficultés. Cela prend plus de temps que je ne le pensais.

— S'il y a une solution, c'est déjà beaucoup !

— Il est possible que nous soyons amenés à quitter Le Conquet.

— Tu fermes l'usine ?

— Pour le moment, non, mais je suis obligé de prendre un autre emploi à Paris. Et comme je ne veux pas être séparé de toi et des enfants...

— Nous non plus, mon amour. Pas plus les enfants

que moi. J'ai besoin de toi, tu le sais. Et quand tu as trop de soucis, tu ne penses plus à nous. Plus à moi, en tout cas.

— Tu te trompes, Viviane...

Elle l'espérait.

— Gwen, demanda-t-elle, si nous quittons Bellevue, ce sera pour où ? Paris ?

— Certainement. Mais ce n'est pas fait. Pas encore.

*

Yves était désolé. Il voyait s'en aller à vau-l'eau une économie qui l'avait fait vivre, mais surtout, qui avait permis à tous les habitants de la côte de se sortir de la misère du siècle précédent. Oh ! Ce n'était pas le pactole, mais enfin, on ne mourait plus de faim dans les années trente, même si aujourd'hui, beaucoup devaient, à nouveau, se serrer la ceinture. Il en voulait à ces industriels qui n'avaient rien vu venir ; il en avait même voulu à Gwen-Aël d'avoir démissionné au mauvais moment, quand la profession avait besoin de lui. Ils en avaient parlé et il l'avait compris : Gwen avait une famille, des enfants qu'il ne voyait pas grandir. Son aîné allait rentrer en sixième et, avant sa démission, il n'avait jamais joué avec lui sur la plage.

Plus tard, c'est François et non Gwen qui l'avait informé de la situation délicate dans laquelle se trouvait l'entreprise Lemarchand. Si Eugène voyait cela, il devait se retourner dans sa tombe, songeait Yves. Et pourtant, qu'aurait-il pu faire de plus que son petit-fils ? Rien, à l'évidence. Tout allait de mal en pis ; le nombre des chômeurs augmentait sans cesse et l'on ne voyait pas d'amélioration poindre à l'horizon, c'était plutôt le contraire. Le coût de la vie augmentait, la production industrielle n'était plus que de 75 % de ce qu'elle était sept ans plus tôt et elle continuait à décroître. La France était en train de sombrer et voyait aussi avorter ses initiatives en politique étrangère. La tentative de rapprochement avec Moscou et les Soviets venait d'échouer lamentablement, et beaucoup se demandaient d'ailleurs si s'allier à Staline n'était pas pratiquer la politique du pire. Le fléau de la balance penchait dans le mauvais sens : l'Allemagne se redressait, l'Italie venait d'envahir l'Éthiopie.

Yves sentait ses soixante-sept ans peser de plus en plus sur ses épaules, mais ce n'était pas son âge qui lui faisait peur. Depuis la démonstration que leur avait faite Henry quelques mois plus tôt, sur les dangers des dictatures, il ne pensait plus qu'à cela : la guerre approchait et elle allait mettre en péril la vie de tous les siens, ses enfants, ses petits-enfants. Eugène n'allait-il pas sur ses treize ans ? Il n'était plus qu'à cinq ans de la mobilisation ! L'angoisse des années de l'immédiat avant-guerre revenait ; il se retrouvait plongé en 1913 !

Il y avait bien cette ligne Maginot que tous les gouvernements présentaient comme une muraille infranchissable, et, de fait, ses constructions étaient impressionnantes. Mais tout ce que leur avait dit son gendre sur les Allemands se vérifiait. La Sarre avait voté à 95 % le rattachement au Reich allemand. La SDN avait condamné le réarmement de l'Allemagne ? L'Allemagne l'avait quittée en claquant la porte, juste après qu'Hitler eut présenté ses lois raciales au Congrès du parti nazi, à Nuremberg. Cet homme était peut-être fou, mais il irait jusqu'au bout !

*

Marie-Ange était au Berliner Hotel de Francfort quand un groom vint lui remettre un mot. Elle l'ouvrit, le parcourut rapidement, et glissa deux pfennigs au groom en même temps qu'un *Danke* poli. Elle revêtit une cape, prit une écharpe et descendit. Il fallait qu'elle joigne Henry d'urgence. Un commerçant juif qui venait d'être arrêté avait donné son pseudo de « Moshé » comme étant celui de l'organisateur sioniste d'une filière juive sur la Palestine. Il suffirait à la Gestapo d'interroger quatre ou cinq autres juifs incarcérés pour retrouver sa trace. Elle savait qu'elle le trouverait dans un théâtre où il était supposé discuter des droits d'adaptation d'une pièce allemande pour une grande salle londonienne.

Le taxi l'y conduisit en quelques minutes et, quand elle l'aperçut dans la travée centrale, en discussion animée avec un homme au foulard rouge, elle poussa un soupir de soulagement. Lorsqu'il la vit à son tour, il glissa quelques mots à son interlocuteur et se dirigea vers elle.

— J'ai reçu ce mot à l'instant, lui dit-elle, tu noteras qu'il porte le cachet de la Gestapo. J'ai pensé qu'il valait mieux...

— Tu as très bien fait, ma chérie. Tu vois ceci ?

— Oui.

— C'est la signature de l'un de nos sympathisants, un nom de code : Thomas Matthäus. Deux prénoms d'apôtres, qui étaient tous juifs comme tu le sais. Il nous faut décamper d'ici. Nous prendrons la route plutôt que le train ; ils peuvent surveiller les grandes lignes. Tu vas prendre nos bagages à l'hôtel et nous nous retrouverons à la station de taxi de la gare, dans une heure un quart. Le temps de passer le relais et de me procurer une voiture.

— Bien, mon chéri, fais attention à toi.

— Dépêche-toi. Si par malheur... Mais non, toi, on ne te recherche pas. Tu es un mannequin célèbre !

Deux heures plus tard, ils roulaient en direction de la frontière suisse dans une voiture prêtée par un ami des parents de Karl. Ursula Maier avait vraiment le bras très long, songeait Henry. Leur chauffeur les laissa à Stuttgart avec la voiture. Marie-Ange prit le volant. Henry se rendormit, comme il l'avait déjà fait un moment auparavant. Comment arrivait-il à se détendre ainsi, alors que le danger était toujours présent ? Marie-Ange, elle, ne supportait plus cette tension : elle avait deux enfants, Carlotta et Julian. Que seraient-ils devenus s'ils avaient été arrêtés tous les deux ? Que serait-elle devenue elle-même, avec ses deux petits, si Henry avait été incarcéré dans les geôles allemandes ? Ils n'étaient pas encore sauvés, d'ailleurs. Ils n'étaient pas encore en Suisse !

Ils passèrent le poste frontière de Blumberg sans le moindre problème, avec des passeports américains parfaitement contrefaits. L'étaient-ils, d'ailleurs ? Marie-Ange l'ignorait, mais ce qu'elle savait c'est que l'organisation pour laquelle travaillaient son mari et, occasionnellement, son beau-frère Karl, avait de très gros moyens et beaucoup de sympathisants, un peu partout dans le monde. Elle attendit d'être à l'Hôtel du Lac, à Zurich, pour aborder le problème avec Henry.

— Cette fois, Henry, il faut que nous prenions une décision.

— À quel propos, Ange ?

— Tu le sais, nous en avons parlé cent fois !

— Je te comprends. Tu as pensé aux enfants toute la journée, n'est-ce pas ?

— Oui.

— Moi aussi. Aussi ai-je décidé que tu ne viendrais plus avec moi en Allemagne, dorénavant.

— Aussi ai-je décidé que tu en ferais autant.

— C'est-à-dire ?

— Je ne veux plus que tu mettes les pieds dans ce pays. C'est devenu beaucoup trop dangereux. Les lois raciales de Nuremberg mettent les juifs et ceux qui les aident hors la loi.

— Je comprends ton inquiétude, et je peux t'assurer que je ne prendrai jamais de risque inutile. J'ignore totalement ce qui s'est passé. Probablement une dénonciation. J'en saurai plus dans les jours à venir. Nous aviserons à ce moment.

— Henry, tu n'as plus le droit de mettre ta vie en péril comme tu le fais. Tu aurais été arrêté, tu disparaissais dans un des camps pour les prisonniers politiques.

— Ce n'est pas arrivé, ma chérie.

— Non, mais je n'aurais pas été à l'hôtel, avec toi, tu n'aurais pas eu ce mot, et alors... Pense aux enfants, et à moi aussi.

— Je ne pense qu'à vous. Nous verrons cela plus tard. Pour le moment, que dirais-tu d'un dîner d'amoureux ? En tête à tête ?

33

Les gouvernements se succédaient à toute allure depuis le mois de janvier 1934, et l'affaire Stavisky qui avait contraint Chautemps à la démission. Daladier l'avait remplacé. Doumergue, Flandin, Bouisson, Laval avaient suivi, avant qu'Albert Sarraut ne s'installe à son tour, le 24 janvier 1936, dans le fauteuil de président du Conseil. Pour combien de temps ? Ferait-il mieux que les quatre mois de moyenne de ses prédécesseurs ? Nul ne le savait, mais la donne politique était en train de changer, chacun ayant bien l'intention d'exploiter le mécontentement qui ne cessait de croître.

Personne n'aurait imaginé, cependant, que le leader communiste Maurice Thorez prendrait, dès le mois de juin 1934, l'initiative de « tendre la main » aux socialistes. Les premiers contacts étant porteurs d'espoir, il tenta le même rapprochement avec les radicaux, cinq mois plus tard, mais sans grand succès d'abord. Il est vrai que les radicaux étaient les maîtres incontestés du jeu des chaises musicales et ministérielles ; et il n'était pas un seul de leurs leaders qui n'ait été au moins une fois président du Conseil et cinq fois ministre. Il fallut toute l'ardeur et l'alacrité des nouveaux venus, Jean Zay, Pierre Cot ou Mendès France pour décider leurs anciens à participer à la journée d'action du 14 juillet 1935 qui fut un triomphe pour ce que la presse baptisa le « Rassemblement Populaire ». Ce succès appelait une confirmation. Elle vint sous la forme d'une alliance à gauche et la mise au point d'un programme commun de gouvernement en janvier 1936, juste avant le début de la campagne électorale pour les législatives du printemps. Tandis que la droite brandissait la menace bolchevique, l'extrême droite et les Camelots du Roi échouaient dans leur attentat contre Léon Blum, donnant ainsi le ton à la campagne. Et pendant qu'en France, gauche et droite s'affrontaient, les troupes de Mussolini écrasaient l'armée du Négus en Éthiopie, et Hitler, approuvé par 98 % des Allemands, occupait et remilitarisait la Ruhr, violant les accords de Versailles et de Locarno. Personne ne bougea, ni en France, où les élections étaient bien plus importantes que ces broutilles, ni ailleurs en Europe ou aux États-Unis, la SDN se contentant, comme d'habitude, d'adresser un blâme au Führer et au Duce. Une nouvelle fois, les démocraties se montraient incapables de s'opposer aux coups de force successifs de dictatures de plus en plus hardies, dont on se demandait avec une angoisse grandissante jusqu'où elles oseraient aller.

Pour l'heure, la gauche nageait dans le bonheur. Le slogan « Paix, Pain, Liberté » mais, plus encore, un exceptionnel report de voix au second tour, lui avaient donné une majorité confortable, le 2 mai 1936. Si les socialistes de la SFIO étaient les grands vainqueurs de ces élections, leurs partenaires du Front populaire avaient connu des fortunes diverses : pour les radicaux, la victoire était amère puisqu'ils perdaient à la fois leur suprématie à gauche et quarante-neuf sièges, alors que les communistes multipliaient par sept le nombre des leurs. Ce qui n'empêcha pas Thorez de renier sa parole et ses engagements en refusant de participer au nouveau ministère. Cédant aux pressions du grand frère soviétique, il justifiait une première fois le surnom d'« homme de Moscou » que lui attribuait la droite. Des grèves spontanées de solidarité avec la nouvelle majorité éclataient un peu partout dans le pays, dès le 12 mai, et début juin, quand Léon Blum prit ses fonctions, il y avait, en France, trois millions de grévistes.

Les industriels de l'iode avaient toujours autant de stocks à écouler et n'étaient pas mécontents de la tournure des événements. À l'inverse, complètement désarçonnés par ces « grèves sur le tas », les goémoniers, qui sortaient d'un hiver difficile, ne savaient plus à quel saint se vouer. Ils avaient déjà eu bien du mal à choisir entre la droite qui seule pouvait les sauver, selon les usiniers, et la gauche que leur recommandaient leurs syndicats. Ils avaient fait la campagne du *bijinn ebrel*, comme à l'accoutumée, suivant, en cela, les recommandations de leurs délégués syndicaux qui, aussi surpris que leurs troupes par le mouvement de grève à la fois sauvage et bon enfant qui avait gagné toute la France, attendaient patiemment des instructions de Paris. Pleins d'espoir en l'avenir, les goémoniers faisaient, pour leur part, confiance à cette nouvelle majorité et au futur gouvernement populaire.

Mais, même s'il ne chômait pas, Léon Blum, le nouveau président du Conseil, allait les faire attendre encore quelques semaines. Trois jours après la rentrée parlementaire et sa prise de fonctions, les accords de

Matignon entre syndicats et patronat aboutissaient à des avancées sociales considérables, les salariés obtenant des augmentations de 7 à 15 %, mais aussi la garantie des libertés syndicales, la création des conventions collectives, des délégués du personnel. Quatre jours encore et, le 11 juin, c'était la semaine des quarante heures, la scolarité obligatoire jusqu'à quatorze ans, et quinze jours de congés payés pour tous, avec, à la clé, des billets de train à prix réduits.

Assis sous une tonnelle, dans le parc de Bellevue, François et Yves épluchaient la presse de la semaine. L'ampleur des mesures prises par Blum les surprenait autant que les intéressés eux-mêmes.

— De toute façon, dit François, notre pays était en train de s'éteindre à petit feu ; il fallait tenter quelque chose de neuf.

— Pour du neuf...

— Oui, je sais qu'a priori, ce n'est pas en accordant des jours de congés aux salariés ou en réduisant le temps de travail que l'on va produire plus et moins cher. Mais si cette réduction du temps de travail débouche sur des créations d'emplois, pourquoi pas ?

— Ce qui est sûr, observa Yves, c'est que le but de ce gouvernement est bien de relancer l'activité économique, et cela c'est positif. Reste à espérer que la droite ne va pas vouloir casser la reprise par simple jeu politique.

— Rappelle-toi 1924. Les chefs d'entreprise et les banques ont freiné des quatre fers ! La Banque de France...

— Qu'en dit Gwen-Aël ?

— Il est ravi, bien qu'il ait dû augmenter ses

employés de 10 %. Il voudrait voir la production d'iode baisser encore de 25 % ou même plus, cette année, et espère que de nombreux goémoniers vont quitter la côte pour s'inscrire à l'Arsenal de Brest, qui va recruter.

— Ça aussi, c'est positif ! Il est temps que nous nous réarmions ! Quand on voit les Allemands préparer la guerre au grand jour ! Heureusement que notre armée est toujours la première du monde et que nous avons la ligne Maginot !

— Crois-tu que cela suffira ? Je viens de lire un ouvrage d'un officier de chars, *Vers l'armée de métier*. Selon ce capitaine, dont je ne me rappelle plus le nom, la prochaine guerre sera différente de toutes celles que l'on a connues, et la France s'y préparerait mal.

*

À Quéménès, Job Guennec était dans une colère noire. Il était allé quarante-huit heures sur le continent, en compagnie de son neveu Hervé, venu passer quelques jours auprès de sa femme qui venait d'accoucher et du fils qu'elle lui avait donné et pendant ce court laps de temps, son ex-gendre, Pierre Arsonner, était venu à l'île où il avait semé la zizanie. C'était à croire, se disait Job, que ce garçon épiait ses moindres faits et gestes ! Et Fanch n'avait rien vu ! Le syndicaliste était pourtant resté un jour entier à Quéménès, y prêchant la révolte, incitant domestiques et pigouillers à réclamer une meilleure nourriture, des augmentations de salaire, des congés payés, mais, aussi, des jours de repos mensuels à passer sur le continent. Fanch n'avait appris son passage que le soir, quand Pierre avait déjà quitté l'île. Mais le mal était fait, et, à son retour, Job avait trouvé une ferme en ébullition, des employés contestataires et un frère complètement dépassé.

Fanch était heureux du retour de son cadet. Il n'était pas homme de conflit. Mais quel tintouin ! À cinquante ans passés, il restait un homme de l'ancien temps, un homme d'avant guerre ; il ne comprenait pas que ces jeunes employés de trente ans et moins, aux exigences parfois invraisemblables, puissent lui réclamer des tas d'avantages sans savoir s'il avait les moyens de les payer. Job, lui, prit le taureau par les cornes. Ils avaient des contrats signés en bonne et due forme ? Qu'ils s'y tiennent. Ceux qui n'étaient pas contents pouvaient s'en aller. Mais ils devaient se décider tout de suite ; il ne voulait pas garder à l'île des contestataires qui perturberaient le travail. Il était si difficile de gagner sa vie, aujourd'hui, si difficile de trouver un emploi qu'il n'allait pas s'encombrer de mauvais ouvriers alors qu'il n'avait que l'embarras du choix.

— Je ne sais pas ce que vous a raconté mon ancien gendre, leur dit-il. Sachez simplement que, depuis des années, ce voyou ne pense qu'à se venger et à me nuire, et qu'il se fiche du tiers comme du quart de vous voir perdre votre travail.

— Il nous a dit que l'État avait décidé d'augmenter les salaires de 15 %, remarqua un premier goémonier.

— Ce sont les patrons des grandes entreprises et non pas l'État qui ont décidé des augmentations allant de 7,5 à 15 %, répondit Job. Nous ne sommes pas concernés ; vous non plus. Dans notre cas, il faut attendre et voir. Comment voulez-vous que l'on vous augmente alors que nous ne savons pas encore si nous vendrons notre soude ? Goémoniers et industriels discutent actuellement.

— On le sait, patron, mais comme nous l'a dit Arsonner, ça n'est pas notre problème. C'est le vôtre. À vous de le résoudre.

— Vraiment ? fit Job, surpris, en se tournant vers Armel Cloarec qui venait de l'apostropher.

— Oui. Le gouvernement a dit qu'il fallait « augmenter le pouvoir d'achat des masses ». Et selon Arsonner, nous faisons partie de la « masse laborieuse ». Nous devons être augmentés.

Job bouillait. Quel idiot, cet Armel ! Un gentil garçon comme lui ! Qu'est-ce qui lui passait donc par la tête ? Il ne pouvait pas se mettre à leur place, un instant ? Il devait bien le savoir qu'il y avait une crise de l'iode, quand même ! Tant pis pour lui. Il l'aimait bien, pourtant, Armel, le fils de Jean-Marie, l'un de ses amis d'enfance, mais, s'il le laissait parler, il allait tous les monter contre eux et leur casser la baraque. Il devait réagir immédiatement.

— Tu te crois sans doute malin, Armel, tu as bien récité ta leçon ! Mais cette belle réponse te vaut d'être viré. Va faire tes paquets. Je viens de vous expliquer que nous ne pouvions pas vous augmenter. Puisque ce que je t'ai dit ne te convient pas, tu ne me laisses pas le choix. Fanch va te faire ton compte. Tu te feras payer chez le notaire du Conquet.

— Comment ? Vous me virez, Job ? Alors que nous sommes « pays » ?

— Je ne te vire pas, Armel, c'est toi qui choisis de partir. Pas moi.

— Alors, comme ça, pour vous, un employé c'est un chien qui a juste le droit de se taire ! Eh bien ! Si on m'avait dit que Job Guennec en arriverait là, jamais je l'aurais cru !

— Je m'expliquerai avec ton père. Il comprendra. Toi aussi d'ailleurs, mais trop tard, malheureusement. Je te regretterai, car tu sais travailler.

Armel quitta le groupe aussitôt, et, après son départ, il n'y eut plus de contestation. Quand Job retrouva Fanch, ce dernier était encore très perturbé par cette dispute. Jean-Marie Cloarec était un ami de toujours, et renvoyer son fils de l'île était lui faire un affront qu'il ne leur pardonnerait jamais. Assis à la grande table de chêne de la salle commune, les deux frères, silencieux, gardaient obstinément les yeux baissés. Tous deux ne songeaient qu'à une chose : comment pouvaient-ils récupérer le jeune Cloarec sans se déjuger ?

— Augmenter le pouvoir des masses... commença Job.

— Le pouvoir *d'achat* des masses, corrigea Fanch.

— Le pouvoir d'achat, si tu veux. Qu'est-ce que ça veut dire ? Comment faire si les pigouillers en viennent à parler le charabia des syndicalistes ?

— Le pouvoir d'achat des masses, lui répondit Fanch, c'est l'argent dont chacun dispose pour acheter ce dont il a besoin. Autrement dit, le gouvernement veut augmenter salaires et gages pour que les gens dépensent plus.

— C'est parfait, mais à condition que ce soit l'État qui paye les augmentations des gages. Nous, on ne peut pas. Du moins, tant qu'on ne saura pas à quel prix l'on vend !

— On va le savoir très vite, dit Fanch. Yves Kerléo m'a adressé un mot aujourd'hui, par l'intermédiaire de Michel Cuillandre qui est passé à l'île. Yves m'indique que le syndicat des goémoniers et l'Entente des producteurs n'ont réussi à se mettre d'accord que pour demander son arbitrage au ministre de la Marine marchande. C'est-à-dire que nous serons fixés début juillet.

— Dans ce cas... Il y a peut-être une solution.

— Comment cela ?

— Si Armel et les autres acceptent de se taire et de ne rien réclamer avant cet arbitrage...

— Bravo, Job ! C'est la solution, en effet !

— C'est vraiment une si bonne idée ? questionna Job, qui n'en revenait pas d'avoir résolu le problème.

— Dame ! Quinze jours d'attente, ce n'est rien. Et comme je pense que le nouveau ministre de la Marine sera bien plus coulant avec nous qu'avec les usiniers... Au fait, Gwen-Aël Kernéis m'a également adressé une lettre. Il nous achètera toute notre production au prix qui sera arrêté par le ministre.

— Alors, nous sommes sauvés.

— Je le crois, en effet. Voici ce que nous allons faire...

Fanch préféra aborder Armel pour éviter au jeune homme d'avoir à le faire et lui proposa de le garder à l'île à condition de mettre ses récriminations syndicales de côté jusqu'au début juillet. À cette date, ils pourraient leur répondre sur tous les points.

— Bien entendu, je vous demanderai, à Job et toi, de vous serrer la main devant tout le monde, ce soir, à table. Job t'aime beaucoup, mais tu l'as mis dans une position insoutenable.

— Je sais, répondit Armel, mais je ne m'en suis rendu compte qu'après coup. J'ai eu tort et le lui dirai. Mais seul à seul, pas devant les autres.

— Tu es un bon gars et un bon fils, conclut Fanch. Je n'aurais pas aimé devoir dire à ton père que nous t'avions mis dehors.

*

Même si leurs trésoreries étaient exsangues et leurs sociétés au bord du dépôt de bilan, les fabricants d'iode étaient redevenus, comme tous les industriels, des capitalistes exploiteurs de la classe laborieuse, pour tous les goémoniers et pigouillers retournés par des syndicalistes. Jusque-là réalistes et habiles, ces derniers, soudain grisés par l'euphorie du moment, devenaient déraisonnables dans leurs revendications et se livraient même à des surenchères dangereuses. Sur la côte, les dirigeants des usines d'iode étaient la cible de manifestations d'hostilité de plus en plus marquées et la société Lemarchand n'échappait pas à la règle. Gwen-Aël, qui supportait mal d'être séparé des siens depuis qu'il travaillait à Paris, décida de faire venir toute sa famille dans la capitale lorsqu'il fut désigné comme mandataire des industriels au Comité de l'Iode. Sa participation aux réunions prévues au ministère, durant toute cette période agitée, l'empêchait d'être à son usine, et il n'eut d'autre solution que de mettre, une fois encore, son père à contribution. François fit aussitôt appel à Yves et les deux complices, ravis de se rendre utiles, s'installèrent à Bellevue et à Poul-Conq, prêts à faire front et à en découdre avec les manifestants qu'ils attendaient de pied ferme. Prêts, aussi, à faire un sort à la cave de l'absent, car, après tout, le moment venu, ce serait bien à eux d'essuyer horions et huées, et cela méritait bien quelques compensations.

François trouvait la situation follement excitante et se serait très bien vu soutenir un siège, armé de fusils et pistolets, tel un fermier américain dans un de ces films de cow-boys. Cette tension rappelait à Yves — en moins dramatique, cependant — l'ambiance qui régnait au Conquet et sur la côte au temps de la grande crise, lorsqu'il était enfant. Mais à l'époque, les goémoniers mouraient de faim ; aujourd'hui, ils en étaient loin, même s'ils restaient pauvres.

Quand la colonne des manifestants se présenta devant les grilles du parc, François donna l'ordre au vieux Victor de leur ouvrir et de les laisser remonter l'allée. Les deux amis sortirent sur le perron et attendirent. Alors qu'Yves, très concentré, prenait les choses au sérieux, François, lui, s'amusait franchement. Enfin du piment dans une vie un peu trop monotone, à son goût. C'est ce qu'il expliquait à son complice quand lui vint soudain une idée. « Fais-les patienter cinq ou dix minutes, Yves ; je reviens tout de suite », lui dit-il en s'éclipsant. À peine avait-il disparu que les goémoniers débouchèrent dans la cour où ils s'agglutinèrent, en scandant : « Lemarchand, des sous ! Lemarchand, voleur ! » Ce n'était pas très méchant. Yves ne fut pas autrement surpris de constater que le meneur, une fois de plus, était Pierre Arsonner, qui le dévisageait d'un air narquois. Il tenait enfin sa revanche sur ce Kerléo qui lui en avait tant fait voir huit ans plus tôt, durant ce trajet en voiture entre Douarnenez et Brest dont il se souviendrait toute sa vie. Depuis, il avait fait du chemin et aujourd'hui, il triomphait. Du moins le croyait-il, à ce moment-là. Au début, Yves n'essaya pas d'interrompre les cris hostiles qui fusaient d'un peu partout et le visaient maintenant nommément. « Valet du capital », « Fumier », tels étaient les qualificatifs les plus aimables qui sifflaient à ses oreilles, et cela lui faisait mal. Lorsqu'il perçut l'épithète de « renégat », las de se faire ainsi insulter, il étendit les mains pour réclamer la parole. En vain. La foule des manifestants le houspillait de plus belle.

Et puis, en une seconde, ce fut le silence. Total. Yves se retourna. Dans son dos, François venait de surgir sur le perron, en tenue d'apparat, l'épée au côté, et pour tous ces inscrits maritimes, réservistes de la Royale, il représentait l'autorité, le chef, et pas n'importe lequel : un contre-amiral en uniforme. Et un pacha, ça se respectait. Pierre Arsonner, lui-même, s'était tu comme tous les autres, et, quand il vit la quasi-totalité des goémoniers se mettre au garde-à-vous et saluer leur officier, il sut la partie perdue. On ne pouvait pas gagner à tout coup, se dit-il, sans savoir, encore, à quel point sa défaite serait rapide et cuisante.

— Repos ! commanda François, avant de demander : Lequel d'entre vous est Pierre Arsonner ?

Pierre ne put faire autrement que de s'avancer d'un pas en lançant à la cantonade :

— C'est moi, pourquoi ? Qu'y a-t-il ?

— Êtes-vous inscrit maritime, jeune homme ?

— Non, monsieur, répondit Pierre.

— Dans ce cas, vous n'êtes pas non plus goémonier, je suppose.

— Non, mais je...

— Vous n'êtes donc pas goémonier et, par le fait même, vous n'avez rien à faire ici. Je vous donne dix secondes pour nous laisser entre nous, et cinq minutes de plus pour quitter mon parc.

— Je proteste, c'est...

— Préférez-vous, jeune homme, que je vous fasse expulser *manu militari* et que je mette vos exploits passés sur la place publique ?

Pierre n'insista pas et préféra obtempérer avant que les choses ne s'enveniment. Il avait appris, au fil des années, à faire profil bas quand il le fallait.

François reprit rapidement les choses en main.

— Mes amis, déclara-t-il, vous me connaissez comme vous avez connu mon beau-père Eugène Lemarchand, comme vous connaissez mon fils et mon ami Yves Kerléo. Est-ce que nous vous avons trahis une seule fois ? Non. Avons-nous fait fortune sur votre dos ? Non. Les plus anciens d'entre vous se souviennent de la grande crise des années 1880, bien plus dure que celle que nous vivons, et au cours de laquelle mon beau-père a tout perdu ou presque. Cela ne l'a pas empêché de relancer l'iode dix ans plus tard, avec l'aide d'Yves Kerléo. Et ça, mes amis, vous n'avez pas le droit de l'oublier. Aussi, si je puis vous comprendre quand vous nous brocardez, nous les Lemarchand-Kernéis, puisque c'est dans l'air du temps de harceler les « usiniers », je ne puis admettre votre hargne contre Yves, le plus respectable de tous les goémoniers finistériens. Les anciens ne me contrediront pas. Et, parce qu'il est mon ami, qui l'insulte m'insulte également et, à travers moi, insulte la Marine française. Que ceci soit clair. Pour en venir à ce qui vous intéresse, vous savez que les prix du pain de mer seront fixés à Paris par le Comité de l'iode, début juillet. C'est pour cela, d'ailleurs, que mon fils est actuellement absent. Vous n'avez donc plus que trois semaines à attendre. Je vous demande de patienter jusque-là, dans l'ordre et la dignité. Souvenez-vous que cinq usines ont fermé en un an. Il y en aura encore autant cette année. Ce n'est pas quand il n'en restera plus aucune qu'il faudra vous dire : « Si on avait su »... Et si vous continuez, c'est ce qui arrivera. J'aurais aimé pouvoir vous inviter tous à vous rafraîchir chez moi, ou plutôt, chez mon fils, mais vous êtes trop nombreux pour cela. Si vous le voulez bien, la moitié d'entre vous prendra un verre avec moi à Bellevue, pendant qu'Yves accompagnera les autres au Lion d'Or. C'est le contre-amiral et la Royale qui vous invitent. Pas l'usinier.

Yves n'en revenait. Pour le coup, François l'avait vraiment bluffé ! Cette idée de se mettre en tenue d'apparat était géniale ! Du grand art ! Au milieu de goémoniers qui le brocardaient, un instant plus tôt, Yves écoutait les commentaires d'hommes ravis de voir se terminer autour d'un verre une manifestation qui aurait pu dégénérer. Certains éreintaient Pierre Arsonner, l'accusant d'être un révolutionnaire à la solde des communistes. D'autres le défendaient, tout en regrettant sa hargne contre « de bons usiniers ». Mais tous cherchaient à savoir combien serait payée la tonne de pain de soude à 1 % de teneur en iode. Et là, Yves dut admettre son ignorance.

*

Pendant que son mari ferraillait avec les syndicalistes, Estelle accueillait à Passy son fils et sa famille pour une quinzaine de jours, le temps pour Gwen-Aël de défendre les intérêts des producteurs au Comité de l'iode. Ce n'était que la deuxième ou troisième fois qu'ils venaient tous ensemble à Paris, et la première que la petite Anne-Marie était du voyage. À qui, se demandait Estelle, ressemblerait cette brunette vive et enjouée ? À elle-même ou plutôt à sa mère ?

Viviane s'était promis de passer quelques journées à courir les magasins. Elle aurait aimé le faire avec Julia, mais celle-ci était immobilisée par une nouvelle et difficile grossesse. Julia lui faisant faux bond, elle se rabattit sur Marie-Ange qui était d'excellent conseil, et lui disait très honnêtement ce qui lui allait ou ne lui allait pas. Mais cela ne dura que le temps d'un après-midi et, par la suite, Viviane n'eut d'autre choix que d'inviter sa belle-mère. Et, décidément, les deux femmes avaient peu de plaisir à se trouver ensemble.

Avec la santé, Estelle avait retrouvé tout son caractère, et Viviane put le constater lorsque la mère de Gwen aborda directement la question de leurs relations difficiles devant un chocolat, au salon de thé des Galeries Lafayette. Et Viviane se surprit elle-même en avouant sans ambages à sa belle-mère qu'elle la jalousait. C'était ainsi, elle n'y pouvait rien. Estelle suscitait encore tant d'admiration, elle avait un tel talent pour l'amitié qu'on ne pouvait que l'envier. Et comme, depuis peu, elle retrouvait une seconde jeunesse, il y avait, parfois, de quoi faire des complexes, même pour une femme beaucoup plus jeune qu'elle. Sans compter qu'elle était la mère de Gwen-Aël, son mari, et d'Aurélie, sa meilleure amie, pour lesquels elle restait la référence absolue.

— Je vous remercie de me parler aussi franchement, Viviane. Mieux vaut tard que jamais, n'est-ce pas ? Pourquoi ne pas me l'avoir dit plus tôt ?

— Parce qu'un tel aveu n'est pas facile, Mère, vous vous en doutez.

— Alors, pourquoi aujourd'hui ?

— Peut-être parce que vous avez retrouvé votre dynamisme et que je ne crains plus pour votre santé.

— Que puis-je faire pour vous aider à dépasser cette jalousie ?

— Rien. Non, je ne vois pas.

— Viviane, ne voyez-vous pas que je suis une vieille femme ? J'ai plus de soixante-trois ans ! Comment pouvez-vous me jalouser ? C'est fou ! Vous avez tout pour être heureuse, pourtant !

— C'est vrai, je le sais. Je suis stupide. En vérité, peut-être ai-je du mal à avoir de bonnes relations avec vous parce que j'en ai de mauvaises avec ma mère. Je n'en sais rien. Mais vous n'y êtes pour rien.

— C'est déjà ça ! Si je pouvais... Voyez-vous, Viviane, je ne crois pas que ce soit moi votre vrai problème, ni votre maman, même si vous avez des raisons de lui en vouloir. La raison de votre mal-être, c'est en vous qu'il faut la chercher. Sans doute la connaissez-vous, d'ailleurs, mais sans vous l'avouer.

— Et ce serait quoi, selon vous ?

— Je n'en sais rien, moi ! Pour certaines, cela peut être un amant, par exemple. Pour vous, je ne sais pas.

Viviane choisit de répondre par un sourire à cette suggestion saugrenue, mais elle craignait tant qu'Estelle ne la perce à jour qu'elle décida de la lancer sur une fausse piste.

— Peut-être cela vient-il de Gwen, l'autre fils de Gwen-Aël. Vous l'ignorez, mais vous êtes, depuis treize ans, grand-mère d'un petit Anglais prénommé Gwen.

Estelle ouvrit de grands yeux ; sa tasse de chocolat se mit à trembler entre ses doigts.

— Comment ? Que me racontez-vous là ?

— Je dis, répéta Viviane avec une sombre satisfaction, qu'il y a treize ans, Gwen-Aël a eu un fils de sa maîtresse anglaise.

— Helen a eu un fils de Gwen-Aël ? Ce n'est pas possible !

— Si. Un garçon, officiellement né de père inconnu. Jusqu'ici, du moins, car il y a quinze jours, Helen a proposé à Gwen-Aël de venir à Londres reconnaître son fils. Dès que le Comité de l'iode aura fini ses travaux, nous filerons en Angleterre tous les deux. Pourrez-vous garder les petits ?

— Bien sûr, mais pourquoi y aller, vous ?

— Helen a contracté une maladie grave, paraît-il, et elle semble vouloir que son fils ait un père, pour le cas où elle viendrait à mourir. C'est pourquoi elle a demandé à Gwen-Aël de venir. Et si elle veut me connaître, également, c'est sans doute pour savoir si je ferai une marâtre acceptable.

— Eh bien ! Nous voici en plein pastis, comme dirait Pagnol.

— Comme vous le dites, Mère.

— Vous le savez depuis longtemps ? Je veux dire, pour cet enfant...

— Deux ans.

— Ne cherchez pas plus loin la source de tous vos maux, Viviane. Vous m'en voulez à cause de Gwen-Aël. Vous me rendez responsable de cette aventure, c'est clair. Ma pauvre petite ! La vie n'est pas rose, n'est-ce pas ? Pourtant, un autre petit-fils... J'ai hâte de le connaître !

— Oh ! ce n'est pas pour demain, répondit Viviane. Helen n'est pas encore morte !

*

Commencées à la mi-juin, les discussions entre mandataires du syndicat des goémoniers et ceux de l'Entente des producteurs n'aboutirent que sous la pression du ministre qui voulait que tout soit terminé avant la Fête nationale. Il trancha, finalement, en faveur de la « classe laborieuse », les prix allant de 55 francs par kilo d'iode contenu dans des pains titrant 0,6 % à 65 francs pour ceux titrant 1,3 % et au-delà. Yves était estomaqué : pourquoi bien faire le travail quand le mauvais ouvrier était presque aussi bien payé que le bon ? C'était une prime accordée aux goémoniers les moins performants, l'écart étant beaucoup trop faible entre des qualités très différentes. En réalité, le ministre avait fait droit aux mandataires des goémoniers qui contestaient depuis toujours les conditions de réception et de contrôle des échantillons de pains de soude. Les syndicalistes avaient gagné, du moins le croyaient-ils. C'était sans compter sur la dure réalité économique qui se rappela très vite à eux.

Ces tarifs ne s'appliquèrent, en effet, que très approximativement. La dévaluation monétaire de 25 % du 23 septembre, qui accéléra le dérapage déjà sensible des prix, incita les industriels à une politique d'attentisme. Leur prudence était d'autant plus fondée que, pour compléter la dévaluation, le gouvernement, par décret du 3 octobre, réduisit les droits d'importation sur toutes les marchandises, ceux sur l'iode se trouvant ainsi ramenés à 78 francs du kilo, niveau nettement insuffisant et qui mettait en péril toute la filière, industriels comme goémoniers. La levée de boucliers fut immédiate et cette erreur manifeste fut corrigée un mois plus tard par un nouveau décret, relevant les droits à 100 francs le kilo. Mais le ver était dans le fruit, et la glissade continue du franc entraîna une succession de décrets rectificatifs rendus indispensables par la suppression temporaire des mesures de contingentement. Bref, le gouvernement se voyait contraint de légiférer dans l'urgence devant une inflation galopante et un mécontentement qui devenait général. Les salariés n'admettaient pas que les augmentations obtenues en juin se soient volatilisées dès le mois de décembre, et que l'augmentation du pouvoir d'achat qu'on leur promettait passe dans la caisse des commerçants qui leur vendaient plus cher le pain, les légumes, et la viande, quand ils pouvaient s'en offrir. À quoi bon des congés payés s'ils ne pouvaient même plus se nourrir ? Mais la discorde allait également briser le front des goémoniers. Voulant tirer tout le bénéfice de ce qu'ils estimaient être leur victoire, les syndicalistes qui avaient mené les négociations de juillet à Paris exigèrent des industriels qu'ils s'engagent à acheter exclusivement pains de soude et laminaires aux goémoniers syndiqués. Exclus, les indépendants ! C'était évidemment inacceptable, d'autant plus que ces syndicats n'étaient implantés que dans le Léon. Ils se virent donc opposer une fin de non-recevoir, mais entre goémoniers syndiqués et non syndiqués, la rupture était dorénavant totale. Le désenchantement gagna peu à peu toute la côte, la déception étant à la mesure de l'espoir qu'avaient fait naître les premières mesures du gouvernement Blum.

Craignant de voir le marché sombrer dans l'anarchie, François suggéra à Gwen-Aël d'essayer de grouper dans un même organisme de vente l'ensemble des membres de l'Entente, ou du moins, les principaux d'entre eux. Il lui suffisait d'élargir le comptoir de vente qu'il dirigeait toujours à Paris. Cette solution présentait en outre l'avantage de le décharger de cette tâche : il lui suffisait de faire nommer quelqu'un d'autre à sa place. Il y parvint sans mal et son successeur put constater, dès fin 1936, qu'en deux ans, la production d'iode avait chuté de 107 à 64 tonnes. Et ce n'était pas fini.

Le marché était complètement désorganisé : alors que, pendant trois ans, il y avait eu surproduction, dès 1937, c'est l'inverse qui se produisit : l'inflation, la limitation du temps de travail hebdomadaire à quarante heures, les tarifs jugés trop faibles du tali et des pains de soude démotivèrent nombre de goémoniers qui, le printemps venu, plutôt que de s'éreinter à récolter le *bijinn ebrel* dont ils ne savaient pas s'il suffirait à assurer leur subsistance, optèrent, les uns pour la pêche, les autres pour les arsenaux de Brest et Lorient qui réclamaient des bras. Fin 1937, la production était inférieure de 20 tonnes aux besoins. L'année suivante, elle l'était de plus du double. Les stocks s'étaient dégonflés naturellement et l'on faisait à nouveau appel aux fournisseurs étrangers. Cette fois, plus rien ne semblait pouvoir arrêter le déclin de l'industrie de l'iode.

*

Gwen-Aël se savait à la croisée des chemins. À quarante ans, il devait penser à son avenir et à celui de sa famille, pas au passé que représentaient dorénavant pour lui l'usine de Poul-Conq et l'iode. Il avait fait tout ce qu'il estimait devoir faire pour son père, son grand-père, son personnel et ses goémoniers. Pourtant, répondant à la demande de Karl, et à celle, plus insistante, de son père, il accepta de conserver son poste de PDG, Yves se chargeant toujours, à près de soixante-dix ans, des relations avec les goémoniers. Ils embauchèrent, pour les épauler, un jeune chimiste qui faisait fonction à la fois de responsable technique et administratif.

De temps à autre, ses voyages le conduisaient à Londres où il assistait, impuissant et navré, à la lente agonie d'Helen, rongée par un cancer. Il avait reconnu Gwen en 1936 et il était donc devenu officiellement son père, mais il ne le voyait pas plus qu'auparavant, l'éducation d'un collégien anglais étant ainsi faite qu'il ne passait chez lui que trois semaines par trimestre.

Gwen avait, cependant, émis le souhait de faire connaissance avec ses demi-frères et sœurs. Après tout, n'était-il pas l'aîné de ses enfants ? Comme il l'avait dit à son père, cela lui donnait des responsabilités.

Viviane et Gwen-Aël avaient emménagé dans un grand appartement du boulevard Saint-Germain — un cadeau de son père — situé à proximité de son deux-pièces d'étudiant qu'il ne s'était pas résolu à vendre. Cela lui avait valu d'entendre, enfin, de la bouche même de son père et dans le détail, l'histoire du *Vesper*, cette épave rachetée aux enchères par son grand-père, en 1903. Si la récupération de la cargaison de ce bateau — vins d'Algérie, grands crus, alcools — avait donné lieu à une succession d'exploits et de drames en tous genres, elle avait surtout été une affaire exceptionnellement rentable, comme en témoignait leur huit-pièces du boulevard Saint-Germain, fruit de l'investissement immobilier que son père avait fait de ses gains dans cette expédition.

Viviane se faisait difficilement à la vie en appartement, même si elle était ravie d'habiter le centre de Paris plutôt que Neuilly, comme Julia, ou Passy, comme sa belle-mère avec laquelle ses relations s'étaient beaucoup améliorées. Dès les premiers jours du printemps, telles des collégiennes, elles ne rêvaient toutes trois que de Pâques et des vacances scolaires qui leur permettaient de retrouver Bellevue. Rompant avec ses principes de femme indépendante et émancipée, Julia avait choisi, elle aussi, de privilégier dans la mesure du possible sa vie de famille plutôt que sa vie d'infirmière. Comme les enfants Kernéis, leurs cousins

Lemarchand mettaient cap plein Ouest à Pâques et au début juillet.

Ne restait à Paris que Marie-Ange, toujours aussi follement amoureuse d'Henry qui se tenait désormais à l'écart de l'Allemagne où il était définitivement « brûlé ». Devenu, officiellement, délégué de la Croix-Rouge suisse où s'activait également sa sœur Erika, Karl avait pris le relais. Comme il s'y attendait, son ex-beau-frère, le général von Ackerberg, l'avait fait suivre un certain temps ; il l'avait même rencontré et averti de cette surveillance en le prévenant que la moindre erreur de sa part serait suivie d'une expulsion avec interdiction de séjour, ou pire. « Vous vous êtes trompé de camp, mon cher, le jour où vous avez choisi de faire le brancardier pour ces dégénérés de Français », lui avait-il dit. Karl avait préféré ne pas répondre. Il savait qu'il devrait de plus en plus souvent ravaler sa fierté s'il voulait continuer son travail de renseignement.

34

Yves ne voulait plus penser à autre chose : ils seraient tous là à Pâques. Jean-Yves et Aurélie avaient dû quitter Nantes, ce matin même, avec leur progéniture ; Julia arrivait avec Yves-Marie et ses trois filles, Sébastien, Marie-Anne et leur tribu ne seraient là que le lendemain après-midi, de même que Marie-Ange, Carlotta et Julian. Il y aurait encore les enfants de Gwen-Aël et Viviane, dont il était, après tout, le grand-père naturel, comme il était aussi celui de Gwen, le petit Anglais, qui venait pour la première fois en Bretagne. Ils étaient tous ses petits-enfants, en définitive, et c'était la première fois qu'il en prenait conscience !

Le temps lui était compté, il le savait. Par sa santé, d'abord. Il avait eu deux secousses, récemment ; deux crises d'angor, son médecin le lui avait confirmé. Ce n'était pas étonnant, d'ailleurs. Soixante et onze ans, c'était un bel âge. Il préférait cela, partir en « bonne santé », brusquement, plutôt que de traîner comme certains, comme Eugène par exemple, vingt ans plus tôt. Mais on ne choisissait pas.

Et surtout, il y avait l'autre, le fou dont son gendre lui avait encore parlé hier, quand il lui avait téléphoné en insistant pour qu'ils viennent, Marie-Ange et lui.

Henry lui avait rappelé tout ce qui s'était passé depuis un an : l'Anschluss au printemps 1938, les Sudètes en août, deux annexions qui avaient précédé la comédie de Munich — une capitulation : six mois après, c'était patent. Dire qu'il y avait cru ! Ensuite, il y avait eu le discours de Nuremberg et la Nuit de Cristal : l'ouverture officielle de la chasse aux juifs, juste avant que la France ne signe un traité d'entente avec l'Allemagne ! Quelle ironie et quelle tristesse, lui avait dit son gendre. Clemenceau s'était sûrement retourné dans sa tombe pour ne pas voir ça ! Depuis janvier 1939, le programme d'annexions s'accélérait : le 17 mars, Slovaquie, Bohême et Moravie étaient devenues allemandes, le 22, c'était le tour de Memel, le port lituanien sur la Baltique. La prochaine étape serait la Pologne, le corridor de Dantzig, prédisait Henry. « Malgré la Grande-Bretagne et la France ? » avait risqué Yves. « Certainement, avait répondu son gendre. Nous avons tout cédé aux nazis, jusqu'à présent ; Hitler tendra le fil jusqu'à ce qu'il rompe. Il constate que, malgré nos grands discours, nous ne bougeons pas. Pourquoi réagirions-nous pour la Pologne ? Il va tenter le coup, vous verrez. Et cette fois, ce sera la guerre. » « Quand ? avait-il demandé. Cette année ? » Henry n'avait pas répondu... Allez, il ne devait plus y penser !

Ces vacances de Pâques 1939 furent un vrai moment de détente. Oubliés, l'axe Berlin-Rome, la guerre civile en Espagne où les Italiens testaient leurs armes et les Allemands leur aviation, oubliés, les procès de Moscou et ce sinistre Staline ! Oubliées, les annexions de la Bohême-Moravie, de la Slovaquie, de Memel, ou celle de l'Albanie par Mussolini, le jour de leur arrivée à tous au Conquet. Le parc de Bellevue retentissait à nouveau de cris, de chants et de rires d'enfants et Anne pouvait clamer que Roz-Avel était redevenue la maison du bonheur et de la joie. Les vieilles demeures revivaient, les grands-parents aussi, que rajeunissaient le souffle nouveau et l'air vivifiant qu'apportaient les têtes blondes et brunes mêlées de leurs petits-enfants, leur avenir.

Le jeune Gwen avait découvert une famille qu'il ne connaissait pas, des cousins et cousines de son âge. Il avait seize ans, et ses cousines, notamment, l'enthousiasmaient. Il s'entendait très bien avec Jean-François et Aurélien, ses demi-frères, il se découvrait une grande complicité avec Eugène, mais surtout il était tombé sous le charme de Gwenola qu'il avait déjà rencontrée deux ans plus tôt. À l'époque, c'était une gamine filiforme, au visage ingrat mangé par l'acné, tandis qu'aujourd'hui... Son père, qui l'avait percé à jour, lui avait dit en plaisantant : « Chrysalide aujourd'hui, papillon demain, telles sont les jeunes filles, Gwen. » Cette attirance qui s'était vite révélée réciproque s'était concrétisée par des baisers. Si elle se fit voler le premier, au cours d'une partie de cache-cache, Gwenola accepta le second les yeux fermés, attendit impatiemment le troisième et répondit fougueusement aux suivants qu'elle recherchait avidement.

Dans le train de retour, Gwen lui avait tenu compagnie tandis que leurs parents dînaient ensemble au wagon-restaurant. Il avait commencé par lui expliquer pourquoi ces vacances resteraient pour lui inoubliables : lui qui ne connaissait de la mer que les plages de Brighton et de Trouville, était allé aux îles avec son père et son grand-père dans une toute petite barque ; il était monté au sommet du phare de Saint-Mathieu, avait posé des collets dans le Thevenn, rôti à la broche et mangé les garennes qu'ils y avaient attrapés. Peut-être étaient-ce là jeux d'enfants, mais il s'était amusé.

— Et moi ? avait-elle demandé.

— Et il y a toi, *Gwenola* ! Toi, d'abord et avant tout ! Est-il besoin de le dire ?

Il l'avait embrassée, ils s'étaient caressés et elle lui avait posé l'inévitable question de savoir s'il l'aimait. Il avait répondu oui, d'un ton aussi sincère que décidé. Ces « je t'aime », il était si grisant de les dire, si grisant aussi de les entendre qu'ils ne s'en lassaient pas. Ensuite ce n'avait plus été que serments, soupirs et froissements d'étoffe entrecoupés de rires étouffés et de bruits de baisers. Et puis, il avait fallu se séparer et se coucher jusqu'au lendemain matin, puis se séparer encore, et pour bien plus longtemps, cette fois. Gwen regagnait son collège en Angleterre, Gwenola, le sien à Paris. Quand se reverraient-ils ?

*

Estelle et François avaient décidé de rester en Bretagne jusqu'en automne. Ils assuraient dorénavant l'entretien de Bellevue, Estelle ayant refusé d'entendre parler de vendre la propriété familiale que Gwen-Aël n'avait plus les moyens de conserver. Après avoir raccompagné leurs enfants et petits-enfants au train, ils s'étaient retrouvés avec Anne et Yves à Bellevue et avaient décidé de passer la soirée ensemble. L'ambiance était plus à la nostalgie qu'à la tristesse. Ils le savaient : ces vacances étaient très probablement les dernières avant que le monde ne bascule.

— À moins d'un miracle, fit Yves. Peut-être Hitler attrapera-t-il la variole ou le choléra ?

— Avez-vous remarqué Gwen et Gwenola ? interrogea Anne, en changeant de sujet. Ils s'aiment, non ?

— Je crois, oui, dit Yves. La vie est un éternel recommencement. Gwen-Aël et Yvonne, hier, Gwen et Gwenola, aujourd'hui. Juste avant...

Yves se tut. Il avait failli dire : « juste avant la guerre... » François et Estelle échangèrent un coup d'œil rapide qui échappa à Anne.

— Ce sont encore des enfants, Anne, souligna Estelle.

— C'est vrai, mais moi, ces amours de jeunesse ou d'enfants, ça me fait toujours rêver. Je trouve cela merveilleux.

— En tout cas, conclut Yves, la seule chose que je puisse souhaiter à nos petits-enfants est d'avoir une jeunesse aussi heureuse que l'a été celle de leurs parents. Mais avec ce qui s'annonce...

— Yves ? Tu m'accompagnes ? J'ai envie d'un bol d'air, suggéra François qui voyait son ami glisser vers un coup de cafard.

— C'est cela, allez vous promener sans nous, puisque visiblement nous sommes de trop, s'indigna Estelle.

— Nous vous attendons cinq minutes, pas plus ! lança Yves.

— Deux nous suffiront, rétorqua sa femme. Où allons-nous ?

— Je vous propose Poul-Conq, le Port, la Pointe Sainte-Barbe, les Renards, Porsliogan par le chemin des Douaniers... La mer, devant nous, les îles dans le lointain, de l'air iodé plein les poumons... Notre monde.

Postface

Ce qu'il advint de l'industrie de l'iode

La guerre 1939-1945 vint, si l'on peut dire, mettre fort à propos un terme provisoire à la crise de l'iode ; de nombreuses usines sur le point de déposer le bilan fermèrent leurs portes par manque de ressources et de goémoniers.

Durant l'Occupation, les Allemands tentèrent, sans succès, de relancer les usines. À la Libération, de nouveaux dirigeants prirent les rênes des entreprises survivantes en tentant d'en améliorer les techniques.

Après avoir réussi à augmenter considérablement le pourcentage d'iode contenu dans les cendres de laminaires, lavés à l'eau douce et séchés en usine, les industriels utilisèrent une technique nouvelle à base de charbon actif, mise au point par M. Marcel Mathon, ce qui permit à quelques usines de continuer leur exploitation de façon rentable : jusqu'en 1954 pour l'usine Cougny, du Conquet ; 1956, pour l'usine Tissier, la plus ancienne d'Europe ; et jusqu'en 1960 pour l'usine d'Argenton qui fut la dernière à fermer.

Les algues, aujourd'hui

De nos jours, la récolte des laminaires se fait pour l'essentiel à partir du petit port de Lanildut, et toujours sur l'archipel de Molène. Les goémoniers utilisent des « scoubidous » qui accrochent les algues, les enroulent autour d'eux avant qu'un treuil ne les arrache aux fonds rocheux.

L'on récolte, en France, 68 000 tonnes d'algues dont 50 000 de *laminaria digitata*, 2 000 d'*hyperborea*, 15 000 d'algues noires, et 1 500 tonnes de pioca (*chondrus*), ce qui nous place au quatrième rang mondial pour la production d'alginates (3 000 tonnes) et pour la production de carraghenane. Les farines d'algues (usines de Pleubian et Plouguerneau), les extraits d'algues (Goémar, à Saint-Malo, Oceanis à Plouzané, Globexport), comme les 100 tonnes d'algues destinées à la consommation humaine constituent les autres débouchés actuels de cette industrie.

REMERCIEMENTS

L'auteur remercie MM. Pierre Arzel, de l'IFREMER, et Vincent Lognone, du Centre de valorisation des algues à Pleubian, pour leur sympathie et leurs conseils avisés. Il remercie également M. Pavot de Porspoder, ancien industriel de l'iode, pour les souvenirs et les informations qu'il a bien voulu lui confier.

Merci également à Jean-Claude, Erwann et Danièle, Nathalie, Florence et Jean-Côme.

Une grande partie des chiffres repris dans ce roman sont extraits de l'ouvrage de M. Bernard, *Le Mirage de l'iode*, paru en 1939, à la société d'Éditions géographiques, maritimes et coloniales, et qui constitue « la » référence en matière d'iode.

Joël Raguénès dans Le Livre de Poche

Le Pain de la mer n° 30035

En cette année 1984, la Bretagne va mal. La sévère crise du marché de l'iode a entraîné la ruine des goémoniers du Léon. Cette année-là, Yann Kerléo, jeune paysan goémonier, rencontre Eugène Lemarchand, industriel du Conquet. Leur association débouchera sur une aventure qui durera plus de trente ans. Apparemment tout sépare les deux hommes, mais très vite, au-delà de leur projet commun, moderniser le commerce de l'iode, des liens se tissent entre les deux familles, l'amour et l'amitié bousculent les barrières sociales. De naissances en enterrements, de fêtes familiales en célébrations religieuses, d'amours en malheurs, de succès en naufrages, c'est tout un nouveau monde qui va apparaître. Sur fond d'hymne constant au terroir, les destins entrecroisés d'Anne, Estelle, Yann, François et Eugène, composent la plus belle des sagas de l'Océan.

Du même auteur :

Le Pain de la mer, Lattès, 2002.

Composition réalisée par NORD COMPO

IMPRIMÉ EN ESPAGNE PAR LIBERDUPLEX
Barcelone
Dépôt légal Édit. 56635 - 06/2005
LIBRAIRIE GÉNÉRALE FRANÇAISE - 31, rue de Fleurus - 75278 Paris cedex 06
Édition 1

ISBN : 2 - 253 - 11363 - 8

31/1363/6